【臺灣現當代作家研究資料彙編】101

林語堂

國立台灣文學館 出版

部長序

文化是一群人思想言行的沉澱，臺灣文化是共同活在這塊土地上所有人的記憶，臺灣文學更是寫作者、評論者、閱讀者經驗交流的最具體且明顯的印記。

在不很久之前的 2018 年 1 月，國立臺灣文學館才舉辦「臺灣現當代作家研究資料彙編計畫」第七階段成果發表會，作家、家屬、學者齊聚，見證累積百冊的成果已成當代文學界匯集經典與志業的盛事。

時序來到歲末年終，文學館接力推出第八階段的出版成果，也就是林語堂、洪炎秋、李曼瑰、王詩琅、李榮春、吳瀛濤、王藍、郭良蕙、辛鬱、黃娟十位重要作家的研究彙編，為叢書再疊上一批穩固的基石。

記憶是土壤，會隨著時代的震盪而流失，甚至整個族群忘卻事情的始末，成為無根的人群。這時候就需要作家的心、文學的筆，將生命體驗以千折百轉的方式描摹、留存到未來。如此說來，文學就是為國家的記憶鎖住養分，留待適當的時機按圖索驥，找出時空的所有樣貌。

作家所見所思、所想所感，於不同世代影響時代的認識，因此我們談文學、讀作品，不可能躍過作家。「臺灣現當代作家研究資料彙編計畫」的精神恰與文化部近來致力推動「重建臺灣藝術史計畫」的核心想法不謀而合，也就是從檔案史料中提煉出最能彰顯臺灣文化多元性的在地史觀，為 21 世紀臺灣文化認同找到最紮實的記憶路徑。這套叢書透過回顧作家生平經歷、查找他們的文學互動軌跡，加上諸多研究者的評述，讀者不僅與作家的文學腳蹤同行，也由此進入臺灣特有的文學世界。

十分欣見臺文館將第八階段的編選成果呈現在面前。這個計畫從 2010 年開展，完成了 110 位臺灣現當代重要作家的研究資料彙編。這份長長的名單裡，雖不乏許多讀者耳熟能詳的文學大家，但也有許多逐漸為讀者或研究者都忘的好手。這個百餘冊的彙編，就是倒入臺灣文化記憶土壤的養分。漸漸離開前臺的前輩作家，再度重新被閱讀、被重視、被討論，這是推展臺灣文學的價值。

這一套兼具深度與廣度的臺灣文學工具書，不只提供國內外關心、研究臺灣文學的用戶參考，並期待持續點亮臺灣文學的光芒。

文化部部長 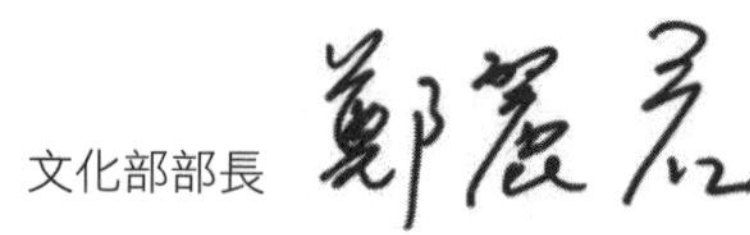

館長序

以文字方式留存的臺灣文學，至少已有三百餘年歷史，若再加計原住民節奏韻味的口傳文化，絕對是至足以聚攏一整個社會的集體記憶。相對於文學創作的不屈不撓，臺灣文學的「研究」，則因為政治情境所迫，而遲至 1990 年代才能在臺灣的大學科系成立，因此有必要加緊步履「文學史」的補課工作。

國立臺灣文學館，當然必須分擔這個責任。文學，是人類使用符號而互動的最高級表現，作家透過作品與讀者進行思想的美好交鋒，是複雜的社會共感歷程。其中，探討作家的作品，固是文學研究的明確入口，然而讀者的回應甚至反擊，更是不遑多讓的迷人素材。臺灣文學館在 2010 年開啟《臺灣現當代作家研究資料彙編》的編纂計畫，委託臺灣文學發展基金會執行，以「現當代」文學作家為界，蒐羅散落各地、視角多元的研究評論資料，期能更有效率勾勒臺灣文學的標竿圖像。

《臺灣現當代作家研究資料彙編》，由最早預定三個階段出版 50 冊的計畫，因各界的期許而延續擴編，至今已是第八階段，累積出版已達 110 冊。當然，臺灣文學作家的意義，遠遠大於現當代的範圍，彙編選擇的作家對象，也不可能窮盡，更無位階排名之意。

現當代的範圍始自 1920 年代賴和的世代至今，相對接近我們所處的社會，也更能捕捉臺灣文化史的雜揉情境。當然部落社會的無名遊吟者、清末古典文學的漢詩人，曾在各個時代留下痕跡的文學家們，亦為高度值得尊崇的文學瑰寶。第八階段彙編計畫包含林語堂、洪炎秋、李曼瑰、王詩琅、李榮春、吳瀛濤、王藍、郭良蕙、辛鬱、黃娟共十位作家，顧及並體現了臺灣文學跨越族群、性別、世代、階級的共同歷程，而各冊收錄的研究評論，也提供我們理解臺灣文學特殊面向的不同視野。期待彙編資料真能開啟一個窗口，以看見臺灣短短歷史撞擊出的這麼多類屬各異的文學互動。

國立臺灣文學館館長　蘇碩斌

編序

◎封德屏

緣起

1995 年 10 月 25 日，在臺灣師範大學教育大樓的 201 室，一場以「面對臺灣文學」為題的座談會，在座諸位學者分別就臺灣文學的定義、發展、研究，以及文學史的寫法等，提出宏文高論，而時任國家圖書館編纂張錦郎的「臺灣文學需要什麼樣的工具書」，輕鬆幽默的言詞，鞭辟入裡的思維，更贏得在座者的共鳴。

張先生以一個圖書館工作人員自謙，認真專業地為臺灣這幾十年來究竟出版了多少有關臺灣文學的工具書，做地毯式的調查和多方面的訪問。同時條理分明地針對研究者、學生，列出了十項工具書的類型，哪些是現在亟需的，哪些是現在就可以做的，哪些是未來一步一步累積可以達成的，分別做了專業的建議及討論。

當時的文建會二處科長游淑靜，參與了整個座談會，會後她劍及履及的開始了文學工具書的委託工作，從 1996 年的《臺灣文學年鑑》起始，一年一本的編下去，一直到現在，保存延續了臺灣文學發展的基本樣貌。接著是《中華民國作家作品目錄》的新編，《臺灣文壇大事紀要》的續編，補助國家圖書館「當代文學史料影像全文系統」的建置，這些工具書、資料庫的接續完成，至少在當時對臺灣文學的研究，做到一些輔助的功能。

2003 年 10 月，籌備多年的「臺灣文學館」正式開幕運轉。同年五月《文訊》改隸「財團法人台灣文學發展基金會」，為了發揮更大的動能，開始更積極、更有效率地將過去累積至今持續在做的文學史料整理出來，讓豐厚的文藝資源與更多人共享。

於是再次的請教張錦郎先生，張先生認為文學書目、作家作品目錄、文學年鑑、文學辭典皆已完成或正在進行，現在重點應該放在有關「臺灣現當代作家評論資料目錄」的編輯工作上。

很幸運的，這個計畫的發想得到當時臺灣文學館林瑞明館長的支持，於是緊鑼密鼓的展開一切準備工作：籌組編輯團隊、召開顧問會議、擬定工作手冊、撰寫計畫書等等。

張錦郎先生花了許多時間編訂工作手冊，每一位作家的評論資料目錄分為：

（一）生平資料：可分作者自述，旁人論述及訪談，文學獎的紀錄。

（二）作品評論資料：可分作品綜論，單行本作品評論，其他作品（包括單篇作品）評論，與其他作家比較等。

此外，對重要評論加以摘要解說，譬如專書、專輯、學術會議論文集或學位論文等，凡臺灣以外地區之報刊及出版社，於書名或報刊後加註，如中國大陸、香港、新加坡等。此外，資料蒐集範圍除臺灣外，也兼及中國大陸、香港、新加坡、日本、韓國及歐美等地資料，除利用國內蒐集管道外，同時委託當地學者或研究者，擔任資料蒐集工作。

清楚記得，時任顧問的學者專家們，都十分高興這個專案的啟動，但確定收錄哪些作家名單時，也有不同的思考及看法。經過充分的討論後，終於取得基本的共識：除以一般的「文學成就」為觀察及考量作家的標準外，並以研究的迫切性與資料獲得之難易度為綜合考量。譬如說，在第一階段時，作家的選擇除文學成就外，先考量迫切性及研究性，迫切性是指已故又是日治時期臺籍作家為優先，研究性是指作品已出土或已譯成中文為優先。若是作品不少而評論少，或作品評論皆少，可暫時不考慮。此外，還要稍微顧及文類的均衡等等。基本的共識達成後，顧問群共同挑選出 310 位作家，從鄭坤五、賴和、陳虛谷以降，一直到吳錦發、陳黎、蘇偉貞，共分三個階段進行。

「臺灣現當代作家評論資料目錄」專案計畫，自 2004 年 4 月開始，至 2009 年 10 月結束，分三個階段歷時五年六個月，共發現、搜尋、記錄了十餘萬筆作家評論資料。共經歷了三位專職研究助理，近三十位兼任研究助理。這些研究助理從開始熟悉體例，到學習如何尋找資料，是一條漫長卻實用的學習過程。

接續

「臺灣現當代作家評論資料目錄」的專案完成，當代重要作家的研究，更可以在這個基礎上，開出亮麗的花朵。於是就有了「臺灣現當代作家研究資料彙編暨資料庫建置計畫」的誕生。為了便於查詢與應用，資料庫的完成勢在必行，而除了資料庫的建置外，這個計畫再從 310 位作家中精選 50 位，每人彙編一本研究資料，內容有作家圖片集，包括生平重要影像、文學活動照片、手稿及文物，小傳、作品目錄及提要、文學年表。另外每本書分別聘請一位最適當的學者或研究者負責編選，除了負責撰寫八千至一萬字的作家研究綜述外，再從龐雜的評論資料中挑選具有代表性的評論文章，平均 12～14 萬字，最後再附該作家的評論資料目錄，以期完整呈現該作家的生平、創作、研究概況，其歷史地位與影響。

第一部分除資料庫的建置外，50 位作家 50 本資料彙編（平均頁數 400～500 頁），分三個階段完成，自 2010 年 3 月開始至 2013 年 12 月，共費時 3 年 9 個月。因為內容充實，體例完整，各界反應俱佳，第二部分的 50 位作家，分四階段進行，自 2014 年 1 月開始至 2017 年 12 月，共費時 4 年，並於 2017 年 12 月出版《百冊提要》，摘要百冊精華，也讓研究者有清晰的索引可循。2018 年 1 月，舉行百冊成果發表會，長年的灌溉結果獲文化部支持，得以延續百冊碩果，於 2018 年 1 月啟動第三部分 20 位作家的資料彙編。

成果

雖然過程是如此艱辛，如此一言難盡，可是終究看到豐美的成果。每位編選者雖然忙碌，但面對自己負責的作家資料彙編，卻是一貫地認真堅持。他們每人必須面對上千或數百筆作家評論資料，挑選重要或關鍵性的評論文章，全面閱讀，然後依照編選原則，挑選評論文章。助理們此時不僅提供老師們所需要的支援，統計字數，最重要的是得找到各篇選文作者，取得同意轉載的授權。在起初進度流程初估時，我們錯估了此項工作的難度，因為許多評論文章，發表至今已有數十年的光景，部分作者行蹤難查，還得輾轉透過出版社、學校、服務單位，尋得蛛絲馬跡，再鍥而不捨地追蹤。有了前面的血淚教訓，日後關於授權方面，我們更是如臨深淵、如履薄冰，希望不要重蹈覆轍，在面對授權作業時更是戰戰兢兢，不敢懈怠。

除了挑選評論文章煞費苦心外，每個作家生平重要照片，我們也是採高標準的方式去蒐集，過世作家家屬、友人、研究者或是當初出版著作的出版社，都是我們徵詢的對象。認真誠懇而禮貌的態度，讓我們獲得許多從未出土的資料及照片，也贏得了許多珍貴的友誼。許多作家都協助提供照片手稿等相關資料，已不在世的作家，其家屬及友人在編輯過程中，也給予我們許多協助及鼓勵，藉由這個機會，與他們一起回憶、欣賞他們親人或父祖、前輩，可敬可愛的文學人生。此外，還有許多作家及研究者，熱心地幫忙我們尋找難以聯繫的授權者，辨識因年代久遠而難以記錄年代、地點、事件的作家照片，釐清文學年表資料及作家作品的版本問題，我們從他們身上學習到更多史料研究可貴的精神及經驗。

但如何在規定的時間內，完成每個階段資料彙編的編輯出版工作，對工作小組來說，確實是一大考驗。每一冊的主編老師，都是目前國內現當代臺灣文學教學及研究的重要人物，因此都十分忙碌。每一本的責任編輯，必須在這一年的時間內，與他們所負責資料彙編的主角——傳主及主編老師，共生共榮。從作家作品的收集及整理開始，必須要掌握該作家所有出版的作品，以及盡量收集不同出版社的版本；整理作家年表，除了作家、研究者已撰述好的年表外，也必須再從訪談、自傳、評論目錄，從作品出版等線索，再作比對及增刪。再來就是緊盯每位把「研究綜述」放在所有進度最後一關的主編們，每隔一段時間提醒他們，或順便把新增的評論目錄寄給他們（每隔一段時間就有新的相關論文或學位論文出現），讓他們隨時與他們所主編的這本書，產生聯想，希望有助於「研究綜述」撰寫的進度。

在每個艱辛漫長的歲月中，因等待、因其他人力無法抗拒的因素，衍伸出來的問題，層出不窮，更有許多是始料未及的。譬如，每本書的選文，主編老師本來已經選好了，也經過授權了，為了抓緊時間，負責編輯的助理們甚至連順序、頁碼都排好了，就等主編老師的大作了，這時主編突然發現有新的文章、新的資料產生：再增加兩三篇選文吧！為了達到更好更完備的目標，工作小組當然全力以赴，聯絡，授權，打字，校對，重編順序等等工作，再度展開。

此次第三部分第一階段共需完成的 10 位作家研究資料彙編，年齡層與活動地區分布較廣，跨越 19 世紀末至 1930 年代出生的作者，步履遍布海內外各地。出生年代較早的作者，在年表事件的求證以及早年著作的取得上，饒有難度，也考驗團隊史料採集與判讀的功力。以出生年代較近的作者而言，許多疑難雜症不刃而解，有些連主編或研究者都不太清楚的部分，譬如年表中的某一件事、某一個年代、某一篇文章、某一個得獎記錄，作家本人及家屬絕對是一個最好的諮詢對象，對解決某些問題來說，這是一個好的線索，但既然看了，關心了，參與了，就可能有不同的看法，選文、年表、照片，甚至是我們整本書的體例，於是又是一場翻天覆地的大更動，對整本書的品質來說，應該是好的，但對經過多次琢磨、修改已進入完稿階段的編輯團隊來說，這不啻是一大挑戰。

1990 年開始，各地縣市文化中心（文化局），對在地作家作品集的整理出版，以及臺灣文學館成立後對日治時期作家以迄當代重要作家全集的編纂，對臺灣文學之作家研究，也有了很好的促進作用。如《楊逵全集》、《林亨泰全集》、《鍾肇政全集》、《張文環全集》、《呂赫若日記》、《張秀亞全集》、《葉石濤全集》、《龍瑛宗全集》、《葉笛全集》、《鍾理和全集》、《錦連全集》、《楊雲萍全集》、《鍾鐵民全集》等，如雨後春筍般持續展開。

經過近二十年的努力，臺灣文學的研究與出版，也到了可以驗收或檢討成果的階段。這個說法，當然不是要停下腳步，而是可以從「臺灣現當代作家評論資料目錄」所呈現的 310 位作家、10 萬筆資料中去檢視。檢視的標的，除了從作家作品的質量、時代意義及代表性去衡量外、也可以從作家的世代、性別、文類中，去挖掘有待開墾及努力之處。因此這套「臺灣現當代作家研究資料彙編」，大部分的編選者除了概述作家的研究面向外，均有些觀察與建議。希望就已然的研究成果中，去發現不足與缺憾，研究者可以在這些不足與缺憾之處下功夫，而盡量避免在相同議題上重複。當然這都需要經過一段時間去發現、去彌補、去重建，因此，有關臺灣文學的調查、研究與論述，就格外顯得重要了。

期待

感謝臺灣文學館持續推動這兩個專案的進行。「臺灣現當代作家評論資料目錄」的完成，呈現的是臺灣文學研究的總體成果；「臺灣現當代作家研究資料彙編」的出版，則是呈現成果中最精華最優質的一面，同時對未來臺灣文學的研究面向與路徑，作最好的建議。我們可以很清楚的體會，這是一條綿長優美的臺灣文學接力賽，經過長時間的耕耘、灌溉，風搖雨濡、燭影幽轉，百年臺灣文學大樹卓然而立，跨越時代並馳而行，百冊作家研究資料彙編得千位作家及學者之力，我們十分榮幸能參與其中，更珍惜在傳承接力的過程，與我們相遇的每一個人，每一件讓我們真心感動的事。我們更期待這個接力賽，能有更多人加入。誠如張恆豪所說「從高音獨唱到多元交響」，這是每一個人所期待的。

編輯體例

一、本書編選之目的，為呈現林語堂生平、著作及研究成果，以作為臺灣文學相關研究、教學之參考資料。

二、全書共五輯，各輯內容及體例說明如下：

輯一：圖片集。選刊作家各個時期的生活或參與文學活動的照片、著作書影、手稿（包括創作、日記、書信）、文物。

輯二：生平及作品，包括三部分：

1.小傳：主要內容包括作家本名、重要筆名，生卒年月日，籍貫，及創作風格、文學成就等。

2.作品目錄及提要：依照作品文類（論述、詩、散文、小說、劇本、報導文學、傳記、日記、書信、兒童文學、合集）及出版順序，並撰寫提要。不收錄作家翻譯或編選之作品。

3.文學年表：考訂作家生平所進行的文學創作、文學活動相關之記要，依年月順序繫之。

輯三：研究綜述。綜論作家作品研究的概況，並展現研究成果與價值的論文。

輯四：重要文章選刊。選收作家自述、國內外具代表性的相關研究論文及報導。

輯五：研究評論資料目錄。收錄至 2018 年 11 月底止，有關研究、論述臺灣現當代作家生平和作品評論文獻。語文以中文為主，兼及日文和英文資料。所收文獻資料，以臺灣出版為主，酌收中國大陸、香港、日本和歐美國家的出版品。內容包含三部分：

1.「作家生平、作品評論專書與學位論文」下分為專書與學位論文。

2.「作家生平資料篇目」下分為「自述」、「他述」、「訪談」、「年表」、「其他」。

3.「作品評論篇目」下分為「綜論」、「分論」、「作品評論目錄、索引」、「其他」。

目次

【輯五】研究評論資料目錄

輯一◎圖片集

影像◎手稿◎文物

約1900年，幼年時期的林語堂，攝於福建漳州。（林語堂故居提供）

1902年，林語堂全家福，攝於福建漳州。左起：父親林至誠（後）、佚名（前）、林語堂（戴帽者）、佚名（前）、佚名（後）、母親楊順命、二姐林美宮、佚名。（林語堂故居提供）

約1904年，林語堂（一排右二）與坂仔村銘新小學師生合影。（林語堂故居提供）

1916年，上海聖約翰大學的林語堂畢業照。（林語堂故居提供）

1927年10月4日，林語堂與文友合影於上海。前排左起：周建人、許廣平、魯迅；後排左起：孫福熙、林語堂、孫伏園。（魯迅文化基金會提供）

1933年2月17日，蕭伯納（George Bernard Shaw）短暫訪華，林語堂與文友接待，攝於上海孫中山故居。右起：魯迅、林語堂、蔡元培（前）、伊羅生（Harold Robert Isaacs）（後）、宋慶齡、蕭伯納、史沫特萊（Agnes Smedley）。（魯迅文化基金會提供）

1930年代初期，攝於上海書房的林語堂。（林語堂故居提供）

1936年，林語堂夫婦與John Day Company老闆華爾希（Richard J. Walsh）（左）合影於美國賓州。（林語堂故居提供）

1939年冬，林語堂於*Moment in Peking*出版說明會分享創作心得，攝於芝加哥。（林語堂故居提供／Kaufmann&Fabry Co.攝）

1940年夏，林語堂全家福，攝於四川北碚。前排左起：林語堂、三女林相如、妻廖翠鳳；後排左起：長女林如斯、次女林太乙。（林語堂故居提供）

1943年，自美返國考察國共關係的林語堂，行至陝西時與學生合影。（林語堂故居提供）

1946年，攝於紐約寓所的林語堂。（林語堂故居提供）

約1948年，任聯合國教科文組織美術與文學組主任的林語堂與友人合影，攝於黎巴嫩Baalbek朱比特神殿（Temple of Jupiter）前。右起：佚名、林語堂、朱經農、瞿菊農、佚名。（林語堂故居提供）

約1950年，林語堂與資助明快打字機發明的古董商盧芹齋合影於法國。左起：盧芹齋、林語堂、三女林相如、妻廖翠鳳、佚名。（林語堂故居提供）

1958年10月14日，林語堂夫婦（正中者）首次來臺，在機場受到友人與聖約翰大學同學歡迎。左起：曾虛白（左一）、羅家倫（左三）；右起：馬星野（右一）、黃啟端（右三）。（林語堂故居提供／王中攝）

1965年12月，林語堂(左二)與張大千（右二）等友人聚會。（林語堂故居提供）

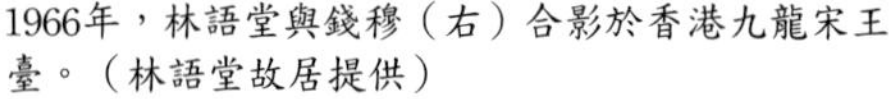

1966年，林語堂與錢穆（右）合影於香港九龍宋王臺。（林語堂故居提供）

1967年，林語堂夫婦攝於陽明山自宅陽臺。（林語堂故居提供／劉偉勳攝）

約1968年，林語堂應彭蒙惠（Doris M.Brougham）（右）之邀，於空中英語教室與學生分享英文學習經驗。（林語堂故居提供）

1969年，林語堂於陽明山自宅書房與《林語堂當代漢英詞典》手稿合影。（林語堂故居提供／耿殿棟攝）

1969年，林語堂夫婦結婚五十年慶祝會。右起：黃肇珩、馬驥伸、陳裕清、妻廖翠鳳、林語堂、長女林如斯、馬大安、馬星野、辜祖文。（林語堂故居提供）

1970年6月16～19日，任中華民國筆會會長的林語堂（著西裝立者），主持「國際筆會第三屆亞洲作家會議」。（林語堂故居提供）

1970年6月，林語堂夫婦與參加「國際筆會第三屆亞洲作家會議」來賓聚餐。右起：林語堂（右一）、川端康成（右六）；左起：妻廖翠鳳（左一）、佐藤亮一（左三）、川端秀子（左四）。（林語堂故居提供）

1975年，攝於陽明山自宅書房的林語堂。（林語堂故居提供）

1923年，林語堂博士論文*Altchinesische Lautlehre*（〈古代中國語音學〉）封面與以德文打字，中文書寫之內頁。（林語堂故居提供）

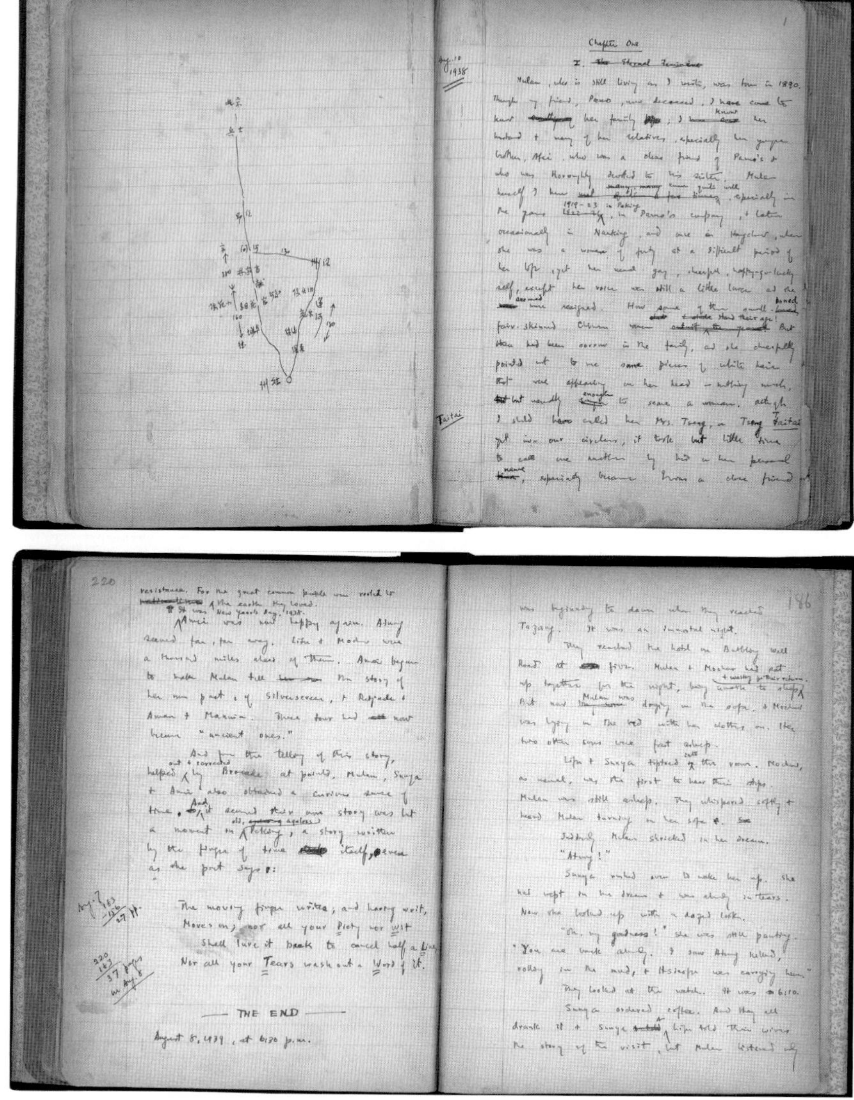

Chapter One

The moving finger writes, and having writ,
Moves on; nor all your Piety nor Wit
Shall lure it back to cancel half a Line,
Nor all your Tears wash out a Word of it.

THE END

August 8, 1939, at 6:30 p.m.

1938年8月10日～1939年8月8日，長篇小說*Moment in Peking*第一章、最後一頁手稿。
（國立故宮博物院提供）

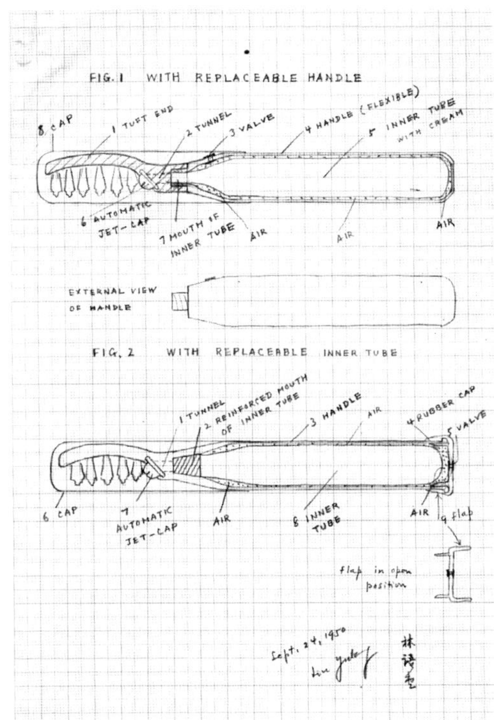

1950年9月24日，林語堂自來牙刷設計手稿。（林語堂故居提供）

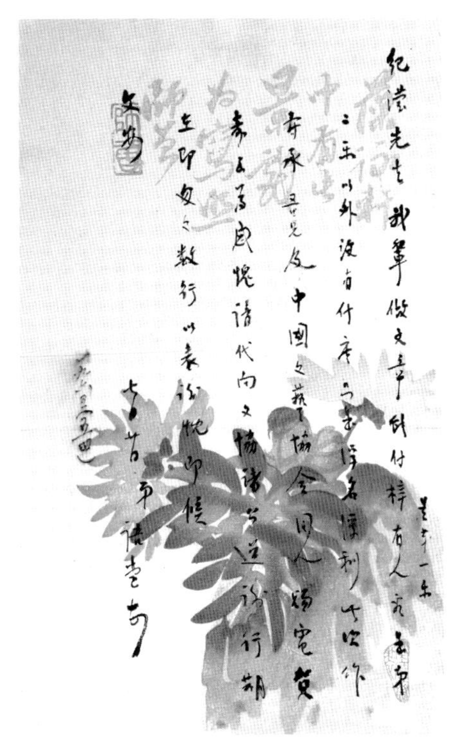
紀瀅先生：我輩做文章刊付梓，有人竟要來，是一樂。
二三十以外，沒有什麼可寫，浮名便利，何必作
壽。承吾兄及中國文藝協會同人賜電賀
壽，至為感愧，請代向文協諸公道謝。行期
在即，匆匆數行，以表謝忱。即候
文安
弟語堂
十月廿日

1965年10月20日，林語堂致陳紀瀅信函，內容感謝七十大壽時，陳紀瀅與中國文藝協會，賜電賀壽。（何創時書法藝術基金會提供）

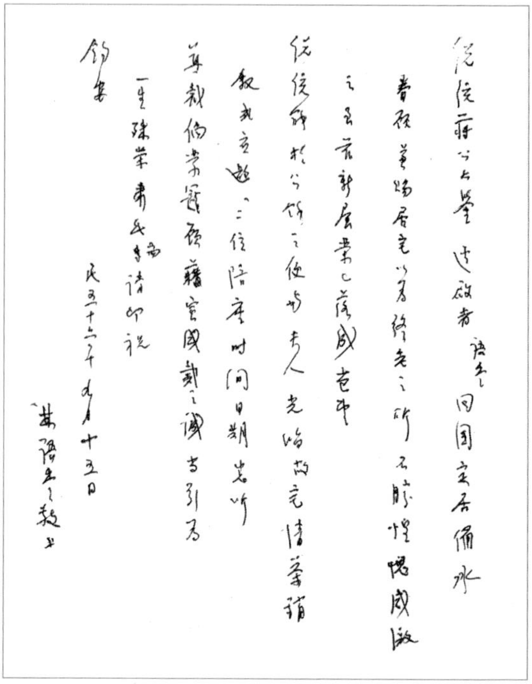

1967年9月15日，林語堂致蔣中正信函，內容感激蔣中正賜居宅，使其有養老之所，並邀請蔣中正至宅中茶敘。（林語堂故居提供）

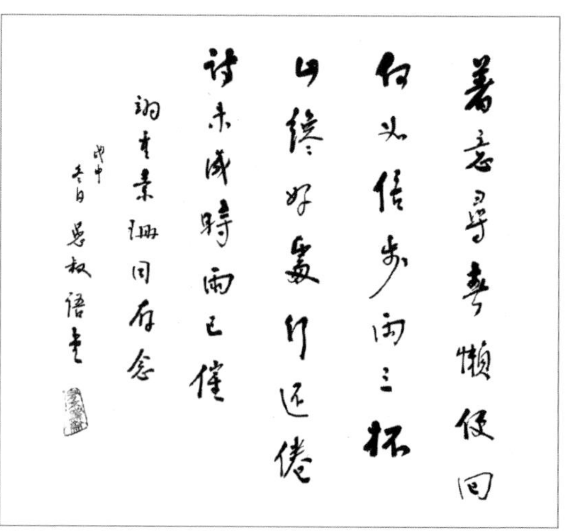

著意尋春懶便回
何如信步兩三杯
山纔好處行還倦
詩未成時雨已催
翊重素珊同存念
戊申冬日　五叔語堂

1968年冬，身為林翊重五叔的林語堂，寫下辛棄疾〈鷓鴣天〉送給畢璞夫婦（林翊重、周素珊）存念，上鈐書齋名「有不為齋」印。（文訊文藝資料中心提供）

1972年3月7日，林語堂手稿〈念如斯〉，用以悼念長女林如斯。（林語堂故居提供）

Lin Taiyi takes a letter from her father, Dr. Lin Yutang, using the remarkable new Chinese typewriter he invented.

PHOTO BY ERIC HEDLUND

林小姐請你打一封信

Translated, that means "Take a letter, Miss Lin," and Miss Lin does—on a new Chinese typewriter of 90,000 characters

By HAL BURTON

THAT STENOGRAPHER OF YOURS is doubtless pretty efficient at her job of pounding out your thoughts on a standard keyboard with its 42 keys.

But can you imagine what she'd do if you handed her a typewriter that's supposed to handle the equivalent of an alphabet with 90,000 letters?

Nevertheless, Chinese stenographers and would-be stenographers aren't indignant at Dr. Lin Yutang; indeed, they're grateful.

Dr. Lin, who has spent years bringing the literary wisdom of the East to Americans, is now turning the mechanical wisdom of the West to the benefit of his native country. He has invented a Chinese typewriter that will do in one hour the work of a Chinese copyist during an eight-hour day.

In addition to producing some 90,000 Chinese characters, each a complete word in itself, Dr. Lin's miracle machine also types in Russian, in Japanese, and in English—all at the rate of 50 words a minute. The philosopher, a smiling and bespectacled man, has been working on his invention for 30 years.

"It should move the clock of progress in China forward 10 to 20 years," he says, "and it will revolutionize all Chinese office life. For, up to now, all Chinese letters have been written by hand, without carbon copies."

The typewriter itself goes under the trade name Mingkwai, meaning "clear and quick." It is not much bigger than an ordinary machine. Since there is no Chinese alphabet, each word is represented by a symbol.

Octagonal type bars, rotating around cylinders, carry 7,000 of the most-used symbols. In addition, parts of other symbols are carried on the type bars, and these can be combined to produce a word.

The typewriter is amazingly easy to operate. By pressing two of the 72 keys in sequence, the stenographer sees on a ground-glass mirror the reflection of eight words that fall into the same category. She need only press a "number" key to select the word she wants.

Only one such machine is now in existence, and its most proficient operator is Dr. Lin's daughter, Lin Taiyi, an attractive girl, who can type the full 50 words a minute without pausing.

"It's easy," she says. "It only took me two minutes to learn how the machine works. I can type in Japanese as well as Chinese, by the way. Most Japanese words are like Chinese, except that some of their symbols are more snake-like."

Miss Lin has written two novels, and served during the war as secretary to the Surgeon-General of the Chinese Army. In writing her novels, however, she used an English typewriter. So, for that matter, did Dr. Lin, whose works include such best sellers as "The Importance of Living" and "Moment in Peking."

"All this time I have been working hard to make a living out of my own writing," says Dr. Lin, who plans to mass-produce his typewriter for the export trade. "Now, maybe I can begin to make a living out of somebody else's typewriting."

Copyright, 1947, King Features Syndicate, Inc.

11

1947年，林語堂設計的明快打字機成稿與當時林太乙示範打字機的報導。（林語堂故居提供）

林語堂生前使用的菸斗、眼鏡。（林語堂故居提供）

輯二◎生平及作品

小傳◎作品◎年表

小傳

林語堂（1895～1976）

林語堂，男，本名林玉堂，譜名和樂，籍貫福建龍溪，1895 年 10 月 10 日生，1958 年首次來臺，1966 年再度來臺，同年定居臺灣陽明山，1976 年 3 月 26 日辭世，安葬於臺北故居後園中，享年 81 歲。

上海聖約翰大學畢業，美國哈佛大學比較文學碩士，德國萊比錫大學（Leipzig University）語言學博士。曾任教北京清華學校（今北京清華大學）、北京大學英文系、廈門大學等，曾任中央研究院歷史語言研究所特約研究員、聯合國教科文組織（UNESCO）美術與文學組主任、新加坡南洋大學校長、中華民國筆會會長、國際筆會副會長等。曾兩度被推薦為諾貝爾文學獎候選人。

林語堂的創作文類包括論述、散文、小說、傳奇、辭典、翻譯。1924 年於《晨報副鐫》發表〈徵譯散文並提倡「幽默」〉、〈幽默雜話〉，將 Humor 譯成「幽默」一詞，自此被譽為幽默大師。1920 年代於《語絲》發表的多為評論時局的雜文，此時期作品多集結於《翦拂集》、《大荒集》；1930 年代創辦《論語》、《人間世》、《宇宙風》，內容提倡幽默、性靈文學、暢談人生貼近人生的小品文，作品則收錄於《我的話（上冊）——行素集》、《我的話（下冊）——披荊集》。

在賽珍珠的鼓勵下，1935 年首次以英文出版的 *My Country and My People*（《吾國與吾民》），忠實分析中國民族性與社會，開啟西方對中國世界多方的感知，也開拓林語堂第二階段創作時期：以英文撰寫作品，作為向西方介紹東方的媒介。在散文類，於 1937 年出版的 *The Importance of Living*（《生活的藝術》），書中詳介中國人的生活哲學，如品茗、園藝、養生、休閒、居家等閒情雅致，亦將多部儒道家經典經由自身詮釋譯寫成英文著作，傳播中國哲學思想，如 *The Wisdom of Confucius*（《孔子的智慧》）、*The Wisdom of Laotse*（《老子的智慧》）。此外，有鑑於二戰時期西方不理解中國的國情、政治與社會發展，遂返國進行實際探查，進而完成 *The Vigil of a Nation*（《枕戈待旦》）。在小說類，*Moment in Peking*（《京華煙雲》）、*A Leaf in the Storm：A Novel of War-Swept China*（《風聲鶴唳》）、*The Vermilion Gate*（《朱門》）被視為「林語堂三部曲」，書中以戰亂為背景，地域由北京、上海寫至西安、新疆幅員廣大，議題觸及家族、民族、國族，作品中常滲透道家思想。除三部曲，亦有「移民文學」的 *Chinatown Family*（《唐人街》）、經歷新加坡南洋大學風波後，心境上轉變所寫的 *Looking Beyond*（《遠景》或譯為《奇島》）、自傳體小說 *Juniper Loa*（《賴柏英》）等。在傳記方面，以蘇東坡、武則天為主角撰寫 *The Gay Genius: The Life and Times of Su Tungpo*（《蘇東坡傳》）、*Lady Wu: A True Story*（《武則天傳》），皆為膾炙人口的作品。

1958、1966 年兩次訪臺後，因臺灣風土民情與家鄉相近，從美國定居陽明山。在臺期間，筆鋒仍健，除持續於中央社「無所不談」專欄撰寫文章，任中華民國筆會會長期間，主持筆會事務，如籌辦「國際筆會第三屆亞洲作家會議」、催生《中華民國筆會季刊》（*The Chinese PEN*）創刊，積極促進臺灣文學與國際間的交流。

在文學創作外，身兼語言學家、「明快打字機」發明者、《開明英文讀本》與《林語堂當代漢英詞典》辭典編纂者，一生以「兩腳踏東西文化，一心評宇宙文章」自許的林語堂，其作品譯成多國語言，地域廣及歐洲、日韓、中南美洲等處，畢生對東西文化的影響，誠如國際筆會中華民國分會於 1972 年諾貝爾文學獎候選人提名函件上所讚為「東方與西方之間心靈的橋樑」。

作品目錄及提要[1]

【論述】

開明書店 1933

文星書店 1967

語言學論叢

上海：開明書店
1933 年 5 月，25 開，376 頁

臺北：文星書店
1967 年 5 月，25 開，376 頁

本書集結古代音韻、方言，現代語言學、漢語史等評論文章。全書收錄〈古有複輔音說〉、〈前漢方音區域考〉、〈古音中已遺失的聲母〉、〈支脂之三部古讀考〉等 32 篇。正文前有林語堂〈弁言〉，正文後有林語堂〈勘誤表〉。

1967 年文星版：正文與 1933 年開明版同。正文前新增林語堂〈重刊《語言學論叢》序〉，正文後刪去林語堂〈勘誤表〉。

---

[1]本作品目錄及提要以 1975 年美亞書版公司出版 *Memoirs of an Octogenarian* 中第 13 章“Taking stock”所列之書籍為收錄對象，廣收林語堂著作之原版與中譯、外譯本。雖當時時空背景對著作權並未有嚴謹及明確的規範，但考量林語堂中譯本、外譯本之研究影響，本目錄將其收錄。因地域與時間之限制，本目錄所著錄以臺灣各大圖書館與林語堂故居藏本為主。各版本之譯者名，皆按版權頁、封面著錄。又，為使讀者閱讀方便，將書目版本較多者（1935、1939 年 *My Country and My People*、*The Secret Name*、*The Importance of Living*、*Moment in Peking*、*A Leaf in the Storm :A Novel of War-Swept China*、*Chinatown Family*、*The Red Peony*），第一版本獨立為一條書目，後以頁為單位，進行版本比較。

John Day 1935

My Country and My People
紐約：John Day Company
1935 年 8 月，13.5x20.6 公分，382 頁

本書由種族、思想、生活、文學、藝術等各方面，向外國人分析中國的國民性和社會生活。全書分「Bases」、「Life」兩部分，第一部分「Bases」收錄“Prologue”、“Ⅰ.The Chinese People”、“Ⅱ.The Chinese Character”、“Ⅲ.The Chinese Mind”、“Ⅳ.Ideals of Life”四章；第二部分「Life」收錄“Prologue to Part Two”、“Ⅴ.Woman's Life”、“Ⅵ.Socal and Political Life”、“Ⅶ.Literary Life”、“Ⅷ.The Artistic Life”、“Ⅸ.The Art of Living”五章，共九章。正文前有賽珍珠“Introduction”、林語堂“Author's Preface”，正文後有“Epilogue”、附錄“Chinese Dynasties”、“A Note on Spelling and Pronunciation of Chinese Names”、“Index”。

Payot 1937

世界新聞出版社
1938（上）

倫敦：William Heinemann
1936 年

巴黎：Payot
1937 年，14.1x22.7 公分，396 頁
S. et P. Bourgeois 譯

漢口：戰時讀物編譯社
1938 年 1 月，32 開，88 頁

上海：世界新聞出版社
1938 年 5 月、12 月，32 開，166、460 頁
鄭陀譯

東京：豐文書院
1938 年 7 月，604 頁
新居格譯

世界新聞出版社
1938（下）

1936 年 William Heinemann 版：（今查無藏本）。
1937 年 Payot 版：法譯本 *La Chine Et Les Chinois*。正文與 1935 年 John Day 版同。正文前新增 Jean Escarra“Préface”，正文後刪除“A Note on Spelling and Pronunciation of Chinese Names”、“Index”。
1938 年戰時讀物版：中文節譯本《中國與中國人》。（今查無藏本）。
1938 年世界新聞版：中譯本《吾國與吾民》。全兩冊。正文與 1935 年 John Day 版同。正文前新增鄭陀〈譯者弁言〉，正文後刪去“Chinese Dynasties”、“A Note on Spelling and Pronunciation of Chinese Names”、“Index”。
1938 年豐文書院版：日譯本『我國土・我國民』。（今查無藏本）。

Halcyon House 1938

Gyldendalske Boghandel 1938

世界文摘出版社 1954

Editorial Sudamericana 1961

中行書局 1966

大方出版社 1973

紐約：Halcyon House
1938 年 9 月，14 x21.6 公分，382 頁

哥本哈根：Gyldendalske Boghandel
1938 年，16.5x24.5 公分，330 頁

布宜諾斯艾利斯：Editorial Sudamericana
1941 年

香港：世界文摘出版社
1954 年 5 月，11x17.3 公分，344 頁

布宜諾斯艾利斯：Editorial Sudamericana
1961 年 4 月，42 開，333 頁
Román A. Jiménez 譯
Colección Piragua40

臺北：中行書局
1966 年 8 月，32 開，330 頁

臺北：大方出版社
1973 年 5 月，32 開，330 頁

1938 年 Halcyon House 版：正文與 1935 年 John Day 版同。正文前新增徐悲鴻 "*A Horse*"、"About the Author"、林語堂 "Preface to Revised edition"。
1938 年 Gyldendalske Boghandel 版：丹麥譯本 *Mit Land Og Mit Folk*。正文與 1935 年 John Day 版同。正文前刪去賽珍珠 "Introduction"、林語堂 "Preface"，正文後刪去 "Index"。
1941 年 Editorial Sudamericana 版：西班牙譯本 *Mi Patria Y Mi Pueblo*。(今杳無藏本)。
1954 年世界文摘版：中譯本《吾國與吾民》。正文與 1938 年世界新聞版同。正文前刪去鄭陀〈譯者弁言〉。
1961 年 Editorial Sudamericana 版：西班牙譯本 *Mi Patria Y Mi Pueblo*。正文與 1935 年 John Day 版同。正文後刪去"Index"。
1966 年中行版：中譯本《吾國與吾民》。正文與 1938 年世界新聞版刪去〈中華民國的真相〉、〈領袖人才的要求〉、〈吾們的出路〉。正文前刪去鄭陀〈譯者弁言〉，新增 1966 年林語堂來臺影像。
1973 年大方版：中譯本《吾國與吾民》。內容與 1966 年中行版同。

義士出版社 1974

大申書局 1975

遠景出版社 1977

林白出版社 1977

德華出版社 1979

喜美出版社 1980

臺中：義士出版社
1974 年 9 月，25 開，290 頁

臺北：大申書局
1975 年，25 開，290 頁

臺南：綜合出版社
1976 年，25 開，284 頁

臺北：莊家出版社
1976 年，25 開，290 頁

臺南：大孚書局
1977 年，25 開，290 頁

臺南：大夏出版社
1977 年，25 開，344 頁

臺北：遠景出版社
1977 年 9 月，32 開，308 頁
遠景叢刊 75

臺北：林白出版社
1977 年 10 月，32 開，369 頁
林白叢書 88

臺南：德華出版社
1979 年 11 月，32 開，319 頁
林語堂經典名著 2‧愛書文人庫 082

臺北：喜美出版社
1980 年 8 月，32 開，319 頁

臺北：新象書店
1984 年，25 開，290 頁

臺北：金蘭文化出版社
1984 年，32 開，319 頁
林語堂經典名著 2

1974 年義士版：中譯本《吾國與吾民》。正文與 1966 年中行版刪去「中華民族之素質」、「中國人民的生活」兩輯名。正文前刪去 1966 年林語堂來臺影像，新增作者與中國風景影像。

1975 年大申版：中譯本《吾國與吾民》。正文與 1974 年義士版同。正文前有作者近影、林長民之書法、中國美術、中國風景影像。

1976 年綜合版；1976 年莊家版；1977 年大孚版；1977 年大夏版；1984 年新象版；1984 年金蘭版：（今查無藏本）。

1977 年遠景版：中譯本《吾國與吾民》。正文與 1974 年義士版同。正文前刪去作者與中國風景影像。

1977 年林白版：中譯本《吾國與吾民》。正文與 1966 年中行版同。正文前刪去 1966 年林語堂來臺影像。

1979 年德華版；1980 年喜美版：中譯本《吾國吾民》。內容與 1977 年遠景版同。

寶文堂書店 1988

輔新書局 1989

風雲時代 1989

Európa Könyvkiadó 1991

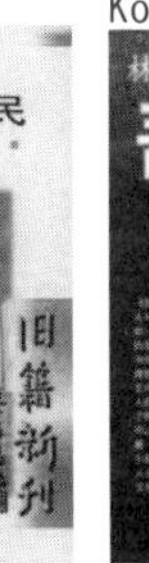

岳麓書社 2000

陝西師範大學 2002

北京：寶文堂書店
1988 年 12 月，25 開，323 頁

臺北：輔新書局
1989 年 4 月，25 開，352 頁
中國名家系列

臺北：風雲時代出版公司
1989 年 8 月，新 25 開，308 頁
一代大師林語堂作品集 2

北京：中國戲劇出版社
1990 年，25 開，323 頁

布達佩斯：Európa Könyvkiadó
1991 年，12x20 公分，358 頁
Benedek Marcell 譯

北京：華齡出版社
1995 年，25 開，352 頁

長沙：岳麓書社
2000 年 9 月，25 開，300 頁

南寧：廣西民族出版社
2001 年，25 開，419 頁

西安：陝西師範大學出版社
2002 年 6 月，25 開，334 頁

1988 年寶文堂版；1989 年輔新版；1989 年風雲版；2000 年岳麓版；2002 年陝西師範版：中譯本《吾國與吾民》。內容與 1977 年遠景版同。
1990 年中國戲劇版；1995 年華齡版：中譯本《吾國與吾民》。（今查無藏本）。

1991 年 Európa Könyvkiadó 版：匈牙利譯本 *Mi, Kínaiak*。正文與 1935 年 John Day 版同。正文後刪去"Chinese Dynasties"、"A Note on Spelling and Pronunciation of Chinese Names"、"Index"，新增 Mártonffy Attila"Utószó"、"A szerkesztő megjegyzései"。
2001 年廣西版：中譯本《中國人》。（今查無藏本）。

遠景出版社 2005

陝西師範大學 2008

臺北：遠景出版公司
2005 年 12 月，25 開，346 頁
林語堂作品集 X2

西安：陝西師範大學出版社
2008 年 9 月，16.5x24 公分，493 頁
黃嘉德譯

北京：群言出版社
2009 年 7 月，18 開，296 頁
黃嘉德譯

群言出版社 2009

2005 年遠景版：中譯本《吾國與吾民》。為 1977 年遠景版之修訂本。正文將"Epiloge"的"The End of Life"收錄為第九章"The Art of Living"之一節。正文後刪去"Real China"、"A Quest for Leadership"、"The Way Out"、"Chinese Dynasties"、"A Note on Spelling and Pronunciation of Chinese Names"、"Index"。
2008 年陝西師範版：中英文對照本《吾國與吾民》。正文將"Epiloge"的"The End of Life"收錄為第九章"The Art of Living"之一節。正文後刪去"Real China"、"A Quest for Leadership"、"The Way Out"、"Chinese Dynasties"、"A Note on Spelling and Pronunciation of Chinese Names"、"Index"。
2009 年群言版：中譯本《中國人》。內容與 1977 年遠景版同。

University of Chicago Press 1936

生活社 1939

A History of the Press and Public Opinion in China
芝加哥：University of Chicago Press
1936 年，15x23.2 公分，179 頁

上海：別發洋行
1936 年，18 開，179 頁

東京：生活社
1939 年 12 月，14x21.7 公分，253 頁
安藤次郎、河合徹譯

紐約：GreenWood Press
1968 年，14.4x23 公分，179 頁

北京：中國人民大學出版社
2008 年 6 月，18 開，163 頁
王海、何洪亮譯

上海：上海人民出版社
2008 年 12 月，18 開，191 頁
劉小磊譯

GreenWood Press 1968

中國人民大學 2008

上海人民 2008

暨南大學出版社
2011

廣州：暨南大學出版社
2011 年 8 月，16x21 公分，194 頁
新聞學譯叢
王海譯

本書為中國輿論演變專著，透過梳理古代言論狀況與近代新聞之歷史關係，反映 1930 年代中國之政局。全書分「The Ancient Period」、「The Modern Period」兩部分，收錄“Introduction”、“The Press in Ancient China”、“Ancient Ballads”等 13 章。

1936 年別發版：（今查無藏本）。
1939 年生活社版：日譯本『支那に於ける言論の發達——輿論及び新聞の歷史』。正文與 1936 年 University of Chicago Press 版同。正文前新增「譯者のことば」，正文後新增「卷末譯註」、「索引（新聞雜誌名・人名・其他）」。
1968 年 GreenWood Press 版：內容與 1936 年 University of Chicago Press 版同。
2008 年中國人民版：中譯本《中國新聞輿論史》。正文與 1936 年 University of Chicago Press 版同。正文前新增中國人民大學出版社〈「當代世界學術名著」出版說明〉、〈「新聞與傳播學譯叢・大師經典系列」總序〉、劉家林〈中文版序言〉，正文後附錄〈林語堂年表〉、王海〈譯後記〉。
2008 年上海人民版：中譯本《中國新聞輿論史》。正文與 1936 年 University of Chicago Press 版同。正文前新增寧樹藩〈序〉，正文後新增劉小磊〈譯者附言〉。
2011 年暨南版：中譯本《中國新聞輿論史（1968 年版）》。正文與 2008 年中國人民版同。正文前刪去中國人民大學出版社〈「當代世界學術名著」出版說明〉、〈「新聞與傳播學譯叢・大師經典系列」總序〉、劉家林〈中文版序言〉，新增劉家林〈總序〉。

美亞書版公司 1966

My Country and My People
倫敦：William Heinemann
1939 年

臺北：美亞書版公司
1966 年 11 月，新 25 開，440 頁

本書為作者有感 1939 年中國面臨新轉變，另闢新章，從中日戰爭談論現代中國的誕生。全書分「Bases」、「Life」兩部分，第一部分「Bases」收錄“Prologue”、“Ⅰ.The Chinese People”、“Ⅱ.The Chinese Character”、“Ⅲ.The Chinese Mind”、“Ⅳ.Ideals of Life”；第二部分「Life」收錄“Prologue to Part Two”、“Ⅴ.Woman's Life”、“Ⅵ.Socal and Political Life”、“Ⅶ.Literary Life”、“Ⅷ.The Artistic Life”、“Ⅸ.The Art of Living”、“Ⅹ.A Personal Story of The Sino- Japanese War”，共十章。正文前有賽珍珠“Introduction”、林語堂“Forward to The Mei Ya Edition”、林

語堂“Preface”、林語堂“Preface to 1939 Edition”、“Illustraions”，正文後附錄“Chinese Dynasties”、“A Note on Spelling and Pronunciation of Chinese Names”、“Index”。

1939 年 William Heinemann 版：（今查無藏本）。

Heinemann Educational 1977

天華出版公司 1979

浙江人民出版社 1988

學林出版社 1994

香港、新加坡、吉隆坡：
Heinemann Educational Books
1977 年，32 開，419 頁

臺北：天華出版公司
1979 年 2 月，32 開，328 頁
天華文學叢刊 16

杭州：浙江人民出版社
1988 年 10 月，11.7x18 公分，370 頁
郝志東、沈益洪譯

上海：學林出版社
1994 年 12 月，25 開，460 頁
郝志東、沈益洪譯

香港：三聯書店
2002 年 2 月，25 開，401 頁
郝志東、沈益洪譯

1977 年 Heinemann Educational Books 版：正文與 1966 年美亞版同。正文前刪去林語堂“Forward to The Mei Ya Edition”、“Illustraions”。

三聯書店 2002

1979 年天華版：中譯本《吾國與吾民》。正文刪去“X.A Personal Story of The Sino-Japanese War”。正文前刪去賽珍珠“Introduction”、林語堂“Forward to The Mei Ya Edition”、林語堂“Preface to 1939 Edition”、“Illustraions”，新增朱天華〈前記〉。正文後刪去“Chinese Dynasties”、“A Note on Spelling and Pronunciation of Chinese Names”、“Index”。

1988 年浙江人民版：中譯本《中國人》。正文刪去”The Mr. Chiang Kaishek and His Strategy”。正文前刪去林語堂“Forward to The Mei Ya Edition”、“Illustraions”。正文後刪去“Chinese Dynasties”、“A Note on Spelling and Pronunciation of Chinese Names”、“Index”，新增〈譯後記〉。

1994 年學林版：中譯本《中國人》。正文與 1966 年美亞版同。正文前刪去林語堂“Forward to The Mei Ya Edition”、“Illustraions”、新增學林出版社〈出版前言〉，正文後新增〈1935 年版《收場語》〉、林語堂〈關於《吾國與吾民》〉、〈譯後記〉、沈益洪〈1994 年版譯者附記〉。

2002 年三聯版：中譯本《中國人》。正文與 1994 年學林版同。正文前刪去學林出版社〈出版前言〉，正文後刪去沈益洪〈1994 年版譯者附記〉，新增沈益洪〈2002 年繁體字版譯者附記〉。

Farrar, Straus and Cudahy 1958

The Secret Name

紐約：Farrar, Straus and Cudahy

1958 年，新 25 開，268 頁

本書以蘇俄為探討對象，從歷史觀點描述在共產黨政權統治的人性與教條式社會間衝突下，人性終向善。全書收錄"The Right Names"、"Highlights of Political History"、"The Russians Are Human"等十章。正文前有 Heinrich Heine"Foreword"、"Introduction"，正文後有"Index"。

中央日報社 1958

開明書局 1958

出版社不明 1958

創元社 1959

臺北：中央日報社

1958 年 10 月，32 開，150 頁

中央日報社譯

臺北：開明書局

1958 年 11 月，32 開，268 頁

出版社不明

1958 年 11 月，25 開，345 頁

Từ chung 譯

東京：創元社

1959 年 12 月，32 開，238 頁

佐藤亮一譯

1958 年中央日報版：中譯本《匿名》。正文與 1958 年 Farrar 版同。正文後刪去"Index"。

1958 年開明版：內容與 1958 年 Farrar 版同。

1958 年版：越南譯本 *Bí Danh*。正文與 1958 年 Farrar 版同。正文後刪去"Index"。

1959 年創元社版：日譯本『ソビエト革命と人間性』。正文與 1958 年 Farrar 版同。正文前刪去 Heinrich Heine"Foreword"、"Introduction"，正文後刪去"Index"，新增「林語堂紹介」、佐藤亮一「あとがき」。

William Heinemann1959

Editorial Sudamericana1959

Badan Penerbit 1961

IŞIK KİTAPLARI 1962

國防部 1974

美亞書版公司 1979

中央日報社 1981

Stok Ad. M. C.

倫敦、墨爾本、多倫多：William Heinemann
1959 年，32 開，234 頁

布宜諾斯艾利斯：Editorial Sudamericana
1959 年，14x20.5 公分，242 頁
Román A. Jiménez 譯

雅加達：Badan Penerbit
1961 年，14x20.5 公分，231 頁

伊斯坦堡：IŞIK KİTAPLARI
1962 年，11x16.5 公分，250 頁
Suzan Akpinar 譯

臺北：國防部總政治作戰部
1974 年 10 月，32 開，150 頁
共黨問題研究叢書 98

臺北：美亞書版公司
1979 年 11 月，32 開，268 頁

臺北：中央日報社
1981 年 8 月，32 開，269 頁
中央日報社譯

海牙：Stok Ad.M.C.
出版年不明，16x24.5 公分，229 頁

1959 年 William Heinemann 版：正文與 1958 年 Farrar 版同。正文前新增林語堂 "Author's Preface"。

1959 年 Editorial Sudamericana 版：西班牙譯本 *El Nombre Secreto*。正文與 1958 年 Farrar 版同。正文後刪去"Index"。

1961 年 Badan Penerbit 版：印尼譯本 *Nama Rahasia*。正文與 1958 年 Farrar 版同。正文後刪去"Index"。

1962 年 IŞIK KİTAPLARI 版：土耳其譯本 *GİZLİ İSİM*。正文與 1958 年 Farrar 版同。正文後刪去"Index"。

1974 年國防部版：中譯本《匿名》。正文與 1958 年中央日報版同。正文前新增〈例言〉。

1979 年美亞版：內容與 1958 年 Farrar 版同。

1981 年中央日報版：中譯本《匿名》。內容與 1958 年中央日報版同，封面更換。

Stok Ad.M.C. 版：荷蘭譯本 *De Geheime Naam*。正文與 1958 年 Farrar 版同。正文後刪去 "Index"。

文星書店 1966

傳記文學 1969

平心論高鶚

臺北：文星書店
1966 年 7 月，40 開，133 頁
文星叢刊 148

臺北：傳記文學出版社
1969 年 12 月，40 開，136 頁

本書集結作家對《紅樓夢》後四十回高鶚本真偽的評論、考證文章。全書收錄〈論晴雯的頭髮〉、〈再論晴雯的頭髮〉、〈說高鶚手定的紅樓夢稿〉等八篇。正文前有林語堂〈弁言〉。
1969 年傳記文學版：內容與 1966 年文星書店版同。

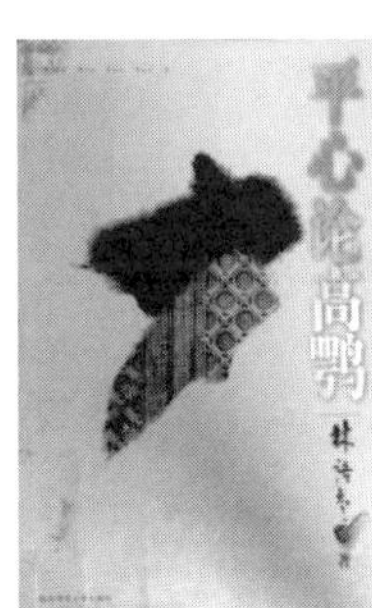

平心論高鶚

西安：陝西師範大學出版社
2004 年 5 月，25 開，347 頁

全書收錄〈論晴雯的頭髮〉、〈再論晴雯的頭髮〉、〈說高鶚手定的紅樓夢稿〉等八篇。正文前有林語堂〈序言〉，正文後附錄胡適〈《紅樓夢》考證〉、俞平伯〈《紅樓夢》研究〉、〈《紅樓夢》脂本（甲戌）戚本程乙本文字上的一點比較〉、〈讀《紅樓夢》隨筆二則〉。

【散文】

北新書局 1928

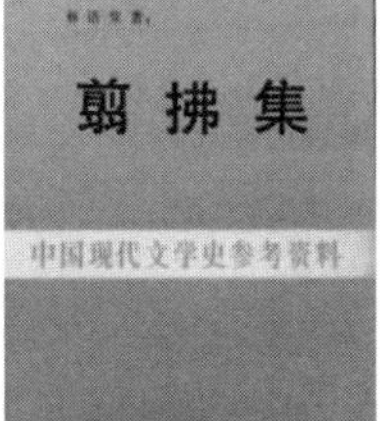
上海書店 1983

翦拂集

上海：北新書局
1928 年 12 月，32 開，184 頁

上海：上海書店
1983 年 12 月，32 開，184 頁

北京：人民文學出版社
2000 年 1 月，32 開，121 頁

本書集結作者於 1924 至 1927 年，北方軍閥統治下的社會批判時事文章。全書收錄〈祝土匪〉、〈給玄同先生的信〉、〈論性急為中國人所惡〉等 28 篇。正文前有〈《翦拂集》序〉。

人民文學出版社
2000

1983 年上海版：內容與 1928 年北新版同。
2000 年人民版：內容與 1928 年北新版同。

生活書店 1934

志文出版社 1966

大荒集

上海：生活書店
1934 年 6 月，32 開，205 頁

臺北：志文出版社
1966 年 1 月，32 開，233 頁
語堂選集

臺南：臺南北一出版社
1976 年 8 月，25 開，304 頁

臺南北一出版社
1976

本書集結 1928 至 1932 年，所撰寫之演講稿、序跋、隨筆。全書收錄〈論現代批評的職務〉、〈機器與精神〉、〈中國文化之精神〉等 22 篇。正文前有〈序〉。
1966 年志文版：正文刪去〈讀書的藝術〉、〈薩天師語錄（五篇）〉，〈有不為齋隨筆〉的〈論文上〉、〈論文下〉，新增〈《浮生六記》譯者序〉、〈討狗檄文〉、〈讀書救國謬論一束〉、〈從梁任公的腰說起〉、〈說浪漫〉、〈中國人之聰明〉、〈論小品文筆調〉。
1976 年臺南北一版：內容與 1934 年生活書店版同。

時代圖書公司 1934

時代圖書公司 1948

上海書店 1987

河北教育 1994

我的話（上冊）——行素集

上海：時代圖書公司
1934 年 8 月，32 開，236 頁

上海：時代圖書公司
1948 年 11 月，32 開，168 頁

上海：上海書店
1987 年 7 月，32 開，144 頁

石家莊：河北教育出版社
1994 年 5 月，32 開，186 頁
中國現代小品經典

本書集結作者發表於《論語》「我的話」專欄文欄與隨筆。全書收錄〈論幽默〉、〈薩天師語錄（其五）薩天師與東方朔〉、〈薩天師語錄（其六）文字國〉、〈薩天師語錄（其七）上海之歌〉等 37 篇。正文前有〈序〉。

1948 年時代圖書版：據 1934 年時代圖書版重排。正文刪去〈與陶亢德書〉、〈提倡俗字〉、〈再與陶亢德書〉、〈發刊人間世意見書〉、新增〈女論語〉、〈基本英文八百五十字〉。

1987 年上海版：內容與 1948 年時代版同。

1994 年河北教育版：正文與 1948 年時代版同。正文前新增鍾敬文〈中國現代小品經典序〉、〈編輯例言〉。

The Little Critic——Essays, Satires and Sketches on China (Second Series: 1933－1935)

上海：Commercial Press
1935 年 5 月，32 開，299 頁

本書集結 1933 至 1935 年發表於《中國評論週報》之「小評論」專欄文章。全書分「Essays」、「Satires」、「Sketches」三部分，收錄“How to Understand the Chinese”、“Thinking of China”、“On Bertrand Russell's Divorce”、“The Next War”等 40 篇。正文前有林語堂“Preface”。

Commercial Press 1935

創元社 1940

The Little Critic——Essays, Satires and Sketches on China (First Series: 1930－1932)

上海：Commercial Press
1935 年 8 月，32 開，258 頁

東京：創元社
1940 年 6 月，32 開，364 頁
喜入虎太郎譯

東京：青銅社
1979 年 12 月，32 開，254 頁
喜入虎太郎譯

青銅社 1979

本書集結 1930 至 1932 年發表於《中國評論週報》之「小評論」專欄文章。全書分「Essays」、「Satires」、「Sketches」三部分，收錄“The Spirit of Chinese Culture”、“The Chinese People”、“Marriage and Careers for Women”、“Warnings to Women”等 36 篇。正文前有林語堂“Preface”。

1940 年創元社版：日譯本『支那の知性』。正文與 1935 年 Commercial Press 版同。正文前新增尾崎秀實「序」，正文後新增淺野晃「跋」。

1979 年青銅社版：日譯本『中国の知的ライフ・スタイル』。內容與 1935 年 Commercial Press 版同。

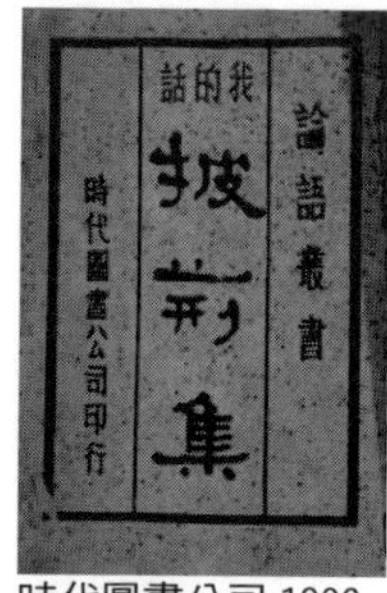

時代圖書公司 1936

河北教育出版社 1994

我的話（下冊）——披荊集

上海：時代圖書公司
1936 年 9 月，32 開，203 頁
論語叢書

石家莊：河北教育出版社
1994 年 5 月，32 開，187 頁
中國現代小品經典

本書集結作者發表於《論語》「我的話」專欄文欄與隨筆。全書收錄〈論文（上篇）〉、〈論文（下篇）〉、〈會心的微笑〉、〈答李青崖論幽默譯名〉、〈笨拙記者受封〉等 61 篇。

1994 年河北教育版：正文與 1936 年時代版同。正文前新增鍾敬文〈中國現代小品經典序〉、〈編輯例言〉。

John Day 1937

The Importance of Living

紐約：John Day Company
1937 年，新 25 開，459 頁

本書為向西方世界介紹中國人生哲學面貌之專著。全書收錄“The Awakening”、“Views of Mankind”、“Our Aminal Heritage”等 14 章。正文前有林語堂“Preface”，正文後附錄“Certain Chinese Names”、“A Chinese Critical Vocabulary”、“Index of Names and Subjects”。

William Heinemann 1938

世界文化出版社 1940

Albert Bonniers Förlag 1940

西風社 1941

倫敦、墨爾本、多倫多：William Heinemann
1938 年 5 月，18 開，471 頁

多倫多：McClelland & Stewart
1938 年

奧斯陸：Aschehoug
1938 年

上海：世界文化出版社
1940 年 11、12 月，32 開，474 頁
越裔譯

斯德哥爾摩：Albert Bonniers Förlag
1940 年，25 開，385 頁
Ingalisa Munck 譯

上海：西風社
1941 年 2 月，32 開，432 頁
黃嘉德譯

1938 年 William Heinemann 版：內容與 1937 年 John Day 版同。
1938 年 McClelland & Stewart 版；1938 年 Aschehoug 版：（今查無藏本）。
1940 年世界文化版：中譯本《生活的藝術》。全兩冊。正文與 1937 年 John Day 版同。正文後刪去“Certain Chinese Names”、“A Chinese Critical Vocabulary”、“Index of Names and Subjects”。
1940 年 Albert Bonniers Förlag 版：瑞典譯本 *Konsten Att Njuta Av Livet*。正文刪去“How About Mental Pleasures”，正文前刪去林語堂“Preface”，正文後刪去“Certain Chinese Names”、“A Chinese Critical Vocabulary”、“Index of Names and Subjects”。
1941 年西風社版：中譯本《生活的藝術》。正文與 1937 年 John Day 版同。正文前新增黃嘉德〈譯者序〉，正文後刪去“Certain Chinese Names”、“A Chinese Critical Vocabulary”、“Index of Names and Subjects”。

Corrêa 1948

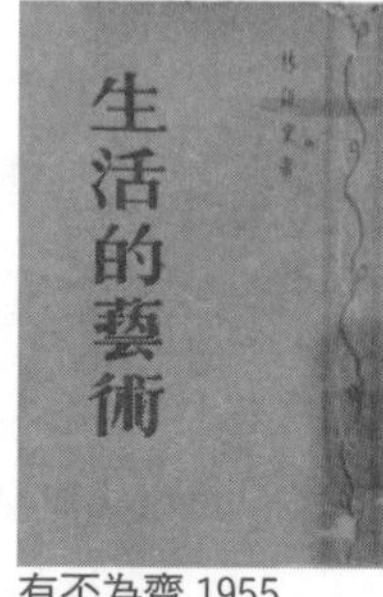
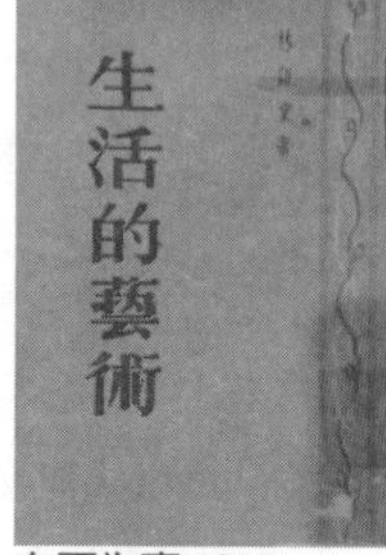
有不為齋 1955

Rowohlt1960

萬象書局 1961

大中國圖書公司 1961

Jacio Publishing House 1961

瀋陽：啟智書店
1941 年 9 月，32 開，294 頁

桂林：建國書局
1942 年，32 開，474 頁

巴黎：Corrêa
1948 年，14x19.3 公分，341 頁
Jacques Biadi 譯

臺北：大華書局
1955 年 3 月，32 開，474 頁

香港：有不為齋
1955 年 9 月，32 開，432 頁
林慕雙譯

漢堡：Rowohlt
1960 年 5 月，11.2x19.4 公分，367 頁

臺南：萬象書局
1961 年 7 月，32 開，265 頁

臺北：大中國圖書公司
1961 年 10 月，32 開，437 頁
越裔譯

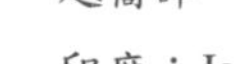

印度：Jacio Publishing House
1961 年，11x16.2 公分，484 頁

1941 年啟智版；1942 年建國版；1955 年大華版：(今查無藏本)。

1948 年 Corrêa 版：法譯本 *L'importance de vivre*。正文與 1937 年 John Day 版同。正文後刪去“Certain Chinese Names”、“A Chinese Critical Vocabulary”、“Index of Names and Subjects”。

1955 年有不為齋版：中譯本《生活的藝術》。正文與 1941 年西風社版同。正文前刪去黃嘉德〈譯者序〉，新增林語堂〈版記〉。

1960 年 Rowohlt 版：德譯本 *Weisheit des Lächelnden Lebens*。正文與 1937 年 John Day 版同。正文後刪去“Index of Names and Subjects”。

1961 年萬象版：中譯本《生活的藝術》。正文與 1940 年世界文化版同。正文前新增林語堂〈五四以來的中國文學〉。

1961 年大中國版：中譯本《生活的藝術》。內容與 1940 年世界文化版同。

1961 年 Jacio Publishing House 版：正文與 1937 年 John Day 版同。正文後刪去“Index of Names and Subjects”。

Editorial Sudamericana1961

Aschehoug 1963

布宜諾斯艾利斯：Editorial Sudamericana
1961 年，11x17 公分，457 頁

奧斯陸：Aschehoug
1963 年，11.5x18.5 公分，428 頁

臺南：大東書局
1964 年 7 月，32 開，264 頁

米蘭：Bompiani
1965 年，11x20.5 公分，505 頁

臺北：旋風出版社
1972 年 9 月，32 開，261 頁
越裔譯

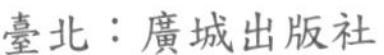
臺北：廣城出版社
1974 年 12 月，25 開，326 頁

臺南：臺南北一出版社
1974 年，32 開，437 頁

臺北：大方出版社
1974 年

紐約：Capricorn Books
1974 年，新 25 開，459 頁

臺南：東海出版社
1975 年 1 月，32 開，323 頁

Bompiani 1965

旋風出版社 1972

廣城出版社 1974

Capricorn Books 1974

1961 年 Editorial Sudamericana 版：西班牙譯本 *La Imporiancia De Vivir*。正文與 1937 年 John Day 版同。正文後刪去“Index of Names and Subjects”。

1963 年 Aschehoug 版：挪威譯本 *Smilende Livskunst*。正文與 1937 年 John Day 版同。正文後刪去“A Chinese Critical Vocabulary”、“Index of Names and Subjects”。

1964 年大東版；1974 年臺南北一版；1974 年大方版；1975 年東海版：（今查無藏本）。

1965 年 Bompiani 版：法譯本 *Importanza di Vivere*。正文與 1937 年 John Day 版同。正文後刪去“Index of Names and Subjects”。

1972 年旋風版：中譯本《生活的藝術》。內容與 1940 年世界文化版同。

1974 年廣城版：中譯本《生活的藝術》。以 1940 年世界文化版為底本，正文刪去第 14 章“The Art of Thinking”。正文前新增〈賽珍珠序〉、〈林語堂小傳〉。

1974 年 Capricorn Books 版：內容與 1937 年 John Day 版同。

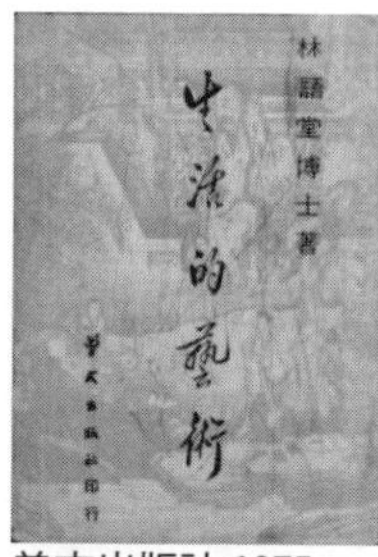

曾文出版社 1975

綜合出版社 1975

大行出版社 1975

金川出版社 1975

青山出版社 1975

遠景出版公司 1976

臺灣時代書局 1976

大方出版社 1976

臺中：曾文出版社
1975 年 1 月，25 開，346 頁

臺南：綜合出版社
1975 年 2 月，32 開，346 頁

臺南：大行出版社
1975 年 3 月，32 開，346 頁

臺北：金川出版社
1975 年 5 月，25 開，326 頁

臺中：青山出版社
1975 年 7 月，32 開，345 頁

臺中：義士出版社
1975 年，25 開，326 頁

臺北：遠景出版公司
1976 年 5 月，32 開，415 頁
遠景叢刊 35

臺北：臺灣時代書局
1976 年 8 月，25 開，346 頁

臺北：大方出版社
1976 年 10 月，25 開，326 頁

1975 年曾文版；1975 年綜合版；1975 年大行版；1976 年遠景版；1976 年臺灣時代書局版：中譯本《生活的藝術》。內容與 1940 年世界文化版同。

1975 年金川版；1976 年大方版：中譯本《生活的藝術》。內容與 1974 年廣城版同。

1975 年青山版：中譯本《生活的藝術》。正文與 1940 年世界文化版同。正文前新增〈賽珍珠序〉、〈林語堂小傳〉。

1975 年義士版：（今查無藏本）。

大孚書局 1977

美亞書版公司 1979

德華出版社 1979

Deutsche Verlags-Anstalt 1982

安徽文藝 1988

輔新書局 1989

臺南：大孚書局
1977 年 3 月，25 開，437 頁
越裔譯

香港：Heinemann Asia
1977 年，32 開，444 頁

臺北：美亞書版公司
1979 年 9 月，25 開，459 頁

臺南：德華出版社
1979 年 11 月，32 開，410 頁
林語堂經典名著 3・愛書文人庫 083

司徒加特：Deutsche Verlags-Anstalt
1982 年，新 25 開，510 頁

臺南：船塢書坊
1986 年 1 月，25 開，407 頁

合肥：安徽文藝出版社
1988 年 6 月，32 開，292 頁

臺北：輔新書局
1989 年 7 月，25 開，399 頁

1977 年大孚版：中譯本《生活的藝術》。內容與 1940 年世界文化版同。
1977 年 Heinemann Asia 版；1986 年船塢版：(今查無藏本)。
1979 年美亞版：內容與 1937 年 John Day 版同。
1979 年德華版：中譯本《生活的藝術》。正文與 1940 年世界文化版同。正文前新增蔡豐安〈愛書人文庫序〉。
1982 年 Deutsche Verlags-Anstalt 版：德譯本 *Weisheit des lächelnden Lebens*。內容與 1937 年 John Day 版同。
1988 年安徽文藝版：中譯本《生活的藝術》。正文刪去“On Smoke and Incense”、“The Inhumanity of Western Dress”、“Two Chinese Ladies”、“The “Vase Flowers” of Yüan Chunglang”、“The Epigrams of Chang Ch'ao”、“The Travels of Mingliaotse”、“The Art of Thinking”。正文前新增徐文玉〈序〉，正文後刪去“Certain Chinese Names”、“A Chinese Critical Vocabulary”、“Index of Names and Subjects”。
1989 年輔新版：中譯本《生活的藝術》。內容與 1975 年青山版同。

風雲時代 1989

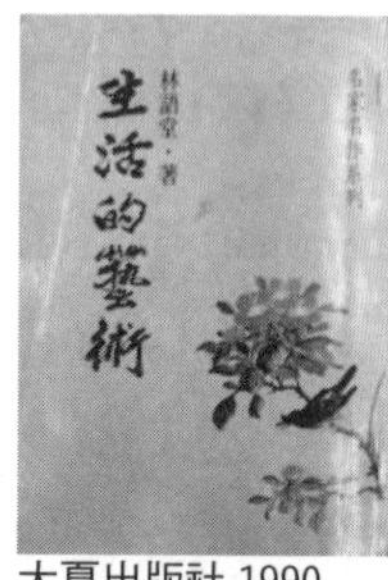

大夏出版社 1990

中國戲劇 1991

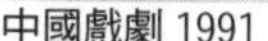

大孚書局 1991

文國書局 1994

外語教學與研究出版社 1998

臺北：風雲時代出版公司
1989 年 8 月，新 25 開，415 頁
一代大師林語堂作品集 1

臺南：大夏出版社
1990 年 12 月，25 開，411 頁

北京：中國戲劇出版社
1991 年 6 月，25 開，371 頁

臺南：大孚書局
1991 年 7 月，25 開，470 頁

海口：海南國際新聞出版中心
1992 年 4 月，32 開，393 頁

臺南：文國書局
1994 年 6 月，25 開，365 頁

北京：外語教學與研究出版社
1998 年 10 月，14x20.2 公分，430 頁

1989 年風雲版；1990 年大夏版；1991 年中國戲劇版：中譯本《生活的藝術》。內容與 1940 年世界文化版同。
1991 年大孚版；1994 年文國版：中譯本《生活的藝術》。內容與 1975 年青山版同。
1992 年海南國際新聞版：（今查無藏本）。
1998 年外語教學版：正文與 1937 年 John Day 版同。正文前新增〈出版說明〉、林太乙“Foreword”。

William Morrow and Company 1998

華藝出版社 2001

紐約：William Morrow and Company
1998 年，25 開，462 頁

北京：華藝出版社
2001 年 6 月，32 開，401 頁

西安：陝西師範大學出版社
2003 年 12 月，25 開，310 頁
林語堂文集 10
越裔譯

陝西師範大學 2003

1998 年 William Morrow and Company 版：內容與 1937 年 John Day 版同。
2001 年華藝版：中譯本《生活的藝術》。內容與 1940 年世界文化版同。
2003 年陝西師範大學版：中譯本《生活的藝術》。正文與 1940 年世界文化版同。正文前新增林語堂影像、手跡。

生活の發見

東京：創元社
1938 年 7 月，32 開，380 頁
阪本勝譯

本書為 1937 年 John Day 版 *The Importance of Living* 之日文節譯本，收錄第一至八章。正文前有林語堂「はしがき」、阪本勝「譯序」、「凡例」。

續生活の發見

東京：創元社
1938 年 10 月，32 開，370 頁
阪本勝譯

本書為 1937 年 John Day 版 *The Importance of Living* 之日文節譯本，收錄第九至十四章。正文前有阪本勝「譯序」。

Random House 1938

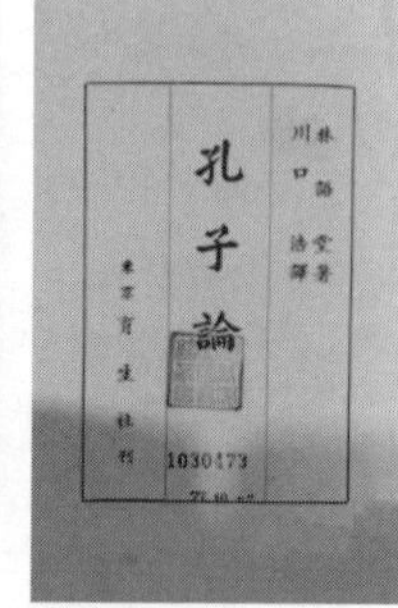

育生社 1939

Ramdom House 1943

Fischer Bücherei 1957

Michael Joseph 1958

德華出版社 1982

正中書局 1994

陝西師範大學 2004

The Wisdom of Confucius
紐約：Random House
1938 年，48 開，290 頁
The Modern Library

東京：育生社
1939 年 4 月，32 開，442 頁
川口浩譯

紐約：Ramdom House
1943 年，32 開，265 頁
Illustrated Modern Library
Jeanyee Wong 插圖

法蘭克福：Fischer Bücherei
1957 年 3 月，40 開，204 頁
Gerolf Coudenhove 譯

倫敦：Michael Joseph
1958 年，25 開，237 頁

臺南：德華出版社
1982 年 4 月，32 開，240 頁
愛書人文庫 179・林語堂全集 35
張振玉譯

臺北：正中書局
1994 年，25 開，661 頁
黎明編校

西安：陝西師範大學出版社
2004 年 5 月，25 開，172 頁
黃嘉德譯

亞爾：Editions Philippe Picquier
2006 年，新 25 開，278 頁
Bridel-Wasem 譯

長沙：湖南文藝出版社
2011 年 12 月，14x20.5 公分，251 頁

本書透過《論語》、《孟子》、《大學》、《中庸》、《禮記》等經典，讓西方讀者了解孔子的儒家思想。全書收錄"Introduction"、"The Life of Confucius"、"Central Harmony"等 11 章。正文前有"Important Characters Mention"、"The Pronunciation of Chinese Names"。

1939 年育生社版：日譯本『孔子論』。正文與 1938 年 Random House 版同。正文前新增川

Editions Philippe Picquier 2006

湖南文藝 2011

口浩「はしがき」，刪去“The Pronunciation of Chinese Names”。
1943 年 Ramdom House 版：正文與 1938 年 Random House 版同。另新增插圖。正文後新增“A Brief Biograhical Note About the Artist”。
1957 年 Fischer Bücherei 版：德譯本 *Konfuzius*。正文有刪減，章節亦有調動。正文前刪去“The Pronunciation of Chinese Names”。
1958 年 Michael Joseph 版：內容與 1938 年 Random House 版同。
1982 年德華版：中譯本《孔子的智慧》。正文與 1938 年 Random House 版同。正文前刪去“Important Characters Mention”、“The Pronunciation of Chinese Names”，新增張振玉〈譯者序〉。
1994 年正中版：中英對照本《孔子的智慧》。正文略有刪減。正文前刪去“Important Characters Mention”、“The Pronunciation of Chinese Names”，正文後新增黎明〈編校後記〉。
2004 年陝西師範版：中譯本《孔子的智慧》。正文與 1982 年德華版同。正文前刪去張振玉〈譯者序〉，新增林語堂影像、手跡。
2006 年 Editions Philippe Picquier 版：法譯本 *La sagesse de Confucius*。正文與 1938 年 Random House 版同。正文前刪去“The Pronunciation of Chinese Names”，新增“Tableau Des Principales Dynasties Chinoises”，正文後新增“Notes”、“Bibliographie Sommaire”。
2011 湖南文藝版：中譯本《孔子的智慧》。正文與 1982 年德華版同，目錄文字稍微修改。

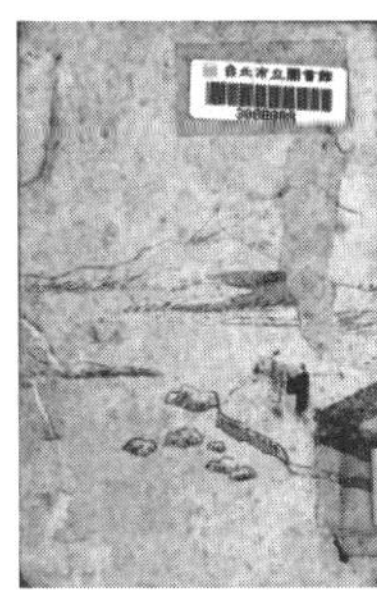

有閑隨筆

東京：偕成社
1939 年，12x18.7 公分，309 頁
永井直二譯

本書為 1937 年 John Day 版 *The Importance of Living* 之日文節譯本。全書收錄「人間性について」、「生を樂しむもの」、「人生の饗宴」等六章。正文前有三木清「有齋隨筆を読む」、林語堂「原著者の言葉」，正文後有「林語堂について」。

John Day 1940

人間出版社 1941

William Heinemann 1941

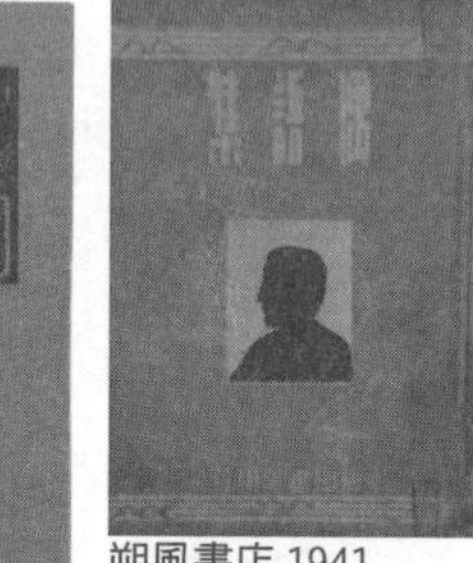
朔風書店 1941

明日出版社 1942

勵志社 1954

志文出版社 1966

信江出版社 1976

With Love and Irony
紐約：John Day Company
1940 年，25 開，291 頁
Kuty Wiese 插圖

上海：人間出版社
1941 年 2 月，32 開，240 頁
林俊千譯

上海：文友出版社
1941 年 2 月

倫敦、多倫多：William Heinemann
1941 年 6 月，25 開，251 頁
Kuty Wiese 插圖

上海：朔風書店
1941 年 9 月，32 開，176 頁
寇脫・維斯插圖

上海：國華編譯社
1941 年，32 開，232 頁

上海：明日出版社
1942 年 5 月，12.5x17.5 公分，218 頁
寇脫・維斯插圖

桂林：民光書局
1944 年 2 月，32 開，125 頁

香港：勵志社
1954 年 3 月，32 開，169 頁
林俊千譯

臺北：志文出版社
1966 年 9 月，32 開，229 頁

臺南：慈暉出版社
1974 年，32 開，242 頁

臺北：信江出版社
1976 年 4 月，32 開，207 頁
爾凡譯

臺南：德華出版社
1976 年 11 月，32 開，208 頁
愛書人文庫 30
陳自強譯

臺北：喜美出版社
1980 年，32 開，208 頁
張振玉譯

德華出版社 1976

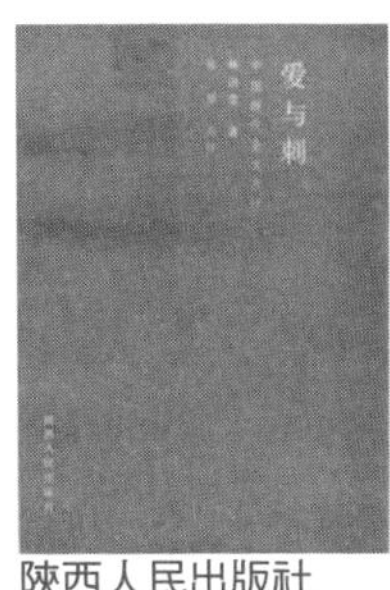

陝西人民出版社 1991

廣州出版社 1997

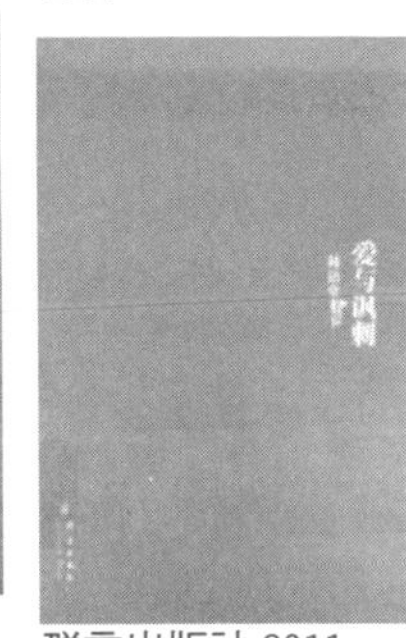
群言出版社 2011

西安：陝西人民出版社
1991 年 7 月，32 開，202 頁
中國現代雜文點評
張華點評

廣州：廣州出版社
1997 年 7 月，25 開，245 頁
徐惠風譯

北京：群言出版社
2011 年 2 月，25 開，230 頁

本書集結發表於《中國評論週報》「小評論家」專欄文章。全書收錄“The English and the Chinese”、“The Americans”、“What I like about America”、“The Chinese and the Japanese”等 49 篇。正文前有賽珍珠“Introduction”。

1941 年人間版：中譯本《語堂隨筆》。正文刪去“Hirota and the Child”、“Convictions”、“In defense of Chinese girls”、“The future of China”。

1941 年文友版：中譯本《愛與刺》。（今查無藏本）。

1941 年 William Heinemann 版：內容與 1940 年 John Day 同。

1941 年朔風版：中譯本《偶語集》。正文刪去“The Chinese and the Japanese”、“Hirota and the Child”、“Captive Peking”等 18 篇。

1941 年國華版；1944 年民光版；1974 年慈暉版；1980 年喜美版：（今查無藏本）。

1942 年明日版：中譯本《愛與刺》。正文刪去“FuneralNatices”、“A Trip to Anhwei”、“Freedom of Speech”等 14 篇並重新排序。

1954 年勵志版：中譯本《語堂隨筆》。正文刪去“The English and the Chinese”、“The Americans”、“Hirota and the Child”等十篇並重新排序。

1966 年志文版：中譯本《諷頌集》。正文刪去“The real threat：not bombs, but ideas”，新增〈說自我〉、〈談理想教育〉。正文前新增秦賢次〈談林語堂〉。

1976 年信江版：中譯本《愛與刺》。內容與 1942 年明日版同。

1976 年德華版：中譯本《愛與諷刺》。正文與 1941 年朔風版同。正文前新增蔡豐安〈愛書人文庫序〉。

1991 年陝西版：中譯本《愛與刺》。正文較 1942 年明日版新增〈憶狗肉將軍〉。正文前新增張華〈《中國現代雜文點評》總序〉、張華〈前言〉。

1997 年廣州版：中譯本《愛情與諷刺》。正文與 1940 年 John Day 同。正文後新增徐惠風〈譯後贅語〉。

2011 年群言版：中譯本《愛與諷刺》。正文刪去“Do Bedbugs Exist in China？”、“Funeral Notices”“Freedom of Speech”等十篇，新增〈論英文輕讀〉、〈回憶童年〉，順序重新編排，共收錄 41 篇。

行素集

香港：光華出版社
1941 年 1 月，32 開，160 頁
光華叢書二集

全書收錄〈論幽默〉、〈論中西畫〉、〈提倡俗字〉、〈作文六訣〉、〈論西裝〉等 36 篇。

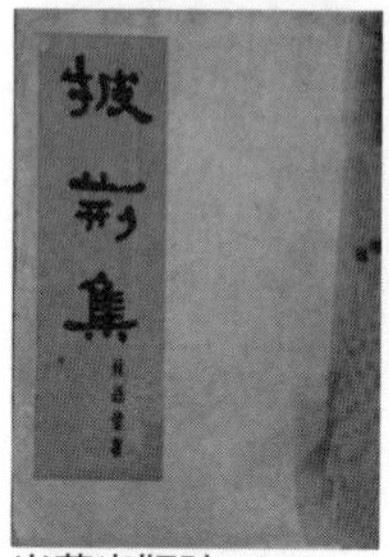

光華出版社 1941

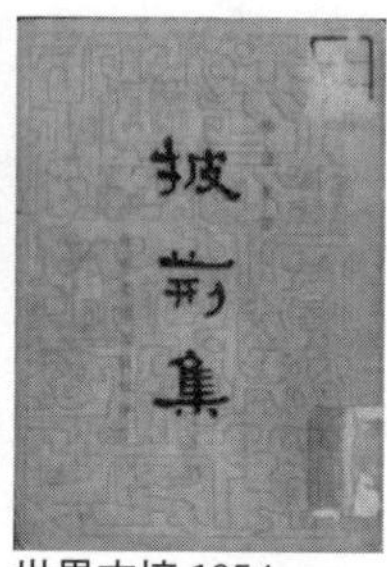

世界文摘 1954

文友書店 1959

南京出版公司 1978

披荊集

香港：光華出版社
1941 年 1 月，32 開，111 頁
光華叢書二集

香港：世界文摘出版社
1954 年 3 月，32 開，113 頁

臺北：文友書店
1959 年 6 月，32 開，113 頁

臺北：南京出版公司
1978 年 6 月，32 開，129 頁

全書收錄〈論文（上篇）〉、〈論文（下篇）〉、〈為洋涇濱英語辯〉等 17 篇。
1954 年世界版：內容與 1941 年光華版同。
1959 年文友版：更名為《林語堂論文集》。內容與 1941 年光華版同。
1978 年南京版：內容與 1941 年光華版同。

支那の横顔

東京：大東出版社
1941 年 5 月，32 開，247 頁
甲坂德子譯

本書節選自香港光華版《行素集》、《披荊集》兩書，收錄「支那的幽默」、「ユーモア會心の微笑」、「中國人と小鳥」、「中國と西歐の繪畫論」、「背廣と支那服」等 30 篇。正文前有甲坂德子「譯者のことば」。

語堂佳作選

上海：國風書店
1941 年 5 月，32 開，135 頁
朱澄之譯

本書為 1940 年 John Day 版 *With Love and Irony* 之中英對照節譯本。全書收錄“The Calisthenic Value of Kowtowing（磕頭運動）”、“Funeral Notices（訃文）”、“Ah Fong, My Houseboy（我的書童阿風）”等 21 篇。

孔子之學（第一集）

上海：一流書店
1941 年 8 月，12.4x17.2 公分，132 頁
羅濬士譯述

本書為 1938 年 Random House 版 *The Wisdom of Confucius* 之中英對照節譯本。全書收錄“Introduction”、“The Life of Confucius”兩章。

Random House1942

美亞書版公司 1968

The Wisdom of China and India

紐約：Random House
1942 年，18 開，1104 頁

臺北：美亞書版公司
1968 年 6 月，新 25 開，1104 頁

本書取材中國與印度之經典，並介紹原典中的智慧。全書分「The Wisdom of India」、「The Wisdom of China」兩部分。「The Wisdom of India」收錄 “Indian Piety”、“Indian Imagination”、“Indian Humor”、“Buddhism”四章，正文前有“Introduction”，正文後有“Glossary of Hindu Words”；「The Wisdom of China」收錄 “Chinese Mysticism”、“Chinese Democracy”、“The Middle Way”、“Sketches of Chinese Life”、“Chinese Wit and Wisdom”五章，正文前有“Introduction”，正文後有“The Pronunciation of Chinese Name”、“Table of Chinese Dynasties”。

1968 年美亞版：內容與 1942 年 Random House 同。

John Day 1943

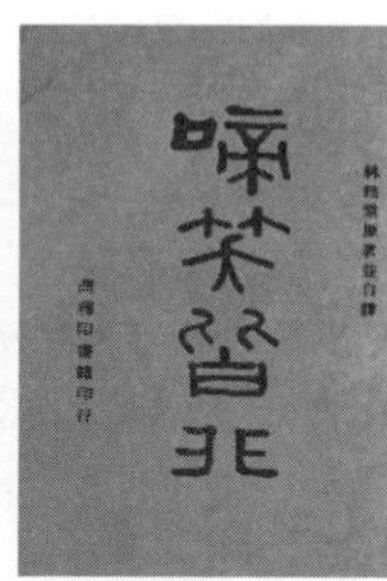

商務印書館 1945

東亞研究所 1945

Blue Ribbon 1945

Dorothy Crisp 1945

Arnoldo Mondadori 1949

Editorial Sudamericana 1961

重光書店 1966

Between Tears and Laughter

紐約：John Day Company
1943 年 7 月，新 25 開，216 頁

重慶：商務印書館
1945 年 1 月，32 開，217 頁
林語堂、徐誠斌合譯

東京：東亞研究所
1945 年 2 月，25 開，206 頁

紐約：Blue Ribbon Books
1945 年，新 25 開，216 頁

倫敦：Dorothy Crisp
1945 年，32 開，234 頁

義大利：Arnoldo Mondadori Editore
1949 年，11.5x19.4 公分，259 頁

布宜諾斯艾利斯：Editorial Sudamericana
1961 年 11 月，42 開，238 頁
Miguel de Hernani 譯

新竹：重光書店
1966 年 4 月，32 開，204 頁
林語堂譯

臺中：義士出版社
1975 年 4 月，25 開，176 頁

臺北：喜美出版社
1980 年 1 月，32 開，239 頁
喜美叢書

臺南：德華出版社
1982 年 2 月，32 開，239 頁
林語堂全集 22・愛書人文庫 135

臺北：金蘭文化出版社
1984 年 5 月，32 開，239 頁
林語堂經典名著 22・林語堂全集 135
金蘭文化出版社編輯部譯

西安：陝西師範大學出版社
2004 年 10 月，25 開，215 頁
徐誠斌譯

本書為作者有感於二戰期間各國強權之衝突，透過外在國際局勢，分析物質主義乃為強權之病源，並以物質主義下探科學定數論、悲觀主義，最後提出哲學人道以期世界

義士出版社 1975

喜美出版社 1980

德華出版社 1982

金蘭文化出版社 1984

和平。全書分“The Situation”、“The Method”、“Symptoms”、“Diagnosis”四卷，收錄“A Confession”、“Karma”、“The Emergence”等 24 章。正文前有林語堂“Preface to Myself”。

1945 年商務版：中譯本《啼笑皆非》。正文與 1943 年 John Day 版同。正文前新增林語堂〈中文譯本序言——為中國讀者進一解〉。

1945 年東亞研究所版：日譯本『涙と笑の間』。內容與 1943 年 John Day 版同。

1945 年 Blue Ribbon Books 版：內容與 1943 年 John Day 版同。

1945 年 Dorothy Crisp 版：內容與 1943 年 John Day 版同。

1949 年 Arnoldo Mondadori 版：義大利譯本 *Tra Lacrime E Riso*。內容與 1943 年 John Day 版同。

陝西師範大學 2004

1961 年 Editorial Sudamericana 版：西班牙譯本 *Entre Lagrimas Y Risas*。內容與 1943 年 John Day 版同。

1966 年重光版；1975 年義士版；1980 喜美版；1984 年金蘭版；2004 年陝西師範版：中譯本《啼笑皆非》。內容與 1945 年商務版同。

1982 年德華版：正文與 1945 年商務版同。正文前新增蔡豐安〈愛書人文庫序〉。

Michael Joseph 1944

Biblioteca Nueva 1959

The Wisdom of China

倫敦：Michael Joseph
1944 年，15x23 公分，516 頁

布宜諾斯艾利斯：Biblioteca Nueva
1959 年，32 開，519 頁
Alfredo A. Whitelow 譯

倫敦：Four Square
1963 年，40 開，590 頁

西安：陝西師範大學出版社
2006 年 10 月，18 開，358 頁
楊彩霞譯

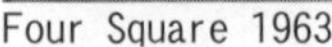
Four Square 1963

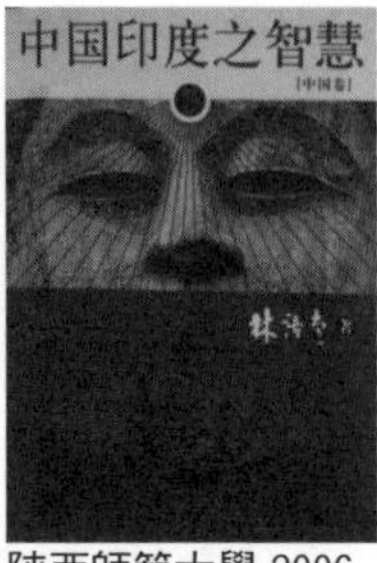

陝西師範大學 2006

全書收錄“Chinese Mysticism”、“Chinese Democracy”、“The Middle Way”、“Sketches of Chinese Life”、“Chinese Wit and Wisdom”五章，正文前有“Introduction”，正文後有“The Pronunciation of Chinese Name”、“Table of Chinese Dynasties”。

1959 年 Biblioteca Nueva 版：西班牙譯本 *Sabiduría China*。章節有調動。正文前新增“Presentación”，正文後新增“ADVERTENCIA de *Biblioteca Nueva*”、“Indice”。

1963 年 Four Square 版：內容與 1944 年 Michael Joseph 版同。

2006 年陝西師範版：中譯本《中國印度之智慧——中國卷》。正文與 1944 年 Michael Joseph 版同。正文前新增楊彩霞〈中譯本序言〉，正文後新增〈林語堂的創作與翻譯——兩腳踏東西文化，一心評宇宙文章〉、〈主要參考書目〉。

Michael Joseph
1944

Biblioteca Nueva
1959

The Wisdom of India

倫敦：Michael Joseph
1944 年，15x23 公分，527 頁

布宜諾斯艾利斯：Biblioteca Nueva
1959 年，32 開，558 頁
Georgette T. de Herberg 譯

倫敦：Four Square
1964 年，40 開，557 頁

西安：陝西師範大學出版社
2006 年 10 月，18 開，525 頁
楊彩霞譯

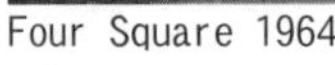
Four Square 1964

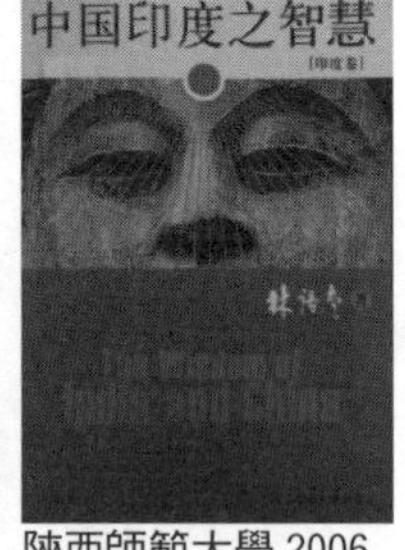

陝西師範大學 2006

全書收錄“Indian Piety”、“Indian Imagination”、“Indian Humor”、“Buddhism”四章，正文前有“Introduction”，正文後有“Glossary of Hindu Words”。

1959 年 Biblioteca Nueva 版：西班牙譯本 *Sabiduría Hindú*。內容與 1944 年 Michael Joseph 版同。

1964 年 Four Square 版：內容與 1944 年 Michael Joseph 版同。

2006 年陝西師範版：中譯本《中國印度之智慧——印度卷》。正文與 1944 年 Michael Joseph 版同。正文前新增〈鳴謝〉、楊彩霞〈中譯本序言〉，正文後新增〈主要參考書目〉。

John Day 1944

Editorial Sudamericana 1945

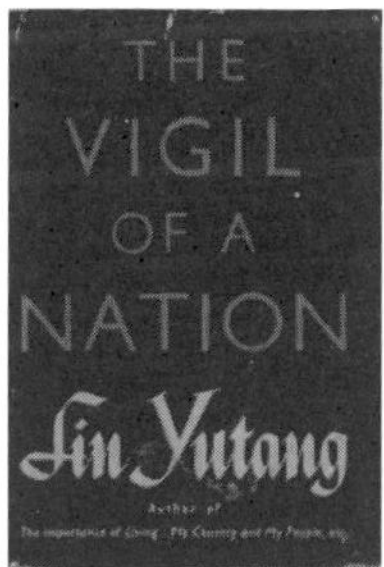

William Heinemann 1946

The Vigil of A Nation

紐約：John Day Company
1944 年，新 25 開，262 頁

布宜諾斯艾利斯：Editorial Sudamericana
1945 年，25 開，415 頁
Román Jiménez 譯

倫敦：William Heinemann
1946 年，32 開，324 頁

本書為作者有鑑於中國政府對外宣傳的不確信，於 1943 年返回中國，實地勘查蒐集第一手資料，以揭示國共之間的真相，書中夾雜作者對於國共的態度。全書計有：1.Fight into China；2.Chungking；3.Pandas, Widows and the Literary Famine 等 15 章。正文前有“Lin Yutang's Wartime Journey”、“Preface”、“A Propos of the Manner and Matter of the Book”。正文後有“Index”。

1945 年 Editorial Sudamericana 版：西班牙譯本 *Con Lanzas Por Almohada A La Espera Del Alba*。正文與 1944 年 John Day 版同。正文後刪去“Index”。

1946 年 William Heinemann 版：正文與 1944 年 John Day 版同。正文前新增“Author's Preface to the English Edition”，正文後新增“A Digest of China's New Democracy”、“From Tang Ti Chin Sheh, Chinese Communist Handbook”、“Origin and Pattern of the Civil War”、“Are the Chinese Communists True Democrats?”。

Random House 1948

Fischer Bücherei 1955

The Wisdom of Laotse

紐約：Random House
1948 年，40 開，326 頁
Modern Library

法蘭克福、漢堡：Fischer Bücherei
1955 年 6 月，40 開，215 頁
Gerolf Coudenhove 譯

倫敦：Michael Joseph
1958 年，25 開，303 頁

Michael Joseph 1958

德華出版社 1982

時代文藝出版社 1988

正中書局 1994（上）

正中書局 1994（下）

陝西師範大學 2004

群言出版社 2009

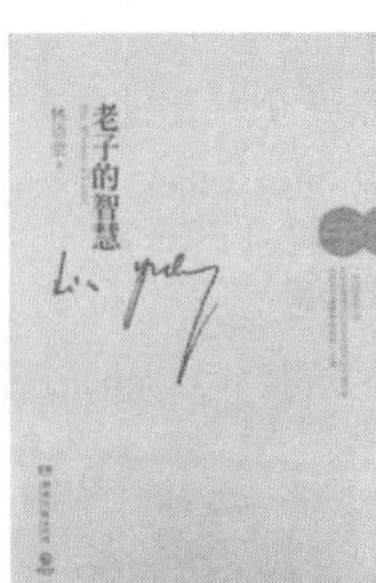

湖南文藝 2011

臺南：德華出版社
1982 年 1 月，32 開，363 頁
林語堂經典名著 18•愛書人文庫 129
王玲玲譯

長春：時代文藝出版社
1988 年 12 月，32 開，227 頁

臺北：正中書局
1994 年 1 月，25 開，581、291 頁
黎明編校

西安：陝西師範大學出版社
2004 年 5 月，25 開，218 頁
黃嘉德譯

北京：群言出版社
2009 年 7 月，18 開，248 頁
林語堂文集六

長沙：湖南文藝出版社
2011 年 12 月，新 25 開，310 頁

本書透過道家與儒家哲學之比較，以莊子解釋老子，闡釋中國古代「道」之哲學思想。全書分“The Character of Tao”、“The Lessons of Tao”、“The Imitation of Tao”、“The Source of Power”、“The Conduct of Life”、“The Theory of Government”、“Aphorisms”七卷，收錄“On the Absolute Tao”、“The Rise of Relative Opposites”、“Action Without Deeds”、“The Character of Tao”、“Nature”等 81 章。正文前有“The Pronunciation of Chinse Names”、林語堂“Introduction”、“Prolegomena——“The Main Currents of Thought”，正文後有“Imaginary Conversations between Laots e and Confucius”、“Conversion Table of Chapters in Chungtse”。

1955 年 Fischer Bücherei 版：德譯本 *Laotse*。正文與 1948 年 Random House 版同。正文後刪去“Conversion Table of Chapters in Chungtse”，新增“Anmerkungen”。

1958 年 Michael Joseph 版：內容與 1948 年 Random House 版同。

1982 年德華版：中譯本《老子的智慧》。正文與 1948 年 Random House 版同。正文前刪去“The Pronunciation of Chinse Names”，新增蔡豐安〈愛書人文庫序〉，新增序論（一）、“Prolegomena——“The Main Currents of Thought”。正文後刪去“Conversion Table of Chapters in Chungtse”。
1988 年時代文藝版：中譯本《老子的智慧》。正文與 1982 年德華版同。正文前刪去蔡豐安〈愛書人文庫序〉，新增金鍾鳴〈獻給需要巨人呼喚巨人的時代——《拿來參考叢書》總序〉。
1994 年正中版：中英對照本。全兩冊。正文與 1948 年 Random House 版同。正文前刪去“The Pronunciation of Chinse Names”、“Prolegomena——“The Main Currents of Thought”，節譯林語堂“Introduction”，新增〈緒論——莊子雜篇天下第三十三〉。正文後刪去“Imaginary Conversations between Laotse and Confucius”、“Conversion Table of Chapters in Chungtse”，新增黎明〈編校後記〉。
2004 年陝西師範版：中譯本《老子的智慧》。正文與 1982 年德華版同。正文前刪去蔡豐安〈愛書人文庫序〉，新增林語堂手跡、影像。
2009 年群言版：中譯本《老子的智慧》。正文與 1982 年德華版同。正文前刪去蔡豐安〈愛書人文庫序〉。
2011 年湖南文藝版：中譯本《老子的智慧》。正文與 1982 年德華版同。正文前刪去蔡豐安〈愛書人文庫序〉。

John Day 1950

陝西師範大學 2006

On the Wisdom of America
紐約：John Day Company
1950 年，25 開，462 頁

西安：陝西師範大學出版社
2006 年 2 月，17x24.7 公分，408 頁
劉啟升譯

本書為作者旅美經驗下，援引美國思想家名言，以中國人角度書寫的美國生活觀。全書收錄“The Wisdom of Living”、“Counsel for Living”、“Our Animal Heritage”等 16 章。正文前有“Preface on a Sunday Morning”，正文後有“Index”。
2006 年陝西師範版：中譯本《美國的智慧》。正文與 1950 年 John Day 版同。正文前新增劉啟升〈譯者序〉，正文後刪去“Index”。

創元社 1957

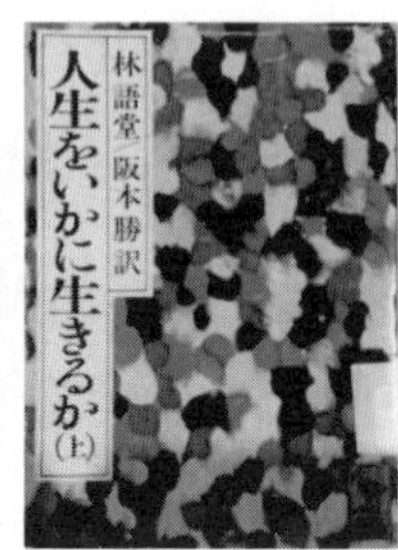

講談社 1979（上）

新版生活の発見

東京：創元社
1957 年 3 月，32 開，283 頁
阪本勝譯

東京：講談社
1979 年 11 月，10.5x15 公分，275、307 頁
阪本勝譯

本書譯自 1937 年 John Day 版 *The Importance of Living*，內容略有刪減，章節亦有調動。

講談社 1979（下）

全書收錄「目覚め」、「人間観の種々相」、「人間の動物的遺伝」等 13 章。正文前新增阪本勝「訳者まえがき」、凡例。1979 年講談社版：更名為『人生をいかに生きるか』。全兩冊。正文前新增渡部昇一「人生達人の書」，正文後新增合山究「林語堂その人と思想」。

World Publishing 1959

Joaquín Mortiz 1964

The Chinese Way of Life

克里夫蘭、紐約：World Publishing Company
1959 年，18 開，127 頁
Howard Simon 插圖

墨西哥：Joaquín Mortiz
1964 年，12x19.2 公分，118 頁
Carlos Villegas 譯
Howard Simon 插圖

米蘭：Bompiani
1964 年，12x20.5 公分，134 頁
Aldo Rosselli 譯
Howard Simon 插圖

西安：陝西師範大學出版社
2005 年 2 月，25 開，141 頁
楊平譯

Bompiani 1964

陝西師範大學 2005

全書收錄"Chu Pin's Homeland"、"Peking"、"The Chinese Language"等十章。正文後有"Chronolgical Chart of the Chinese World and World Events"、"Books for Future Reading"、"Index and Glossary"、"About the Author"。1964 年 Joaquín Mortiz 版：西班牙譯本 *La Vida*

En China。正文與 1959 年 World Publishing 版同。正文後刪去“About the Author”。
1964 年 Bompiani 版：義大利譯本 *La Vita Nella Vecchia Cina*。正文刪去“China Today”。正文後刪去“Books for Future Reading”、“Index and Glossary”、“About the Author”。
2005 年陝西師範版：中譯本《中國人的生活智慧》。正文與 1959 年 World Publishing 版同。正文後刪去“Chronolgical Chart of the Chinese World and World Events”、“Books for Future Reading”、“Index and Glossary”、“About the Author”。

World Publishing 1959

Avon 1959

William Heinemann 1960

Editorial Sudamericana 1960

Éditions Denoël 1961

D. V. A. 1961

From Pagan to Christian

克里夫蘭、紐約：World Publishing Company
1959 年，25 開，251 頁

紐約：Avon Book Division
1959 年，42 開，224 頁

倫敦、墨爾本、多倫多：William Heinemann
1960 年，32 開，251 頁

布宜諾斯艾利斯：Editorial Sudamericana
1960 年，14x20.7 公分，249 頁
Miguel de Hernani 譯

巴黎：Éditions Denoël
1961 年，14x20.5 公分，303 頁

司徒加特：Deutsche Verlags-Anstalt
1961 年，12x20 公分，277 頁

臺北：道聲出版社
1976 年 8 月，32 開，252 頁
百合文庫 48
胡簪雲譯

臺北：美亞書版公司
1979 年 11 月，32 開，224 頁

臺南：德華出版社
1982 年，32 開，227 頁
謝綺霞譯

成都：四川人民出版社
2000 年 6 月，25 開，263 頁
胡簪雲譯

北京：新華出版社
2002 年 4 月，32 開，238 頁
胡簪雲譯

西安：陝西師範大學出版社
2004 年 5 月，25 開，171 頁
謝綺霞譯

道聲出版社 1976

美亞書版公司 1979

四川人民 2000

新華出版社 2002

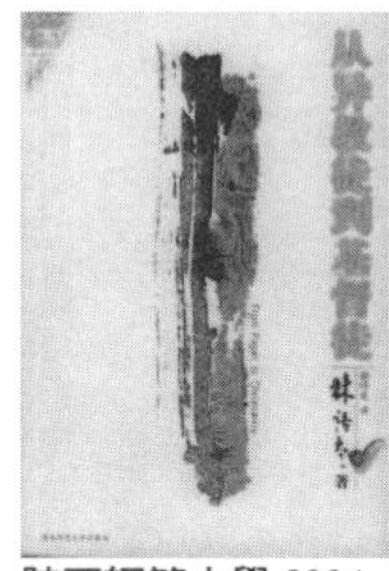
陝西師範大學 2004

本書為作者一生探索信仰的經驗紀錄。全書收錄“Childhood and Youth”、“The Grand Detour Begins ”、“The Mansion of Confucius”等八章。正文前有“Prefce”，正文後有“Index”、“About the Author”。

1959 年 Avon 版：正文與 1959 年 World Publishing 版同。正文後刪去“About the Author”。

1960 年 William Heinemann 版：正文與 1959 年 World Publishing 版同。正文後刪去“About the Author”。

1960 年 Editorial Sudamericana 版：西班牙譯本 *De Pagano A Cristiano*。正文與 1959 年 World Publishing 版同。正文後刪去“Index”、“About the Author”。

1961 年 Éditions Denoël 版：法譯本 *Du Paganisme Au Christianisme*。正文刪去“The Majesty of Light”。正文後刪去“Index”、“About the Author”。

1961 年 Deutsche Verlags-Anstalt 版：德譯本 *Kontinente Des Glaubens*。正文與 1959 年 World Publishing 版同。正文後刪去“Index”、“About the Author”。

1976 年道聲版：中譯本《信仰之旅——論東西方的哲學與宗教》。正文與 1959 年 World Publishing 版同。正文前新增殷穎〈「道聲百合文庫」序言〉、張群〈林語堂著《信仰之旅》序言〉、周聯華〈林語堂博士的《信仰之旅》〉。正文後刪除“Index”、“About the Author”。

1979 年美亞版：正文與 1959 年 World Publishing 版同。正文後刪去“About the Author”。

1982 年德華版：(今查無藏本)。

2000 年四川人民版：中譯本《信仰之旅》。正文與 1959 年 World Publishing 版同。正文前新增〈代序——路漫漫其修遠兮，吾將上下而求索〉，正文後刪去“Index”、“About the Author”，新增〈出版後記〉。

2002 年新華版：中譯本《信仰之旅》。內容與 2000 年四川人民版同。

2004 年陝西師範版：中譯本《從異教徒到基督徒》。正文與 1959 年 World Publishing 版同。正文後刪去“Index”、“About the Author”。

Crown Publishers 1961

Elek Books Limited 1961

G.E.C Gads Forlag 1962

陝西師範大學 2003

Imperial Peking: Seven Centuries of China

紐約：Crown Publishers
1961 年，20x27 公分，227 頁

倫敦：Elek Books Limited
1961 年，20x27 公分，227 頁

哥本哈根：G.E.C Gads Forlag
1962 年，20x27 公分，155 頁

西安：陝西師範大學出版社
2003 年 1 月，25 開，352 頁
趙沛林、張鈞等譯

北京：群言出版社
2010 年 11 月，25 開，236 頁
趙沛林、張鈞、陳亞珂、周允成譯

群言出版社 2010

本書從北京景觀、生活、藝術等角度，介紹北京城的歷史演變。全書收錄“The Spirit of Old Peking”、“The Seasons”、“The City”等 11 章。正文前有林語堂“Notes on Spelling of Chinese Names”、“List of Illustrations”、“List of Maps and Diagrams”，正文後附錄“Reserch on the History of Peking”、“Notes”、“Bibliographical Guide”、“Acknowledgments”、“Index”。

1961 年 Elek Books Limited 版：內容與 1961 年 Crown Publishers 版同。

1962 年 G.E.C Gads Forlag 版：丹麥譯本 *Kejsernes Peking: Syv århundreders Kina*。正文與 1961 年 Crown Publishers 版同。正文前刪去“List of Maps and Diagrams”，新增 Steen Eiler Rasmussen“Forord”。

2003 年陝西師範版：中譯本《輝煌的北京》。正文與 1961 年 Crown Publishers 版同。正文前刪去林語堂“Notes on Spelling of Chinese Names”、“List of Illustrations”、“List of Maps and Diagrams”，新增林語堂影像、手稿。正文後刪去“Acknowledgments”、“Index”，新增〈插圖索引〉、〈編餘小語〉。

2010 年群言版：中譯本《輝煌的北京》。正文與 2003 年陝西師範版同。正文前刪去林語堂影像、手稿，正文後刪除〈註釋〉、〈插圖索引〉、〈編餘小語〉，新增〈北京歷史大事年表〉。

World Publishing 1962

William Heinemann 1962

Editorial Sudamericana 1963

The Pleasures of a Nonconformist

克里夫蘭、紐約：World Publishing Company
1962 年，25 開，315 頁

倫敦：William Heinemann
1962 年，13.5x21.5 公分，315 頁

布宜諾斯艾利斯：Editorial Sudamericana
1963 年，25 開，294 頁
Nelly Sánchez Vincente 譯

本書集結作者 1962 年出訪中南美洲的演講稿。全書收錄"Confessions of a Nonconformist"、"Some Good Uses for Our Bad Instincts"、"Intuitive and Logical Thinking"、"The Philosophy of Yin-Yang and the Problem of Evil"等 36 篇。正文前有"Foreword"，正文後有"About the Author"。

1962 年 William Heinemann 版：正文與 1962 年 World Publishing 版同。正文後刪去"About the Author"。

1963 年 Editorial Sudamericana 版：西班牙譯本 *Los Placeres De Un Disconforme*。正文與 1962 年 World Publishing 版同。正文後刪去"About the Author"。

無所不談

臺北：文星書店
1966 年 2 月，40 開，186 頁
文星叢刊 140

本書集結作者 1965 年發表於中央社「無所不談」專欄文章。全書收錄〈新春試筆〉、〈談邱吉爾的英文〉、〈談中西畫法之交流〉、〈說紐約的飲食起居〉等 38 篇。正文前有林語堂〈七十自壽和中央社諸君賀詞原韻臨江仙一首〉、馬星野〈序〉。

我的話

臺北：志文出版社
1966 年 4 月，32 開，233 頁
語堂選集

全書分「讀寫修養」、「衣食住行」、「娘兒們的生活」、「社會隨筆」四部分，收錄〈讀書的藝術〉、〈新舊文學〉、〈論文〉、〈煙屑〉等 43 篇。正文前有林語堂影像、林語堂書簡。

無所不談二集

臺北：文星書店
1967 年 4 月，40 開，252 頁
文星叢刊 140②

本書集結作者 1966 年 6 月來臺後，發表於中央社「無所不談」專欄文章，文中談論溫情主義、讀書旨趣與方法與幽默文字等。全書收錄〈論色即是空〉、〈論情〉、〈論西洋理學〉、〈論利〉、〈論趣〉等 50 篇。正文前有林語堂〈自序〉、林語堂〈文章可幽默　作事須認真〉書法。正文後附錄羊汝德〈林語堂北山樂隱圖〉、殷穎〈談基督教〉、黃肇珩〈林語堂的寫作生活〉、黃肇珩〈林語堂歸隱生活〉、黃肇珩〈林語堂談休閒生活〉、中央日報〈談文章風格〉、湯宜莊〈談讀書之樂〉、柯劍星〈談國語的將來〉、邢光祖〈記林語堂論東西思想方法之不同〉。

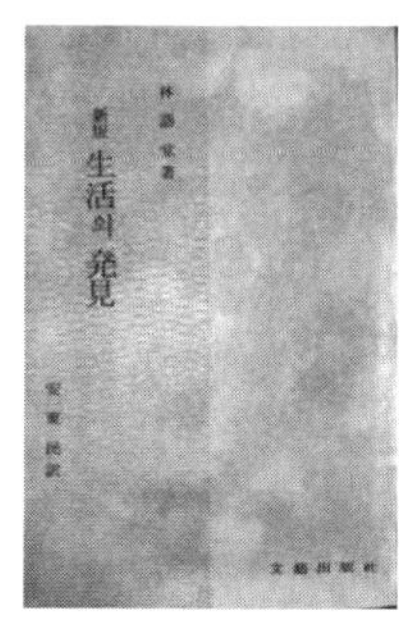

生活의發見

漢城：文藝出版社
1968 年 3 月，32 開，281 頁
安東民譯

本書為 1937 年 John Day 版 *The Importance of Living* 之韓文節譯本。正文前有林語堂影像、鮮于輝〈時節　魅惑　林語堂〉，正文後有安東民〈譯者後記〉。

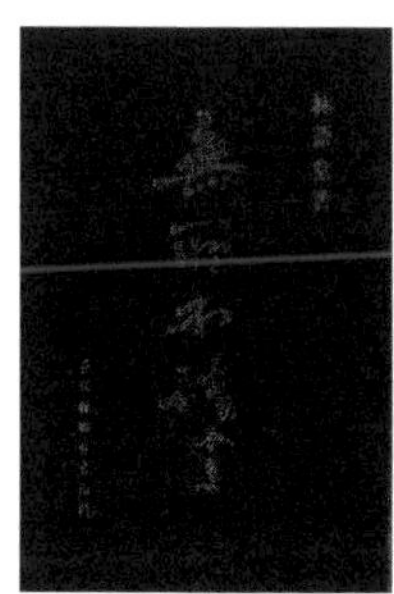

無所不談合集

臺北：臺灣開明書店
1974 年 10 月，32 開，809 頁

本書集結文星版《無所不談》、《無所不談二集》，與 1968 年於中央社所寫之散文。全書收錄〈新春試筆〉、〈論色即是空〉、〈論西洋理學〉、〈關雎正義〉、〈論赤足之美〉等 144 篇。正文前有林語堂〈無所不談合集序言〉、馬星野〈馬序無所不談初集〉、中央社祝賀詞〈臨江仙——慶林語堂先生七秩華誕〉、林語堂〈七十自壽和中央社諸君賀詞原韻臨江仙一首〉、林語堂〈文章可幽默　作事須認真〉書法。正文後附錄黃肇珩〈林語堂和他的一捆矛盾〉、黃肇珩〈林語堂的半世紀良緣〉、黃肇珩〈林語堂歸隱生活〉、黃肇珩〈林語堂的寫作生活〉、黃肇珩〈林語堂談休閒生活〉、羊汝德〈幽默大師愛與憎〉、羊汝德〈林語堂北山樂隱圖〉、殷穎〈談基督教〉、林廣寰〈星夜咖啡室的一場幻夢〉。

啼笑皆非

臺北：遠景出版社
1977 年 9 月，32 開，205 頁

本書為 1943 年 John Day 版 *Between Tears and Laughter* 之節譯本。全書收錄〈懺悔〉、〈羯磨（因果）〉、〈亞洲的出現〉等 16 章。正文前有林語堂〈自序〉，正文後有〈譯後言〉、〈林語堂自傳〉。

一

二

三

四

語堂文集

臺北：開明書店
1978 年 12 月，32 開，1264 頁

四冊。本書集結作者 1923 年遊學回國，於京講學，與 1932 年間發表於《論語》、《人世間》、《宇宙風》等隨筆。全書收錄〈中國的國民性〉、〈中國人之聰明〉、〈中國人嫌惡急性子〉、〈中國人的家族制度〉、〈中國文化之精神〉等 284 篇。正文前有臺灣開明書店編譯部〈《語堂文集》編輯敘言〉、林語堂相關影像。正文後附錄〈《語堂文集》初稿校勘記〉、賽珍珠〈語堂小評論之賞識〉、秦賢次〈林語堂生平事蹟〉。

翦拂集　大荒集

北京：人民文學出版社
1988 年 4 月，32 開，405 頁

本書收錄《翦拂集》與《大荒集》。《翦拂集》正文與 1928 年北新書局版刪去〈一封通信〉。《大荒集》正文與 1934 年生活書店版同。

論幽默——語堂幽默文選（上）

臺北：聯經出版公司
1994 年 10 月，25 開，273 頁
林太乙編

全書分「談情說性」、「人物」、「遊記」三部，收錄〈論幽默〉、〈論土氣〉、〈咏名流〉、〈回京雜感〉、〈勸文豪歌〉等 70 篇。正文前有林太乙〈序〉。

清算月亮——語堂幽默文選（下）

臺北：聯經出版公司
1994 年 10 月，25 開，268 頁
林太乙編

全書收錄〈有不為齋解〉、〈增訂依索寓言〉、〈怎樣寫「再啟」〉、〈論西裝〉、〈言志篇〉等 53 篇。正文前有林太乙〈序〉，正文後附錄〈徵譯散文並提倡「幽默」〉、〈幽默雜話〉、〈論東西文化的幽默〉。

談情說性——語堂文選（上）

臺北：聯經出版公司
1994 年 10 月，25 開，294 頁
林太乙編

全書分「談情說性」、「人物」、「遊記」三部，收錄〈論色即是空〉、〈論情〉、〈論趣〉、〈論利〉等 48 篇。正文前有林太乙〈序〉。

讀書的藝術——語堂文選（下）

臺北：聯經出版公司
1994 年 10 月，25 開，216 頁
林太乙編

全書分「文化、思想」、「文學、讀書」二部，收錄〈中國人的家庭理想〉、〈中國文化之精神〉、〈中國人與英國人〉、〈中國人與日本人〉等 30 篇。正文前有林太乙〈序〉。

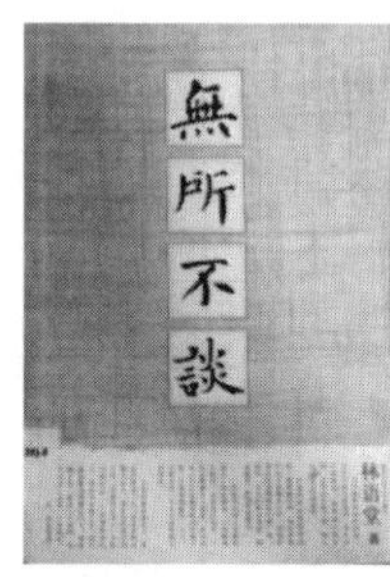

無所不談

西安：陝西師範大學
2008 年 8 月，18 開，245 頁

全書分「碎言閒語」、「文思雅韻」、「馳隙流年」、「字斟句酌」四篇，收錄〈有驢無人騎〉、〈母豬渡河〉、〈古書有毒辯〉、〈論踢屁股〉、〈十大宏願〉等 102 篇。正文前有〈代序——風行水上的瀟灑〉。

無所不談合集

香港：天地圖書
2012 年 2 月，25 開，557 頁
張振玉譯

全書收錄〈新春試筆〉、〈論色即是空〉、〈論西洋理學〉、〈關睢正義〉、〈論赤足之美〉等 123 篇。正文前有林語堂〈序言〉。

小評論：林語堂雙語文集

北京：九州出版社
2012 年 9 月，17x24 公分，441 頁
錢鎖橋編

本書集結 1930 至 1936 年發表於《中國評論週報》「小評論」專欄之中英對照文章。全書收錄〈論現代批評的職務〉、〈婚嫁與女子職業〉、〈上海之歌〉、〈假定我是土匪〉、〈阿芳〉等 50 篇。正文前有錢鎖橋〈引言〉，正文後有〈文章來源〉。

【小說】

John Day1939

Moment in Peking[2]

紐約：John Day Company
1939 年 11 月，18 開，815 頁

長篇小說。本書撰寫於 1938、1939 年戰爭之際。以姚、曾、牛三家家族興衰與清末民初至 1930 年代中日戰爭時期為經緯，綜錯出家族間的悲歡離合、恩怨情仇，映現新舊中國的轉變。此書以複雜人物、著重日常生活、主賓之分等技法，仿效中國小說體裁，被譽為現代版的《紅樓夢》。全書分“The Daughters of a Taoist”、“Tragedy in the Garden”、“The Song of Autumn”三部，共 45 章。正文前有林語堂“Preface”、“The Characters”、“How to Pronounce the Names”、“Some Chinese Terms of Address”。

四季書房 1940（一）

四季書房 1940（二）

上海：別發洋行（Kelly & Walsh, Ltd.）
1939 年 11 月，18 開，815 頁

東京：四季書房
1940 年 3、(未知)、9 月，32 開，
(未知)、(未知)、360 頁
小田嶽夫、庄野満雄；小田嶽夫、中村雅男；
小田嶽夫、松本正雄譯

1939 年別發版：(今查無藏本)。

1940 年四季版：日譯本『北京好日』。全三冊。正文與 1939 年 John Day 版同，正文前刪去“How to Pronounce the Names”、“Some Chinese Terms of Address”。第一冊收錄第一部“The Daughters of a Taoist”。正文前有「原著者序」、小田嶽夫「譯者序」、「本書の題名について」、「支那人の呼び名に就いて」，正文後有新居格「林語堂——人及び思想」、附表「登場人物表」；第二冊收錄第二部“Tragedy in the Garden”。正文前有中村雅男「序」，正文後有新居格「林語堂——その中庸性に就て」；第三冊收錄第三部“The Song of Autumn”。正文前有松本正雄「序に代へて」、新居格「林語堂と支那の良識」、「北京好日語彙」。

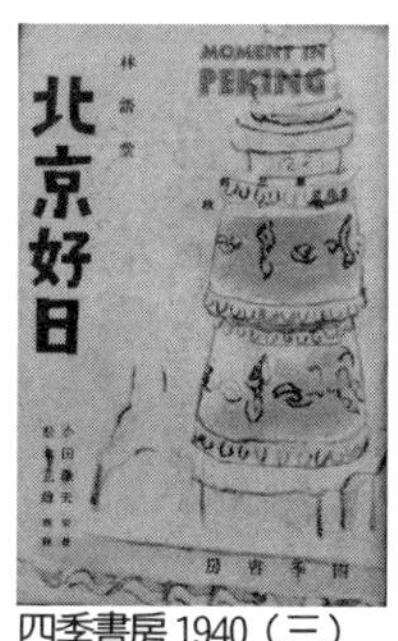

四季書房 1940（三）

---

[2]因 *Moment in Peking* 眾多版本多有分冊，為清楚明示，各版本以出版社為單位撰寫提要。

春秋社 1940（中）

春秋社 1941（下）

上海：春秋社
1940 年 10 月（中）、1941 年（下），
32 開，996 頁
鄭陀、應元傑譯

1940 年春秋社版：中譯本《京華煙雲》。全三冊。上冊今查無藏本，中、下冊正文與 1939 年 John Day 版 "Tragedy in the Garden"、"The Song of Autumn" 同。

Sun Dial 1942

Bonniers 1944

紐約：Sun Dial Press
1942 年，32 開，815 頁

斯德哥爾摩：Bonniers
1944 年，25 開，682 頁
Gösta Olzon 譯

1942 年 Sun Dial Press 版：內容與 1939 年 John Day 版同。

1944 年 Bonniers 版：瑞典譯本 *Episod I Peking*。正文與 1939 年 John Day 版同。正文前刪去林語堂 "Preface"、"The Characters"、"How to Pronounce the Names"、"Some Chinese Terms of Address"。

文元書店 1946

香港：文元書店
1946 年 1 月，12x17.3 公分，
347、243、312 頁
鄭陀、應元傑譯

1946 年文元版：中譯本《京華煙雲》。正文與 1939 年 John Day 同。正文前刪去 "The Characters"、"How to Pronounce the Names"、"Some Chinese Terms of Address"。正文後新增〈譯後記〉、林如斯〈關於《京華煙雲》〉。

光明書局 1946（一）

光明書局 1946（二）

光明書局 1946（三）

上海：光明書局
1946 年 1 月，32 開，
981 頁
鄭陀、應元傑譯

1946 年光明版：中譯本《京華煙雲》。全三冊。內容與 1946 年文元版同。

文達（二）1949

香港：文達出版社
1949 年，32 開，347、243、312 頁
鄭陀、應元傑譯

1949 年文達版：中譯本《京華煙雲》。全三冊。第一、三冊今查無藏本，第二冊正文與 1939 年 John Day 版 “Tragedy in the Garden” 同。

ジープ社 1950（上）

ジープ社 1950（下）

東京：ジープ社
1950 年 9 月，32 開，432、606 頁
佐藤亮一譯

1950 年ジープ社版：日譯本『北京好日』。全兩冊。正文與 1939 年 John Day 版同。正文前刪去 “The Characters”、“How to Pronounce the Names”、“Some Chinese Terms of Address”，新增「譯者のことば」、林如斯「父は泣いていた『北京好日』について」、「林語堂略歷」。

河出書房 1951（一）

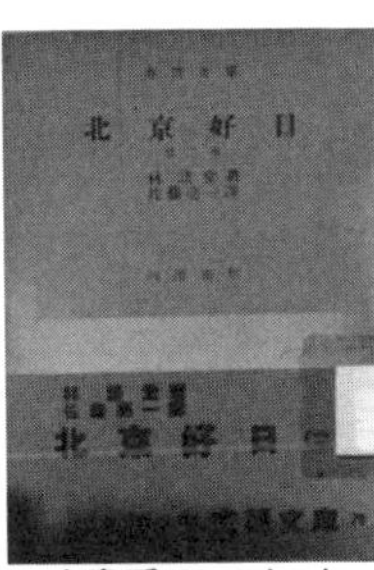

河出書房 1951（二）

東京：河出書房
1951 年 11～12 月，10.3x14.7 公分，
227、239、258、258、238、192 頁
市民文庫 75～80
佐藤亮一譯

1951 年河出版：日譯本『北京好日』。全六冊。正文與 1950 年ジープ社版同。正文前刪去「林語堂略歷」，正文後新增奧野信太郎「解說」。

河出書房 1951（三）

河出書房 1951（四）

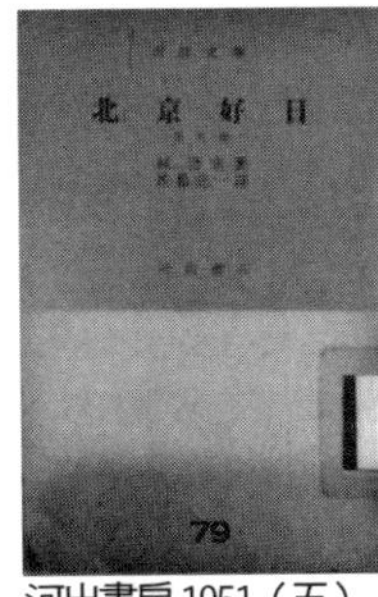

河出書房 1951（五）

河出書房 1951（六）

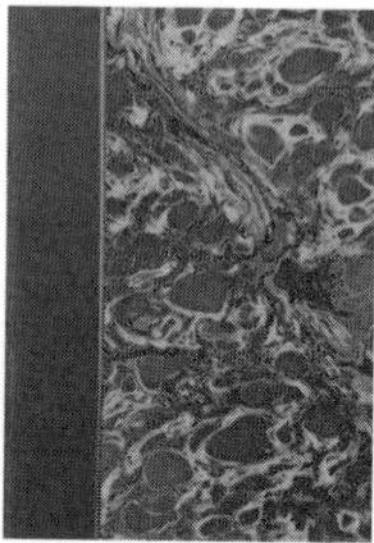
Club Bibliophile de France1960（一）

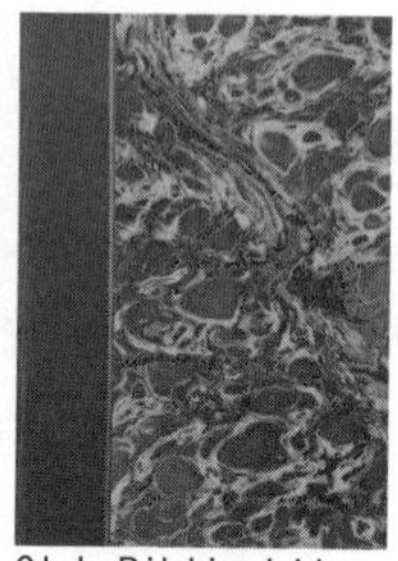
Club Bibliophile de France1960（二）

巴黎：Club Bibliophile de France
1960 年，14x20 公分，210、247、285、328 頁
François Fosca 譯

1960 年 Club Bibliophile de France 版：法譯本 *Enfances Chinoises*。全四冊。第一冊收錄 1939 年 John Day 版第 1 至 9 章，正文前刪去 "How to Pronounce the Names"、"Some Chinese Terms of Address"，新增 François Fosca "Introduction"，正文後新增 "Notes du Traducteur"。第二冊收錄第 10 至 21 章，正文後新增 "Notes du Traducteur"。第三、四冊今查無藏本。

芙蓉書房 1972（上）

芙蓉書房 1972（下）

臺南：大東書局
1966 年，32 開，448 頁

東京：芙蓉書房
1972 年 10 月，32 開，365、341 頁
佐藤亮一譯

1966 年大東版：（今查無藏本）。
1972 年芙蓉版：日譯本『北京好日』。全兩冊。正文與 1950 年ジープ社版同。正文前刪去「譯者のことば」、「林語堂略歷」，將林如斯「父は泣いていた『北京好日』について」移至正文後，正文後新增佐藤亮一「本書の解說」、佐藤亮一「訳者あとがき」。

美亞書版公司 1975

文光圖書公司 1976

臺北：美亞書版公司
1975 年 12 月，25 開，815 頁

臺北：文光圖書公司
1976 年 9 月，32 開，347、423、312 頁

1975 年美亞版：內容與 1939 年 John Day 版同。
1976 年文光版：中譯本《京華煙雲》。內容與 1946 年文元版同。

遠景出版社 1977

臺北：遠景出版社
1977 年 5 月，32 開，1106 頁
遠景叢刊 71
1977 年遠景版：中譯本《京華煙雲》。正文與 1946 年文元版同。正文前新增〈《京華煙雲》人物表〉。

德華出版社 1980

喜美出版社 1980

臺南：德華出版社
1977 年 3 月，32 開，1119 頁
張振玉譯

臺南：德華出版社
1980 年 1 月，32 開，1119 頁
愛書人文庫 041．林語堂經典名著 1
張振玉譯

臺北：喜美出版社
1980 年 8 月，32 開，1119 頁
張振玉譯

1977 年德華版：（今查無藏本）。
1980 年德華版：中譯本《京華煙雲》。正文與 1939 年 John Day 版同。正文前刪去林語堂"Preface"、"How to Pronounce the Names"、"Some Chinese Terms of Address"，新增張振玉〈第三次修正版題記〉、蔡豐安〈《京華煙雲》新譯本——出版緣起〉、張振玉〈譯者序〉、林如斯〈關於《京華煙雲》〉。
1980 年喜美版：中譯本《京華煙雲》。正文與 1980 年德華版同。

時代文藝出版社 1987（上）

時代文藝出版社 1987（下）

長春：時代文藝出版社
1987 年 2 月，25 開，868 頁
張振玉譯

1987 年時代文藝版：中譯本《京華煙雲》。全兩冊。正文據 1977 年德華版修訂文字。正文前刪去張振玉〈譯者序〉，新增金鐘鳴〈獻給需要巨人呼喚巨人的時代——《拿來參考叢書》總序〉、金鐘鳴〈《京華煙雲》序〉、林語堂〈著者序〉，正文後新增梅中泉〈跋〉。

殿堂出版社 1988

臺北：殿堂出版社
1988 年 5 月，25 開，755 頁
張振玉譯

上海：上海書店
1989 年 10 月，32 開，945 頁
林語堂小說集
張振玉譯

1988 年殿堂版：中譯本《京華煙雲》。正文與 1980 年德華版同。正文前新增林太乙〈寫我父親林語堂——兼述《京華煙雲》的寫作背景〉，刪去〈京華煙雲人物表〉。
1989 年上海版：中譯本《京華煙雲》。(今查無藏本)。

湖南文藝 1991

長沙：湖南文藝出版社
1991 年 12 月，25 開，798 頁
郁飛譯

1991 年湖南文藝版：中譯本《瞬息京華》。正文與 1939 年 John Day 版同。正文前刪去 "How to Pronounce the Names"、"Some Chinese Terms of Address"，正文後新增郁飛〈譯者後記〉，附錄林語堂〈關於《瞬息京華》——給郁達夫的信〉、郁達夫〈語及翻譯（摘錄）〉、郁達夫〈談翻譯及其他〉、郁達夫〈嘉陵江上傳書（摘錄）〉、林語堂〈談鄭譯《瞬息京華》〉、林如斯〈關於《瞬息京華》〉。

白帝社 1993

東京：白帝社
1993 年 10 月，25 開，896 頁
四竃恭子譯

1993 年白帝社版：日譯本『悠久の北京』。正文與 1939 年 John Day 版同。正文前刪去林語堂 "Preface"、"How to Pronounce the Names"、"Some Chinese Terms of Address"，新增中山時子「発刊に寄せて」，正文後新增「註」、「登場人物」、四竃恭子「あとがき」。

外語教學與研究 1999

北京：外語教學與研究出版社
1999 年 2 月，25 開，937 頁

1999 年外語教學版：內容與 1939 年 John Day 版同。正文前新增〈出版說明〉。

陝西師範大學 2002（上）

陝西師範大學 2002（下）

西安：陝西師範大學出版社
2002 年 8 月，25 開，862 頁
張振玉譯

2002 年陝西師範版：中譯本《京華煙雲》。全兩冊。正文與 1980 年德華版同，新增章回名。正文前刪去張振玉〈第三次修正版題記〉、蔡豐安〈《京華煙雲》新譯本——出版緣起〉、張振玉〈譯者序〉，新增林語堂影像、手跡。

現代教育 2007（上）

現代教育 2007（下）

北京：現代教育出版社
2007 年 9 月，25 開，395、408 頁
張振玉譯

2007 年現代教育版：中譯本《京華煙雲》。全兩冊。正文與 2002 年陝西版同。正文前刪去林語堂影像、手跡，新增「中國文庫」編輯委員會〈「中國文庫」出版前言〉、現代教育出版社〈出版說明〉。

雷鼓出版社

臺北：雷鼓出版社
（出版年不詳），25 開，618 頁

雷鼓版：中譯本《京華煙雲》。正文與 1980 年德華版同。正文前刪去張振玉〈第三次修正版題記〉、蔡豐安〈《京華煙雲》新譯本——出版緣起〉、張振玉〈譯者序〉、林如斯〈關於《京華煙雲》〉。

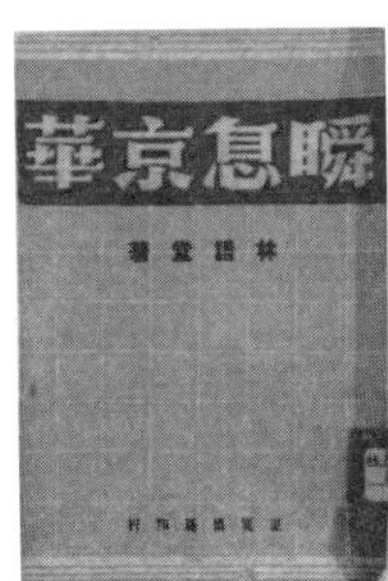

苦幹出版社 1948

華貿出版社 1976

瞬息京華

上海：世界文化出版社
1940 年 8 月，32 開，156 頁
越裔譯

上海：苦幹出版社
1948 年 4 月，32 開，156 頁

臺北：華貿出版社
1976 年 9 月，32 開，209 頁

臺南：慈暉出版社
1976 年，32 開，177 頁

慈暉出版社 1976

本書為 1939 年 John Day 版 *Moment in Peking* 之中文節譯本。
1940 年世界文化版：（今查無藏本）。
1948 年苦幹版：正文後有〈節述後言〉。
1976 年華貿版：正文與 1947 年苦幹版新增清至民國間重要人物影像。正文前新增〈著作者中英文傳略〉、〈著作者生平重要寫真〉，將正文後〈節述後言〉移至正文前，刪減內容並更名為〈前奏曲〉。
1976 年慈暉版：更名為《京華煙雲》。正文與 1947 年苦幹版同。正文後刪去〈節述後言〉。

John Day 1941

A Leaf in the Storm : A Novel of War-Swept China
紐約：John Day Company
1941 年，25 開，368 頁

長篇小說。本書藉 Poya、Lao Peng、Malin（後改名 Tanni）三位主角，在 1930 年代日軍戰亂影響下，因愛情、身分、人道主義理想由北京逃至上海、漢口等地的故事，書中多引道家思維看待人世無常。全書共 20 章。正文前有 “A Sketch Map Showing the Cities, Railways, and Rivers Referred to in the Course of the Story” 。

William Heinemann 1942

Bonniers 1943

倫敦、多倫多：William Heinemann
1942 年，32 開，360 頁

斯德哥爾摩：Bonniers
1943 年，25 開，386 頁
Gösta Olzon 譯

東京：三笠書房
1951 年 11 月，32 開，327 頁
竹內好譯

三笠書房 1951

1942 年 William Heinemann 版：內容與 1941 年 John Day 版同。
1943 年 Bonniers 版：瑞典譯本 *Ett Blad I Stormen*。內容與 1941 年 John Day 版同。
1951 年三笠版：日譯本『嵐の中の木の葉』。正文與 1941 年 John Day 版同。將正文前 “A Sketch Map Showing the Cities, Railways, and Rivers Referred to in the Course of the Story” 移至正文後。正文後新增竹內好「解說」。

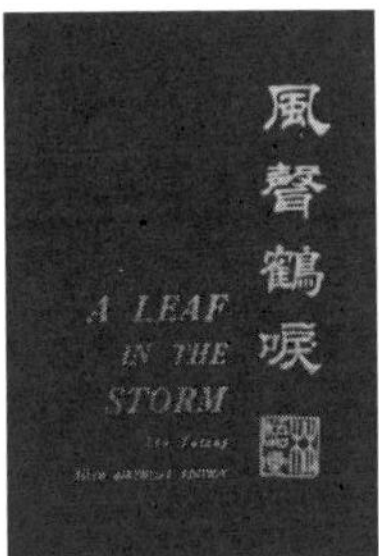

美亞書版公司 1975

遠景出版社 1976

喜美出版社 1980

德華出版社 1981

金蘭文化出版社 1984

華岳文藝出版社 1989

風雲時代 1989

臺北：美亞書版公司
1975 年 12 月，25 開，368 頁

臺北：遠景出版社
1976 年 12 月，32 開，441 頁
遠景叢刊 59
宋碧雲譯

臺北：喜美出版社
1980 年 8 月，32 開，424 頁
林語堂經典名著
張振玉譯

臺南：德華出版社
1981 年 1 月，32 開，424 頁
林語堂經典名著 20・愛書文人庫 131
謝超雲譯

臺北：金蘭文化出版社
1984 年 5 月，32 開，424 頁
林語堂經典名著 20
張振玉譯

西安：華岳文藝出版社
1989 年 2 月，32 開，427 頁
張振玉譯

臺北：風雲時代出版公司
1989 年 8 月，新 25 開，441 頁
一代大師林語堂作品集 7

1975 年美亞版：內容與 1941 年 John Day 版同。

1976 年遠景版：中譯本《風聲鶴唳》。正文與 1941 年 John Day 版同。正文前刪去 "A Sketch Map Showing the Cities, Railways, and Rivers Referred to in the Course of the Story" 。

1980 年喜美版：中譯本《風聲鶴唳》。正文與 1941 年 John Day 版同。正文前刪去"A Sketch Map Showing the Cities, Railways, and Rivers Referred to in the Course of the Story"。

1981 年德華版；1984 年金蘭版；1989 年華岳版；1989 年風雲版：中譯本《風聲鶴唳》。內容與 1980 年喜美版同。

D. C. Books 1989

上海書店 1989

花城出版社 1991

白帝社 1995

水星文化 2014

印度：D. C. Books
1989 年 9 月，新 25 開，446 頁
Edassery Neelakantan Nair 譯

上海：上海書店
1989 年 10 月，32 開，424 頁
張振玉譯

廣州：花城出版社
1991 年 8 月，32 開，467 頁
梁守濤、梁綠平譯

西安：陝西人民出版社
1992 年 11 月，32 開，427 頁
張振玉譯

東京：白帝社
1995 年 10 月，25 開，396 頁
田竃恭子譯

新北：水星文化出版社
2014 年 5 月，25 開，268 頁
世紀文學家文庫 030
張振玉譯

1989 年 D.C.Books 版：馬拉雅拉姆譯本 *Kotumkaattil Petta Orila*。正文與 1941 年 John Day 版同。正文前刪去“A Sketch Map Showing the Cities, Railways, and Rivers Referred to in the Course of the Story”，新增林語堂影像、介紹、〈譯者序〉。

1989 年上海版：中譯本《風聲鶴唳》。內容與 1980 年喜美版同。

1991 年花城版：中譯本《風聲鶴唳》。正文與 1941 年 John Day 版同。正文前刪去“A Sketch Map Showing the Cities, Railways, and Rivers Referred to in the Course of the Story”，正文後新增〈譯後記——林語堂和他的《風聲鶴唳》〉、附錄〈林語堂部分著作目錄〉。

1992 年陝西人民版：中譯本《風聲鶴唳》。（今查無藏本）。

1995 年白帝社版：日譯本『嵐の中の木の葉』。正文與 1941 年 John Day 版同。正文前刪去“A Sketch Map Showing the Cities, Railways, and Rivers Referred to in the Course of the Story”、新增中山時子「序」、「『嵐の中の木の葉』を読みいただく前に」，正文後新增「註」、田竃恭子「あとがき」。

2014 年水星版：中譯本《林語堂精選集》。內容與 1980 年喜美版同。

風聲鶴唳

上海：林氏出版社
1947 年 2 月，32 開，194 頁
徐誠斌譯

本書為 1941 年 John Day 版 *A Leaf in the Storm: A Novel of War-Swept China* 之中文節譯本。收錄第一至七章。

John Day 1948

Chinatown Family

紐約：John Day Company
1948 年，新 25 開，307 頁

長篇小說。本書以生長於廣州的 Tom 與母親、妹妹前往美國，與早先至美國舊金山淘金，後於紐約開洗衣店的父親會合為開端，書中描述 Tom 初見美國建設之新奇，華僑在美國的生活情況，經歷國家、家庭困難時，家人同舟共濟之精神，以及中國和西方文化的相互交流、碰撞與包容。全書共 25 章。

Verlag Herrnberger 1948

William Heinemann 1949

慕尼黑：Verlag Herrnberger
1948 年，12x20.5 公分，366 頁

倫敦、墨爾本、多倫多：William Heinemann
1949 年，32 開，277 頁

法蘭克福：Büchergilde Gutenberg
1952 年，新 25 開，391 頁
Leonore Schlaich 譯

慕尼黑：Deutscher Taschenbuch Verlag Gmb H& Co.
1967 年 6 月，40 開，258 頁
Leonore Schlaich 譯

Büchergilde Gutenberg 1952

D. T. V. 1967

1948 年 Verlag Herrnberger 版：德譯本 *Chinesen Stadt*。內容與 1948 年 John Day 版同。

1949 年 William Heinemann 版：內容與 1948 年 John Day 版同。

1952 年 Büchergilde Gutenberg 版：德譯本 *Chinesen Stadt*。內容與 1948 年 John Day 版同。

1967 年 D. T. V.版：德譯本 *Chinesen Stadt*。正文與 1948 年 John Day 版同。正文前新增 "Über dieses Buch" 。

美亞書版公司 1975

遠景出版公司 1976

德華出版社 1977

喜美出版社 1980

FisherTaschenbuch Verlag 1983

金蘭文化出版社 1984

臺北：美亞書版公司
1975 年，25 開，307 頁

臺北：遠景出版公司
1976 年 9 月，32 開，307 頁
遠景叢刊 74
宋碧雲譯

臺南：德華出版社
1977 年 12 月，32 開，315 頁
愛書人文庫 53
唐強譯

臺北：喜美出版社
1980 年 8 月，32 開，315 頁
唐強譯

法蘭克福：Fisher Taschenbuch Verlag
1983 年 5 月，11.5x18 公分，264 頁
Leonore Schlaich 譯

臺北：金蘭文化出版社
1984 年 5 月，32 開，315 頁
林語堂經典名著 8・林語堂全集 53
唐強譯

北方文藝出版社
1988 年 8 月

1975 年美亞版：內容與 1948 年 John Day 同。
1976 年遠景版：中譯本《唐人街》。內容與 1948 年 John Day 同。
1977 年德華版：中譯本《唐人街》。正文與 1948 年 John Day 同。正文前新增蔡豐安〈愛書人文庫序〉。
1980 年喜美版；1984 年金蘭版：中譯本《唐人街》。內容與 1977 年德華版同。
1983 年 Fisher Taschenbuch Verlag 版：德譯本 *Chinesenstadt*。正文與 1955 年 Büchergilde Gutenberg 版同。正文前新增“Der Autor”。
1988 年北方版：中譯本《唐人街》。(今查無藏本)。

風雲時代 1989

上海書店 1989

臺北：風雲時代出版公司
1989 年 8 月，新 25 開，307 頁
一代大師林語堂作品集 9

上海：上海書店
1989 年 10 月，32 開，315 頁

西安：陝西師範大學出版社
2004 年 11 月，25 開，328 頁
唐強譯

西安：陝西師範大學出版社
2007 年 5 月，18 開，269 頁
唐強譯

陝西師範大學 2007

1989 年風雲版：中譯本《唐人街》。內容與 1976 年遠景版同。
1989 年上海版；2007 年陝西師範版：中譯本《唐人街》。內容與 1977 年德華版同。
2004 年陝西師範版：中譯本《唐人街》。（今查無藏本）。

John Day 1951

美亞書版公司 1979

Widow, Nun and Courtesan:
Three Novelettes from the Chinese
紐約：John Day Company
1951 年，新 25 開，266 頁

臺北：美亞書版公司
1979 年 11 月，新 25 開，266 頁

短篇小說集。本書翻譯改寫老向〈全家村〉、劉鶚《老殘遊記》部分、〈杜十娘〉三部短篇小說，全書收錄“Widow Chuan”、“A Nun of Taishan”、“Miss Tu”。正文前有“Introduction”。
1979 年美亞版：內容與 1950 年 John Day 版同。

John Day 1952

Pocket Library 1954

Deutsche Verlags-Anstalt 1954

Uitgave Succes 1960

天祥出版社 1966

德華出版社 1976

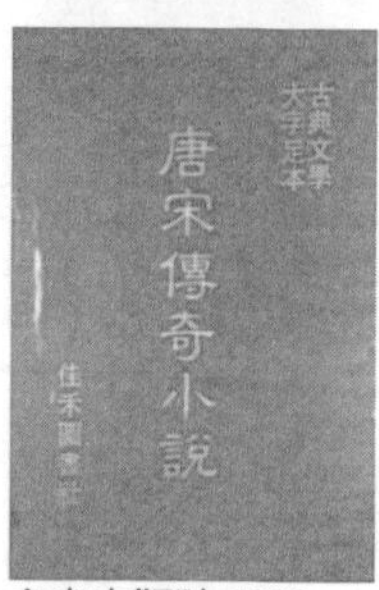

名家出版社 1982

上海書店 1989

Famous Chinese Short Stories

紐約：John Day Company
1952 年，11.5x18.5 公分，299 頁

倫敦：William Heinemann
1953 年

紐約：Pocket Library
1954 年，42 開，299 頁

司徒加特：Deutsche Verlags-Anstalt
1954 年，32 開，341 頁
Ursula Löffler 譯

海牙：Uitgave Succes
1960 年，42 開，256 頁
Reeks No.55

臺北：新中出版社
1961 年 6 月，32 開，334 頁
張振玉譯

臺北：天祥出版社
1966 年 12 月，32 開，319 頁

臺北：琥珀出版社
1968 年，32 開，319 頁

臺南：德華出版社
1976 年 7 月，32 開，334 頁
愛書人文庫 24
張振玉譯

臺北：名家出版社
1982 年 1 月，25 開，203 頁

東京：現代出版
1985 年 7 月，333 頁
佐藤亮一譯

上海：上海書店
1989 年 10 月，32 開，334 頁
林語堂小說集

長沙：岳麓書社
1989 年 11 月，25 開，271 頁
張振玉譯

吉隆坡：Dewan Bahasa dan Pustaka, Kementerian Pendidikan Malaysia
1990 年，11.2x18.4 公分，404 頁

西安：陝西師範大學出版社
2003 年 1 月，25 開，308 頁

岳麓書社 1989

K. P. M. 1990

張振玉譯

西安：陝西師範大學出版社
2007 年 5 月，25 開，246 頁
張振玉譯

短篇小說集。本書以西洋短篇小說技巧翻譯改寫唐宋傳奇小說及《聊齋誌異》。全書分“Adventrue and Mystery”、“Love”、“Ghosts”、“Juvenile”、“Satire”、“Tales of Fancy and Humor”六卷，收錄“Curly-Beard”、“The White Monkey”、“The Stranger’s Note”等 20 篇。正文前有“Introduction”。

陝西師範大學 2007

1953 年 William Heinemann 版：(今查無藏本)。
1954 年 Pocket Library 版：內容與 1952 年 John Day 版同。
1954 年 Deutsche Verlags-Anstalt 版：德譯本 *Die Botschaft Des Fremden*。
1960 年 Uitgave Succes 版：荷蘭譯本 *Beroemde Chinese Verhalen*。本書為節譯本，章節亦有調動。收錄“The White Monkey”、“The Jade Goddess”、“Chastity”等 13 篇。
1961 年新中版：中譯本《中國傳奇小說》。(今查無藏本)。
1966 年天祥版：中譯本《中國傳奇小說》。正文刪去“Adventrue and Mystery”、“Love”、“Ghosts”等六卷名與第 13 篇“The Poet's Club”，順序亦有調動。
1968 年琥珀版：(今查無藏本)。
1976 年德華版：中譯本《重編白話本中國傳奇小說》。順序有調動。
1982 年名家版；1989 年上海版；1989 年岳麓版；2007 年陝西師範版：中譯本《唐宋傳奇小說》;《中國傳奇小說》;《中國傳奇》;《中國傳奇》。內容與 1976 年德華版同。
1985 年現代版：日譯本『中国伝奇小説二十編』。(今查無藏本)。
1990 年 K.P.M.版：馬來西亞譯本 *Chienniang: Cerita-cerita Terkemuka Dari Negeri China*。內容與 1952 年 John Day 版同。
2003 年陝西師範版：中譯本《中國傳奇》。(今查無藏本)。

Fortællinger fra det gamle Kina
哥本哈根：H. Hirschsprungs Forlag
1953 年，25 開，239 頁
Sven Kragh-Jakobsen 譯

本書為 1952 年 John Day 版 *Famous Chinese Short Stories* 之丹麥節譯本。收錄“Curly-Beard”、“The White Monkey”、“The Stranger's Note”等 11 篇。正文前有“Indledning”。

John Day 1953

Bonniers 1954

新潮社（上）1954

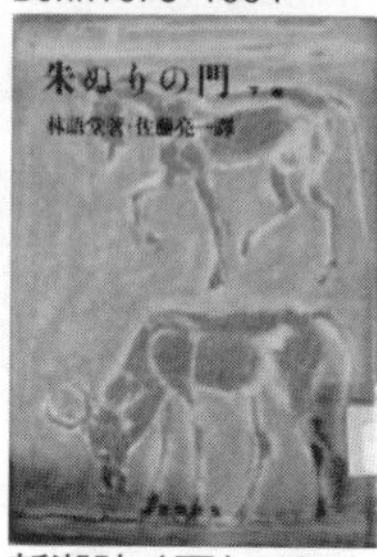

新潮社（下）1954

G.B. Fischer 1954

H. Hirschsprunga Forlag 1954

The Vermilion Gate

紐約：John Day Company
1953 年，13.5x20 公分，439 頁

斯德哥爾摩：Bonniers
1954 年，25 開，359 頁

東京：新潮社
1954 年 9 月，32 開，233、216 頁
佐藤亮一譯

法蘭克福：G.B. Fischer
1954 年，25 開，498 頁

哥本哈根：H. Hirschsprunga Forlag
1954 年，25 開，452 頁
Svend Kragh Jacobsen 譯

長篇小說。本書與《京華煙雲》、《風聲鶴唳》被視為「林語堂三部曲」，故事以一場學生遊行示威活動中，上海《新公報》派駐西安記者 Li Fei 與陝西女子師範學生 Tu Joan 相識相愛，由西安逃至新疆，歷經波盪的故事為主軸，揭示西安權貴對新聞自由迫害、杜氏家族對漢回態度之衝突。全書計有 1.The House of Tafuti；2.The Manchurian Guest；3.Sanganor；4.The Disowned；5.Lanchow；6.The Return 六章。正文前有林語堂"Author's Note"。

1954 年 Bonniers 版：瑞典譯本 *Den blodröda porten*。內容與 1953 年 John Day 版同。

1954 年新潮社版：日譯本『朱めりの門』。全兩冊。正文與 1953 年 John Day 版同。將正文前林語堂"Author's Note"移至上卷正文後，正文後新增「譯者のことば」、「林語堂紹介」。

1954 年 G.B. Fischer 版：德譯本 *Leb Wohl Sunganor*。內容與 1953 年 John Day 版同。

1954 年 H. Hirschsprunga Forlag 版：挪威譯本 *Den Lakrøde Port*。內容與 1953 年 John Day 版同。

Editorial Hermes 1954

芙蓉書房 1973

美亞書版公司 1975

遠景出版社 1976

喜美出版社 1980

德華出版社 1981

金蘭文化 1984

華岳文藝 1989

布宜諾斯艾利斯：Editorial Hermes
1954 年，32 開，522 頁

東京：芙蓉書房
1973 年 8 月，32 開，327 頁
佐藤亮一譯

臺北：美亞書版公司
1975 年 7 月，25 開，439 頁

臺北：遠景出版社
1976 年 9 月，32 開，418 頁
遠景叢刊 54
宋碧雲譯

臺北：喜美出版社
1980 年 1 月，32 開，454 頁
張振玉譯

臺南：德華出版社
1981 年 2 月，32 開，454 頁
林語堂經典名著 19‧愛書文人庫 130
謝綺霞譯

臺北：金蘭文化出版社
1984 年 5 月，32 開，454 頁
林語堂經典名著 19
謝綺霞譯

西安：華岳文藝出版社
1989 年 1 月，32 開，440 頁
謝綺霞譯

1954 年 Editorial Hermes 版：西班牙譯本 *El Portón Rojo*。內容與 1953 年 John Day 版同。
1973 年芙蓉版：日譯本『西域の反乱』。將正文前林語堂“Author's Note”移至正文後，正文後新增佐藤亮一「訳者あとがき」、「林語堂‧略歴」、「佐藤亮一‧略歴」。
1975 年美亞版：正文與 1953 年 John Day 版同。正文後新增地圖。
1976 年遠景版：中譯本《朱門》。內容與 1953 年 John Day 版同。
1980 年喜美版：中譯本《朱門》。內容與 1953 年 John Day 版同。
1981 年德華版；1984 年金蘭版；1989 年華岳版：中譯本《朱門》。內容與 1980 年喜美版同。

風雲時代 1989

上海書店 1989

白帝社 1999

陝西師範大學 2003

臺北：風雲時代出版公司
1989 年 8 月，新 25 開，418 頁
一代大師林語堂作品集 6

上海：上海書店
1989 年 10 月，32 開，454 頁
林語堂小說集

北京：中國青年出版社
1991 年 12 月，25 開，410 頁
勞隴、勞力譯

西安：陝西人民出版社
1992 年 11 月，32 開，440 頁
謝綺霞譯

東京：白帝社
1999 年 6 月，25 開，395 頁
四竈恭子譯

西安：陝西師範大學出版社
2003 年 1 月，25 開，381 頁
謝綺霞譯

1989 年風雲版；1989 年上海版；2003 年陝西師範版：中譯本《朱門》。內容與 1980 年喜美版同。

1991 年中國青年版；1992 年陝西人民版：中譯本《朱門》。(今查無藏本)。

1999 年白帝社版：日譯本『朱門』。正文與 1953 年 John Day 版同。正文後新增「注」、四竈恭子「あとがき」。

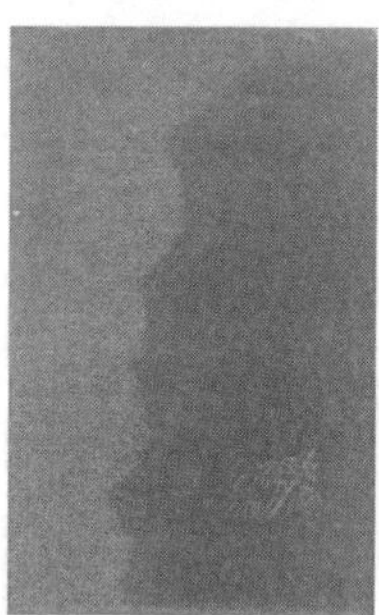
Prentice-Hall 1955

William Heinemann1955

Looking Beyond

紐澤西：Prentice-Hall
1955 年，18 開，387 頁

倫敦、墨爾本、多倫多：William Heinemann
1955 年，32 開，351 頁

布宜諾斯艾利斯：Editorial Hermes
1955 年，32 開，451 頁
Pedro Ibarzábal 譯

哥本哈根：H. Hirschsprungs Forlag
1955 年，25 開，382 頁
Des Asmussen 譯

米蘭：Bompiani
1957 年，12x20.5 公分，388 頁

臺北：遠景出版社
1975 年 10 月，32 開，394 頁

Editorial Hermes 1955

H. Hirschsprungs Forlag 1955

LIN YUTANG
L'ISOLA INASPETTATA
BOMPIANI

Bompiani 1957

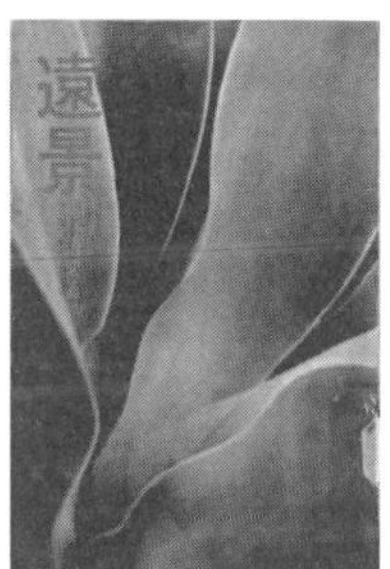

遠景出版社 1975

美亞書版公司 1975

喜美出版社 1980

德華出版社 1980

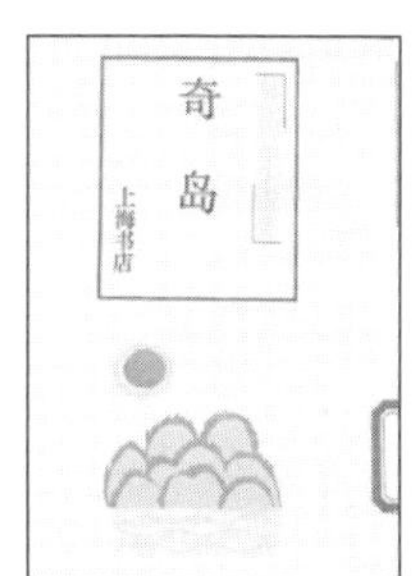

上海書店 1989

遠景叢刊 23
鄭秋水譯

臺北：美亞書版公司
1975 年 12 月，25 開，387 頁

臺北：喜美出版社
1980 年 1 月，32 開，417 頁

臺南：德華出版社
1980 年 12 月，32 開，417 頁
林語堂經典名著 21・愛書文人庫 134
王玲玲譯

上海：上海書店
1989 年 10 月，32 開，417 頁
張振玉譯

西安：陝西師範大學出版社
2004 年 11 月，25 開，366 頁
張振玉譯

北京：現代教育出版社
2007 年 1 月，25 開，404 頁
張振玉譯

長篇小說。本書為作者離開南洋大學前往法國時所撰寫的作品，書中構想心中的 21 世紀烏托邦世界。全書收錄 45 章。正文後有“Index”。

1955 年 William Heinemann 版：題名 *The Unexpected Island*。正文與 1955 年 Prentice-Hall 版同。正文後刪去“Index”。

1955 年 Editorial Hermes 版：西班牙譯本 *La Oportunidad De Euridice*。正文與 1955 年 Prentice-Hall 版同。正文後刪去“Index”。

1955 年 H. Hirschsprungs Forlag 版：挪威譯本 *Visdommens Ø*。正文與 1955 年 Prentice-Hall 版同。正文後刪去“Index”。

1957 年 Bompiani 版：義大利譯本 *L'isola Inaspettata*。正文與 1955 年 Prentice-Hall 版同。正文後刪去“Index”。

1975 年遠景版：中譯本《遠景》。正文與 1955 年 Prentice-Hall 版同。正文後刪去“Index”。

1975 年美亞版：內容與 1955 年 Prentice-Hall 版同。

現代教育出版社
2007

1980 年喜美版：中譯本《奇島》。正文與 1955 年 Prentice-Hall 版同。正文後刪去“Index”。
1980 年德華版；1989 年上海版；2007 年現代教育版：中譯本《奇島》。正文與 1980 年喜美版同。
2004 年陝西師範版：中譯本《奇島》。（今查無藏本）。

World Publishing
1961

The Red Peony
克里夫蘭：World Publishing Company
1961 年，25 開，407 頁

長篇小說。本書描寫勇於追求愛情的清末年輕寡婦 Peony，周旋於同鄉 Mengchia、初戀情人 Chin Chu、拳術師 Fu Nanto、杭州詩人 An Tonien 間的愛情故事。全書共 32 章。正文後有“About the Author”。

Natur Och Kultur
1962

William
Heinemann1962

斯德哥爾摩：Natur Och Kultur
1962 年，14.7x22.3 公分，378 頁

倫敦、墨爾本、多倫多：William Heinemann
1962 年，32 開，400 頁

布宜諾斯艾利斯：Editorial Sudamericana
1962 年，32 開，443 頁
Josefina Martinez Alinari 譯

紐約：Dell Publishing
1963 年 3 月，42 開，399 頁

Editorial Sudamer-
icana 1962

Dell 1963

1962 年 Natur Och Kultur 版：瑞典譯本 *Den röda pionen*。正文與 1961 年 World Publishing Company 版同。正文後刪去“About the Author”。
1962 年 William Heinemann 版；1963 年 Dell Publishing：正文與 1961 年 World Publishing 版同。正文後刪去“About the Author”。
1962 年 Editorial Sudamericana 版：西班牙譯本 *Peonía Roja*。正文與 1961 年 World Publishing 版同。正文後刪去“About the Author”。

Stabenfeldt Forlag 1963

Diana Verlag 1964

Bompiani 1964

Lythway Press 1974

美亞書版公司 1975

德華出版社 1977

遠景出版公司 1978

斯塔萬格：Stabenfeldt Forlag
1963 年，25 開，246 頁
Johanne Bertelsen 譯

蘇黎世：Diana Verlag
1964 年，12.5x20 公分，352 頁

米蘭：Bompiani
1964 年，12.5x20 公分，442 頁
Bruno Oddera 譯

巴斯：Lythway Press
1974 年，32 開，400 頁

臺北：美亞書版公司
1975 年 12 月，25 開，400 頁

臺南：德華出版社
1977 年 12 月，32 開，524 頁
愛書人文庫 051
張振玉譯

臺北：遠景出版公司
1978 年 9 月，32 開，443 頁
遠景叢刊 73
宋碧雲譯

1963 年 Stabenfeldt Forlag 版：挪威譯本 *Den Røde Peon*。正文與 1961 年 World Publishing 版同。正文後刪去“About the Author”。

1964 年 Diana Verlag 版：德譯本 *Die Rote Peony*。正文與 1961 年 World Publishing 版同。正文後刪去“About the Author”。

1964 年 Bompiani 版：義大利譯本 *Peonia Rossa*。正文與 1961 年 World Publishing 版同。正文後刪去“About the Author”。

1974 年 Lythway Press 版；1975 年美亞版：正文與 1961 年 World Publishing 版同。正文後刪去“About the Author”。

1977 年德華版：中譯本《紅牡丹》。正文與 1961 年 World Publishing 版同。正文前新增蔡豐安〈愛書人文庫序〉、張振玉〈譯者序〉。正文後刪去“About the Author”。

1978 年遠景版：中譯本《紅牡丹》。正文與 1961 年 World Publishing 版同。正文後刪去“About the Author”。

喜美出版社 1980

金蘭文化出版社 1984

Gummerus 1986

人民文學 1988

風雲時代 1989

上海書店 1989

陝西師範大學 2003

臺北：喜美出版社
1980 年 8 月，32 開，524 頁
張振玉譯

臺北：金蘭文化出版社
1984 年 3 月，32 開，524 頁
林語堂經典名著 7
張振玉譯

赫爾辛基：Gummerus
1986 年，32 開，456 頁

北京：中國文聯出版公司
1988 年 4 月，32 開，473 頁
張振玉譯

北京：人民文學出版社
1988 年 5 月，32 開，424 頁

臺北：風雲時代出版公司
1989 年 8 月，新 25 開，443 頁
一代大師林語堂作品集 5

上海：上海書店
1989 年 10 月，32 開，524 頁
林語堂小說集

北京：華齡出版社
1995 年 4 月，25 開，377 頁

西安：陝西師範大學出版社
2003 年 1 月，25 開，392 頁
張振玉譯

1980 年喜美版：中譯本《紅牡丹》。正文與 1977 年德華版同。正文前刪去蔡豐安〈愛書人文庫序〉。

1984 年金蘭版：中譯本《紅牡丹》。內容與 1980 年喜美版同。

1986 年 Gummerus 版：芬蘭譯本 *Punainen Pioni*。正文與 1961 年 World Publishing 版同。正文後刪去“About the Author”。

1988 年中國文聯版；1995 年華齡版：中譯本《紅牡丹》。（今查無藏本）。

1988 年人民文學版；1989 年風雲版：中譯本《紅牡丹》。內容與 1978 年遠景版同。

1989 年上海版：中譯本《紅牡丹》。正文與 1980 年喜美版同。正文前刪去張振玉〈譯者序〉。

2003 年陝西師範版：中譯本《紅牡丹》。正文與 1980 年喜美版同。正文前新增林語堂影像、手跡。

World Publishing 1963

Dell 1964

Natur Och Kultur 1964

Editorial Sudamericana 1964

Bompiani 1965

Det Andet Forlag 1965

Mayflower 1966

美亞書版公司 1975

Juniper Loa

克里夫蘭：World Publishing Company
1963 年，新 25 開，251 頁

紐約：Dell Publishing Company
1964 年 12 月，42 開，190 頁

斯德哥爾摩：Natur Och Kultur
1964 年，13.5x22.2 公分，222 頁

布宜諾斯艾利斯：Editorial Sudamericana
1964 年，32 開，246 頁
Román A. Jiménez 譯

米蘭：Bompiani
1965 年，25 開，254 頁
Ettore Capriolo 譯

哥本哈根：Det Andet Forlag
1965 年，11x18 公分，192 頁

倫敦：Mayflower-Dell Paperback
1966 年 4 月，11.2x18 公分，190 頁

臺北：美亞書版公司
1975 年 12 月，新 25 開，251 頁

臺北：遠景出版公司
1976 年 5 月，32 開，254 頁
遠景叢刊 36
宋碧雲譯

臺北：金蘭文化出版社
1984 年 5 月，32 開，250 頁
林語堂經典名著 30‧林語堂全集 174
謝青雲（封面）、謝超雲（版權頁）譯

長春：時代文藝出版社
1988 年 7 月，32 開，203 頁

長沙：湖南文藝出版社
1988 年 7 月，32 開，203 頁

上海：上海書店
1989 年 10 月，32 開，250 頁

西安：陝西師範大學出版社
2004 年 10 月，25 開，224 頁
謝超雲譯

長篇小說。本書為自傳體小說，女主角 Juniper 為作者初戀情人之形象，描述生長於山間青梅竹馬 Silok 與 Juniper，因 Silok 出

遠景出版公司 1976

金蘭文化 1984

湖南文藝出版社 1988

上海書店 1989

陝西師範大學 2004

國而分開，兩人在異地經歷了不同生活，最終又再次於新加坡團聚。全書共 20 章。正文後有“About the Author”。

1964 年 Dell Publishing 版：正文與 1963 年 World Publishing 版同。正文後刪去“About the Author”。

1964 年 Natur Och Kultur 版：瑞典譯本 *Juniper Loa*。正文與 1963 年 World Publishing 版同。正文後刪去“About the Author”。

1964 年 Editorial Sudamericana 版：西班牙譯本 *Enebro Loa*。正文與 1963 年 World Publishing 版同。正文後刪去“About the Author”。

1965 年 Bompiani 版：義大利譯本 *Juniper Loa*。正文與 1963 年 World Publishing 版同。正文後刪去“About the Author”。

1965 年 Det Andet Forlag 版：丹麥譯本 *Juniper Loa*。正文與 1963 年 World Publishing 版同。正文前新增“Om Forfatteren”，正文後刪去“About the Author”。

1966 年 Mayflower-Dell Paperback 版；1975 年美亞版：正文與 1963 年 World Publishing 版同。正文後刪去“About the Author”。

1976 年遠景版：中譯本《賴柏英》。正文與 1963 年 World Publishing 版同。正文後刪去“About the Author”。

1984 年金蘭版：中譯本《賴柏英》。正文與 1963 年 World Publishing 版同。正文後刪去“About the Author”。

1988 年時代文藝版：（今查無藏本）。

1988 年湖南文藝版：中譯本《賴柏英》。內容與 1976 年遠景版同。

1989 年上海版：中譯本《賴柏英》。內容與 1984 年金蘭版同。

2004 年陝西師範版：中譯本《賴柏英》。正文與 1984 年金蘭版同。正文前新增林語堂影像、手稿。

G.P. Putnam's Sons 1964

Dragonfly1965

中央通訊社 1965

Dell 1965

Heinemann 1965

Editorial Sudamericana 1965

Danske Bogsamleres Klub 1965

A. J. G. 1967

The Flight of the Innocents

紐約：G.P. Putnam's Sons
1964 年，25 開，320 頁

香港：Dragonfly Books
1965 年 6 月，12.6x17.6 公分，296 頁

臺北：中央通訊社
1965 年 9 月，32 開，334 頁
張復禮譯

紐約：Dell Publishing Company
1965 年 10 月，40 開，222 頁

倫敦：Heinemann
1965 年，32 開，248 頁

布宜諾斯艾利斯：Editorial Sudamericana
1965 年，12x17.7 公分，314 頁
León Mirlas 譯

哥本哈根：Danske Bogsamleres Klub
1965 年，13x20.5 公分，282 頁
Ejler Hinge Christensen 譯

阿姆斯特丹：A. J. G. Strengholt
1967 年，25 開，253 頁

倫敦：Mayflower Paperback
1968 年，11x17.6 公分，220 頁

臺北：黎明文化公司
1974 年 10 月，32 開，324 頁
共產問題研究叢書 71

臺北：遠景出版公司
1980 年 3 月，32 開，296 頁
遠景叢刊 162
張復禮譯

臺北：金蘭文化出版社
1984 年 5 月，32 開，341 頁
林語堂經典名著 31・林語堂全集 175
王玲玲譯

臺北：開朗出版社
1985 年 1 月，32 開，341 頁

本書以 1960 年代中國大躍進時期為背景，描述居住在博羅、惠陽的人民遷徙至香港的故事。全書共 24 章。正文前有林語堂“Foreword”、地圖，正文後有“Epilogue”。

Mayflower1968

黎明文化公司 1974

遠景出版公司 1980

金蘭文化 1984

1965 年 Dragonfly Books 版：正文與 1964 年 G.P. Putnam's Sons 版同。正文前刪去地圖。

1965 年中央版：中譯本《逃向自由城》。正文與 1964 年 G.P. Putnam's Sons 版同。正文前新增「敬以本書中譯本祝林語堂先生七秩雙壽」。

1965 年 Dell Publishing Company 版；1965 年 Heinemann 版；1968 年 Mayflower Paperback 版：內容與 1964 年 G.P. Putnam's Sons 版同。

1965 年 Editorial Sudamericana 版：西班牙譯本 *La Fugade Los Inocentes*。正文與 1964 年 G.P. Putnam's Sons 版同。正文前刪去地圖。

1965 年 Danske Bogsamleres Klub 版：丹麥譯本 *De Uskyldiges Flugt*。正文與 1964 年 G.P. Putnam's Sons 版同。正文前刪去地圖。

1967 年 A. J. G. Strengholt 版：荷蘭譯本 *Vlucht naar Hong Kong*。正文與 1964 年 G.P. Putnam's Sons 版同。正文前刪去林語堂 “Foreword” 。

開朗出版社 1985

1974 年黎明版：中譯本《逃向自由城》。正文與 1965 年中央版同。正文前刪去「敬以本書中譯本祝林語堂先生七秩雙壽」，新增〈黎明文化事業公司編者謹識〉、林語堂〈《逃向自由城》序〉。

1980 年遠景版：中譯本《逃向自由城》。正文與 1965 年中央版同。正文前刪去「敬以本書中譯本祝林語堂先生七秩雙壽」。

1984 年金蘭版：中譯本《逃向自由城》。內容與 1964 年 G.P. Putnam's Sons 版同。

1985 年開朗版：中譯本《逃向自由城》。內容與 1984 年金蘭版同。

【傳記】

John Day 1947

遠景出版社 1977

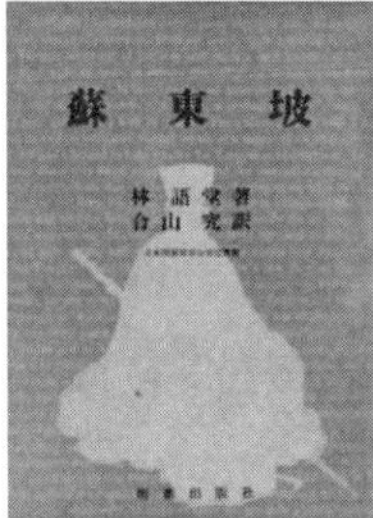

明德出版社 1978

德華出版社 1979

The Gay Genius:
The Life and Times of Su Tungpo
紐約：John Day Company
1947 年，新 25 開，427 頁

倫敦、墨爾本、多倫多：William Heinemann
1948 年

臺北：鍾山書局
1969 年，25 開，427 頁

臺北：遠景出版社
1977 年 5 月，32 開，359 頁
遠景叢刊 73
宋碧雲譯

東京：明德出版社
1978 年 3 月，32 開，524 頁
合山究譯

臺南：德華出版社
1979 年 4 月，32 開，334 頁
林語堂經典名著 4・愛書文人庫 081
張振玉譯

全書分“Childhood and Youth（1036-1061）”、“Early Manhood（1062-1079）”、“Maturity（1080-1093）”、“Years IF Exile（1094-1101）”四卷，計有“Literary Patriotic Duke”、“Meishan”、“Childhood and Youth”等 28 章。正文前有林語堂“Preface”、“China in the Time of Su Tungpo（1036-1101）”，正文後附錄“Chronological Summary”、“Bibliography and Sources”、“Biographical Reference List”、“Index”。

1948 年 William Heinemann 版；1969 年鍾山版：（今查無藏本）。

1977 年遠景版：中譯本《蘇東坡傳》。正文與 1947 年 John Day 版同。正文前刪去“China in the Time of Su Tungpo（1036-1101）”，新增宋碧雲〈譯序〉。正文後刪去“Biographical Reference List”、“Index”。

1978 年明德版：日譯本『蘇東坡』。正文與 1947 年 John Day 版同。正文前新增李龍眠《蘇東坡像》、《西園雅集圖》、蘇東坡《墨竹圖》、蘇東坡書法石碑拓本、「凡例」。正文後刪去“Chronological Summary”、“Biographical Reference List”、“Index”，新增「系譜と年表」、「訳者注」、「解說」、合山究「訳者あとがき」。

1979 年德華版：中譯本《蘇東坡傳》。正文與 1947 年 John Day 版同。正文前刪去“China in the Time of Su Tungpo（1036-1101）”，新增蔡豐安〈愛書人文庫序〉、張振玉〈譯者序〉。正文後刪去“Biographical Reference List”、“Index”。

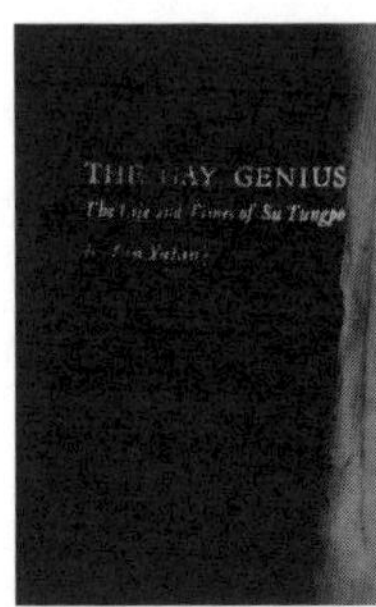
美亞書版公司 1979

喜美出版社 1980

講談社（上）1986

講談社（下）1987

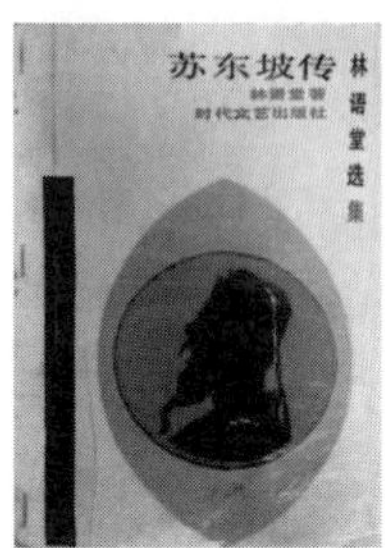

時代文藝出版社 1988

風雲時代 1989

臺北：美亞書版公司
1979 年 8 月，新 25 開，427 頁

臺北：喜美出版社
1980 年 1 月，32 開，417 頁
林語堂經典名著

東京：講談社
1986 年 12 月、1987 年 1 月，50 開，356、352 頁
講談社學術文庫
合山究譯

長春：時代文藝出版社
1988 年 12 月，25 開，353 頁
林語堂選集
張振玉譯

臺北：風雲時代出版公司
1989 年 8 月，新 25 開，425 頁
一代大師林語堂作品集 12
宋碧雲譯

1979 年美亞版：內容與 1947 年 John Day 同。
1980 年喜美版：中譯本《蘇東坡傳》。正文與 1979 年德華版同。正文前刪去蔡豐安〈愛書人文庫序〉。
1986 年講談社版：日譯本『蘇東坡』。全兩冊。正文與 1947 年 John Day 版同。正文前新增「凡例」，正文後刪去 “Chronological Summary”、“Biographical Reference List”、“Index”，新增「蘇氏系譜」、「蘇東坡年表」、「解說」、合山究「訳者あとがき」。
1988 年時代版：中譯本《蘇東坡傳》。內容與 1980 年喜美版同。
1989 年風雲版：中譯本《蘇東坡傳》。內容與 1977 年遠景版同。

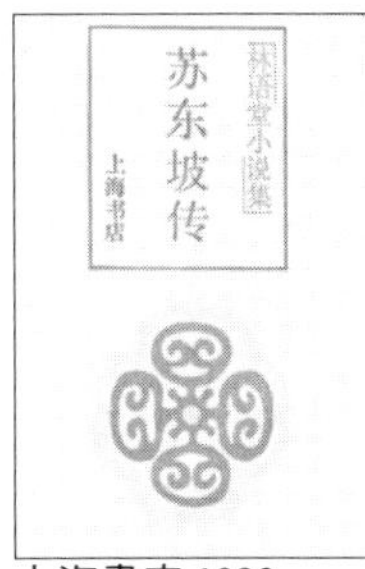

上海書店 1989

海南出版社 1992

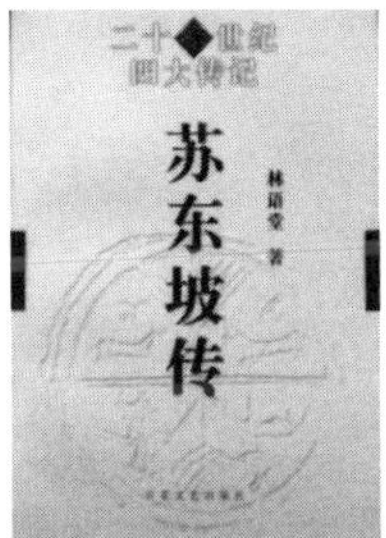

百花文藝出版社 2000

陝西師範大學 2005

現代教育出版社 2007

湖南人民出版社 2013

上海：上海書店
1989 年 10 月，32 開，417 頁
林語堂小說集
張振玉譯

海口：海南出版社
1992 年 6 月，25 開，281 頁
宋碧雲譯

天津：百花文藝出版社
2000 年 6 月，25 開，281 頁
張振玉譯

西安：陝西師範大學出版社
2005 年 2 月，25 開，326 頁
張振玉譯

北京：現代教育出版社
2007 年 1 月，25 開，408 頁
張振玉譯

長沙：湖南人民出版社
2013 年 10 月，18 開，337 頁
張振玉譯

1989 年上海版；2000 年百花版；2007 年現代版；2013 年湖南版：中譯本《蘇東坡傳》。內容與 1980 年喜美版同。

1992 年海南版：中譯本《蘇東坡傳》。正文與 1947 年 John Day 版同。正文前刪去“China in the Time of Su Tungpo（1036-1101）”，正文後刪去“Bibliography and Sources”、“Biographical Reference List”、“Index”。

2005 年陝西師範版：中譯本《蘇東坡傳》。正文與 1980 年喜美版同。正文前新增林語堂影像、手跡。

William Heinemann 1957

Editorial Sudamericana 1957

Bonniers 1958

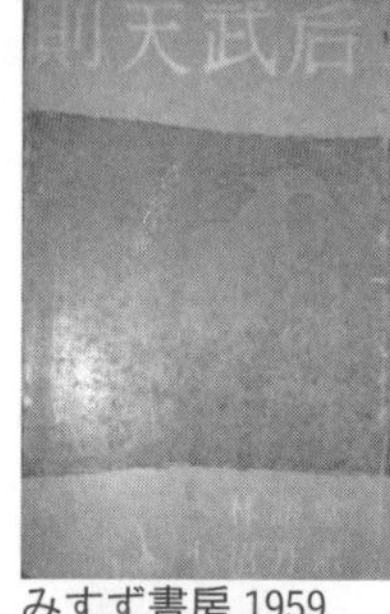

みすず書房 1959

Verlegt Bei Kindler 1959

Bompiani 1963

Lady Wu: A True Story

倫敦、墨爾本、多倫多：William Heinemann
1957 年，32 開，245 頁

布宜諾斯艾利斯：Editorial Sudamericana
1957 年，14.5x22 公分，244 頁
León Mirlas 譯

斯德哥爾摩：Bonniers
1958 年，25 開，236 頁

東京：みすず書房
1959 年 3 月，32 開，247 頁
小沼丹譯

慕尼黑：Verlegt Bei Kindler
1959 年，11x19 公分，393 頁

米蘭：Bompiani
1963 年，12x20.5 公分，163 頁
Piero Jahier 譯

紐約：G.P. Putnam's Sons
1965 年，255 頁

本書以《新唐書》、《舊唐書》為素材，由武后孫子邠王守禮視角，回憶祖母武后一生興起與衰敗。全書分四卷，共 45 章。正文前有“The House of Tang”、林語堂“Preface”、“A Note of Spelling”。

1957 年 Editorial Sudamericana 版：西班牙譯本 *La Emperatriz Wu*。正文與 1957 年 William Heinemann 版同。正文前刪去“A Note of Spelling”。

1958 年 Bonniers 版：瑞典譯本 *Lady Wu*。內容與 1957 年 William Heinemann 版同。

1959 年みすず書房版：日譯本『則天武后』。正文與 1957 年 William Heinemann 版同。正文前刪去“The House of Tang”、“A Note of Spelling”。

1959 年 Verlegt Bei Kindler 版：德譯本 *Lady Wu*。將正文“Murder List—I”、“Murder List—II”、“Murder List—III”、正文前“The House of Tang”移至正文後。正文前刪去“A Note of Spelling”。

1963 年 Bompiani 版：義大利譯本 *Madama Wu*。正文與 1957 年 William Heinemann 版同。正文前刪去“The House of Tang”、“A Note of Spelling”。

1965 年 G.P. Putnam's Sons 版：(今查無藏本)。

德華出版社 1976

遠景出版社 1979

美亞書版公司 1979

人民文學 1989

上海書店 1989

海南出版社 1992

臺南：德華出版社
1976 年 5 月，32 開，204 頁
愛書文庫 15
張振玉譯

臺北：遠景出版社
1979 年 3 月，32 開，213 頁
遠景叢刊 105
宋碧雲譯

臺北：美亞書版公司
1979 年 11 月，32 開，233 頁

臺北：喜美出版社
1980 年 8 月，32 開，204 頁
張振玉譯

北京：人民文學出版社
1989 年 9 月，32 開，189 頁

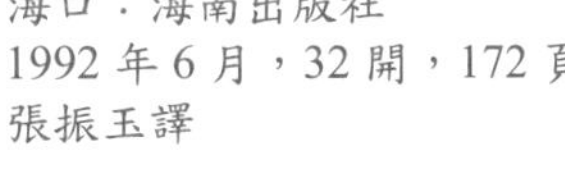

上海：上海書店
1989 年 10 月，32 開，226 頁
林語堂小說集
張振玉譯

海口：海南出版社
1992 年 6 月，32 開，172 頁
張振玉譯

1976 年德華版：中譯本《武則天正傳》。將正文"Murder List—I"、"Murder List—II"、"Murder List—III"移至正文後。正文前刪去"A Note of Spelling"，新增蔡豐安〈愛書人文庫序〉、張振玉〈譯後記〉。
1979 年遠景版：中譯本《武則天傳》。正文與 1957 年 William Heinemann 版同。正文前刪去"The House of Tang"、林語堂"Preface"、"A Note of Spelling"。
1979 年美亞版：內容與 1957 年 William Heinemann 版同。
1980 年喜美版：(今查無藏本)。
1989 年人民文學版：中譯本《女皇武則天》。據金蘭版張振玉譯本校改。
1989 年上海版：中譯本《武則天正傳》。正文與 1976 年德華版同。正文前刪去林語堂"Preface"、蔡豐安〈愛書人文庫序〉、張振玉〈譯後記〉。
1992 年海南版：中譯本《武則天正傳》。正文新增章節名稱，將正文"Murder List—I"、"Murder List—II"、"Murder List—III"移至正文後。正文前刪去"The House of Tang"、林語堂"Preface"、"A Note of Spelling"，新增張新奇〈前言〉。

陝西師範大學 2005

現代教育 2007

西安：陝西師範大學出版社
2005 年 2 月，25 開，205 頁
張振玉譯

北京：現代教育出版社
2007 年 1 月，開，235 頁
張振玉譯

北京：東方出版社
2009 年 4 月，18 開，304 頁
名人名傳系列
張振玉譯

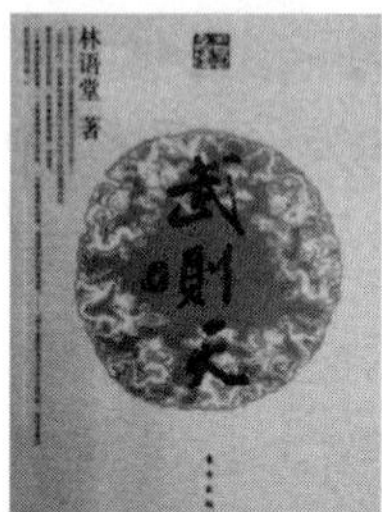

東方出版社 2009

群言出版社 2009

北京：群言出版社
2009 年 4 月，16 開，234 頁

長沙：湖南文藝出版社
2012 年 1 月，25 開，232 頁

海牙：Zuid Hollandsche Uitgevers Maatschappij
出版年不詳，16.2x24.5 公分，226 頁
Hans de Vries 譯

湖南文藝出版社 2012

Zuid Hollandsche

2005 年陝西師範版：中譯本《武則天正傳》。內容與 1992 年海南版同。正文前刪去張新奇〈前言〉。

2007 年現代教育版：中譯本《武則天正傳》。內容與 1989 年上海版同。

2009 年東方版：中譯本《武則天》。正文與 1992 年海南版同。正文前刪去張新奇〈前言〉，新增唐代相關影像、〈整理說明〉。正文後新增〈後記〉。

2009 年群言版：中譯本《武則天傳》。將正文 "Murder List—I"、"Murder List—II"、"Murder List—III" 移至正文後。正文前刪去林語堂 "Preface"、"A Note of Spelling"。

2012 年湖南版：中譯本《武則天正傳》。正文與 1992 年海南版同。正文前刪去張新奇〈前言〉，〈初唐世系略表〉移至正文後。

Zuid Hollandsche Uitgevers Maatschappij 版：荷蘭譯本 *Lady Wu*。正文與 1957 年 William Heinemann 版同。正文前刪去 "A Note of Spelling"。

美亞書版公司 1975

德華出版社 1979

遠景出版公司 1980

喜美出版社 1980

風雲時代 1989

寶文堂書店 1990

Memoirs of an Octogenarian
臺北：美亞書版公司
1975 年 12 月，25 開，93 頁

臺南：德華出版社
1979 年 11 月，32 開，143 頁
林語堂經典名著 10‧愛書文人庫 052
張振玉譯

臺北：遠景出版公司
1980 年 6 月，32 開，135 頁
遠景叢刊 161
宋碧雲譯

臺北：喜美出版社
1980 年 8 月，32 開，143 頁
張振玉譯

臺北：風雲時代出版公司
1989 年 8 月，新 25 開，135 頁
一代大師林語堂作品集 15

北京：寶文堂書店
1990 年 11 月，32 開，183 頁

本書為作者八十歲時回顧一生童年、求學時期、婚姻等重要時期之歷程並盤點自己所寫書籍。全書計有“A Bundle of Contradictions”、“My Childhood”、“Early Contacts With The West”等 13 章。正文後附錄 Arthur James Anderson “Lin Yutang: A Bibliography of his English Writings and Translations”。

1979 年德華版：中譯本《八十自敘》。正文與 1975 年美亞版同。正文前新增蔡豐安〈愛書人文庫序〉、張振玉〈譯者序〉，正文後刪去 Arthur James Anderson “Lin Yutang: A Bibliography of his English Writings and Translations”。

1980 年遠景版：中譯本《八十自敘》。內容與 1975 年美亞版同。

1980 年喜美版：中譯本《八十自敘》。正文與 1979 年德華版同。正文前刪去蔡豐安〈愛書人文庫序〉。

1989 年風雲版：中譯本《八十自敘》。內容與 1980 年遠景版同。

1990 年寶文堂版：中譯本《八十自敘》。正文與 1980 年遠景版同。正文前刪去亞瑟‧詹姆斯‧安德森〈林語堂英文著作及英譯漢書目錄表〉，新增〈林語堂自傳〉、施建偉〈林語堂出國以後〉、章克標〈林語堂在上海〉。

Confucius Saw Nancy and Essays about Nothing

（子見南子及英文小品文集）

上海：商務印書館
1936 年 10 月，25 開，301 頁

本書為劇本、散文合集，選輯作者曾發表過的《子見南子》劇本與發表於 *China Critic*、*T' ien Hsia Monthly*、*The Forum*、*Asia* 之散文。全書分四輯，「A One-Act Tragicomedy」收錄劇本 *Confucius Saw Nancy*；「Towards a Philosophy」、「Essays」、「Satires」收錄散文 "On Crying at Movies"、"On Lying in Bed"、"On Sitting in Chairs" 等 27 篇。正文前有林語堂 "Thanks"、林語堂 "Preface"。

林語堂全集

漢城：徽文出版社
1968 年 10 月，32 開

韓譯本。共五冊。正文前有林語堂自畫像、影像。

林語堂全集 I

漢城：徽文出版社
1968 年 10 月，32 開，463 頁
尹永春、車柱環譯

本書收錄 *The Importance of Living*、劇本 *Confucius Saw Nancy and Essays about Nothing*。

林語堂全集 II

漢城：徽文出版社
1968 年 10 月，32 開，418 頁
朱耀燮、尹永春譯

本書收錄 *My Country and My People* 與演講稿。正文後附錄車柱環〈林語堂와家庭〉。

林語堂全集III
漢城：徽文出版社
1968年10月，32開，457頁
尹永春譯

本書收錄長篇小說 *Moment in Peking* 與27篇文章。

林語堂全集IV
漢城：徽文出版社
1968年10月，32開，462頁
張深鉉譯

本書收錄長篇小說 *A Leaf in the Storm: A Novel of War-Swept China*。

林語堂全集V
漢城：徽文出版社
1968年10月，32開，425頁
梁炳鐸、朱耀燮譯

本書收錄傳記 *Lady Wu: A True Story*、〈새벽을 기다린다〉。正文後有尹永春〈林語堂年譜〉。

林語堂全集
漢城：星韓圖書出版
1985年3月，32開
趙永冀譯

韓譯本。共八冊。

林語堂全集 1
漢城：星韓圖書出版
1985 年 3 月，32 開，413 頁

本書為散文、劇本合集。全書收錄節譯 *The Importance of Living*；劇本 *Confucius Saw Nancy and Essays about Nothing*。

林語堂全集 2
漢城：星韓圖書出版
1985 年 3 月，32 開，420 頁

趙本書為傳記、散文合集。全書收錄傳記 *Lady Wu: A True Story*；〈中國人의 心性에 對하여〉收錄散文 11 篇。正文前有趙永冀〈翻譯노우트〉，正文後有〈林博士에게드리는 글〉、尹永春〈林語堂年譜〉。

林語堂全集 3
漢城：星韓圖書出版
1985 年 3 月，32 開，421 頁

本書收錄長篇小說 *A Leaf in the Storm: A Novel of War-Swept China*。正文前有〈序文〉，正文後有〈年譜〉。

林語堂全集 4
漢城：星韓圖書出版
1985 年 3 月，32 開，417 頁

本書為散文、演講稿合集。全書收錄散文 24 篇，演講稿 15 篇。正文前有趙永冀〈번역 노우트〉、〈序文〉，正文後有〈解說〉、〈年譜〉。

林語堂全集 5
漢城：星韓圖書出版
1985 年 3 月，32 開，420 頁

全書收錄〈女子의 生活〉、〈社會的 政治的 生活〉、〈文藝生活〉等 6 章。正文前有趙永冀〈序文〉，正文後有〈後記〉、〈解說〉、〈年譜〉。

林語堂全集 6
漢城：星韓圖書出版
1985 年 3 月，32 開，413 頁

本書收錄長篇小說 *Moment in Peking*。正文前有〈번역 노우트〉，正文後有林語堂〈執筆餘談〉、林語堂〈後記〉、〈年譜〉。

林語堂全集 7
漢城：星韓圖書出版
1985 年 3 月，32 開，411 頁

本書收錄 *The Vigil of A Nation* 與 24 篇散文。正文前有〈번역 노우트〉、林語堂〈序文〉、〈獻詞〉、〈집필에 관한 전반적 자료와 양식의 고찰〉，正文後有〈집필소감〉、〈著者後記〉、〈年譜〉。

林語堂全集 8
漢城：星韓圖書出版
1985 年 3 月，32 開，429 頁

本書收錄長篇小說 *The Vermilion Gate*。正文後有〈年譜〉。

林語堂名著全集

長春：東北師範大學出版社
1994 年 11 月，25 開

中譯本。共 30 冊，依小說、傳記、散文、論著、譯文分五編與附錄。第 1～9 卷為小說，第 10～12 卷為傳記，第 13～18 卷為散文，第 19～26 卷為論著，第 27～28 卷為譯文，第 29～30 卷為附錄。第 28 卷為馬爾騰英文原著；林語堂譯《成功之路》、第 29 卷為林太乙《林語堂傳》、第 30 卷為林阿苔、林亞娜、林妹妹《吾家》。

林語堂名著全集第一卷——京華煙雲（上）

長春：東北師範大學出版社
1994 年 11 月，25 開，447 頁
張振玉譯

本書收錄長篇小說 *Moment in Peking* 第一章至第二十四章。正文前有梅中泉〈《林語堂名著全集》總序〉、林語堂〈著者序〉、張振玉〈譯者序〉、林如斯〈關於《京華煙雲》〉。

林語堂名著全集第二卷——京華煙雲（下）

長春：東北師範大學出版社
1994 年 11 月，25 開，508 頁
張振玉譯

本書收錄長篇小說 *Moment in Peking* 第二十五章至第四十五章。正文後有梅中泉〈跋〉。

林語堂名著全集第三卷——風聲鶴唳

長春：東北師範大學出版社
1994 年 11 月，25 開，391 頁
張振玉譯

本書收錄長篇小說 *A Leaf in the Storm：A Novel of War-Swept China*。

林語堂名著全集第四卷——唐人街

長春：東北師範大學出版社
1994 年 11 月，25 開，306 頁
唐強譯

本書收錄長篇小說 *Chinatown Family*。

林語堂名著全集第五卷——朱門

長春：東北師範大學出版社
1994 年 11 月，25 開，422 頁
謝綺霞譯

本書收錄長篇小說 *The Vermilion Gate*。正文前有林語堂〈自序〉。

林語堂名著全集第六卷——中國傳奇

長春：東北師範大學出版社
1994 年 11 月，25 開，266 頁
張振玉譯

本書收錄短篇小說集 *Famous Chinese Short Stories*。正文前有〈林氏英文本導言〉。

林語堂名著全集第七卷——奇島

長春：東北師範大學出版社
1994 年 11 月，25 開，398 頁
張振玉譯

本書收錄長篇小說 *Looking Beyond*。

林語堂名著全集第八卷——紅牡丹
長春：東北師範大學出版社
1994 年 11 月，25 開，452 頁

本書收錄長篇小說 *The Red Peony*。

林語堂名著全集第九卷——賴柏英
長春：東北師範大學出版社
1994 年 11 月，25 開，203 頁

本書收錄長篇小說 *Juniper Loa*。

林語堂名著全集第十卷——林語堂自傳・從異教徒到基督徒・八十自敘
長春：東北師範大學出版社
1994 年 11 月，25 開，318 頁
工爻、謝綺霞、張振玉譯

本書分「林語堂自傳」、「從異教徒到基督教」、「八十自敘」三部分。「林語堂自傳」收錄〈少之時〉、〈鄉村的基督教〉、〈在學校的生活〉等九章，正文前有林語堂〈弁言〉；「從異教徒到基督教」收錄〈童年及少年時代〉、〈大旅行的開始〉、〈孔子的堂奧〉等八章，正文前有林語堂〈緒言〉；「八十自敘」收錄〈一團矛盾〉、〈童年〉、〈與西洋的早期接觸〉等 13 章，正文前有張振玉〈譯者序〉。

林語堂名著全集第十一卷——蘇東坡傳
長春：東北師範大學出版社
1994 年 11 月，25 開，393 頁
張振玉譯

本書收錄 *The Gay Genius: The Life and Times of Su Tungpo*。正文前有張振玉〈譯者序〉、〈原序〉，正文後有附錄〈年譜〉、〈參考書及資料來源〉、梅中泉〈編餘絮語〉。

林語堂名著全集第十二卷——武則天傳

長春：東北師範大學出版社
1994 年 11 月，25 開，227 頁
張振玉譯

本書收錄 *Lady Wu*。正文前有〈初唐系統略圖〉，正文後有〈武后謀殺表一〉、〈武后謀殺表二〉、〈武后謀殺表三〉。

林語堂名著全集第十三卷——翦拂集・大荒集

長春：東北師範大學出版社
1994 年 11 月，25 開，365 頁

本書收錄《翦拂集》與《大荒集》。

林語堂名著全集第十四卷——行素集・披荊集

長春：東北師範大學出版社
1994 年 11 月，25 開，292 頁

本書收錄《行素集》與《披荊集》。

林語堂名著全集第十五卷——諷頌集

長春：東北師範大學出版社
1994 年 11 月，25 開，190 頁
今文譯

本書收錄〈英國人與中國人〉、〈美國人〉、〈我愛美國的什麼〉、〈中國人與日本人〉等 36 篇。正文前有〈賽珍珠序〉。

林語堂名著全集第十六卷——無所不談合集

長春：東北師範大學出版社
1994 年 11 月，25 開，514 頁

本書收錄〈新春試筆〉、〈論色即是空〉、〈論西洋理學〉、〈關雎正義〉、〈論赤足之美〉等 123 篇。正文前有林語堂〈序言〉。

林語堂名著全集第十七卷——拾遺集（上）

長春：東北師範大學出版社
1994 年 11 月，25 開，301 頁

本書集結林語堂自定集外的舊刊中佚文。全書收錄〈《海吶除夕歌》〉、〈勸文豪哥〉、〈《語絲》的體裁〉、〈插論《語絲》的文體——穩健、罵人及費厄潑賴〉、〈論罵人之難〉等 103 篇。

林語堂名著全集第十八卷——拾遺集（下）

長春：東北師範大學出版社
1994 年 11 月，25 開，406 頁

本書集結林語堂自定集外的舊刊中佚文。全書收錄〈論談話〉、〈母豬渡河〉、〈紀春園瑣事〉、〈中國人之聰明〉、〈論小品文筆調〉等 87 篇。

林語堂名著全集第十九卷——語言學論叢

長春：東北師範大學出版社
1994 年 11 月，25 開，351 頁

本書收錄《語言學論叢》。正文與 1933 年開明版同，正文後刪去林語堂〈勘誤表〉。

林語堂名著全集第二十卷——吾國與吾民

長春：東北師範大學出版社
1994 年 11 月，25 開，335 頁
黃嘉德譯

全書收錄「中國人民」、「中國人之德性」、「中國人的心靈」等九章，正文前有〈賽珍珠序〉、林語堂〈自序〉、〈閒話開場〉，正文後有〈收場語——人生的歸宿〉。

林語堂名著全集第二十一卷——生活的藝術

長春：東北師範大學出版社
1994 年 11 月，25 開，400 頁
越裔譯

本書收錄 *The Importance of Living*。正文前有林語堂〈自序〉。

林語堂名著全集第二十二卷——孔子的智慧

長春：東北師範大學出版社
1994 年 11 月，25 開，185 頁
張振玉譯

本書收錄 *The Wisdom of Confucius*。正文前有張振玉〈譯者序〉。

林語堂名著全集第二十三卷——啼笑皆非

長春：東北師範大學出版社
1994 年 11 月，25 開，194 頁
林語堂、徐誠斌合譯

本書收錄 *Between Tears and Laughter*。正文前有林語堂〈中文譯本序言——為中國讀者進一解〉、〈原序〉，正文後有〈後序〉。

林語堂名著全集第二十四卷——老子的智慧

長春：東北師範大學出版社
1994 年 11 月，25 開，291 頁

本書收錄 *The Wisdom of Laotse*。正文前有〈中國的神仙哲學〉，正文後有〈想像的孔老會談〉。

林語堂名著全集第二十五卷——輝煌的北京

長春：東北師範大學出版社
1994 年 11 月，25 開，332 頁
趙沛林、張鈞、陳亞珂、周允成譯

本書收錄 *Imperial Peking：Seven Centuries of China*。正文後附錄〈北京歷史探故〉、〈注釋〉、〈參考文獻〉、〈插圖索引〉、〈編餘小語〉。

林語堂名著全集第二十六卷——平心論高鶚

長春：東北師範大學出版社
1994 年 11 月，25 開，392 頁

全書收錄〈論晴雯的頭髮〉、〈再論晴雯的頭髮〉、〈說高鶚手定的《紅樓夢》稿〉等八篇。正文前有林語堂〈弁言〉，正文後附錄胡適〈《紅樓夢》考證（改定稿）〉、俞平伯〈《紅樓夢》研究〉。

林語堂名著全集第二十七卷——女子與知識・易卜生評傳・賣花女・新的文評

長春：東北師範大學出版社
1994 年 11 月，25 開，305 頁

本書收錄林語堂翻譯之羅素夫人《女子與知識》、布蘭地司《易卜生評傳》、蕭伯納《賣花女》、林語堂輯譯《新的文評》。

林語堂中英對照

臺北：正中書局
2008 年 11 月～2009 年 7 月，25 開

中英對照本。共十冊。正文前有張曉風〈學貫中西，百年一人——兼具「君子」與「文藝復興人（Renaissance man）」之美的林語堂〉、馬健君〈古知孔子，現代則知林語堂〉。

東坡詩文選

臺北：正中書局
2008 年 11 月，25 開，173 頁
黎明編校、黃淑貞語譯

本書取 *The Gay Genius: The Life and Times of Su Tungpo* 中林語堂翻譯蘇東坡的譯文與蘇東坡詩文原文。全書收錄〈南宋孝宗皇帝追贈蘇軾太師銜的聖旨〉、〈上神宗皇帝萬言書（節錄）〉、〈擬進士廷試策（節錄）〉等 26 篇。正文前有顧彬〈如何閱讀中英文版的《東坡詩文選》〉、黎明〈初版編校序〉。正文後附錄黃淑貞〈《東坡詩文選》白話文語譯〉。

幽夢影

臺北：正中書局
2008 年 12 月，25 開，157 頁
黎明編校、梁芳蘭語譯

本書取林語堂於 1960 年編譯的 *The Importance of Understanding* 中張潮《幽夢影》譯文、批註及張潮《幽夢影》、批註原文。正文前有鍾怡雯〈安身立命的性靈之書〉、黎明〈初版編校序〉。正文後附錄梁芳蘭〈《幽夢影》白話文語譯〉。

孔子的智慧（二冊）

臺北：正中書局
2009 年 2 月，25 開，655 頁
黎明編校、梁芳蘭語譯

正文前有傅佩榮〈具普世絢麗色彩、選材精緻妥當，讀來有幸福感的《孔子的智慧》〉、黎明〈初版編校序〉。正文後附錄梁芳蘭〈《孔子的智慧（上）》白話文語譯〉、〈《孔子的智慧（下）》白話文語譯〉。

不亦快哉

臺北：正中書局
2009 年 2 月，25 開，170 頁
黎明編校、黃淑貞語譯

全書收錄陶淵明〈歸去來辭〉、孟子〈天爵〉、〈惆悵〉等 15 篇。正文前有黎明〈初版編校序〉。正文後附錄黃淑貞〈《不亦快哉》白話文語譯〉。

西湖七月半

臺北：正中書局
2009 年 3 月，25 開，191 頁
黎明編校、劉聖德語譯

本書節錄 *The Importance of Understanding* 中林語堂譯文與原文。全書分「人生」、「長恨」、「四季」等十輯，收錄金聖歎〈貫華堂古本《水滸傳》序〉、李白〈春夜宴桃李園序（節錄）〉、莊子〈蝶夢〉等 16 篇。正文前有周志文〈從選文看林語堂的生命態度〉、黎明〈初版編校序〉。正文後附錄劉聖德〈《西湖七月半》白話文翻譯〉。

揚州瘦馬

臺北：正中書局
2009 年 4 月，25 開，198 頁
黎明編校、梁芳蘭語譯

本書節錄 1960 年編譯的 *The Importance of Understanding* 中林語堂譯文與原文。全書分「人生」、「長恨」、「山水」等十輯，收錄史震林〈《西青散記》序〉、王羲之〈蘭亭集序〉、班固〈李夫人臨死託武帝〉等 16 篇。正文前有鍾文音〈一雙睿智之眼　洞見古典散文的魅力〉、黎明〈初版編校序〉。正文後附錄梁芳蘭〈《揚州瘦馬》白話文語譯〉。

板橋家書

臺北：正中書局
2009年5月，25開，170頁
黎明編校、梁芳蘭語譯

全書分「板橋家書」、「寓言」兩輯，收錄〈雍正十年杭州韜光庵中寄舍弟墨〉、〈焦山讀書寄四弟墨〉、〈焦山雙峰閣寄舍弟墨〉等21篇。正文前有李瑞騰〈以誠摯之心，說動人的話〉、黎明〈初版編校序〉。正文後附錄梁芳蘭〈《板橋家書》白話文翻譯〉。

老子的智慧（二冊）

臺北：正中書局
2009年7月，25開，1038頁
黎明編校、梁芳蘭語譯

正文前有龔鵬程〈如何閱讀林語堂《老子的智慧》〉、黎明〈初版編校序〉。正文新增梁芳蘭〈《老子的智慧（上）》白話文語譯〉、〈《老子的智慧（下）》白話文語譯〉。

林語堂精品集

臺北：風雲時代出版公司
2010年6月～2012年1月，25開

中譯本。十冊。

京華煙雲（二冊）

臺北：風雲時代出版公司
2010年6月，25開，941頁
林語堂精品集1、2

本書收錄長篇小說 *Moment in Peking*。正文前有林語堂〈小引〉、〈《京華煙雲》人物表〉，正文後有林如斯〈關於《京華煙雲》〉。

風聲鶴唳
臺北：風雲時代出版公司
2010 年 9 月，25 開，383 頁
林語堂精品集 3

本書收錄長篇小說 *A Leaf in the Storm：A Novel of War-Swept China*。

朱門
臺北：風雲時代出版公司
2010 年 9 月，25 開，384 頁
林語堂精品集 4

本書收錄長篇小說 *The Vermilion Gate*。正文前有林語堂〈自序〉。

生活的藝術
臺北：風雲時代出版公司
2011 年 3 月，25 開，415 頁
林語堂精品集 5

本書收錄 *The Importance of Living*。

吾土與吾民
臺北：風雲時代出版公司
2011 年 2 月，25 開，351 頁
林語堂精品集 6

本書收錄 *My Country and My People*。

紅牡丹

臺北：風雲時代出版公司
2011 年 10 月，25 開，430 頁
林語堂精品集 7

本書收錄長篇小說 *The Red Peony*。

武則天傳

臺北：風雲時代出版公司
2011 年 11 月，25 開，252 頁
林語堂精品集 8

本書收錄傳記 *Lady Wu*。

蘇東坡傳

臺北：風雲時代出版公司
2011 年 12 月，25 開，頁
林語堂精品集 9

本書收錄傳記 *The Gay Genius: The Life and Times of Su Tungpo*。正文前有林語堂〈原序〉、宋碧雲〈譯序〉，正文後附錄〈年譜〉、〈參考書目及資料來源〉、〈書目表〉。

賴柏英

臺北：風雲時代出版公司
2012 年 1 月，25 開，223 頁
林語堂精品集 10

本書收錄長篇小說 *Juniper Loa*。

其他（索引、教材、翻譯、文選）

1. 《漢字末筆索引法》，上海：商務印書館，1925 年。
2. 《紅樓夢人名索引》，臺北：華岡出版公司，1976 年 12 月。
3. 《開明英文讀本》（三冊），上海：開明書店，1928 年。
4. *Kaiming English Grammar*（《開明英文文法》（二冊）），上海：開明書店，1949 年。
5. *Lin Yutang's Chinese-English Dictionary of Modern Usage*（《林語堂當代漢英詞典》），香港：香港中文大學，1972 年。
6. *A Nun of Taishan and other Translations*(《英譯老殘遊記第二集及其他選譯》)，上海：Commercial Press，1936 年。
7. *The Importance of Understanding*（《古代英譯小品》），克里夫蘭、紐約：World Publishing Company，1960 年。
8. 漢英對照《浮生六記》（*Six Chapters of a Floating Life*）（沈復原著），上海：西風社，1939 年 5 月。
9. *The Chinese Theory of Art; Translations from the Masters of Chinese Art*（《中國畫論》），紐約：G.P. Putnam's Sons，1967 年。
10. *Readings in modern journalistic prose*（《現代新聞散文選》），上海：商務印書館，1936 年。
11. *Letters of a Chinese Amazon and Wartime Essays*(《林語堂時事述譯彙刊》)，上海：Commerical Press，1930 年。

文學年表

1895 年	10 月	10 日，生於福建省龍溪（漳州）縣坂仔村，本名玉堂，譜名和樂，後改為語堂，家中排行第五。父親林至誠，母親楊順命。
1901 年	本年	入坂仔村銘新小學就讀。
1905 年	本年	轉入廈門鼓浪嶼養元小學就讀。
1908 年	本年	養元小學畢業，進入廈門鼓浪嶼尋源書院就讀。
1911 年	本年	尋源書院畢業，進入上海聖約翰大學就讀。
1916 年	本年	上海聖約翰大學畢業後，得知於北京清華學校（今北京清華大學）任教，可在三年後申請官費到美國留學，故應清華學校校長周詒春之邀，擔任中等科英文教員。是時，研究中國經典文學及語言學、版本學，以彌補求學過程中對中國文學認識之不足。
1917 年	5 月	編成「漢字索引制」初稿，由北京大學校長蔡元培作序，此為與蔡元培認識的開始。隔年 2 月，〈漢字索引制說明——附蔡孑民先生序〉以「林玉堂」發表於《新青年》第 4 卷第 2 號。
	10 月	〈創設漢字索引制議〉以「林玉堂」發表於《科學》第 3 卷第 10 期。
1918 年	4 月	〈通信——論漢字索引制及西洋文學〉以「林玉堂」發表於《新青年》第 4 卷第 4 號。
1919 年	4 月	教育部「國語統一籌備會」於北京成立，為會員之一。

	6月	清華學校任教三年，向學校申請官費獎學金，但學校僅給半官費獎學金，經費不足下，仍向美國哈佛大學提出入學申請。
	夏	與廖翠鳳於廈門鼓浪嶼結婚。
	8月	16 日，與妻廖翠鳳於上海乘「哥倫比亞號」赴美，於波士頓赭山街（Mt. Auburn Street）租房。
	9月	入哈佛大學比較文學研究所就讀。
	本年	因清華學校半官費獎學金無故取消，所幸胡適及時接濟生活費。
1920年	夏	因生活費不足無力繼續於哈佛大學課業，向基督教青年會申請，前往法國教華工讀書識字，居於樂魁索（Le Creusot）小鎮。
1921年	2月	由法國轉德國，於殷內大學（University of Jena）補修哈佛大學所欠之學分。
1922年	2月	獲哈佛大學碩士學位，入德國萊比錫大學（University of Leipzig）攻讀博士學位。期間由胡適擔保，向北京大學申請金錢接濟生活。
1923年	春	以論文〈古代中國語音學〉（Altchinesiche Lautlehre）通過萊比錫大學語言學博士學位考試，取得博士學位。因妻廖翠鳳有孕，返回中國。
	5月	6日，長女林如斯於廈門出生。
	7月	〈讀汪榮寶〈歌戈魚虞模古讀考書後〉〉，翻譯珂羅堀倫（Bernhard Karlgren）〈答馬斯貝囉（Masperto）論《切韻》之音〉，以「林玉堂」發表於《國學季刊》第 1 卷第 3 號。
	9月	12 日，〈國語羅馬字拼音與科學方法〉以「林玉堂」發表於《晨報副鐫》1～3 版。

擔任北京大學英文系教授，兼北京師範大學英文系講師，至 1926 年止。

11 月 23 日，翻譯詩作〈海吶（Heinrich Heine）選譯——《給 CS 的十四行詩》第七〉，以「林玉堂」發表於《晨報副鐫》3、4 版。

30 日，翻譯詩作〈海吶選譯（續）——《歸家集》第十〉，以「林玉堂」發表於《晨報副鐫》2 版。

12 月 1 日，〈科學與經書〉以「林玉堂」發表於《晨報副鐫》「晨報五週年紀念增刊」，頁 21～24。

5 日，翻譯詩作〈海吶選譯（續）〉，以「林玉堂」發表於《晨報副鐫》3 版。

8 日，翻譯詩作〈海吶選譯——《春醒集》第十五〉，以「林玉堂」發表於《晨報副鐫》4 版。

14 日，翻譯詩作〈海吶選譯（續）——《遊鼠歌》〉，以「林玉堂」發表於《晨報副鐫》2 版。

15 日，翻譯詩作〈海吶選譯（續）——《春醒集》第七〉，以「林玉堂」發表於《晨報副鐫》2 版。

16 日，翻譯詩作〈海吶選譯（續）——《歸家集》第二十八〉，以「林玉堂」發表於《晨報副鐫》4 版。

31 日，翻譯詩作〈海吶歌謠第二——《羅素仙姑》〉，以「林玉堂」發表於《晨報副鐫》3 版。

1924 年 2 月 2 日，翻譯詩作〈海吶選譯——〈西拉飛恩〉第十四〉，以「林玉堂」發表於《晨報副鐫》3、4 版。

3 日，翻譯詩作〈海吶選譯——〈窗前故事〉〉，以「林玉堂」發表於《晨報副鐫》4 版。

〈趙式羅馬字改良當議〉以「林玉堂」發表於《國語月刊》第 2 卷第 1 期。

3 月　16 日，〈再論〈歌戈魚虞模古讀〉〉以「林玉堂」發表於《晨報副鐫》1、2 版。

〈北大研究所國學門方言調查會宣言書〉以「林玉堂」發表於《歌謠週刊》第 47 號。

4 月　4 日，〈對於譯名劃一的一個緊要提議〉以「林玉堂」發表於《晨報副鐫》1、2 版。

9 日，〈譯德文「古詩無名氏」一首〉以「林玉堂」發表於《晨報副鐫》3 版。

24 日，翻譯海呐詩作〈戲論伯拉多氏的戀愛〉，以「林玉堂」發表於《晨報副鐫》3 版。

25 日，翻譯海呐詩作〈《春醒集》——第十七〉，以「林玉堂」發表於《晨報副鐫》3 版。

5 月　23 日，〈徵譯散文並提倡「幽默」〉以「林玉堂」發表於《晨報副鐫》3、4 版。為首次將 Humour 翻譯成「幽默」第一人。

〈方言調查會方音字母草案〉、〈方言標音實例——北京音〉、〈方言標音實例——廈門音〉以「林玉堂」發表於《歌謠週刊》第 55 期，「方言標音專號」。

6 月　2 日，翻譯海呐詩作〈《春醒集》——第三十六〉，以「林玉堂」發表於《晨報副鐫》3 版。

9 日，〈幽默雜話〉以「林玉堂」發表於《晨報副鐫》1、2 版。

9 月　24 日，〈一個驢夫的故事〉以「林玉堂」發表於《晨報副鐫》2、3 版。

12 月　1 日，〈古有複輔音說〉以「林玉堂」發表於《晨報副鐫》（六周紀念增刊）2～4 版。

5 日，〈論注音字母及其他〉以「林玉堂」發表於《京報》。

〈論土氣與思想界之關係〉以「林玉堂」發表於《語絲》第 3 期。

本年　發明「漢字號碼索引法」、「國音新韻檢字」。

任中華圖書館協會索引委員會會長。

1925 年　1 月　翻譯詩作〈海呐除夕歌（譯）〉，以「林玉堂」發表於《語絲》第 11 期。

〈談理想教育〉以「林玉堂」發表於《現代評論》第 1 卷第 5 期。

3 月　〈徵求關於方言的文章〉以「林玉堂」發表於《歌謠週刊》第 84 號。

4 月　〈給玄同的信〉發表於《語絲》第 23 期。

〈論性急為中國人所惡〉以「林玉堂」發表於《猛進》第 5 期。

〈方音字母表〉以「林玉堂」發表於《歌謠週刊》第 85 號。

5 月　〈關於中國方言的洋文論著目錄〉以「林玉堂」發表於《歌謠週刊》第 89 號。

6 月　〈話〉發表於《語絲》第 30 期。

〈漢代方音考（一）〉、〈勸文豪歌〉發表於《語絲》第 31 期。

〈談注音字母及其他〉以「林玉堂」發表於《京報・國語週刊》第 1 期。

10 月　〈隨感錄〉發表於《語絲》第 48 期。

11 月　〈謬論的謬論〉發表於《語絲》第 52 期。

〈語絲的體裁（通信）〉、〈咏名流（附歌譜）〉發表於《語絲》第 54 期。

〈Zarathustra 語錄〉發表於《語絲》第 55 期。

12 月 〈插論《語絲》的文體——穩健、罵人及費厄潑賴〉發表於《語絲》第 57 期。

〈論罵人之難〉發表於《語絲》第 59 期。

〈新韻例言〉、〈新韻建議〉發表於《北大國學週刊》第 1 卷第 9 期。

本年 《漢字末筆索引法》由上海商務印書館出版。

任教育部「國語羅馬字拼音研究委員會」委員。

1926 年 1 月 23 日，繪〈魯迅先生打叭兒狗圖〉發表於《京報副刊》第 393 號，頁 7。

〈寫在劉博士文章及愛管閒事圖表的後面〉發表於《語絲》第 63 期。

〈祝土匪〉發表於《莽原》第 1 卷第 1 期。

2 月 翻譯詩作〈譯莪默五首〉於《語絲》第 66 期。

3 月 〈對於譯莪默詩的商榷〉發表於《語絲》第 68 期。

〈悼劉和珍楊德群女士〉發表於《語絲》第 72 期。

春 兼任北平女子師範大學英文系教授、教務主任。

4 月 1 日，次女林無雙於北平出生，後改名為林太乙。

4 日，〈請國人先除文妖再打軍閥〉發表於《京報副刊》第 459 號，頁 2。

21 日，〈「發微」與「告密」〉發表於《京報副刊》第 474 號，頁 2。

〈英語備考之荒謬〉發表於《語絲》第 74 期。

〈圖書索引之新法〉發表於《語絲》第 76 期。

9 月 因發表〈悼劉和珍楊德群女士〉與涉批判時局，被列為通緝名單，決定離京回廈。任廈門大學教授、文科主任，至 1927 年春止。

	10 月	10 日，廈門大學國學研究院成立，兼任總祕書。 〈漢代方音考序〉發表於《廈門大學季刊》第 1 卷第 3 期。
	12 月	於廈門大學國學研究所演講「閩粵方言之由來」。講稿後發表於《廈門民鐘日報》。
1927 年	1 月	〈平閩十八洞所載的古跡〉發表於《廈門大學國學研究所週刊》第 1 卷第 2 期。
	3 月	離開廈門大學，受武漢外交部長陳友仁之邀，至武漢任漢口革命政府外交部英文祕書。期間於 *People's Tribune* 發表評論文章。
	5 月	21 日，〈天才乎——文人乎——互捧歟——自捧歟？〉發表於《中央副刊》第 58 號。 28 日，〈談北京〉發表於《中央副刊》第 65 號。
	6 月	13 日，〈薩天師語錄〉發表於《中央副刊》第 80 號。
	暑	結束不到半年的外交生涯，離開武漢前往上海。
	9 月	任中央研究院英文總編輯。
	12 月	〈西漢方音區域考〉連載於《貢獻旬刊》第 1 卷第 2、3 期。
1928 年	2 月	〈閩粵方言之來源〉發表於《貢獻旬刊》第 1 卷第 9 期。
	3 月	〈哈第論死生與上帝〉發表於《語絲》第 4 卷第 11 期。 翻譯〈安特盧亮評論哈代〉於《北新》第 2 卷第 9 號。 翻譯王爾德〈論靜思與空談〉於《語絲》第 4 卷第 13 期。 翻譯〈戴密微印度支那語言書目〉於《東方雜誌》第 25 卷第 6 號。
	4 月	〈薩天師語錄（三）〉發表於《語絲》第 4 卷第 15 期。 翻譯王爾德〈論創作與批評〉於《語絲》第 4 卷第 18 期。

6月　〈薩天師語錄（四）〉發表於《語絲》第 4 卷第 24 期。
翻譯 Van Wyck Brooks〈批評家與少年美國〉於《奔流》第 1 卷第 1 期。

7月　〈《左傳》真偽與上古方音〉連載於《語絲》第 4 卷第 27、28 期。

8月　〈薩天師語錄（五）〉發表於《語絲》第 4 卷第 33 期。
翻譯 Georg Brandes〈Henrik Ibsen（易卜生）〉於《奔流》第 1 卷第 3 期。
主編《開明英文讀本》三冊，由上海開明書店出版，供初級中學使用，出版未久，風行全國，成為最暢銷中學英文書。

9月　〈給孔祥熙部長的一封公開信〉發表於《語絲》第 4 卷第 38 期。
翻譯 J. E. Spingarn〈新的批評〉於《奔流》第 1 卷第 4 期。
應上海東吳大學法律學院院長吳經熊之邀，擔任英文教授一學年。

10月　〈《翦拂集》序〉發表於《語絲》第 4 卷第 41 期。
〈古音中已遺失之聲母〉發表於《語絲》第 4 卷第 42 期。

11月　15 日，"Some Results of Chinese Monosyllabism"（〈中國語言學〉）發表於 *The China Critic*（《中國評論週報》）。
30 日，獨幕劇《子見南子》（*A One-Act Tragicomedy*）發表於《奔流》第 1 卷第 6 期。

12月　《翦拂集》由上海北新書局出版。

本年　於 *The China Critic*（《中國評論週報》）撰寫「The Little Critic」專欄，至 1936 年止。

1929年 1月 〈冰瑩《從軍日記》序〉發表於《春潮》第1卷第3期。

3月 〈薩天師語錄（六）〉發表於《春潮》第1卷第4期。

5月 翻譯 E. Dowden〈法國文評〉於《奔流》第2卷第1、2期。

6月 8日，山東省立第二師範學校師生於遊藝會上演出《子見南子》，觸怒曲阜孔氏族人，造成風波。

翻譯 J. E. Spingarn〈七種藝術與七種謬見〉於《北新》第3卷第12號。

8月 〈關於「子見南子」的話——答趙譽船先生〉發表於《語絲》第5卷第28期。

9月 翻譯王爾德（Oscar Wilde）〈印象主義的批評〉於《北新》第3卷第18號。

10月 〈《新的文評》序言〉發表於《語絲》第5卷第30期。

11月 翻譯〈批評家的要德〉於《北新》第3卷第22期。

翻譯克羅齊（Benedetto Croce）〈美學：表現的科學〉，連載於《語絲》第5卷第36、37期。

12月 26日，於上海光華大學中國語文學會演講「機器與精神」。

〈《樵歌》新跋——與章衣萍先生信〉發表於《語絲》第5卷第41期。

本年 任中央研究院歷史語言研究所特約研究員、上海東吳大學法律學院英文教授。

1930年 1月 3日，於上海寰球中國學生會演講「論現代批評的職務」。

〈英文語音辨微（一）〉發表於《中學生》第1期。

2月 〈機器與精神〉、〈英文語音辨微（二）〉、〈關於《開名英文讀本》的話——給新月記者的信〉發表於《中學生》第

2 期。

3 月 〈論現代批評的職務〉、〈英文語音辨微（三）〉發表於《中學生》第 3 期。

4 月 〈英文語音辨微（四）〉發表於《中學生》第 4 期。

7 月 11 日，三女林相如於上海出生。

〈讀書階段的喫飯問題〉、〈我所得益的一部英文字典〉發表於《中學生》第 6 期。

8 月 〈支脂之三部古讀攷〉發表於《中央研究院歷史語言研究所集刊》第 2 卷第 2 期。

9 月 〈舊文法之推翻與新文法之建造〉發表於《中學生》第 8 期。

11 月 16 日，國際筆會中國分會於上海成立，為發起人之一。

本年 *Letters of a Chinese Amazon and Wartime Essays*(《林語堂時事述譯彙刊》)由上海 Commerical Press 出版。

1931 年 1 月 〈學風與教育〉、〈漢字中之拼音字〉發表於《中學生》第 11 期。

2 月 〈讀書的藝術〉發表於《中學生》第 12 期。

5 月 〈英文學習法〉發表於《中學生》第 15 期。

9 月 〈英文學習法（續）〉發表於《中學生》第 17 期。

本年 代表中央研究院出席於瑞士舉辦之「國際聯盟文化合作委員會年會」，中途順道至英國與工程師研究打字機模型。

1932 年 春 於牛津大學和平會，演講「中國文化之精神」。

7 月 〈中國文化之精神〉發表於《申報月刊》第 1 卷第 1 號。

9 月 16 日，與全增嘏、潘光旦、李青崖、邵洵美、章克標、郁達夫等人共同創辦《論語》半月刊，擔任主編，至 1933 年 11 月第 28 期止。

〈悼張宗昌〉；〈有驢無人騎〉、〈中正會先生未學算法〉、

〈學者會議〉、〈中大得人〉、〈牛蘭被審〉、〈圖書評論多幽默〉、〈李石岑善言性與天道〉（「論語」專欄）；〈讀蕭伯納偶識〉（「有不為齋隨筆」專欄）；〈答李青崖論幽默譯名〉（「群言堂」專欄）發表於《論語》第 1 期。

10 月　〈阿芳〉發表於《論語》第 2 期。

〈說難行易〉、〈思甘地〉、〈奉旨不哭不笑〉、〈申報新聞報之老大〉、〈涵養〉、〈半部韓非治天下〉（「論語」專欄）；〈我們的態度〉；〈讀鄧肯自傳〉（「有不為齋隨筆」專欄）發表於《論語》第 3 期。

11 月　〈尊禹論〉、〈九疑〉發表於《論語》第 4 期。

〈哥倫比亞大學及其他〉發表於《論語》第 5 期，「有不為齋隨筆」專欄。

12 月　18 日，〈繙譯之難〉發表於《申報》，「自由談」專欄，頁 18。

〈我的戒菸〉、〈編輯後記——《論語》的格調〉發表於《論語》第 6 期。

1933 年　1 月　1 日，〈冬至之晨殺人記〉發表於《申報》，「自由談」專欄，頁 23。

〈新年的夢想〉發表於《東方雜誌》第 30 卷第 1 期，「新年特輯」。

〈談牛津〉發表於《論語》第 9 期，「有不為齋隨筆」專欄。

中華民權保障同盟上海分會於中央研究院舉行成立會，任執行委員會委員，至 6 月 18 日止。

2 月　17 日，〈談蕭伯納〉發表於《申報》，「自由談」專欄，「蕭伯納專號（上）」，頁 16。

18 日，〈談蕭伯納（續）〉發表於《申報》，「自由談」專欄，「蕭伯納專號（下）」，頁 19。

19 日，〈談蕭伯納（續）〉發表於《申報》，「自由談」專欄，頁 18。

〈吃粿粑有感〉、〈劉鐵雲之諷刺〉、〈吸菸與教育〉（「論語」專欄）；〈「晤篤走嘘」〉（「雨花」專欄）發表於《論語》第 10 期。

〈等因抵抗歌〉、〈粿粑與糖元寶〉、〈變賣以後須搬場〉、〈適用青天〉發表於《論語》第 11 期。

3 月 〈水乎水乎洋洋盈耳〉、〈歡迎蕭伯納文攷證〉；〈蕭伯納與上海扶輪會〉、〈蕭伯納與美國〉（「論語」專欄）；〈再談蕭伯納〉（「有不為齋隨筆」專欄）發表於《論語》第 12 期，「蕭伯納遊華專號」。

〈軍歌非文人做得的〉、〈論佛乘飛機〉、〈談言論自由〉發表於《論語》第 13 期。

4 月 14 日，〈國文講話〉發表於《申報》，「自由談」專欄，頁 13。

〈中國究有臭蟲否〉發表於《論語》第 14 期。

〈薩天師語錄——薩天師與東方朔〉；〈編輯滋味〉、〈說文德〉（「論語」專欄）；〈論文〉（「有不為齋隨筆」專欄）發表於《論語》第 15 期。

5 月 28 日，〈蕭伯納論讀物〉發表於《申報》，「自由談」專欄，頁 14。

〈梳，篦，剃，剝，及其他〉、〈金聖歎之生理學〉、〈春日遊杭記〉發表於《論語》第 17 期。

《語言學論叢》由上海開明書店出版。

6 月 〈民眾教育——寫在民眾語文教育專號（浙江《民眾教育季刊》）之前〉、〈哈佛味〉、〈鄭板橋共產黨〉、〈上海之歌〉發表於《論語》第 19 期。

7 月　16 日，“Basic English as an International Auxiliary Language” 發表於《字林西報》（*North China Daily News*），後自譯為〈基礎英文八百五十字〉發表於《論語》第 22 期。

27 日，“In Defense of Pidgin English”（〈為洋涇浜英文辯〉）發表於 *The China Critic*。

翻譯〈兩封關於文化合作的信——蔡元培至文化合作院主任班納函、麥雷教授之覆函〉於《申報月刊》第 2 卷第 7 號。

〈女論語〉發表於《論語》第 21 期。

〈答靈犀君論《論語》讀法〉、〈不要見怪李笠翁〉、〈思滿大人〉發表於《論語》第 22 期。

8 月　18 日，〈讓娘兒們幹一下吧！〉發表於《申報》，「自由談」專欄，頁 17。

〈大暑養生〉發表於《論語》第 22 期。

9 月　10 日，〈「拿去我臉上的毛」〉發表於《申報》，「自由談」專欄，頁 23。

〈白克夫人（Pearl Buck）之偉大〉發表於《論語》第 24 期。

10 月　〈論政治病〉發表於《論語》第 27 期，「我的話」專欄。

11 月　26 日，〈論踢屁股〉發表於《申報》，「自由談」專欄，頁 19。

〈論文（下）〉、〈與陶亢德書〉發表於《論語》第 28 期，「我的話」專欄。

〈從梁任公的腰說起〉發表於《中學生》第 39 期。

〈提倡俗字〉發表於《論語》第 29 期，「我的話」專欄。

12 月　15 日，〈秋天的況味〉發表於《申報》，「自由談」專欄，頁 15。

〈我的話〉發表於《論語》第 30 期。

〈文字國——薩天師語錄——其六〉、〈有不為齋解〉發表於《論語》第 31 期。

本年 〈陳宋淮楚歌寒對轉考〉發表於《慶祝蔡元培先生六十五歲論文集(上)》。

1934 年 1 月 9 日,〈《辭通》序〉發表於《申報》,「自由談」專欄,頁 14。

20 日,〈為蚊報辯〉發表於《社會日報三週年紀念專刊》。

〈與德哥派拉書——東方美人辯〉、〈答高植書〉發表於《論語》第 32 期,「我的話」專欄。

〈論幽默(上篇)、(中篇)〉發表於《論語》第 33 期,「我的話」專欄。

2 月 〈說瀟灑〉發表於《文飯小品》第 1 期。

〈論讀書〉發表於《申報月刊》第 3 卷第 2 號。

〈怎樣寫「再啟」〉發表於《論語》第 34 期,「我的話」專欄。

〈論幽默(下篇)〉、〈宗教與藏府——有不為齋隨筆〉發表於《論語》第 35 期,「我的話」專欄。

3 月 10 日,〈論笑之可惡〉發表於《申報》「自由談」專欄,頁 18。

〈水滸西評〉發表於《人言週刊》第 1 卷第 4 期。

〈作文六訣序〉發表於《論語》第 36 期,「我的話」專欄。

〈作文六訣〉發表於《論語》第 37 期,「我的話」專欄。

4 月 1 日,〈倫敦的乞丐〉發表於《文學》第 2 卷第 4 號。

5 日，《人間世》小品文半月刊創刊，任主編。〈發刊詞〉發表於《人間世》第 1 期。

16 日，〈論以白眼看蒼蠅之輩〉發表於《申報》，「自由談」專欄，頁 14。

26 日，〈周作人詩讀法〉發表於《申報》，「自由談」專欄，頁 17。

28 日，〈方巾氣研究〉發表於《申報》，「自由談」專欄，頁 17。

30 日，〈方巾氣研究（二）〉發表於《申報》，「自由談」專欄，頁 17。

〈慈善啟蒙〉發表於《文飯小品》第 3 期。

〈論談話〉發表於《人間世》第 2 期。

〈再與陶亢德書〉、〈發刊《人間世》意見書〉發表於《論語》第 38 期，「我的話」專欄。

〈論西裝〉、〈論語文選序——即作論語叢書小引〉發表於《論語》第 39 期，「我的話」專欄。

5 月　3 日，〈方巾氣研究（三）〉發表於《申報》，「自由談」專欄，頁 20。

〈說小品文半月刊〉發表於《人間世》第 4 期。

〈語錄體舉例〉發表於《論語》第 40 期，「我的話」專欄。

〈俗字討論撮要〉發表於《論語》第 41 期，「我的話」專欄。

6 月　〈論作文〉發表於《人言週刊》第 1 卷第 18 期。

〈一夕話——紀春園瑣事〉；〈母豬渡河〉（「隨感錄」專欄）發表於《人間世》第 5 期。

〈論小品文筆調（一夕話之二）〉；〈中國人之聰明〉（「隨

感錄」專欄）發表於《人間世》第 6 期。

〈言志篇〉發表於《論語》第 42 期，「我的話」專欄。

〈夢影〉發表於《論語》第 43 期，「我的話」專欄。

《大荒集》由上海生活書店出版。

7 月　〈說本色之美〉發表於《文飯小品》第 6 期。

〈論玩物不能喪志〉、〈說自我〉發表於《人間世》第 7 期，「隨感錄」專欄。

〈時代與人〉發表於《人間世》第 8 期，「隨感錄」專欄。

〈說個人筆調〉發表於《新語林》創刊號。

〈假定我是土匪〉發表於《論語》第 44 期，「我的話」專欄。

〈一張字條的寫法〉發表於《論語》第 45 期，「我的話」專欄。

8 月　〈英人古怪的脾氣——一夕話〉發表於《人間世》第 9 期。

〈無字的批評〉（「隨感錄」專欄）；〈說浪漫〉發表於《人間世》第 10 期。

〈山居日記〉發表於《論語》第 46 期，「我的話」專欄。

〈山居日記〉發表於《論語》第 47 期，「我的話」專欄。

《我的話（上冊）——行素集》由上海時代圖書公司出版。

9 月　〈有不為齋叢書序〉發表於《論語》第 48 期；《人間世》第 11 期。。

〈四十自敘詩〉發表於《論語》第 49 期。

〈羅素離婚（一夕話）〉；〈大學與小品文筆調〉（「隨感錄」專欄）發表於《人間世》第 11 期。

〈有不為齋隨筆——辜鴻銘〉、翻譯 Georg Brandes〈辜鴻銘論〉於《人間世》第 12 期。

10 月 〈說大足〉(「隨感錄」專欄);〈怎樣洗煉白話入文〉發表於《人間世》第 13 期。

〈關於本刊〉發表於《人間世》第 14 期。

〈狂論〉發表於《論語》第 50 期,「我的話」專欄。

〈沙蒂斯姆與尊孔〉發表於《論語》第 51 期,「我的話」專欄。

11 月 〈有不為齋隨筆——笑、筆名之濫用〉,翻譯 Marian J. Castle〈女子與自殺〉於《人間世》第 16 期。

〈一篇沒有聽眾的演講〉發表於《論語》第 53 期,「我的話」專欄。

12 月 〈今譯美國獨立宣言〉發表於《論語》第 54 期,「我的話」專欄。

〈遊杭再記〉發表於《論語》第 55 期,「我的話」專欄。

於暨南大學演講「做文與做人」。隔年 1 月,講稿發表於《論語》第 57 期,「我的話」專欄。

本年 〈山居日記〉發表於《人言週刊》第 1 卷第 26 期。

1935 年 1 月 〈談勞倫斯——一夕話〉發表於《人間世》第 19 期。

〈跋西洋幽默專號〉,翻譯莎士比亞〈人生七記〉、尼采〈市場的蒼蠅〉,發表於《論語》第 56 期,「我的話」專欄。

2 月 〈思孔子〉發表於《論語》第 58 期,「我的話」專欄。

〈紀元旦〉發表於《論語》第 59 期,「我的話」專欄。

3 月 〈小品文之遺緒〉發表於《人間世》第 22 期,「一夕話」專欄。

〈哀莫大於心死〉發表於《人間世》第 23 期,「一夕話」

專欄。

〈還是講小品文之遺緒〉發表於《人間世》第 24 期，「一夕話」專欄。

〈裁縫道德〉發表於《論語》第 60 期，「我的話」專欄。

4 月 〈談中西文化〉發表於《人間世》第 26 期，「一夕話」專欄。

〈與徐君論白話文言書〉表於《論語》第 63 期，「我的話」專欄。

5 月 27 日，於上海大夏大學（舊址今華東師範大學中山北路校區）演講「中國的國民性」。7 月，講稿發表於《人間世》第 32 期，「一夕話」專欄。

〈今文八弊〉連載於《人間世》第 27～29 期，「一夕話」專欄。

〈我不敢遊杭〉發表於《論語》第 64 期，「我的話」專欄。

〈廣田示兒記〉發表於《論語》第 65 期，「我的話」專欄。

*The Little Critic——Essays,Satires and Sketches on China(Second Series: 1933－1935)*由上海 Commercial Press 出版。

6 月 〈大義覺迷錄〉發表於《人間世》第 30 期，「一夕話」專欄。

〈摩登女子辯〉發表於《論語》第 67 期，「我的話」專欄。

7 月 〈竹話〉發表於《論語》第 69 期，「我的話」專欄。

8 月 *My Country and My People* 由紐約 John Day Company 出版。

*The Little Critic——Essays,Satires and Sketches on China (First Series: 1930－1932)*由上海 Commercial Press 出版。

9 月 16 日，《宇宙風》半月刊創刊，擔任主編。〈煙屑〉；〈孤崖一枝花〉、〈無花薔薇〉（「姑妄言之」專欄）；〈且說本刊〉(「小大由之」專欄）發表於《宇宙風》第 1 期。

〈論握手〉發表於《論語》第 72 期,「我的話」專欄。

〈論語三週年〉發表於《論語》第 73 期,「我的話」專欄。

10 月　〈煙屑〉、〈可喜語〉;〈不怕筆記〉(「姑妄言之」專欄);〈論裸體運動〉(「小大由之」專欄）發表於《宇宙風》第 2 期。

〈煙屑〉;〈所望於申報〉、〈不知所云〉(「姑妄言之」專欄);〈談螺絲釘（一夕話)〉(「小大由之」專欄）發表於《宇宙風》第 3 期。

〈最早提倡幽默的兩篇文章〉發表於《論語》第 73 期。

11 月　〈說閒情〉;〈提倡方言文學〉(「姑妄言之」專欄);〈再談螺絲釘（一夕話)〉(「小大由之」專欄）發表於《宇宙風》第 4 期。

〈讀書與看書〉、〈救救孩子〉(「姑妄言之」專欄);〈三談螺絲釘（一夕話)〉(「小大由之」專欄）發表於《宇宙風》第 5 期。

〈《浮生六記》英譯自序〉發表於《人間世》第 40 期。

12 月　〈煙屑〉;〈寫中西文之別〉(「姑妄言之」專欄);〈四談螺絲釘（一夕話)〉(「小大由之」專欄）發表於《宇宙風》第 6 期。

〈煙屑〉;〈說恥惡衣惡食〉(「姑妄言之」專欄);〈記翻印古書（一夕話)〉(「小大由之」專欄）發表於《宇宙風》第 7 期。

〈國事亟矣!〉發表於《論語》第 78 期,「我的話」專欄。

〈記隱者〉發表於《論語》第 79 期,「我的話」專欄。

本年　將沈復《浮生六記》翻譯成英文，陸續發表於英文《天下月刊》與《西風月刊》。

1936 年　1 月　〈關於北平學生一二九運動〉發表於《宇宙風》第 8 期，「姑妄言之」專欄。

〈外人之旁觀者〉、〈告學生書〉(「姑妄言之」專欄)；〈論躺在床上（一夕話）〉(「小大由之」專欄）發表於《宇宙風》第 9 期。

〈外交糾紛〉發表於《論語》第 80 期，「我的話」專欄。

2 月　〈考試分數之不可靠〉(「姑妄言之」專欄)；〈論看電影流淚〉(「小大由之」專欄）發表於《宇宙風》第 10 期。

〈藝術的帝國主義〉(「姑妄言之」專欄)；〈記性靈（一夕話)〉(「小大由之」專欄）發表於《宇宙風》第 11 期。

3 月　〈茵治論考試〉(「姑妄言之」專欄)；〈冀園被偷記〉(「小大由之」專欄）發表於《宇宙風》第 12 期。

〈略談中西文學〉發表於《人間世》漢出第 1 期。

〈兩部英文字典〉；〈節育問預常識〉(「姑妄言之」專欄)；〈叩頭與衛生〉(「小大由之」專欄）發表於《宇宙風》第 13 期。

〈談復古〉發表於《天地人》第 1 期。

〈與又文先生論《逸經》〉發表於《逸經》第 1 期。

4 月　〈吃草與吃肉〉發表於《宇宙風》第 14 期，「小大由之」專欄。

〈遊山日記讀法〉發表於《宇宙風》第 15 期，「小大由之」專欄。

5 月　〈跋眾愚節《字林西報》社論〉發表於《宇宙風》第 16 期，「小大由之」專欄。

6 月　〈古書有毒辯〉、〈《申報》的醫學附刊〉、〈《字林西報》評走私〉發表於《宇宙風》第 18 期，「姑妄言之」專欄。

8月 1日，全家搭郵輪赴美，居於紐約。
翻譯 Aldous Huxley〈貓與文學〉於《宇宙風》第22期，「小大由之」專欄。
〈關於京話〉發表於《宇宙風》第23期。

9月 〈中國雜誌的缺點（西風發刊詞）〉發表於《宇宙風》第24期，「姑妄言之」專欄。
〈臨別贈言〉發表於《宇宙風》第25期。
〈「西風」發刊詞〉發表於《西風》第1期。
漢英對譯《浮生六記》，連載於《西風》，至1939年1月第29期止。
《我的話（下冊）——披荊集》由上海時代圖書公司出版。

10月 〈與友人書〉發表於《談風》第1期。
Confucius Saw Nancy and Essays about Nothing 由上海商務印書館出版。

11月 〈林語堂自傳〉發表於《逸經》第17～19期。（工爻譯）

12月 〈抵美印象〉發表於《宇宙風》第30期。
〈課兒小記（海外通信之一）〉發表於《宇宙風》第31期。
〈抵美印象——致國內友人書〉發表於《西風》第4期。

本年 *A History of the Press and Public Opinion in China* 由芝加哥 University of Chicago Press 出版。
A Nun of Taishan and other Translations(《英譯老殘遊記第二集及其他選譯》)由上海 Commercial Press 出版。
Readings in modern journalistic prose（《現代新聞散文選》）由上海商務印書館出版。

1937年 1月 與張沛霖合著之〈英語表現法〉連載於《中學生》第71

～76 期，至 6 月止。

〈悼魯迅〉發表於《宇宙風》第 32 期。

3 月 〈談好萊塢〉發表於《宇宙風》第 37 期。

6 月 〈自由並沒死（海外通信之三）〉發表於《宇宙風》第 43 期。

8 月 29 日，“Can China Stop Japan in Her Asiatic March?”發表於 *The New York Times Magazine*。

10 月 〈關於《吾國與吾民》〉發表於《宇宙風》第 49 期。

11 月 〈日本征服不了中國〉發表於《西風》第 13 期。

12 月 〈中西人生哲學〉發表於《西風》第 16 期。

本年 *The Importance of Living* 由紐約 John Day Company 出版。

1938 年 年初 由紐約搬至法國南部蒙頓（Menton）與巴黎，至 1939 年回紐約。

1 月 〈海外通信〉發表於《宇宙風》第 57 期。

6 月 〈生活的藝術〉連載於《西風》第 22 期，至 1941 年 1 月第 53 期止。（黃嘉德譯）

本年 *The Wisdom of Confucius* 由紐約 Random House 出版。

1939 年 2 月 〈有不為齋漢英對照〉連載於《西風》，至 12 月第 40 期止。

3 月 〈論獨裁國家〉發表於《西風副刊》（月刊）第 7 期。

由紐約搬至法國南部，專心寫作長篇小說 *Moment in Peking*，於 8 月 8 日完稿，9 月返回紐約。

5 月 9 日，出席於紐約舉辦之「世界筆會大會」，演講「希特勒與魏忠賢」。11 月，講稿發表於《宇宙風》（乙刊）第 17 期。

漢英對照《浮生六記》（*Six Chapters of a Floating Life*）（沈復原著）由上海西風社出版。

	6月	28日，〈我的信仰〉發表於《大美晚報》。（渾介譯）
	10月	〈關於我的長篇小說〉發表於《宇宙風》（乙刊）第15期。
	11月	12日，“The Real Threat: Not Bombs Ideas”發表於 *The New York Times Magazine*。
		首部長篇小說 *Moment in Peking* 由紐約 John Day Company 出版。
	本年	新增第十章的 *My Country and My People* 由倫敦 William Heinemann 出版。
1940年	1月	〈漢英對照冥寥子遊〉連載於《西風》，至12月第40期止。
	5月	〈我怎樣寫瞬息京華〉發表於《宇宙風》第100期。
	7月	23日，〈論中國外交方略〉發表於《大公報》。
	本年	*With Love and Irony* 由紐約 John Day Company 出版。
		〈中國抗戰與美國——致紐約時報的公開信（十月十四日記自洛杉磯）〉發表於《宇宙風》第112期。
		由紐約返回中國，居四川重慶、北碚、縉雲山，因日軍空襲再度返紐約。
		獲頒美國紐約 Elmira College 榮譽文學博士學位。
		由賽珍珠（Pearl Buck）和斯文・赫定（Sven Hedin）推薦為諾貝爾文學獎候選人。
1941年	2月	〈談鄭譯《瞬息京華》〉發表於《宇宙風》第113期。
	4月	〈辜鴻銘——最後一個儒家〉發表於《西風副刊》第32期。
	本年	長篇小說 *A Leaf in the Storm: A Novel of War-Swept China* 由紐約 John Day Company 出版。
1942年	本年	獲頒新澤西州 Rutgers University 榮譽文學博士學位。

		The Wisdom of China and India 由紐約 Random House 出版。
1943 年	7 月	*Between Tears and Laughter* 由紐約 John Day Company 出版。
	9 月	22 日，由美國邁阿密途經開羅、加爾各答至重慶、寶雞、西安、桂林、衡陽、長沙、成都等地，在中國歷經六個月，至隔年 3 月 22 日返回美國紐約。
	10 月	26 日，〈論東西文化與心理建設〉發表於《大公報》3 版。
1944 年	8 月	〈《啼笑皆非》中文譯本序言——為中國讀者進一解〉、〈五十以學易辯〉發表於《宇宙風》第 138 期。
	12 月	27 日，應重慶中央大學之邀，演講「論東西文化與心理建設」。
	本年	〈科學與人生觀〉發表於《新東方雜誌》第 10 卷第 3～4 期。
		The Vigil of a Nation 由紐約 John Day Company 出版。
1946 年	5 月	〈中文打字機〉發表《西風》第 85 期。（林太乙譯）
	本年	獲頒威斯康辛 Beloit College 榮譽人文學博士學位。
1947 年	5 月	22 日，明快打字機於紐約製造完成。
	本年	*The Gay Genius: The Life and Times of Su Tungpo* 由紐約 John Day Company 出版。
1948 年	夏	赴法國巴黎，任聯合國教科文組織（UNESCO）美術與文學組主任，任職半年因疲憊不堪，提出離職。由巴黎搬至法國南部坎城摯友盧芹齋的別墅「養心閣」居住，至 1950 年。
	本年	長篇小說 *Chinatown Family* 由紐約 John Day Company 出版。

		The Wisdom of Laotse 由紐約 Random House 出版。
1949 年	本年	*Kaiming English Grammar*（《開明英文文法》（二冊））由上海開明書店出版。
1950 年	9 月	8 日，“A Chinese View of Formosa”發表於 *New York Herald Tribune*。25 日，自譯〈論美國對臺灣政策——譯自美國前鋒論壇報〉發表於《全民日報》第 2 版。
	本年	*On the Wisdom of America* 由紐約 John Day Company 出版。
		由賽珍珠推薦為諾貝爾文學獎候選人。
1951 年	10 月	24 日，〈《天風》月刊緣起〉發表於《中央日報・副刊》6 版。
	本年	短篇小說集 *Widow, Nun and Courtesan:Three Novelettes from the Chinese* 由紐約 John Day Company 出版。
1952 年	3 月	26 日，〈蘇小妹無其人考〉發表於《中央日報・副刊》6 版；4 月《天風》第 1 期。
	4 月	〈重編杜十娘〉發表於《天風》第 1 期。
	5 月	〈蘇東坡與其堂妹〉發表於《天風》第 2 期。
	9 月	〈說 Sn——說 FL——〉發表於《天風》第 6 期，「有不為齋隨筆」專欄。
	10 月	〈英譯重編傳奇小說弁言〉發表於《天風》第 7 期。
	本年	短篇小說集 *Famous Chinese Short Stories* 由紐約 John Day Company 出版。
1953 年	本年	長篇小說 *The Vermilion Gate* 由紐約 John Day Company 出版。
1954 年	1 月	為中國駐聯合國代表團顧問。
	5 月	3 日，接受擔任新加坡南洋大學校長一職，並開始網羅美國、英國優秀教育家出任南洋大學教授。

	10月	2日，偕同家眷抵新加坡，為出任南洋大學校長準備。
1955年	2月	17日，新加坡執委會借南洋大學1955年預算案為由，欲革除校長職務，雙方關係破裂。
	4月	6日，連同11位教授向南洋大學請辭。遂前往法國，居於法國南部坎城，專事寫作。
	5月	12～14日，〈共匪怎樣毀了南洋大學〉發表於《聯合報》3、2版（中央社譯），內容講述受邀擔任南洋大學校長至辭職始末。
	本年	長篇小說 *Looking Beyond* 由紐澤西州 Prentice-Hall 出版。
1957年	3月	28日，乘義大利哥倫布郵輪抵美，訪問打字機專家。 由法國返美，專事寫作。
	本年	*Lady Wu: A True Story* 由倫敦、墨爾本、多倫多 William Heinemann 出版。 應邀赴阿根廷，在其首都布宜諾斯艾利斯講學。
1958年	2月	2～3日，〈林語堂博士的打字機〉連載於《正氣中華・副刊》3版。（明堂譯）
	8月	7日，〈匿名（Secret Name）〉連載於《中央日報》6版，至9月29日止。（中央社譯）
	10月	14日，受馬星野之邀來臺，至11月1日返美。期間於臺灣大學、政治大學、東海大學等處演講，此為林語堂夫婦首次訪臺。 23日，出席中國文藝協會、中國青年寫作協會、臺灣省婦女寫作協會、中華民國筆會等，於臺北市婦女之家聯合舉辦之歡迎茶會。 27日，於省立師範大學（今臺灣師範大學）大禮堂演講「老莊考據方法之錯誤」。28日，講稿發表於《中央日報》2版。

	11月	〈平心論高鶚〉發表於《中央研究院歷史語言研究所集刊》第29期（慶祝趙元任先生六十五歲論文集（下））。
	本年	*The Secret Name* 由紐約 Farrar, Straus and Cudahy 出版。
1959年	2月	2～5 日，〈世界前途在亞洲——遠東訪問印象記〉發表於《中央日報》3版。（中央日報譯）
	9月	28日～10月13日，應巴西政府之邀，與妻自美搭乘阿根廷號郵船至巴西進行講學，後至阿根廷訪問，於10月17日乘船返美。
	本年	*The Chinese Way of life* 由克里夫蘭、紐約 World Publishing Company 出版。 *From Pagan to Christian* 由克里夫蘭、紐約 World Publishing Company 出版。
1960年	本年	*The Importance of Understanding*（《古代英譯小品》）由克里夫蘭、紐約 World Publishing Company 出版。
1961年	本年	長篇小說 *The Red Peony* 由克里夫蘭 World Publishing Company 出版。 *Imperial Peking: Seven Centuries of China* 由紐約 Crown Publishers 出版。 於美國國會圖書館演講「五四以來的中國文學」。
1962年	1月	2～24 日，應馬星野之邀，訪問拉丁美洲（委內瑞拉、哥倫比亞、祕魯、智利、烏拉圭）。
	7月	11 日，〈序浩生「太空人格臨」〉發表於《中央日報・副刊》6版。
	本年	*The Pleasures of a Nonconformist* 由克里夫蘭、紐約 World Publishing Company 出版。
1963年	本年	長篇小說 *Juniper Loa* 由克里夫蘭 World Publishing Company 出版。

1964年	10月	19日，〈談幽默〉發表於《中央日報・副刊》10版。（周增□譯）
	本年	長篇小說 *The Flight of the Innocents* 由紐約 G.P. Putnam's Sons 出版。 應中央通訊社社長馬星野之邀，為中央社撰寫專欄，將專欄命名為「無所不談」。
1965年	2月	11日，〈新春試筆〉發表於《中央日報》3版。 16日，〈女傳教師的風波〉發表於《聯合報・副刊》7版。（樂山譯） 18日，〈談邱吉爾的英文〉發表於《中央日報》6版。 27日，〈談東西畫法之交流〉發表於《聯合報・副刊》7版。
	3月	15日，〈說紐約的飲食起居〉發表於《聯合報・家庭》5版。 26日，〈記周氏兄弟〉發表於《中央日報・副刊》6版；《聯合報・副刊》7版。
	4月	2日，〈記紐約釣魚〉發表於《中央日報・副刊》6版；《聯合報・副刊》7版。 9日，〈記蔡孑民先生〉發表於《中央日報・副刊》6版；《聯合報・副刊》7版。 19日，〈釋雅健〉發表於《中央日報・副刊》6版；《聯合報・副刊》7版。 26日，〈無題有感〉發表於《中央日報・副刊》6版。
	5月	10日，〈說孽相〉發表於《新生報》3版；《聯合報・副刊》7版；〈逃向自由城〉連載於《民聲日報》，至7月26日止（中央社譯）。 17日，〈閒話說蘇東坡〉發表於《中央日報》3版。

24 日，〈記大千話敦煌〉發表於《中央日報・副刊》6 版；《聯合報・副刊》7 版。

31 日，〈說：雅建達〉發表於《中央日報・副刊》6 版；《聯合報・副刊》7 版。

6 月 14 日，〈與大千先生無所不談〉發表於《中央日報・副刊》6 版；《聯合報》8 版。

21 日，〈談計算機〉發表於《聯合報・副刊》7 版。

28 日，〈介紹奚夢農〉發表於《中央日報・副刊》6 版；《聯合報・副刊》7 版。

7 月 12 日，〈毛姆漢莫泊桑〉發表於《中央日報》3 版。

16 日，〈整理漢字草案（上）〉發表於《中央日報》7 版。

19 日，〈整理漢字草案（下）〉發表於《中央日報》7 版。

26 日，〈笑話得很〉發表於《中央日報・副刊》6 版。

8 月 2 日，〈論譯詩〉發表於《中央日報・副刊》10 版；《聯合報・副刊》9 版。

9 日，〈可蘑途中〉發表於《中央日報》3 版。

16 日，〈瑞士風光〉發表於《中央日報・副刊》6 版；《聯合報・副刊》7 版。

23 日，〈說斐尼斯〉發表於《中央日報・副刊》6 版。

9 月 6 日，〈雜談奧國〉發表於《中央日報・副刊》6 版。

13 日，〈打鼓罵毛小令〉發表於《中央日報・副刊》6 版。

10 月 4 日，〈蘇東坡與小二娘〉發表於《中央日報・副刊》6 版；《聯合報・副刊》7 版。

11 日，〈國語的寶藏〉發表於《中央日報・副刊》6 版；《聯合報・副刊》7 版。

18 日，〈元稹的酸豆腐〉發表於《中央日報・副刊》6

版；《聯合報・副刊》7 版。

25 日，〈白話的音樂〉發表於《中央日報・副刊》6 版；《聯合報・副刊》7 版。

11 月 1 日，〈國語文法的建設〉發表於《聯合報・副刊》2 版；2 日，發表於《中央日報・副刊》6 版。

8 日，〈續談國語文法的建設〉發表於《中央日報・副刊》6 版；《聯合報・副刊》2 版。

22 日，〈一點浩然氣——紀念國父〉發表於《聯合報・副刊》7 版。

12 月 6 日，〈從碧姬芭杜小姐說起〉發表於《中央日報・副刊》6 版；《聯合報・副刊》7 版。

20 日，〈說薩爾特〉發表於《中央日報・副刊》6 版；《聯合報・副刊》7 版。

1966 年 1 月 3 日，〈說高本漢〉發表於《中央日報・副刊》6 版；《聯合報・副刊》7 版。

10 日，〈論碧姬芭杜的頭髮〉發表於《中央日報・副刊》6 版；《聯合報・副刊》7 版。

24 日，〈論晴雯的頭髮〉發表於《聯合報・副刊》7 版。

26 日，由香港至臺北松山機場，二度訪臺。

28 日，由馬星野夫婦陪同，於高雄澄清湖官邸見蔣中正。對談中希望夫婦能來臺定居。

2 月 14 日，〈譯樂隱詞八首〉發表於《中央日報・副刊》6 版；《聯合報・副刊》7 版。

21 日，〈論泥做的男人〉發表於《中央日報》7 版。

《無所不談》由臺北文星書店出版。

3 月 7 日，〈論部首的改良〉發表於《中央日報・副刊》6 版；《聯合報・副刊》7 版。

14 日，〈談趣〉發表於《中央日報・副刊》6 版；《聯合報・副刊》7 版。

21 日，〈再論晴雯的頭髮〉發表於《中央日報・副刊》6 版；《聯合報・副刊》7 版。

28 日，〈說高鶚手定的紅樓夢稿〉發表於《中央日報・副刊》6 版；《聯合報・副刊》7 版。

4 月　11 日，〈論利〉發表於《中央日報・副刊》6 版；《聯合報・副刊》7 版。

20 日，〈跋曹允中〈紅樓夢後四十回作者問題的研究〉〉發表於《中央日報・副刊》6 版。

5 月　2 日，〈紅樓夢人物年齡與考證〉發表於《中央日報・副刊》6 版；《聯合報・副刊》7 版。

16 日，〈恭喜阿麗西亞〉發表於《中央日報・副刊》6 版；《聯合報・副刊》7 版。

30 日，〈論大鬧紅樓〉發表於《中央日報・副刊》6 版；《聯合報・副刊》7 版。

6 月　6 日，〈俞平伯否認高鶚作偽原文〉發表於《中央日報・副刊》6 版；《聯合報・副刊》7 版。

由紐約定居臺北陽明山，賃居士林區永福里 42 號，後搬至親自設計的仰德大道二段 141 號（今林語堂故居）。

7 月　4 日，〈論色即是空〉發表於《中央日報・副刊》6 版。

7 日，於臺北國軍文藝活動中心「幽默之夜」晚會演講「性靈文學」。

11 日，〈說戴東原斥宋儒理學〉發表於《中央日報・副刊》6 版。

18 日，〈憶魯迅（一）〉、〈說鄉情〉發表於《中央日報・副刊》6 版。

19 日，〈憶魯迅（二）〉發表於《中央日報・副刊》6 版。

25 日，〈說西洋的理學〉發表於《中央日報・副刊》9 版；《聯合報・副刊》9 版

31 日，〈我看共匪的「文化大革命」——共匪將在三年之內敗亡〉發表於《中央日報》2 版。

《平心論高鶚》由臺北文星書店出版。

暑　於香港真理堂演講「國語的將來」。8 月，講稿發表於香港《燈塔》月刊。

8 月　1 日，〈論孔子的幽默〉發表於《中央日報・副刊》9 版；《聯合報・副刊》9 版。

8 日，〈論情〉發表於《中央日報・副刊》9 版。

22 日，〈失學解〉發表於《中央日報・副刊》9 版；《聯合報・副刊》9 版。

29 日，〈再論孔子近情〉發表於《中央日報・副刊》6 版；《聯合報・副刊》7 版。

〈回憶童年〉發表於《傳記文學》第 9 卷第 2 期。

9 月　19 日，〈記鳥語〉發表於《中央日報・副刊》6 版；《聯合報・副刊》7 版。

26 日，〈論赤足之美〉發表於《中央日報・副刊》6 版。

10 月　2 日，〈近代中國文字之趨勢〉發表於《華僑日報》。

10 日，〈《二十世紀之人文科學》序言〉發表於《中央日報・副刊》9 版。

24 日，〈論學問與知識〉發表於《中央日報・副刊》6 版。

11 月　7 日，〈論惡性讀書〉發表於《中央日報・副刊》6 版。

15～23 日，應京都產業大學之邀演講，會後遊覽關西名勝古蹟；19 日，於京都會館演講「東洋の文化と西洋の

文化」；21 日，演講「近代科学と陰陽哲学」。

17 日，〈我看：《還我山河》〉發表於《中央日報・副刊》6 版。

21 日，〈惡性補習論〉發表於《中央日報・副刊》6 版。

12 月 12 日，翻譯卜華爾（Art Buchwald）〈基金委員會鬥法寶記〉，發表於《中央日報・副刊》9 版；《聯合報・副刊》9 版。

26 日，〈論買東西〉發表於《中央日報・副刊》6 版；《聯合報・副刊》7 版。

翻譯 Art Buchwald〈基金委員會鬥法賓記〉，發表於《中央日報》9 版。

1967 年 1 月 9 日，〈論文藝如何復興法子〉發表於《中央日報・副刊》6 版；《聯合報・副刊》7 版。

16 日，〈溫情主義〉發表於《中央日報・副刊》6 版。

23 日，〈戴東原與我們〉發表於《中央日報・副刊》6 版。

30 日，翻譯〈東坡行香子二首〉，發表於《中央日報・副刊》6 版；《聯合報・副刊》7 版。

2 月 9 日，〈紀農曆元旦〉發表於《聯合報・副刊》7 版。

19 日，出席國語日報第三屆第二次董事會，與會者有羅家倫、洪炎秋、游彌堅等。

27 日，〈記身體總檢查〉發表於《中央日報・副刊》6 版。

〈想念蔡元培先生〉發表於《傳記文學》第 10 卷第 2 期。

3 月 6 日，〈聯考哲學〉發表於《中央日報・副刊》6 版。

20 日，〈論守古與維新〉發表於《中央日報・副刊》6

版；《聯合報．副刊》7 版。

23 日，〈戲作毛澤東輓聯〉發表於《中央日報．副刊》6 版。

27 日，〈《形音義綜合大字典》序〉發表於《中央日報．副刊》6 版。

4 月　10 日，〈孟子說才、志、氣、欲〉發表於《中央日報．副刊》6 版。

17 日，〈《無所不談第二集》序〉發表於《中央日報．副刊》6 版。

24 日，〈重刊《語言學論叢》序〉發表於《中央日報．副刊》10 版。

〈四十自序詩序〉發表於《傳記文學》第 10 卷第 4 期。

《無所不談二集》由臺北文星書店出版。

5 月　4 日，應中國文藝協會慶祝文藝節之邀，於臺北中山堂光復廳演講「新發現曹雪芹手訂一百二十回紅樓夢本」。5 日，講稿發表於《中央日報．副刊》5 版。

22 日，〈喝！孟子〉發表於《中央日報．副刊》10 版。

6 月　2 日，〈再論紅樓夢百二十回本答葛趙諸先生〉發表於《聯合報．副刊》9 版。

12 日，〈論解嘲〉發表於《中央日報．副刊》10 版。

19 日，〈英譯黛玉葬花詩〉發表於《中央日報．副刊》10 版。

26 日，〈論「己乙」及「堇蓮」筆勢〉發表於《聯合報．副刊》9 版。

應成功大學校長羅雲平之邀，參加畢業典禮並演講「易經的陰陽哲學」。

7 月　3 日，〈記遊臺南〉發表於《中央日報．副刊》10 版。

10 日，〈紹介〈曲城說〉〉發表於《中央日報・副刊》10 版；《聯合報・副刊》9 版。

17 日，〈論臺灣的英語教學〉發表於《中央日報・副刊》10 版；《聯合報・副刊》9 版。

23 日，〈介紹齊白石的高足郭大維〉發表於《中央日報・副刊》10 版。

8 月　7 日，〈再談姚穎與小品文〉發表於《中央日報・副刊》9 版。

21 日，〈伯妻伊大學革新譯述〉發表於《中央日報・副刊》9 版。

9 月　4 日，〈連金城著《文學與農業》序〉發表於《中央日報・副刊》9 版。

9 日，〈陶納《中國的教育》讀後記〉發表於《中央日報・副刊》9 版。

18 日，〈談錢穆先生之經學〉發表於《中華日報》9 版；《聯合報・副刊》9 版。

10 月　23 日，〈論他、她、它及「他（她）們」的怪物〉發表於《中央日報・副刊》9 版。

31 日，〈總統華誕與友人書〉發表於《中央日報・副刊》10 版；〈關於文化復興的一些意見〉發表於《聯合報・副刊》7 版。

11 月　13 日，〈論言文一致〉發表於《中央日報・副刊》9 版。

20 日，〈論漢字中之變音變異〉發表於《中央日報・副刊》9 版；《聯合報・副刊》9 版。

出席世界中文報業協會於臺北舉辦之第二屆年會，演講「中國常用字之推行」。

12 月　4 日，〈論大專聯考極應廢止〉發表於《中央日報・副刊》9 版。

10 日，出席中國圖書館學會於中央圖書館舉辦之第十五屆年會，演講「圖書館、書目與讀書指導」。隔年 12 月，講稿發表於《中國圖書館學會會報》第 20 期。

11 日，應樹德家專（今修平科技大學）之邀，主持林耀亭銅像揭幕典禮，並演講「行有餘力則以學文」。

25 日，〈說湯因比教授〉發表於《聯合報・副刊》2 版。

本年 應聘為香港中文大學研究教授。

The Chinese Theory of Art; Translations from the Masters of Chinese Art（《中國畫論》）由紐約 G.P. Putnam's Sons 出版。

1968 年 2 月 12 日，〈論東西思想法之不同（上）〉發表於《中央日報・副刊》9 版；《聯合報・副刊》9 版。

3 月 4 日，〈論東西思想法之不同（中）〉發表於《中央日報・副刊》9 版；《聯合報・副刊》9 版。

19 日，於輔仁大學演講「整理國故與保存國粹」。20 日，講稿發表於《中華日報》2 版。

30 日，〈論東西思想法之不同（下）〉發表於《中央日報・副刊》9 版；《聯合報・副刊》9 版。

5 月 6 日，〈論做好一個人〉發表於《中央日報・副刊》9 版；《聯合報・副刊》9 版。

6 月 3 日，〈論英文輕讀〉發表於《中央日報・副刊》9 版；《聯合報・副刊》9 版。

13 日，〈殷穎《歸回田園》序〉發表於《中央日報・副刊》9 版。

出席國際大學校長協會（The International Association of University Presidents）於漢城舉辦之第二屆大會，演講

「促進東西文化的融和」（Toward a Common Heritage of All Mankind）。

7月 28 日，〈《帝王生活續篇》序〉發表於《中央日報・副刊》12 版。

8月 3 日，〈《語堂文集》序言及校勘記〉發表於《中央日報・副刊》12 版。

25 日，於教育部文化局「中華文化之特質」演講「論中外的國民性」。26 日，講稿發表於《中央日報・副刊》9 版。

9月 26 日，〈《說文部首通釋》序〉發表於《中央日報・副刊》9 版。

10月 14 日，〈說誠與偽〉發表於《中央日報・副刊》9 版。

《林語堂全集》由漢城徽文出版社出版。

11月 11 日，〈怎樣把英文學好——英語教學講話之一〉發表於《中央日報・副刊》9 版。

12月 2 日，〈上下形檢字法緣起〉發表於《中央日報・副刊》9 版。

1969 年 1月 13 日，〈中國語辭的研究〉發表於《中央日報・副刊》9 版。

2月 5 日，〈答莊練〈關於蘇小妹〉〉發表於《中央日報・副刊》9 版。

24 日，〈臺灣話中的代名詞〉發表於《中央日報・副刊》9 版。

〈上下形檢字法序言〉發表於《故宮季刊》特刊第 1 集（慶祝蔣復璁先生七十歲論文集）。

3月 20 日，〈論今日臺灣的國語讀音之誤〉發表於《中央日報・副刊》9 版。

4月 21 日，〈再論整理漢字的重要〉發表於《中央日報・副刊》9 版。

5月 26 日，〈整理漢字的宗旨與範圍〉發表於《中央日報・副刊》9 版。

6月 23 日，〈海外釣魚樂〉發表於《中央日報・副刊》、《聯合報・副刊》9 版。

7月 1 日，〈尼姑思凡英譯〉發表於《中央日報・副刊》9 版。

19 日，出席中華民國筆會於婦女之家舉辦之第四屆會員大會，被選為中華民國筆會執行委員之一。

28 日，〈介紹沈承祭震女文〉發表於《中央日報・副刊》9 版。

8月 〈我的青年時代〉發表於《幼獅文藝》第 188 期。文中提及大二時用英文撰寫第一篇短篇小說，內容以鳳陽花鼓為背景，並獲得校內一項金牌獎。

9月 1 日，〈來臺後二十四快事〉發表於《中央日報・副刊》9 版。

13～20 日，以中華民國筆會會長身分與馬星野出席國際筆會於法國蒙頓舉辦之第 36 屆大會，16 日，演講「有閒時代的文學」。10 月 27 日，講稿〈論有閒階級與文學〉發表於《中央日報・副刊》9 版；《聯合報・副刊》9 版。

10月 10 日，〈《國劇與臉譜》（英文本原序譯文）〉發表於《中央日報・副刊》15 版。

11月 4 日，〈中國常用字之推行〉發表於《中央日報・副刊》7 版。

8 日，出席中華民國筆會會議，會中報告出席第 36 屆國際筆會經過，並討論第三屆亞洲作家會議、第 37 屆國際筆會等相關事宜。與會者有陳紀瀅、馬星野、李曼瑰、王

		藍等。
	12月	8 日，〈漢字有整理統一及限制之必要〉發表於《中央日報・副刊》9 版。
	本年	擔任中華民國筆會會長，至 1973 年止。
1970 年	1月	12 日，〈說福祿特爾與中國迷〉發表於《中央日報・副刊》9 版。
	6月	15 日，於圓山飯店麒麟廳招待「第三屆亞洲作家會議」全體代表。 16～19 日，出席中華民國筆會舉辦之「國際筆會第三屆亞洲作家會議」。16 日，於臺北中泰賓館主持「國際筆會第三屆亞洲作家會議」，並被推選為主席團主席。 29 日～7 月 3 日，應國際筆會之邀，出席於韓國漢城舉辦之第 37 屆世界國際筆會。3 日，演講「東西方幽默」。7 月 5 日，講稿發表於《中央日報》2、3 版。
	9月	1 日，〈《新聞常用字之整理》序〉發表於《聯合報・副刊》9 版。
1971 年	1月	19 日，長女林如斯自縊。此件事對夫婦打擊甚大，由次女林太乙接至香港三女林相如住處居住，往後常於香港、臺北兩地往返，住在香港的日子多於臺北。
	9月	16 日，〈聯合報創用常用字的貢獻〉發表於《聯合報》15 版。
	本年	擔任國語日報董事，至 1975 年止。
1972 年	2月	11～12 日，〈當代漢英詞典緣起〉連載於《中央日報・副刊》9 版。
	秋	於主持中華民國筆會期間，推動《中華民國筆會季刊》（*The Chinese PEN*）創刊。
	本年	*Lin Yutang's Chinese-English Dictionary of Modern Usage*

		（《林語堂當代漢英詞典》）由香港中文大學出版。內有自己發明的「上下形檢字法」與自行改良的「國語羅馬字拼音法」。
1974 年	10 月	《無所不談合集》由臺北臺灣開明書店出版。
		〈我最難忘的人物——胡適博士〉發表於《讀者文摘》12 月號。
1975 年	11 月	16 日，出席國際筆會於奧地利維也納舉辦之「第四十屆大會」，被推舉為國際筆會副會長。
	12 月	*Memoirs of an Octogenarian* 由臺北美亞書版公司出版。
1976 年	3 月	23 日，因胃出血住進香港聖瑪麗醫院。
		26 日，逝世於香港聖瑪麗醫院，享年 81 歲。
		29 日，由妻廖翠鳳、次女林太乙、女婿黎明、三女林相如等護送靈柩自港返臺。
	4 月	1 日，於臺北市懷恩堂舉行追思會，依其遺願安葬於陽明山自宅後院。
	12 月	《紅樓夢人名索引》由臺北華岡出版公司出版。
1978 年	12 月	《語堂文集》由臺北開明書店出版。
1982 年	本年	妻廖翠鳳將陽明山自宅、林語堂藏書、著作、手稿、遺物等捐給臺北市政府。
1985 年	3 月	《林語堂全集》由漢城星韓圖書出版。
	本年	陽明山自宅由臺北市政府規畫為「林語堂先生紀念圖書館」。
1994 年	10 月	8～10 日，適逢林語堂百歲冥誕，由行政院文化建設委員會（今文化部）主辦，聯合報、聯經出版公司、臺北市立圖書館協辦，聯合文學承辦，於臺北市立圖書館總館國際會議廳舉行「紀念林語堂百年誕辰學術研討會」。
		《回顧林語堂：林語堂先生百年紀念文集》由臺北正中書

		局出版；林太乙編《論幽默——語堂幽默文選（上）》、《清算月亮——語堂幽默文選（下）》、《談情說性——語堂文選（上）》、《讀書的藝術——語堂文選（下）》由臺北聯經出版公司出版。
	11 月	《林語堂名著全集》由長春東北師範大學出版社出版。
2002 年	本年	「林語堂先生紀念圖書館」更名為「林語堂故居」，由臺北市政府文化局委由民間單位經營。
2006 年	10 月	13～14 日，適逢林語堂逝世 30 週年，由臺北市文化局、東吳大學於東吳大學舉辦「跨越與前進——從林語堂研究看文化的相融／相涵國際學術研討會」。
2008 年	11 月	《林語堂中英對照》由臺北正中書局出版，至 2009 月 7 月止。
2010 年	6 月	《林語堂精品集》由臺北風雲時代出版公司出版，至 2012 年 1 月止。
2012 年	10 月	28～30 日，由漳州師範學院中國文學系、閩南文化研究院、林語堂研究中心於漳州林語堂紀念館、林語堂文學館舉辦「語堂世界，世界語堂」兩岸學術研討會。

參考資料：

・林太乙，《林語堂傳》，臺北：聯經出版公司，1989 年 11 月。

・岑丞丕、洪俊彥，《林語堂：生平小傳》，臺北：東吳大學、華藝學術出版社，2014 年 8 月。

・吳興文、秦賢次，〈當代作家研究資料彙編之一——林語堂卷（一）～（四）〉，《文訊》第 21～24 期，1985 年 12 月～1986 年 6 月，頁 319～344、頁 295～307、頁 299～317、頁 243～253。

・秦賢次，〈當代作家研究資料彙編之一——林語堂卷（五）～（完）〉，《文訊》第 25～31 期，1986 年 8 月～1987 年 8 月，頁 254～259、頁 201～208、頁 212～219、頁 279～

284、頁 282～285、頁 269～274、頁 311～319。

- Qian Suoqiao, *Lin Yutang and China's Search for Modern Rebirth*, Singapore: Palgrave Macmillan, 2017, pp. 407-462.
- 公共圖書館——中央日報全文影像資料庫、舊報紙——數位典藏資料庫、報紙標題索引資料庫
- 林語堂故居網頁。最後瀏覽日期：2018 年 9 月 12 日。
  http://www.linyutang.org.tw/big5/ebookcase.asp?k=2

輯三◎研究綜述

臺灣影響世界文壇的第一人
林語堂評論綜述

◎須文蔚

壹、前言

林語堂是臺灣文學「正典」討論上，最為跌宕起伏的典型。林語堂1958 年一度旋風訪臺，成為全臺矚目的盛事，是海外知識分子支持「自由中國」的壯舉。其後，1966 年返臺定居，落腳陽明山，晚年生活往返臺灣與香港兩地，及至 1976 年於香港逝世，移靈臺北，長眠於故居後園。林語堂先生前後在臺 11 年間，仍然著作、翻譯不輟，主編《林語堂當代漢英詞典》，且數度代表中華民國筆會出席國際會議，1975 年出席國際筆會於奧地利維也納舉辦之「第四十屆大會」，獲選為國際筆會副會長，在臺灣作家中應是難得的殊榮。然而隨著 1990 年代臺灣文學本土化的風潮發展，林語堂大量在美國刊行的文本是以英文書寫的，且書寫內容觸及臺灣生活者畢竟不多，究竟是否應當放進臺灣文學正典的系譜中？相信言人人殊。

放眼中國大陸的現代文學史書寫，誠如徐訏所說：「我相信他在中國文學史有一定的地位，但他在文學史中也許是最不容易寫的一章。」[1]林語堂成名於 1920 年代，1924 年林語堂與魯迅共同興辦語絲社，開創針砭時弊的雜感小品，1932 年創辦《論語》後，提倡幽默小品和性靈散文，一時風行，也招來左翼作家無情的批判。在 1949 年以後，林語堂是「思想右傾」的作家，作品絕版長達四十年以上，遭中國現代文學史學界刻意忽略或負

[1]徐訏，〈追思林語堂先生（續完）〉，《傳記文學》第 188 期（1978 年 1 月），頁 101。

評連連。直到 1980 年中葉之後，林語堂的著作才逐漸解禁[2]，隨著 1990 年代以後中國大陸文學史重寫風潮的影響，林語堂在散文創作的評價上，重獲好評，重新回到大眾的閱讀視野中。2005 年他的小說《京華煙雲》改編為 44 集電視連續劇，在中央電視臺播出，獲得年度中國全國收視率總冠軍，林語堂熱潮席捲中國，各家出版社爭相出版專書、選集與翻譯作品。林語堂文學地位的榮枯冷暖、昨非今是，相信也鮮少作家可以比擬。

林語堂評論與研究從 1930 年開始，就次第湧現，梳理評價相當困難，林語堂的書寫範圍相當遼闊，從雜文、小品文、紀實文學、小說、傳記與學術論述，本書僅能就近年來臺灣、中國大陸與漢學界，就其生平、散文與小說之研究，選擇具代表性或觀點獨具者，加以評述，呈現林語堂研究的現況與局限，並提出未來研究的建議。

貳、林語堂生平研究綜述

林語堂於清光緒 21 年（1895）10 月 10 日生於福建省龍溪（漳州）縣。譜名和樂，名玉堂，後改為語堂。[3]他曾獲上海聖約翰大學學士學位、美國哈佛大學比較文學碩士學位、德國萊比錫大學語言學博士，青年以雜文與小品文聞名，其後以英文書寫而揚名海外，也是集語言學家、哲學家、文學家、旅遊家、發明家於一身的知名學者。

林語堂因為翻譯「幽默」（Humor）一詞，以及創辦《論語》、《人間世》、《宇宙風》三本雜誌，提倡幽默文學，「幽默大師」自此加冕，影響當代散文文風甚鉅。他用英文書寫《吾國與吾民》、《生活的藝術》、《京華煙雲》、《風聲鶴唳》、《朱門》、《老子的智慧》、《蘇東坡傳》等散文與小說，

[2]施建偉，〈近十年來林語堂作品在大陸的流傳與研究〉，《林語堂研究論集》（上海：同濟大學出版社，1997 年 7 月），頁 106～107。

[3]林語堂在萊比錫大學取得語言學博士學位，後於 1923 年下半年返國，回國後不久，他將原名「林玉堂」中的「玉」字改為「語」。「語」字可能與「語絲派」與「論語派」有關，也不妨將「語」視為林語堂的行當。見蘇迪然著；蔣天清、莊雅惟譯，〈林語堂與二〇年代的中國：幽默、悲喜劇與新時代女性〉，《跨越與前進——從林語堂研究看文化的相融／相涵國際學術研討會論文集》（臺北：林語堂故居，2007 年 5 月），頁 116。

向西方介紹東方文化，成為西方世界認識中國文化的重要橋樑，也曾數度獲得諾貝爾獎文學獎提名。

作為一位語言學家與發明家，他根據自己研究出的「上下形檢字法」，幾乎傾家蕩產，發明簡便使用的中文打字機。可惜此一打字機並未量產。但 1976 年林語堂在臺灣向內政部申請並獲得「上下形檢字法」專利，1985 年其後人將專利授權神通電腦，由神通電腦發展為現代中文電腦常用的「簡易輸入法」，現在改稱為「速成輸入法」。

1966 年，落葉歸根的思鄉之情促使語堂先生離美返臺定居，落腳在貌似福建故鄉山景的陽明山。林語堂於 1967 年應聘為香港中文大學研究教授並主編《當代漢英詞典》，《林語堂當代漢英詞典》於 1972 年 10 月由香港中文大學出版，全書約一千八百頁。林語堂先生於 1976 年 3 月 26 日去世於香港，4 月移靈臺北，長眠於故居後園中，享年 81 歲。

有關林語堂的生平研究資料，其自傳與家人所著傳記，為第一手資料，相當有參考價值。林語堂曾應美國一家書店之邀，以英文寫下〈林語堂自傳〉一文，約一萬六千字，其中包含「少之時」、「鄉村的基督教」、「在學校的生活」、「與西方文明初次的接觸」、「宗教」、「遊學之年」、「由北平到漢口」、「著作和讀書」、「無窮的追求」等內容，講述其生平及求學經過。[4]林語堂晚歲著有自傳《八十自敘》，共計 13 章，始於「一捆矛盾」，簡要記錄自己宗教信仰、哲學主張、文學思潮的流變，從童年、求學、婚姻、留學、寫作生涯到晚年生活，最終一章為「盤存」，列出著作的目錄，以示藏諸名山，傳之其人。[5]其二女林太乙所著《林語堂傳》，則擴寫自傳未觸及的生活層面，查證資料，訪談親友，揭露林語堂成名經過、身心所受磨練、鑽研學問過程以及寫作的門徑。[6]由於《林語堂傳》乃是從女兒的視角描述父親的家庭、婚姻與寫作生活，通過富有風趣的家庭生活細節和生活氣息濃厚的對

[4]林語堂，〈林語堂自傳〉，《無所不談合集》（臺北：臺灣開明書店，1974 年 10 月），頁 715～745。
[5]林語堂；宋碧雲譯，《八十自敘》（臺北：遠景出版公司，1980 年 6 月）。
[6]林太乙，《林語堂傳》（臺北：聯經出版公司，1989 年 11 月）。

話，處處都見溫馨，也能展現作家用功之勤，創作的抒情時刻。但也因為失之主觀，對林語堂的公眾生活描寫不夠翔實，若干史料未經查證核實[7]，特別是有關 1954 年林語堂出任新加坡「南洋大學」校長一節，評價時人，有失公允，應當是本書稍有不足之處。[8]

放眼西方漢學界，林語堂的評論與研究成果相當豐碩。將林語堂引介給英美文壇的賽珍珠，就曾以〈談林語堂〉一文，概述她發現林語堂的歷程，以及鼓勵他寫作《吾國與吾民》與《生活的藝術》二書的因緣。[9]瑞典漢學家馬悅然走向中文世界，林語堂的著作扮演了相當關鍵的啟蒙作用，他更肯定：「世界文學界中偶然會出現不用自己的母語寫作的作家，像生在波蘭的尤瑟福‧康拉德（Joseph Conrad）。像 Conrad 一樣，林語堂先生的英文比受過高等教育的英國文人更精采。他用英文寫的著作的風采有時遠遠地超過其中文版。」[10]馬悅然還介紹了林語堂獲得諾貝爾文學獎提名，瑞典學院討論的背景，以及林語堂先生和高本漢互動與學問上相惜的情誼，都可補充林語堂與漢學界互動的各面向。

美國哥倫比亞大學東亞語言文化博士蘇迪然（Diran John Sohigian）能深入林語堂在 1920 年代的文學創作、出版傳播與公共論述的細節，界定林語堂當時所推廣的「幽默」概念，是現代化發展之下的產物，在現代人的觀念中，喜劇之所以日漸受到歡迎，超越僅使人們從悲劇中獲得緩和或甚至脫離悲劇的角色。蘇迪蘭援引齊克果（Søren Kierkegaard）與漢娜‧鄂蘭（Hannah Arendt）的「悲喜」結合觀念，指出林語堂所實踐的其實是「悲

[7]萬平近，〈讀《林語堂傳》印象記〉，《臺灣研究集刊》第 32 期（1991 年 5 月），頁 85～91。

[8]林語堂在南洋大學擔任校長的風波，涉及冷戰年代的複雜政治情勢，一直有各方不同的說法如何理解此一史實，王德威的看法較為持平，他強調，林語堂的理想，非有強大人事和資金的支持不足以成就，加上他在廈門大學擔任行政主管的經驗，使他決定任用親人，要求全權掌控學校財政，因此引來非議，終究引發賓主不和。殖民者、共黨、民族主義者借機鬥法，也非空穴來風。參見：王德威，〈歷史、記憶與大學之道：四則薪傳者的故事〉，《臺大中文學報》第 26 期（2007 年 6 月），頁 26～27。

[9]賽珍珠，〈談林語堂〉，《作家筆下的作家》（臺北：五福出版社，1978 年 6 月），頁 48～49。

[10]馬悅然，〈想念林語堂先生〉，《跨越與前進——從林語堂研究看文化的相融／相涵國際學術研討會論文集》，頁 3。

喜劇」，證諸林語堂 1928 年的「獨幕悲喜劇」《子見南子》，引發了傳統派的攻訐，此一觀點，相當有創見。同時，蘇迪然更提醒讀者，1923 年到 1926 年間，林語堂在北京大學、北京師範大學以及北京女子師範大學教學，他曾經對「婦女問題」相當關注，無論是於 1925 年翻譯蕭伯納的《賣花女》，或寫下哀悼在「三一八」慘案（1926 年）中慘遭殺害的學生劉和珍[11]，經營與謝冰瑩的友誼，在在都展現出林語堂在女性議題上的特殊關心與開明立場。對照德國漢學家顧彬的觀點，側重在林語堂一生思索中國問題時，糾結著與時代裡「恨」的角色相對應的各種態度，特別是當所有的奪權者，都企圖應用仇視作為掌控大眾的工具，或是利用恨意與憤怒來推翻政府、奪取權力以及維護一己之私，則林語堂一生先從激烈批判，轉為幽默從容，繼而以古諷今，他採取「淡」的美學來應對複雜的國共對立政爭，無一不在回應時代的「恨」，對照蘇迪然的悲喜劇分析模式，確實有助於擴大林語堂生平研究的面向。

相較於西方漢學界從中國現代史、文化與時代因素的描繪，臺灣與香港學者多能從交遊的角度，見證林語堂先生在公眾生活、創作書寫與思想變化，提供更多生平的補充觀點。徐訏從 1930 年代就有機會與林語堂相友好，及至先生晚年，兩人在香港的互動，無論從作品或為人處事的側寫上，徐訏都有精準的描述。[12]而黃肇珩在林語堂晚年返臺後，擔任祕書長達六年多的時間，側寫在臺期間的創作、研究與生活的種種，有記者的客觀，細節處也充滿了孺慕之情，補充了許多傳記資料未提及的林語堂臺港生涯。[13]至於錢穆與林語堂的互動，一直要到兩人先後在 1960 年代返臺後，開始較為頻密。錢穆眼中的林語堂熱中於傳統國學的追求，勤於閱讀

[11]林語堂，〈悼劉和珍楊德群女士〉（1926 年 3 月 1 日），收錄於林語堂，《我的話》（1934 年）（1966 年），頁 229。

[12]徐訏，〈追思林語堂先生（上、續完）〉，《傳記文學》第 187～188 期（1977 年 12 月，1978 年 1 月），頁 33～38，97～101。

[13]黃肇珩，〈林語堂和他的一捆矛盾〉，《回顧林語堂——林語堂先生百年紀念文集》（臺北：正中書局，1994 年 10 月），頁 74～89。

與蒐集書籍，對其晚年生活的評價並無溢美：

> 垂老回國，一變往態，轉而從莊周蘇東坡，進而提倡孟子，惜已不易如他往年《子見南子》之類之獲得當前國人之共鳴。抑且語堂之身後追思海外或尤深於海內。而語堂晚年在海內國人之心中實亦尚奠定於其海外之聲名。[14]

相形之下，龔鵬程就對林語堂在舊學的追求上，有較為嚴厲的批判，他直指林語堂林語堂的東西融合，是一種「賦詩斷章，惟取所用」，並無體系，而是依照自己的個性與需求加以綜合，藉此表現他個人的人生觀、文學觀、生命態度，他所向西方人介紹的蘇東坡、袁中郎都有其不足與缺陷；同時，林語堂由中國文化中之「非正統」、「旁支」來重新建立一個中國幽默文化之新傳統，他從小品文上溯明末的性靈派，就是一個典型的例證。

中國大陸不乏對林語堂的批判觀點，早期砲火猛烈的胡風，允為左翼陣營的代表。[15]近來經常為兩岸學界引用者莫過於陳平原的論述，他從五四知識分子的傳統與責任來審視林語堂，他強調：

> 比起一大批始終徘徊、掙扎於兩種文化的夾縫之中的中國現代知識分子，林語堂是幸運的，他迅速地找到自己的思想歸宿，免除了摸索過程中必不可少的痛苦與折磨。但正因為這種「幸運」，使他沒有達到應有的思想深度，甚至背離了中國現代思想革命、政治革命的主潮。……用資產階級的個人主義思想來「破」儒家的事功（立功、立德、立言），頗有成效；用西方的享樂意識來「和」東方的閒適情調，也十分自然。[16]

---

[14]錢穆，〈懷念老友林語堂先生〉，《聯合報》聯合副刊，1976年5月8日。

[15]胡風，〈林語堂論——對於他底發展的一個眺望〉，收錄於《作家論》（上海：文學出版社，1936年4月），頁125～159。原發表於《文學》1935年新年特大號。

[16]陳平原，〈林語堂與東西方文化〉，《中國現代文學研究叢刊》1985年第3期（1985年7月），頁77～102。

就林語堂的妥協與矛盾，龔鵬程則為之緩頰，畢竟在五四人物中，提倡改造國民性，又堅持自我個性；提倡現代西方文化，又繼續與中國古典纏綿；提倡科學救國，生活上依舊文人習氣者，非林語堂一人，如胡適、魯迅、錢玄同、周作人……等等，無不都有此矛盾的情結，只是林語堂十分坦誠地大量的散文與小說，展現出自身的矛盾，最終自然顯得與五四精神格格不入。[17]

參、林語堂散文評論綜述

林語堂散文創作成名於 1924 年的《語絲》雜誌興辦時期，當時受到《新青年》雜感錄的影響，評論世道，短小精悍，無所畏懼，如唐弢所稱，帶有土匪氣味，又持論公正，行文流暢生動，有作家本色，頗得英國隨筆式散文（Familiar Essay）娓娓而談、揮灑自如的氣韻，頗為生動地點出了《翦拂集》出版前後的風格特色。[18]1932 年 9 月，林語堂創辦了《論語》半月刊，1934 年和 1935 年，又先後創辦了《人間世》與《宇宙風》兩刊，他寫作、論述與提倡，奠定了幽默、閒適和獨抒性靈的小品文大家的地位。

林語堂在政治肅殺的時代，提出「幽默」的理念，《論語》也一時風行，成為暢銷雜誌，文壇掀起了一股幽默風潮，1933 年更被譽為「幽默年」。林語堂把幽默作為一種美學追求、寫作立場以及人生姿態。林語堂也講要面對現實，不過並非干預和批判現實，也不攻擊任何物件，而是站在

---

[17]龔鵬程，〈林語堂的心靈世界〉，《閒情悠悠——林語堂的心靈世界》（臺北：林語堂故居，2005 年 8 月），頁 20～52。在此文中，龔鵬程細膩剖析了林語堂的矛盾，他呼應了五四文化運動，反貴族文學、山林文學，反對文言文，反對宗教，林語堂則具有超越精神。五四強調知識分子的國家社會使命，林語堂則表現文人態度，講閒適生活，而且是一種中國古代文人生活方式及審美態度的回歸。這些都與五四精神格格不入，但這是時代衝擊下，知識分子普遍的現象。

[18]唐弢指出：「《語絲》時期，林先生諷名流，斥文妖，反對『閉門讀書』，比章士釗於李彥青，揭穿丁在君說的『中國弄到這般田地完全是知識階級的責任』，乃是迎合官僚與軍閥的『高調』。蔑視世道，破口便罵，真可謂『流氣』十足。那時候的林先生如初生之犢，無所懼憚，實在有點可愛。他被人目為土匪（和流氓差不多），自信『生於草莽，死於草莽』，名其所著為《翦拂集》，老老實實地『以土匪自居』了。」對林語堂早期散文的風格，有很敏銳的提點。唐弢，〈林語堂論〉，《林語堂評說七十年》（北京：中國華僑出版社，2003 年 1 月），頁 262～263。

比較超遠的立場上，把公眾事務滑稽可笑之處寫出，又不淪為政治的工具，他主張：

> 倘使一旦文字成為了政治附屬品，那麼文字就將失去他固有的活力。……我看到這種急進主義很缺少糾正的批評：我更覺得，文學與政治混為一體的紛亂，並且，在這種背馳情形之下，他們要想以文字成為政治上的工具。這就是我所以要出版幽默雜誌的原因。我想使幽默的體裁，在文學上佔有重要的地位。[19]

左翼作家對此一觀點頗多攻擊，玩味林語堂幽默、閒適、超遠的主張，不難發現林語堂，以自由主義立場寫「熱心人冷眼看人生」的態度，並非遺世獨立，背離現實。

奠定林語堂日後重視袁中郎、李笠翁、袁子才、金聖歎、張潮等人思路，倡議「性靈」一說，自然與周作人標榜袁中郎，有著密切的關係。林語堂〈四十自敘詩〉中說：「近來識得袁中郎，喜歡中來亂狂呼。」於是力主「性靈」是一個「自我表現的學派，『性』指一個人之『性』，『靈』指一人之『靈魂』或『精神』」。於是他開始更加親近道家哲學，高舉蘇東坡與陶淵明，建構了一套非功利、幽默、性靈與閒適的美學系統。龔鵬程就指出，林語堂是借助於克羅齊表現主義美學體系，將一批中國古代「浪漫派或準浪漫派」作家統合在道家的思路下，建構東西美學綜合的路向。[20]

林語堂以華語書寫小品文的高峰在 1930 年代，楊牧認為林語堂可作為五四以來現代散文中「議論」類的代表，他的散文「所議之論平易近人，於無事中娓娓道來，索引旁證，若有其事，重智慧之渲染和趣味人生的闡發，最近西方散文體式。……五十歲以下之散文家能得其風貌者絕無僅

[19]林語堂語。出自江石江，〈林語堂反對左傾提倡幽默的理由〉，《傳記文學》第 30 卷第 1 期（1977 年 1 月），頁 78。

[20]龔鵬程，〈林語堂的心靈世界〉，《閒情悠悠——林語堂的心靈世界》，頁 40。

有。[21]」可知林語堂青年時期的散文成就，可以列入經典層級。

其後他轉而以英文寫作紀實文學（non-fiction writing），以散文筆法介紹中國文化。在此之前，西方人筆下的中國文化，多半是一些在中國住過幾年，回國後就自詡「中國通」的醜化中國文本，如傳教士明恩溥（Arthur Henderson Smith）的《中國人氣質》，堪稱典型。從 1928 年起，林語堂就在當時上海英文報刊《中國評論報》、《天下月刊》等刊物上發表文章介紹中國文化，受到賽珍珠的矚目，於是約寫《吾國與吾民》（*My Country and My People*），介紹中國社會、歷史和文化。[22]1935 年出版後，短短四個月之間印了七版，並登上暢銷書排行榜，又翻譯成多國文字。不過相當遺憾的是，《吾國與吾民》一直沒有好的中文譯本，大陸鄭陀譯的 1938 年的全譯本刊行後，香港「世界文摘出版社」、臺灣「遠景」版，「德華」版，或「風雲時代」版，均一律採納，林太乙的評價是：「此書（《吾國與吾民》）的中文版第二年才出版，譯文甚差，許多精采的文字譯者都沒有看懂。」[23]應鳳凰就曾詳細比對的譯本的錯漏，取樣林語堂所談：中國人性格的黑暗面、中國人比較「女性化」、纏足與納妾——如何向西方介紹中國婦女等三個議題，深入林語堂介紹中國文化時，部分論點不免過於傳統，且有帶著西方人窺奇的缺點，然而瑕不掩瑜，應鳳凰還是給予本書在中西文化推廣交流上有著正面的價值。[24]

林語堂再接再厲，推出《生活的藝術》（*The Importance of Living*）一書，當時在中國或將亡國壓力下，林語堂意有所指地說：「一個民族產生過幾個大哲學家沒什麼希罕，但一個民族都能以哲理的眼光去觀察事物，那是難能可貴的。無論怎樣，中國這個民族顯然是比較富於哲理性，而少實效性，假如不是這樣的話，一個民族經過了四千年專講效率生活的高血

[21]楊牧，〈《中國現代散文選》前言〉，《洪範雜誌》第 3 期（1981 年 8 月 10 日），2 版。
[22]賽珍珠，〈談林語堂〉，《作家筆下的作家》（臺北：五福出版社，1978 年 6 月），頁 45。
[23]林太乙，《林語堂傳》，頁 158。
[24]應鳳凰，〈從《吾國與吾民》看林語堂的中西文化比較〉，《林語堂的生活與藝術研討會論文集》（臺北：臺北市文化局，2000 年 12 月），頁 77～92。

壓，那是早已不能繼續生存了。」[25]樂觀地展現出中國強韌的民族性格，生命哲學思想的厚度。1937 年完成後，書一旦出版，馬上被美國的「每月讀書會」選為優良書刊，很快位居《紐約時報》的暢銷書首位。根據學者張睿睿統計，《生活的藝術》從 1937 年 12 月進入《紐約時報》暢銷書排行榜，一直到 1939 年 4 月 9 日，都持續在榜上，期間榮登榜首一共有四次。在 1938 年時代集團的「紀實文學」評選榜上，《生活的藝術》榮登了最優秀圖書的榜首。此外，1937 年加拿大多倫多出版社，也出版了這本書不同的兩個版本，1938 年英國倫敦出版社又出版了另一個版本。林語堂的這部作品，席捲了美國出版界，成為中國人在海外寫作的書刊史無前例的大轟動。[26]至於《生活的藝術》的翻譯，根據賴慈芸的研究，1940 年代世界文物出版社出版時，註明越裔譯。大中國 1960 年的版本、旋風出版社 1973 年版本，封面與之相同，只有顏色不同。但從 1976 年的遠景版以後，就沒有署名，只有寫林語堂著，有意讓讀者誤以為這是林語堂用中文寫的。[27]《生活的藝術》出版後，在西方媒體上獲得不少好評，臺灣的學者沈謙也極力肯定《生活的藝術》裡林語堂的中庸哲學。[28]較為可惜的是，缺乏更佳的譯本，目前從文本細膩的研究不多。

林語堂的英文紀實文學書寫中，遊記、傳記也是一大特色。1944 年初，林語堂關切對日抗戰，他曾一度返國，之後旋即在美國出版一本「抗戰遊記」《枕戈待旦》(*The Vigil of a Nation*)，藉以傳播當時抗戰的情勢，傳記作品中，《蘇東坡傳》(*The Gay Genius：Life of Su Tung-Po*)、《武則天正傳》(*Lady Wu*)、《林語堂自傳》與《八十自敘》等，都受到讀者歡迎。林語堂的《蘇東坡傳》寫於 1945 年，1947 年由美國 John Day 出版社出版。

[25]林語堂，《生活的藝術》(臺北：風雲時代公司，2011 年 3 月)，頁 17～18。

[26]張睿睿，〈開拓中西文化交流的空間——林語堂《生活的藝術》在美國的接受研究〉，《現代中國文化與文學》2014 年第 1 期 (2014 年)，頁 247～249。

[27]賴慈芸，〈《生活的藝術》真的是林語堂寫的嗎？〉http://tysharon.blogspot.com/2013/12/he-importance-of-living-1937-preceding.html。

[28]沈謙，〈談林語堂《生活的藝術》〉，《閒情悠悠——林語堂的心靈世界》，頁 151～160。

《蘇東坡傳》的翻譯絕非易事，此書英文版出版了近三十年，於 1977 年，遠景出版社出版了由臺灣翻譯家宋碧雲翻譯的《蘇東坡傳》。其後，另一位翻譯家，臺灣大學外文系張振玉教授完成了另一譯本，1979 年由德華出版社出版。

《蘇東坡傳》允為林語堂著作中最獲好評者，1987 年唐弢 74 歲時寫作〈林語堂論〉時即給予正面肯定。[29]其後王兆勝也認為，《蘇東坡傳》具特色，個性也更為鮮明，它寫得真實、投入、深刻、自由、快樂和優雅，同時此書參透人生、富於深情、詩意濃郁和文筆瀟灑，具有經典的示範作用。[30]余英時指出，林語堂寫《蘇東坡傳》多少帶有一點自我認同的意味，東坡的「嬉笑怒罵皆成文章」和「一肚皮不合時宜」大概都是他所能認同的，東坡的曠達不羈、自然活潑和「幽默」的品質更是他所特為欣賞的。但在漢學界，這部書的生命力則是所有林語堂著作中最為旺盛的。1990 年代在美國出版的有關蘇東坡的專著中，這本書還是必備的參考書之一。它是一部最生動有趣的傳記，這是今天的西方專家所依然承認的。[31]1978 年日本的宋詩專家合山究將此書譯成日文『蘇東坡』，並詳加注釋，更增加了此書的學術價值。德國漢學家顧彬則直指：「自林語堂先生以英文書寫的 *The Gay Genius*《蘇東坡傳》問世以來幾十年間，*The Gay Genius* 成為西方唯一本介紹蘇東坡的書。即使是近來有一、二位美國漢學家曾經發表過類似的研究論文著作，林先生的這本書還是受到極大矚目。」[32]給予林語堂高

[29]唐弢指出：「不過，林先生的《蘇東坡傳》是好的，是後期作為紳士鬼林語堂較有成就的作品，除了中間夾雜了一些反覆出現、令人生厭的老婦人反共嘮叨和囈語外，全書對蘇東坡本事和詩文經過一番研究，分析探索，運用得較為恰當和靈活；既維護了傳記務必真實的要求，也體現了林語堂個人曉暢通達、指揮如意的行文風格。」此一正面評價，由唐弢說出，自然打開多年在中國大陸林語堂研究的禁忌。參見唐弢，〈林語堂論〉，《林語堂評說七十年》，頁 267～268。

[30]王兆勝，《林語堂大傳》（北京：作家出版社，2006 年），頁 279。

[31]余英時，〈試論林語堂的海外著述〉，《歷史人物與文化危機》（臺北：東大圖書公司，1995 年 9 月），頁 125～138。

[32]顧彬將蘇東坡與歌德相較，認為兩人蘇東坡是中國的歌德（1749～1832），擁有多方面創作才能。他和歌德一樣使用各種文體書寫，在詩、詞、歌、賦各方面無一不精通。他是個佛教徒，悲天憫人的道德家，是偉大的畫家、書法家，熱愛美食的生活家，極富空靈與清雅的哲學家與美學家。最重要的，他和歌德一樣是具有創新力的思想家。參見顧彬，〈如何閱讀中英文版的《東坡詩文選》〉，《東坡詩文選》（臺北：正中書局，2008 年 11 月），頁 12～15。

度肯定。

林語堂的《蘇東坡傳》也承繼了中國史傳合一的傳統，既講述歷史客觀的事實，也同時採用語言、細節、心理描寫等各種手法對歷史人物進行個性化的塑造，並將作者的主觀情感熔鑄其中，因而表現出鮮明的「文學性」。出版後引發正反兩派的討論，反對派批評此書的寫作，有違現代傳記的客觀要求，在敘事中，夾雜了很多的情緒性批評，特別是對王安石的描述與批評，有違傳記書寫的規範。許銘全則為林語堂辯護，指出《蘇東坡傳》精采處在於林語堂刻意放大了蘇軾貶謫流放歲月的書寫，營造作品的張力，而人物的塑造以小說筆法來處理，評述與描寫又流露出林語堂個人的散文特色與風格，以議論的渲染力而感動讀者，讀者往往會為其雄辯所說服。最重要的是，林語堂偏重於描寫蘇東坡的對人之情與對物之情，也多能密合蘇東坡的詩文情感，自然把東坡可愛的特質描寫得特別突出，形象鮮明而令人喜愛，甚而敬佩。許銘全特別強調：

> 現代對於傳記文學所持的觀點，甚至對於歷史所賦予的意義為何？歷史是一種重述，重述就有可能加油添醋，有些學者甚至認為歷史是可以被建構的。……歷史也有虛構的成分，和傳記文學相比，可能只是虛構程度多少的問題。從這個觀點出發，我們可以更寬廣地看待林語堂先生的《蘇東坡傳》，雖然它帶有立傳者個人主觀偏好的色彩。[33]

顯然林語堂的《蘇東坡傳》體現了一個快樂的、閒適的、豁達的蘇東坡，或許與中國歷史上真實的蘇東坡有諸多的出入，但作為對中國古代文化的一種想像，林語堂無非希望通過重寫歷史語境下的蘇東坡，重建中國文化中：中庸、閒適、幽默、堅忍以及在悲劇底色中尋找詩化的人生意義等哲學觀，以面對現代工業社會的疏離與冷漠。

---

[33]許銘全，〈談《蘇東坡傳》〉，《閒情悠悠——林語堂的心靈世界》，頁 161～177。

林語堂在散文與紀實文學上的努力，錢穆給予相當周全的評論：「語堂在國內，編行《論語》、《人間世》、《宇宙風》諸雜誌，固是他內心生活之一面。待他寄居美國，發表他吾土吾民等一系列的成名新著，那又是他內心生活之另一面。在國外受教育，又在國外長期居留，以他外國語文之高深修養，不返國憑崇洋為炫耀，而卻在國外宣揚祖國。只此一端，可謂為人所不為，堪當中國傳統觀念中一豪傑之稱。迄今外國人，不論美、歐，乃及其他地區，多有對中國另眼相看的。他們約略知道，在此世界，有此中國和中國人之存在，語堂長期在美的這一系列成名新著，總不得謂其無影響。」[34]也充分彰顯了林語堂在推廣中西文化交流上的功績。

肆、林語堂小說評論綜述

林語堂對自己的創作中，最看重的還是小說，他在《八十自敘》中夫子自道：「我的雄心是要我寫的小說都可以傳世。……有七本小說，尤其是那三部曲：《京華煙雲》（*Moment in Peking*），《風聲鶴唳》（*A Leaf in the Storm*），《朱門》（*Vermilion Gate*）。」其餘如《唐人街》（*Chinatown Family*）、《遠景》（*Looking Beyond*）（又名《奇島》）、《紅牡丹》（*The Red Peony*）與《賴柏英》（*Juniper Loa*），均次第翻譯為中文，近來也越來越受到研究者重視。

1938 年林語堂寫完《孔子的智慧》，本來打算著手翻譯《紅樓夢》，頗感困難，生起借鑑《紅樓夢》的寫法，自己創作一部長篇小說，反映中國的現實生活[35]，於是著手書寫《京華煙雲》。1939 年出版，1940 年 1 月 7 日，登上紐約時報暢銷書排行榜「文學類」的第一名。可惜二戰戰火熾熱，2 月開始，紐約時報停止暢銷書排行版的排行，無法知道本書的暢銷程度。但從系列廣告考察，此書出版後不到一個月，銷售了二十萬部，是

[34]錢穆，〈懷念老友林語堂先生〉，《聯合報・副刊》，1976 年 5 月 8 日。
[35]施建偉，《幽默大師——林語堂傳》（臺北：業強出版社，1994 年 5 月）。

無庸置疑的。[36]林語堂相當重視此書的翻譯，曾央求郁達夫翻譯，可惜郁達夫英年早逝，未能完成，其後的翻譯版本都不得林語堂的認同。張振玉的翻譯直到 1977 年出版，獲得文壇一致好評，張譯本 1988 年出第二版，還自擬回目，如「曾大人途中救命／姚小姐絕處逢生」等，更添章回小說的本色，是目前海峽兩岸多家出版社採納的版本。

如果說《吾國與吾民》、《生活的藝術》是林語堂用散文隨筆的形式介紹中國文化，而《京華煙雲》則用小說敘事的形式介紹中國文化，雖是間接的，但用這種形式介紹透過角色和故事，能使讀者對歷史過程如歷其境，如見其人，更生動更形象，更能影響世道人心。[37]林語堂在小說講述了北平曾、姚、牛三大家族從 1901 年義和團運動到抗日戰爭 30 多年的悲歡離合和恩怨情仇，並在其中安插了袁世凱篡國、張勳復辟、直奉大戰、軍閥割據、五四運動、三一八慘案，語絲派與現代評論派筆戰，青年左傾、二戰爆發等歷史事件，全景式展現了現代中國社會風雲變幻的歷史風貌。

《京華煙雲》的評價不一，惡之者多指責其上、中卷明顯模仿《紅樓夢》，角色不真實，太著力於介紹中國的習俗，人物也太常說教，比較接近一本「形象化通俗化的文化史著作」。[38]愛之者則也多從文化保存的角度讚揚，認為林語堂能將自己中西融合的思想，特別是道家哲學融入小說創作之中，並借助「道家女兒」姚木蘭和「現代莊子」姚思安的形象展露出來。[39]漢學家馬悅然與宋偉杰則盛讚，林語堂在《京華煙雲》中保留了北京的建築、人文與生活的風貌[40]，凝練出一個不受時間與歷史侵蝕的北京城形

[36]合山究撰；楊秋明譯，〈文學大師林語堂在美國的奮鬥紀要〉，《中央圖書館臺灣分館館刊》第 1 卷第 1 期（1994 年 9 月），頁 74～94。

[37]沈藝虹，〈《京華煙雲》的傳播分析〉，《東南傳播》第 63 期（2009 年），頁 113～115。

[38]唐弢對《京華煙雲》有毫不留情的批評，他指出：「他學《紅樓夢》，學得很認真，但這一學，卻反而讓《紅樓夢》將他的作品比了下來，對照鮮明，更加顯示出《京華煙雲》的虛偽和做作。」參見唐弢，〈林語堂論〉，《林語堂評說七十年》，頁 267。

[39]李慧，〈林語堂真的是一捆矛盾嗎？——由《京華煙雲》看林語堂中庸、和諧的人生觀〉，《南陽師範學院學報》2005 年第 8 期（2005 年 8 月），頁 73～76。

[40]馬悅然，《跨越與前進——從林語堂研究看文化的相融／相涵國際學術研討會論文集》，頁 6。

象。[41]而張婷婷從悲劇意識和死亡情結兩個角度對小說進行解讀，有較為創新的看法，首先她認為《京華煙雲》借鑑了《紅樓夢》的悲劇藝術，展現的悲劇不僅是個人的悲劇，而且是社會和歷史的客觀悲劇，其原因通常是多重和深層的。其次作品中無處不在的「死亡情結」，通過對人物遭遇死亡、面臨死亡和超越死亡三個階段變化的分析，揭示出林語堂獨特的生命哲學，為《京華煙雲》的研究提供了新的視角。[42]

相較於《京華煙雲》深獲研究者的重視，林語堂其他的小說就還有待深入探討。宋偉杰相當致力於從人文地理的角度，詮釋林語堂小說的貢獻，《京華煙雲》保存了北京故事，《朱門》作為西北傳奇：

> 林語堂在構造《朱門》的空間想像時極富野心，這是以西安為中心，輻射到西北大部分地區的地緣政治和空間詩學，其觸及的範圍固然可以從城市街巷到家居空間，從素樸的房屋到富麗堂皇的「大夫邸」，更可以從西安城的總體形象拓展到甘肅（特別是蘭州）與新疆周邊的城市、鄉村、寺廟、魚塘、社區，以及整個 1930 年代動蕩不安的政治社會局勢，《朱門》跌宕起伏、大開大闔的情節安排便是明證。[43]

宋偉杰一掃過去研究者解讀《朱門》時，著重在林語堂對於儒家文化現代化衝擊的糾結，或是男女主角如何實現了林語堂的理想愛情觀，從文化研究的取徑，開展出嶄新的研究視野。

林語堂的《唐人街》作為「移民文學」的先聲，講述了來自中國的一家農民，在唐人街經營洗衣業，通過努力與奮鬥，三代人在美國立足，最

---

[41]宋偉杰，〈既遠且近的目光：林語堂、德齡公主、謝閣蘭的北京敘事〉，《現代中國》（2004 年），頁 81～102。

[42]張婷婷，〈論〈京華煙雲〉中的「死亡情結」〉，《長春教育學院學報》2013 年第 4 期（2013 年），頁 56～57。

[43]宋偉杰，〈古都，朱門，紛繁的困惑——林語堂《朱門》的西安想像〉，《西安：都市想像與文化記憶》（北京：北京大學出版社，2009 年 3 月），頁 272。

終實現了「美國夢」的故事。林語堂畢竟在中國出生，對美華家庭與社區並不熟悉，寫來不但隔閡，也經常用「販賣中國古董」的手法，捏造唐人街神話，劉紹銘就從美華文學發展的角度，點出這部小說的局限。[44]沈慶利甚至質疑，林語堂恐怕沒有和紐約唐人街上的那幫下層移民密切接觸過，通篇小說僅靠著想像虛構出主角的生活，在描寫總有隔了一層的感覺。[45]

1955 年春天林語堂辭去南洋大學校長職位後，隱居法國坎城韜光養晦。這年他推出了奇幻小說《遠景》。故事設定在 21 世紀初，25 歲的美國姑娘芭芭拉・梅瑞克和她的未婚夫保羅飛機迷航，迫降於南太平洋小島泰諾斯，島上的人們歡迎她定居。在烏托邦式的島上，地理環境宛如古希臘，住著一位哲學家勞思，頗有老莊的思想，島上的制度建構文明並非社會主義，也針對資本主義弊端改革，融會了古希臘哲學與東方無為而治的理念。王德威就指出，在飽受資本主義和共產主義的打壓後，林語堂來到新加坡，本有建構他自己的「奇島」的願望，他希望把南大建立成一個知識和情性的烏托邦，一個擺脫歷史紛擾的理想國，用心良苦，不亞於小說中的哲學家勞思。然而南大的一場風暴，迫使他離開新加坡，《遠景》無異見證了他心中的理想世界圖象。[46]而高鴻則進一步指出，《遠景》充分反映了林語堂內心深層的複雜性心理，可以說是自覺「流散」異國的林語堂對現實社會的批判，也開展他希望多元文化下的「烏托邦」的視角，以更為全球化的視角，提供中國本土作家尚未觸及的題材，藉此展現他理想社會的文明歷程。[47]

---

[44]劉紹銘，〈望唐山渺渺——泛論林語堂以來的唐人街〉，《渺渺唐山》（臺北：九歌出版社，1983 年 1 月），頁 50～51。

[45]沈慶利，〈虛幻想像裡的「中西合璧」——論林語堂《唐人街》兼及「移民文學」〉，《山東社會科學》第 81 期（2000 年 10 月），頁 83～86。

[46]王德威，〈歷史、記憶與大學之道：四則薪傳者的故事〉，《臺大中文學報》第 26 期，頁 27～28。

[47]高鴻從後殖民理論的角度指出：「林語堂的《奇島》讓我們看到林語堂在 50 年前的多元文化和『烏托邦』的視角，也讓我們看到作為中國現代作家的林語堂，正是借助自己在西方社會的『流離失所』，才使得自己較早地進入到一個不同於其時的本土社會的新意識形態和社會結構的語境中去，才能較早發現其時中國本土作家還未有可能意識到的全球化問題，應該說，這正是海外華人作家對中國現代文學的一個貢獻。」參見高鴻，〈多元文化與「烏托邦」——林語堂《奇島》所顯示的「流散」意義〉，《世界華文文學研究：理論與實踐——國際學術研討會論文集》（香

伍、結語

林語堂在《蘇東坡傳》中寫下一段精采的評論：「文學上不朽的聲名要靠作品給讀者的樂趣而定，誰能說讀者要怎麼樣才能滿意呢？文學和一般寫作不同的地方就是它有取悅心靈的音律、感官和風格的魅力。名作能取悅千秋萬世的讀者，超越一時的文風而留傳下去，必定是基於一種所謂『真誠』的特質，就像真寶石能通過一切考驗。」在林語堂的名聲幾經跌宕起伏，在他眾多作品獲得正反不同評價後，重新審視他依舊受到評論家或讀者重視的作品，應當都切合著他的本色，映照出他的真誠。

如同馬悅然的觀察，過去林語堂著作對西方人之了解中國文化，有著深遠的影響，影響力遠大過於在中國大陸的文學環境，隨著中國大陸的改革開放、都市化、商業化與世俗化以後，民國文化重新進入中國的文化圈，林語堂與梁實秋再度受到歡迎，實在和政治革命中把中國高雅閒適的生活方式去除，不無關係。[48]龔鵬程進一步分析：

> 像林語堂這樣的心靈狀態，在世紀末反而越來越受重視，除了文革以後，大陸「撥亂反正」，重新出土舊文物舊人物，有「折戟沉沙鐵未銷，試將磨洗認前朝」之意味以外，可能也是因中國在反省現代性之際，林語堂所顯示的生活態度和超越精神，反而可以令人別有感會吧。[49]

回首他在 1930 年代時就推崇梭羅、陶淵明與蘇軾，讓西方人在緊張的工業文明中，得以重新省思「文明病」的痛苦，以閒適、幽默與中庸的心態，重新找回生活的目的與意義。如今當華人世界也開始步入真正的工業文明時代，在中國大陸、香港與臺灣重新閱讀與研究林語堂的心靈世界，

港：中國文化出版社，2007 年 8 月），頁 294～300。

[48]馬悅然，《跨越與前進——從林語堂研究看文化的相融／相涵國際學術研討會論文集》，頁 3。

[49]龔鵬程，〈林語堂的心靈世界〉，《閒情悠悠——林語堂的心靈世界》，頁 52。

正是饒富意義的時刻。

林語堂的研究有待開展，主要的限制在於他的重要創作多用英文書寫，缺乏良好的翻譯與註解，自然遮蔽了原著在華文文學研究上可能有的高度，相信未來重新翻譯、註釋與出版林語堂著作，絕對是建構林語堂研究的重要起步。本書中，應鳳凰、施萍與沈慶利能從比較文學的角度切入，也提供了未來有志於從中西小說理論比較上，更多值得探討的問題，無論是林語堂以西方小說手法改寫中國古典文本，以西方隨筆形式書寫小品文，導入紀實文學形式介紹中國文化、歷史人物等，相信都需對照不同語文版本，方能克盡全功。至於從文化研究的角度，林語堂作品出版、翻譯、評論、影劇改編等文學傳播，或是如西方漢學界從悲喜劇、女性議題、恨、人文地理學等角度，未來如能從建築、生態、飲食乃至永續等觀念，次第再開展新世紀的林語堂文學研究，相信也會有所斬獲。

林語堂的身影呈現了臺灣文學複雜的面貌，作家使用多重語言書寫，作家遷移流動於多個國家，作家在傳統與現代徘徊等，而他在散文文體開發、小說創作與傳記寫作上的成就，有著難以超越的跨國影響力，其經典意義，不容忽視。相信誠如哈洛・卜倫（Harold Bloom）所說，所謂正典（Canon）是一種文學的「憶術」（Art of Memory），正典意謂著那些被文學歷史「記住」的作品，當然，有時原本被遺忘的作品，會在另一個時代重被憶起。林語堂正是一位值得研究者與讀者從多角度評價，透過研究與評論不斷挑戰、重構、反省，應當是臺灣文壇向林語堂致敬的最佳「正典憶術」！

輯四◎

重要評論文章選刊

懷念老友林語堂先生

◎錢穆*

語堂和我，同生在民前 17 年光緒乙未，西曆 1895 年，同是前一世紀的人，只我生日比語堂早了一百天左右。我此文特稱語堂為老友，卻不指我們有著很久的交情，只是說我們過了七十始成交，真是一老年朋友。

語堂早在三十歲前後，名滿海內，舉國皆知。尤其是他編行的《論語》、《人間世》、《宇宙風》諸雜誌，乃當時新文化運動中異軍特起之一支，更使他名字喧動。幽默大師的稱號，亦由此成立。我那時在小學、中學教書，只在報章雜誌上認識了語堂。直到民國 19 年我去北平教書，而語堂那時已離開了北平，我和他仍沒有見面認識的機會。

我們初次相識，乃在抗戰時期，語堂由美國返後方，從重慶來成都，在華西後壩張岳軍邀宴席上。那是我們 48 歲的一年。那一晚只是匆匆一面，此後語堂仍去美國。約在十年後，語堂應新加坡南洋大學校長之聘，忽來一信，邀我去南大主持研究院職務。此書情辭斐亹，引蘇東坡語，執禮甚謙。大意是相慕已久，此後可望長期領教。我那時在香港，因離不開新亞，去函婉辭，仍未有繼續相見之機會。只語堂那一書，使我常留記憶中，惜書已丟棄，至今未能具體引述其書中之辭句。

待我七十後，離開新亞，忽得王貫之電話，說語堂來了香港，貫之係語堂小同鄉，前去訪謁，語堂談及有意和我見面，由貫之邀集，在其人生雜誌社的小樓上午餐，語堂夫婦、我夫婦及貫之夫婦共六人。餐後去附近

---

*錢穆（1895～1990），江蘇無錫人。中國現代歷史學家。發表文章時為中國文化書院（今中國文化大學史學研究所）教授。

宋王臺公園攝影閒談，直過四時始別，那纔可稱是我和語堂親切見面之第一次。

越數日，貫之又來電話，說語堂欲來沙田我寓處，但因我寓在山坡上，須爬兩百石級，語堂腰腳力不勝，約我在山下海邊一遊艇上聚餐。同席仍是貫之夫婦和我們兩家夫婦並語堂之二小姐太乙及其夫婿黎明，共八人。此兩次見面，乃是我和語堂正式訂交之開始。

此後語堂定居臺北，我夫婦去臺北，親到他陽明山住處，即在此後新居的斜對面去訪候。留同晚餐，久坐始別。語堂告我，頃方仔細讀我的《中國近三百年學術史》。又稱此下當開始從事中文著述。他夫人又領我們去參看語堂的書房。她說：晚間十時過，她即獨自上床，語堂一人留書房伏案閱讀和寫作，不過十二時不睡，常達翌晨一時、兩時。我深自慚，我常在夜間十一時就寢，熬夜工夫，遠不能和語堂相比。

隔一年，我們夫婦亦遷居來臺，和語堂見面機會更多。又一年，我們定居外雙溪，和語堂陽明山新居更近，見面機會也更多。但開始，我急於完成我的《朱子新學案》，後來則語堂又忙他漢英辭典的編輯，從容長談的機會實不多。我總覺得近在咫尺，晤聚甚易，不以為意。不料語堂夫婦最後幾年，常往返臺港間，而且留港期長，返臺期促，偶獲見面，而他的體況，已逐漸衰退。乃竟於今年長逝。總計我們在臺晤聚，實也不過四、五年時間。在此八十餘年中，過七十始成交，實際上，前後也不能到十分之一的八年的來往，人生如此，殊堪悼念。

在我記憶中，三十多年前，在成都張宅那晚和語堂初次見面，卻有一影像，深留腦際，歷久尚新。那時有幾人，離開坐位，圍立室中央閒談。語堂兩指夾一菸捲，一面抽菸，一面談話，興致甚濃。那菸捲積灰漸長，而語堂談話不停。手邊及近旁，沒有菸灰缸。我擔心那菸灰墮落，有損主人地上那美好的地毯，但語堂似乎漫不在意。直到那菸灰已長及全菸捲十分七的程度，卻依然像一全菸捲，安安停停地留在語堂的兩指間。我此刻已記憶不清，語堂最後如何交代他兩指間那一條長長的菸灰。

二十年後再見面，語堂常抽菸斗，偶而也吸一支香菸，便引起我的回憶。我和語堂相交久了，纔從那一條長長的菸灰，了解到語堂之為人和其操心。似乎在任何場合，語堂總是我行我素，有他那一套。但那一套，實只是語堂之外相。至於語堂之內心，似乎還另有別一套。在任何場合中不忘抽菸，那只是語堂外面的一套。那菸灰長留不落，卻不是漫不經心的。在語堂的內心，實仍有他那一條長長的菸灰之存在。別人沒有和語堂深交，只見他外面一套，認為語堂是放浪形骸，縱恣不羈的。常聯想到他幽默大師的一稱號，認為語堂之幽默處正在此。但語堂另有他內心之拘謹不放鬆處，那長長的一條菸灰之終於不落地，正是一好證明。語堂之幽默，在我認為，尚不專在其儘抽菸捲之一面，乃更有其菸灰不落之一面。

方語堂在國內，編行《論語》、《人間世》、《宇宙風》諸雜誌，固是他內心生活之一面。待他寄居美國，發表他吾土吾民等一系列的成名新著，那又是他內心生活之另一面。在國外受教育，又在國外長期居留，以他外國語文之高深修養，不返國憑崇洋為炫耀，而卻在國外宣揚祖國。只此一端，可謂為人所不為，堪當中國傳統觀念中一豪傑之稱。迄今外國人，不論美、歐，乃及其他地區，多有對中國另眼相看的。他們約略知道，在此世界，有此中國和中國人之存在，語堂長期在美的這一系列成名新著，總不得謂其無影響。而且在國外為中國和中國人留此影響的，除語堂一人外，縱不能說其絕無，而語堂一人，也幾可說近似於僅有了。語堂這一勾當，也可說幽了天下之大默。

語堂旅居美國，逾三十年，功成名就，儘可作一寓公以終老，乃語堂決心歸國定居。在他歸國後，據我親眼目睹，總覺他的日常生活，言談舉止，洋氣少，士氣多。儼然不失為一中國傳統的書生。如我般孤陋寡聞，僅識ABC，絕不能讀他在美成名的一系列新著的人，居然也被引進了他交游之末座。我嘗巡視他新居，書房內，書房外，滿室滿廊，緗縹如山，盈箱插架，盡是中國古籍。但語堂似乎忘了他自己已是七十以外的老人，擁此書城，尚嫌不足，還時時向我問這書，問那書，問何處有買，屢問不已。回憶我在大陸所交，亦尚是海外留學生占多數，那時知怡情中國古籍的亦尚不少。及此二十多年，乘桴臺港間，往日舊交，多已邈若雲漢，死生隔闊。不意老年又得此一友。乃朝夕寢饋於斯。而天不憖遺。昔人經黃公酒罏而興悲。我今重往語堂書室，又豈止如黃公酒罏而已乎？而且語堂往年，在國內編行《論語》、《人間世》、《宇宙風》，一紙風靡。垂老回國，一變往態，轉而從莊周蘇東坡，進而提倡孟子，惜已不易如他往年《子見南子》之類之獲得當前國人之共鳴。抑且語堂之身後追思海外或尤深於海內。而語堂晚年在海內國人之心中實亦尚奠定於其海外之聲名。語堂講究生活的藝術，彼生活中之此一轉變與其分別，實亦語堂生活藝術中一幽默也。

語堂生在虔誠的耶教家庭中，但在其肆業上海聖約翰大學之神學院時，以對神學無興趣，即放棄其信仰。後來旅居美國，又曾一度信仰，後又放棄。有一年，我旅遊美國，遇一美國老太太，亦一虔誠信徒。彼問我，林語堂信耶穌，何以忽又放棄。在彼意，凡屬中國學人，必應認識林語堂。承彼亦認我為一中國學人，自必與語堂相識。語堂中途放棄對耶穌之信仰，在彼認為乃一世間莫大事件，渴望我對彼所問，有一解答。其意態之誠摯，溢於言外。但我當時，實與語堂僅有一面之緣。若據實以告，彼必甚感意外，我又不能親操英語，必賴譯人傳達，竊恐語不達意，在大庭廣眾間，似不宜率直以對。我因告彼，林語堂雖係一文學家，但中國文學家，必重一番內心修養。林語堂對信仰耶穌之前後轉變，必有他一番內心曲折，在他自己未有明白表達以前，他人無法代為措辭。那老太太終於頷首稱是。自我和語堂相交，始終沒有談到宗教一項。後來語堂又重進教堂聽禮拜，並常聞牧師講道而流涕。臨終又告其家人，弔祭須從耶教儀式。此事我到他死後始知。聞彼有一書，不久將出版，說明其對耶教信仰先後內心之轉變。我私念我往年告那美國老太太的一番話，幸而沒有錯。語堂為人之直前直往，而在其內心深處，實自有一條貫，亦據此可知。那未吸完的一段菸捲，和其變為灰燼之一段，依然同在他兩指間，依然仍保留其同一菸捲之舊式樣。語堂內心，有其放達處，但亦有其拘謹處。果人生以百年為期，語堂已經歷了其十分之八。尚留一段菸捲未抽完，其抽過的一段，固亦成為灰燼，卻尚在其內心，完整地保留著，不散不落。此是語堂生活的藝術，亦是語堂人生的幽默。我老年幸獲與語堂交游，所認識於語堂，迄今所懷念，而堪以告人者，亦僅此而已。

生為一中國人，生而為一近百年來之中國人。世變倉皇，前途渺茫，究不知將何所届止。語堂已矣，但與語堂生值同世之人，回念前塵，豈不一切亦已全成了灰燼。果能仍保此灰燼，不散不落，仍成一菸捲樣夾持在兩指間者，語堂以外，又復幾人。我常想語堂生平，菸捲在手能儘抽，抽後成灰能儘留。較之僅知抽菸，不顧菸灰落地，地毯遭殃者要自有別。今日吾國人，乃盡輾轉在菸灰屑中，灰屑滿地滿室，而兩指間卻成無菸可抽，此誠生活藝之謂何，人生幽默之何在乎。懷念老友，曷勝悵然。

起稿於懷恩堂追思禮拜之清晨，定稿於語堂靈柩下窆陽明山故居之下午，時為民國 65 年之 4 月 1 日。

——民國 65 年 5 月 8 日《聯合報・副刊》

——選自聯副三十年文學大系編輯委員會編《人間壯遊》
臺北：聯經出版公司，1981 年 10 月

林語堂論

◎唐弢*

1935 年 1 月 1 日出版的《文學》第 4 卷第 1 號，發表了胡風先生的〈林語堂論〉，開卷第一篇，大字標題，十分醒目，文學青年競相告語，議論紛紛，導致這一事實不無原因。在號稱「雜誌年」的 1934 年，林語堂先生繼提倡幽默的《論語》之後，又創辦了「以自我為中心，以閒適為格調」的小品文刊物《人間世》，同時還讚揚語錄體，大捧袁中郎，所編《開明英語讀本》又成為暢銷書。從林先生那邊說，可謂聲勢煊赫，名重一時，達到了光輝燦爛的人生的頂點。然而物極必反。也就在那一年，因《人間世》創刊號發表周作人的〈五十自壽詩〉，受到各方面責難，廖沫沙以「埜容」筆名寫了〈人間何世？〉，胡風也發表了〈過去的幽靈〉，對當年為愛羅先珂同名講演做過翻譯的周作人（據查為愛羅先珂講演「過去的幽靈」做翻譯的是耿勉之。另外兩次「公用語之必要」、「春天與其力量」則由周作人翻譯。此處或係胡風誤記）不無微詞，並引愛羅先珂講詞中說的：「在你們裡面還住著不少『過去的幽靈』，時時會跑了出來，鼓動你們照他們的意思做事。」向當時標點晚明小品的林語堂、周作人提出針砭。作為答覆，林語堂連續寫了〈論以白眼看蒼蠅之輩〉、〈周作人詩讀法〉、〈方巾氣研究〉……等文，尤其是後一篇，洋洋灑灑，連登三天，中間又夾著郭明、謝雲翼、章克標等與林語堂的往返信件。餘波迭起，熱鬧非凡。半年後公布了胡風的〈林語堂論〉，很容易被認作是總結性的文章，其受到文學青年的注意，當然是不言而喻的了。

*唐弢（1913～1992），浙江寧波人。中國文學理論家、魯迅研究家與藏書家。發表文章時為中國社會科學院研究生院教授。

胡風先生的〈林語堂論〉有個副題：對於他的發展的一個眺望。說明在作者眼裡，林語堂的思想是前後變化的。我以為這一點非常確鑿而且重要，如何看待和分析其變化，是透視林語堂這個人物、對他的思想做出準確判斷的關鍵。很多人有雙重人格，周作人在〈兩個鬼〉裡說得更為有趣，他說：「在我們的心頭住著 Du Daimone，可以說是兩個——鬼。……其一是紳士鬼，其二是流氓鬼。」紳士鬼和流氓鬼萃於一身，用來概括林語堂先生的為人，也許再沒有比這個更恰當的了。

不過我說的流氓，並不是指那種在馬路上敲竹槓、打群架的小流氓，而是愛抱不平、多少有點江湖義俠意氣的人。具體地說，就是《語絲》時期，林先生諷名流，斥文妖，反對「閉門讀書」，比章士釗於李彥青，揭穿丁在君說的「中國弄到這般田地完全是知識階級的責任」，乃是迎合官僚與軍閥的「高調」。蔑視世道，破口便罵，真可謂「流氣」十足。那時候的林先生如初生之犢，無所懼憚，實在有點可愛。他被人目為土匪（和流氓差不多），自信「生於草莽，死於草莽」，名其所著為《翦拂集》，老老實實地「以土匪自居」了。不過，變化也來得真快。「生於草莽」是實，「死於草莽」呢，可還得打個疑問號。

我說變化來得真快，因為兩年之後，當 1928 年林語堂為《翦拂集》作序，今昔對比，雖仍有「益發看見我自己目前的麻木與頑硬」之歎，但同時又說：「時代既無所用於激烈思想，激烈思想亦將隨而消滅。」感慨之餘，落得了一點「太平人的寂寞與悲哀」。我以為這個「太平人的寂寞與悲哀」是值得深思的。儘管我們期待流氓鬼的林語堂甚於紳士鬼的林語堂，而紳士鬼的林語堂卻很快在母胎裡萌動，證明了它的存在。幸而從流氓鬼到紳士鬼的轉換過程歷時較長，中間有許多矛盾，也就是說，即使舉著菸斗，擺出一副紳士架勢的林語堂，也還寫了一些流氓式的或者土匪式的好文章，值得一讀。

我就是在這個前後交錯的時期認識林先生的。他要魯迅先生約我為《人間世》寫稿，還在憶定盤路（今江蘇路）他的寓所叨擾了一頓晚餐，聽他講西洋掌故，民間風俗，說得津津有味。魯迅先生也在座，他們上下古今，無所不談，談得很隨便，似乎也很投機。我那時已讀過他的《翦拂集》，讀過他發表在《奔流》上的劇本《子見南子》，雖然也覺得語堂先生筆下的孔夫子有時略欠穩重，有時又有點呆頭呆腦。但不管怎樣，總比一般人口頭的孔夫子要更像活人一些，更近人情一些。至於他極口稱道的那張卡吞〈讀《論語》的姿勢〉，卻引不起我的興趣：我無法將林記《論語》和孔記《論語》聯繫起來，從而產生哪怕是一點點的幽默的感覺。不過我以為那篇〈思孔子〉的隨筆是好的，簡直像《翦拂集》裡的文章一樣好。總之，林語堂先生崇尚自然，提倡本色。我有一個印象：凡是根據這個主張寫出來的他的文章、大致不錯；不幸林先生重違本意，自己動起筆來反而偏愛做作，有意賣弄，尤其是幾篇罵左派的文章，好比一個女子化妝時塗上了太多的脂粉，裝腔作勢，搔首弄姿，一味扭扭怩怩，讀來令人作嘔。

我贊成本色美，也喜歡富有本色的作品，《翦拂集》中文章不僅持論公正，而且行文流暢生動，親切活潑，深得英國隨筆式散文（Familiar Essay）娓娓而談、揮灑自如的氣韻，並有林語堂的個人性格特徵。其中如〈說土匪〉、〈詠名流〉、〈論語絲文體〉、〈悼劉和珍楊德群女士〉、〈討狗檄文〉、〈泛論赤化與喪家之狗〉等篇，莫不上下開合，生氣勃勃，符合於文明批評和社會批評的要求。魯迅舉早期散文，獨重林語堂者以此。當時以這種文體見長的，除林語堂外，還有一個梁遇春。我不知道兩人是否相識，有什麼因緣。但林語堂編「現代讀書叢書」，第一本是他自己譯的丹麥勃蘭克斯（G. Brandes）的《易卜生評傳及其情書》，第二本便是梁遇春譯的英國狄金遜（G. L. Dickinson）的《近代論壇》，記錄一批文人——科學家、詩人、教授、新聞記者和下野政客們在「探尋者」俱樂部裡的高談闊論——他們中間有保守黨，也有社會主義者。從《易卡生評傳及其情書》到《近代論壇》，兩人旨趣所及，可見一斑。其實林語堂先生也有資格加入「探尋者」俱樂部，以他的談吐，同社會主義者和無政府主義者辯論起來，絕不比英國保守黨勳爵們遜色。我在上海的時候，常聽魯迅先生開玩笑說：「語堂總是尖頭把戲的！」「尖頭把戲」原係貶詞，但聽魯迅口氣，卻不像是壞話。上海人音譯紳士（Gentleman）為「尖頭鰻」，這個「尖頭把戲」也許就從「尖頭鰻」衍化而來，可見他早就有紳士氣了。真的，如果流氓鬼的林語堂而沒有紳士氣，反過來，或者紳士鬼的林語堂而沒有流氓氣，那就不成其為林語堂了。林語堂本來是一個流氓鬼和紳士鬼的混合體。不過前期的林語堂流氓鬼多一點，後期的林語堂紳士鬼多一點而已。

正因為這樣，林先生罵東吉祥胡同的「正人君子」，我絲毫不覺得奇怪；回過來又罵上海灘上的左派青年，我也絲毫不覺得奇怪。這並不是說林語堂先生左右開弓，已經深得中庸之道，雖然這位 20 世紀的孔子之徒非常喜歡以中庸主義自命。我覺得從林語堂身上找不出一點中庸主義的東西。他有正義感，比一切文人更強烈的正義感；他敢於公開稱頌孫夫人宋慶齡，敢於加入民權保障同盟，敢於到法西斯德國駐滬領事館提抗議書，敢於讓《論語》出「蕭伯納專號」，敢於寫〈中國何以沒有民治〉、〈等因抵抗歌〉……等文章，難道這是中庸主義嗎？當然不是。但他同時又十分頑固，和他同鄉前輩辜鴻銘一樣冥頑不化；明知沒有的事，卻要批評什麼「馬克思生理學家」、「馬克思列寧自然科學」，甚至揑造說：「再如大馬路的西風，由靜安寺吹來，便是帝國主義風，由閘北貧民窟吹來的北風，便是馬克思風，可以受之無愧。」（〈馬克思風〉，本書未收）他的〈今文八弊〉、〈清算月亮〉和〈母豬渡河〉，同樣是無中生有、深文周納的篇什。難道這也是中庸之道嗎？當然不是。而他竟以此沾沾自喜。我從心底裡覺得：林語堂先生是天真的，雖然偏頗，只要不是存心揑造，有時倒比中庸主義坦率，能夠說出更多一點真實來。

而且在他著作中，即使是後期，例如描寫中國國民性的《吾國與吾民》，自稱為「抒情哲學」的《生活的藝術》，其中某些章節，還是很有見地，寫得不錯的。我能夠理解為什麼許多外國人提到中國時知道有個林語堂，這不僅僅因為他用英語寫作，寫了幾十本之多，更重要的是：林語堂實在太適合於某些中產階級以上的西方讀者的胃口了。我們不能簡單地說林語堂是一個資產階級作家，雖然後期林語堂身上紳士鬼已經占了主要地位。我完全贊同魯迅先生的分析，魯迅說：「即便是林語堂，也不能劃歸為資產階級作家，他更多地是屬於舊式經院派的文學傳統，而不是現代資產階級的觀念，前者產生於封建主義的背景之下，而後者實際上是他冷嘲熱諷的對象。」(〈與斯諾談話〉) 對於林語堂來說，尤其是前期，這個分析真可謂一針見血，入木三分，我說，魯迅畢竟是林語堂的知己呵。

林語堂先生有兩句名言，叫做：「兩腳踏東西文化，一心評宇宙文章。」又說他自己的長處是：「對外國人講中國文化，而對中國人講外國文化。」前一句話是宗旨，後一句話是實踐。我有幸聽過林語堂先生講外國文化：從中世紀出征的騎士發現貞操鎖談起，直到賽珍珠女士譯《水滸傳》裡的「大蟲」為 Great Worm 止，不拘形式，隨意而談，倒也頗有意思。我常常將林語堂與胡適作比，因為他們都是「兩腳踏東西文化」，又都是「對外國人講中國文化，對中國人講外國文化」的人。從靜觀默察中，我發現一些事實，證明他們兩人很不相同；而這些事實，又進一步證明了魯迅對林語堂的分析和判斷的正確。

先說學習西洋，對中國人講外國文化。他們兩人都接受美國教育，願意為美國效勞。胡適的態度是明確的，他崇拜「摩托車文明」，認為美國什麼都好，都值得學習。林語堂卻有許多保留。他比較喜歡英國而不喜歡美國。蕭伯納不肯遊美，紐約慶祝他戲劇演出成功，五百位名人聯合邀請，他還是拒絕不去，並且說：「好的美國人都跑到英國找我，我為什麼還要到美國去呢？」蕭伯納訪中國先抵上海，林語堂去迎接他，對此津津樂道；胡適在北平號召新聞記者不要接待蕭伯納，兩種態度形成了鮮明的對照。林語堂《八十自敘》裡回憶在北京的情形說：「北京大學的教授出了好幾份評論：包括胡適集團的《現代評論》，周作人、周樹人（即魯迅）、錢玄同、劉半農和郁達夫等人的《語絲》。胡適集團有徐志摩、陳源、蔣廷黻、周鯁生和陶孟和等人。說也奇怪，我不屬於胡適集團，倒參加《語絲》雜誌。」看，連林語堂自己也覺得「奇怪」。可見他說的「學習西洋」比較籠統，包涵很廣；至於現代資產階級觀念，恰如魯迅所說，「實際上正是他冷嘲熱諷的對象」，這一點在《語絲》時期最為明顯，後來他辦《論語》，提倡幽默，多少還保持這個特色，不過紳士氣逐漸加重，矛頭已經由向上轉為平視。的確，在他身上更多的是屬於舊的封建的東西，他還不是純粹的資產階級作家。我認為事實只能有這樣的解釋。

再說介紹中國，對外國人講中國文化。這一點，胡適和林語堂都做過一些工作。他們都談孔子，談儒家思想影響下中國的風土人情；林語堂兼談老莊哲學，胡適則偏重禪宗佛理（林語堂在《蘇東坡傳》裡也大談佛家的瑜珈功夫，但作為長生之道，很快便和道家的煉丹術結合起來。想想這一點很是有趣）；林語堂介紹了文學家蘇東坡、曹雪芹，胡適則介紹了歷史學家戴東原、全祖望；林語堂有《生活的藝術》，胡適則有《中國之文藝復興》，……等等。但他們兩個又各有特點：胡適始終以為自己是客觀的，用實驗主義的科學方法在剖釋中國的思想，分析中國的社會文化生活；林語堂沒有這種「以為」，他從自我出發，根據主觀愛好評論一切，他的筆端帶著一點情感，一點人道主義的精神和色彩。但這不是 18 世紀法國資產階級革命時期的人道主義，也不是中國傳統的仁愛思想。他嘴邊掛著的似乎是一種悲天憫人似的說教。他談儒家，談道家，談中國文化，我總覺得隔著一點什麼，好像在原來事物的表面塗上一層釉彩似的。這是什麼釉彩呢？我為此苦苦思索。我的答案使自己吃驚，也使曾經和林語堂先生有過幾度接觸的自己感到痛苦。但我又確信我的答案的正確。

原來林語堂先生也和胡適一樣，是用西方的眼睛來看中國人、看中國文化、看中國的儒家和道家的，但他用的不是一般西洋人的眼睛，而是西洋傳教士的眼睛。這便使他和現代資產階級分開來，多少帶點封建的氣味，縱然懷有同情，卻仍十分隔膜。也許這就是魯迅說的「產生於封建主義的背景之下」，「屬於舊式經院派的文學傳統」的緣由吧。林語堂先生不愧是一個牧師的兒子！

林語堂還用英語寫過七部長篇小說，他自己最滿意的是《京華煙雲》、

《風聲鶴唳》、《朱門》三部曲，尤其是《京華煙雲》。這部小說曾幾次被推薦為諾貝爾文學獎的候選作品，據說國外對它的評價很高。四十五年前我在上海讀過它的節譯，印象模糊，最近又去買了張振玉教授的全譯本來讀，說實在話，我感到非常失望。有人說因為譯筆不好，我覺得不是譯筆問題，譯筆再好，也無法將缺陷填補起來。描寫風土人情，固然差強人意；但小說幾乎全部是《紅樓夢》的模仿和套制。人物是不真實的，不是來自生活，而是林先生個人的概念的演繹，因此沒有一個人物有血有肉，能夠在故事裡真正站立起來。林語堂先生在這裡又違背了自己的文學主張，借人物的嘴為哲學觀點說教，賣弄才華，自作多情，離本色美愈遠。他學《紅樓夢》，學得很認真，但這一學，卻反而讓《紅樓夢》將他的作品比了下來，對照鮮明，更加顯示出《京華煙雲》的虛偽和做作。

不過，林先生的《蘇東坡傳》是好的，是後期作為紳士鬼林語堂較有成就的作品，除了中間夾雜了一些反覆出現、令人生厭的老婦人反共嘮叨和囈語外，全書對蘇東坡本事和詩文經過一番研究，分析探索，運用得較為恰當和靈活；既維護了傳記務必真實的要求，也體現了林語堂個人曉暢通達、指揮如意的行文風格。他的《八十自敘》對一生所寫作品進行總結，在〈盤存〉一章裡，說自己「寫過幾本好書」，而將《蘇東坡傳》放在榜首，看來也頗有一點自知之明吧。

作為流氓鬼的前期林語堂是戰鬥的，但骨子裡已經隱伏著紳士氣，所以他主張「費厄潑賴」（Fair Play）；而當他成為紳士鬼的後期，骨子裡也仍然伏有一點流氓氣，這是我們論述林語堂時不能不注意的地方，也是林語堂先生賴以維持自己風格，使之貫串前後的一點個人的特色。

——選自子通編《林語堂評說七十年》

北京：中國華僑出版社，2003 年 1 月

林語堂的心靈世界

◎龔鵬程*

一

林語堂是中國現代文學史上「最不容易寫的一章」。林語堂辦《論語》時期的夥伴徐訏在〈追思林語堂先生〉一文中曾發出這樣的感慨。

在國際文壇上，林語堂是一位知名度很高的作家和學者，曾被美國文化界列為「20 世紀智慧人物」之一。1975 年，在國際筆會第 40 屆大會上，他當選為總會副會長。他的長篇小說《京華煙雲》曾被提名為諾貝爾文學獎的候選作品。

1989 年 2 月 10 日，美國總統布希對國會兩院聯席會談到他訪問東北的準備工作時，說他讀了林語堂的作品，感到林語堂說的是數十年前中國的情形，但他的話今天對每一個美國人都仍受用。布希的話，說明林語堂至今還多少影響著美國人的「中國觀」。

林語堂享年 81 歲，離開大陸以後的那四十年，才是他創作上的大豐收時期，出版著作三、四十種，有小說、傳記、散文、譯文、論著等，包羅範圍甚廣。每一部作品，通常都有七、八種版本。其中以《生活的藝術》最為暢銷，從 1937 年發行以來，在美國已出到四十版以上，英、法、德、義、丹麥、瑞典、西班牙、葡萄牙、荷蘭等國的版本同樣暢銷，歷經四、五十年而不衰。1983 年仍被西德 Europe Bildungogem 讀書會選為特別推薦

*發表文章時為佛光人文社會學院文學研究所教授，現為世界漢學中心主任、中國非物質文化遺產推廣中心主任。

書。1986 年，巴西、丹麥、義大利都重新出版過。瑞典、德國直到 1987 年和 1988 年仍在再版。

林語堂在大陸的評價則是先衰後榮。自從 1932 年《論語》創刊，造成了「轟的一聲，天下無不幽默和小品……」的局面以後，以魯迅為代表的左翼作家不斷撰文辯駁林語堂及其論語派的文學主張。如胡風即有〈林語堂論〉(作於 1934 年 12 月 11 日，發表於《文學》1935 年新年特大號。) 全文一萬五千字，詳細地分析了林語堂思想和創作的發展變化。但胡風的立意，並不是為了讚賞林語堂在《語絲》時的「戰績」，而主要是批評林語堂在 1930 年代所提倡的「幽默」、「小品」、「性靈」。提及過去，只是為了反對現在。胡風的文章代表了早期左派對林語堂的看法。此外，魯迅的〈從諷刺到幽默〉、〈從幽默到正經〉、〈二丑藝術〉、〈情困法發隱〉、〈論語一年〉、〈小品文的危機〉、〈罵剎與捧剎〉、〈病後雜談〉、〈隱士〉、〈論俗人應避雅人〉、〈招貼即扯〉、〈「題未定」草（一至三）〉、〈逃名〉、〈雜談小品文〉等文，和周木齋的〈小品文雜說〉、聶紺弩的〈我對於小品文的意見〉、洪為法的〈我對於小品文的偏見〉等文，其主要內容也都是批評林語堂及幽默閒適的文學。魯迅雖然從當時的文化鬥爭視角批評林語堂及其論語派，但並不否定作家的林語堂，在答覆斯諾提問「誰是最優秀的雜文作家」時即說：「周作人、林語堂、周樹人（魯迅）、陳獨秀、梁啟超。」[1]

文革以後，撥亂反正，上海書店從 1983 年開始，先後影印出版了《翦拂集》、《大荒集》、《我的話》等散文集，以及《京華煙雲》、《紅牡丹》、《賴柏英》等小說，成為大陸上出版林語堂著作最多的一家。其他出版社也先後零星地出版過一些林語堂的小說、傳記、論著。如《中國人》、《紅牡丹》、《風聲鶴唳》、《賴柏英》、《京華煙雲》、《武則天》、《生活的藝術》等。其中大部分都根據林語堂自己編輯的版本或臺灣的譯本，唯有浙江文藝出版社 1988 年出版的《中國人》，是郝志東和沈益洪兩位青年學者根據

[1]安危譯；斯若整理，〈魯迅同斯諾談話整理稿〉，《新文學史料》第 36 期（1987 年 8 月），頁 7。

英文原著 *My Country and My People* 重新翻譯的。

另外，九十萬字的《林語堂選集（上）、（下）》（萬平近編，海峽文藝出版社 1988 年 3 月出版）、四十萬字《林語堂代表作》（施建偉編，黃河文藝出版社 1990 年 1 月出版）的先後問世，使那些無暇閱讀林語堂全部著作的讀者，有了可供選擇的選本。再則，《林語堂論中西文化》（萬平近編，上海社會科學院出版社出版）、《林語堂散文選》（紀秀榮編，天津百花文藝出版社出版）也是各有特色的專題選本。林語堂著作出版如此繁榮，豈不正與昔日之貶抑相反乎？

不過，林語堂評價之榮枯盛衰固然可以說今是而昨非，但這豈不也顯示了林語堂評價的困難嗎？一位評價困難的作家，其實就往往是因為他太複雜，故難以評說。

對這一點，林語堂本人知之甚詳，故在他自傳《八十自敘》中開宗明義第一章便是「一捆矛盾」。他自己說：「他自稱異教徒，骨子裡卻是基督教友。現在獻身文學，卻老是遺憾大學一年級沒有進科學院。他愛中國，批評中國卻比任何中國人來得坦白和誠實。他一向不喜歡法西斯主義者和共產主義者，主張中國的理想流浪漢是最有尊嚴的人，也是最能抗拒獨裁領袖的極端個人主義者。他仰慕西方。但是看不起西方的教育心理學家。曾自稱為『現實的理想家』和『熱心腸的諷世者』。他喜歡古怪的作家和幻想高妙的作家，也喜歡現實的常識。欣賞文學、漂亮的村姑、地質學、核子、音樂、電子、電刮鬍刀和各種科學的小器具，常捏泥巴，用蠟燭在玻璃上滴出五彩的風景和人像來消遣。」這樣一位矛盾紛雜的作家，我們要如何來探索其內心世界呢？

我無法全面談這個問題，我也非林語堂專家，故此處只準備就兩點來分析。分析什麼呢？一是林語堂「兩腳踏東西文化」，二是「一心評宇宙文章」。

二

「兩腳踏東西文化，一心評宇宙文章」是林語堂用以自況的一副聯。從 1930 年代的〈談中西文化〉、〈吾國吾民〉，到 1940 年代的〈論東西文化與心理建設〉、〈論東西思想法之不同〉，1970 年代的〈論東西文化的幽默〉……「東西文化」幾成林語堂的口頭禪。他甚至自詡：「我的最長處是對外國人講中國文化，而對中國人講外國文化」（自傳）。

林語堂對西方文化當然有非凡的了解，他的生活經歷頗不同尋常。他出生於福建漳州一個山村的基督教家庭，其父林至誠既是教堂牧師又是家庭教師，他就是以《聖經》教育兒女。林語堂進小學、中學、大學讀的都是教會辦的學校。大學畢業後在清華學校當了三年英文教員，1919 到 1923 年輾轉於美、法、德三國留學，先後進了哈佛大學、耶魯大學、萊比錫大學。這樣的經歷，他比一般中國人了解西方，可說是理所當然的。他以此背景，向中國人介紹西方，再向西方人介紹中國，博得極高之榮譽，似乎也成功扮演了文化交流者的角色。

可是林語堂向中國人介紹西方文化，向西方人介紹中國文化，並不是並行或同時在做著的事，其間有一個過程，大體上乃是先介紹西，欲以改中；後來才以介紹東方文化為主。

林語堂初返國時，仍為一語言學者，發言僅在語言學範圍，然已與北大一派聲氣相合，主張文學改革。

1923 年 9 月 12 日他在《晨報副刊》發表了〈國語羅馬字拼音與科學方法〉一文。在這篇文章中，他針對莊澤宣在〈解決中國言文問題的幾條途徑〉一文中反對採用羅馬字制，另創拼音文字的意見，列舉了 12 個理由來說明 26 個羅馬字母是最理想的漢語拼音字母，並表示贊蔡孑民主張同時改用羅馬字又改革漢字的意見。他所列舉的 12 個理由是：

一、羅馬字母是今日中國無論什麼人本來要懂的字母。

二、羅馬字母是實際上的世界字母。

三、羅馬字母是商務上應用的字母。

四、羅馬字母是科學應用的字母。

五、羅馬字母是歷史上經過幾番演化試驗的結果。

六、羅馬字能使譯名問題自然解決。

七、羅馬字便於行文中引用西文，採用西語。

八、羅馬字能幫助中外知識界相接近。

九、羅馬字能在國際上增高中國文的位置。

十、羅馬字有在世界各國印刷的便利。

十一、羅馬字有現成的大寫、小寫、印體、寫體、花體、斜體、不用重新演化出來。

十二、羅馬字有現成的電報字母、旗語、啞盲字母、打字機。

這是談文字改革。其後則漸又由文字改革（改革漢字以成為歐化之標音體系），終於進而討論文化改革。

1924 年底，林語堂自謂有了重要的發現。一天傍晚，他因覺得疲倦，到街上閒步，又因天氣好，涼風習習，越走越有興味，走過東單牌樓，東交民巷東口，直至哈德門外，而這時他立刻產生了「退化一千年」之感。為什麼呢？因為那裡已沒有了亮潔的街道，精緻的樓房，有的是做煤球的人、賣大缸的人、挑剃頭擔的人、擺攤的什麼都有，相命、占卦、賣曲本的、賣舊鞋、破爛古董、鐵貨、鐵圈的，也有賣牛筋的，還有羊肉鋪的羊肉味、燒餅的味、街中灰土所帶之驢屎之味。正在這時，忽然吹來了一陣風，「將一切賣牛筋、破鞋、古董、曲本及路上行人捲在一團灰土中，其土中所夾帶驢屎馬屎之氣味布滿空中，猛烈的襲人鼻孔。」

於是，他頓時產生了一「覺悟」:「所謂老大帝國陰森沉晦之氣，實不過此土氣而已。」[2]

1925 年 3 月 29 日他寫了〈論性急為中國人所惡〉一文，以紀念孫中山先生。以這篇文章看來，他這時已開始思考著怎樣改造國民性的問題。他肯定了魯迅所強調的「思想革命」是對的，但認為「國民性之改造」是一個更難的途徑。所謂「國民性之改造」，即去除中國人的「惰性慢性」，變為孫中山先生那樣的救國救民的「急躁性」。他認為，中國人之所以具有「惰性慢性」，是因為深受傳統的「中庸哲學」和「樂天知命」思想的影響。「中庸哲學即中國人惰性之結晶，中庸即無主義之別名，所謂樂天知命亦無異不願奮鬥之通稱」。這可謂沉痛揭示出這些傳統思想的實質及其弊害。因而，他主張擺脫封建傳統的精神桎梏，形成一個「精神復興」運動，使「現在惰性充盈的中國人變成有點急性的中國人」。他的這些認識，錢玄同曾在〈中山先生是「國民之敵」〉一文中，稱讚他的看法啟發了自己的思路。

錢玄同即是他在這個時期最重要之論友，兩人一唱一和，均主張歐化以救中國。錢氏曰：「要針砭民族（咱們底）卑怯的癱瘓，要清除民族淫猥的淋毒，要切開民族昏憒的疱瘻，要閹割民族自大的瘋狂，應該接受『歐化的中國』。不是遺老遺少要『歌誦』要『誇』的那個中國。這一番話的旨意，歸根結底是反對排外和復古，主張借鑑西方的先進思想文化來改造落後的國民性，使中國成為『歐化的中國』，即具有現代文明的中國。」

林語堂看了錢玄同的文章後，激發他對改造國民性問題作進一步思考。他認為：「中國人是根本敗類的民族，吾民族精神有根本改造的必要」，「中國政象之混亂，全在我老大帝國國民癖氣太重所致，若惰性、若奴氣、若敷衍、若安命、若中庸、若識時務、若無理想、若無狂熱，皆是老大帝國國民癖氣，而弟之所以信今日中國人為敗類也」。他主張必須徹底改造固有的國民性，而其途徑則是「唯有爽爽快快講歐化之一法而已」，做

[2]林玉堂，〈論土氣與思想界之關係〉，《語絲》第 3 期（1924 年 12 月），3 版。

到「非中庸」、「非樂天知命」、「不讓主義」、「不悲觀」、「不怕洋習氣」、「必談政治」。他堅決反對「復興古人的精神」。

錢玄同的〈回語堂的信〉中也說得很明白。他說：「……根本敗類的當然非根本改革不可。所謂根本改革者，鄙意只有一條路可通，更是先生所謂『唯有爽爽快快講歐化之一法而已』。我堅決地相信所謂歐化，便是全世界之現代文化，非歐人所私有，不過歐人聞道較早，比我們先走了幾步」。他又說：

> 語堂先生：您說中國人是根本敗類的民族，有根本改造之必要，真是一針見血之論；我底朋友中，以前只有吳稚輝、魯迅、陳獨秀三位先生講過這樣的話。這三位先生底著作言論中，充滿了這個意思。[3]

1927 年 6 月 13 日林語堂又在《中央副刊》發表〈薩天師語錄〉，亦是「借薩拉士斯脫拉的嘴，來批評東方的已經朽腐了而又不肯遽然捨棄的所謂文化」。

在這篇文章中，林語堂通過描寫薩天師來到一個東方大城裡所見到的景象，尖銳地揭露了所謂「東方文明」的醜陋。薩天師先是看見滿街充斥著病態的市民：「乞丐、窮民、醉漢、書生、奶奶、太太、佝僂的老嫗、赤膊的小孩、汗流浹背的清道夫、吁吁喘氣的拉車者、號叫似狂的賣報者、割舌吞劍的打拳者、沿途坐泣的流民、鐵鏈繫身的囚犯、荷槍木立的巡警」。接著，薩天師又看見一個病態的「少奶奶：穿著大紅衣衫，臉色僵白，一嘴的金牙齒，只會發出『嘻嘻！嘿嘿！』的怪聲，板面、無胸、無臀、無趾……」。於是，薩天師明白了：「這就是他未見面而想見的東方文明，這婦人就是文明之神。」

同時，林語堂還通過描寫薩天師心目中的一位健康、美麗、自然的

---

[3]錢玄同，〈回語堂的信〉，《語絲》第 23 期（1925 年 4 月），頁 20～21。

「村女」形象，表現了他對新的文明的嚮往。[4]

此外，林語堂後來還寫有〈東方文明〉、〈新時代女性〉、〈丘八〉、〈薩天師與東方朔〉等文。這些文章跟〈薩天師語錄〉是同一系列的，都具有批判舊文明的特色。

此時林語堂所見之中國形相，不過如此而已。即以其最崇敬之孔子言之，亦不過一世故之老先生耳。

林語堂在《子見南子》一劇中所刻畫的孔子，便是一個「活活潑潑的世故先生和老練官僚」形象。1929 年 6 月 8 日在山東省立第二師範學校師生在遊藝會上演出林語堂這一劇作後，則引起一場莫大的風波。孔傳堉等曲阜孔氏六十戶族人以該劇「侮辱孔子」的罪名，聯名控告該校校長宋還吾，呈請教育部嚴加查辦。

1925 年，他又針對當時流行的「反對文化侵略」主張，撰寫〈談文化侵略〉一文，指出「無論耶教與孔教，流布東西，同是民族衰靡民志薄弱之表現，本無尊此抑彼之必要」、「思想上的排外，無論如何是不足為訓的」,「而思想上及一切美術文學上，要固陋自封，走進牛角裡，將來結果也只是沉淪下去。」

在〈機械與精神〉的講演中，他又著重講了這樣五個基本看法：

一、那些「暗中要拿東方文明與西方文明相抵抗」的「忠臣義子」，並非真的「愛國」，而是「對於自己與他人的文明，沒有徹底的認識，反以保守為愛國，改進為媚外」。因而這絕不是我國將來之「幸」。

二、所謂西方文明並不只是「物質文明」，東方文明也不只是「精神文明，而是東西方文明都有物質與精神兩個方面。而且東西方文明「物質」與「精神」各有「美醜」和「長短」。但從總的來看，西方的「機器文明」比東方的「手藝文明」進步，西方的政治體制、科學哲學、文學和道德也比中國所固有的一套舊東西進步得多。

---

[4]《中央副刊》第 80 號，1927 年 6 月 13 日。

三、西方的「機器文明」是西方人「精益求精」的精神產物。他們具有勇於改進的精神，物質上便能不斷發達。我們如果還要一味保存東方「精神文明」，便是把《大學》、《中庸》念得熟爛，「汽車還是自己製造不出來，除了買西洋汽車沒有辦法」。而且，「若再不閉門思過，痛改前非，發憤自強，去學一點能演化出物質文明來的西洋人精神，將來的世界恐怕還是掌握在機器文明的洋鬼子手中。」

四、「今日中國，必有物質文明，然後才能講到精神文明」、「大家衣食財產尚不能保存，精神文明是無從顧到的。」日本因為物質發達了，因而有錢來保存古籍、翻印古書、建立大規模的圖書館博物院，大學教授也才能專心去研究專門學術。可是，中國的大學教授，連買米的錢都常常發生問題，哪裡能去讀書和潛心研究學問呢？

五、中國必須向西方學習，向日本人學習，只有洗心革面，徹底歡迎西方的物質文明，才不會繼續老態龍鍾下去。

在〈中國文化之精神〉按語中，他則表達了這樣三個觀點：

一、主張非根本改革國民懦弱萎頓之根性、優柔寡斷之風度、敷衍逶迤之哲學，而易以西方厲進奮圖之精神不可。

二、東方文明、東方藝術、東方哲學，本有極優異之點，但目睹中國的現實，則使人感到百孔千瘡。

三、中國今日政治經濟工業學術，無一不落人後，而一般民眾與官僚，卻缺乏徹底改過和革命的決心，開口浮屠、閉口孔孟，不能換和平為抵抗，易忍耐為奮鬥，結果終必昏瞶不省，壽終正寢。因而，必須多看到中國文化的弱點，「中國始可有為」。[5]

以上為林語堂當時之東西文化觀。但此一觀念在他辨《論語》之後便逐漸改變。另起林氏辦《論語》時，已開始提倡幽默。其提倡幽默，本意亦是為了改革國民性，他說：

---

[5]林語堂，《無所不談合集》（臺北：開明書店，1985 年 4 版）。

> 幽默是西方文化之一部，西洋現代散文之技巧，亦係西方文學之一部。文學之外，尚有哲學、經濟、社會，我沒有辦法，你們去提倡吧。現代文化生活是極豐富的。倘使我提倡幽默、提倡小品，而竟出意外，提倡有效，又竟出意外，在中國哼哼唧唧派及杭唷杭唷派之文學外，又加一幽默派、小品派，而間接增加中國文學內容體裁或格調上之豐富，甚至增加中國人心靈生活上之豐富，使接近西方文化。[6]

但舶來品輸入之餘，不免仍要由中國找出幽默文化之傳統，才能免除抗拒心態。

因為探討中國幽默文化的傳統，或追問中國傳統文化有沒有幽默，這是從未有人涉足的問題。而且當時有人認為中國沒有幽默，中國民族不擅長幽默。但林語堂卻認為幽默本是人生的一部分，一個國家的文化發展到相當程度時一定會出現幽默的文學。因而，他不相信只會西方文化有幽默，而且理出了一條較清晰的中國幽默發展線索。他指出：《詩經》中的某些詩篇就「含有幽默的氣味」，失意之時的孔子也有幽默感，莊子更可稱為中國的幽默始祖，道家是幽默派、超脫派，道家文學是幽默文學，有些文人偶爾戲作的滑稽文章不過是遊戲文字，但性靈派的著作中有幽默感。

此即是由中國文化中之「非正統」、「旁支」來重新建立一個中國幽默文化之新傳統。而亦因此，他找到了明末的性靈派。

林語堂指出：「文章者，個人性靈之表現」，性靈就是自我，「一人有一人之個性，以此個性（personality）無拘無礙自由自在之文學，便叫性靈。」其實，所謂性靈，本是我國古代文論中的一個概念。其美學淵源可追溯到強調人格獨立和精神自發展，形成了「獨抒性靈，不拘格套」的理論形態。

他認為，袁宗道關於性靈的某些說法，「比陳獨秀的革命文學論更能抓

---

[6]林語堂，〈方巾氣研究（二）〉，《申報》，「自由談」專欄，1934年4月30日，頁17。

文學的中心問題而做新文學的南針。」他也贊同周作人在〈近代文學之源流〉中將我國現代散文溯源於明末公安竟陵派，把鄭板橋、李笠翁、金聖歎、金農和袁枚等人視為散文祖宗的說法，認為「以現代散文為繼性靈派之遺緒，是恰當不過的話」。

此時林語堂對中國文化其實便已有了新的認識：1.中國文化不會只是壞的，其中亦有好的；2.現代性不只可求於西洋，更可求之於公安派。

此時恰好有一新機緣，促使其創作《吾國吾民》。此一機緣乃緣於賽珍珠。

賽珍珠於 1931 年在美出版《大地》，江亢虎曾發表文章非議它，「謂中國農民生活不盡如此，且書中所寫係中國『下流』（Low-bred）百姓，不足代表華族！」而林語堂卻於 1933 年 9 月 1 日《論語》第 24 期上發表〈白克夫人之偉大〉一文，對賽珍珠及其《大地》作了很高的評價。他認為，賽珍珠「在美國已為中國最有力的宣傳者。……其小說《福地》在美國文壇上，已博得一般最高稱譽，並獲得 1932 年 Pulitzer 一年間最好小說之榮譽獎。其宣傳上大功，為使美國人打破一向對華人的謬見，而開始明白華人亦係可以了解同情的同類，在人生途上，共嘗悲歡離合之滋味」。同時，他還稱讚賽珍珠在《大地》中表現出來的見識有別於「高等華人」的謬見，表現了「中華民族之偉大，正在於高等華人所引為恥之勤苦耐勞、流離失所，而在經濟壓迫戰亂頻仍之下，仍透露其強健本質，寫來可歌可泣，生動感人」。

1933 年 10 月間一個晚上，賽珍珠來到中國後，去林語堂家裡吃飯。在席間，他們談論以中國題材寫作的外國作家。突然，林語堂說：「我倒很想寫一本書，說一說我對我國的實感。」賽珍珠聽後，立即十分熱忱地答道：「你大可以做得。」經過這次交談後，林語堂便決定寫作《吾國與吾民》一書（賽珍珠則於 1938 年獲諾貝爾獎）。

林語堂乃從 1933 年冬著手寫作《吾國與吾民》，至 1934 年 7、8 月在廬山避暑時全部完成。歷經約十個月。此書對東西文化仍不免依違於其間，所批評者為中國之國民性；所稱揚者，為中國之性靈文學及審美態度。

例如他在書中把中華民族的所謂「德性」概括為十五個方面（即：一為穩健，二為淳樸，三為愛好自然，四為忍耐，五為無可無不可，六為老滑俏皮，七為生殖力高，八為勤勉，九為儉約，十為愛好家庭生活，十一為愛好和平，十二為知足，十三為幽默，十四為保守，十五為好色），並進一步指出：「上述所謂德性之幾項，實際乃為一惡行，而非美德，另幾項則為中性品德，他們是中華民族之弱點，同時亦為生存之力量」。

同時他又說：「中華民族是天生的堂堂大族……雖然在政治上他們有時不免於屈辱，但是文化上他們是廣大的人類文明的中心，實為不辯自明之事實」、「中國人之心靈不可謂為缺乏創造力」、「久已熟習於文學之探討」、「而詩的培養尤足訓練他們養成優越的文學表現技巧和審美能力。中國的繪畫已達西洋所未逮的藝術程度，書法則沿著獨自的路徑而徐進，達到吾所信為韻律美上變化精工之最高程度」。本書批評中國國民性，推崇中國之文學與審美能力可見一斑。

繼《吾國與吾民》之後，接著寫的《生活的藝術》等等，因他人在國外，遂越來越偏重於向西方人介紹中國文化，對中國文化越來越多好評，則是大家都知道的事，我就不多說了。

三

但林語堂「腳踏東西方文化」似乎還不只應如此了解，我覺得他其實還在做綜合東西文化的工作。他怎麼綜合呢？讓我舉個例子，由他提倡幽默講起。

對於林語堂提倡及寫作的幽默文學，錢杏邨曾從社會因素來評論，云：

在一個社會的變革期內，由於黑暗的實的壓迫，文學家大概是三種路可走。一種是「打硬仗主義」，對著黑暗的現實迎頭痛擊，不把任何危險放在心頭。在新文學中，魯迅可算是這一派的代表。……二是『逃避主義』，這一班作家因為對現實的失望，感覺著事無可為，倒不如沉默起來，閉戶讀書，即使肚裡也有憤慨。這一派可以「草木蟲魚」時代的周作人作代表。自己雖然不願，可是沒有辦法。第三種，就是「幽默主義」。這些作家，打硬仗既沒有這樣的勇敢，實行逃避又心所不甘，故提倡幽默。[7]

這是典型社會構造論的分析模式，殊不知林語堂之文學觀與社會黑暗不黑暗並無太大關係，主張幽默也不見得就不夠勇敢，或在道德上低於打硬仗主義。林先生提倡幽默，主要基於其文學見解。

在林語堂開始認真思考文學問題的時候，首先闖入腦海的自然是當年哈佛大學的老師們。他在哈佛讀書時，古典派的白壁德（Babbitt）與浪漫派的斯賓加恩（Spingarn）之間正發生嚴重的文學論爭。斯賓加恩頗為推崇克羅齊，認為克羅齊「藝術即表現直覺」的美學理論，在十個方面革新了傳統的文藝理論體系，引起了林語堂的極大興趣。林語堂說：「大概一派思想到了成熟期，就有許多不約而同的新說，同時興起，我認為最能代表此種革新的哲學思潮的，應該推義大利美學教授克羅齊式（Benedetto Croce）的學說。他認為世界一切美術，都是表現，而表現能力，為一切美術的標準。」

1929 年 10 月，林語堂翻譯了克羅齊《美學：表現的科學》中的 24 節。這雖僅占全書七分之一，但接著，林語堂又為自己輯譯的《新的文評》一書作序，比較系統地表述了自己的文藝思想，其主要框架也是克羅齊的「表現說」。而《新的文評》的輯譯，更使林語堂得以進一步了解克羅齊表現主義美學體系，並確信：「現在中國文學界用得著的，只是解放的文評，是表現主義的文評，是 Croce、Spingarn、Brooks 所認識的推翻評律的批評。」所謂推翻評律不外是為了建立新的評律，林語堂建立的批評標準

[7]錢杏邨，〈現代十六家小品序〉，《中國現代文論選（一）》（貴陽：貴州人民出版社，1984 年）。

則是「表現就是一切」、「除表現本性之成功無所謂美；除表現之失敗無所謂惡。」

為什麼他認為當時中國就應該採用這種批評標準或文藝觀呢？

當時，左翼作家正突出強調文藝的政治功能，自覺地為無產階級革命服務。故林語堂對此非常反感，譏之為方巾氣十足的「新道學」，曰：「吾人不幸，一承理學道統之遺毒，再中文學即宣傳之遺毒。說者必欲剝奪文學之閒情逸致，使文學成為政治的附庸而後稱快。凡有寫作，豬肉熏人，方巾作祟，開口主義，閉口立場，令人坐臥不安，舉措皆非」。換句話說，錢杏邨所推崇的「打硬仗主義」，林語堂根本就反對，覺得那是走歪了路，所以提倡表現說，來跟它們打硬仗。

林語堂打硬仗的對象不只有魯迅及左翼一派，當時有以魯迅為首的左翼作家主張學習蘇俄革命文學，也有梁實秋主張效法歐美古典派文學，林語堂則主張以歐美浪漫派文學為師。梁實秋除自己作文論爭外，還將《學衡》派翻譯的白壁德的五篇論文結集出版。對白壁德在文學領域的反過激、反浪漫、提倡守法則合規律與中和平正，大為推揚。林語堂則延續了從前白壁德與斯賓加恩的對立，也同樣反對梁實秋。

但此時林語堂之表現，仍不過只是西方理論之服膺者而已，他和梁實秋之不同，亦只是哈佛校園學術論爭的中國翻版而已。要待周作人推舉袁中郎之後，林語堂這才恍然大悟。袁中郎的性靈說恰好符合林語堂剛建立的批評標準，於是「近來識得袁中郎，喜從中來亂狂呼。……從此境界又一新，行文把筆更自如」(〈四十自敘詩〉)。認為這是最豐富最精采的文學理論、最能見到文學創作的中心問題，又證之以西方表現派文評，真如異曲同工，不覺驚喜。喜的不僅僅是找到一個知己的作家，一個同調的先賢，可於冥冥之中進行感情交流。且由袁中郎而下及李笠翁、袁子才、金聖歎，上溯蘇東坡、陶淵明，直至莊子，林語堂終於找到一批他心中的中國表現派作家和批評家。林語堂藝術思想的四個支點，即非功利、幽默、性靈與閒適，是由道家文化將他們匯為一體的。就這樣，借助於克羅齊表現主義美學體系，將一批中國古代「浪漫派或準浪漫派」作家統率在道家的旗幟之下，林語堂終於建立了他東西美學綜合的路向。

林語堂的融會中西之道，大抵如此。但如此是否即真能融合呢？恐怕其中頗有些問題。

林語堂在發揮「藝術即表現」時，著重強調藝術只是作家個性的表現與主觀情感的抒發，而非功利活動或道德活動，不應該分類，也不可能有一成不變的規矩。他說：「只問他對於自身所要表現的目的達否，其餘盡與藝術之了解無關。藝術只是在某時某地某作家具有某種藝術宗旨的一種心境的表現。——不但文章如此，圖畫、雕刻、音樂、甚至一言一笑、一舉一動、一唧一哼、一啐一呸、一度秋波、一彎鎖眉，都是一種表現。這種隨時隨地隨人不同的、活的、有個性的表現，叫我們如何拿什麼規矩準繩來給他衡量？」這樣，林語堂確實把表現派的精髓表現出來了。可是，他在引申「表現即藝術」時，強調的是現實生活中的任何心靈的表現都是藝術活動、人人都是藝術家、時時刻刻都在創造藝術。這就距人們一般認知太遠了。現實生活中，非人人都是藝術家、非任何表現都是藝術，是人人都知道的事。

其次，林語堂雖是我國最早引介克羅齊學說的人（其時間略與朱光潛相當），又對克羅齊學說如此推崇，可是他對克羅齊的理解其實是錯的。

怎麼說呢？克羅齊的講法是康德與黑格爾的發展（這就可看出差異了吧！康德與黑格爾，跟袁中郎、金聖歎差得多遠啊！）。他認為：心靈活動不外兩度：知與行（知解與實用）。這兩度又各分兩度：知分直覺（個別事物形象的知）與概念（諸事物關係的知）；行分為經濟的活動（目的在求個別的利益）和道德的活動（目的在求普遍的利益）。因此，心靈共分「四階段」，並沿四階段發展。四階段彼此相對，有固定不可移的關係與邏輯次第。第一階段是直覺（即藝術），是知解的第一度。第二階段是概念，概念是綜合許多個別事物在一起想，看出它們的關係，所以按理必後於個別事物的知識（直覺）。直覺先於概念，這就意味著，藝術先於哲學。行的兩階段也有這兩度的關係。我們可以只管個別的利益而不管普遍的利益，這就是第三階段純經濟的活動；但是如果顧到普遍的利益，就必同時顧到個別的利益。因為普遍的必包涵個別的，這就是第四階段——最高階段——道德的活動。這直覺、概念、經濟、道德，各相對應於美、真、利益、善四種價值。

在知識的部分，一切知識都以直覺為基礎。直覺就是想像或意象的構成，比如說「這是桌子」，這已經是判斷，把「這」納到「桌子」這個概念中去想，肯定「這」與「桌子」的關係，說明「這」的意義。所以這判斷所表現的知識已經是邏輯的、理性的。但是在作這判斷以前，我們於理必須經過一個階段，把「桌子」的形狀懸在心眼前觀照，眼中只有那形狀的一幅圖畫，如鏡中現影。這種個別的事物的形象之知，就是直覺。

但是直覺不是被動的接受，而是主動的創造。主動者是心靈，被動者是物質。這物質是一些由實用活動產生的感觸。觸動感官，如印泥似地刻下一些無形式的印象。若其無形式，心靈就不能領會它、知解它；心靈要知解它，必本其固有的理性，對它加以組織綜合，使它具有形式，由混濁的感觸，逐漸形成為心靈之可觀照對象。

據此觀之，克羅齊之說，有幾個重點：1.直覺及美，均屬於知識領域，非實用領域，故與經濟、道德各有領域、各有功能，不應相混；2.直覺與概念推理也不一樣，故藝術不應以概念推理之知為之；3.直覺的「表現」，非心中情感意念之抒情表達，乃是以人所具有的理性能力，將外物形象賦予形式。物質有了形式，就是直覺，也就是表現。

這是理性論底下發展出來的講法，跟中國人一般依字面理解的「直覺」和「表現」實在南轅北轍。林語堂把它誤以為是「把內在心意表現出來」，也可說只是望文生義罷了。他英文雖好，卻未能真正摸熟西方哲學之內在脈絡，亦非克羅齊之知音。

也就是說，林語堂的東西綜合，是一種「賦詩斷章，惟取所用」，依自己需求及性氣所做的綜合。可以表現他個人的人生觀、文學觀、生命態度，但若從是否真正抓住了東西方文化的真相上看，卻大可商榷。他向我們介紹的克羅齊並非真正的克羅齊，同理，他向西方人介紹的蘇東坡、袁中郎，當然也不是真正的袁中郎、蘇東坡（我另有長文批評他的袁中郎觀，我師張之淦也有長文批評他亂談蘇東坡）。

故而「腳踏東西文化」云云，反而不應從介紹、交流或融合這些方面去說。腳踏這個形象，即頗有把自己凌駕在東西兩大文明之上的意味，縱不說是玩侮之，也可說並未顯示什麼敬意。東西文化在他腳下或手上，似乎只能說是「六經注我」，非林語堂在表述東西文化，而是藉東西方文化來表述他自己。

四

以上是討論他「兩腳踏東西文化」的問題，以下略說他「一心評宇宙文章」的宇宙是什麼意思。為何不說評世界文章，而要說是評「宇宙」文章呢？我以為此處大可玩味。

友人陳平原曾說：1930 年代林語堂有時自稱異教徒，有時自稱無政府主義者，或道家。二十年回顧，他又聲稱當年信仰的唯一宗教乃是人文主義。1936 年移居國外後，林語堂一直在尋其仰，1939 年在〈我的信仰〉中，林語堂認為孔子、摩西都不太適合現代社會，倒是老子那種廣義的神祕主義更有魅力。五十年後又不滿足道家信仰，批評它那回復自然和拒絕進步的本質對於解決現代人的問題不會有什麼貢獻，主張從人文主義回到基督信仰，到了逝世那一年在《八十自敘》中又說：「他以道家老莊門徒自許，一會兒又說他把自己描寫成一個異教徒，其實他在內心卻是個基督徒」。[8]因此，整體說來，乃是一團混亂和矛盾。

但在一捆矛盾中，陳平原認為林語堂主要是要以道家文化極救世界；「中國近代史上，著眼於東西文化綜合，努力於以東方文化拯救人類，在西方產生一定影響的『東方哲人』，一是以儒家救世界辜鴻銘，一是以佛教

[8]陳平原，〈林語堂與東西文化〉，《在東西文化碰撞中》（杭州：浙江文藝出版社，1987 年 12 月）。

救世界的梁漱溟，再就是以道家救世界的林語堂」。也就是說，在一團混亂與矛盾中，道家思想或許是最主要的。

林語堂熱愛道家哲學這是無庸置疑的。不但有他翻譯的《老子》可證，他的小說，許多人也認為是旨在宣揚道家思想，例如：《京華煙雲》以道家哲學為脈絡，借道家女兒姚木蘭的半生經歷為主線，描寫了姚、曾、牛三大家族的興衰史和三代人的悲歡離合，同時也展示了中國廣大社會人生在風雲變幻的時代背景下，在不同文化、不同階級的種種人生對比中，揭示了「道家總是比儒家胸襟還開通」。體現了作者要在傳統文化中去發現自己，認識自己，尋求理想人生，理想自我的願望。作者明確宣稱，要以莊子哲學來認識歷史、觀察社會、體驗人生。因而，道家女兒姚木蘭的形象即成為作者理想的自我：「若為女兒身，必做木蘭也！」

小說在讚揚道家重自然、符合個性解放的時代要求的同時，則對儒家思想束縛和壓抑人性進行了批判，表現出反傳統的人生態度。姚太太及曾家的人都是在傳統的倫理道德影響下，人性受到束縛和壓抑形象。古典美人曼娘是人性被嚴重束縛和壓抑的典型。曼娘這形象的塑造，就是作者對傳統儒家文化壓抑人性情感的控訴和批判。

但林語堂的認識可能不太可靠。他說：「老子思想的中心大旨當然是『道』。老子道是一切現象背後活動的大原理，……道是沉默的，彌漫一切的」、「道是不可見的，不可用的，且不可觸摸的」。故有時，林語堂乾脆把「道」與「上帝」、「主宰」等同起來說：「道教提倡一種對那虛幻、無名，不可捉摸而卻無所不在的『道』的崇敬，而這『道』就是天地主宰，他的法則神祕地和必然地管轄著宇宙」。林語堂不去深究「道」與「上帝」、「主宰」的區別，而對其關聯倍感興趣，且憑直感把「道」與「主宰」看成是二而一的東西。這真是對道的大誤解。

他對儒家的理解也是如此。且不說他對儒家「禮教」與「中庸」，有諸多誤會，他解釋孔子之畏天知命，也頗為錯誤。他說：「孔子信天和天命。他說自己五十歲的時候已知天命，且說：『君子居易以待命』。上帝或天，如孔子所了解，是嚴格獨一的神。」孔子所說的天怎會是獨一的神呢？這就可見他是用基督教的上帝觀在解釋儒家的天、天命和道家的道。

以這個立場看事情，無怪乎他要反對佛教了。可是他卻贊同除了佛教以外的印度文化，認為印度文化具有高度的創造力，產生了豐富而奇特的哲學和文學。更重要者，林語堂認為「上帝」是印度哲學的核心，「印度哲學和上帝的知識，正像中國哲學和道德問題一樣不可分離」。這真不知何所見而云然。

由此等處看，林語堂宗教思想之混亂甚為明顯。但那是因為他把許多東西都率意牽合在一起，而非一般論者所理解的：忽左忽右、忽反基督忽不反基督。

而這樣的混亂，也可以叫做不混亂。因為從各教教義來說，固是混亂；在林語堂自己，卻有一個條理，例如他以一個上帝觀去看道、天、命、梵天，而覺得它們都是同一物事，這在他自己的身心信仰上，便消去了各個宗教「教相」上的差異衝突，在他內部自我統合了，因此也並不成為矛盾或混亂。

也由於如此，故他也很難說就是個以道家思想為宗的人。其所謂道，大抵只如上帝般；其所謂道家式生活，則無非閒適樂天而已。

說明這一點，非是要拆林先生的臺，乃是要用來分析林語堂「一心評宇宙文章」的宇宙意識到底是怎麼回事。

林先生在許多地方都強調他是人文主義者，包括其上帝觀也仍有濃郁的人性色彩。在基督教徒看來，上帝遠離世俗的，而林語堂則「深信上帝也同樣近情與明鑒」。與虔誠的基督徒立足來世不同，林語堂立足人間、否定來世，認為上帝是為人類幸福而存在，而不是相反的。可是，這樣一個人，為什麼會對上帝如此感覺興趣，把老子之道、孔子的天、印度教的梵天都看成是上帝，且強調上帝觀在文化中的重要性呢？

這就要注意到：林語堂其實是一個宗教感很強的作家，他會追問宇宙、人生的謎底，探詢冥冥天地的主宰。在林語堂看來，茫茫世界並不是盲目無序變演著的，而是由一個「神」主宰著：「我總不能設想一個無神的世界。我只是覺得如果上帝不存在，整個宇宙將至徹底崩潰，而特別是人類的生命」。

這種宗教感，自他幼年起，即非常強烈。例如他很小就對高山充滿了敬畏，他說：「我們那兒，山令人敬、令人怕、令人感動，能夠誘惑人。峰外有峰，重重疊疊，神祕不測，龐大之至，簡直無法捉摸」、「你若生在山裡，山就會改變你的看法，山就好像進入你的血液一樣……山的力量巨大的不可抵抗」。又說：「生長在高山，怎能看得起城市中的高樓大廈？如紐約的摩天大樓，說他「摩天」，才是不知天高地厚，哪裡配得上？……要明察人類的渺小，須先看宇宙的壯觀。」

這就是宇宙意識。由山，興起對整個宇宙無垠、博大、神祕、幽遠之敬畏。

這種敬畏之情及宇宙意識，後來具體化為基督教的上帝。那是因他家庭因素的影響。林語堂出身於基督文化極為濃郁的家庭。父親是牧師，母親是虔誠的基督徒，他們全家都信教，林語堂說：「晚上我們輪流讀《聖經》，轉過頭來，跪在凳子上祈禱。」當然，基督教對林語堂最大的影響還是上帝觀念，林語堂說在少年，「當我祈禱之時，我常想像上帝必在我的頂上逼近頭髮即如其遠在天上一般，蓋以人言上帝無所不在故也」。他還認為萊布尼茲與福祿特爾他們兩位都相信上帝說：「福祿特爾相信：就是沒有上帝，也得假設一個上帝出來」。林語堂談到他與湯恩比的會面時，因湯恩比攜帶了「中古時代聖奧古斯丁的《上帝之城》及巴斯葛（Biaise Pascalrs）的《思想》（*Pensées*）二書。這使我異常興奮」，又說：「湯恩比的宗教感甚深，書中到處都是。……他的看法，略與莊生之『必有真宰』（齊物論）、『以天為父』、『與天為徒』不『與人為徒』（大宗師）之境界差不多」。整個基督教文化，尤其它的上帝思想就成了林語堂宇宙意識及宗教感情的主要內容。即使後來在科學主義影響下，林語堂「已失去對信仰的確信，但仍固執地抓住對上帝父性的信仰」。暮年歸宿，則仍回歸於基督懷抱。

可是信基督或講上帝，其實只是他宇宙意識的一種憑託。一個具有宇宙意識的人，可能生長在佛教地區、基督教地區、道家思想流行地區，生長何處，即可能依其緣觸，舉該宗教所提示之超越境界而納之己懷，以滿足他宇宙意識之需求。

可是這些宗教並不就等於宇宙意識，它們只是宇宙意識的一種或一類。一個具有宇宙意識的人，不只是個信教的人，他會超越一個個具體的宗教學說，去尋找能滿足其宇宙意識之物。林語堂在信基督上帝之後，又去發現莊子的「若有真宰」、「與天為徒」、老子的「道」及孔子的「天」、「命」、「帝」，就是這個道理。

五

1961 年林語堂在美國國會圖書館的演講，以「五四以來的中國文學」為題。他說：「開宗明義，我要說在前頭，文學永遠是個人的創造。我們總結一個時代，談到這一時代的精神，事實上我們只能以幾個傑出的作家作為例子，由這些個人中看出時代的精神。要做作家，就必須能整個人對時代起反應。作家和學者不同。學者也會寫文章，作家有時候也從事學術研究。但我們在這裡只討論作家。因為，鑽牛角尖的學者的作品，和《通書》沒什麼不同，難以看出個人心靈的活動。他所尋求的只是事實，不滲入個人的意見。而作家卻全然不同，他個人的情感、愛憎、意見、偏見都會從筆尖溜出。歸根到底，一個時代的文學，只是一群個人，各自對人生和時代發生反應。」

這是他文學觀最簡要的自述，但由此即不難看出他與五四以來的文學及文化環境有多麼大的差異。只要翻開我們現在坊間流通的各色文學史，有哪幾本不是跟他相反的：由一個時代精神來看作家？

五四以來，救亡圖存的意識籠罩全局，社會現實觀點壓倒了個人表現，因此談起文學，總是大時代大背景，再把作家個人放入這個時代社會中去分析，不是由一些個人來看出時代。

林語堂心靈世界最特別的意義就在這兒。徐訏說他是五四以來最不容易描述的作家，確實。因為他一方面表現了五四以來人物的矛盾，一方面又跟五四的精神背反。

林語堂無疑是五四以來人物的代表，不但早期與魯迅、錢玄同等在改造國民性，提倡歐化方面並肩作戰，他本身也最足以代表那個時代及其人物的錯綜矛盾。例如既有科學主義傾向，又具文人性氣；既呼籲救國，要改造國民性，又強烈表現著自己的個性；既是學者，又是文人；既醉心現代西方文明，骨子裡又與中國纏綿悱惻。五四人物如胡適、魯迅、錢玄同、周作人……等等，你細思之，就會發現幾乎都是如此。但無人如林語堂般全面地表現出這樣的矛盾，因此他可說是五四人物最典型的代表。

但林語堂複雜之處，就在於他其實又頗與五四精神背反。例如五四是個世俗化的文化運動，反貴族文學、山林文學，反對文言文，反對宗教，林語堂則具有超越精神。五四強調知識分子的國家社會使命，林語堂則表現文人態度，講閒適生活，而且是一種中國古代文人生活方式及審美態度的回歸。這些都與五四精神格格不入。

而像林語堂這樣的心靈狀態，在世紀末反而越來越受重視，除了文革以後，大陸「撥亂反正」，重新出土舊文物舊人物，有「折戟沉沙鐵未銷，試將磨洗認前朝」之意味以外，可能也是因中國在反省現代性之際，林語堂所顯示的生活態度和超越精神，反而可以令人別有感會吧。就像他的著作在西方如此暢銷，是因西方人在現代社會發展到某種地步後，讀林語堂所揭示的中國古人生活審美狀況，而會感到：「那才是一個『人』的生活呀！」居今之世，在中國言林語堂的心靈世界，其意義亦復在此。

——選自林明昌主編《閒情悠悠——林語堂的心靈世界》
臺北：林語堂故居，2005 年 8 月

林語堂與東西方文化

◎陳平原*

19 世紀末，西風東漸。自此以後，東西文化碰撞成了中國思想文化界論爭的焦點之一。上世紀末的「中體西用」，本世紀初的「夷夏之辨」，五四前後的「歐化與國粹」之爭，1920 年代的「東方文明與西方文明」比較，1930 年代的「本位文化」說，1940 年代的「民族形式」論……這些論爭，名同實異，不能一概而論，但總的背景卻是一致的，即現代中國人如何協調東西文化的矛盾。

這無疑是一個十分嚴峻的課題。可惜林語堂（1895～1976）輕而易舉地「解決」了。「他發掘出了西方文化的優美與榮華，但他還是要回返到東方。……蓋套在中國式長袍和平底鞋裡，他的靈魂得到了休息了。」[1]以一主張全盤西化的留學生，一轉而為以中國文化救世界的「東方哲人」，這其間的距離未免太大了。有趣的是，林語堂這個彎轉得十分自然。並非純屬投機，他確實找到了他所理解的西方文化與東方文化的連結點，創造了一種半中不西的人生哲學。比起一大批始終徘徊、掙扎於兩種文化的夾縫之中的中國現代知識分子，林語堂是幸運的，他迅速地找到自己的思想歸宿，免除了摸索過程中必不可少的痛苦與折磨。但正因為這種「幸運」，使他沒有達到應有的思想深度，甚至背離了中國現代思想革命、政治革命的主潮。

林語堂最得意的一副對聯是：「兩腳踏東西文化，一心評宇宙文章」。

---

*發表文章時為北京大學中國語言文學系博士生，現為北京大學中國語言文學系教授。

[1]林語堂，《吾國吾民》（臺南：德華出版社，1980 年），頁 12。

「宇宙文章」評得如何可以不論，「東西文化」踏得怎樣卻不能不說。這不僅因為林語堂一生功過得失皆在此，而且因為這是現代中國知識分子懸而未決的難題。

一

我的最長處是對外國人講中國文化，而對中國人講外國文化。

——《林語堂自傳》

從 1930 年代的〈談中西文化〉、《吾國吾民》，到 1940 年代的〈論東西文化與心理建設〉、〈中西哲學之不同〉，1960 年代的〈論中外的國民性〉、〈論東西思想法之不同〉，1970 年代的〈論東西方幽默〉……「東西文化」幾乎成了林語堂的口頭禪，走到哪說到哪。當他講東西方人思維方式和性格情趣的某些異同，或者東西方飲食服飾、起居遊玩的利弊得失時，確實不無精到之處；可當他以獨樹一幟的哲學家自許，動輒把握世界文化的進程，並指示東西文化綜合的出路時，則顯得幼稚可笑。抗戰開始，客居美國的林語堂走出「有不為齋」，開始經世致用，在國內外宣講他東西文化綜合的「大道」。1943 年歸國省察抗戰，對大後方青年大談「和平哲學」，「即耶穌、釋迦、孔子所倡導之精神，及老莊所講柔勝剛之道理」。[2] 這一「大道」，在論述「第二次世界大戰期間我們的理想」的英文著作《啼笑皆非》（*Between Tears and Laughter*, 1943）中，得到更加詳盡的發揮。林語堂以「業緣」為全書立論的根本，以禮樂刑政並舉為政治理想，以西方的法律條文、軍備資料為立論依據，縱論天下大勢，並最後推出治世之術：以儒家的「明禮」來建設「倫常秩序」，以道家的「不爭」來破「強權思想」。如此「東西混合」（不是綜合！）確實令人「啼笑皆非」，即使不談政治效果，單就學術而論，也是淺薄粗陋的。

[2] 林語堂，〈中西哲學之不同〉，《秦風日報・工商日報聯合版》，1943 年 11 月 13 日。

在建立世界文化理想上，林語堂的東西綜合是失敗的；可在建立個人生活理想上，林語堂的東西綜合卻是成功的——他畢竟獲得了心靈的平衡。林語堂對自己的「自由思想」和「個人意識」頗為自得，並以此作為攻擊「建功立業」、「修身齊家治國平天下」的主要武器，在拋棄腐儒的方巾氣的同時，拋棄中國傳統知識分子的歷史責任感。餘下的，只有一個純粹的，無牽無掛的「自我」了。

林語堂用資產階級的個人主義思想來「破」儒家的事功（立功、立德、立言），頗有成效；用西方的享樂意識來「和」東方的閒適情調，也十分自然。最能代表林語堂生活理想的是那清幽高雅的〈言志篇〉與那傳遍全世界的笑話。「世界大同的理想生活，就是住在英國的鄉村，屋子按有美國的水電煤氣等管子，有個中國廚子，有個日本太太，再有個法國的情婦。」[3]笑話當然不能當真，可也並非全假。「我生來便是一個伊壁鳩魯派的信徒。」[4]單有東方的恬淡閒適，高雅固然高雅，未免太虛幻了。林語堂固然也說說「『布衣菜飯，可樂終身』的生活，是宇宙最美麗的東西」[5]之類的「仙話」，可從來不想實行。單有西方的物質享受，舒服固然舒服，未免粗俗了些。於是林語堂必須談談《茶疏》、《食譜》，再扯上李笠翁、袁中郎，方見得俗中之不俗。

林語堂的東西文化綜合的實踐，以 1936 年出國前後為界，前期重在向中國讀者介紹西洋文化，後期則重在向歐美讀者介紹中國文化。

從 1924 年 5 月在《晨報》副刊發表〈徵譯散文並提倡「幽默」〉，到 1970 年在 37 屆國際筆會演講「論東西方幽默」，林語堂講了半個世紀的幽默，博得「幽默大師」的雅號。「幽默拉來人始識」，給正經有餘而灑脫不足的中國文壇輸入一點喜劇式的幽默，無疑大有裨益。只是把幽默說成包醫百病的萬應靈方，倒讓人懷疑提倡者別有用心。平心而論，「幽默大師」

[3]林語堂；張振玉譯，《八十自敘》（臺南：德華出版社，1977 年），頁 96。
[4]林語堂，《無所不談合集》（臺北：臺灣開明書店，1974 年），頁 760。
[5]林語堂，〈《浮生六記》英譯自序〉，《人間世》第 40 期（1935 年 11 月），頁 4。

林語堂本身並沒有多少幽默才能，寫點閒適小品還可以，真正的幽默文章可就勉為其難了。他宣稱「幽默並非一味荒唐」，而是「正經處，比通常論文更正經」[6]，可他的幽默文章既不見得怎麼正經，也沒有多少幽默。

單從美學角度評價林語堂的「幽默」，實在不得要領。「幽默只是一種態度，一種人生觀」[7]，這種人生觀的要旨是修身養性，達到一種「不會怒，只會笑」，「深遠超脫」的「幽默的情境」。[8]如果說 1930 年代林語堂提倡幽默，客觀上是「將粗獷的人心，磨得漸漸的平滑」[9]，該不算冤枉吧？開始還有點「太平人的寂寞與悲哀」[10]，不敢面對蔣介石的屠刀，也不願歌舞昇平，於是，「我已發明這城中聰明之用處，就是裝糊塗」。[11]糊塗越裝越像，終於變成真糊塗了。再也沒有那種浮躁獰厲之氣，也沒有憤世嫉俗之心，一切都看開了。「幽默」了，一切都可以忍受，只除了「腐儒」對幽默的攻擊。從北京古城生氣勃勃的鬥士，到上海街頭與世無爭的高人，這個彎不大好轉，起碼該是冷暖自知，問心有愧。可有了「幽默」這麼一種超脫的人生觀，一切都合理化了。

也許，蓋棺論定，林語堂對中國文化的貢獻，還不在於為中國讀者引進「幽默」，而在於向歐美讀者弘揚道家哲學。林語堂有英文著作三十六種，其中小說、文學傳記十種，散文、雜文集九種，中國文學英譯七種，各類學術著作（編、著）十種。儘管林語堂政治上右傾，有過攻擊共產黨、吹捧蔣介石的著述（如抗戰遊記《枕戈待旦》與小說《逃向自由城》），但也有一些比較精采的力作，如小說「林氏三部曲」（《京華煙雲》、《風聲鶴唳》、《朱門》），文學傳記《蘇東坡傳》，散文集《吾國吾民》、《生活的藝術》，以及以莊解老的學術專著《老子的智慧》，《當代漢英辭典》

[6]林語堂，〈《論幽默》（下篇）〉，《論語》第 35 期（1934 年 2 月），頁 524。
[7]林語堂，〈《論幽默》（下篇）〉，《論語》第 35 期，頁 524。
[8]林語堂，〈《論幽默》（中篇）〉，《論語》第 33 期（1934 年 1 月），頁 438。
[9]魯迅，〈小品文的危機〉，《魯迅全集第 4 卷・南腔北調集》（北京：人民文學出版社，1981 年），頁 575。
[10]林語堂，〈《翦拂集》序〉，《翦拂集》（上海：北新書局，1928 年），頁 10。
[11]林語堂，〈薩天師語錄——薩天師與東方朔〉，《論語》第 15 期（1933 年 4 月），頁 508。

等。林語堂致力於向西方讀者介紹中國文化，其著作無疑比一大批傳教士、使館官員的隔靴搔癢的隨感強得多，因而在歐美很受歡迎。據說，《生活的藝術》單在美國就印行了四十版以上。林語堂對此也頗為自得，慶祝八十壽誕時，他最欣賞的祝壽文是：「謝謝你把淵深的中國文化通俗化了介紹給世界。」[12]

從 1920 年代宣稱欲救中國，「惟有爽爽快快講歐化之一法而已」[13]，到 1940 年代以儒家的「禮讓」、道家的「不爭」救世界，林語堂思想轉變的關鍵是在 1930 年代中期完成的。在《吾國吾民》中，林語堂借用西方現代資產階級人類學家的理論，稱中華民族為「延長之童年」，儘管行文毀譽參半，全書基調仍是小貶大褒。到了《生活的藝術》，已經是在用中國文化教導西方人如何享受快樂的人生了。這兩本書（再加上小說《京華煙雲》）奠定了林語堂在西方的文學地位，也基本完成了西方讀者心目中「東方哲人」林語堂的形象塑造。此後，他也就只能把這個形象扮演到底了。以林語堂之精明，不可能不懂得，在西方世界謀生，大談神祕虛幻莫測高深的中國文化，是頗有成效的生財之道。應該承認，林語堂的大談中國文化，不僅僅是投機，他的確是在中國傳統文化中找到他心靈的歸宿。這種思想漫遊，在中文著作《大荒集》、《我的話》及發表在《論語》、《人間世》、《宇宙風》等刊物的大批文章中，已有明顯的軌跡。到了客居異國，為謀生，亦為心理平衡，功利打算與感情需求合而為一，於是乎以弘揚中國傳統文化為己任。把這種轉變看成個人道德品質問題，未免低估了林語堂形象的「典型意義」。「他」實際上集中而強烈地反映了五四退潮後一大批中國知識分子向傳統復歸的社會思潮。只不過由林語堂這麼一個沒讀多少中國書的洋博士表現出來，顯得有點誇張和滑稽。

《吾國吾民》的「閒語開場」部分有一段相當精采的描述，有助於我們理解林語堂的心理轉化。

[12]曾虛白，〈林語堂與蘇東坡〉，《林語堂》（臺北：華欣文化事業中心，1979 年），頁 285。
[13]林語堂，〈給玄同先生的信〉，《翦拂集》，頁 11。

「……聽了修伯特（Schubert）的諧曲與蒲拉謨（Brahmo）的詩歌，他體會出一種東方情調的陪音，有如古代民謠與牧童情歌的迴響，禁不住這種故國情調的誘激，他的心靈安得不魂兮歸來。他發掘出了西方文化的優美與榮華，但他還是要回返到東方。當他的年齡將近四十歲，他的東西的血流便克制著他。他瞧見了父親的畫像，戴一頂瓜皮緞帽，不由卸卻他的西裝，換上一套長袍與平底鞋，嗚呼噫嘻，不圖竟乃如此舒服，如此適意，如此雅逸，蓋套在中國式長袍和平底鞋裡，他的靈魂得到了休息了。」

不見得是夫子自道，但其中確實有林語堂自己的聲音。〈四十自敘詩〉（《論語》第 49 期）中有這麼兩句：「而今行年已四十，尚喜未淪士大夫」。這該是一種自我暗示吧？起碼林語堂已意識到有這種可能性。至於願不願意、能否抵抗瓜皮帽和平底鞋的誘惑，那是另一回事。

五四一代知識分子，以前所未有的革命精神反叛傳統，掃蕩了儒、釋、道，留下的一大片心理空間，單靠民主和科學是填不滿的。很快地，很多人感到一種無所適從的心理危機。「處此東西交匯青黃不接之時，融會古今，貫通中外，談何容易？」「大家都是黃帝子孫，誰無種族觀念？眼見國家事事不如人，胸中起了角鬥。一面想見賢思齊，力圖改革，一面又未能忘情固有文物，又求保守。」[14]林語堂描述的這種知識分子的矛盾心理，很有代表性。思想意識上，他們可能接受西方資產階級文化，可感情趣味上，總擺脫不了幾千年積澱下來的東方文化的制約。理性和感情不統一，必然無法建立牢固的世界觀。即使自以為建立了，也很容易為現實所轟毀。徘徊於東西文化之間的痛苦，逼著他們盡快抱住一點固定的東西。沒有一點固定的東西，就無法在流轉變遷的世界中立身處世、評人論事。行雲流水、天馬行空，固然自由自在，可隨之而來的必然是無所依傍的孤獨和無所執著的空虛。五四思想解放的大潮退下以後，一大批知識分子紛紛自覺或不自覺地尋求向傳統復歸，這本是十分自然的現象。只是由於現代

---

[14]林語堂，〈今文八弊（上）〉，《人間世》第 27 期（1935 年 5 月），頁 41。

中國歷史的特殊性，使這種必然的復歸帶上悲劇的色彩。漢唐時國勢強盛，接受外來文化自足自信，取我所需，為我所用，向傳統文化的復歸顯得十分自然。現代中國積弱貧困，內憂外患，是在承認我不如人的前提下提出「向西方學習」的。這樣，接受西方文化的同時也就意味著對傳統文化的否定。當幾千年封建文化的根基還沒有真正動搖時，便急匆匆地盲目地提出「回到傳統去」，本身意味著對五四精神的背叛。傳統的誘惑力實在太大了，「回到傳統去」，如果不是螺旋式上升，而是像蒼蠅一樣轉了一圈，又回到原地，那是十分可悲的。這種回頭的「浪子」對傳統文化的迷信，往往比遺老遺少還要固執。由反叛傳統的猛將一轉而為「國粹大師」，中國近、現代思想史上，這樣的悲劇還少嗎？

誰也擺脫不了傳統的制約，所謂反叛傳統，並非完全不要傳統，而只是拋棄欽定的「傳統」。反叛傳統必然導向重新發現、重新選擇傳統。或遲或早地，反叛者必須在傳統中找到思想的資料和精神的同道，否則外來思想文化無法立足生根。因此問題不在於能不能向傳統復歸，而在於如何復歸。像呂緯甫（魯迅《在酒樓上》）、思齊（張天翼《畸人手記》）、蔣少祖（路翎《財主的兒女們》）那樣蒼蠅式的復歸，無疑是一種墮落。對於現代中國知識分子來說，如何既發揚五四革命精神，又繼承中華民族的優秀文化遺產，成為真正意義上的「現代」的「中國人」，是一個十分嚴峻的課題。抗日戰爭的爆發，客觀上掩蓋了這一問題的嚴重性。發掘民族脊梁，發揚愛國主義精神，成了時代的最強音。許多人在並沒有真正解決頭腦中「古今」、「中外」之爭的情況下，便順應歷史潮流，理直氣壯地向傳統復歸了。這就難怪 1940 年代不少作家在歌頌民族精神時，不知不覺地宣揚一些被五四所摒棄的封建倫理道德。

把林語堂的「東方化」放在五四退潮後中國知識分子向傳統復歸的思潮中來考察，更能見出其產生的必然性和存在的特殊性。1930 年代初期，教育和文化界復古成風。蔣介石提倡新生活運動，教育部確定「忠孝仁愛信義和平」八字為訓民要則，戴季陶建議興修孔孟陵墓並制定奉祀官條例，梁漱溟持東方文化抗日論，上海十大教授倡「本位文化」說……面對這股復古思潮，林語堂頗為清醒，經常著文熱諷冷嘲。「『中學為體西學為用』近日又得政府要人在日內瓦提倡，與南京某中委之『忠孝仁愛信義和平』論，同為復古思潮之表現。」[15]可也正是這個林語堂，一方面批判復古，一方面帶頭復古。反對白話文，提倡語錄體，標榜閒性靈，讀古書，玩古董，論證長袍如何勝過西裝，還有說午睡之美，飲茶之趣，斜臥眠床之樂……頗得封建士大夫「閒趣」的神韻。並非林語堂有意作偽，言行相違，而是一方面沒有完全忘卻五四精神，對有形的封建倫理道德的復辟保持警惕，但另一方面對隱蔽的體現在日常生活中的封建士大夫情趣失卻免疫力。於是出現這麼一種矛盾的現象：在政治雜文中批判復古思潮而在抒情小品中提倡復古。似乎前者是政治態度，大是大非，而後者只是個人情趣，無關大局。實際上，「趣味」恰恰是反叛者向傳統復歸的重要橋樑，感情往往比理智更深入牢固。沒有「趣味」變了而思想長久不變的。到了1940 年代，林語堂全面復古，肯定儒家倫理學說，「你說中國書本上忠孝節義的思想有毒，試想怎麼四千年傳到今天還能產生並保存這樣的好百姓？」[16]除非誰有勇氣反對四萬萬浴血奮戰的「好百姓」，否則便不得不承認中國傳統文化的神聖——如此荒謬的邏輯！自此以後，東方文化的批判者成為東方文化虔誠的衛道者與傳道者。

東方文化自然有其存在價值，每個中國人自然必須尋到自己的根，問題在於如何理解東方文化的價值，尋到什麼樣的根。

二

> 近來識得袁中郎，喜從中來亂狂呼。……從此境界又一新，行文把筆更自如。
>
> ——〈四十自敘詩〉

[15]林語堂，〈論佛乘飛機〉，《論語》第 13 期（1933 年 3 月），頁 434。

[16]林語堂，〈論東西文化與心理建設〉，《宇宙風》第 135、136 期合刊（1943 年 12 月）。

《語絲》時期的林語堂，基本上追隨魯迅與周作人，沒有多少獨立的見解，關於中國文化方面尤其如此。

林語堂對中國文化有點自己的看法，是從《論語》、《人間世》時期開始的。大革命失敗後，林語堂決心脫離政治，當「純粹」的文化人。經過五年的精神漫遊，找到了「幽默」與「性靈」，並以此為鑰匙，解釋整個中國文學與中國文化精神。在這一重新發現傳統的過程中，袁中郎起了至關重要的作用。上溯蘇東坡、陶淵明，下及金聖歎、李笠翁、鄭板橋、袁子才，可以說，袁中郎是林語堂進入中國文學殿堂的入門嚮導。在此之前，他對中國文學知之甚少，不敢口出大言；在此之後，他對中國文學的一個側面了然於心，也讀了幾本一般讀書人不曾涉獵的奇書，於是開口「中郎」，閉口「笠翁」，儼然中國文化專家自居。

林語堂結識袁中郎，全靠周作人的介紹。1926 年到 1928 年，周作人在〈《陶庵夢憶》序〉、〈《雜拌兒》跋〉和〈《燕知草》跋〉中，一再強調中國新散文的源流是公安派與英國的小品文。在此之前，林語堂對日後崇拜得五體投地的袁中郎似乎茫然無知。1929 年底林語堂為自己的譯著《新的文評》作序，列舉中國浪漫派或準浪漫派文評家，竟是王充、劉勰、袁枚、章學誠，而漏了頂頂重要的袁中郎。

《新的文評》的翻譯，使林語堂得以進一步了解西方表現主義美學體系，並確信「現在中國文學界用得著的，只是解放的文評，是表現主義的批評，是 Croce、Spingarn、Brooks 所認識的推翻評律的批評。[17]推翻評律不外是為了建立新的評律，林語堂建立的新的批評標準是「表現就是一切」，「除表現本性之成功無所謂美，除表現之失敗，無所謂惡。」[18]這時候，恰好有人推出中國古代「表現派大師」袁中郎，袁中郎的性靈說又恰好符合林語堂剛建立的批評標準，這就難怪他要「喜從中來亂狂呼」。實際上，也正是現代西方的表現主義美學理論和 16 世紀中國的性靈文學，使林

---

[17]林語堂，〈《批評家與少年美國》譯者贅言〉，《新的文評》（上海：北新書局，1930 年）。
[18]林語堂，〈《新的文評》序言〉，《新的文評》。

語堂得以標舉幽默、閒適，提倡小品文、語錄體，獨樹一幟於 1930 年代中國文壇。

選擇中晚明浪漫主義思潮作為了解中國文學的突破口，這很有眼光。可單單拈出個袁中郎，遠遠不足以囊括整個思潮。况且，袁中郎也並非一味性靈、閒適。

林語堂推崇的袁中郎是懂得「人生五樂」(〈與龔惟長先生書〉)、「自適之極」的「最天下不緊要人」(〈徐漢明〉)。風花雪月，醇酒美人，固然是袁中郎性格中不容忽視的一個側面。但袁中郎還有並不怎麼「清高」、「性靈」，甚至帶「方巾氣」的一面，林語堂為何視而不見？〈與黃平倩書〉中有這麼一段：「……但每一見邸報，必令人憤髮裂眦，時事如此，將何底止？因念山中殊樂，不見此光景也。然世有陶唐，方有巢、許。萬一世界擾擾，山中人豈得高枕？此亦靜退者之憂也。」〈與蘇潛夫書〉中也有這麼幾句「大俗話」:「夫弟豈以靜退為高哉？一亭一沼，討些子便宜，是弟極不成才處。若謂弟以是為高，則弟之眼如雙黑豆而已。」袁中郎出仕過，也歸隱過，「勸我為官知未穩，便令遺世也難從」(〈甲辰初度〉)，真是進退兩難。為官時，慨嘆「始知伊呂蕭曹輩，不及餐雲臥石人」(〈隆中偶述〉)；歸隱時，則又「書生痛哭倚蒿籬，有錢難買青山翠」(〈聞省城急報〉)。如此看來，寫過《廣莊》這樣避世之作、《瓶史》這樣閒適之文的袁中郎，也有積極入世的一面。而正是這林語堂不以為然的社會責任感，使袁中郎的詩文保留一股生氣、火氣和人間氣，沒有成為林語堂所吹噓的「高人兼逸士」的神品。

袁中郎崇拜蘇東坡，蘇東坡推崇陶淵明，於是林語堂也由中郎而及東坡，由東坡而及陶潛。吹捧對象變了，吹捧腔調沒變，還是「閒適」、「性靈」。蘇東坡是「快活天才」(林語堂的《蘇東坡傳》英文原名為「The Gay Genius」，即「快活天才」)，「他的一生是載歌載舞，深得其樂，憂患來臨，一笑置之。」[19]在林語堂最得意的著作《蘇東坡傳》中，作者介紹東坡的從政生涯，以及熔儒釋道於一爐的混合的人生觀，但更主要的是剖析這曠世奇才樂天知命，盡情享受人生的奧祕。在林語堂筆下，陶淵明成了最會享受人生的代表。「陶淵明的心靈已經發展到真正和諧的境地，所以我們看不見他內心有一絲一毫的衝突，因之，他的生活也像他的詩一般那麼自然和沖和。」[20]用「快樂天才」來概括蘇東坡，用「自然沖和」來概括陶淵明，本身已帶很大片面性。推而廣之，以中郎、東坡、陶潛閒適的一面來概括整個中國文學，那就更加荒誕不經。

林語堂自稱讀書只讀極上流書或極下流書。如此讀書，如果自得自適，倒不失為一家之言。可如果據此評論整個中國文學，那可真正是管窺蠡測了。上流不多，況且未嘗讀得懂；下流中偶爾也有「遺賢逸士」，卻也很可能失之交臂。對整個中國文學沒有一個完整的正確的理解，如此讀書只能近乎搜豔獵奇。不能要求林語堂像專門學者那樣對中國古典文學有精深的研究，但要求林語堂在大談中國文學時，不要信口開河。林語堂喜歡「閒適」，盡可談「閒適」，但沒必要把整部中國文學史的價值全歸之於「閒適」。其實，林語堂又何嘗真正理解中國文學中的「閒適」。

是的，中國古典文學中頗多「閒適」之作，像李密菴那樣的雅致：「童僕半能半拙，妻兒半樸半賢，心情半佛半神仙，姓字半藏半顯……」(〈半半歌〉)；像張潮那樣的逸趣：「樓上看山，城頭看雪，燈前看月，舟中看霞，月下看美人，另是一番情境」(《幽夢影》)，是中國古代文人所嚮往的，但這只是表面現象。實際上，中國文學史上閒適詩文的作者多是「閒」而不「適」。有志於世而不得用，只好故作曠達，表面仙風佛骨，輕快飄逸，內心卻苦不堪言。試觀阮籍飲酒竹林，陶潛採菊東籬，李白訪道四海，蘇軾學佛黃州……哪一個真正閒適過？或則避世全身，或則借酒消愁，或則求內心平靜，或則圖日後進取。應該說，經世致用，建功立業，

[19]林語堂；張振玉譯，〈原序〉，《蘇東坡傳》(臺南：德華出版社，1979 年)，頁 7。
[20]林語堂；張振玉譯，《生活的藝術》(臺南：德華出版社，1979 年)，頁 126。

是中國古代知識分子中心的生活理想，求「仕」不得才求「隱」，求「忙」不得才求「閒」。至於仕隱並舉，忙閒兼得，「朝承明而暮青靄」，不過是一種幻夢。清代有位詩僧，人評其詩：「出家前作，似和尚詩；出家後作，似秀才詩。」[21]和尚身上有秀才，秀才身上有和尚，和尚秀才，交替互補。讀中國古代閒適詩文，盡可不必太認真。因為詩言志，故首首是實，句句不虛，那未免太天真了。懂得中國古代知識分子「閒適」之愁，「閒適」之苦，「閒適」背後的屈辱，才能理解不閒適的時代何以能產生那麼多閒適詩文。當然，也有不少為酒而酒，為隱而隱，為閒適而閒適的士大夫，只是這些真正的閒適之士的閒適詩文，倒沒有什麼價值，並非「閒適文學」的正宗。

其實，只要對中國文學稍有了解，就不難明白閒適文學背後的辛酸。周作人在〈重刊袁中郎先生全集序〉中就說：「外國的隱逸多是宗教的，在大漠或深山裡積極的修他的勝業；中國的隱逸卻是政治的，他們在山林或城市一樣消極的度世。長沮、桀溺曰：『滔滔者天下皆是也，而誰與易之？』便說出本意來。」林語堂對周作人極為推崇，當他大談中國古代文人的隱逸閒適時，該不會忽略周作人上述這番話吧？況且，當人們攻擊周作人「半是儒家半釋家」的〈五十自壽詩〉時，林語堂還出面辯護，大談其「寄沉痛於幽閒」呢。[22]在〈記隱者〉中，林語堂描述一個淡泊明志，可一談國事，目眦俱裂的隱者。「嗚呼，隱者歟？嗚呼，是真隱者也！吾是以益知天下隱者皆肝腸熱，非肝腸冷，我是以益信長沮桀溺天下第一熱人也。」[23]可見林語堂並非完全不解其中三昧，只不過為了給在現代中國提倡閒適文學提供理論根據，不得不委屈袁中郎等收心斂性，永遠「閒適」下去。

說「閒適」難免有落伍的嫌疑，講「性靈」可就誰也摸不著邊際。據

[21]徐珂，《清稗類鈔選》（文學、藝術、戲劇、音樂卷）（北京：書目文獻出版社，1984 年），頁 94。
[22]林語堂，〈周作人詩讀法〉，《我的話》下冊（上海：時代圖書公司，1936 年），頁 47。
[23]林語堂，〈記隱者〉，《論語》第 79 期（1935 年 12 月），頁 302。

說，「性靈」二字是「近代散文之命脈」。[24]可到底什麼是「性靈」，林語堂始終沒有說清楚。在〈記性靈〉中，林語堂從消化積滯與否、腺分泌是否正常來「科學」地論證「神感」與「性靈」的產生，真是「你不說我還清楚，你越說我越糊塗」。若如林語堂所說，性靈「只是你最獨特的思感脾氣好惡喜怒所集合而成的個性」[25]，提倡性靈即是「在文學上主張發揮個性」[26]，那麼誰也不會反對。只是中國文學史上能「發揮個性」的文學家如屈原、李白、杜甫、關漢卿、曹雪芹皆不入「性靈」之列，而選取張潮的《幽夢影》、李漁的《一家言》，冒辟疆的《影梅庵憶語》、沈復的《浮生六記》為性靈文學的標本，不能不令人懷疑林語堂的「性靈」另有界說。借用林語堂評笠翁、子才人生觀的兩句話：「很少冷豬肉氣味，去載道派甚遠」[27]，來做「性靈」的注解，也許更恰當。關鍵在於不載道，近人情，而這正是他對閒適文學的基本要求。

「提倡幽默，必先提倡解脫性靈」[28]；獲得性靈，必先善於享受人生；享受人生，必先有閒情逸趣。就這麼「一點心境」、「一把幽情」，正兒八經寫出來根本不行，因此必須提倡小品文，提倡語錄體。林語堂的幽默、性靈、小品文、語錄體，歸根到底，竟是「閒適」二字。林語堂 1930 年代的文章，沒有多少「幽默」，也沒有多少「性靈」，卻有足夠的「閒適」。開始還真有點「寄沉痛於幽閒」，〈論政治病〉、〈民國廿二年吊國慶〉、〈如何救國示威〉諸篇，火氣未消，往往由幽默一轉而熱諷冷嘲，依稀可見當年鬥士身影。〈言志篇〉、〈論西裝〉、〈我的戒菸〉一類文章，雖沒多大價值，畢竟有點新意，情趣盎然，小巧玲瓏。到了〈論裸體運動〉、〈說避暑之益〉、〈婚嫁與女子職業〉，〈讓娘兒們來幹一下吧〉，已是油腔滑調，無聊至極。至於談到「生活的藝術」，林語堂確有領悟，不乏精闢的見解。《閒情偶

[24]林語堂，〈論文（下）〉，《論語》第 28 期（1933 年 11 月），頁 170。
[25]林語堂，〈說瀟灑〉，《文飯小品》第 1 期（1934 年 2 月），頁 7。
[26]林語堂，〈記性靈〉，《宇宙風》第 11 期（1936 年 2 月），頁 526。
[27]林語堂，〈還是講小品文之遺緒〉，《人間世》第 24 期（1935 年 3 月），頁 35。
[28]林語堂，〈論文（下）〉，《論語》第 28 期，頁 172。

寄》談午睡，《浮生六記》說居室，《陶庵夢憶》說飲茶，《考槃餘事》說香料，《瓶史》說賞花……固然給林語堂提供師法的樣板，但聽他談穿衣之趣，談抽菸之樂，談安臥眠床思索的妙處，不得不承認林語堂確有閒情逸趣，並非一味剽竊古人。

林語堂最恨左派不談風月，而且不准他談風月，經常抱怨由於「怕文壇之共產黨罵」，不敢遊杭，不敢賞菊，不敢讀古書、寫小品。[29]遊山玩水可以，閒適小品也不錯。可於風沙撲面豺狼當道之日，大肆宣揚，以至時時「閒適」，處處「小品」，則不但無功，而且有過。魯迅說「現已非晉，或明，而《論語》及《人間世》作者，必欲作飄逸閒放語，此其所以難也。」[30]一方面是進步作家義正辭嚴的抨擊，一方面也怨自身太不爭氣，日見淺薄無聊，再加上時代實在太不「閒適」，林語堂式的閒適小品，不到兩年，轟然而起，悄然而終。此後，林語堂也就只能到國外向外國人宣講「閒適」了。

開口「天下」，閉口「國家」，時時板起青年導師鐵青的面孔，處處不忘領導世界新潮流，這樣的大人大文，即使正確精當，也令人受不了。來點清新俊逸的閒適小品，讀點無關大局的生活瑣事，讓讀者輕鬆輕鬆，這本身無可非議。林語堂有些清新自然的小品，如〈紀元旦〉、〈阿芳〉、〈孤崖一枝花〉等，半雅半俗，亦莊亦諧，確實別有風味。可也有不少小品，如〈竹話〉、〈論談話〉，本來蠻有情趣的，硬塞進一段反道學的道學話，顯得很不協調。

看來林語堂也不能「免俗」，扯起大旗反道學、反方巾氣，這本身何嘗不是道學、方巾氣？口口聲聲說不談政治，可反對人家談政治不也是一種政治？其實林語堂是談政治的，而且談得挺多，只不過角度有點特別而已。「東家是個普羅，西家是個法西，灑家則看不上這些玩意兒，一定要說

[29]〈我不敢遊杭〉、〈遊杭再記〉、〈寫中西文之別〉等。
[30]魯迅，〈致鄭振鋒〉，《魯迅全集第 12 卷・魯迅書信集》，頁 443。

什麼主義，咱只會說是想做人罷。」[31]抱住一點資產階級民主主義理想的灰燼，超然於黨爭之外，以第三種人自居，左右開弓，既罵共產黨及左派作家「教條」、「冷豬肉味」、「窮酸秀才之變相」[32]，又罵國民黨踐踏憲法、統制思想、提倡復古、消極抗日。[33]可是第三種人並不好當，林語堂不能不時時感到來自左右兩方面的壓力。[34]於是，高談政治之際，提倡不談政治的閒適小品，兩者並行不悖。既有入世的雄姿，又備出世的退路，可謂進退自如。只是這麼一來，進不足以兼濟天下，退不足以獨善其身，倒有點「苟全性命於亂世」的味道。懂得怎樣保全頭顱，故不敢過分冒犯當局；可又良心未泯，無法閉起眼睛說瞎話，不免發發牢騷，罵罵世道——這是 1930 年代企圖走第三條路的自由資產階級知識分子的共同心境，林語堂自然也不能例外。

一方面是跟著被畫歪了臉的袁中郎漫遊中國文學長河，過多地吸取其中封建士大夫的閒情逸趣；一方面是其根深蒂固的個人主義人生觀和享樂意識作怪，林語堂避開 1930 年代激烈的階級鬥爭，換下西裝革履，建起閒適的「風雨茅廬」。對比《翦拂集》時期主張全面歐化的初生牛犢，可真恍如隔世。至此，林語堂完成了他向傳統的復歸，尋到他所需要的「根」，可惜付出的代價未免太大了。

三

> 倘若強迫我在移民區指出我的宗教信仰，我可能會不加思索地對當地從未聽過這種字眼的人，說出「道家」兩字。
>
> ——《老子的智慧．序論》

---

[31]林語堂，〈有不為齋叢書序〉，《論語》第 48 期（1934 年 9 月），頁 1098。

[32]〈煙屑〉（《宇宙風》第 3 期）、〈遊杭再記〉（《論語》第 55 期）、〈四談螺絲釘（一夕話）〉（《宇宙風》第 6 期）。

[33]〈臉與法治〉（《論語》第 7 期）、〈沙蒂斯姆與尊孔〉（《論語》第 51 期）、〈外交糾紛〉（《論語》第 80 期）、〈關於北平學生一二九運動〉（《宇宙風》第 8 期）。

[34]林語堂，〈編輯滋味〉，《論語》第 15 期，頁 505～506。

林語堂信仰多變，即使同一時期也有不同的說法，這也許跟他給宗教下的定義過於空泛有關。1939 年，他在給《大美晚報》寫的〈我的信仰〉一文中這樣界定現代意義上的宗教：「舊的宗教的外形是變遷至模糊了，然宗教本身還在，即將來亦還是永遠存在的，此處所謂宗教，是指激於情感的信仰，基本的對於生命的虔誠心，人對於正義純潔的確信之總和。」宗教包括信仰，但信仰並不等於宗教，把道家學說、人文主義理想稱為宗教，本身是不科學的。但既然林語堂如此表述，不妨姑且聽之。

林語堂出身牧師家庭，進的是教會大學，自幼篤信基督教。1930 年代的林語堂，有時自稱是異教徒[35]，有時自稱是「無政府主義者，或道家」[36]，二十年後回顧，他又聲稱當年信仰的「唯一的宗教乃是人文主義」。[37]如此龐雜的信仰，一筆糊塗賬，實際上等於說沒有什麼真正的宗教信仰。1936 年移居國外後，林語堂一直在尋找一種新的精神寄託。在 1939 年寫的《我的信仰》中，林語堂認為摩西、孔子都不大適合現代社會，倒是老子那種廣義的神祕主義更有魅力。[38]於是有了本章開首所引那段名言，以道家信徒自居。到了 1950 年代，林語堂又不滿足道家信仰，批評「它那回復自然和拒絕進步的本質對於解決現代人的問題不會有什麼貢獻」，主張「從人文主義回到基督信仰」，並說到做到，恢復中斷多年的每禮拜上教堂的習慣。[39]逝世前一年，在所謂算總帳的《八十自敘》中，林語堂改變說法，一會兒說「他以道家老莊之門徒自許」，一會兒又說「他把自己描寫成為一個異教徒，其實他在內心卻是個基督徒」。[40]也許這是一種最準確的表述，儘管表面看來有點矛盾。當他在哲學冥思中，感到理性不能窮盡世界，「需與一種外在的，比人本身偉大的力量相聯繫」時[41]，他便皈依基督教；當他在實際

[35]林語堂，《生活的藝術》，頁 383、391。
[36]工爻譯，〈林語堂自傳（三）〉，《逸經》第 19 期（1936 年 12 月），頁 22。
[37]林語堂，〈從人文主義回到基督信仰〉，《魯迅之死》（臺南：德華出版社，1980 年），頁 113。
[38]林語堂，〈我的信仰〉，《魯迅之死》，頁 103。
[39]林語堂，〈從人文主義回到基督信仰〉，《魯迅之死》，頁 116。
[40]林語堂；張振玉譯，《八十自敘》，頁 3。
[41]林語堂，〈從人文主義回到基督信仰〉，《魯迅之死》，頁 113。

生活中，感到「生命是如此慘愁，卻又如此美麗」[42]，需要用一種夢想的、嬉戲的眼光才能真正領略人生的樂趣時，他便推崇道家。

林語堂不但自己信仰道家，還把道家作為中國文化的精髓，推薦給西方讀者。中國現代史上，著眼於東西文化綜合，努力於以東方文化拯救人類；在西方產生一定影響的「東方哲人」，一是以儒家救世界的辜鴻銘，一是以佛家救世界的梁漱溟，再就是這以道家救世界的林語堂。

林語堂一貫注意中西文化異同的比較，並強調東西方的互相學習、互相補充。在其代表作《吾國吾民》中，林語堂系統地比較中西民族性格、社會制度、人生理想、審美態度、宗教情緒、思維方式、生活趣味等的異同，儘管其中西方只是陪襯對此，而且偏頗之處甚多，仍不失為一部有趣的比較文化專著。基於他對東西方的這種了解，林語堂在不同場合發表他對東西文化綜合的見解，可講來講去不外強調中國人向西方人學科學態度，西方人向中國人學如何領略生活情趣。[43]這種感受可能很準確，只是這樣來談東西文化綜合，未免太瑣碎了。到了 1940 年代，林語堂僑居國外多年，自信東西兼通，開始從總體上來談東西文化的綜合。「東西文明之異同，乃言各有畸輕畸重而已。西方學術以物為對象，中國學術以人為對象。格物致知，我不如人；正心誠意之理，或者人不如我。」[44]沒想到轉了一圈，還是回到近代早期改良派那裡去，還是中國物不如人，可道德文章冠全球那一套！只是考慮到當時特殊的歷史背景（抗日戰爭中加強民族自信心的必要）、特殊的讀者對象（用英語向歐美讀者宣講中國文化）和作者特殊的心理狀態（僑居國外，對中國文化的依戀），這種靠分離物與理、體與用來抬高中國文化的愚蠢做法才差可原諒。

那麼，林語堂如何向西方讀者介紹中國文化，如何實現他東西文化綜合的理想呢？1930 年代初，林語堂向英國人講中國文化精神，還是儒家的

[42]林語堂，〈人生之理想〉，《吾國吾民》，頁 94。
[43]《生活的藝術》，頁 52、〈中國文化精神〉、〈英國人與中國人〉。
[44]林語堂，〈《啼笑皆非》中文譯本序言——為中國讀者進一解〉，《宇宙風》第 138 期（1944 年 8 月），頁 200。

中庸之道，沒有什麼獨特的見解。後來受魯迅等人的啟發（下面將論及），開始注意道家學說。到 1935 年年底，林語堂已確信「中國人生下來就是一個道家」，「中國好的詩文，都是道家思想」，「儒家之唯一好處，就是儒教中之一脈道家思想」。[45]出國以後，林語堂大談中國文化，立足點落在道家。這是因為，一方面，他沒有儒家以天下為己任的社會責任感，也沒有佛家苦海舟航普渡眾生的大慈大悲心，倒是道家任自然求安逸是性之所近，真正了然於心；另一方面，他認為西方「缺乏一種和平的哲學」[46]，需要的是滋陰而不是補陽，而道家哲學正好是西方的濟世良方。因此，他大聲疾呼：「愛護英美，願他們永遠昌盛的人，須三讀老子，因為在《道德經》內，他們能學到內不弊外不挫力量的祕密。」[47]

林語堂介紹道家學說，既著眼於其處世之道——生活的藝術，也著眼於其治世之道——政治的藝術，前者以《生活的藝術》為代表，後者以《啼笑皆非》為代表。在「不說老莊，而老莊之精神在焉」[48]的《生活的藝術》中，林語堂以老莊的抱一、守雌、不爭、無私、任自然、無榮辱、知足常樂、避世養生等為思想基礎，建立「合理近情的生活理想」，最大限度地享受生命，享受悠閒，享受大自然，享受家庭、生活之樂，旅行、讀書之趣。作者把了悟這種「生活的藝術」的最高理想人物，稱為「對人生有一種鑑於明慧悟性上的達觀者」。「這種達觀產生寬宏的懷抱，能使人帶著溫和的譏評心理度過一生，丟開功名利祿，樂天知命地過生活。這種達觀也產生了自由意識，放蕩不羈的愛好，傲骨和漠然的態度。一個人有了這種自由的意識及淡漠的態度，才能深切熱烈地享受快樂的人生。」[49]在縱論天下大勢的《啼笑皆非》中，林語堂介紹老子的以柔弱勝剛強，以無為取天下的治世之道，聲稱如若老莊了然於心，第一，可以「革除（納粹）『鵝

[45]〈四談螺絲釘（一夕話）〉，《宇宙風》第 6 期（1935 年 12 月），頁 275。
[46]《啼笑皆非》中譯本（臺南：德華出版社，1980 年），頁 79。
[47]《啼笑皆非》中譯本，頁 149。
[48]林語堂，〈關於《吾國與吾民》〉，《宇宙風》第 49 期（1937 年 10 月），頁 31。
[49]林語堂，《生活的藝術》，頁 2。

步操』，學習循『S』曲線行走，如溜冰一般」；第二，「對權力霸道失去信心」；第三，「培植了輕視武力侵略的態度」；第四，「順道而處，如是則可不至敗亡，而達到能知天命的宗教境界」。[50]這樣，世界和平指日可待。林語堂介紹道家的治世之術，在西方似乎沒有產生什麼影響，這也許跟他不懂政治而偏要侈談天下大勢有關。至於道家生活哲學，林語堂頗有領悟，再加上「中國詩人曠懷達觀高逸退隱陶情遣興滌煩消愁之人生哲學」，「正是於美國趕忙人對症下藥」，故《生活的藝術》（及《吾國吾民》中講飲食園藝的〈人生的藝術〉一章）被很多美國人奉為生活之準則。[51]

以道家為中國文化的中心，這很有特點，儘管這種表述準確與否還可以商榷。這種見解，顯然受魯迅的啟發，魯迅等人曾強調道教對中國文化精神和中華民族性格的決定性影響。1918 年，魯迅說：「前曾言中國根柢全在道教，此說近頗廣行。以此讀史，有多種問題可以迎刃而解。」[52]1927 年，魯迅又說：「人往往憎和尚，憎尼姑，憎回教徒，憎耶教徒，而不憎道士。懂得此理者，懂得中國大半。」[53]1927 年，許地山說：「我們簡直可以說支配中國一般人底理想與生活底乃是道教的思想；儒不過是占倫理底一小部分而已。」[54]1932 年，周作人說：「影響中國社會的力量最大的，不是孔子和老子，不是純粹文學，而是道教（不是老莊的道家）和通俗文學。」[55]魯迅著重思想史，許地山著重宗教史，周作人著重文學史，角度不同，結論卻完全一致。林語堂顯然從中得到啟發，在論述中國人的德性時，也點明「中國人民出於天性的接近老莊思想甚於教育之接近孔子思想」。[56]道家與道教，既有聯繫又有區別。在近、現代中國，道教對下層勞動人民、道家對知識分子的影響仍然很大，魯迅等人著眼於國民性的改

[50]林語堂，《啼笑皆非》，頁 217～220。
[51]林語堂，〈關於《吾國與吾民》〉，《宇宙風》第 49 期，頁 31。
[52]魯迅，〈致許壽裳〉，《魯迅全集第 11 卷・魯迅書信集》，頁 353。
[53]魯迅，〈小雜感〉，《魯迅全集第 3 卷・而已集》，頁 532。
[54]許地山，〈道家思想與道教〉，《燕京學報》第 2 期（1927 年 12 月），頁 249。
[55]周作人，《中國新文學的源流》（北平：人文書店，1932 年），頁 15。
[56]林語堂，〈中國人之德性〉，《吾國吾民》，頁 51。

造，故著重強調道教與道家思想的消極作用。出國以前，林語堂也基本持此態度。

「國民性改造」，是中國近、現代進步作家注目的一個中心課題。從改造國民性出發，當然得否定道家哲學，因為中華民族「三大惡劣而重要的德性：忍耐、無可無不可、老滑俏皮」，跟道家人生觀有密切聯繫。[57]即使到了 1930 年代初，林語堂「方巾氣」將盡未盡時，對道家哲學仍抱否定態度。「聰明糊塗合一之論，極聰明之論也。僅見之吾國，吾未見之西方。此種崇拜糊塗主義，即道家思想，發源於老莊。老莊固古今天下第一等聰明人，《道德經》五千言亦世界第一等聰明哲學。然聰明至此，已近老滑巨奸之哲學。不為天下先，則永遠打不倒，蓋老滑巨奸之哲學無疑，蓋中國人之聰明達到極點處，轉而見出聰明之害、乃退而守愚藏拙以全其身。又因聰明絕頂，看破一切，知『為』與『不為』無別，與其為而無效，何如不為以養吾生。只因此一著，中國文明乃由動轉入靜，主退，主守，主安分，立知足，而成為重持久不重進取，重和讓不重戰爭之文明。」「吾所知者，中國人既發明以聰明裝糊塗之聰明的用處，乃亦常受此種絕頂聰明之虧。凡事過善於計算個人利害而自保，卻難得一糊塗人肯勇敢任事，而國事乃不可為。」[58]話說得何等痛快，何等精采！遺憾的是，林語堂一面批判糊塗主義，一面提倡閒適哲學。「叛徒」與「隱士」之爭，在林語堂身上，具體體現為對道家的不同評價。到了超出紅塵之外，悟出「為國服務」不過是無聊的「螞蟻和臭蟲」的無聊勾當時[59]，林語堂停止對道家哲學的攻擊，一轉而為道家哲學大唱頌歌。

1930、1940 年代，除貫串道家精神的散文集《生活的藝術》、文學傳記《蘇東坡傳》和專著《老子的智慧》外，林語堂還寫了三部長篇小說，中心

---

[57]林語堂，《吾國吾民》，頁 43；林語堂，〈中國的國民性〉，《人間世》第 32 期（1935 年 7 月），頁 13～14。
[58]林語堂，〈中國人之聰明〉，《人間世》第 6 期（1934 年 6 月），頁 7。
[59]工爻譯，〈林語堂自傳〉，《逸經》第 17 期（1936 年 11 月），頁 65。

主旨都是弘揚道家哲學。「以莊周哲學為籠絡」[60]的《京華煙雲》借道家女兒木蘭的半生經歷為主線，展示1900至1938年中國廣闊的社會人生，讚揚「道家總是比儒家胸襟還開闊」[61]，既思想自由，善於吸收新事物，隨時代而前進，又灑脫通達，半在塵世半為仙，滿腔熱情地享受人生。在描寫抗戰初期三個青年男女逃出北平奔向大後方參加救亡工作的《風聲鶴唳》中，既有禪宗教徒老彭，又有道家信徒博雅。作者歌頌前者的慈悲、友愛，富於犧牲精神；歌頌後者的豁達，大度，以及浪漫情調與俠義精神。從小說結尾引用《聖經》詩句「為友捨命，人間大愛莫過於斯」作為博雅的墓誌銘看，作者顯然更讚賞道家信徒博雅。《唐人街》以抗日戰爭中美國紐約華僑聚居的唐人街為背景，借助湯姆的眼睛，考察被西方同化了的二哥佛萊迪「靠拳頭打出威嚴來」的生活準則與剛從中國來的艾絲「了解剛性但以柔性來處理它」的處世哲學，最後由第一代華僑老杜格講敘那個齒落而舌在的古老寓言，說明「硬的和鬆脆的東西遲早都會破裂，但柔軟的東西仍然存在著」。[62]小說寫得不算好，藝術上沒有多少獨創之處（《京華煙雲》上、中卷明顯模仿《紅樓夢》），作者過分熱心於介紹中國人的生活習慣與人生態度（《京華煙雲》中頗多介紹中國人風土人情的，如沖喜習俗、結婚禮儀、古玩酒令、中醫中藥、命相神籤等），而相對忽視了人物的藝術生命。因而，與其作為小說讀，還不如作為形象化通俗化的文化史著作讀有趣。《京華煙雲》中的儒道對比，《風聲鶴唳》中的佛道對比，《唐人街》中的西方文化與以道家為代表的中國文化的對比，目的都是為了強調道家思想在東西文化綜合中的地位和作用。在《生活的藝術》中用論文形式表達出來的理想人物四種素質——「一種嬉戲的好奇心，一種夢想的能力，一種糾正這些夢想的幽默感，一種在行為上任性的、不可測度的素質」[63]——在《京華煙雲》、《風聲鶴唳》中借道家信徒姚思安一家三代（女兒木蘭、孫子博雅）的學道、求道、得道形象地

[60]林語堂，〈給郁達夫的信〉，《魯迅之死》，頁146。
[61]林語堂；張振玉譯，《京華煙雲》（臺南：德華出版社，1980年），頁193。
[62]林語堂；唐強譯，《唐人街》（臺南：德華出版社，1977年），頁313。
[63]林語堂，《生活的藝術》，頁71。

體現出來。而《唐人街》中艾絲勸騷動不安的湯姆讀《老子》，又正好體現了《啼笑皆非》中以道家救西方的東西文化綜合理想。

不管是作為治國之術，還是作為處世之道，道家哲學自有其價值。隨著東潮西漸，道家思想將成為世界人民共同的寶貴的精神財富，為越來越多的西方人士所喜愛。作為向西方讀者介紹道家學說的先驅，林語堂的工作值得肯定。但這並不意味著對林語堂 1930、1940 年代在國內提倡閒適哲學和道家學說的批判是錯誤的。

魯迅的《出關》和林語堂的《唐人街》，同樣引用牙齒落而舌頭在的比喻，同樣拿孔子和老子作對此，魯迅講老子的以弱退不如孔子的以弱進，林語堂則講老子的柔勝孔子的剛。表面上只是對兩個歷史人物的評價不同，實際上體現了評論者不同的社會歷史觀和人生觀。魯迅著眼於變革現實，故批判道家的無為觀，林語堂著眼於個人修養，故推崇道家的任自然。1930 年代林語堂以「有不為齋隨筆」為總題在《論語》和《人間世》發表一系列宣揚閒適、性靈的小品文，魯迅很不以為然，曾著文批評：「但敢問——『有所不為』的，是卑鄙齷齪的事乎，抑非卑鄙齷齪的事乎？」[64]1930、1940 年代林語堂的學道說道，有益於個人修身養性，卻無利於中華民族的進步。儘管他聲稱，「無為」並非不問世事，而是「利用自然達成目的」[65]，也就是說，還是「有所為」的；但很難設想佛陀、耶穌的和平哲學或姚思安的雲遊四海、木蘭的淡泊明志能為抗戰軍民提供什麼有益的啟示。居心也許不錯[66]，可效果卻不敢恭維。

道家哲學作為鑑賞自然、享受人生、保持心理平衡的「藝術」，的確很有魅力，在現代西方社會提倡也不無好處。但道家哲學過於圓熟、短於進取，對現代中國國民缺陷的形成負有直接責任，因此，在中國變革的熱潮中，提倡道家哲學是很不合時宜的。倘若身處順世，社會走上正軌，那麼

[64]直入，〈「有不為齋」〉，《魯迅全集第 8 卷・集外集拾遺補編》，頁 392。
[65]林語堂；王玲玲譯，《老子的智慧》（臺南：德華出版社，1981 年），頁 261。
[66]在〈給郁達夫的信〉中，林語堂聲稱寫作《京華煙雲》是為了紀念全國在前線為國犧牲之勇男兒，非無所為而作也。

「無為而治」，讓其在原有軌道上滑行，不失為上策。但如果社會混亂，政治腐敗，民不聊生，再加上強敵壓境，非變革不能圖強，非變革不能自保，此時此地，提倡「無為」，上者最多也只能獨善其身，下者則難免同流合汙了。理想家可以為未來設計模式，藝術家也可能為下一代人創作作品，但熱心政治的文化人卻不應該為社會提供不合時宜的思想——即使這種思想總有一天會走紅運。

在中國現代作家中，大概沒有人比林語堂更西洋化，也沒有人比林語堂更東方化。在《八十自敘》中，林語堂為自己羅列了一大堆矛盾，唯獨漏了最根本的一條：極端的西化與極端的中化之間的極端不協調——儘管這種不協調是以一種協調的形式出現。這種不協調既是林語堂的長處，也是林語堂的短處。當他用東方文化來評論西方文化，或者用西方文化來評論東方文化時，確實能拉開距離，局外旁觀，很容易見出差異。可一旦超越這種印象式的隨感，作深入開掘時，林語堂便無能為力了——他既沒有深深植根於東方文化，也沒有深深植根於西方文化。因而，聽林語堂講中西文化的異同，你會覺得他講的都對，可都不夠味。他懂的一般人都懂，一般人不懂的他也不懂。他的工作只不過是把眾人的零星見解綜合起來，再加上一點自己的切身感受，也許真切，但談不上高明。儘管如此，我們仍承認他抓住「東西文化綜合」這麼一個 20 世紀最激動人心的課題，發揮東西兼通的特長，為傳播中國文化做出貢獻。

如何在東西文化的夾縫中站穩腳跟，既堅持民族傳統又追趕世界潮流，這對於現代中國知識分子來說無疑是一個嚴峻的課題。林語堂以他獨特的方式完成從西方文化向東方文化的轉化，這其間的利弊得失、功過是非，對今天提倡東西文化綜合的人，不無借鑑作用。這也許是我們對林語堂感興趣的更主要的原因。

1985 年 3 月 18 日於北大

——選自《中國現代文學研究叢刊》第 24 期，1985 年 7 月

想念林語堂先生

◎馬悅然*

要是林語堂先生 1937 年沒有發表他的英文版大作 *The Importance of Living*（《生活的藝術》）我今天肯定不會應邀到臺北來參加這隆重的座談會。事情是這樣的：我 20 歲服完兵役之後，在瑞典烏普薩拉大學（Uppsala University）攻讀拉丁文和希臘文。我那時最大的願望是畢業後在一個古老的瑞典城市的高中教書，讓學生們欣賞我自己所喜歡的拉丁文和希臘文的詩歌和散文。1946 年的春天，我正在忙於準備考拉丁文的時候，我的一個伯母把林語堂先生的著作借給我看。我讀那部書的時候簡直沒有想到一位陌生的中國作家會完全改變我對自己的前途的計畫和希望。

此書的第五章裡，作者談到莊子和老子的哲學。我一讀完了那一章，就到大學圖書館去借《道德經》的英文、德文和法文譯本。我看了這三種譯文之後非常驚訝：這三本譯文的差別那麼大，怎麼會出自一個共同的原文呢？好，我鼓起勇氣給瑞典有名的漢學家高本漢打電話，問我能不能拜訪他。高本漢那時當瑞典遠東博物館的館長。我去拜訪高本漢的時候就問他《道德經》哪一種譯文是最可靠的？高本漢說：「都不行！只有我自己的譯文是可靠的。還沒有發表，我願意把稿子借給你看。」我過了一個星期把稿子還給高本漢時，他就問我：「你為什麼不學中文呢？」我說：「我願意學！」高本漢說：「好，你 8 月底來，我就教你。再見！」我 1946 年 8 月搬到斯德哥爾摩去，開始跟高本漢學中文。我頭一個課本是《左傳》，第二個課本是林語堂的老朋友所寫的《莊子》。我相信林語堂先生會認為高本

*馬悅然（Göran Malmqvist），瑞典籍漢學家，瑞典學院院士、諾貝爾文學獎評審委員。

漢所選的課本是再好沒有的了。

我 1946 年到 1948 年跟高本漢學的多半是先秦文學著作和歷代的音韻學。我攻讀中文的同時，我也讀了林語堂先生很多別的英文版的著作，像 *My Country and My People*（《吾國與吾民》），*Between Tears and Laughter*（《啼笑皆非》）和他的最精采的以《紅樓夢》為原型的長篇小說 *Moment in Peking*（《京華煙雲》）。

書如其人。德國有名的詩人、劇作家和小說家歌德曾提到他非常討厭的一個人說：「要是他是一本書的話，我不願意讀他！」而我讀《生活的藝術》和《京華煙雲》的時候常常嘆息：「啊，多麼遺憾我沒有機會跟作者見面！」

西方有一個俗語說：「你告訴我誰是你的友人，我就讓你知道你是誰。」林語堂先生的友人很多。有的雖然生活在遙遠的古代，但是他好像天天跟他們來往，也把他們介紹給他的讀者。他的許多現在被世俗遺忘的文人也成了我自己的友人。他最親密友人有一些共同的特點：他們都是自由自在的個人主義者，都不願意跟著群眾走，他們都是樂觀的而且都具有非常強的幽默感（「幽默」這個中文詞本身是林語堂先生創造的），都欣賞大自然和簡單、樸素的生活所帶來的幸福。其中的儒家學者、政客和受現代商業化的人物非常稀少。我聽說林語堂先生發表於 1928 年的獨幕戲劇《子見南子》得罪了孔氏族人。這齣戲劇收入商務印書館 1936 年出版的《子見南子及英文小品文集》（*Confucius Saw Nancy and Essarys about Nothing*）（高本漢給他的學生們談到這部書時，哈哈大笑說：「啊，林老這個人，真是……」）。

他最親密的友人可能是莊子和陶淵明。在《生活的藝術》的自序裡，林語堂列舉他的一些精神上的朋友。其中有第八世紀的白居易，第 11 世紀的蘇東坡，16 與 17 兩世紀，富於口才的屠赤水，嬉笑詼諧，獨具心得的袁中郎，多口好奇，獨特偉大的李卓吾，感覺充溢、通曉世故的張潮，耽於逸樂的李笠翁，樂觀風趣的快樂主義者袁子才和談笑風生的金聖歎。

長住在美國的林語堂先生的外國的友人應該很多。他的著作裡提到的一個友人是 1938 年獲得諾貝爾文學獎的賽珍珠（Pearl Buck）。賽女士鼓勵先生用英文寫作，也給他的《吾國與吾民》寫了一篇序文。「兩腳踏東西文化，一心評宇宙文章」的林語堂對賽珍珠的友誼叫我心裡感覺得很安逸。我自己認為賽珍珠的小說 *The Good Earth* 是一部很好而且很動人的小說。我知道很多中國作家與文人認為她沒有資格獲得諾貝爾文學獎，且認為瑞典學院應該把獎頒發給一個寫農村生活的中國作家。問題是那時候當代中國作家的作品還沒有開始翻譯成外文。

1940 年賽珍珠和有名的瑞典探索家斯文・赫定（Sven Hedin, 1865～1952）不約而同都推薦林語堂先生為諾貝爾文學獎的候選人。瑞典學院請高本漢評價林語堂的著作。在他的報告中，高本漢特別提出《吾國與吾民》和《京華煙雲》；他認為這兩部書是「報導中國人民的生活與精神非常寶貴的著作」。諾貝爾文學獎的小組也特別欣賞作者的「活潑的、有機智的和富於很強的幽默感的想像力」。可惜的是瑞典學院 1940 年到 1943 年沒有頒發諾貝爾文學獎。其如此，可能是因為瑞典學院戰爭中願意保持一個中立的立場。

賽珍珠 1950 年再一次推薦林語堂先生。諾貝爾文學獎的小組認為作者既然用英文寫作，所以他的著作不能代表中國文學。瑞典學院好像沒有考慮到印度的詩人泰戈爾（Rabindranath Tagore, 1861～1941）憑他用英文寫的一部詩集 1913 年得過諾貝爾文學獎。

在《生活的藝術》第一章裡林語堂總結他的人生觀：「觀測了中國的哲學和文學之後，我得到一個結論：中國文化的最高理想的人，是一個對人生有一種建於明慧悟性上的達觀者（a man with a sense of detachment）。這種達觀產生寬宏的懷抱，能使人帶著溫和的譏評心理度過一生，丟開功名利祿，樂天知命的過生活。這樣達觀也產生了自由意識，放蕩不羈的愛好，澈骨和漠然的態度。一個人有了這種自由的意識及淡漠的態度，才能深切熱烈地享受快樂的人生。」莊子、陶淵明和蘇東坡都會贊同林語堂先生的人生觀。

連一個熱烈地享受快樂的人有時候也會落於悲哀的狀態。林語堂先生的《啼笑皆非》真的是「啼」多於「笑」的一部書。書寫背景是恐怖的國際政治形勢引發作者的憤怒和失望，讓人哭笑不得的 1943 年。

林語堂先生的興趣範圍比任何現代中國文人廣大得多。他不僅是一個優秀的作家，他也是評論家、翻譯家、教育家、語言學家、美食家和發明家。他發表的作品很多。他的處女作獲得學校金牌獎的英文短篇小說，發表於 1913 年。他最後的著作，《八十自敘》，發表於 1975 年，先生去世的前一年。

林語堂先生的著作對西方人之了解和欣賞中國優秀文化的影響非常大，他們從他的著作所得的收獲可能比中國讀者所得的大得多。林語堂先生去世之後這三十年，中國大陸的各方面越來越商業化，越來越俗化。大陸這些年重新流行像林語堂先生和梁實秋先生這樣偉大的文人，據說就是過去他們缺少此類的生活態度和想像，把中國閒情逸致的生活方式丟掉了。據我看，重新出版林語堂先生的主要著作的時候到了。

世界文學界中偶然會出現不用自己的母語寫作的作家，像生在波蘭的尤瑟福．康拉德（Joseph Conrad）。像 Conrad 一樣，林語堂先生的英文比受過高等教育的英國文人更精采。他用英文寫的著作的風采有時遠遠地超過其中文版。對從 1928 年主要生活在美國的林語堂先生來說，英文變成他的第二個母語。高本漢給他的學生們講漢語歷史、音韻學和方言學的時候，有時會提到林語堂先生在那些方面的著作。我那時發現林語堂不僅是一位精采的作家和評論家，他在漢語歷史、音韻學、方言學、辭典編輯法、目錄學各方面有重要的貢獻，發表在不同的學術雜誌上。林語堂先生有時候也評論高本漢對古代音韻學的研究。他把高本漢的著作 *The Reconstruction of Ancient Chinese* 譯成中文，發表於《國學季刊》1923 年第 1 期。林語堂先生關於語言學的一些重要的文章收入上海開明書店 1933 年出版的《語言學論叢》。

林語堂先生早在 1925 年開始對於漢文方塊字的檢字法和漢語拼音法非常感興趣。他同年任教育部「國語羅馬字拼音研究委員會」的委員。他對「國語羅馬字」最大的貢獻是他建議用「空」的字母來代表字的聲調：ta, tar, taa, tah。此後繼續研究檢字法，希望將來會發明一種打字機。先生長年研究的「明快中文打字機」終於 1947 年在紐約發明成功。可惜的是因當時的中國內亂未能生產。這對林語堂先生來說，是一個很重的經濟打擊。

檢字法於辭典的編輯當然有很密切的關係。我在寫這篇講稿的時候才發現林語堂的由香港中文大學 1972 年出版的《林語堂當代漢英詞典》實在非常好。我以前沒有用過這部詞典的原因是我覺得其檢字法太生疏。《廣韻》的韻部，《康熙字典》的 214 個部首，「四角號碼」我都會用，可是林語堂先生的「上下形檢字法」和「五十部首」對我這個老頭兒來說太難學了。（談到檢字法，我發現我的中國朋友都非常驚訝我會背《康熙字典》部首的次序：行步的「行」是第 144 個部首，革命的「革」是第 177 個部首，「馬」是第 187 個部首。可是你問我「P」是英文字母裡頭第幾個，我就不知道了）。

據我所知，林語堂先生和高本漢只見過一次面。1948 年 5 月 20 日，高本漢在紐約 Columbia 大學做了一個關於早期的中國銅器的演講。第二天晚上，大學舉行一個隆重的宴會，請來全美國的著名的漢學家和中國學者。除了林語堂先生以外，高本漢的老朋友傅斯年、羅常培和李方桂也在場。我相信林語堂先生和高本漢先生要是那時有機會談話，肯定談得很攏。兩個學者的幽默感非常大，而且非常相似的。自己寫過幾部小說的高本漢非常欣賞林語堂先生的《京華煙雲》。高本漢和林語堂先生還有一個共同之特點：兩位學者很欣賞中國古代的文學著作而對中國近代、現代與當代的作品不大感興趣。（高本漢認為現代中國是從東漢開始的！）讀了很多先秦文學著作之後，高本漢的學生要求讀比較現代一點的東西。高本漢給我們選的是 17 世紀的小說《好逑傳》和《聊齋志異》。

在發表於 1935 年的《吾國與吾民》的第七章，林語堂先討論中國文學生活。其中談的小標題是「文學之特性」、「語言與思想」、「學術」、「學府制度」、「散文」、「文學與政治」、「文學革命」、「詩」、「戲劇」、「小說」和「西洋文學之影響」。在這一章裡頭，除了「小說」之外，作者取的都是古代的或者文言的例子。在小說小標題之下，談的是《水滸傳》、《西遊記》、《三國志》、《紅樓夢》、《金瓶梅》、《儒林外史》、《鏡花緣》和《二十年目睹之怪現狀》。民國建立之後與五四運動以來的作家，像魯迅、老舍、巴金、郭沫若、李劼人、茅盾、葉聖陶等都沒提過。談「詩」的小標題之下，作者談的也盡是近代以前的詩人。

談 1917 年的文學革命，作者只提三個中國作家的名字：周作人、魯迅和梁啟超。他強烈反對用白話寫作的作品之主要的原因是「中文之歐化，包括造句和字彙。西洋名詞之介紹，實為自然的趨勢，因為舊有名詞已不足以表現現代的概念。在 1890 年前後，為梁啟超所始創，但 1917 年之後，此風益熾。鑑於一切時尚之醉心西洋事物，此文體之歐化，誠微不足道；但所介紹的文體既與中國固有語言如是扞格不入，故亦不能持久。這情形在翻譯外國著作時尤為惡劣，它們對於中國通常讀者，其不合理與不可解，固為常事。」

談西洋文學影響，作者主要列舉 1935 年以前翻成中文的西洋作家，沒有提到任何中國作家的著作。在《京華煙雲》第 19 章作者提到林琴南先生翻譯外國文學著作的方法：「林氏原是古閩一位舊式學者，不知英文，他所譯各書，乃是請一位從英國回來的留學生口頭講給他聽而寫成的。他的最著名的成功，乃在於他在從不曾有過其他文人作家，用文言譯述西方長篇小說以前，居然用瑰奇縱橫的筆墨，充分的發揮小說所應有的各種規模，而竟然得到成功，得享盛名。」

胡適先生和英國有名的漢學家兼翻譯家阿瑟・偉利（Arthur Waley）對林琴南先生翻譯查爾斯・狄更斯（Charles Dickens）的小說的看法完全不同。胡適認為查爾斯・狄更斯小說裡的主人翁用已死了兩千年的語言講話是非常可笑的。Waley 認為林琴南先生所翻譯的 Dickens 的小說比原文好得多。我相信林語堂先生會同意 Waley 的看法。(林琴南先生和林語堂先生都是福建人。要是他們不是親戚的話,他們總是四川人所謂的「家門兒」)。

生活的藝術當然包括讀書的樂趣。在《生活的藝術》第 12 章林語堂先生寫如下:「讀書是文明生活中人所公認的一種樂趣,極為無福享受此種樂趣的人所羡慕。我們如把一生愛讀書的人和一生不知讀書的人比較一下,便能了解這一點。凡是沒有讀書癖好的人,就時間和空間而言,簡直是等於幽囚在周遭的環境裡邊。他的一生完全落於日常例行公事的圈禁中。……但在他拿起一本書時,他立刻走進了另一個世界。如若所拿的又是一部好書,則他便得到了一個和一位最善談者接觸的機會。這位善談者引領他走進另外一個世界,或另外一個時代,或向他傾吐自己胸中的不平,或和他討論一個他從來不知道的生活問題。一本古書使讀者在心靈上和長眠已久的古人如相面對,當他讀下去時,他便會想像到這位古作家是怎樣的形態和怎樣的一種人……」。在同一章裡作者寫:「再者,一個人在不同的時候讀同一部書,可以得到不同的滋味。……一個人在四十歲讀《易經》所得的滋味,必和在五十歲人生閱歷更豐富時讀它所得的滋味不同。所以將一本書重讀一遍,也是有益的。」

當然,自己欣賞的書,別人不一定會欣賞。在《生活的藝術》第 12 章作者寫:「讀書是一件涉及兩方面的事情:一在作者,一在讀者。作者固然對讀者做了不少的貢獻,但讀者也能藉著自己的悟性和經驗,從書中悟會出同量的收獲。宋代某大儒在提到《論語》時說,讀《論語》的人很多很多。有些人讀了之後,一無所得。有些人對其中某一二句略感興趣,但有些人則會在讀了之後,手舞足蹈起來。」這句話讓我想起一件有趣的事。大陸的文革 1967 年滲透到瑞典高等學校的時候,我邀請我的老師高本漢到大學來做一個演講,他那時講的是甲骨文。講完了以後,有一個非常紅的學生問他:「您讀過《毛主席語錄》沒有?」「讀過」,高本漢說。「您對那本書的看法如何?」學生問。「我覺得很像《論語》。」高本漢說。那學生高興極了,認為高本漢把《毛主席語錄》當作一部經典。於是高本漢加了一句:「這兩部書，你越讀越覺得無聊。」

我開始閱讀林語堂先生的著作的時候，我是一個沒有多少生活經驗的才 20 歲的少年。那時中國對我來說是一個非常古老，非常神祕而且非常陌生的國家。我 82 歲的時候再讀林語堂先生的書，中國早已變成我的第二個祖國。我 1948 年頭一次到中國去，在四川待了兩年。1956 年到 1958 年我們全家住在那時還沒有完全破壞的北京。從 1958 年的冬天到 1979 年的春天，大陸當局把我當作不受歡迎的人，拒絕把入境證發給我。我 1980 年代到北京時，真的哭得出眼淚。那時的北京完全不像林語堂先生所描寫的城市。在《京華煙雲》第 12 章作者如此稱讚世界上最美麗的城市之一:「時令是深冬了。北京的冬季真是美妙無與倫比，只有這本地的別個季節或許可以勝過它。在北京各個季節有著顯著的區別，每個季節有它的特點，自成一格，和別個季節完全不同。在這城市裡，人民過著文明的生活，然而同時又是居住在自然界的懷抱裡，極度的物質享受，和鄉村風味的生活融合一起，同時各自保持其特性。人們好似住在理想的城市裡，既有智力的刺激，又有心靈的休養。組成生活的典型去實現人生的理想，精神是何等的偉大?的確，北京的天然風景非常美麗，城裡有著湖沼花園，城外則有澄碧的昆明湖和紫色的西山，不只是北京的衣裙玉帶，北京的天色也使得當地的景致生色不少。假如天氣沒有這樣清澈的深藍，昆明湖當不致有這樣碧綠的玉色，西山的山坡也不會有這樣富麗的紫色，而且這個城市的構築，的確不愧為由建築專家所設計的，世界上沒有一個城市具有這樣的生活力，莊嚴和偉大，和家庭生活的快感，真是舉世無雙。但是北京雖是人的產物，卻不是一個人的產物，而是幾世紀來本能地愛好美化生活的人群的積累的產物。氣候、地勢、風俗、建築和藝術構成現在的北京。在北京的生活，人的成分占著主要的地位。北京的男孩子和小姑娘、男人和女人的抑揚頓挫的聲調，很可以證明這裡的文化和生活的愉快。」

假如林語堂先生在天之靈今天會下凡到北京去，他肯定像我一樣會哭出眼淚，臭罵大陸的當局沒有接受梁思成先生 1930 年代所提出的保存老北京的計畫。啊，我多麼希望有權力與力量把迫害老北京的官僚都關在牛棚裡，叫他們背林語堂先生的 *Imperial Peking: Seven Centuries of China*（《帝國京華：中國在七個世紀的景觀》），Crown Publishers，1961。

《京華煙雲》的作者是一個很大方的而且很好客的主人。在第 12 章裡，他請小說的主人翁和他的讀者到北京的郊外去欣賞風景。我讀到他們在香山碧雲寺享受羅漢齋時，忽然想起我 1949 年春天在四川峨嵋山上的一個佛廟裡，頭一次打羅漢齋的牙祭。我這個人最喜歡做白日夢。我寫這篇講稿的時候做了一個白日夢。夢裡出現一個仙女跟我說：「欸，馬老，我知道你很欽佩林公，也非常遺憾你們倆沒有機會見面。我給你安排跟他老人家見見面怎樣？我們也可以請他的一些最好的老朋友來做陪客。」「可是他最好的老朋友都是些早已不在的作家和詩人」我說，「沒問題」，那仙女說，「他們都在極樂天的俱樂部喝茶、下棋、聽評彈或者擺龍門陣什麼的。你給我寫一個名單，我就把他們都請來。」我把名單寫好了之後，仙女把它藏在袖子裡飛回極樂天去。我們約的是中秋節聚會在香山的碧雲寺。我們一共 12 個人（剛好坐一張桌子），除了林公與我還有莊子、白居易、蘇東坡、屠赤水、袁中郎、李卓吾、張潮、李笠翁、袁子才和金聖歎。大家高高興興地舉杯賞月的時候，金聖歎朗誦他的《不亦快哉・三十三則》。美食家袁子才臨時作一首七言絕句稱讚碧雲寺的羅漢齋。客人們飯後吃月餅的時候，林語堂和我把我們的菸斗拿出來，一邊抽著，一邊默默地賞月。

我相信你們都會想像我們那難忘的夜晚過得多麼愉快，所以我不必多說了。

——選自《跨越與前進——從林語堂研究看文化的相融／相涵國際學術研討會論文集》
臺北：林語堂故居，2007 年 5 月

從暴力走向人道主義：談林語堂復興中國之論述

◎顧彬[*]
◎周從郁譯[**]

惟其有許多要說的話學者不敢說，惟其有許多良心上應維持的主張學者不甘維持，所以今日的言論界還得有土匪傻子來說。

——林語堂，〈祝土匪〉，1926 年

一般認為，享有幸福快樂應是芸芸眾生追求的人生最高目標。此一追求快樂的觀點，雖在 20 世紀一時沉寂，然而政治與社會烏托邦理想國、溫和的社會主義崩解後（1989 年），以追求快樂為主題的相關書籍，突如雨後春筍般大量上市。姑且不論快樂是否為法國革命以來，每個社會皆有義務追求的共同目標，實際的道理很簡單：大部分的人如果不能懷抱快樂的想法或感受，生活會很難過。所以如果有人問候好不好，儘管並非理所當然，大部分人通常會不假思索的回答「很好啊」；問的人其實沒什麼期待，更不會預料到否定的回答，尤其在美國更是如此。今日的我儘管贊同思想家例如貝森・布魯克（Bazon Brock）所言「失敗造就完整人生」[1]，或是帕斯卡・布魯克納（Pascal Bruckner）名言：「快樂是現代人的魔咒。」[2]但是我要承

---

[*]顧彬（Wolfgang Kubin），德國籍漢學家，現為北京外國語大學全球史研究院特聘教授。

[**]發表翻譯文章時為東吳、輔仁大學德文系兼任講師，現為政治大學外文中心講師。

[1]引用德國烏帕塔（Wuppertal）馮德海特博物館（Von der Heydt-Museum）於 2006 年 6 月舉辦貝森・布魯克（Bazon Brock）展覽的部分主題。

[2]Pascal Bruckner; Claudia Stein 法譯德, *Verdammt zum Glück. Der Fluch der Moderne.*（可恨的快樂，現代人的魔咒）(Berlin: Aufbau, 2001).

認，我在學生時代讀林語堂（1895～1976）諸如《古文小品譯英》或《生活的藝術》等書中描述的種種人生觀[3]，內心感到由衷歡喜，時至今日，林語堂書中的風格、幽默、以及他的人生觀，我讀來仍讚嘆不已。這是否自相矛盾？先說我個人的人生觀從未改變，與林語堂看似有很大矛盾，但實則我們理念相當契合；儘管有些中國朋友指責我的思想未免已經太中國化了，說我看事不求精準，甚至說我連邏輯都不夠堅強了。以上這些說法或許都有些道理，我想我也可以搬出林語堂，說他才是違背嚴謹思想的始作俑者，若能這樣辯解對我可簡單多了。然而想當然耳，事情一向比我們期望簡化表達的要複雜多了。

第一部分

依我的了解，林語堂本人並未因為後殖民地理論的影響而成為犧牲品。左派早期思想以及共產黨的批判，視其為中產階級逃避現實世界分子，最終扭曲中國歷史，企圖詆毀中國共產黨。這個指責其實很荒謬，因為不是別人，正是今天（中國）馬克思主義分子，擅長將中國的歷史根據平日政治的需要加以闡釋。但也許有人蓄意聲稱，林語堂自己經過了個人的政治立場（1928 年）、語言（1935 年）、以及空間上（1936 年）的「轉變」，比如喜愛英語式幽默，喜歡使用英文，喜歡駐留美國，表示林語堂本人有殖民地崇洋的思想，除此之外，還指林語堂配合西方出版界期待，迴避掉 1930 年代後的中國現況，藉著飽讀詩書，架構出書裡才有的中國世界，並以呈現永恆的中國形象為己任。如此一來，就很容易理解何以

[3]林語堂; Liselotte、Wolff Eder（譯）, *Glück des Verstehens. Weisheit und Lebenskunst der Chinesen* (Stuttgart: Klett, 1963) 譯自 1960 年 *The Importance of Understanding*（《古文小品譯英》）。林語堂; W. E. Süskind（譯）, *Weisheit des lächelnden Lebens* (Stuttgart: DVA, 1979) 譯自 1936 年 *The Importance of Living*（《生活的藝術》）。有關中文版本《生活的藝術》（*The Importance of Living*）參見萬平近，《林語堂論》（西安：陝西人民出版社，1987 年），頁 139～162。林語堂的書 *The Importance of Living* 被翻譯成中文是《生活的藝術》，其實這樣的翻譯我認為非常不妥當。我認為林語堂正是反對歐洲不重視生活的態度（參見注釋第 16 有關叔本華的說明），因而透過這本書特別強調生活的重要性。

林語堂的書籍，在德文出版界經數十年還能大量出版、歷久不衰的原因了。以這個角度，應該可體會林語堂以中國傳統理念為依歸，擅長品味悠閒雅致的中國，是一個崇尚古人、推崇舊時代理想的保守派代表。

林語堂的書雖是以英文書寫為主，先不去計較他其實應該更算是中文作家而不是英文作家，在此我想提出我的個人體悟，並針對一般的觀念提出省思。這個——我希望是——新的認知要追溯至去年的經驗。2005 年 11 月底，臺北天主教輔仁大學舉辦一場波恩（漢學）學派的國際研討會，主辦單位依我請託，安排前往陽明山林語堂故居參觀。我有幸由三位北京與濟南來的年輕中國學者陪同前往，一遂多年來心願。11 月 27 日的週日下午，我們在林語堂故居中風景宜人的咖啡廳享用點心，搭配濃度挺高的中國烈酒。品酒當時我們既看不到也毫無所悉，就在咖啡廳的下方外面，為林語堂長眠之墓。從咖啡廳舉目，可遙望臺北盆地，想必林語堂晚年，常常在此居高臨下欣賞美景。咖啡廳周邊牆壁精心裝飾著林語堂的肖像與名言。比如：「兩腳踏東西文化，一心評宇宙文章。」美景當前，故人豪語，令我神往追隨林語堂的思緒。我眼前所見到的，如其故居前廳所掛卷軸書法，背後難道不也隱含著個人政治理念嗎？他寫著「春山、秋水」，而不是「春水、秋山」；還有那中國文人都追求的有為境界，如今卻反過來註記成四個字：「有不為齋」。[4]我們不必費事就會看到故居邊間那本可以自由翻閱的相簿裡，顯示著林語堂似乎完全站在國民黨以及蔣介石（1887～1975）那邊。我個人認為這一切的政治涵義已經超越了平日的政治議題，時至今日，仍值得我們深思。讓我們來審視這些事物，試試看運用一些主觀挑選的資料，主要是透過散文作品，來尋找一個初步的答案。

[4]關於有不為（不追求官位）參見林語堂; Ines Loos（譯）, *Ein wenig Liebe... Ein wenig Spott* (Zürich: Rascher, 1943), pp. 83-87. 譯自 *With Love and Irony*《諷頌集》；紀秀榮編，〈有不為齋解〉（1933 年），《林語堂散文選集》（天津：百花文藝出版社，1987 年），頁 142～145。

第二部分

林語堂遺留下巨大的資產，我認為世人對此認識不足且未加以重視，就是關於現今時代「心懷恨意」的一大問題。[5]現代有一特色就是人與人之間互相煽動對立，現代成了「憤怒的時代」。[6]誰看來擁有更多或愈來愈好，政客與大眾就開始坐立難安。因此所有的奪權者，必企圖應用仇恨、恨意或憤怒[7]作為操控大眾的工具，以推翻政權並維護自身權位，簡單說：這是「復仇建國」概念。[8]德國在 1933 年以及中國在 1966 年發生的大事雖屬極端事件，然而兩邊動員即令各行其道，在 20 世紀仍深具代表性。令人感到遺憾的，兩方陣營到現在都還有他們的擁護者，而且還不見得很容易區分出彼此的差異。

林語堂所期許的新中國社會，最初也是自心中萌生出「恨意」開始。1926 年 4 月 17 日林語堂寫道：「……若並一點恨心都沒有，也可以不做人了。」[9]這話出自林語堂之口，真令人驚訝！他恨什麼呢？當時的他和魯迅（1881～1936）一樣，恨著（軍閥統治下的中國）社會，因為他授課學校的許多女性大學生參加示威活動被殺（1926 年 3 月 18 日），而社會大眾竟然反應冷淡，不為所動。目前為止，有關女學生遭集體擊斃事件，主要的紀念文是以林語堂當時的朋友（魯迅）[10]為代表。即便如此，林語堂之前曾提出「公平競爭」的觀點[11]，即使當時的中國社會沒有回憶能力，但是林語堂卻完全能針對革命與思想攻防上，表現更勝一籌。林語堂跟上時代革新的思潮，但是表現迥然不同。他的思想曾經受到 20 世紀新中國思潮、鼓吹革新

---

[5]由於我多次撰述過這個觀點，所以此處略過不提細節。

[6]參見 Eugen Rosenstock-Huessy, *Die europäischen Revolutionen und der Charakter der Nationen*（歐洲革命與各國民族性）(Moers: Brendow, 1987), p. 23。

[7]參見 Peter Sloterdijk, *Zorn und Zeit*（憤怒與時代）(Frankfurt: Suhrkamp, 2006)。

[8]Karin Hempel-Soos 所著詩集 *Das Böse mehrt sich über Nacht*（惡勢力一夜現身）(Bonn: Bouvier, 1989), p. 75。

[9]紀秀榮編，〈打狗釋疑〉，《林語堂散文選集》，頁 29。

[10]紀秀榮編，〈悼劉和珍楊德群女士〉，《林語堂散文選集》，頁 23～26。

[11]紀秀榮編，〈論語絲文體〉（1925 年），《林語堂散文選集》，頁 13～19。

的梁啟超（1873～1929）以及其先鋒章炳麟（1868～1936）影響，梁啟超倡言「破壞」所有舊時代遺物思想，這個指導觀點，英國歷史學家霍布斯邦（1917 生）曾經另為文，概括指責此一思潮為「20 世紀晚期、最為典型與可怕的現象之一」。[12]毛澤東（1893～1976）緊隨此破壞思潮，將一切幾乎毀滅殆盡，直到最後崩潰邊緣，人人曾痛恨的資本主義又被找來挽救大局。毛澤東所倡導要徹底毀滅的決心[13]，魯迅文章曾與之呼應。魯迅曾辯論主張說，面對一條落水狗，也就是落敗的對手，大可繼續打，不必同情手軟。[14]這種情形與德國 1968 年的革命場景類似，繼續對陷入水坑中的警察侮辱似乎更有道理而並非該被批判。即使論述在此被當工具，魯迅本人之於革命者而言，有如尼采之於納粹黨一樣：是一個把暴力合理化的理論家。很多人出於魯迅之言而送命，就只因為魯迅的論述，反對林語堂認為最終應維護的觀點，即：「公平競爭」。

對於林語堂而言，儘管各方批評中國衰敗腐化、集權階級統治中國，他還是堅持原則，認為不應該徹底毀滅對手。他主張就事論事，不要針對人，可以批評事件，但是不要對人採取（人身）攻擊。我們心知肚明，這樣的規則概念不僅 1933 年在德國與 1966 年在中國皆被拋諸腦後，甚至 20 世紀末以來，愈來愈受到輕忽，現在的狀況是：即使不是公開主要的敵人，擋了路照樣痛宰，不容寬貸。

也許有人會問，林語堂這個公平競爭的觀念是從什麼地方得來，現在甚至連運動比賽都不見得如此！林語堂出自信仰基督教文化之家庭，無論發生多少衝突，最後還是回到基督徒身分。英文版的《新約聖經》到今天

[12]Eric Hobsbawm; Yvonne Badal（譯）, *Das Zeitalter der Extreme*: *Weltgeschichte des 20. Jahrhunderts* (München: Hanser, 1995), p. 17。譯自 Age of Extremes（極端的年代）。

[13]也許有些浮誇，但值得深思：Jung Chang（張戎）, Jon Holliday; Ursel Schäfer 等譯, *Mao*（毛澤東：鮮為人知的故事） (München: Blessing, 2005)。

[14]顧彬編, "Kein überstürztes Fair play. Ein Disput"（〈論「費厄潑賴」應該緩行〉）, *Werke in sechs Bänden, Bd. V: Das Totenmal*（《魯迅文集》德文版六冊：第五冊，墳）(Zürich: Unionsverlag, 1994), pp.357-369；魯迅，〈論「費厄潑賴」應該緩行〉，《魯迅全集》第一冊（北京：人民文學出版社，1981 年），頁 270～281。

都還放在他臺北故居的床邊桌上。《新約聖經》裡面曾以運動比賽作為重要的譬喻。[15]也許我們可以繼續把公平競爭與基督徒同情他人的觀點，相提並論。[16]同情對中國人而言，從 1919 年 5 月 4 日起，意味著「不忍」（看到他人受苦）。有趣的是，林語堂在傳統的「忍」上面，卻認為這是中國人民族性的一大缺點，並苦思如何改變。[17]我們這樣又觸到 20 世紀另一個問題。無論是法西斯主義或是共產主義都不了解同情為何物：他們一心只想徹底毀滅所謂的敵手，視同情為平庸無用的弱點。德國納粹黨以及倡導文革的中國都主張「徹底掃蕩異己」（Endlösung），而他們兩邊也都料到社會大眾會採取「容忍放任」的態度。

哲學家尼采也屬於主張拋棄同情的理論家之一，而林語堂也引用過尼采的論述——但是內容主題不相同——期以解決中國民族的問題。他所說的話，後殖民地主義人士聽了絕對不好受，因為他所說的見解，還更像是黑格爾、赫爾德、或是康德說的話。林語堂為文請「薩天師」薩拉圖斯托拉（Zarathustra）到中國一遊，透過其口發現中國是一群溫順馴服、面無血色的人民，毫無生氣呆望家中舊物。[18]由此可見，林語堂一生除了致力於西化，更直接說是歐化之外，他同時亦致力於復興中國古代文化的理想，其文化盛況最晚大約到朱熹（1130～1200）與當代新儒學為止。

林語堂所提對中國感到「絕望」的描述，時至今日，仍有如反映當前人心，比如最近中國知識分子抱怨祖國是一個「欠缺尊嚴的國家」[19]，他們

---

[15] Lauren Pfister, "Reconsidering Metaethical and Ethical Dimensions of Play and Sport from a Comparative Philosophical Perspective"（以比較哲學角度重省運動與遊戲之超倫理與倫理觀）, in *Orientierungen* 2/2005, pp.1-22。

[16] 不過我們也察覺到哲學家也有同情的態度，參見 Arthur Schopenhauer（叔本華）, *Über das Mitleid*（談同情）, (München: Beck, 2005)（Franco Volpi 出版並附跋文）。

[17] 參見 Goat Koei Lang-Tan, *Konfuzianische Auffassungen von Mitleid und Mitgefühl in der Neuen Literatur Chinas(1917-1942)*（中國新文學中對於同情同理心之儒家觀點）(Bonn: Engelhardt-Ng, 1995), pp.63-66。

[18] 參見 Martin Erbes, Gotelind Müller, Wu Xingwen and Qing Xianci, *Drei Studien über Lin Yutang(1895-1976)*（有關林語堂的三份研究）(Bochum: Brockmeyer, 1989)（Chinathemen 41, 中國題材，第 41 冊）, pp.23-25。

[19] 中國詩人多多 2006 年 7 月 22 日在山東黃島對我直言：「中國沒有尊嚴。」

直言：中國是個失去記憶的國家，中國人是沒有回憶的人，不敢面對現實。[20]也許從中我們能找到原因，了解何以林語堂不但早年受到猛烈抨擊，後來也沒有倖免被批。誰若是能面對現實，就會有勇氣談政治，雖然林語堂一直主張談論政治（「必須談政治」），但是在當時的軍閥統治之下，在國民黨當權的時代，以及現在共產黨中國，都仍舊充滿了困難。

林語堂的思想，從局外人觀之——先前已指出——似乎有矛盾之處：林語堂期望中國重振，透過 1.西化 2.復興古代文化 3.公平競爭，最後這點是指要拿出同情心。可是這些觀點對一個 1928 年之前還是堅決的革命派而言，要如何解釋呢？表面上似乎並不相容，但是以更寬廣的眼界來看，應可以找到解釋的理由：中國必須重振直至唐代（618～907）末期所擁有的堅韌性格，以今日眼光來看，就是擁有西方國家的那種反抗力量。可是無論哪一種奮鬥，都必須遵守規則，這是基督教文化、人道主義所秉持的重點。

我們不從基督教文化，而從人道主義的觀點來看，也必須說，林語堂所主張公平競爭、秉持同情心，對現代西方國家也深具意義。美國、以伊斯蘭教名義出發的暴力分子、很遺憾也包括以色列等國，都算不上秉持公平競爭原則。今天這三方出於自己的利益，都可能認為魯迅的見解有理！現代人缺乏同情心可謂具有「時代象徵」[21]，絕口不提原諒。[22]統治者如毛澤東就曾經出於自身的「利益」[23]，願意將四億中國人民推向原子戰爭。沒有一個後殖民地主義的代表人物敢如此主張維護「利益」，因為相較之下，帝國主義對中國恐怕還更是個福氣了！即使最恐怖的日本帝國主義，恐怕還要花上好幾

[20]Martin Erbes, Gotelind Müller, Wu Xingwen and Qing Xianci, *Drei Studien über Lin Yutang(1895-1976)*（有關林語堂的三份研究）, pp.26, 36.

[21]Henning Ritter, *Nahes und fernes Unglück: Versuch über das Mitleid*（遠憂與近慮：談同情）(München: Beck, 2004), p.56。

[22]參見 Vladimir Jankélévitch, *Das Verzeihen: Essays zur Moral und Kulturphilosophie*（原諒：談道德與文化哲學）(Darmstadt: Wiss. Buchges, 2003). Ralf Konersmann 編；Claudia Brede-Konersmann 譯自法文，Jürgen Altwegg 序文。

[23]Henning Ritter, *Nahes und fernes Unglück: Versuch über das Mitleid*（遠憂與近慮）, p.133。

個世紀，才追得上毛澤東到 1976 年所造成的死亡人數吧。所以我過去就曾經提出論述：中國革命從來不是以終止屠殺中國人民為目的。主導者一直就在主動從事殺害行為，不但更有效率，還不讓「帝國主義派」有插嘴的餘地。統計上來看，1949 年後在很短的時間內還成效顯著。

但我們不能說只有中國如此。自法國大革命以來，無同情心的觀點，逐漸影響歐洲哲學家採行「思想暴力」。「人道」的觀念已經被暴力分子當作工具使用，今日不但中國蒙受其「害」，連歐洲也影響受困，至今還無法排除[24]；處處都必須講求平等，這種平等的觀念就得犧牲掉那些不一樣的。我們可以了解，林語堂主張的幽默在這種狀況下，當然無法立足，因為幽默對他而言，能表現出一個具有人性關懷的社會，一個接受多元化的社會。[25]

中國現在是一個喪失記憶力的國家。大眾論壇從來不提 1989 年 6 月 4 日的事件，也不提文化大革命。臺灣也花了很長一段時間，才能紀念 1947 年 2 月 28 日的暴動事件。可是「西方國家」記得這些事，似乎也就爭到詮釋的主權了，因此——此可議論——西方國家就必然會被後殖民地主義者奮力對抗：誰曾在過去（號稱）建設了中國，未來也將繼續建設下去，並主導撰寫歷史，甚至不容人置喙。一般似乎有些道理的論述大概就是這樣或類似的說法。然而我們聽聽這些「建設者」的說法，比如說從過去的國民黨，或是今日的共產黨口中，我們只聽到了當局對謀殺人民提出的各種辯護。例如大家並不熟悉的作家劉白羽（1916～2005）於 1980 年在巴黎所寫有關王實味（1907～1947）在延安被處決的經過，這個劉白羽至今仍在北京「中國現代文學館」裡面占有一個舉足輕重的位置。德國也曾有一段時間，寫作與殺害事件環環相扣。所以浩劫生還者很少原諒德國人，而且都認為德國文化就是主張毀滅其他民族。[26]只要中國自己忘掉自己的死者，

---

[24]同前註, pp.189-217。

[25]參見紀秀榮編，〈論幽默〉，《林語堂散文選集》，頁 146～160。

[26]參見 Jankélévitch 之例。見註釋 22。

其實就沒有資格要求日本清償戰爭的罪惡。中日兩國對於屠殺中國人民的惡行其實是不相上下。因此林語堂要求公平競爭、要求同情心顯得多麼的重要！讓我們想想，古希臘時代對於戰敗的對手是多麼心存感謝！自法國大革命以來，凡是敵手都將遭到汙衊，不再因為實力而受到尊崇。因此我認為，林語堂並非隨性提出「公平之爭」、「良性之爭」[27]之說，乃是回應現代惡劣狀態之個人理想。

第三部分

一般論及林語堂的活動從政治轉到文學，從革命轉為私領域，過程變化有矛盾現象。[28]1928 年底，作家林語堂眼見時局，確也承認知識分子面對現實顯得很昏庸無能。[29]1927 年面對革命失敗，他指出時代的精神：青年感覺憂愁、漠然、空虛、寂寞、以及無力感。然而，轉變即使有些自相抵觸，林語堂後來轉而發揮人道關懷原則——出於儒學之啟發[30]——並全心致力將中國文化永恆的形象介紹與影響西方國家。我們同時也發覺林語堂直到晚年，皆保持對政治十分活躍的態度；有時候參與國際筆會（1930 年）、關注人權問題（1932 年）、中日戰爭問題（1944 年），有時是以堅決反共人士立場出面，或是友善前往蔣介石的臺灣（1961 年）。即使是不起眼的細節，例如所選擇的語言或是對幽默的解說，其實都隱藏著一些政治的動作。以英文寫作，就有機會避開當時（國民黨）實行的新聞檢查，而運用幽默，則是一種道德上公平的態度與溫和的人道立場，以此對待對手，而不需死纏爛打到底。[31]也許此刻的林語堂面對中國博大精深的文化，

---

[27]紀秀榮編，〈打狗釋疑〉，《林語堂散文選集》，頁 28。

[28]紀秀榮編，〈序言〉，《林語堂散文選集》，頁 9。

[29]參見此處代表性的文章〈《翦拂集》序〉；紀秀榮，〈序言〉，《林語堂散文選集》，頁 1～3；*Drei Studien über Lin Yutang(1895-1976)*（有關林語堂的三份研究）, p. 28 後。

[30]同前註，*Drei Studien über Lin Yutang(1895-1976)*, p. 32 後。

[31]同前註，*Drei Studien über Lin Yutang(1895-1976)*, p. 37 之後。參見：顧彬, “Lacht der Heilige? Bemerkungen zum Humor bei Wang Meng”, *minima sinica,* 3/2004, pp.1-14。顧彬；王霄兵譯，〈聖人笑嗎？評王蒙的幽默〉，《當代作家評論》（2004 年第 3 期），頁 74～78。

不再想用強硬的態度與之搏鬥了，他更想做的是將中國文化介紹給西方國家，介紹中國雖然物質缺乏，但是精神富裕，甚至遠遠超越西方國家。我們也觀察到，作家林語堂並非自命清高、而是一個充滿熱情的文學家，他懷抱著隱藏的立場，並超越普通的政治議題，甚至表露出 20 世紀一個基本的問題。這裡要指出的是他熱切做的研究：《蘇東坡傳》（1948 年）。[32] 其研究目標並不僅在於描述記錄偉大的文學家蘇東坡（1036～1101）的生平與著作，而是要借蘇東坡來批判現代，提供現代一個值得效法的典範，指引人們生命與努力的道路。

我們先假設，林語堂有其道理將蘇東坡歸類於心中無恨意（頁 x）的「民主人士」（頁 13），而他的對手王安石（1021～1086）則是社會主義派（頁 6 後），這樣解釋就能了解何以文化大革命時期，王安石會被視為重要的法家人士，而蘇東坡卻被認為是儒家派，必須嚴加批判。不過林語堂將《蘇東坡傳》裡的對手比擬如希特勒（頁 84），並且將希特勒的納粹政治口號，如「一個民族、一個帝國、一個元首」列為蘇東坡對方的立場，倒是並不妥當。但是我們今天明白，即便對中國持寬容立場的觀察家，也不得不同意法西斯主義和共產主義有很多相近的地方。姑且不談林語堂使用現代歐洲政治語言去描述古代中國人物時代的觀點問題，但在研讀《蘇東坡傳》有一點很清楚：宋朝時代（960～1279）寫作所帶來的危險絕不亞於 1949 年前後時期。從 1949 年到 1979 年，中國是一個「肅清異己的烏托邦」[33]，林語堂似乎已經預料到。否則要如何解釋他何以要研究王安石對文學家的整肅打壓，以及討論這些限制言論自由的題材呢？林語堂自己說，他研究蘇東坡，同時是在做「國家出於黨爭造成衰敗的研究」（頁 6）。稍後又補充：「沒有什麼比誤入歧途又固執己見的理想主義者，更會給國家帶來危險厄運了。」（頁 6）林語堂在此處又附帶提出其實也很重

[32]林語堂, *The Gay Genius: The Life and Times of Su Tungpo*（《蘇東坡傳》）(Melbourne: William Heinemann, 1948).

[33]參見 Gerd Koenen, *Utopie der Säuberung. Was war der Kommunismus?*（肅清異己之烏托邦。何謂共產黨？）(Berlin: Alexander Fest, 1998).

要的看法：「蘇東坡和王安石有生之年，都無法親眼看到他們思想的後果……」（頁 6）這句簡單話語背後有很深的涵義：那些「領導人」如希特勒、史達林、或是毛澤東，已一一離開政治舞臺，卻無法對他們過去所造成的大災難負起任何責任。甚至在中國大陸，儘管史達林和毛澤東都造成了明顯的錯誤惡行，他們還是被當作崇拜的對象！

林語堂認為共產黨非常不符人道，因為他本人認為中國文化是人道的文化，所以他也認為社會主義其實很不中國。[34]無論如何，即使長期沒人敢提，他已多次表示過，（共產黨的）「解放運動」將古老中國裡的奴隸，變成了新中國的「國家奴隸」，而現代中國則變成恐怖的毀滅者。[35]為什麼所謂的「解放運動」最後會變成「奴役人民」呢？這是因為中國的作家與知識分子——林語堂表示——欠缺蘇東坡偉大的特質：真與誠。[36]文人與知識分子，出於恐懼軍權，寧可自我批判、自我檢控、出賣道德靈魂或是隨波逐流。[37]然而做人與為文，對林語堂而言是同樣的一件事。他表示，一個作家不能輕易妥協，他必須保持中立。[38]可是偏偏這些準則 1949 年之前未受重視，而 1949 年之後就更難得一見了！蘇東坡以及他所代表的中國傳統文化的意義，對林語堂而言就展現在人道的一面，不但與法西斯主義和共產主義互相對立，更且與之抗衡。簡單說，一個作家不應趨炎附勢，不受拘束，確保社會多元性發展。這份資產在中國大陸與臺灣，直到 1980 年代初期都還相當受到干擾。

林語堂借《蘇東坡傳》作為對現代的批判，他運用了中國文人傳統原則「借古諷今」，在言論箝制時代，包括在中華人民共和國內也不斷有文人這麼做，他實則針對雙方兩邊。因此林語堂此一見解更期許歷史學家應

---

[34]Martin Erbes, Gotelind Müller, Wu Xingwen and Qing Xianci, *Drei Studien über Lin Yutang(1895-1976)*（有關林語堂的三份研究）,p. 96 之後.

[35]同前註,p.107；林語堂, *Ein wenig Liebe...ein wenig Spott*（《諷頌集》）, p. 296.

[36]同前註,p. 52；林語堂, *The Gay Genius: The Life and Times of Su Tungpo*（《蘇東坡傳》）,p. 10.

[37]Martin Erbes, Gotelind Müller, Wu Xingwen and Qing Xianci, *Drei Studien über Lin Yutang(1895-1976)*（有關林語堂的三份研究）,pp. 51-54.

[38]同前註,pp. 83, 109.

任重道遠。他借用蘇東坡父親蘇洵（1009～1066）的話明確指出史學家不應文過飾非：「史書之類也，遇事而記之，不擇善惡……」我們知道，若是牽涉近代史，這項原則在中華人民共和國很少執行。保持沉默或是撒謊，在中國已成歷史學家的重要任務了。

林語堂本人也少不了面對很多的批判。有人指責他的文章太過膚淺。他所採用的「筆談」[39]，若從中國人欣賞雲淡風輕的「淡」的美學來看，絕非膚淺，連蘇東坡也運用此法。以小窺大，這是為什麼作家林語堂會從「臭蟲」談到國家，以今日眼光看，這就是延伸談到理解、談到後殖民地主義的問題。[40]他的意見代表中國發聲，在現代顯得十分欠缺，這個聲音公開反對各方的新聞控管[41]，代表著某種政治行動，他人可以表示同意，也不是非要贊同不可。雖然林語堂和魯迅後來斷了往來，他所發表的中日戰爭期間日記（1943 年 9 月 22 日至 1944 年 3 月 22 日），他特意取魯迅的主張，名之為：「枕戈待旦」。今天哪個中國作家——也許除了北島以外——還會這樣說呢？

——選自《跨越與前進——從林語堂研究看文化的相融／相涵國際學術研討會論文集》
臺北：林語堂故居，2007 年 5 月
——2018 年 10 月 21 日譯者修訂

[39]林語堂, *The Vigil of a Nation*（《枕戈待旦》）(New York: John Day Company, 1944),p. 6.
[40]林語堂, *Ein wenig Liebe...ein wenig Spott*（《諷頌集》）, pp. 149-152.
[41]林語堂, *The Vigil of a Nation*（《枕戈待旦》）, pp.14, 215 之後.

林語堂與二〇年代的中國：幽默、悲喜劇與新時代女性

◎蘇迪然*
◎蔣天清、莊雅惟譯**

通向幽默

1932 年，《論語》半月刊發行；1933 年，「幽默年」到來，使林語堂成為中國著名的「幽默大師」。林語堂以音譯方式為英語單字「humor」創造一個中文詞彙「幽默」，並賦予它比傳統的「滑稽」一詞更為豐富的內涵（「滑稽」對林語堂來說，僅意味著「故作奇語以炫人」）。蕭伯納在 2 月短暫訪問上海，對「幽默年」而言，這是一件鼓舞人心及媒體的事件（也給林語堂與偶像對話的機會）。1934 年，坊間的雜誌期刊首次暴增了幾百份（僅僅在上海就增加兩百多份），且還不包括大批小開本的「小報」；這為出版界創下了歷史，也象徵「雜誌年」的到來。林語堂熱烈擁抱這個現象；一些評論家甚至認為，林語堂的《論語》半月刊正是推動這個現象的核心發展力量。1934 年，一位評論家寫道：「過去兩年裡，期刊一直是文壇的中堅力量。《論語》半月刊內主要為幽默作品，風行一時，甚至促成十多份類似出版物的誕生。」而且，「為了吸引讀者、滿足他們的需求」，其他雜誌也覺得不得不開始仿效《論語》半月刊的開本、版面設計與插圖。[1]

---

*蘇迪然（Diran John Sohigian），發表文章時為實踐大學應用英語學系副教授。
**蔣天清發表文章時為中央通訊社英文新聞編譯；莊雅惟發表文章時為碧詠國際資訊公司英文編譯。

[1]豈凡，〈雜文的風行〉，《人言》第 1 期（1934 年）；引自施萍，《林語堂：文化轉型的人格符號》（北京：北京大學，2005 年 11 月），頁 225。

我將利用過去自己對上述 1930 年代所謂「幽默現象」[2]的研究基礎，在本文中更深入探討林語堂在 1920 年代的早期作品，這些作品將提供一個新的角度，審視林語堂的「幽默、話語與文學」思想之起源。1920 年代，林語堂在學術圈外並不知名，當時他最著名的身分是擔任《語絲》雜誌的主要撰稿人，後來則以編寫英語教材而出名。1924 年，林語堂在《晨報副鐫》中最早發表有關「幽默」的作品（即首次以音譯的方式，為英語單字「humor」造一個中文詞彙「幽默」），這篇作品現在常被人譽為中國現代文學史上的里程碑，但卻鮮少有人詳細研究過。1925 年，蕭伯納獲得諾貝爾文學獎，林語堂翻譯他的作品《賣花女》。林語堂對蕭伯納筆下女性的興趣、對「話劇」（1920 年代的另一種新話語系統）的探索，以及對孔子《論語》（林語堂的 1930 年代幽默雜誌正是以此命名）的重新審視，皆在他 1928 年的獨幕悲喜劇《子見南子》中體現出來。《子見南子》是林語堂根據孔子《論語》中記錄的生活插曲編著而成。衛靈公夫人南子是《論語》中唯一提及名字的女性，同時也是非常具有爭議性的人物。1929 年，林語堂這篇以大量事實為基礎所虛構而成的戲劇，搬上舞臺。這在孔子的出生地曲阜引發一場爭論，這場爭論甚至引起國民黨政府高層對孔子出生地展開官方調查，也因此引起全國新聞媒體的關注。1920 年代是一個壯烈、激烈、變化猛烈的時代，中國經歷半殖民主義、文化遺產的價值顛覆、革命及「婦女問題」。在這樣的時代大背景下，我將探討林語堂的這齣悲喜劇及其引發的爭論。

林語堂是一位語言專家。他在萊比錫大學取得語言學博士學位，後於 1923 年下半年返回中國。回國後不久，他更改名字中的一個字，將原名「林玉堂」中的「玉」字改為「語」。這個「語」字可以在與林語堂有關的兩個學派中找到，它們分別是 1920 年代的「語絲派」與 1930 年代的「論語派」。我們也可以說（按照美國好萊塢的行話），「語」是林語堂的行當。

---

[2]Diran John Sohigian, "Contagion of Laughter: The Rise of the Humor Phenomenon in Shanghai in the 1930's" *positions: east asian cultures critique* (Durham NC, USA: Duke University Press). Spring 2007, Volume 15.1, pp. 137-163.

林語堂對話語的關注與分析既是描述性的（描述語言經歷劇變時，話語所產生的變化），又是規範性的（提倡某種話語方式）。在後者的情況中，他的分析常是為了尋求一種比開明、開放且健談的話語方式，更無破壞性或諷刺性的話語方式，一種可以有效宣揚他對個人主義、世界大同主義與個人心靈之自由理想的話語方式。本研究分別以莫里斯・布朗修的《無限的對話》（*The Infinite Conversation*）以及皮耶・布赫迪厄的著品作為理論背景，來研究林語堂先生對話風格的演變，以及他作為一個知識分子的定位。

五四時期，林語堂大可以犀利的「罵人」，但他經常發覺自己與當時的嚴厲措辭格格不入。1925 年，林語堂提倡「費厄潑賴」（英文「Fair Play」的音譯，意為「公平競爭」）精神，並與他的朋友魯迅開始了一場交鋒。後來證實這就是兩人在 1930 年代產生嚴重嫌隙的原因。1933 年，魯迅寫道，「老實說，他所提倡的東西，我是常常反對的。先前，是『費厄潑賴』，現在是『幽默』」。[3]《人間世》發行後，林語堂與其他人有了可以專注於「小品文」與「性靈」的地方，這場交鋒也演變成了一場文學論爭。海峽兩岸的學者皆點出，到了 1935 年這個轉捩點，這場交鋒「已經遠超過拌嘴了」，魯迅 1935 年在左翼的《太白》寫道：「辜鴻銘先生愛小腳；鄭孝胥先生傾向王道；林語堂先生醉心性靈」[4]這三句話，將林語堂與辜鴻銘（一個留著長辮子，至死（1928 年）都還為納妾與裹小腳辯護的一個古怪、無可救藥的皇朝遺老）、鄭孝胥（一個背叛國家、卑躬屈膝的偽滿總理大臣）兩個人相提並論。[5]

「笑」的現代性

就林語堂與其他的「幽默」擁護者而言，「幽默」現象展現了一個另類

[3]魯迅，〈論語一年——藉此談蕭伯納〉，《論語》第 25 期（1933 年 3 月），頁 18。
[4]施建偉，《林語堂在大陸》（北京：北京十月文藝出版社，1991 年），頁 353。
[5]魯迅，〈天生蠻性〉，《太白》第 2 卷第 3 期（1935 年 4 月）；施建偉，《林語堂在大陸》，頁 353，以及楊義等著，《二十世紀中國文學圖志》卷 2（臺北：業強出版社，1995 年），頁 171。

的現代主義觀點，表達了一種另類的話語方式。它從五四啟蒙運動中誕生，但又同時對五四運動提出挑戰。它迎接知識，但又同時以正經兼開玩笑的方式攻擊、挑戰知識。那麼是何者使得「笑」具有現代性呢？人們不都是一直在笑嗎？笑難道不就像是吃飯、睡覺、排洩一樣，是人類與生俱來的一項本能嗎？思想也是人類的本能，但是我們必須以不同的情境與應用方面來看待思想。「笑」一直存在於中國文明社會之中，林語堂認為，那些指稱中國人沒有幽默感的外國人是「無知的」。[6]那麼為何林語堂還要「提倡幽默」呢？反過來說，為何又有那麼多人覺得必須抨擊「幽默」呢？為何中國需要用一個新名詞「幽默」來代替「滑稽」呢？如果「幽默」只是在 1924 年（林語堂自創「幽默」這個新詞彙時）才被中國人所意識到的一個新文化感知，那麼它是不是具有一些獨特的現代性因素呢？[7]「幽默」的興起究竟是對過去的一種突破？還是只是換湯不換藥呢？雖然在英語中，「幽默」（humor）並不是現代才有的詞彙，但是「幽默感」（sense of humor），這個美國人寫推薦信與個人自我介紹中普遍常用的詞彙，則是到了現代才出現的概念，19 世紀以前並不存在。[8]

1930 年代最值得注意的就是林語堂、老舍和其他人所提出尊重「笑」的呼籲。在老舍心中對喜劇因素的排名，「幽默」是排在滑稽、諷刺、笑鬧、機智與冷嘲的前面。[9]笑與幽默進入到本該屬於悲劇與正經的領域中。有人也許會說，過去所缺少的並非「幽默」，而是對幽默的由衷欣賞。老舍做了種種努力，試圖說服人們「幽默」稱得上是一門藝術，但在今日看

---

[6]林語堂，《吾國與吾民》（紐約：John Day Company，1935 年），引自錢俊（錢鎖橋），*Lin Yutang*，頁 106。

[7]林語堂，〈徵譯散文並提倡「幽默」〉，《晨報副鐫》，1924 年 5 月 23 日；林語堂，〈幽默雜話〉，《晨報副鐫》，1924 年 6 月 9 日；林語堂，〈最早提倡幽默的兩篇文章〉，《論語》第 73 期（1935 年 10 月），收錄《林語堂選集——讀書・語文》第 6 冊（臺北：讀書出版社，1969 年），頁 170～178。

[8]Daniel Wickberg, *The Senses of Humor: Self and Laughter in Modern America* (Ithaca: Cornell UP, 1998), pp. 80-81.

[9]老舍，〈談幽默〉，《宇宙風》第 23 期（1936 年 8 月）。老舍，《老舍幽默小品》（臺北：文國書局，1995 年），頁 1～8。

來，似乎對許多人來說，卻是多此一舉。就如同老舍千方百計想要使我們相信，查理・卓別林與查里斯・狄更斯是「世人的大恩人」一樣的沒有必要。[10]自 1924 年林語堂建議將「笑」導入正經文學中開始，「幽默」便在中國流行開來。[11]

林語堂認為，儒家學者對幽默一直有一種到達害怕及怨恨程度的傳統恐懼感，似乎「以為幽默之風一行，生活必失其嚴肅而道統必為詭辯所傾覆了」。[12]「幽默」是人類規範系統（一個過度規範人類所有社會互動與自我修養之行為的系統）中的數個盲點之一。喬治・巴塔耶（George Bataille）稱這樣的一種擔憂為「盲點的恐怖」。[13]儒家學者與友人閒談時，也常有俳謔言笑。林語堂相信，幽默是被眾多文學有意識或無意識地給排除在外。林語堂認為，正經文人對於幽默的理解過於輕佻：「文人偶爾戲作的滑稽文章，如韓愈之〈送窮文〉、李漁之〈逐貓文〉，都不過遊戲文字而已。真正的幽默，學士大夫，已經是寫不來了。」[14]我們或許可以在歷史與自傳記載或言談釋義中找到這些學者的幽默。但是，這種幽默是他們「不敢筆之於書」的，他們「所差的，不過在文章上，少了幽默之滋潤而已」。[15]儘管《西遊記》和《紅樓夢》等經典小說裡充滿了幽默，但是儒家學者仍然看不起想像性文學，認為它們是「稗官小道」，且為正統文學中所不容。另外一個盲點就是「女人」，他們視女子為「危險品」。[16]

現代喜劇理論家認為喜劇或幽默作家地位的提升，是現代化發展之下的產物。在今天的現代劇中，「弄臣」之流等搞笑小丑的角色重要性，並不亞於李爾王這樣的悲劇主角。在現代人的觀念中，喜劇已逐漸受到欣賞，

[10]老舍，〈滑稽小說〉，《老舍文集》卷 15（北京：人民文學出版社，1990 年），頁 286。

[11]林語堂，〈徵譯散文並提倡「幽默」〉，《林語堂選集——讀書・語文》第 6 冊，頁 170。

[12]林語堂，〈論幽默〉，《我的話》（臺北：志文出版社，1966 年），頁 88。〈論幽默〉原刊於《論語》第 33 期（1934 年 1 月）。

[13]Jerry Aline Flieger, *The Purloined Punchline: Freud's Comic Theory and the Postmodern Text* (Baltimore MD: The Johns Hopkins UP, 1991), p. 135.

[14]林語堂，〈論幽默〉，《我的話》，頁 88。

[15]林語堂，〈論幽默〉，《我的話》，頁 88～89。

[16]林語堂，〈論幽默〉，《我的話》，頁 88～89。

超越僅使人們能夠從悲劇中偶而獲得緩和或甚至脫離悲劇的角色。從齊克果（Søren Kierkegaard）到漢娜·鄂蘭（Hannah Arendt）等的思想家認為，在現代男女的經歷與意識中，悲喜結合具有十分重要的意義。[17]蕭伯納將19 世紀稱之為「喜劇已發展成一個新劇種，若一定要對這個新劇種下定義，可以將之稱為悲喜劇」。[18]

儘管「笑」一直存在於中國文學中，但是像林語堂這樣覺得必須讚揚喜劇精神的知識分子卻是空前絕後。在眾多的偉大成就中，林語堂一生中最自豪的就是他 1933 年寫的專文〈論幽默〉，這是中國史上第一個針對中國人幽默能力的重大討論。

「笑」的跨國性

笑的蔓延——中國「幽默潮」的興起，與其他地區的幽默潮流差不多發生在相同時期，因此可以被視為是一種全球性流行的局部表現。所以，它並不是一個由現代西方國家流傳到一個非現代化、長期缺乏幽默之文化邊陲國家的一個「遲到的現代性」。與其將之視為西方的舶來品，還不如說幽默是一種跨國界的現象、一種全球性的文化過程。[19]世紀交替之際，歐洲與美國出現眾多關於笑的重要研究作品，佛洛伊德的《笑話與無意識的關聯》

---

[17]到了 20 世紀才較受重視的存在主義哲學家齊克果（Søren Kierkegaard, 1818-1855），常自嘲是個悲喜劇人物，給自己取一些諸如「笑烈士」的名號。他曾寫過：「我相信，人受過愈多的苦，就愈具有一種喜劇感，唯有經歷過最深切的苦難，人才會獲得真正的喜劇感」，引自 Walter Lowrie 譯，*Stages on Life's Way* (Princeton: Princeton University Press, 1946), p. 231。更多相關例子參見 Richard Keller Simon, "Comedy, Suffering and Human Existence: The Search for a Comic Strategy of Human Existence from Søren Kierkegaard to Kenneth Burke" (Ph. D diss, Stanford University, 1977). Berthold Brecht 曾說，悲劇在處理人類受苦上不夠嚴肅，Hannah Arendt 對此評論道：「這聽來當然相當令人震驚；不過我認為這說法完全正確。」引自 Robert M Polhemus, *Comic Faith: The Great Tradition from Austen to Joyce* (Chicago: University of Chicago Press, 1980), p. 22.

[18]George Bernard Shaw, "Tolstoy, Tragedian or Comedian?" in Daniel Gerould, ed. *Theatre/Theory/Theatre: The Major Critical Texts from Aristotle and Zeami to Soyinka and Havel* (New York: Applause, 2000), p. 431.

[19]參見 Andrew F. Jones, *Yellow Music: Media Culture and Colonial Modernity in the Chinese Jazz Age,* (Durham NC: Duke UP, 2001), pp. 57-58.他對於「上海唱片工業歷史」所做的特徵分析，「否定了『遲到的現代性』的假設，但是『遲到的現代性』主導了大多數學術研究共和時代文化現代化的方法。」

（*Jokes and Their Relation to the Unconscious*）（1905 年）僅僅只是其一。1898 年，李普斯（Theodore Lipps）出版了《滑稽與幽默》（*Komik und Humor*）；1900 年，亨利・柏格森（Henri Bergson）（1927 年諾貝爾獎得主）出版了《笑論》（*Le rire*；這部作品獲得了老舍的高度評價）；1908 年，路易吉・皮蘭德婁（Luigi Pirandello）（1934 年諾貝爾文學獎得主）出版了《幽默論》（*L'Umorismo*）。除了皮蘭德婁的《幽默論》之外，上述論文都引述於林語堂（1929 年）第一篇關於「幽默」的小品文中。[20]就在林語堂自創了「幽默」一詞的同一年，亨利・柏格森在他新版的《笑論》裡增加了序言與附錄。而佛洛伊德後來也在《幽默》（*Der Humor*）中補充了 1927 年發表的理論。1902 年，有關「笑」的第一部書本長度的英文研究著作問世，即詹姆斯・蘇利的《論「笑」》（James Sully；*An Essay on Laughter*）。1897 年，喬治・梅瑞迪斯演講內容《論喜劇》（George Meredith；*An Essay on Comedy*）再版發行，引起英國又開始對笑的研究產生興趣。《論喜劇》對喜劇精神給予了前所未有的祝福與讚美，而林語堂即從這部詩集得到了撰寫《論幽默》的靈感（並在作品中詳細引用了它的中文譯文）。蕭伯納給予梅瑞迪斯的這部作品高度評價。1901 年，英國心理學學會成立；向學會發表的第一篇論文即是由學會創始人詹姆斯・蘇利（James Sully）所寫一篇關於笑的論文。許多人認為，人類對笑產生濃厚興趣，真正起始於達爾文的《物種起源》（*Origin of the Species*；1859）；他們相信，既然笑是人類本能，那麼也就是人類生存所不可或缺的。達爾文的《物種起源》發表不久後，出現了赫伯特・斯賓賽（Herbert Spencer）極具影響性的著作《笑的生理學》（*Physiology of Laughter*；1860）。[21]

---

[20]林語堂，〈徵譯散文並提倡「幽默」〉，《林語堂選集——讀書・語文》第 6 冊，頁 173。

[21]參見 Richard Keller Simon, "Comedy, Suffering and Human Existence: The Search for a Comic Strategy of Human Existence from Søren Kierkegaard to Kenneth Burke"。

幽默的起源（1924年）

林語堂博士從美國哈佛大學、德國殷內大學及萊比錫大學拿到學位後，返回中國，成為北京大學的年輕教授。他隨即在 1924 年的《晨報副鐫》中發表了兩篇文章，就是在這兩篇文章中，他自創了一個中文的外來詞「幽默」，當時他才 30 歲。[22]這兩篇文章經常在被人順帶提及時，標榜為文學史上的里程碑，卻鮮少有人深入研究過。在第一篇文章中，林語堂描述了中國人話語與感知的二個領域：正經與非正經，即「正經話」領域與「笑話」兩種領域。正經領域過於嚴肅，不允許任何輕佻的言語或笑聲；這是一個充滿苛刻、尋求將世界完美秩序化的道德主義。非正經領域又過分缺乏嚴肅性；事實上，它充滿了骯髒、猥褻、輕佻的話語；但是，它又是一個可以允許笑聲與消遣的領域：

> 「正經話」與「玩笑話」遂截然分徑而走：正經話太正經，不正經話太無禮統。不是很莊重的講什麼道德仁義治國平天下的道理……便是完全反過來講什麼妖異淫穢不堪的話……因為仁義道德講得太莊嚴，太寒氣迫人，理性哲學的交椅坐的太不舒服，有時候就不免得脫下假面具來使受折制的「自然人」出來消遣消遣，以免神經登時枯餒，或是變態。這實是「自然」替道學先生預防瘋狂的法子，而道學先生不自覺。[23]

過分講求道德仁義「這個毛病在中國很古的」，一個很好的例子就是「詩有毛序」（其中的「詩」是指《詩經》）。如果完全反過來論放蕩與淫穢，「這個毛病在中國也是很古的」，所以我們有《飛燕外傳》、《漢武帝內傳》、《九尾龜》等不可勝數的傑作，其中後者甚至被視為逛妓院與揮霍錢

---

[22]林語堂，〈徵譯散文並提倡「幽默」〉，《林語堂選集——讀書・語文》第 6 冊，頁 170～178。
[23]林語堂，〈徵譯散文並提倡「幽默」〉，《林語堂選集——讀書・語文》第 6 冊，頁 170。

財的入門書。[24]

在禁止正經領域與非正經領域之間有任何交流的情況下，一個自然人的人性完全被扼殺扭曲。正經領域成為了一個充滿虛假、壓抑、無活力、僵硬且裝模作樣的領域。正經領域中缺乏非正經話語，這使其顯得更加可笑、浮誇、冗餘。反之，非正經領域中缺乏正經話語，這使得非正經領域中盡是「太無禮統的」荒謬廢話。

對於這種情況，林語堂提出了一個非討伐式的溫和建議，即在演講、論述、評論及公告這些非正經領域中，引入少許「幽默」。「我們應該提倡，在高談學理的書中或是大主筆的社論中，不妨夾些不關緊要的玩意兒的話，以免生活太乾燥無聊。」[25]林語堂在北京大學的舊同事魯迅，似乎同意上述觀點：

> 外國的平易地講述學術文藝的書，往往夾雜些閒話或笑談，使文章增添活氣，讀者感到格外的興趣，不易於疲倦。但中國的有些譯本，卻將這些刪去，單留下艱難的講學語，使他複近於教科書。這正如折花者；除盡枝葉，單留花朵，折花固然是折花，然而花枝的活氣卻滅盡了。[26]

後來，魯迅在與日本友人鶴見祐輔（Tsurumi Yuusuke）與松田渡（Matsuda Wataru）的通信中，探討了「幽默」這個話題。至 1925 年（當魯迅寫下上述文字時），林語堂已經是「語絲派」的成員（定期為《語絲》寫文章），並與魯迅、周作人、郁達夫、錢玄同、劉半農及其他成員，每月都在北京中央公園的一個小松林中，在「輕鬆快樂氣氛」[27]下聚會兩次。

林語堂可能到生命的最後一刻都還在探討幽默（1976 年）。由他所

[24]林語堂，〈徵譯散文並提倡「幽默」〉，《林語堂選集——讀書‧語文》第 6 冊，頁 170～171。
[25]林語堂，〈徵譯散文並提倡「幽默」〉，《林語堂選集——讀書‧語文》第 6 冊，頁 171。
[26]出自魯迅，〈忽然想到（二）〉，引自曾鎮南，〈論魯迅與林語堂的幽默觀〉收錄蘭兵、可人合編《魯迅文學獎獲獎作品叢書——理論評論卷》（北京：華文出版社，1998 年），頁 129。
[27]林語堂, *Memoirs of An Octogenarian*《八十自敘》（臺北：美亞書版公司，1975 年）, p. 63。

寫、第一篇關於幽默的文章有個特別之處，就是不僅僅只是偶然開起了性玩笑與性消遣，還對此深入分析。林語堂在文中接著描述道，「所以今日上海三馬路及北京東安市場能夠有什麼《黑幕大觀》、《中國五千年祕史》、《婦女百面觀》、《九尾龜》等等之盛行於世」。同時他也指出，儘管他想要在中國的正經文學中看到更多隨興、膚淺的玩笑話，但是他指的並不是那些無聊的低級笑話。「我們只須笑，何必焦急？近來做雜感欄文章的幾位先生好的多了，然而用別號小品文字終覺得有點兒不稀奇。」[28]

林語堂分析被壓抑的個體或「自然人」；他覺得在紅燈區及低級文學這樣的陰暗領域中可以獲得身心的釋放。這反映出在當時的中國，佛洛伊德的心理分析學說非常受歡迎，且當時出現了大量利用心理分析學說來抨擊舊社會的文章與書籍（根據一項調查，在 1919 年至 1927 年間，至少出版了 48 份）。[29]儘管林語堂主要的重心是放在語言而非心理學，他還是在自己的兩篇重要論述（包括本文之前已討論過、最早有關「幽默」的兩篇論述之一）中提及了佛洛伊德的《玩笑與無意識的關聯》，並且他還經常在童年成長、適應環境與應對傷痛等話題中，使用了佛洛伊德學派與達爾文學派的術語。他將「笑」與性慾（尤其是女性的性慾），以及其他儒學話語中的盲點（或以心理分析的說法則是「盲點化」）（《論幽默》，1933 年）。從朱光潛關注「扼殺個性」的心理壓抑，提倡一條打擊病理學而鼓勵物力論的「自然發展道路」；到郭沫若發現，不管中國有多少封建道德規範，它也只是一個「充斥著性變態的醫院」[30]；佛洛伊德式的心理分析成為了 1920 年代早期的反傳統話語。

林語堂在尋找一種「西方水準」的「西方式」幽默。他探索的似乎是

[28]林語堂，〈最早提倡幽默的兩篇文章〉，《林語堂選集——讀書・語文》第 6 冊，頁 172。

[29]引自史書美, *The Lure of the Modern: Writing Modernism in Semicolonial China, 1917-1937* (Berkeley: University of California Press, 2002), p. 63；也可參見 pp. 64-68。

[30]史書美, *The Lure of the Modern: Writing Modernism in Semicolonial China, 1917-1937*, pp. 64-65。史書美指出，性方面的討論雖然在五四期間形成一股反傳統的論述，但後來在上海，則「被認為是都市文化的零碎片段，因此這個時代見證了一種從更多方面來處理創意和批判作品中性愛主題的方式」，頁 266。

一種現代化的社會精神特質，一種現代化的「人生觀」。[31]在後續的幾年，林語堂已在自己的字典中以「現代化」這個詞代替了「西方」這個詞。這個新的正經文字允許了在一個公開、開放給滑稽諷刺的漫談空間中，插入一些非正經話語。林語堂一直努力使一種與現行合法話語相對立的話語合法化。這與雅克・德裡達（Jacques Derrida）意識到詩歌是散文的對立面有點類似，儘管詩歌與滑稽話語也是潛在對立的。這是一個「包容話語缺陷的話語爆發」時代。林語堂認可了德裡達所說的「無論是在一個或莊嚴或荒謬、還是一個或好玩或無知的背景中，每個話語都存在一個組成部分，能夠使自己面對完全的意義失落」。[32]對林語堂來說，現代化的「人生觀」是一個可以允許發揚幽默的人生觀：「非易板面孔的人生觀以幽默的人生觀，則幽默文學不能實現；反而言之，一個人有了幽默的人生觀，要叫他戴上板面孔做翼道、輔道、明道的老夫子，就是打死他，也做不來的。」[33]

在第二篇小品文中，「幽默」是一個如同泥鰍般滑溜不可捉摸的術語、一個「神祕之物」。在第一篇小品文中，林語堂拒絕解釋幽默是什麼東西，認為「神祕一點別說穿了妙」。而在第二篇小品文中，他開玩笑地向那些已經在引用「幽默」這個新詞的讀者道歉，儘管自己尚未給這個新詞下個定義。但是接下來，他還是拒絕向讀者明確定義「幽默」一詞，而只是使用了一個冠冕堂皇的藉口：「無從說起」。緊接著，他拒絕為「幽默」正式撰寫任何權威性、規範性的正經論文，認為那些自以為是的正人君子並不幽默：

> 固然我（在第一篇小品文中）這樣詭祕神奇的介紹，原以為幽默之為物無從說起，與其說的不明白，不如簡直不說，故謂「懂的人（識者）一讀便懂，不懂的人打一百下手心也還不知其為何物。」至今我還有點相信這話，並且相信「別說穿了妙。」況且要正式翻起什麼西洋講幽默學

[31]史書美, *The Lure of the Modern: Writing Modernism in Semicolonial China, 1917-1937*, p. 171。

[32]Jacques Derrida, *Writing and Difference (L'écriture et la Différence)*, Alan Bass, trans. (Chicago: University of Chicago Press, 1978) , p. 383.

[33]林語堂，〈最早提倡幽默的兩篇文章〉，《林語堂選集——讀書・語文》第 6 冊，頁 176。

> 理的書來做一篇《幽默說》、《幽默論》，恐怕不但讀者一定以不讀他為對付方法，並且連我自己也要不耐煩。而且太莊重的介紹幽默有點近於不知趣（法國幾百年前有一自不知趣的演說家，自己刺刺不休的勸人緘默的道理，卒成書三十卷）。若要研究幽默學理的人們可去看看哲學家柏格森的 *Le Rire*、文學家 George Meredith：*An Essay on comedy and the uses of the comic spirit*，及心理學家 Theodor Lipps：*Komik und Humor*、心理學分析家 Sigmund Freud：*Der Witz* 等書。[34]

林語堂對於「幽默」的音譯，反應出他對幽默那永遠「無從說起」之本質的感覺。「幽默」中的「幽」字意味著隱藏、祕密、陰暗、朦朧及深奧；「默」則意味著沉默、安靜及無言。儘管可以有若干音譯「humor」的方式，林語堂還是堅持使用「幽默」一詞，因為「幽默愈幽愈默而愈妙」。[35]

幽默作家意識到生活是「不完美」的，在這「可憐不完備的社會掙扎過活，有多少的弱點、多少的偏見、多少的迷濛、多少的俗欲」，而幽默作家自身也必須「同舟共濟」，不能無視這些不完美的存在。實際上，他們會覺得這些不完美是「可愛」的。儘管他們會發笑，卻不是在嘲笑，因為他們「滿肚我佛慈悲」。因此，幽默是「真實的」，卻「還有同情與寬容二字尚須說明」。林語堂賦予了「幽默」高於其他喜劇風格的地位。在第一篇小品文中，林語堂謙虛地建議在正經文學中插入少許幽默，他提出了一個崇高的「人生觀」，儘管這個人生觀也意識到了「一時既不能補救其弊，也就不妨用藝術功夫著於紙上，以供人類之自鑒」。[36]雖然暗諷通常被認為是現代心靈架構的一種象徵，林語堂卻拒絕宣揚愛倫尼（「irony」的音譯；即「暗諷」）。在接下來的十年裡，他遠離「譏諷」：

---

[34]林語堂，〈最早提倡幽默的兩篇文章〉，《林語堂選集——讀書・語文》第 6 冊，頁 173。
[35]林語堂，〈最早提倡幽默的兩篇文章〉，《林語堂選集——讀書・語文》第 6 冊，頁 174。
[36]林語堂，〈最早提倡幽默的兩篇文章〉，《林語堂選集——讀書・語文》第 6 冊，頁 177。

再說幽默之同情，這是幽默與愛倫尼（暗諷）之所以不同，而尤其是我熱心提倡幽默而不很熱心提倡愛倫尼之緣故。幽默絕不是板起面孔（Pull a long face）來專門挑剔人家，專門說俏皮、奚落、挖苦、刻薄人家的話。並且我敢說幽默簡直是厭惡此種刻薄譏諷的架子。[37]

對這種「刻薄譏諷的架子」的「厭惡」，與對那些自以為是的正人君子的厭惡是密切相關的。正如我們這麼討厭自以為是的人一樣，「我們必須拋棄權威、教條式的傑作」（依照 Jerry Aline Flieger 的說法）：「這也意味著，我們必須避免任何絕對斷言之無知誘惑，包括胡說八道或脫離意義等，因為它只會更加強化其正統性與合理性。這意味著，喜劇過程將不再陷入到優越的品味或極度錯亂的抉擇中」。[38]林語堂透過兩種語言的交錯使用：「笑話」與「正經話」，在撰寫一篇有關幽默的論文同時，又暗中破壞該篇論文的權威地位。莫里斯・布朗修指出，「尼采使用了兩種話語方式」。[39]而且尼采對林語堂的影響極為深遠。自從少年時期拜讀了尼采的作品之後，林語堂便開始使用「薩天師」這個筆名。他模仿尼采在《蘇魯支語錄》（即《查拉斯圖拉如是說》）中的誇張風格，寫了多達五篇的文章來「為尼采辯護」。[40]事實上，他試圖採用尼采的文學語言風格。尼采的其中一種話語方式，布朗修寫道，「屬於連貫性話語」，但是「尼采並不滿足於這樣的連貫性」[41]；另外一種話語則為「片段性話語」，「這樣的一種風格標示著他對體系的抗拒，也代表他對未竟之事的熱情」。尼采的哲學「提醒我們，意義因情境的不同而有所不同，而且已經有過多的意義了」；這就是為什麼尼采覺得「一個總是錯的」，而「真相始於二分」。[42]

---

[37]林語堂，〈最早提倡幽默的兩篇文章〉，《林語堂選集——讀書・語文》第 6 冊，頁 177。
[38]Jerry Aline Flieger, *The Purloined Punchline: Freud's Comic Theory and the Postmodern Text*, p. 53.
[39]Maurice Blanchot, *The Infinite Conversation (L'entretien infini)* (1969). Susan Hanson, trans. (Minneapolis MN: University of Minnesota Press, 1993), p. 151.
[40]參見 Diran John Sohigian, "The Life and Times of Lin Yutang" (Ph. D diss, Columbia University, 1991) pp. 167-168；參見頁 216～217 列出的林語堂用中英文模仿 Nietzsche 的聲音。
[41]Maurice Blanchot, *The Infinite Conversation*, p. 151.
[42]Maurice Blanchot, *The Infinite Conversation*, p. 154.

查拉斯圖拉付出了「雙重的努力」，布朗修寫道，他能感受到與那些支離破碎的殘軀一起生活是多麼痛苦。他想將他們重新集合成一體。而他透過了「詩歌行動」，透過一種「偶而才有斷言機會」的語言來實現這個目的。[43]林語堂也感受到了這種痛苦，但是如果某種「笑」或「幽默」主張將所有的不確定性都移除，使知識完全明確、清楚化的話，那麼他是反對這樣的「笑」或「幽默」的；如果「建設性批評」主張要釐清所有的謎團，那麼這樣的「建設性批判」他是反對的；如果話語不能允許被無窮無盡的偶然因素、笑聲和玩鬧所打斷，那麼這樣的話語，他也是反對的。林語堂的〈薩天師語錄〉認為，御優（Jester）東方朔（字曼倩）是「最聰明的」人。[44]

> 薩拉圖斯脫拉來到鶻突之國魯鈍之城，拜見國君俑，太子懦，宰相顢蒙，太傅鹿豖，主教安閒及御優東方曼倩；覺得這鶻突國中魯鈍城裡，只有曼倩一人最聰明。只有他尚分得青紅皂白，只有他不玩世盜名，遊戲人生；他的笑中有淚，淚中有笑。東方曼倩對薩天師說：
>
> 薩天師！……你也許不相信：但是在這城中，奸猾都是老，無猜都是少；臉皮與年齡而俱增，寸心與歲月而彌滅——
>
> 在這城中，無猜青年請問：我們要把良心放在何處？把羞惡之心置於何地？長輩回答說：你只要端莊，飯有你吃的。改你羞惡之心，易以老成之面。長輩於是翻過去摟他的小老婆。
>
> 薩天師，老實告訴你，我依隱玩世，詼諧人間，也已乏了。我欣喜你來，因為我在饒舌之中，感覺寂寞，在絮絮之中，常起寒慄。我遨遊乎孤魂之間，看那些孤魂在夢中做扒手，互相偷竊……

[43]Maurice Blanchot, *The Infinite Conversation*, pp. 167-168.

[44]Lin Yutang, "Zarathustra and the Jester: With Apologies to Nietzsche" in Lin Yutang, *The Little Critic——Essays, Satires and Sketches on China (First Series: 1930 –1932)* (Shanghai: Commercial Press, 1935), p. 225. In Lin Yutang's "Sa Tianshi yulu"（〈薩天師語錄〉）Lin's Zarathustra meets the Han Dynasty court jester 東方朔; in Lin Yutang, *Wo de hua*（《我的話》）;《林語堂選集——雜文》第 3 冊，頁 209～232。

……我傻笑，你傻笑，他傻笑。我們傻笑，你們傻笑，他們傻笑。這是他們的方法……但是他們的傻笑，非我的傻笑，他們的哈哈，也不同我的哈哈……因為我的獰笑是像焚毀城市的火災。[45]

林語堂筆下的「御優」（Jester）東方朔笑得與眾不同（他說：「他們的哈哈，也不同我的哈哈」）。他的笑是一個並非「不可能實現的」、可用、功利、「具建設性的」的笑；它「使他們的主教蹙額，他們的紳士寒心」：

要有建設性：他們的禿頭主教和大腹賢臣唱著。我們也在扶翼聖教，他們尖頭軟膝的紳士和著。對他們的建設性批評我少有用處。[46]

「罵人」與「費厄潑賴」

幽默的美德，即同情、寬容與慷慨的精神，似乎在周作人所謂的「費厄潑賴」中有所體現。在五四破除偶像崇拜的運動中，林語堂可以用最犀利的言語「咒罵」社會的黑暗，但是他也覺得應該以「費厄潑賴」來調和：

要罵不罵似在於人，只要罵的有藝術，此外《語絲》並不應有何條件限制。再有一件就是豈明所謂「費厄潑賴」。此種「費厄潑賴」精神在中國最不易得，我們也只好努力鼓勵，中國「潑賴」的精神就很少，更談不到「費厄」。[47]

要罵得有藝術比單純謾罵別人「狗娘養的」更顯文學底子。從另一個

[45]Lin Yutang, "Zarathustra and the Jester: With Apologies to Nietzsche", *The Little Critic——Essays, Satires and Sketches on China (First Series: 1930－1932)*,pp. 221-222.
[46]Lin Yutang, "Zarathustra and the Jester: With Apologies to Nietzsche", *The Little Critic——Essays, Satires and Sketches on China (First Series: 1930－1932)*,pp. 221-222.
[47]林語堂，〈論《語絲》文體〉（1925 年 12 月 8 日），《我的話》，頁 112。

角度來看，「罵人」是一種個人觀點，且被認為是個人的「偏見」、「偏論」。針對這個問題，林語堂明確表示，沒有人可以理直氣壯地說自己完全沒有偏見：

> 還有一種思想的蟊賊根本不能「不說別人的話」的，就是一種自說為中和穩健，主持公論的報紙。世界上本沒有「公論」這樣東西。凡是誠意的思想，只要是自己的，都是「偏論」、「偏見」。若怕講偏見的人，我們可以決定那人的思想沒有可研究的價值；沒有「偏見」的人也就根本沒有同我們談話的資格。[48]

林語堂擴大了「費厄潑賴」的內涵，他補充說「費厄潑賴」與中國人的表達方式相近，如「勿落井下石」或者「不打落水狗」。然而，魯迅卻認為，「打落水狗」的情況與罵人不同，「當看狗之怎樣」:「倘是咬人之狗，我覺得都在可打之列，無論牠在岸上或在水中」。魯迅覺得，如果你的對手不是一個可敬的「拳師」，那麼就不應該有「費厄潑賴」；他明確表示，他不僅要推翻那些狂嗥的軍閥「狗」，而且還要摧毀他們的「家寵」，那些像裝腔作勢的「北京狗」似的跟在外敵內患後溜鬚拍馬的「伶俐」知識分子們。[49]

落水狗之爭似乎是在探討話語的本質。那麼話語究竟應該是一個沒有贏家的爭論遊戲（林語堂），還是一場勝者為王的生死鬥爭（魯迅）？「費厄潑賴」是不是外國的奢侈品，不應該出現在中國這樣一個受羞辱的半殖民地國家呢？林語堂與魯迅可以爭論，但你是否可以與那些買兇伏擊你，或將你列入死亡名單的軍閥爭論呢？另外，是不是每一個話語都應該有絕對的贏家呢？說出殘酷的真相是不是只是主張一個可笑的「公論」而已呢？你是不是能夠打著「正義」的旗號，推翻每一個不完全贊同你所作所

[48]林語堂，〈論《語絲》文體〉（1925 年 12 月 8 日），《我的話》，頁 110。

[49]魯迅，〈論費厄潑賴應該緩刑〉（源自《莽原》，1925 年 12 月 29 日），楊憲益、戴乃迭譯, *Lu Xun: Selected Works*, Volumes 2（北京：外文出版社，1980 年）, pp. 228-229。

為的人呢？文章將會成為一個戰場，還是一個思想交流的論壇？在 1960 年代時，「學習魯迅痛打落水狗的精神」這句口號被用在文化大革命中，而這種用法在後來卻嚴重玷汙了魯迅的聲譽。[50]確實，誠如菲力普・威廉斯（Phillip F. C. Williams）所指出，在文化大革命及之後的政治緩和情勢，以及對外開放的過程中，魯迅的散文被賦予了具有某種令人冷顫的新涵義：儘管魯迅「不可能知道」在他死去的三十年後，人們將會把他的文字做何種用途，但他在「使用暴力的騎士保衛戰」中，也的確「沒有詳細說明究竟在什麼情況下，才可以對政治上與知識上的敵人施以容忍與寬恕」。[51]

為回應魯迅對「犬儒文化」的看法，林語堂在《語絲》中發表了一幅漫畫。

「凡是狗必先打落水裡而後從而打之」：魯迅重打北京狗之圖，林語堂，《語絲》，1926 年 3 月（摘自林語堂，《翦拂集》，1928 年，頁 89～90）

[50]Perry Link, *The Uses of Literature: Life in the Socialist Literary System* (Princeton, NJ: Princeton University Press, 2000), p. 291, Note 22.

[51]Phillip F. C Williams, "Twentieth Century Prose" in William Mair, ed. *The Columbia History of Chinese Literature* (New York: Columbia University Press, 2001), pp. 571-572.

畫中魯迅揮舞著一根長棒，「重打」一隻想要游上岸的落水北京狗。[52] 但是，在北京發生「三一八」慘案後，林語堂才開始贊同魯迅的觀點。

也許是覺得上述爭論太過荒謬，有人抱怨《語絲》成了討論狗的地方，且變成一份廉價、荒唐的漫畫小報。而針對此抱怨，周作人卻覺得毋須緊張。他認為《語絲》的作家們並非「為滑稽而滑稽」；在滑稽的腔調背後都有一個「嚴肅、合理」的目的。因此，將《語絲》與一般流行小報相比，顯得荒唐可笑。[53]

北京「三一八」慘案發生後，林語堂與魯迅的名字被列入了「狗肉將軍」張宗昌（其名字因為林語堂的一篇幽默小品而遺臭萬年）的死亡名單中。林語堂與魯迅逃到了南方的廈門大學。在廈門，他們頗為慶幸沒有被「狗肉將軍」像吞吃狗肉一樣給吞入肚內。至 1928 年 6 月，張作霖離開北京為止，就算沒有上百人，也有幾十人遭槍決。[54]

林語堂與魯迅在廈門大學的學術生涯很短。與校方行政部門的政治分歧使得魯迅不願意再繼續留下。林語堂在武漢的國民黨左派政府外交部門短暫工作了一段時間後，在上海與魯迅相會，與魯迅的兩個兄弟之一和一些朋友，一起慶祝魯迅與許廣平的非法定婚姻。1928 年，林語堂的「獨幕悲喜劇」《子見南子》，在魯迅與郁達夫主編的《奔流》月刊中發表。這部「獨幕悲喜劇」極具爭議，轟動了全國。而 1932 年，隨著《論語》半月刊的發行，幽默在中國開始盛行。儘管魯迅並不喜歡林語堂的幽默及他的幽默雜誌，但他還是為《論語》撰寫了至少七篇文章（這還不包括從其他雜誌轉載的五篇文章）。

---

[52]林語堂，〈打狗釋疑〉（1926 年 4 月 1 日）出自《翦拂集》（上海：北新書局，1928 年），頁 110～111，114（圖）。

[53]周作人，〈滑稽似不多〉（《語絲》第 8 期，1924 年 12 月 31 日），出自張良選編，《《語絲》作品選》（北京：人民文學出版社，1988 年），頁 322。

[54]Lin Yutang, "In Memoriam of the Dog-Meat General," China Critic, V (September 8, 1932), pp. 935-936; published in several other places in the 1930´s in Chinese and English.

通向悲喜劇

在北京期間，林語堂在北京大學教書，並在北京師範大學開辦講座（1923～1926）。1926 年，他成為北京女子師範大學的教務長。不久，他的興趣就從幽默（1924 年）轉向戲劇與「婦女問題」，並於 1925 年翻譯蕭伯納的《賣花女》（後來改編成電影《窈窕淑女》）。林語堂，一位「語音學教授」（1923 年在萊比錫大學的博士論文就是研究中國古代語音學），現在卻翻譯了一部嘲弄另一位語音學教授亨利・希金斯（Henry Higgins）的戲劇。林語堂與希金斯遇到的是「蕭伯納式的女性」，一位令男性都自嘆不如的先進女性。蕭伯納式女性的中國版本就是林語堂的「獨幕悲喜劇」《子見南子》中的南子，衛靈公夫人。

1920 年代，在這樣一個劇變動盪的時代中，林語堂探討了他對幽默、悲喜劇與新時代女性的創意性興趣。北京與武漢（1927 年）的婦女運動深深影響了林語堂的人生。在北京女子師範大學，林語堂發現「愛國運動，女子師範大學的學生素來最熱烈參加的，並非一般思想茅塞之女輩所可比」。林語堂自己就認識兩名在「三一八」慘案（1926 年）中遭謀殺的學生，其中一位是劉和珍。當天他找劉和珍談話，稍晚看到的卻已是她的屍體。這一切全發生在同一天裡。「我經歷了有生以來最哀慟的一種經驗」，「閉目一想，聲影猶存，早晨她熱心國事的神情猶可湧現吾想像間，但是她已經棄我們而長逝了」。[55]

1927 年春天，林語堂在武漢為短命的國民黨左派政府工作，擔任外交部長陳友仁的祕書。同時，他還為《中央日報》與英語版的《人民論壇報》寫稿。林語堂認為，當「充滿男子氣概、身材魁梧」的女軍人，謝冰瑩全副武裝地走進《中央日報》的辦公室，將她的日記交給他的那天起，他的人生就此被徹底改變了。自 1926 年夏天離開武漢中央政治軍事學院

[55]林語堂，〈悼劉和珍楊德群女士〉（1926 年 3 月 1 日），收錄於林語堂，《我的話》（1934 年）（1966 年），頁 229。

起，謝冰瑩就參加了北伐運動，去討伐那些軍閥。林語堂將她視為一生的朋友、家人，幫助推廣她的《從軍日記》，並翻譯成英文。[56]1927 年，隨著突如其來的四月政變，許多針對「激進」女性的暴力、汙穢謠言運動開始大規模地流傳開來。婦女兵工團被解散，而那些像謝冰瑩一樣留著短髮的女性，則開始擔心自己的生命安危。[57]

1921 年，蕭伯納寫了一篇有關「新劇種」，即「悲喜劇」的文章。悲喜劇是伴隨著 19 世紀的「新時代女性」而出現。其利益與所關心的事物，超越傳統的界限，並開創一個新的話語空間。蕭伯納認為，「悲喜劇」的興起，是因為悲劇與喜劇的「通俗」與「典型」概念已經不再能滿足人們的需求：「按照一般的說法，悲劇是沉重的戲，到了最後一幕，劇中人一個個接連死去；而喜劇是輕鬆的戲，末了劇中人一對對終成眷屬。」[58]

蕭伯納以婚姻關係來定義「悲喜劇」這個新劇種。在人們對傳統的悲劇與喜劇感到不滿足時，悲喜劇「開闢了通向新型喜劇的道路，這種喜劇比以災難結束的悲劇更悲，正如不幸的、或者甚至幸福的婚姻，都比火車事故更可悲一樣。」[59]易卜生的新戲劇，「一種比悲劇更深刻、更陰鬱的戲劇」，不會在結尾時讓每個人都死去，也不會有「王子與公主永遠過著幸福快樂的日子」般的結局。他的戲劇總是會保留一些尚未解決的問題。例如，對魯迅來說，易卜生的《玩偶之家》中尚未解決的問題是，「娜拉離開家之後發生了什麼事？」這些問題仍有待進一步的探討。批評蕭伯納的人經常會指責他的劇本只有大量不著邊際、不連貫的互動，卻幾乎沒有戲劇性的生動肢體動作（劇中的討論還延伸成列在附頁的告誡文字，內容甚至超越戲劇本身），只是一味地「說、說、蕭氏說」。

---

[56]林語堂，*Letters of a Chinese Amazon and Wartime Essays*（《女兵自傳和戰時隨筆》，又稱《林語堂時事述譯彙刊》）（上海：開明書店，1933 年）。

[57]參見 Sohigian, "The Life and Times of Lin Yutang" (1991), pp. 369-375, 380-382; also Christina Kelley Gilmartin, *Engendering the Chinese Revolution: Radical Women, Communist Politics and Mass Movements in the 1920's,* (Berkeley: University of California Press, 1995).

[58]George Bernard Shaw, "Tolstoy Tragedian or Comedian?" (1921)(2000), pp. 430-431.

[59]George Bernard Shaw, "Tolstoy Tragedian or Comedian?" (1921)(2000), p. 431.

在喬治・梅瑞迪斯的〈論喜劇與喜劇精神的用途〉（1877 年）一文中，林語堂發現一種「溫柔」的笑聲，「是出於心靈的妙悟」，而不落入愚魯的「嘲諷圈套」中。「麥烈蒂斯（指喬治・瑞迪斯）說得好，能見到這俳調之神，使人有同情共感之樂。」[60]梅瑞迪斯在〈論〉中以大篇幅來讚賞喜劇，認為在喜劇這種話語中，男人與女人可以實現最大程度的平等：「婦女地位得到提升，她們可以自由展現自己的智慧。」[61]在林語堂的〈論幽默〉（1933 年）（這篇論述中非常具體引用梅瑞迪斯的觀點），他認為「道學先生」的不足就是缺少對幽默、性欲（他們視女子為「危險品」）與想像性文學的尊重與認可。梅瑞迪斯在〈論〉中引用了法國喜劇的一個例子，認為「喜劇中的女英雄」會「運用自己的智慧，而不會在海上迷失方向時就哭著尋找船長或舵手」。「喜劇的發達」是「公平文明」的標誌。「婦女已經踏上了征途，尋求與男性平等的成就與自由權利，即在她們成功爭取到的領域，以及這個公平文明授與她們的領域中……喜劇開始興盛起來」。[62]林語堂認為，梅瑞迪斯的〈論〉是對喜劇這種話語方式的一種鞏固措施，他不願意再看到這種話語方式被排斥或輕視。喜劇這種話語方式，授予了演說者（尤其是女性）最大程度的平等。其他重要觀點還包括了梅瑞迪斯刻意疏遠「諷刺文學」（一種被認為是從「背後中傷或當面攻擊」別人的暴虐話語方式）；也包括了他對「喜劇精神」中自相矛盾、「諷刺人生」方面的理解。

天下第一家

林語堂《子見南子》的爭議發生於兩起血腥事件之後，因此我們必須考慮讀者在這兩起事件的影響下，對這個劇本的反應。第一起事件是 1927 年 4 月政變中，國民黨政府肅清共產黨員的血腥運動。第二起是 1928 年 5 月 3 日的濟南事變，北伐運動組織的國民警衛隊與日本軍隊，在山東爆發

[60]Lin Yutang, “Lun youmo” (1933); cited in Sohigian, “The Life and Times Lin Yutang” (1991), p. 502.

[61]George Meredith, “An Essay on Comedy” (1877) in Wylie Sypher, ed. *Comedy* (Baltimore: Johns Hopkins University Press, 1956), p. 14.

[62]Meredith, George “An Essay on Comedy” (1877) in Wylie Sypher, ed. *Comedy*, p. 15.

了戰爭。儘管這齣戲劇已經在中國的好幾個城市上演過，甚至在紐約哥倫比亞大學的留學生還翻成英文表演。但是當 1929 年 6 月 8 日，山東省第二師範大學演出了這個劇本之後，它才在曲阜（山東），即孔子的出生地，發揮出最具震憾的影響力。一時之間，訴訟、官方調查與爭議如風暴鋪天蓋地般襲來。

孔氏家族的長老們，那些所謂的聖裔（以孔傳堉為首），向南京政府的教育部提出抗議。孔氏族人控告第二師範大學的校長宋還吾，認為他將劇本搬上舞臺的做法，是他褻瀆孔氏宗祖、煽動學生胡亂表演的手段。但是最後校長被宣判無罪。另外，他們還控告學生胡亂塗鴉，如「打倒孔家店——頭號公敵」。[63]但是，這些所謂「息事寧人」的做法（以下將進一步解釋）在很多人看來，也只是意味著官方對孔氏家族特權的認可，因此孔氏家族「獲得全勝」。[64]其他人覺得，儘管孔氏家族在這次政治鬥爭中遙遙領先，但他們無法控制這個事件因透過新聞媒體的宣傳而受全國所關注，所造成的名譽損害。[65]最近又有一份對該事件的相關描述，認為該劇本是在那個時代中，對孔子最殘忍的惡毒誹謗，而「五四改革家」們則「很高興看到孔子學說的汙穢影響終於被揭露出來」；他們認為這部作品在「嘲弄孔夫子是一個通俗的偽君子，以及喜歡與上流社會人物結交的人；並貼切的象徵著支撐古老教條之獨裁統治下的所有陋習」。

很多人認為林語堂的劇本與他的蕭伯納式女性給了孔氏家族，這個中國歷史上最為人所尊敬的「天下第一家」，一記響亮的耳光。第二師範大學直接對上了曲阜「三孔」中的「孔府」。另外兩孔則為孔林與孔廟，其中孔廟是中國所有孔子廟宇的原型。從西元前 195 年（劉邦建漢）開始，在中國歷史上漢、魏、唐、宋與清等朝代的 11 位皇帝，共拜訪過孔府 19 次，

---

[63]文件 12：〈結語〉，（由魯迅編訖謹記）。

[64]Jing Jun, *The Temple of Memories: History, Power and Mortality in a Chinese Village* (Stanford UP, 1966), p. 126.

[65]Michael Nylan, *The Five "Confucian" Classicsm* (New Haven: Yale University Press, 2001), p. 318.

「這是尊榮的代表，是中國任何其他一個家族都無福消受的」。[66]連蔣介石與其他國民黨政府官員也都曾親自參訪過孔府。

儘管孔氏家族的命運起起落落，但由於皇帝的恩賜，到清代中期為止，他們已經積聚超過 164,000 英畝的土地（約 256 平方英里）。[67]他們在曲阜地位崇高，尤其是最年長的男性嫡裔，即那些自宋朝以來就被尊稱為「衍聖公」的聖裔，是完全不容質疑的。當時（1928 年）國民黨政府中就有一些人想要將他們的財產收歸國有，而他們強行向佃農收租的權力也因此被削弱，並且受到了挑戰。許多人質問，為什麼在一個共和政體下，竟然還有人持有世襲「爵位」的頭銜。在日增的社會壓力下，這個存在八百多年的頭銜，終於在 1935 年被革除。

「衍聖公」孔德成，第 77 代聖裔，1929 年時還只是一個 10 歲的小男孩（生於 1920 年 2 月 22 日）。他是一位擁有 152 幢樓房、總占地 40 英畝（相當於 16 公頃）（不包括毗連的龐大寺廟面積）的封建貴族。孔府是這個正逐漸衰落的帝國之中心，有一大群僕人為這個家族服務，替他們準備宴會、宗教儀式及大規模的祭祀，強行從佃農手中徵收租金（這項工作變得越來越困難了），以及管理龐大的財產。不過，在當時，孔府事實上僅是四個人的家：衍聖公、他的兩個姐姐，以及他們的監護母親陶夫人。

1919 年，儘管新文化運動中的精英知識分子，在北京的學術殿堂裡批判、抨擊孔子，但是季節性的祭孔儀式仍在地方上持續著。然而，到了 1928 年，當時擔任國民黨政府發言人的蔡元培，就號召要廢除儒家宗教儀式與普及全國之孔氏「祭天」背後的整個封建制度集團。

許多人，包括魯迅與一些雜誌評論家，都覺得整個「爭議」與戲劇本身並沒有多大關係。戲劇本身只是碰巧成了孔氏家族煽動爭議的藉口，他

[66]Demao Kong, *The House of Confucius.* Rosemary Roberts, trans. (London: Hodder and Stoughton, 1988), p. 9.

[67]Abigail Lamberton, "The Kongs of Qufu: Power and Privilege in Late Imperial China" in Thomas A. Wilson, ed. *On Sacred Grounds: Culture, Society, Politics, and the Formation of the Cult of Confucius* (Cambridge, MA: Harvard University Press, 2002), pp. 319-320.

們的目的是要重申實力、再次獲得中央政府的支援。那些由省教育廳派去調查這項控訴的人，並沒有發現有任何汙辱孔子的證據。與郁達夫一起在出版該劇本的雜誌社中從事主編工作的魯迅認為，孔子在劇中是一個十分「可愛的好人物」：

> ……即使是孔夫子，缺點總也有的，在平時誰也不理會，因為聖人也是人，本是可以原諒的。然而如果聖人之徒出來胡說一通，以為聖人是這樣，是那樣，所以你也非這樣不可的話，人們可就禁不住要笑起來了。五六年前，曾經因為公演了《子見南子》這劇本，引起過問題，在那個劇本裡，有孔夫子登場，以聖人而論，固然不免略有欠穩重和呆頭呆腦的地方，然而作為一個人，倒是可愛的好人物。但是聖裔們非常憤慨，把問題一直鬧到官廳裡去了。因為公演的地點，恰巧是孔夫子的故鄉，在那地方，聖裔們繁殖得非常多，成著使釋迦牟尼和蘇格拉第都自愧弗如的特權階級。然而，那也許又正是使那裡的非聖裔的青年，不禁特地要演《子見南子》的原因罷。[68]

1928 年，也就是林語堂寫下這部悲喜劇的那年，工商部長孔祥熙，蔣介石的姐夫，一個自稱是聖裔（第 75 代）的人，曾提出建議，要求拯救曲阜三孔與全國孔廟。那年九月份，林語堂以〈給孔祥熙部長的一封公開信〉[69]，對此事件做出回應。這封「信」（大約寫於《子見南子》出版的三個月前）並不具有公然煽動性或對抗性，而只是提出一系列的疑問要求「賜教」。孔祥熙部長說「一般青年知識薄弱，難保不為共產黨徒打倒禮教之邪說所惑。」林語堂要求他進一步說明，共產黨徒與五四運動中批評儒家禮教的人之間的關聯。是不是這些批判「禮教」的人都是共產黨徒（或

[68]魯迅〈在現代中國的孔夫子〉（1935 年 4 月 29 日），楊憲益、戴乃迭譯，*Lu Xun: Selected Works*, Volumes IV（北京：外文出版社，1980 年）, pp. 180-181。經過小幅修改。

[69]林語堂，〈給孔祥熙部長的一封公開信〉，《語絲》第 4 卷第 38 期（1928 年 9 月），收錄張良選編《《語絲》作品選》，頁 101～103。包含孔祥熙的建議原文。

者只是像陳獨秀那樣真正的共產黨員，才是孔部長所謂的共產黨徒）？孔部長要拯救遺跡遺風的計畫，是否有其他的政治目的或政治議程作為動機？畢竟，到底是孔子的哪一點（從人格角度來說）使我們現在感到珍惜？而在這些疑問背後所要真正探討的，是中國共和政體在南京成立新政府後，到底應該朝哪個方向前進的「不確定性」。孔子將在這個過程中扮演何種角色？而儒家學說，這個封建君主制意識形態上的支柱，又將會在共和體系裡產生何種作用？

戲劇

1928 年 11 月 30 日，林語堂在第 15 期《奔流》月刊上所發表的劇本，是中國嘗試西方式戲劇，即「新劇」潮流中的作品之一。此外，在這部劇本發表的同一年（1928 年）亦是「一個轉捩點的開始」。當年，劇作家齊聚上海，紀念易卜生百年誕辰，並用「話劇」這個名詞代替了「新劇」。這是一個「分水嶺事件」，象徵著戲劇作品新時代的開始。[70]「話劇」被嚴格定位為一種擁有性別相稱之角色分派（即男性不能扮演女性角色），以及固定對白（不允許即興發揮）的表演藝術。大多數這樣的作品都因為「女性戲院」、「將自己置於與所有文化之『父』相背的立場」，而引發了一場騷動。[71]曲阜第二師範大學有一個男女混合的巡迴劇團，當時這個劇團已經嘗試過「新劇」這種戲劇作品。觀賞一下 1929 年的這場演出，將讓我們更加了解一個由戲劇作品所引發的騷動時代。

獨幕劇比較短，因此許多內含的意義都必須透過少量的動作表達出來。獨幕劇中的故事也許只是一個更大故事中的一段情節，而故事的人物都是我們所熟悉的，如孔子與子路（孔子的弟子），而對於人物的快速識別可以使作者很快建立起故事的背景，使觀眾更快融入故事情境中，並了解劇中人

[70] Xiaomei Chen, "Twentieth-Century Spoken Drama" in Victor H. Mair, ed. *The Columbia History of Chinese Literature* (New York: Columbia University Press, 2002), p. 857.

[71] Xiaomei Chen, *Occidentalism: A Theory of Counter-Discourse in Post-Mao China* (New York and Oxford: Oxford University Press, 1995), p. 143.

物。如同孔子《論語》中的眾多小插曲，這個劇本也只是抓住了孔子漫長旅途中的其中一個插曲。這個插曲在《論語》中只是寥寥數語，《論語》中說「子見南子，子路不說（悅）。夫子矢之曰，『予所否者，天厭之！天厭之！』」（《論語》VI, 28）孔子對於南子，即衛靈公夫人（西元前 497 年，衛國（現在的河南省）公爵夫人），所發的誓言中，兩次提到「天」。儘管這個劇本是虛構的，但是林語堂卻同時告訴讀者，「故事背景與劇中所有人物都是歷史上真實存在的，並且孔子的話也是以早期的考究為基礎的。」[72]林語堂確實蒐集、研究過很多早期的文獻，資料甚至細至南子所戴的翡翠垂飾「晶鈴」。儘管有歷史資料記載了南子與孔子的這個會面，但是卻完全沒有記載當時孔子發誓他對南子毫無非分之想，即「予所否者」的紀錄。因此，儘管這個故事是以真實歷史為架構，但其中的對話卻是一個男作家（林語堂）用來宣揚自己思想的一個文學平臺。透過這個平臺，他以女性的角度重新詮釋了經典，表明了他自己是如何看待孤立女性，以及道德與藝術之間的衝突等問題。這個故事情節還表達了作者自己對於「真」孔子的理解。他認為，後來的儒學家們嚴重扭曲了孔子的教誨。

在劇中，南子指出歷史與《詩經》中的歌曲需要從女性的觀點重新審視。事實上，戲劇的背景是設定發生於西元前 497 年，而那時劇中所描寫的一些歌曲，還沒有被收編入《詩經》中。它們是衛國人民文化生活中重要的一部分。她還重新評價了那些因為美貌、陰謀和危險的智慧而被認為是「傾國傾城」的紅顏禍水：

> ……歷史上有太多重要的女性人物。而你們男人總是從自己自大的觀點來詮釋女性，從未真正的了解女性心理。舉例來說，最有名的例子就是

[72]林語堂〈序〉出自 CN, pp. v-vi.同時可參見 Siegfried Englert and Roderich Ptak, "Nan-tzu, or Why Heaven Did Not Crush Confucius" in *Journal of the American Oriental Society* 106.4 (1986), pp. 679-686.南子被指控諸多罪名，包括過度放縱性慾及近親亂倫。根據上述文章，這些指控都無法證明為真，而且後來有些關於她的描述皆屬誤導或扭曲事實，其中很多都忽略了一點；如果南子真的這麼壞，為何孔子不只一次去看她？James Legge 在談論自己所譯的 *The Confucian Analects* (London, 1886, p. 191)時提到，「自己費了很大的心力去解釋這個事件。」

俞王的皇后。她是一位極為貞潔的皇后，而非一位輕佻的女性。她唯一的過錯就是她的美麗。因為她的潔身自愛且不愛嘻笑，淘氣的皇帝卻堅決要她笑。為了使皇后笑，俞王射出了一發信號彈，只為了虛驚他的家臣一場，行為宛如十三歲的學童。當他的家臣與軍隊到了才發現，原來他們被愚弄了。此時皇后終於笑了。但，請注意，她並非笑這場假警報，而是笑你們男人的愚蠢。但，這種幼稚的愚蠢行為又該怪誰呢？然而，當男人開始撰寫歷史時，他們一致將皇后塑造為亡國的罪魁禍首，好像是她，而不是皇帝，才是發射那枚象徵正式開戰信號彈的人。

所以，如果你讓我們女流之輩參與商討，或許，我們還能偶爾提供一些有趣的建議。[73]

在劇中，南子的天真、聰慧，以及她對某些古代教條與歷史事件一針見血的質問，都強烈震撼了孔子。她的獨立見解一開始實令聖人（孔子曾經說過他不會傳播自己的思想，而只是傳播前人的智慧）極為反感。南子對學習的熱忱，令孔聖人覺得很不安。她並不是沒有缺點；她也會完全沉浸在片刻的音樂與歡樂中。她偶而也會無禮輕佻。在見到她之前，子路就提醒孔子說，南子「不是一個平常的女性」：

南子夫人生性瀟灑，舉止言行與夫子所言周公之禮不合者很多，又妖憨恃寵，喜怒無常。夫子與南子晤談，不諫，則無以正禮作樂……

彌子，是衛靈公與衛靈公夫人的寵臣，同時又與子路有連襟關係，他也提到過：

不過夫人思想是很新的，對於男女有別的話，不大相信，所以舉止也許

[73]CN, pp. 30-31.

不盡合于周公之禮，希先生見面時不要笑話才是。她很喜歡跟男子密談的，議論也很高超不羈，談鋒又信任又流暢，思想又新穎卓絕，少有閨媛俗態。（暫停）那末就可以請夫人出來吧。

孔丘：（內心震了一下、停頓了一會兒）都可以的。我是無可無不可。

（彌子辭別，由簾內後房退出。子路與孔丘相覷。）

孔丘：子路，你為什麼不說話？你著魔了嗎？

子路：衛侯閨門之內，姑姊妹無別，您聽說過嗎？

孔丘：就我所知，沒有。

子路：那您便快要聽見，也許會親眼看見。（停一會兒）夫子？[74]

孔子堅持認為，一個人必須要「務實」，因此他不得不與那有權有勢的衛靈公夫人見面，並且不可有所堅持。在那場重大會見之前，孔夫子告誡自己：婦人之口，可以出走；婦人之謁，可以死敗……[75]

劇中，孔子就是帶著這樣的不祥預感與惶恐，去會見了南子。

結果南子確實迷人、聰慧。她和孔子討論了歷史、詩歌與道德。她建議成立一個文學社，男人和女人都可以參與討論經典名著與詩歌，這樣，世人對女性的觀點才能更加了解。孔子盡量不去（和這樣一個喜怒無常、又有權勢的女王）堅持任何事情，或者只是引用古人的智慧來回應她的質詢與建議，又或者不表明他對任何觀點的立場。但是不久，孔子最擔心的事終於發生了。夫子慢慢被南子的魅力深深迷住：她的機智、美麗、歌唱、樂曲、吟詩，都令夫子心動不已。有一會兒，孔夫子就好像靈魂出竅般，但是卻「猛然反省」。子路則開始擔心：

孔丘：（緩緩轉向子路）我必須離開衛！（南子繼續她天真的挑逗，沒有

[74]CN, pp. 14-15, 18.

[75]引自漢朝司馬遷的《史記》。字面的意思即為：「女人的舌頭可讓你被放逐；一次的會面可讓你死亡。」林語堂引用的這些話，一直以來使捍衛孔子正統的人士感到尷尬不安，不過林語堂認為，這顯示出某種程度上「對女人的恐懼和嫌惡」。

注意他們。她現在正是最美的時候）

子路：因為你的原則不允許？

孔丘：(慢慢地、深深地回答道）恐怕是！恐怕是！（子路懂了。）[76]

過了一會兒，南子那天真無邪的樣子征服了聖人。她的藝術、美麗與音樂戰勝了孔夫子那頑固、拘謹的禮教。戲劇的最後，孔子被他與南子的見面所震驚、感動了。

孔丘：假若我今天不是周公的信徒，我就要相信南子的。

子路：那麼，夫子可以留下來吧？

孔丘：(堅決說道）不！

子路：因為南子不知禮嗎？

孔丘：南子有南子的禮，不是你們所能懂的？

子路：那麼為何不就留在這裡？

孔丘：我不知道，我還得想一想……（陷入沉思）……如果我聽了南子的話，受南子的感化，她的禮，她的樂……男女無別，一切解放自然……（瞬間出現狂喜之色）……啊！不，(臉色突然一沉，頭低下，面色沉重嚴肅）不！我必須要走！

孔丘：不知道。離開衛，非離開不可！

子路：夫子不行道救天下百姓了嗎？

孔丘：(緩慢答道）我不知道。我先要救自己。

子路：真的要離開？

孔丘：是的，我必須離開！我早晚都必須離開！（他的臉顯得憔悴，而整個人似乎都崩潰了。頭慢慢低下、靠在手臂上，並蹲在地上，像個可憐人。)(子路筆直站在他身旁。在一片沉默中，孔子慢慢

[76]CN, p. 39.

地長嘆一聲……嘆息聲漸小……寂靜……落幕）[77]

悲喜劇的政治面

這部有趣的戲劇變成那些仍效力於國民黨政府的中國年輕知識分子的知名大案，他們仍然相信國民革命，認為國民革命終結了軍閥戰爭，可以實現民主憲法。後來的「山東省立第二師範學生會通電」指出，大多學生的信仰在這場《子見南子》的爭議中已搖搖欲墜：

各級黨部各級政府各民眾團體各級學校各報館鈞鑒：敝校校址，設在曲阜，在孔廟與衍聖公府包圍之中，敝會成立以來，常感封建勢力之壓迫，但瞻顧環境，遇事審慎，所有行動，均在曲阜縣黨部指導之下，努力工作，從未嘗與聖裔牴牾。

不意，本年六月八日敝會舉行遊藝會，因在敝校大禮堂排演《子見南子》一劇，竟至開罪孔氏，連累敝校校長宋還吾先生，被孔氏族人孔傳堉等越級至國民政府教育部控告侮辱孔子。頃教育部又派參事朱葆勤來曲查辦，其報告如何敝會不得而知，惟對於孔氏族人呈控敝校校長各節，認為絕無意義；斷難成立罪名，公論具在，不可掩沒。深恐各界不明真相，受其蒙蔽，代孔氏宣傳，則反動勢力之氣焰日張，將馴至不可收拾矣。

敝會同人正在青年時期，對此腐惡封建勢力絕不低首降伏。且國民革命能否成功，本黨主義能否實行，與封建勢力之是否存在，大有關係。此實全國各級黨部，民眾團體，言論機關，共負之責，不只敝會同人已也。除將教育部訓令暨所附原呈及敝校長答辯書另文呈閱外，特此電請臺覽，祈賜指導，並予援助為荷。

山東省立第二師範學生會叩[78]

---

[77]CN, pp. 44-46.

[78]文件一：〈山東省立第二師範學生會通電〉。

以孔傳堉為首的孔氏家族長老們在對學生提出的訴狀中說道，「學生扮作孔子，醜末角色，女教員裝作南子，冶艷出神，其扮子路者，具有綠林氣概。」[79]而劇中，南子所唱歌詞是《詩經》中的〈桑中〉，是描寫一對戀人在小桑林裡約會的詩，該歌詞「醜態百出、褻瀆備至」：「凡有血氣，孰無祖先？敝族南北宗六十戶，居曲阜者人尚繁夥，目見耳聞，難再忍受。」訴狀還暗示宋還吾校長可能是一個共產主義者（這在 1929 年來說，等於給人判了死刑）；宋還吾「言行過激」，他的「本色」令人懷疑，就像他所遵從的「學說」或「主義」（比如說共產主義）一樣可疑。他們希望這件事能深入調查，並要求蔣介石與教育部長蔣夢麟「嚴辦」宋還吾。

在收到孔氏家族的訴狀後不久，朱葆勤參事（來自南京教育廳）與督學張郁光（山東省教育廳）被派去調查這項控訴。[80]兩天後，也就是 1929 年 7 月 8 日，宋還吾遞交了一封「上訴書」，不僅否認孔氏家族的控訴，而且還言之鑿鑿地詳加指控、譴責孔氏家族在曲阜的勢力是任何進步、改革與經濟發展的主要障礙。[81]他稱孔氏為「特殊的封建組織」。這個組織束縛著整個社會，而且已經逼走了第二師範大學的兩位前任校長。孔氏家族建立了一個獨立的權力與特權地位，並賣給那些出價最高的人：「青天白日旗下（中國國民黨黨旗），尚容有是制乎？」宋還吾，畢業於北京大學，1926 年進入廣州中國國民黨學術院後，成為國民黨黨員。他宣稱，孫逸仙先生的理想絕不同於孔子的理想。儒教中就有這樣一句箴言，與三民主義的新理想互相抵觸：「民可使由之不可使知之」（《論語》，「泰伯第八」，第九句）。一個人「背離」了傳統的正統思想，並不意味著他就是共產主義者。

[79]文件二：〈教育部訓令第八五五號令山東教育廳〉。
[80]文件四：〈教育部朱參事及山東教育聽會銜呈文〉。
[81]文件三：〈山東省立第二師範校長宋還吾答辯書〉。

兩名調查員向上級報告說，孔氏家族的指控並不成立，而且訴狀上有許多筆曲阜居民的簽名值得懷疑（可能為偽造）；所指控的各項罪名皆「查無實據」。[82]但儘管報告結果如此，當時正陪同蔣介石視察山東省省會濟南的孔祥熙部長（蔣介石的姐夫），卻仍然要求此件事必須進一步嚴加偵辦。[83]國民黨中的自由派蔡元培（監察院長）與蔣夢麟（教育部長）之前從濟南到青島訪問時，曾經非正式地表示，他們認為該劇並沒有侮辱孔子之事，孔氏家族的指控太過小題大做了。[84]對此，學術界、文學界、藝術界及自由新聞媒體都覺得，孔氏家族的指控是一項政治陰謀；是「封建勢力向言論自由和思想自由的進攻」，是「青皮」、「訟棍」的行徑。上海的一份小報《金鋼鑽》發表了一篇文章，叫「《子見南子》案內幕：衍聖公府陪要人大嚼——青皮訟棍為祖宗爭光」。[85]該小報上的資訊來自於山東第二師範大學學生會的報告。儘管類似像這樣擁有聳人聽聞的標題及八卦內容的小報，可能只是廉價的小報，而且報導甚至可能低級庸俗，但是林語堂卻認為，他們願意冒險揭露真相的優點足以彌補他們在學識方面的欠缺。1928 年至 1932 年間，上海出現了眾多這樣的小報、迷你報。這些小報並不介意出現一些「小意外」（即可能導致政府予以禁止出刊的話），也並不介意自己「在資產投資上沒有那些大報來得重要」，因為那些大報「完全無可讀性、退化且墮落」的報導完全沒有報導事實真相。[86]《金鋼鑽》上所刊登有關曲阜事件的文章，就表達了許多當地團體與政府單位在與孔氏家族中的某些「訟棍」之「封建勢力」抗爭中，所感受到的憤怒與挫折；同時也提供了許多有關人性的有趣細節，即林語堂所謂的「內幕消息」，如：孔繁朴，孔教會會長，是如何「逼兄吞煙而死」。另一篇有關該事件的文章，標題為「小題大作」，則從更為寬廣的歷史與哲學角度，說明「舊禮教的罪惡」是如何「錮蔽思想」、如

[82]文件四：〈教育部朱參事及山東教育聽會銜呈文〉。
[83]文件五：〈濟南通信〉（"Jinan Circular Letter"），源於《新聞報》（1929 年 8 月 16 日）。
[84]文件五：〈濟南通信〉（"Jinan Circular Letter"），源於《新聞報》（1929 年 8 月 16 日）。
[85]文件六：〈《子見南子》案內幕〉原載於 1929 年 7 月 18 日當期的《金剛鑽》。
[86]Lin Yutang, *A History of the Press and Public Opinion in China* (Chicago: University of Chicago Press, 1936), pp. 140-141.

何違背孫中山先生的三民主義，以及如何阻礙革命。[87]

1929 年 7 月 28 日，在一項公開的訓令中，宋還吾被警告與譴責，但並未遭受處分。[88]同時，他還被訓誡「須對學生嚴加訓誥」，「並對孔子極端尊崇，以符政府紀念及尊崇孔子本旨」；並讓相關政府部門「鑒核轉呈，暨指令外，合行令仰該廳知照，並轉飭該校校長遵照」。許多人，包括宋還吾自己在內，都認為這項訓令意味著，如果宋被查出有「侮辱孔子」的罪行，那麼他早就已經遭受處分；而如果在未來，被那些嚴密監視他的看門狗發現他沒有規規矩矩地「尊崇」孔子，那麼他將遭受處罰。這是儒家學說對中山主義的完全勝利。

由於孔傳堉及其追隨者並沒有因為其無恥、毫無根據的控訴而受到任何譴責，宋還吾非常憤怒，覺得自己已遭懲戒，於是在當天立即做出回應，透過適當的途徑，呈上了一封用詞巧妙、精湛、大膽、憤慨且諷刺的請願書。[89]宋對上司的「合法處分」表達了「感激」之意的同時，含沙射影地說，國民黨黨員背叛中山先生的三民主義理想，抵制民眾思想，與共產黨徒沒什麼兩樣。宋說他曾經在武漢被共產黨徒囚禁 80 天，現在他又唯恐會違反自相矛盾的法規與訓令，整天生活在受罰的恐懼中。一想到牢獄，他仍然「猶覺寒心」。他還暗示，曲阜的現代科學將會滅亡，被《陰陽》學說與《易經》這樣奇術般的科學所替代；而另一個如同當初袁世凱企圖登基稱帝的局面正在形成中。在呈上這份巧妙、諷刺性的傑作後不久，宋還吾就被調離職位，而這次的調職只在一份不尋常的單行訓令中所提及。[90]儘管宋還吾這個名字最終將被歷史的洪流所湮滅、遺忘，林語堂的名字卻成為舉國皆知，並且越來越有名。

然而，人們所爭議的並不僅僅只是這場戲劇的演出。曲阜的學生動

[87]文件七：〈小題大作〉頁 164-165。這篇文章原先於 1929 年 7 月 18 日撰於古都；後在 1929 年 7 月 26 日刊載於《華北日報》。
[88]文件九：〈教育部訓令第九五二號令山東教育部〉。
[89]文件十：〈曲阜二師校長呈山東教育廳文〉。
[90]文件十一：〈山東教育廳訓令第一二〇四號〉。

亂，都因孔氏家族設宴歡迎張繼與犬養毅而起；一些小報認為「此中草蛇灰線，固有跡象可尋也」。[91]張繼是國民黨的元老，也是提倡與共產黨決裂的西山會議派右翼分子，在軍隊的保護下來到曲阜。犬養毅是日本內閣大臣與政治領袖。[92]這位日本貴賓來訪的時間，沒有比在 1928 年 5 月 3 日濟南事變後更糟的時間與地點了，因為濟南事變後北伐軍與日本軍隊（聲稱是派去保護日本公民）之間的戰爭隨即爆發。同年四月底，日本發表聲明，軍隊已派遣至濟南。該聲明進而引發了一場抗日的義憤風潮與抵制日貨的行動。

蔡公時，1927 年林語堂在漢口外交部的同事（當時外交部有一度是由國民黨左翼分子統治），在濟南遭日本人殘酷殺害。對林語堂來說，這才是抗日戰爭的開始。日本人挖出蔡公時的眼睛，切下他的鼻子，這不是一件可以靠「借酒澆愁」的小冤案，而是必須「劍下討公道」之眾多暴行中的起端而已。[93]蔡公時與林語堂的共同朋友，在慘案發生之後，即在上海創辦一份英語雜誌《中國評論周刊》；該雜誌的第一期就發表了一篇關於濟南事件的深入調查報告，其中還包括目擊證人的證詞。《中國評論周刊》的創辦者與員工之一，就是劉大鈞（D. K. Lieu），現為著名的經濟學家。他是清華大學的年輕講師，是林語堂的老朋友也是舊同事。而林語堂則成為了該雜誌的主要撰稿人之一。

林語堂最早評論南京政府的一篇文章（1930 年）使其中一位董事感到十分驚恐（當他完全了解所出版的文章內容後），並在第一時間跳上往南京的火車，懇求原諒。[94]然而，雜誌社卻給了林語堂一個名為「小評論」的幽

[91]文件六：〈《子見南子》案內幕〉。

[92]Information on Inukai (1855-1932) is from Ogata, Shijuro, "Inukai Tsuyoshi" in *The Kodansha Encyclopedia of Japan* (Tokyo, 1983), Volume III, p. 326.

[93]Lin Yutang, *Between Tears an*d Laughter (New York: John Day Company, 1943), pp. 16-17.蔡公時是在濟南擔任外交特派員時，不幸遇害。

[94]林語堂, *Memoirs of An Octogenarian*《八十自敘》, pp. 69-70。讓編輯感到恐懼的就是林語堂的這篇〈丹麥王儲事件與官方聲明〉，*The China Critic*《中國評論周報》，第三版（1930 年 3 月 27 日），頁 178～181。這篇文章是寫南京當局在丹麥王子到訪之前，把一個礙眼、有損國格的貧民窟拆除，造成窮苦居民無處可住。根據林語堂的說法，即使有照片為證，政府仍然否認此事，並

默專欄，這個專欄立刻吸引讀者的眼光（1930 年至 1935 年所寫的文章，都被商務印書館收錄成兩冊出版）。的確，在日本已成為主要外敵的新時期中，這份代表著知識分子心聲的英語出版物，很快就變得相當受歡迎。1931 年，日本軍隊攻占滿洲，並於 1932 年擁戴中國末代皇帝溥儀成立偽滿洲傀儡政權。犬養毅（1929 年孔氏家族宴席上的貴賓），這時已成為日本首相，在面對這個偽滿洲傀儡政權時，試圖取得協定，使該地區自治化，並對那些國民政府失去掌控的軍隊實施更嚴厲的管制。該事件加上他對議會民主的防衛，這兩件事導致了日本軍事官員的起義，即所謂的五一五事變（1932 年）。而犬養毅則在該事變中慘遭暗殺。南京政府希望可以透過和解與逐步撤退，來安撫日本人，因而才導致了 1933 年 5 月的《塘沽協定》，正式將熱河與滿洲割讓給日本。在這過程中，最主要的一個例外，就是 1932 年初，國民革命軍第十九軍英勇的上海保衛戰。而日軍則以炸燬閘北，一個鄰近各國租界、人口高度密集、屬於勞工階級的非戰略性區域，來回應革命軍的反抗。透過將中國領土出賣給日本，及以抗日情緒的鎮壓，蔣介石政權得以繼續延續。

結論與後言：跨越界限

1929 年，文化與政治上的界限被重新定義，而在這個充滿內憂外患的情勢之下，國民黨政府仍然試圖穩定、並制度化其政治上的控制。

林語堂從現代角度解讀經典，但這不應該被誤解成為一種五四運動的號召，並因此把對《論語》與《詩經》等經典著作的任何興趣視為封建思想。儘管林語堂經常刻意針對那些維護宋朝正統的儒家學說，但是他也覺得孔子是一個可愛、聰明的人。林語堂後來創辦了一份極受歡迎的幽默雜誌《論語》半月刊，因而被公認為中國的「幽默大師」。以孔子的《論語》來命名這份雜誌，這種作法乍看似乎是對孔聖人的一種諷刺。然而，在雜

查禁所有相關的文章。

誌的創刊號中，一篇編輯評論說道，透過從現代的角度來解讀經典作品，它仿效孔子的《論語》，成為一部收集零碎、並非完全真實的無條理式對話的一部集錦。在這些交流中，「甲貢獻一個字、乙貢獻另一個字」、「這裡來了一句評論，那也來了一句」、「都累積起來就成了一堆事實。」[95]孔子的《論語》在這裡並非被當成是一個預言者或立法者的權威知識看法，而只是一部永無止境、沒有提供明確事實結局的周遊列國故事。編輯還解釋道，採用《論語》這個刊名，是因為它可以表達出「發表評論」的「論」與「作出回語」的「語」之間的一種生動、不可預測的談話交流。

林語堂用新的表達方式使《詩經》中的歌詞再度活躍，使它們不再像正統所詮釋（如毛澤東所述）般的缺乏笑聲、歡樂與縱慾。在林語堂的劇本中，彌子警告孔子，「他們（在南子的國度裡）所唱的歌謠，以及男人與女人夜晚聚集在河岸邊的情況」。[96]而子路則提醒孔子「不諫（南子），無以正禮作樂。」反之，南子和她的舞團表演與吟唱頌歌的方式，使孔子既驚又喜；且在 1929 年使曲阜孔氏家族中的長老極度震驚，因為這些頌歌突破了那一成不變的正統教條詮釋的枷鎖。林語堂還寫了有關後期儒教學說中的「清教徒式的殘酷」癖性，他認為這些癖性在孔子本身卻完全無跡可尋。這些後來的儒學家還覺得《詩經》中的「愛情詩歌」是「淫穢、不堪入目」的。一位宋代學者沈朗，甚至向皇帝請願，將其中一首愛情詩刪除。[97]

在《子見南子》中，界限是可以談判的、被跨越的；那些一直以來即由宗教儀式與傳統權威所掌管的界限，在極富創造性的藝術領域下給予了協商的空間。該戲劇咸認是「禮教與藝術之間的衝突」的寫照。劇中第一個被跨越的重要界限是當南子與孔子交談時、置於中間將他們分開的簾子。這個簾子變得十分礙事，因此南子命人將它推了開，使她可以好好向孔子指出一塊珍貴美玉上的紋路。第二個被跨越的界限是南子隨著音樂，

---

[95]〈編輯後記〉，《論語》，第 1 期（1932 年 9 月），引自萬平近《林語堂論》（西安：陝西人民出版社，1987 年），頁 72。
[96]CN, p. 12.
[97]Lin Yutaug, "Feminist Thought in Ancieut China" in CN, p. 126.

邊跳舞（與四位舞女）、邊吟唱《詩經》中的歌謠。以西元前 379 年為背景，劇中所描寫的這些界限，事實上在當時並不如漢朝時候來得嚴格，更別說宋朝、明朝與清朝了。後來《詩經》中的歌曲被當作一部教義規範來供奉時，也許從那時起，它們才開始在許多人的眼裡變成了不該在大庭廣眾之下表演的歌曲。〈桑中〉這首描述戀人約會的歌（毛論，第 48 頁），尤其冒犯了一些孔氏家族的長老們：

> 爰采唐矣？沬之鄉矣。
> 雲誰之思？美孟薑矣。
> 期我乎桑中，要我乎上宮，送我乎淇之上矣。[98]

有些界限看起來似乎是非常客觀的，但是在皮耶・布赫迪厄看來，正是這些界限，在其最大的範圍之內，在「制度的行為」中成為了「得以創造改變的社會魔法行為」，「使它看起來就好像是早已存在的差異，如同性別間的生理差異，又或者如長子繼承制中的年齡差異一樣」。「最具有社會效力的差異，是那些看起來像是建立在客觀差異之上的社會差異（我覺得像是地理學中「自然邊界」的概念）」。[99]林語堂試圖解釋為何如此少的儒家學者認為有必要質疑正統思想中關於女性「不好的一面」。「儘管蘇東坡對女性很有好感，但是他還是說：『勿生為女子』」。林語堂覺得「在正統學者的傳統觀點中，男性與女性的原則是相輔相成，這個概念基本上非常正確，也因此很顯然給了他們一個足夠廣泛的基礎，來辯解為何（女性）會有不好的一面存在」。[100]

---

[98]Arthur Waley , trans. *The Book of Songs* (1936) (New York: Grove Press, 1960), p. 34. First stanza: Mao number 48; Waley number 23. Waley 的譯本做了小幅修改，這首歌並未納入英文譯本，而是改用另一首輕佻的情歌，原版本請參見林太乙編的《論幽默——語堂幽默文選（上）》（臺北：聯經出版公司，1994 年），頁 86～88。

[99]Pierre Bourdieu, "Rites of Institution" ("Les rites d´institution") (1982) in Pierre Bourdieu *Language and Symbolic Power*. John B. Thompson, ed. (Cambridge MA: Harvard University Press, 1991), pp. 119-120.

[100]Lin Yutang, "Feminist Thought in Ancient China" in CN, p. 117.

1920 年代與 1930 年代期間，孔氏家族曾試圖鞏固孔子的至尊地位，並復興其文化資本。1929 年的訴訟只是其中一種方式而已（有些小報認為，這完全是一個赤裸裸的權力陰謀）。林語堂的劇本被搬上舞臺，對孔氏家族的長老來說，簡直是在家門前挑釁，也是一種文化的侵犯。而最令人震驚的，莫過於演出地點。表演過程中，女演員與男演員在同一個舞臺上表演（這在當時仍是一種新穎的作法），男學生扮成孔子，還有在河邊浪漫的歌唱《詩經》，這些都是形成最後打擊的因素。為了保留權力與特權，孔氏家族還採取了另一項措施，就是在 1930 年重修孔氏家譜，將其他地方的孔氏分支一併寫入族譜，以在全國擴大家族網絡。曾介入保全孔氏土地事件的孔祥熙部長，聲稱為孔氏家族中從山東曲阜遷至山西的一個分支後裔。[101]隨著 1934 年蔣介石所發起的「新生活運動」，9 月 28 日成為了孔子的正式誕辰紀念日（現在已按陽曆計算）。在這場全國性的慶祝儀式中，中央政府派了眾多官員送祭品至曲阜，以大肆慶祝。「大成至聖先師奉祀官」這個新的職稱也隨之產生。1935 年 7 月 8 日，當時只有 15 歲的孔德成，最後一位衍聖公，孔子的第 77 代聖裔，接任了該職位。對孔子誕辰日的認可，是 20 世紀的一種文化產物，象徵著民族主義運動的興起。它是為了區別共和政權與其先人因而所產生的，是為了主張一個新的身分。孔子的誕辰日首度在 1914 年由政府正式頒布，而之前僅為季節性的祭祀而已。[102]

當孔子不再是一個無所不知的先知，或可以「更正」名字的「聖人」時，孔氏家族的長老開始捍衛他們的遺產。至 1929 年為止，在五四運動時期，嘲笑孔子已經是老生常談的事了。但仍然有一些像林語堂這樣的人，他們不盲目崇拜孔子，但是卻覺得孔子是一位值得欣賞與欽佩的人。孔子不再是一個無所不知的聖人，而是成為了一個有時候也有不懂之事的聖人。在 20 世紀的「悲喜劇」中，舞臺上的孔子是一個尋求真理、懷著不確定感、順從且會犯錯的一個人。他願意與人進行沒有條理而又自然的交

[101]Jing, *The Temple of Memories* (1996), pp. 8, 39-42, 127, 134-135.
[102]Jing, *The Temple of Memories* (1996), pp. 125-127, 145.

談。儘管招致學生子路的不快，孔子還是認為自己是一位可以與一位有權有勢、受過良好教育的女性進行益智答辯，而不被上天懲罰的人。

註腳附註：

1. 文件：

《關於《子見南子》的文件》。《子見南子》（1929 年 8 月 11 日，原由魯迅編纂，原出版於《語絲》第 5 卷第 24 期），林太乙編著的《論幽默——語堂幽默文選（上）》（臺北：聯經出版公司，1994 年），第 91 頁第 11 行。這裡引用的 12 份文件，皆按照魯迅最初編輯的號碼。

2. CN：

林語堂《子見南子及英文小品文集》（上海：商務印書館，1937 年）。《子見南子》的譯本（1928 年），第 1 至 46 頁。後來的譯本中有對該劇本做了一些修改。在譯本中內容有所修改的地方，我會指出來，並參考林太乙所編著的《論幽默——語堂幽默文選（上）》（詳見上述縮寫中的「文件」)》中的原始中文版本（1994 年），第 63 頁至 90 頁。在英文譯本中針對中文字所採用的羅馬拼音，已經經過校正，與本篇論文中所採用的拼音一致。而在英語版中稱呼南子與其丈夫為「Queen」與「King」的說法，也都已更正為「Duchess」與「Duke」，以與孔子之《論語》的大多譯本用詞一致。

——選自《跨越與前進——從林語堂研究看文化的相融／相涵國際學術研討會論文集》
臺北：林語堂故居，2007 年 5 月

從《吾國與吾民》看林語堂的中西文化比較

◎應鳳凰*

《吾國與吾民》是林語堂向西方世界介紹東方文化最有名的書。他曾在自傳裡說：「我的最長處是對外國人講中國文化，而對中國人講外國文化」。《吾國與吾民》的寫作與暢銷，正是這些話的最佳註腳。曾虛白送給林語堂的 80 歲壽禮，一幅白話立軸上寫著：「謝謝你把淵深的中國文化通俗化了介紹給世界」，同樣說明了林語堂文字生涯的重大成就，正是把「東、西文化」兩個不易相通的世界從中「接合」起來，表揚他的作品有橋樑一般的「溝通」功能。

前言

《吾國與吾民》，初版於 1935 年[1]，先有英文版，後有他人譯的中文版。這兩種版本的「命運」並不相同，前者暢銷於歐美：書一出版，四個月內即印了七版，除了進入美國暢銷排行榜，還被翻譯成七、八種歐洲文字，影響既深且廣。後者受讀者歡迎的程度，顯然不如前者。原因很複雜：有「文本」本身的問題，如譯筆不佳；更有出版環境的問題，如「思想右傾」的林語堂各書，在共產中國曾絕版絕跡達四十年，直到 1982 年之

*發表文章時為美國德州大學東亞系博士候選人、中央研究院中國文哲研究所訪問學員，曾任臺北教育大學臺灣文化研究所教授，現已退休。

[1]*My Country and My People* 首版 1935 年由美國 The John Day Company, Inc.在紐約出版。1966 年臺灣另有林語堂授權，附不少照片的美亞國際版（Mei Ya International Edition）。本文使用的中譯本，是遠景出版社 1977 年出的臺北版，中文版未註明譯者。

後才逐漸解禁[2]，重現江湖。事實上，中文版還須分成簡體字與繁體字兩種版本，而流行於臺灣的繁體版，命運也好不到哪去，由於不明的原因，有可能是根據舊版重排的臺北出版商，在戒嚴法之下，擔心被國民黨政府查禁，而自動刪減了書的最後一部分，下面將再詳述。總之，臺灣讀者所讀到的，也並非英文版的全貌。有意思的是，這些中文版的讀者群眾，以及這樣坎坷的出版環境，正是林氏筆下所指稱與描述的「吾國與吾民」。

以中西這兩個完全不同的出版環境為起點，本文將涉及兩個重點：其一，正如題目所顯示，從《吾國與吾民》一書，看林語堂的中西文化比較。透過他的文本，我們將檢視他用了哪些題材，以及怎樣的譬喻手法，介紹了中國人哪些性格，尤其探討林文如何對照「中國人與西方人」性格的相同點與相異點。

其次，我們在看他「如何比較」的同時，由於他的文本既有中文也有英文，不得不也陪著他一起作另一種形式的「中西文化比較」，或者說，作比較的比較。林語堂曾自聯：「兩腳踏東西文化」，像《吾國與吾民》一類的書，因其通行譯本的問題很多，作為讀者的我們，必須中文英文「兩腳」都看，若單單閱讀中文，彷彿只看到他其中的一隻腳。

林語堂・書・中西文化

在如此複雜的比較觀點下，不妨稍微解釋題目所指的，林語堂與書，與「中西文化比較」三者的關係。林語堂寫這本書之初，相信並沒有意思要扛下如此龐大的，所謂「中西文化比較」的枯燥題目。《吾國與吾民》旨在向一般外國人介紹中國人的民族性格，日常中國文化，因此不能避免，要舉許多例子，用一些小故事，好將中國與西方生活習俗、思想觀念等等做一番對比。吾書並不是一本論文集，也不是教科書；條理分明的「東西文化比較」既非本書的重點，如此一本文字風格「有如與朋友談心」的

[2]見施建偉，〈近十年來林語堂作品在大陸的流傳與研究〉，《林語堂研究論集》（上海：同濟大學出版社，1997 年 7 月），頁 106～107。

書，講究的其實是風趣，大眾化，甚至老嫗能解。因此本文在透過《吾》書看林語堂如何即興式的作中西文化比較時，也不採取一般定義上的，所謂「文化比較」的大題目，而只是將《吾》書的出版現象，依其不同的文化環境，即中西不同的社會背景，作一番對照。

「文化」兩字固然無所不包，「中西文化比較」一類的題目尤其不如表面上看的那麼簡單。借用近年西方興起的一些文化研究的觀念，廣泛定義下的文化研究，已經不再把研究對象局限於書中的方塊文字，即不只單純看文本，而是「文本」與其「脈絡」並存。換句話說，總是把文本放在它的社會背景一起考察。舉《吾國與吾民》為例，我們若注意它的背景脈絡，首先即不能忽略它的「文本」是用英文寫的，雖然作者是中國人，但他在寫作的時候，卻與其他中國作家面對不同的寫作對象，必須時時以西方讀者的認知與興味為首要考量。

其次，不能忽略作者本人特殊的教育背景。林語堂固然是福建人，但他從小學、中學、大學，進的都是教會辦的學校，也就是說，這位中國文人具有十分濃厚的西方文化教育背景，因此他眼中看到的、選擇的中國文化，也必定是站在西方文化的基礎上所認知的中國文化。

前面已經提到，《吾》書在英文世界，與在中文世界，讀者大眾接受的程度有所不同：由於東方與西方文化環境不同，讀書市場因而存在標準全然不同的「接受美學」。尤不能忽略《吾》書出版的 1930 年代，正是中國最民不聊生的抗日戰爭時期，社會彌漫著一股敵愾同仇，磨拳擦掌的氣氛。這本書在美國一版又一版，大為暢銷之際，林太乙曾在父親傳記裡提到，大陸當時卻流傳著一則帶有諷刺性的「雙關譯名」。有刻薄的中國人，「俏皮的將 My Country and My People 譯成『賣 Country and 賣 People』，意思是出賣國家人民」。[3]

站在文化研究較為宏觀的角度，不妨將這一則帶有尖刻批評意味的翻

[3]林太乙，《林語堂傳》（臺北：聯經出版公司，1989 年 11 月），頁 161。

譯，看作當時某種「中國人觀點」。它正巧合乎我們上述關於「中西文化比較」及「範疇」的討論。林氏寫得讓西洋人高興的書，「被寫的」中國人倒不見得高興，換句話說，西方讀者接受的作品，東方讀者很可能無法接受。東西方世界「接受美學」不同標準的比較，正是文化研究熱門的題目。回到這個雙關語本身，「吾國／My 國／賣國」提供了一個有利的切入點，讓我們進一步考察林語堂是如何「溝通」他所認定的東西文化，或「無法溝通」他的東西方讀者。

《吾國與吾民》本不是一部板起臉孔談中西文化的論文集，因此，這篇論文也不準備就文化論題，作乏味的條理分析，例如討論《吾》書裡呈現的中國文化到底具有多大的代表性之類。我們當然知道，正如大陸學者陳平原所說，林氏所弘揚的，是「經過西方文化過濾的『東方文化』」。[4]同樣的，林氏所理解的西方文化，也是中國人觀點的西方文化。本文的論述與作法，只是列舉作者的藝術技巧與比較手法，並透過部分女性觀點，借此檢視林語堂在本書中，如何於西方消費市場的複雜脈絡下，展開他的「溝通」以及「溶合」中西文化的寫作策略。《吾國與吾民》出版至今已經六十多年，換了一個時空，如果還用同一個字作評價，不妨換一個新的觀察角度。

林語堂如何「賣」書

我們不把「賣」字解釋成「出賣」——說它「賣國」未免太沉重，說它「賣書」拿到不少版稅，或比較接近實情。然而以今天的理財新觀念，誰都承認作家辛苦寫書，收取版稅是天經地義，沒有任何可非議之處。本文於是再換一個新的詮釋角度，把「賣」字解為「賣弄」；而如此解釋並無任何貶意，中國文化好處多多，林語堂忍不住要在西方人面前「作秀賣弄」一番。作為一個對自己優秀文化有獨到見解的文人，加上他是能充分掌握英文書寫的雙語作家，林語堂在書裡這場文化「秀」，客觀地看，面對

[4]陳平原，〈林語堂的審美觀與東西文化〉，《文藝研究》(1986 年第 3 期)，頁 114。

他的英文讀者，其實是成功的；本書當時高居美國書市排行榜，並非沒有原因，他用了許多精采的譬喻，找到一般人注意不到的生活細節，從小處洞察到中西文化差異，在在顯現他高人一等的敏銳觀察力。

進人討論之前，必須先交代本文使用的中西兩種「文本」。以前讀《吾國與吾民》，從來不留心中譯本為什麼未註明譯者，也不去追究版本的問題（可以想見讀得非常粗心）。事實是，臺灣通行的「遠景」版，「德華」版，或「風雲時代」版，從 1970 年代起，就都偷懶沒有重譯，而一律採用香港「世界文摘出版社」在 1954 年出的，同樣未列譯者名的版本重排。只有這個「香港版」才是唯一根據大陸鄭陀譯的 1938 年的全譯本重排。[5]香港版為何不列譯者名，我們不清楚，也無法查對港版是否修改了大陸版的內容，此處只對照了臺灣版與港版的不同。港版《吾國與吾民》最後一篇「收場語」內容分成四節，除了第一節「人生底歸宿」保留下來，第二節到第四節：「中華民國的真相」、「領袖人才的要求」及「吾們的出路」全被臺灣版刪去，刪除的部分占了十四頁之多。

這麼煩瑣交代這部中文版的源頭與版本，是因為林太乙的書上如此寫著：「此書（《吾國與吾民》）的中文版第二年才出版，譯文甚差，許多精采的文字譯者都沒有看懂」。[6]

原來臺灣坊間通行各版，所根據之同一版本，還是「譯文甚差」的版，既然如此，引文得十分小心。事實是，在仔細比對中英文句之後，發現中譯本誤譯之處真的很多，引用時還不得不把英文原句對照著看。另外，譯文因是 1930 年代的文字，好些語詞今天早已不用，例如最常用的，現在譯成「換句話說」的，他竟譯成「易辭以言之」，都是造成這篇文章必須間雜出現一大堆英文的原因。而這些中英表達法的不同，換個角度看，何嘗不也是另一種方式的「中西文化比較」。

[5]根據秦賢次所編〈《當代作家研究資料彙編》之一——林語堂卷（七）——年表〉，在 1938 年 12 月下記載：鄭陀翻譯之《吾國與吾民》（上下冊）「係目前坊間流行的唯一全譯本」，刊《文訊》第 27 期（1986 年 12 月），頁 219。

[6]林太乙，《林語堂傳》，頁 158。

之一：中國人性格的黑暗面：譬喻之運用

林語堂提出他對中國人性格的綜合觀察，歸納出三種「極糟糕」（worst）的特性。這三大惡劣德性是：一忍耐（Patience），其二是「無可無不可」（Indifference），第三樣是「老猾俏皮」（Old Roguery）。這三個字事實上很難用精確的中文翻譯，因為都十分抽象。但林語堂卻有辦法在英文裡選用十分具體的物象，或乾脆舉出實物來說明或譬喻，並隨時與西方人比較。

例如他解釋中國人的「忍耐」何以稱為「惡行」：「中國人民曾忍受暴君、虐政、無政府種種慘痛，遠過於西方人所能忍受者，且頗有視此等痛苦為自然法則之意，即中國人所謂天意也。」（最後一句中文是譯者添足加上的）；又說，「或許吾們的忍苦量假使小一些，吾們的災苦倒會少一些，也未可知。」（Perhaps had our capacity for sufferance been smaller, our sufferings would also be less）譯者同樣又加了最後四字，反而彆扭。

作者提到中國人的「忍耐」蓋世無雙，譬喻尤其具體：「恰如中國的景泰藍瓷器之獨步全球，周遊世界之遊歷家，不妨帶一些中國的『忍耐』回去，恰如他們帶景泰藍一般，因為真正的個性是不可模擬的」。[7]

這句話翻成中文變得有點囉嗦，加了許多連接詞，感覺上拐彎抹角的，原文就沒有這些彆扭，文句簡潔得多：

> The world tourists would do well to bring home with them some of this Chinese patience along with Chinese blue porcelain, for true individuality cannot be copied.[8]

林語堂提到中國人的「無可無不可」則用洋傘作譬喻：「中國人之視無可無不可態度猶之英國人之視洋傘，因為政治上的風雲，對於一個人過於

---

[7]林語堂，《吾國與吾民》（臺北：遠景出版社，1977 年 9 月），頁 43。
[8]Lin, Yutang, *My Country and My People* (New York : John Day, 1935),p. 46.

冒險獨進，其險惡之徵兆常似可以預知的」[9]這樣的中譯反而不容易看懂，英文的意思較為清楚：

> The Chinese people take to indifference as Englishmen take to umbrellas, because the political weather always looks a little ominous for the individual who ventures a little too far out alone.[10]

「無可無不可」（indifference），也可以翻成「無所謂」或「無關緊要」「漠不關心」。林語堂認為這種性格也是中國人一種自衛的方式，其發展過程類似烏龜生一副保護硬殼（中譯本的文句很有意思，譯曰：「其發展之過程與作用，無以異於忘八蛋之發展其甲殼」）。

至於「老猾俏皮」（Old Roguery）或老奸巨滑，林語堂故意說它是中國最高智慧的結晶，卻也是阻礙人類理想性與行動性的因素（Which is the highest product of Chinese intelligence, works against idealism and action），「它摧碎了一切革新的願望，它譏誚人類底一切努力，認為是枉費心機，使中國人失卻思維與行動之能力」。這次的譬喻尤其出人意料，提出的例子是《道德經》，還有「女人」：「道德經著者老子之所以名為老子，似非偶然。有些人說，任何人一過了四十歲，便成了壞騙子，無論怎樣，吾們年紀越大，越不要臉，那是無可否認的。二十左右的小姑娘，不大會為了金錢目的而嫁人，四十歲的女人，不大會不為金錢目的而嫁人」。[11]

之二：中國人比較「女性化」？

林語堂談到中國人的心靈（Mind），他涵括的六個項目是「智慧」（智力）（Intelligence）「缺乏科學精神」「邏輯」「直覺」「擬想」（想像）（Imagination），以及「女性型」（Femininity），引號裡都是中譯本的翻

[9]林語堂，《吾國與吾民》，頁 45。
[10]Lin, Yutang, *My Country and My People*, p. 48.
[11]林語堂，《吾國與吾民》，頁 49。

譯，括號裡才是筆者加的，例如今天的人已經不用「擬想」這樣的詞，又如最後一項，1990 年代的人也許翻成「女性氣質」。

一般來說，除了第二項，作者對每一項都娓娓敘述，並沒有特別的批評或貶抑，只看讀者同不同意他的看法。但我們稍微留意，即可以發現，這些意見其實都是相對於「西方」來說的。下面看他如何說明中國人的「女性氣質」:「中國人的心靈的確有許多方面是近乎女性的。『女性型』這個名詞為唯一足以統括各方面情況的稱呼法。……中國人的頭腦近乎女性的神經機構，充滿著『普通的感性』，而缺少抽象的辭語，像婦人的口吻」。

引號裡只是照抄中文譯本的文字，讀起來有點讓人摸不著頭腦；因為一些誤譯，也叫人看不出作者字裡行間的貶意。請讀這一段英文：

> Indeed, the Chinese mind is akin to the feminine mind in many respects. Femininity, in fact, is the only word that can summarize its various aspects…… The Chinese head, like the feminine head, is full of common sense. It is shy of abstract terms, like women's speech.[12]

後半句如果翻成:「中國人的頭腦，就像女人的腦袋瓜，塞的都只是普通常識；中國人也不善於使用抽象名詞，跟女人一樣」，較具可讀性。把「common sense」，翻成「普通的感性」，反而弄擰了林語堂的意思。

有多少中國人能同意林氏的說法，認為中國人和西洋人比起來，是毫無科學頭腦，不善使用抽象名詞的？更何況這些特性還用「女性氣質」加以概括，足見林氏心目中的女性無不頭腦簡單的，如此思考模式若是在 20 世紀末，很難不被扣上「性別歧視」的帽子。

另外，林語堂本人身兼語言學家，他編的英漢辭典廣受稱讚。然而此處他發表對中國語言的意見如下：

---

[12]Lin, Yutang, *My Country and My People*, p. 80.

「中國語言和語法顯出女性底特徵，因為語言的形式，章句，詞彙，在在顯出中國人思考上之極端簡單性，想像的具體性，以及章句結構的經濟性」（The Chinese language and grammar show this femininity exactly because the language, in its form, syntax and vocabulary, reveals an extreme simplicity of thinking, concreteness of imagery and economy of syntactical relationships.）（引號內為筆者的中譯，是以不加頁碼）。關於語言，我們似乎沒有理由不尊重專家的意見。然而，為什麼中國語言的這些特質竟是「女性」的？

還有一個例子可以看到林語堂對女性氣質的貶意。他舉例說明中國人之沒有邏輯觀念，「就像女人」（Chinese logic is highly personal, like women's logic），他再吹用女人的言行作譬喻：「一個女人介紹一位魚類學教授不是爽爽脆脆介紹一位魚類學教授，而說是介紹的是哈立遜上校的妹夫，哈立遜上校在印度去世了，那時正當她為了盲腸炎在紐約……手術」。[13]

我們已經很訝異用這樣的例子來代表一般女人的邏輯觀念，更何況他是在說明「中國人」都具有同樣傾向的女性氣質。無怪乎一段書評是這麼說的：「從全書的章節標題看來，《吾國與吾民》一書似乎是客觀地向國外介紹中國及中國人民，但對全書稍作瀏覽就可知，作者的主觀隨意性很強，對中國的歷史和現實隨心所欲地加以解釋」。[14]

之三：纏足與納——如何向西方介紹中國婦女

《吾國與吾民》裡有一章整個講「婦女生活」。向西方世界介紹中國婦女原是一個龐大而難做的題目，因為涵蓋面太大，恐怕照顧不周全。無論你介紹什麼，都只能提到其中一個部分，一個面向而已。換句話說，哪一部分最具有代表性的，最能以局部說明整體的，應是寫作者的核心考量。林語堂選擇了「女性的從屬地位，家庭與婚姻，理想中的女性，中國女子教育，戀愛和求婚，妓女與妾，纏足的習俗，解放運動」作為他介紹中國

[13]林語堂，《吾國與吾民》，頁 72。

[14]萬平近，《林語堂論》（西安：陝西人民出版社，1987 年 3 月），頁 126。

婦女生活的八個面向。

說是向外人介紹中國女性，文中所思所談，其實無處不滲透著林語堂本人的女性觀。例如一開頭說到女性地位，作者就直接了當告訴讀者：女性在中國從來沒有地位（Something in the Chinese blood never quite gave woman her due from primeval times.[15]）；談到理想的女性，作者說，「女性的一切權利之中，最大的一項便是做母親。」（Of all the rights of women, the greatest is to be a mother.[16]）

不要以為這些觀念有些過時，我們不要忘了林語堂這些文字，乃寫成於 1930 年代。事實是，他介紹的中國女性觀點還有更老舊的：

其一，「對中國人來說，女人就是女人，不懂得享受生活」（To a Chinese, a woman is a woman, who does not know how to enjoy herself.中譯本後一句翻為：她們是不知道怎樣享樂的人類，亦佳）。說得真是「不錯」，中國婦女給人的印象是整天在廚房裡團團轉，忙著三從四德，自然不懂得享受生活。

其二，「一個中國男孩子自幼就受父母的告誡，倘使他在掛著女人褲子襠下走過，便有不能長大的危險」。[17]

我們無法精確調查，中國男子有多大百分比，是自幼就受父母如此告誡的，只能猜測，林語堂本人是受到這樣告誡的。他也詳細介紹中國婦女纏足的歷史，更從心理學的角度解釋這個制度盛行的理由：「倘使纏足只當作壓迫女性的記號看待，那一般做母親的不會那麼熱心地替女兒纏足。實際上纏足的性質始終為性的關係，它的起源無疑地出於荒淫君王的宮闈中。」[18]纏足即使在 1930 年代的中國，也早已絕跡，成為一段過去的歷史，然而林語堂在書中用很長的篇幅，很精細的娓娓介紹。可以想見，這個題材與內容是外國人感興趣的，也是在美國書市極有賣點的。

---

[15]Lin, Yutang, *My Country and My People*, p. 137.
[16]Lin, Yutang, *My Country and My People*, p. 152.
[17]林語堂，《吾國與吾民》，頁 133。
[18]林語堂，《吾國與吾民》，頁 147。

同樣的策略，也見之於他寫的「妓女與妾」。林氏引洋人的說法，認為中國人的「性壓抑」要比西洋為輕，因為「中國能更坦直的寬容人生之性的關係」。[19]也就是說，中國大多數文人雅士，都可堂而皇之逛妓院，娶小妾，所以沒有性壓迫的問題。我們看得清楚，美國 1930 年代，甚至到 1980 年代，描寫中國的妓女，中國的三妻四妾，比較上都是西方人感興趣的題材；看張藝謀的《大紅燈籠高高掛》走紅於西方，應該也是類似的賣點。

結語

林太乙曾談到林語堂寫《吾國與吾民》的動機：「是希望越過語言的隔膜，使外國人對中國文化有比較深入的了解」。又說：「只有一個中國人才能這樣坦誠，信實而又毫不偏頗地論述他的同胞」；「這部新鮮的創作品很容易為人批評。有的文人是出於妒忌的心理所以批評他」。[20]

相信林女士這些話都沒有錯，只是沒有說完全，也許還可以補充。例如最後一段提到文人出於嫉妒而批評他，但我們也注意到林語堂本身「不合時宜」的部分。林語堂在 1920、1930 年代中國提倡「幽默小品」，主張「輕鬆的筆調」，正如大陸學者說的：「在一個並不輕鬆的時代，過分追求『輕鬆的筆調』，未免有點不合時宜」。[21]

然而這個「不合時宜」的批評，只是中國人的角度，完全不能用在林語堂的海外歲月，尤其不能用在《吾國與吾民》的出版現象上。英文版《吾》書出版之後，單是 9 月到 12 月的四個月之間，就印了七版，很快進入美國暢銷排行榜，甚至名列榜首。

究其成功的原因，也許如林太乙說的，是他的坦誠，也許是他那娓娓敘述的，與知己談心的筆調吸引了讀者；也可能是作者抓住了中國與西方文化的精神、國民性的異同，且作了精采的譬喻，以上等等都有可能是

---

[19]林語堂，《吾國與吾民》，頁 142。
[20]林語堂，《吾國與吾民》，頁 158。
[21]陳平原，〈林語堂的審美觀與東西文化〉，《文藝研究》，頁 118。

《吾國與吾民》成功的因素。總體而言，從接受美學的角度，如前所說，林語堂的東西文化比較，內容既有「賣點」，又加上文字能力強，文筆上「賣弄」得夠精采，在在說明了林語堂的一支筆，與西方讀者心理是相通的，對路的。賣 country 賣 people 的新解，誰曰不宜？

——選自龔鵬程、陳信元主編《林語堂的生活與藝術研討會論文集》
臺北：臺北市文化局，2000 年 12 月

談林語堂《生活的藝術》

◎沈謙*

20 世紀東西方各有一位幽默大師，代表西方的就是英國愛爾蘭的幽默大師蕭伯納，代表東方的是林語堂，我們應該從東西方幽默大師交會開始說起。民國 22 年 2 月 16 日，西方的幽默大師蕭伯納到了中國，東方的幽默大師林語堂在上海黃浦江的碼頭迎接。第二天國父夫人宋慶齡女士在上海的家裡設家宴，歡迎蕭伯納，當時在座的文壇名流很多。吃完飯大家到花園散步，這時林語堂先生就對蕭伯納先生說：「你真福氣，到上海才一天就見到陽光，我們已經一個多月沒見到陽光。」結果蕭伯納說：「不對，是太陽的福氣，能夠在上海見到我蕭伯納。」

講幽默，理論很多，我們採用最簡單的方法，把幽默分成三層。第一層就是說話、寫文章讓人感覺到有趣，例如林語堂先生的名言：「演講應該和女子的裙子一樣，越短越好。」這段話只是有趣而已。第二層幽默不只是逗趣，而且會出人意外，讓你有所領會。第三層幽默是真正能夠幫助我們對人性能夠有所洞察。如果今天要討論林語堂生活的幽默，應該是講第三層的幽默。第三層幽默的例子，可以在張愛玲的小說裡找到。《傾城之戀》裡有一個場景，描述二次大戰時男女主角在香港，遇到日本飛機空襲，男人害怕，有點發抖，女主角見了很生氣，她說：「炸死了你，我的故事就該完了。炸死了我，你的故事還長著呢！」如此來諷刺他，是一種幽默，因為這是說真話。

---

*沈謙（1947～2006），江蘇東臺人。曾任《幼獅月刊》主編、黎明文化公司總編輯。發表文章時為玄奘大學中國文學系教授。

這裡我們把林語堂的幽默分作三方面：第一個是西方的幽默，第二個是東方傳統的幽默，第三個是林語堂自己創造的幽默。首先從西方的幽默說起。林語堂既然把「幽默」一詞翻譯過來，對於西方幽默典型的宣傳當然不遺餘力。舉第一個例子，「蘇格拉底潑辣的妻子」，見於林語堂的〈東方與西方之幽默〉，這是林語堂擔任中華民國筆會的會長時，應邀到漢城參加世界筆會，在大會發表的主題演講。蘇格拉底的妻子非常凶悍，但蘇格拉底熱心教學，很喜歡跟他的朋友學生聊天，沒有照顧到他的妻子。有一次他的妻子生氣大罵，蘇格拉底的客人覺得不好意思，就趕快離開，這時候蘇格拉底送到門口，妻子從樓上窗口把一盆冷水倒在他身上。見蘇格拉底那麼狼狽，學生朋友們都很同情，結果他笑一笑說：「雷聲過後必然雨下來了。」這也是真話。第二個例子是林肯太太。林肯太太喜歡挑剔，有個送報人只因為遲到一次，被她罵到狗血淋頭，結果送報人就找老闆抱怨。後來那老闆跟林肯說到這件事，林肯笑著說：「請你告訴那小夥計不要介意。他每天只看見她一分鐘，而我卻已忍受十二年了。」

演講有時候會遇到認同你理念的人，有時候會遇到理念不大相同的人，所以過去有人演講，結束以後會留時間讓大家發問，不好意思發問可以遞紙條。某次演講，最後講者開放聽眾傳紙條發問，他的演講受到聽眾熱烈歡迎，但遞紙條的時候，最後一個人對他很不滿意，他拿起紙條一看，寫了三個字——「王八蛋」。講者沒有生氣，把紙條拿給大家看，他說：「各位聽眾，剛才好多位聽眾寫紙條發問，紙條上都只有寫問題而沒有署名，最後這一位怎麼只有署名而沒有問題呢？」Lloyd George 有一次演講，提到女性的舌頭特別發達，所以學語文特別快，而且男性千萬不要跟女性辯，辯輸了你就輸，辯贏了你更大輸。結果臺下一位女權主義者跳起來說：「你胡說八道！你如果是我老公，我一定下毒藥給你吃。」結果他笑一笑，給她來個九十度的鞠躬：「女士，如果有一天我真的成為你老公，不必麻煩妳下毒，我自己弄毒藥來自行了斷。」

接著談中國傳統的幽默。過去一般提到幽默都以為是西方傳過來，其實中國的幽默已經有兩千年歷史。林語堂有一篇文章叫〈論幽默〉，探討中國傳統幽默的發展，從孔子的幽默、莊子的幽默、陶淵明的幽默一直到明清文人的幽默，所以林語堂很大的貢獻就是闡發了中國的幽默。林語堂舉過幾個中國幽默的例子，首先是「靠後周幼兒得天下」，收錄在朱熹的《名臣言行錄》裡面：「昭憲太后聰明有智度，嘗與太祖參決大政。及疾篤，太祖侍藥餌不離左右。太后曰：『汝知所以得天下乎？』上曰：『此皆祖考與太后之餘慶也。』太后笑曰：『不然。正繇柴氏使幼兒主天下耳。』」宋太祖跟他的母親談話，他母親問他：「你知道我們宋朝天下怎麼得來的嗎？」宋太祖說話言不由衷：「靠太后及祖上的積德。」結果太后講的卻是真話：「哪裡，其實是因為後周『幼兒主政』的關係。」也就是靠著欺負後周孤兒寡婦才能得天下，這是真話，所以依照蕭伯納所言，幽默就是說真話。

另外，林語堂也舉了陶淵明的〈責子〉詩為例：

白髮被兩鬢，肌膚不復實。
雖有五男兒，總不好紙筆。
阿舒已二八，懶惰故無匹。
阿宣行志學，而不好文術。
雍端年十三，不識六與七。
通子垂九齡，但覓梨與栗。
天運苟如此，且進杯中物！

當時的陶淵明年事已高，肌膚不復結實，雖然有五個兒子，卻沒有一個喜歡讀書的。老大阿舒十六歲，懶得不得了。老二阿宣，年將十五歲，不喜歡讀書。阿雍阿端是雙胞胎，都十三歲，分不出六跟七，六加七等於十三都不會。阿通九歲，一天到晚只會找吃的，找水果跟乾果。上天給陶淵明的兒子都不肖，他只好還是喝酒吧！想開了，就是幽默、豁達，不然怎麼辦呢？這首詩是很幽默的。

林語堂到美國留學、到德國留學，回來以後一方面提倡幽默，一方面提倡獨舒性靈，晚明小品的風格。1932 年他創辦了《論語》雜誌，並在每期封面內頁列出同仁戒條：

一、不反革命。

二、不評論我們看不起的人，但我們所愛護，要盡量批評（如我們的祖國、現代武人、有希望的作家，及非絕對無望的革命家）。

三、不破口罵人（要謔而不虐，尊國賊為父固不可，名之為忘八蛋也不必）。

四、不拿別人的錢，不說他人的話（不為任何方作有津貼的宣傳，但可做義務的宣傳，甚至反宣傳）。

五、不附庸風雅，更不附庸權貴（決不捧舊劇明星、電影明星、交際明星、文藝明星、政治明星，及其他任何明星）。

六、不互相標榜，反對肉麻主義（避免一切如「學者」、「詩人」、「我的朋友胡適之」等口調）。

七、不做痰迷詩，不登香豔詞。

八、不主張公道，只談老實的私見。

九、不戒癖好（如吸菸、啜茗、看梅、讀書等），並不勸人戒菸。

十、不說自己文章不好。

這裡面真正幽默的是什麼？第八條，不主張公道。很多人主張公道，雖然表面上是道德與良知勇氣，實際上別有所圖，或是有選擇性的加入特定陣營。

民國 21 年林語堂在《論語》第五期上寫了一篇文章叫〈陳，胡，錢，劉〉。當年陳獨秀因為創立中國共產黨，被國民黨逮補，林語堂用幽默的角度來討論這個事件。他認為陳獨秀在中國文學、倫理、政治三種革命上的歷史地位不容抹煞，現在被捕之後，殺他不仁，所以大家為他請命。林語堂覺得最好把他關在湯山（國民黨關政治犯的地方），給予筆墨，限他在一年之內作成一本自傳。這本自傳必定是傑作無疑，因為陳先生有大膽、忠實、犀利的文筆，有革命的歷史，能談共產黨的祕密，況且陳獨秀想到托洛斯基的自傳也必樂於執筆。若是他嫌寂寞，索性把當年《新青年》時候的夥伴們，包括胡適、錢玄同、劉半農都關起來。胡適寫中國思想史寫了一半、白話文學史也寫了一半。這樣的話，不但陳獨秀的自傳可以完成，還有胡適的《中國哲學史》第二卷、錢玄同的《中國音韻學講義》、劉半農的《中國大辭典》第一卷，四大名著同時出現豈不是一樁快事嗎？貢獻社會文化，豈不美哉？幽默就是說真話，這也是說真話。

在《生活的藝術》裡，林語堂曾經提過他最欣賞的就是李密庵的〈半半歌〉：「看破浮生過半，半字受用無邊。半中歲月儘悠閒；半裡乾坤寬展。……飲酒半酣正好，花開半時偏妍；半帆張扇免翻顛，馬放半韁穩便。半少卻饒滋味，半多反厭叫纏。百年苦樂半相參，會占便宜只半。」這個是真正的中庸哲學，人生只能看破一半，真的完全看破就是出生到這個世界上代表著一步步走向墳墓，所以不能全部看破。人不要太有學問，人不能太用功，不能太懶散，人不能太有錢，又不能太窮，人不能長得太漂亮，長太漂亮紅顏薄命，才高招忌。飲酒半酣，老朋友聚會興致勃勃，再喝下去就醉了。百年苦樂半相參，沒有吃過苦，不知道什麼是快樂；沒有窮過，不知道金錢的可愛。甚至，會占便宜只占半，太會占便宜人家不給你占。

林語堂當年回國在中央社發表「無所不談」專欄，他不但是國際馳名的大作家，他的書在紐約暢銷書排行榜連續十一個月排行第一，而且他在中央社的「無所不談」專欄是各報都登的，強迫中獎，每個禮拜打開報紙都有他的文章。人人都想聽他的演講，各學校各單位都要邀請他，他去不去？他當然不去。林語堂大師講得精采是理所當然，天經地義，也沒有任何分數可以加，他已經一百分了，萬一有什麼閃失，一世英明毀於一旦，所以林語堂絕對不能演講，不但他不能，他旁邊的人都告訴他絕對不能演講。林語堂那時候住在陽明山，他的老朋友張其昀是陽明山文化學院創辦人，邀請他去玩，他不去，因為會被強迫演講。張其昀為了讓他放心，寫了一個保證書：「茲邀請林語堂先生到文化學院參觀，保證絕不強迫演講。」林語堂拿著保證書去參觀，中午吃飯時經過餐廳，被人家認出來，大家都圍著他，起鬨要他說幾句話。林語堂把保證書拿出來給大家看，一個總教官代表大家發言說：「林先生，我們保證絕不強迫演講，您隨便跟我們講兩分鐘話就好，兩分鐘不算演講。」林語堂就隨便講了一個一百秒的故事：古羅馬時代犯了罪會被送到鬥獸場，皇帝大臣在上面圍觀，下面犯人跟猛獸決鬥，鬥贏了就免罪，鬥輸了就被吃掉了。第一回合當獅子放出來，犯人在獅子耳邊說了兩句話，獅子笑一笑掉頭就走；第二回合老虎走出來，犯人又對牠悄悄咬一咬耳朵，老虎轉身而遁。羅馬皇帝把犯人叫到面前來，說：「我可以赦免你的罪過，但是你得告訴我你到底有什麼法術，讓獅子老虎不戰而退。」那個人哭喪著臉，無可奈何地說：「報告皇上，我什麼法術都沒有，我只不過很老實地告訴牠們說：『要想吃掉我並不困難，可是要考慮一點，吃掉我以後可能會被強迫演講。』」

其實，即使是幽默大師林語堂也會被修理。當林語堂的第一本英文著作《吾國與吾民》在紐約出版一炮而紅，人家就嘲笑他的書名「My Country and My People」是「賣 country and 賣 people」，靠賣國賣民來名利雙收。後來在中共統治下的大陸，林語堂被徹底埋沒，然而根據蘇州大學欒梅健教授所說的，當一個國家已經步入了健康發展的軌道，當一個民族已經有可能直起身來喘口氣的時候，任何對林語堂《生活的藝術》的批評跟刻薄，反倒顯出自己的平庸與偏估。林語堂顯然在中國大陸復活了，林語堂不是少數人的專利，生活的藝術更應該發揚光大，作為全民精神的滋養，讓幽默大師的精神永遠活在民眾心中。民國 8 年 5 月 2 日，胡適邀請美國的教育哲學大師杜威博士到中國訪問，他宣揚了兩項觀念：首先是開拓孩子的想像創造力，另外一項就是教育即生活，生活即教育。同樣的道理，生活即幽默、幽默即生活。

——選自林明昌主編《閒情悠悠——林語堂的心靈世界》
臺北：林語堂故居，2005 年 8 月

談《蘇東坡傳》

◎許銘全*

《蘇東坡傳》是在林語堂先生約五十歲左右，以外國人為對象，用英文書寫的作品。林先生於其〈序言〉中說他想為蘇東坡立傳已有十幾年了，當他 1936 年赴美時，還帶了幾本蘇東坡作品以及相關的古籍善本書。但因為他預期的讀者，主要是國外讀者，所以書中有很多我們看來是普通常識的問題，例如古代中國計算年齡是用虛歲，或者古代有避諱的問題，甚至硯臺的製法……等等，他多半不厭其煩的解說。

林先生是一位散文家，文筆非常好。在書中，他極力謳歌蘇東坡。當然，只要稍微對文學史有認識的話，就會知道，蘇東坡本身的確是一位非常可愛的人物。如果比較過其他幾本關於蘇東坡的傳記之後，可以發現，林語堂的《蘇東坡傳》確實較一般學術著作出色許多。但這並非就學術上的價值而言，而在於作品的通俗性、可閱讀性。在學術上，林先生可能因個人主觀上的偏好，而犯了幾個錯誤，但其實毋庸太過苛責。

林先生在書中頗有言外之意，很可能跟他那時的政治態度有關。大約在 1924 年時，林先生開始為《語絲》撰文。從他在《語絲》所寫的文章來看，他對於當時的政治議題，時常發表一些評議與看法，表現出較進步的思想。此時的政治態度，可以說是相當積極。不過，到了 1932 年他辦《論語》半月刊雜誌的時候，他的政治態度明顯的有所轉變。簡單來講，雖然他還是站在觀察現實的角度，但對政治已不如先前積極，包括到後來的

*發表文章時為臺灣大學中國文學系博士候選人、世新大學中國文學系兼任講師，現為清華大學中國文學系副教授。

《人間世》雜誌都是如此。這可以說是林先生在中晚年時期的政治態度上的轉變。投射於作品中的，是一種想要超越政治的是非糾葛的心態。這造成此書的一種特殊取向或說取捨，同時也是為什麼《蘇東坡傳》的某些部分，在我們今天來看會覺得有些「缺乏」。關於這一點，我們稍後再談。

正如林語堂所說，在文學史或詩史上，蘇東坡的成就可能不是最大，因為在他之前還有李白、杜甫這幾位傑出的詩人。然而，以文化史的眼光來看，尤其是就書畫等藝術層面的影響力而言，蘇東坡可能是第一人。另外，蘇東坡在早期的時候，認為杜甫是一位偉大的文學家，但到了中晚期，尤其在被流放至惠州、儋州與海南島的時期，卻將陶淵明的地位推崇到無以復加的地位。陶淵明的地位幾乎是在蘇東坡筆下確立的。在蘇東坡之前，陶淵明尚未被當成第一流大詩人。因此，我們可以看出，他在晚期時一心想要由政治或現實世界中超脫的心境。而這一點也非常接近林先生晚年的政治態度。

蘇東坡的一生，對於現實社會的心境與態度，簡單而言，可分為四個時期。第一期是在早年，他積極參與政治，在仁宗與神宗時，不斷提出諫言、上書、上策論等等。到了烏臺詩案之後，蘇東坡的心境產生了頓挫。一直到流放黃州的第二時期，我們將它視為蘇東坡在文學境界轉變上的關鍵期。林先生用了三章去描寫，占了很大的篇幅。他描述蘇東坡在黃州時的狀況，基本上是將重點放在二個地方，第一是人與自然的相感相融，第二是與人交遊的情形。在林先生筆下的蘇東坡，其心境轉為內化而沉潛。但是，我們由蘇東坡的詩文可以得知，雖然他由於被放逐而感到心灰意冷，但並未完全脫離政治，仍心繫著朝廷。此時的東坡頗有一種徘徊猶豫的心理矛盾：一方面憂疑恐懼，一方面又不想放棄政治理想。

黃州四年過後，蘇東坡被召回京師的第三時期，可說是他人生中的最高點。但繼而太皇太后駕崩，哲宗親政，新黨得勢。自紹聖年間開始，舊黨勢力一一被削除。所以，到第四時期東坡的晚年，尤其是被流放到惠州、儋州時，他的心境已愈趨沉靜。雖然在黃州時，他的作品已表現出曠達的思想，但到此時，才逐漸達到圓融成熟的境界。「超越」的人生風格在這個時期表現得最為透徹明晰。

回過來看《蘇東坡傳》，在書中敘述第二期時，林先生撇開了徘徊猶疑的心理矛盾，讓本對政治參與頗為積極的東坡，於詩案之後自然而然的直接超越了。這其實是林先生個人的主觀想法，而這很有可能跟他的文學觀有關。林先生在〈序〉裡便說，這本書是一個「偉大藝術家心靈的故事」。而我們知道，林語堂先生的文學觀，主要是強調「性靈」，提倡晚明的性靈文學。這反映在蘇東坡性格轉變的歷程上，便是讓第二期頓挫的情緒，直接進入發抒性靈的階段。林先生這樣的敘事與詮釋可能將東坡此段轉變過於簡化了。這也是為何我前面會提到，感覺書中某些部分有些「缺乏」。當然，以現代文學理論切入來看，或可說：林語堂先生對東坡此段經歷的「接受」角度不同於一般人，而有其強烈的主觀成分存在，這是他「一家之言」。

有一位北大的學者陳平原，寫過一篇文章〈林語堂的審美觀與東西文化〉(《文藝研究》1986 年第 3 期)，文中舉出林先生在文藝思想上有四個支點：第一是「性靈」、第二是「幽默」、三是「閒適」、四是「非功利」。「性靈」方面，晚明時張潮的性靈文學作品《幽夢影》幾乎是經過林語堂才受到普遍重視；「幽默」方面，這是在《生活的藝術》以及《論語》半月刊和〈論幽默〉中所探討的；至於「閒適」，《蘇東坡傳》尤其透顯得非常清晰；第四的「非功利」，則與當年林語堂及魯迅之間的論戰有關。

當時周作人與林語堂的立場比較接近，他也提倡表現個人情感的「小品文」，林語堂則稱之為「言志文」，意謂表現個人心志情緒的文體。魯迅跟他們的看法有歧異，魯迅認為文學是強而有力的匕首，應該要反映現實社會以及民間疾苦，也因此，魯迅寫了不少文章，如〈小品文的危機〉等，抨擊這類「小品文」。於是，林語堂先生站出來辯解，認為魯迅的主張，是著眼於社會民眾，講的是非個人的、客觀的、「天經地義」的「載道文」；而他所謂「言志」，乃是主觀的，抒發個人所思所感的文學作品。他做了這樣的區別。由這裡我們可以看出，林語堂的文學觀，比較接近於西洋文學流派中，表現個人思想情感為主的「表現主義」，不同於魯迅以實用功利的角度來談文學。這是一個很重要的轉變，甚至影響到他後來在《生活的藝術》中所提出「閒適」的觀點。

現在開始來討論一下《蘇東坡傳》。我們大致上，可以將它剖析為幾個層次來探討。

第一是結構。林先生寫蘇東坡在朝的時候，用的篇幅非常少，而在野的篇幅比例則較重，以貶謫到黃州及惠、儋、海南島兩個流放期為例，他各以三章來敘述。當然這與不同時期的作品及資料多寡也是有關，不過依目前所能接觸到，記載蘇東坡流放到海南島的詩文或資料，並沒有我們想像的那麼多。再深入比較蘇東坡在這兩個時期的詩文和傳記資料，及其與所有的作品的比重來看，我們便會發現，林語堂在《蘇東坡傳》裡刻意放大了這兩個流放期，特別著重於蘇東坡晚期在野的心境描寫。

第二是筆法。在書中，人物的塑造可以說是以小說筆法來處理的，但我們更能強烈意識到的是，作品裡所流露出林語堂個人的散文特色與風格。楊牧曾將五四以來現代散文的發展分為七類，其中有一類以林語堂為代表，在《現代中國散文選》的〈序言〉裡說林語堂:「所議之論，平易近人，於無事之中，娓娓道來，旁徵博引，若有其事。重智慧之渲染，和幽默人生的闡發，最近西方散文的體式。」可見其議論文的特色。楊牧又說:「五十歲以下的散文家絕無此功力。」可知林語堂的散文造詣。林先生的議論文並非以感情來打動讀者，而是以議論的渲染力而感動讀者，我們讀著讀著，不知不覺便會被他的雄辯所說服，偶爾還有會心的一笑。他將這種散文筆法表現於這本傳記中的情形，隨處可見。我們可以看到林語堂在書中很多地方夾敘夾議，並常在鋪敘的過程中，忽然站出來發表自己的觀點，且是愛憎分明。這樣存在感強烈的作傳態度，全然不同於其他為蘇東坡作傳的作家，其他作傳者在敘述上比較不帶個人見解，站在一種較為「透明」的立場。以如此具有渲染力的筆法來表現、敘事，這應當跟林語堂本身的性情有很大關係。

第三是內涵。林先生較偏重於描寫蘇東坡的「情」。這可分為兩個層次來談。其一是對人之情。林先生描寫東坡與子由之間的兄弟之情，遍布全書，不僅僅是著重，更是渲染。此外也包括對妻、妾的感情。最有趣的莫過於書中還架構了蘇東坡對其堂妹小二娘的感情，這在史實上是個錯誤，但卻相當有意思。其二是對物之情。林先生談到蘇東坡與大自然之間的關係及心靈上的契合，這部分也著墨不少。相較於一般的年譜和客觀的歷史敘述，這兩方面的鋪陳渲染，反而形成更高的文學價值。我們可以從這反觀蘇東坡的個性，的確，東坡對人與物的感情非常豐厚，以蘇文為例，〈記承天寺夜遊〉一文的篇幅雖短，然而文中既描摹人情，又刻畫自然風光，恰符合林語堂寫《蘇東坡傳》所強調的人情與物情的意蘊與內涵。

另外，還有一個觀察可先討論一下：林語堂先生在引用蘇東坡作品時，所作的分析其實並不是那麼詳細，常常不過是三言兩語的將作品意旨的重點點出來，至於作品好在哪裡，有時反而不是那麼清楚。這可能是受限於篇幅，也有可能因為本書的對象是國外讀者。我們若想了解蘇東坡在文學藝術上的美感及貢獻，透過本書，可能領略不多。當然，林先生可以說因為這是一部「藝術家心靈的故事」，所以作品的美學分析可能不是最重要的。（當然也有可能某些讀者在閱讀之時，能夠充分體會並享受這份「文學的饗宴」）所以，如果我們仔細思索，便會發現林先生筆下的《蘇東坡傳》之所以感動讀者，其因素並不在於東坡的作品，而是在於林語堂先生書寫人物事件的方法與觀點。

這裡得稍微談一下中西方在文學觀念上的歧異處。西方的觀念認為文學是一種「製作」，所以當他們在討論時，通常是由文學作品的好壞或藝術價值，來論定作者之高下，至於作者私生活如何道德如何，是另一層面的問題。而傳統中國的文學觀則認為，我們可由作品看出一個人的面目性情，也就是文如其人，人如其文，修辭必立其誠，這是中國文學的一個很基本的假設。在這樣的影響下，我們通常認為透過作品就可以看到一個

「人」。但一定是如此嗎？會不會失真？其實不得而知。舉例言之，南朝時候的潘岳，他的作品如〈秋興賦〉，表現高隱的情懷，然而正史記載的潘岳，卻是一個卑鄙，毫無風骨，追逐利祿的小人。這不禁令人懷疑，「文」是否真如其「人」？再舉杜甫為例，在《舊唐書》描寫下，他簡直像個偏執且性格怪異的糟老頭。但毋庸置疑，杜甫是這一千多年來在詩史上最偉大的詩人，他通常被視為詩人行列中堅定的一位儒者。雖說傳統對此類例外的爭議不多，但在近現代西方文學觀念的衝擊之下，這個問題逐漸受到重視。故而，以目前我們所受西方影響之下的文學觀念來看中國古典文學的時候，有時會發現「人」與「文」似乎有些出入。

即使有這樣的爭議與問題存在，林語堂先生寫東坡似乎並沒有受到這個問題的困擾，他一路寫來，謳歌東坡的同時，也敘及他的作品，完全是因「人」而及「文」，然後「人」與「文」互相映證。不過，我們仔細想想，林語堂所認識的蘇東坡，恐怕有很大的部分是透過作品來認識的。那麼，到底東坡的迷人之處，是因其文學藝術上的成就，還是因其人格心靈的偉大？這答案可能是二選一，更有可能是兩者皆是。不過，就《蘇東坡傳》的書寫表現來看，談「人」的部分才是其重點，一方面可能是因為這是一部傳記，另一方面可能是因為林語堂先生仍站在傳統中國的文學觀念在書寫東坡。這裡或可說，他展現出與西方文學傳統截然不同的中國文學傳統。不過不管怎樣，作為讀者的我們，在閱讀此書，思考東坡之「人」與「文」時，其實並沒有那麼感到扞格不入，當然那可能是因為我們都太熟悉東坡，而且他的「人」與「文」也沒有很大的歧異之處，但最可能的原因是林語堂先生這種帶有小說式或戲劇性的筆調，同時又不失歷史敘事筆法的書寫方式，讓我們沉浸其中而不自覺。

另外，值得一提的是，既然要為蘇東坡立傳，不可迴避的就是北宋時的新舊黨爭，蘇東坡一生的起伏與黨爭脫離不了關係。過去在談論新舊黨爭，由歐陽修的〈朋黨論〉開始，他們的觀念都是建立在「君子喻於義，小人喻於利」的基礎之上而加以引申，所以整天談「利」的王安石，在他們眼中，簡直是一個小人。當時他們確實以這樣的邏輯來攻擊新黨的那一群人，於是便有「君子之黨」及「小人之黨」的爭執，並且時常在儒家的義理與實務層次的政經問題上糾纏不清。甚至一直到明代的學者黃宗羲在全《宋元學案》中探討北宋的新舊黨爭時，仍是以傳統的「義利」的邏輯來評論。

林語堂先生受惠於現代的知識，於是在書中談這場黨爭的時候，運用了當代政治學與經濟學的觀念，闡發了一個很新鮮的觀點。首先他以政黨政治的角度去觀察，他在書中說：「中國朝廷向來沒有完整的政黨政治，嚴格劃分當權派和反對派的權利與責任，沒有計票、舉手或任何確定多數意見的辦法。中國人開會只是討論問題，然後同意某一決定。原則上和實際上政府也鼓勵人們批評朝政。反對黨可以推翻內閣，或者申請退休。劇烈的黨爭發生，照例把反對派遣出京師，派到外郡去任職。」林語堂先生用類似政黨政治的想法來觀察北宋的新舊黨爭，詮釋出來的結果，感覺上比以往的解釋強而有力。當然現代的黨爭比起過去，在形式上有很大的差別，然而無論是過去或現代，黨爭常常都會由最初政策上的歧異而演變為意氣之爭，若純粹以傳統的觀點來探討意氣上的爭執，不免有些危險。現代的一些學者也認為，政黨政治的淵源可上溯至北宋時期，在那時也確實出現了政黨輪替的過程。這是一個嶄新的詮釋視野，在林語堂的《蘇東坡傳》之前，並沒有人講得那麼清楚。

接下來討論一下財政方面。林先生在《蘇東坡傳》的第七章〈國家資本主義〉中，談到王安石的財政政策，尤其是青苗法時，便將其比方為「農民銀行貸款給農民」，但問題在於窮人貸不起又沒有擔保品，且利息又高，有錢人又沒有必要貸款。所以當時的情形轉變為，地方官因為貪圖貸款的功績而強迫百姓貸款。他為了讓西方讀者了解，不得不以政黨政治及經濟學、財政學的觀念去解釋，以便傳達給讀者。這樣的方法，可讓處於現代的我們更能釐清王安石的變法以及黨爭的性質。

至於林語堂先生為什麼要談國家資本主義？又為何要在書中極力貶斥

王安石？試引述一段書中原文：「這種削弱國力的舉動是由這位大信仰家以『社會改革』、避免『私人資本剝削』，維護可愛的中國人民『利益』的名稱而發動的。」（第一章）由這段批評王安石的議論，可想而知，當年林先生在美國，看到共產黨的種種舉動，想來應該是頗有微詞，於是藉由書中人物的評論表達出來，言外之意不難體會。或許，這也是為何大陸在 1980 年代以前很少研究林語堂的原因吧。

接下來，我們可來討論一下兩個問題。第一，是小二娘的問題。在《蘇東坡傳》裡，小二娘這個人物出場甚早，而書末最後一章也還是寫到，幾可說是貫穿首尾，但考證上似乎出了問題。徐復觀先生和臺師大的陳新雄教授都曾提出辯駁：小二娘實際上並不是蘇東坡的堂妹，而是他的堂姪女；小二娘後來也並非嫁給柳仲遠，而是嫁給胡仁修。林先生在書中引用了兩首詩來論證蘇東坡年輕時暗戀堂妹的情史，但根據學者考據的結果，都是錯誤的引申。例如，兩首詩中有一首，蘇東坡在描述牡丹，其中一句為「已是成蔭結子時」。林語堂先生便以為「結子」不應該用來形容牡丹，可見是在比喻他的堂妹。陳新雄教授提出文獻證據，證明牡丹的確是會結子的。（〈國色朝酣酒・天香夜染衣〉，《教學與研究》第 15 期，1993 年）東坡這裡之所以提到牡丹，純粹只是為點出季節而引用的典故罷了。徐復觀也曾批評道：「東坡在惠州時，柳仲遠只死了太太，他自己並沒有死，東坡如何會有祭文呢？林先生的綺思沉酣，對擺在自己面前極明白的材料，也視而不見，這是幽默？還是滑稽？以林先生這種閱讀的能力，聽說還寫有《蘇東坡傳》，那只有天曉得了。」（〈林語堂的「蘇東坡與小二娘」〉，《中國文學論集》，臺北：學生書局，1980 年）徐先生在此指責得相當嚴厲而且犀利。不過，在嚴肅正經的政治糾紛的內容之外，穿插了這樣的一段綺豔的情史，也是有些趣味存在，從這也可見出林語堂對「情」的特別重視。

第二，關於王安石的問題。其實蘇東坡與王安石的交往過程，並不像林語堂先生所描述得這麼嚴重。王安石他是偏執，在政治圈裡，也會指使部屬去彈劾蘇東坡，這些確實在《續資治通鑑長編》中都有記載。但林語堂先生的描寫太過於戲劇化，不禁令我們懷疑，王安石是否真如同他描寫得那麼十惡不赦呢？事實上，當年在發生烏臺詩案之後，王安石曾對皇帝說：「安有聖世而殺才士乎？」表示他也不贊成殺東坡。王安石只是對於他的改革太固執，因此會處心機慮排除不利因素，尤其是人，這是他失敗的地方。林語堂先生筆下的王安石，簡直是以一個瘋子的形象呈現，甚至有王安石晚年騎著毛驢，自言自語，失意落魄狀況的描寫，好像有點過於戲劇性。這一部分是採用曾受王安石迫害的舊黨後人的記載，可見林語堂先生在採擇資料上是有所取捨的。

當時這些有風骨的知識分子，其實都是對「事」不對「人」。以蘇東坡為例，他並非全然反對王安石，甚至還有詩贈王安石云：「從公已覺十年遲」。他對新法的觀念是有在發展，且當初也贊同改革，只是不同意王安石的新政罷了。直到王安石下臺，舊黨的司馬光執政時，蘇東坡卻因為新法中的免役法的問題同司馬光產生爭執，原因是他不贊成免役法全部被廢除。可見蘇東坡對新法的觀念也有在轉變。當然這其中有許多複雜的問題，但在林語堂先生筆下的人物個個善惡分明，像是通俗小說或連續劇一般，給我們讀者一種強烈的印象。不過，在傾向呈現戲劇性的同時，往往也有可能失去複雜性，這一點是有點可惜。

另外可以再討論一個比較小的問題：蘇東坡是否真的那麼「超拔」？其實不盡然，他也有實際的一面。在剛被貶謫到黃州時，他因為身上比較窮，每月只有四千五百貫銅錢的用度。他在寫給朋友秦觀的信上表示，他將這些錢分成三十串，掛在屋樑上，每日用畫叉挑取一串之後，便將畫叉藏起來。如果有剩下的錢，就存在一個大竹筒中，以資買酒宴客之用。這雖是小事，但從中卻可以看出蘇東坡在生活上，自有其尋常與實務的面向。然而他身為平凡人的形象，卻是林語堂先生著墨較少的。

《蘇東坡傳》這本書，對我們而言，有什麼樣的價值？以現代文學領域的分野而言，此書應屬於「傳記文學」。傳記文學這種文體比較特殊，它懸盪於文學與史學之間。中國過去所謂的「傳記」，多半就是「史」。但在《史記》之前其實並非如此，例如《國語》、《戰國策》之類先秦的史書，無論是國別或編年，都是以「事件」為主，有時也記載人的言行。它主要的體例，如《春秋》都採編年形式。到了司馬遷的《史記》才開始採用以「人物」為主的紀傳體形式，無論是帝王、大臣或平民甚至是遊俠皆為之立傳。

對於中國古典而言，寫傳記最重要的便在於歷史的真實性，同時又必須賦予人物強烈的性格與形象。因為在歷史的「實」和文學的「虛」之間徘徊，所以呈現出來的性質非常曖昧。但基本上，傳記文學還是必須符合幾個基本規律。首先，它必定要以歷史為根據，不能憑空捏造，但可以為有憑有據的歷史潤色。例如項羽和劉邦之間的談判確有其事，司馬遷再進而想像他們的對話。反之，若寫無中生有的事件，便是不正確的了。這是傳記文學同歷史一般，求「真」的性質。然而，傳記文學在寫人物，總要求人物有他自己強烈鮮明的性格，甚至有心理刻畫，就這點而言，其實與文學更接近。文學最能夠表現人物心理，傳記文學家更可以說是一個高級的心理學家，因為他必須揣摩人物言行舉止所代表的意涵，甚至將它展現、陳述出來。這方面史學家通常不直接說，多半是利用敘事去暗示、展露。

法國傳記文學家莫洛亞將傳記文學作家分成兩種：第一種作家完全臣服於傳主，只是將美好的傳說描寫下來；第二種則是根據資料和證據來架構作品，其結果可能跟作家的預想不一，但作家還是會改正。（〈現代傳記文學的特質〉，《什麼是傳記文學》，臺北：傳記文學出版社，1967年）莫洛亞認為一個現代的傳記文學家應當以後者為原則，即「真實」才是作品成功與否的所在。

以上述的兩種角度來看林語堂先生的《蘇東坡傳》，我認為他比較偏向第一種。因為他將東坡可愛的特質描寫得特別突出，形象鮮明而令人喜愛，甚而敬佩。但這種筆法是否會減損本書的價值？其實也不見得。反而值得深思的是，現代對於傳記文學所持的觀點，甚至對於歷史所賦予的意義為何？歷史是一種重述，重述就有可能加油添醋，有些學者甚至認為歷史是可以被建構的。司馬遷說作《史記》是為了要「成一家之言」，這「一家之言」也有種並非完全如實的意味，《史記》中必定加入了不少司馬遷想像虛構的成分。歷代史書多少都經過文學語言的修飾，歷史人物的性格在文學修辭的潤色下更能突顯出來，但這其實已經可以算是小說的創作技巧。換言之，歷史也有虛構的成分，和傳記文學相比，可能只是虛構程度多少的問題。從這個觀點出發，我們可以更寬廣地看待林語堂先生的《蘇東坡傳》，雖然它帶有立傳者個人主觀偏好的色彩，嚴格來說也不符合過去對於傳記文學的期待，更有許多考證上的錯誤而有失實之嫌，但它帶給讀者的影響，恐怕不會因此而減損，比起其他的蘇東坡傳記，還更吸引人，更具有影響力。所以我們或者可以這麼說：在這本《蘇東坡傳》裡，林語堂先生以其深富說服力，趣味性十足的筆法，為我們塑造了這樣一位詼諧幽默、才華洋溢而又多情、曠達的蘇東坡。

——選自林明昌主編《閒情悠悠——林語堂的心靈世界》
臺北：林語堂故居，2005 年 8 月

林語堂真的是「一捆矛盾」嗎？
由《京華煙雲》看林語堂中庸、和諧的人生觀

◎李慧*

林語堂在《八十自敘》中把自己的一生總結為「一捆矛盾」，許多論者對他的「一捆矛盾」爭相解讀，認為「多樣性、複雜性、矛盾性的文化涵養」，構成了他的「一捆矛盾」。如著名評論家萬平近就認為「鄉土文化、西洋文化和傳統文化」導致了林語堂的「種種矛盾困惑」。然而，筆者走近林語堂後發現，他的一生並非「一捆矛盾」，這個自稱「一捆矛盾」的作家的世界觀、人生觀，是複雜的，但又是和諧統一的。綜觀其一生，他接受的思想影響極其複雜，他的人生觀有發展、有變化，但他對任何思想都不盲從，而是抱著追求真理的精神對待它們。到了他四十不惑之年，根據自己的思考整合，逐漸將幾種似乎不相關聯的思想融合起來，形成了自己中庸和諧的人生觀。這一切在他的文字中自覺不自覺地顯現出來。本文以他最有代表性的力作《京華煙雲》為例做一簡要分析。

一、林語堂「中庸」、和諧人生觀的表現

寫於 1938 年 8 月至 1939 年 8 月期間的《京華煙雲》，作者的本意是想宣揚老莊的道家思想，林語堂曾明確說：「全書以道家精神貫穿之，故以莊周哲學為籠絡。」《京華煙雲》出版後，評論者都認為小說的基本精神與莊子聯在一起，認為「莊子才是全書的血肉和全書精神之所在」。作者的長女林如斯介紹這部小說時說得更突出：「全書受莊子的影響；或可說莊子就猶

*發表文章時為南陽理工學院人文與社會科學系講師，現為南陽理工學院文法學院院長。

如上帝，出三句題目教林語堂去做，今見林語堂發揮盡致，莊子不好意思不賞他一枚仙桃吧！」但是實際考察這部作品的內涵，與林語堂的初衷相去甚遠，它並非按照老莊的思想去「盡致」「發揮」，由於作者固有的人生觀使然，自覺不自覺地表現了作者的「中庸」思想。關於這一點，首先讓我們來看看作者在書中塑造的幾個主要人物形象。

姚思安是作者精心塑造的理想道家人物。他性格豪爽、灑脫，對什麼事情都能夠拿得起放得下。他身為富商，家財百萬，卻對生意經和賺錢經興味索然，對待身外之物他一向看得極淡：「你若把那些東西看作廢物，那就是廢物。」而且他自有妙論：「物各有主。在過去三千年裡，那些周朝的銅器有過幾百個主人了吧！在這個世界上，沒有人能永遠占有一件物品。拿現在說，我是主人。一百年後，又輪到誰是主人？」對日常俗務也很不關心，他把家政分與妻子，店鋪託付給舅爺，只同書籍、古玩和女兒朝夕相處，「沉潛黃老之修養」。他有自己獨特的處世態度，認為「正直自持而行事不逾矩」；並且「相信謀事在人，成事在天，情願逆來順受」。他不滿大兒子的愚頑和放蕩、熱心於二女兒莫愁與窮書生孔立夫的婚事、不贊成小兒子阿非與紅玉相愛，可從不干預，對阿非與寶芬的結合則順水推舟。在自認為完成了世間應盡的各種義務之後，他離家外出遊歷十年，住道觀，訪古剎，踏遍名山大川，到大自然中去找「自我」，尋找「樂生之道」。然後他又回到家中，回到兒女們身邊安享晚年。當木蘭問他：「爸爸，你信不信人會成仙？道家都相信會成仙的。」姚思安憤然說：「完全荒唐無稽！那是通俗的道教。他們根本不懂莊子。生死是自然的真理。真正的道家會戰勝死亡。他死的時候快樂。他不怕死，因為死就是『返諸於道』。」木蘭又問：「那麼您不相信人的不朽了？」他答：「孩子，我信……我在你們身上等於重新生活，就猶如你在阿通、阿眉身上重新得到生命是一樣。根本沒有死亡。人不能戰勝自然。生命會延續不止的。」在姚思安身上，從處世哲學到生死觀念都是豁然通達的，甚至是充滿現代意識的。他是「半在塵世半為仙」，簡直像是騰雲駕霧恣情遨遊一般地享受人生。

然而林語堂塑造的這個道家形象，並非完全沉溺於自然之道。對於國事，他時時關注，他同情變法的光緒皇帝、批評義和團的盲目排外、出巨資支援孫中山的國民革命、擁護五四新文化運動、主張對日抗戰，但又從不涉足仕途。在飄然物外的同時，他又無時無刻不關注著家庭的命運，在當他知道大兒子體仁是扶不起來的糞土之牆時，他又把希望寄託於小兒子阿非。信道多年，「由於他的研讀道家典籍和靜坐修煉」，似乎已然超越物我，卻又「對這個紅塵世界回心轉意」，竟買下一個偌大的王府花園，盡情地享受人生。到了晚年，他在做了十年莊子式的逍遙遊之後，竟又飄然回到家中，安然無事地繼續享受富貴榮華、天倫之樂。

因此，林語堂筆下的姚思安，並非老莊哲學的翻版，不是人們想像中的道家那樣無是非、無責任心、無進取精神、獨善其身、退隱而遠離塵世、只懂得修身養性，甚至心如死水、對人生毫無熱情。他只是抓住道家的基本精神，而摒去其偏頗、絕對化的因素，故這裡有回歸自然、順應自然，而沒有退回原始、沒有對社會的逃避；主張適時的自我克服，而沒有絕對的自我否定。這樣的道家人格因而也是開放的、積極的。姚思安甚至六、七十歲還常「意識到自己是在時代的前列」，年齡對他失去了意義，他永遠年輕。他的道學戴著一層儒學「甲殼」，他一次次看似矛盾的對道家境界的尋求與背離，實際上正是姚思安以中道處世，不偏不倚，於事有所為有所不為智慧的表現，也是林語堂「中庸」人生哲學的印證。

姚木蘭更是作者鍾愛的人物。林語堂說：「若為女兒身，必做木蘭也。」因而，從木蘭的行為更能看出作者的思想傾向。

在作者筆下，木蘭簡直是美的化身，她不僅形體極其美麗：「增之一分則太長，減之一分則太短，增之一分則太肥，減之一分則太瘦。」心地更是晶瑩善良，對上下左右都能推心置腹，和睦相處，對一切人間苦難深懷同情之心，無論在姚家、在曾家，無論是作為女兒、姐妹、妻子、媳婦、妯娌、母親、主婦或者朋友，木蘭都周到完備、無懈可擊。木蘭的心充滿了女性的柔情，但又不是軟弱，她性格豁達，胸懷開闊，富有男子的堅強與果敢。作者在小說中多次寫到木蘭自幼「多想做個男孩，而她堅強性格中也不乏勇敢無畏」。比如婚禮時鬧房，她不像別的女子那樣膽怯地任人作弄，而是先發制人，使鬧新房的調皮鬼自討沒趣，只好溜之大吉。在曾家那個儒家家庭，她不是逆來順受，仍然遊山玩水、上館子、看電影，根據自己的性格與愛好行事。立夫被捕，她冒巨大危險，也不顧妹妹和丈夫的誤解，隻身到軍閥司令部求情。她女兒被殺害，兒子上前線，在經受感情上的痛苦後，她都挺了過來。

木蘭很會享受生活，她總能使自己的生活豐富多采，在平凡中創造變化，在變化中豐富自己。「她看似有心要讓人在她身上看出季節，嚴冬她安詳，開春慵懶，炎夏悠閒，金秋起勁。連她的髮式也時時不同，她就愛變化花樣。」「冬季裡，雪後的午前她穿一身碧藍的衣裳，花瓶裡插的不是新紅的漿果就是野桃或者臘梅。開春以後尤其是垂柳剛抽出翠綠色嫩芽的四月末或者法源寺的紫丁香開得正盛的五月天，她遲遲起身，頭髮鬆鬆地披散在肩頭，有時拖鞋也不換就去照料院子裡的芍藥花。盛夏她盡情享用自己的庭院，那是專為暑期設計的，比其餘各房的院子都來得開闊寬敞……有時她一本小說在手，便在藤躺椅上消遣。在秋高氣爽的北京十月間，木蘭難得待在家裡。有一回她同孫亞去西山的別墅，望見遠山上的柿子樹紅成一片，前面塘裡農民的鴨群在戲水，不覺滾下了淚珠。」但是，她對生活又沒有過多的非分之想，她生於鐘鳴鼎食之家，嫁於鐘鳴鼎食之家，卻不依戀紅塵中的榮華富貴，而一心嚮往回歸自然。她鼓勵丈夫逃避官場，自己想當一位樸實的船娘，像西直門外那些船工的妻子，生活在青山綠水間，遠離塵世惱人的喧囂，迴避社會上的一切繁文縟節。

對生與死的看法，木蘭的思想和行為也很矛盾：一方面在泰山上面對秦始皇的無字碑，她意識到在時光的流逝中，一切文明都是流星，注定要瓦解消逝，都會像顯赫榮耀的秦始皇，變成荒崗上長滿青苔的無字碑；人間榮華，也不過是過眼雲煙！她由此想到生和死，想到有激情的人生和缺乏激情的石頭的一生，意識到死只不過是生的另一種表達和延續，有情的生命和無情的生命沒什麼兩樣。這也就是莊子「擊盆而歌」的奧祕。一方面木蘭對世俗的一切又依然充滿著感情：兒子出生時的欣喜、哥哥暴卒時的震驚、女兒死時的以淚洗面、立夫被捕時的寢食難安，還有那對抗戰的如許關懷，和對親朋的太多掛念。木蘭行動上做不到「擊盆而歌」！

總之，林語堂塑造的木蘭既有曼娘的美麗，又不像曼娘那樣懦弱和逆來順受；既有莫愁的聰慧，又不像莫愁那樣過於沉穩；既有女性的柔媚，又有男性的果敢；既超凡脫俗，又不消極避世；既信守道義、賢良溫柔，又不過於拘泥呆板、恪守俗禮。無論用中國的傳統道德還是西方的社會公德來衡量，木蘭都是完美的。

然而，綜觀作者筆下的木蘭形象，我們很難說她的思想主流到底是什麼。她崇尚道家的返璞歸真，但她一生大部分時間都在城市過著衣著綾羅的生活；她憧憬超脫，但她沒有離家去當隱士高人，更不能像莊子那樣飄然物外。她深愛孔立夫，卻又按傳統禮俗與曾孫亞結婚，坦然接受命運的安排。她想順應人性的自然，但又多是恪守儒家的家庭倫理，乃至於在崇尚禮法的曾家前後四個媳婦（曼娘、素雲、暗香、木蘭）中，被公認為是最賢德的媳婦。木蘭有愛國之心，關心抗戰的進展情況，但直至小說最後，也只是在逃難途中，把自己融入民眾的潮流中，而沒有作出更進一步的行動。木蘭做事似乎總有一個看不見的尺度在約束著她，這個「尺度」就是林語堂最崇尚的「中庸」之道。在她的身上，既有「道家」的清淨無為，又有「儒教」的積極進取，還有基督教寬容憐憫為懷的胸襟。她融會了林語堂對道、儒、基督教等多種宗教文化思想的多重理解。而這多重思想像顆顆珍珠，讓林語堂用「中庸」之線完美地串在木蘭的身上。

林語堂認為「中國思想上最崇高的理想，就是一個不必逃避人類社會和人生，也能夠保存原有快樂本性的人」，「城中的隱士是最偉大的隱士」，「半玩世者是最優越的玩世者」。他具體地描述這種「城中的隱士」、「半玩世者」：「我們承認世間非有幾個超人——改變歷史進程的探險家、征服者、大發明家、大總統、英雄——不可，可是最快樂的人終究還是那個中等階級的人，所賺的錢足以維持經濟獨立的生活，曾替人群做過一點點事情，僅是一點點事情，在社會上有點名譽，可是不太著名。只有在這種環境之下，當一個人的名字半隱半顯，經濟在相當限度內尚稱充足的時候，當生活頗為追遙自在，可是不是完全無憂無慮的時候，人類的精神才是最快樂的，才是最成功的。」姚木蘭不是「超人」，她是林語堂最理想的「中庸」化的「城中的隱士」。

唐弢先生在評《京華煙雲》時說：「人物是不真實的，不是來自生活，而是林先生個人的概念的演繹，因此沒有一個人物有血有肉，能夠在故事裡真正站起來。」[1]陳旋波在談到《京華煙雲》時也說：「小說裡的人物呈現出單純靜止的凝定性，常常被貼上各種文化標籤；儒家人物——孔立夫；道家人物——姚思安……但從人物性格本身而言，這形象可能具有的複雜性和豐富性被文化概念消解了。」[2]是的，林語堂塑造的姚思安、姚木蘭形象，不是用於揭示現實人生，而是用於傳輸他的「城中隱士」的文化理想。

除此之外，小說在處理人物關係上，也體現了林語堂的「中庸」理想：在處理木蘭、莫愁兩姐妹的婚姻上，就充分考慮男女個性的互補。立夫勇於進取、勇於任事，配上沉穩的莫愁恰好把他往回拉，適當約束他。孫亞生性懦弱、能力平平，生機勃勃、花樣百出的木蘭可以對他起推動作用。如木蘭與立夫結合，對立夫來說將像一輛開得很快的車又添新的動力，非一頭撞翻不可。這種性格上的互補就合乎理想的「中庸」之道。

在小說中，所有人物，凡是能以「中庸」思想行事的，命運結局都比較好，凡是走極端的，都沒有好結果：迪人為所欲為，荒唐至極，最終墜馬而死，似出偶然，實為必然；姚太太心胸狹隘，在處置迪人和銀屏之事時過分固執，手段也太不近人情，於是迫死銀屏，激怒迪人，同時嚴重傷

---

[1]唐弢，〈林語堂論〉，《文藝報》（1988 年 1 月 16 日）。

[2]陳旋波，〈漢學心態：林語堂文化思想透視〉，《華僑大學學報（哲學社會科學版）》，1997 年第 4 期，頁 71。

害了自己，導致精神崩潰，驚恐不安，瘋啞而亡；紅玉太多愁善感，太聰明伶俐，太癡情，基本脫胎於林黛玉，結局可想而知；曼娘過分地將自己的身心束縛在禮教之中，她的一生注定只能以悲劇告終；即使是作者鍾愛的木蘭，她要走極端，到杭州過起儉樸的農家生活，作者也讓她的丈夫鬧一次婚外戀，給她以小小的警示，使她不得不重新注意衣著梳妝，過起衣著綾羅的生活。

林語堂在《京華煙雲》的扉頁上這樣寫道：「謹以 1938 年 8 月至 1939 年 8 月期間寫成的本書，獻給英勇的中國士兵，他們犧牲了自己的生命，我們的子孫後代才能成為自由的男女。」然而，在對待抗戰、革命的態度上，作者仍然持「中庸」觀點。書中他最鍾愛的人物，都不是「改變歷史進程」的「超人」，為了革命，姚思安可以支持金錢、姚木蘭可以收留難民孤兒、孔立夫可以寫寫文章，可以「替人群做一點點事情」。但是他們不能走極端，不能參加到革命的隊伍中，不能與敵人做面對面的鬥爭。否則，他們就不是「城中的隱士」，就不合乎林語堂的「中庸」生活態度。

從以上分析我們可以看出，林語堂在《京華煙雲》的寫作中違背了自己的初衷，傳輸的並不是老莊哲學的人生觀，而是不由自主地傳輸了將道、儒、基督教等多種思想兼收並蓄，以「中庸」為主線，巧妙地將其融合在一起的複雜而又和諧的人生哲學。

二、林語堂「中庸」、和諧人生哲學形成的根源

林語堂出身於一個基督教家庭，父親不僅是虔敬的基督教徒，而且是當地的長老會牧師。「一家人輪流讀耶經」，是這個家庭必備的文化課程。小學、中學、大學的教會性質，以及長期的西方生活使他廣泛而系統地接受了西方文化的影響。在清華教學期間，他進行補課式的「大旅行」，廣泛閱讀中國古代詩書。他回憶說：「我帶著羞愧，浸淫於中國文學與哲學的研究。廣大的異教智慧向我敞開，真正大學畢業後的教育程序——忘記過去所學的程序——開始。這種程序包括跳出基督教信仰的限制。」他讀四書

五經，讀《紅樓夢》，讀唐詩，讀《人間詞話》，甚至另闢蹊徑，讀多種不見經傳的野史雜著。因此，在他成為知名學者和作家之前，已經廣泛地吸取了鄉土文化、西方文化和中國傳統文化的乳汁，具備龐雜、豐富的學識素養。

但林語堂對任何思想都不盲從，而是抱著追求真理的精神去對待，就像魯迅所說的「拿來主義」，經過認真思考，認為是精華的、進步的、有用的就接受，反之就否定。例如林語堂從小深受基督教影響，上大學後進過神學班，有終身做牧師的打算，準備獻身基督教。但神學班教學上塞滿瑣碎僵死的宗教教條、連神學家也不信的怪誕傳說，用林語堂的話說：「我短暫的神學研究曾動搖我對教條的信仰……這種經院派一法的傲慢和精神的獨斷，傷害我的心。」他不久就離開了神學班。林語堂的「上帝觀念」與一般的基督徒不一樣，包含有濃郁的人性色彩。在基督教徒看來，「上帝」是遠離塵俗，而林語堂則「深信上帝也同樣近情與明鑒」。與虔誠的基督徒立足來世不同，林語堂立足人間，否定來世，認為「上帝」是為人類幸福而存在，而不是相反。因此，林語堂讓人緊緊抓住此生，而不要希求來世。他認為社會的進步不在於進化，而在於叫人快樂度日，享福一生。而要獲得快樂與幸福，就要肯定人的肉體的存在，讓肉體上的欲望得到滿足。「我們必須有肉體，並且我們肉體上的欲望必須都能夠得到滿足，否則我們便應該變成純粹的靈魂，不知滿足為何物，因為滿足都是由欲望而產生的。」

對待中國傳統文化的態度也是如此。他一方面強烈批判道家哲學，認為中華民族「三大惡劣而重要的德性：忍耐、無可奈何、老猾俏皮跟道家的人生觀有密切聯繫」，聲稱「聰明糊塗合一之論，極聰明之論也。僅見之吾國，未見之西方。此種崇拜糊塗主義，即道家思想發源之老莊」。另一方面又肯定：「道家精神和孔子精神是中國思想的陰陽兩極，中國的民族生命所以賴以活動。」認為道家教會中國人欣賞生命，享受生命，懂得「生命如此慘愁，卻又如此美麗」。他並把中國人注重知覺的思維方式、樂天知命的生活態度，以及中國文學藝術崇尚自然的審美情趣等歸於道家，強調道家精神的積極貢獻。對儒家哲學他一方面深為嘆服：「儒家思想，仍不失為顛撲不破的真理。」認為中庸是一種很難的功夫，「介於動與靜之間，介於塵世的徒然匆忙和逃避現實人生之間」，「這種哲學可以說是最完美的理想了」；認為儒家文化的「『仁』或人性，在道德感的形式上，是以人的內心和外在的宇宙的道德相和諧為基礎」，而「文化之極峰沒有什麼，就是使人生達到水連天碧一切調和境地而已」。另一方面又批評在具有強烈的政治意識與責任意識的儒家文化影響下形成的「載道」文學是假文學，而對政治具有「超脫」意識、並善於抒寫自我「性靈」的道家文學才是真文學。

從表面看來，不管是對基督教、道教還是儒教，林語堂都是既有肯定又有否定，似乎很是矛盾，而其實在其內心是和諧統一的。

在《生活的藝術》中，林語堂明確宣布：「如把道家哲學和儒家哲學的涵義，一個代表消極的人生觀，一個代表積極的人生觀，那麼，我相信這兩種哲學不僅中國人有之，而且也是人類天性所固有的東西。我們大家都是生來就一半道家主義，一半儒家主義。」所以無論是徹底的道家，還是徹底的儒家，都不符合人類的天性，最好的人生哲學應該是介於儒、道「兩個極端之間的那一種有條不紊的生活——酌乎其中的學說」，應該是「不必逃避人類社會和人生，而本性仍能保持原有快樂的」。這種人生哲學，亦即所謂「城中隱士」的哲學。

因此，我們可以看出，林語堂在接受中西方各種文化時，有一個屢試不爽的法寶——「中庸」之道。他抓住各種思想的基本精神，摒去其偏頗、絕對化的因素，兼收並蓄，適當發揮，形成了自己既複雜又和諧統一的「中庸」人生觀。

林語堂「中庸」人生觀的形成還有一個很重要的原因，那就是他特殊的生活經歷。1923 年他留學回國，當時國內工農革命運動轟轟烈烈，北伐革命也在醞釀之中。1925 年五卅運動的爆發，給林語堂以巨大的刺激。群眾鬥爭的風潮，以魯迅為代表的革命知識分子在文化思想戰線上的英勇鬥爭，使年輕的林語堂深受鼓舞，他「滿以為中國的新日子已現曙光」；同時，國內腐敗黑暗的軍閥統治，又使他感到極度失望。血氣方剛的林語堂與魯迅等革命志士並肩戰鬥，融入到反封建鬥爭的大軍之中。這一時期，他的文章多數是政論性雜文，其內容體現了「五四」反帝反封建的鬥爭精神，如他的〈祝土匪〉、〈打狗檄文〉等文對北洋軍閥進行了辛辣的挖苦和猛烈的抨擊，堪稱「打狗運動的急先鋒」。由於魯迅、林語堂等人激烈反對軍閥專制的作為，他們的名字都上了當局要加以迫害的「黑名單」。為此，魯、林都被迫攜眷離家避難。到了 1927 年，面對複雜的革命形勢，和險惡的環境，林語堂猶如走到了十字路口。他說：「我常常徘徊於兩個世界之間而逼著我自己選擇一個——或為舊者，或為新者。」於是乎，他選擇了一條所謂「介乎革命和反革命之間」的「中間道路」，昔日鋒芒畢露的林語堂不見了，取而代之的是一位「幽默大師」。他從文化戰線上的鬥士逐漸演變為脫離政治的中間派，並且以「超政治——近人生」，作為文藝創作的思想和指導原則，由此一步步遠離政治與危險而得以保全生命。之後，他既對政治予以一定的關心，又長期旅居海外，從不介入任何直接的鬥爭；既主張消極玩世，而又一輩子筆耕不輟；既心繫山水，而又多居鬧市。在進取嚴肅與消極浪漫之間，總在尋求那個「酌乎其中」的度，過起了他「城中隱士」的生活。他曾明確表示：「我相信一種著重無憂無慮，心地坦白的人生哲學，一定會勸我們脫離一種太匆忙的生活和太重大的責任，因而使人減少實際行動的欲望。」

因此，不管林語堂的「中庸」人生哲學是為他「中庸」的生活方式找到的一種合理理論解釋，還是他故有的「中庸」人生哲學導致了他「中庸」的生活方式，我們都可以肯定，林語堂的「中庸」人生觀是根深蒂固的，它不僅自覺不自覺地流露於其文學作品中，而且其終身都在實踐著這種生活方式。

——選自《南陽師範學院學報》第 4 卷第 8 期，2005 年 8 月

古都，朱門，紛繁的困惑

林語堂《朱門》的西安想像

◎宋偉杰*

> 他見識到這座沉靜的古城，唐朝的名都，猶豫、不情願、卻有跡可尋地改變著。西安位於內陸，是西北的心臟。他稱西安是「保守主義之錨」。這是他的故鄉，他愛這裡的一切。西安不會溫文爾雅地轉變。人、風氣、政治、服飾的改變都是混雜紊亂的，他就愛這一片紛繁的困惑。
>
> ——林語堂《朱門》[1]

回首一下 1900 年，八國聯軍劫掠北京，慈禧太后、光緒皇帝倉皇離開紫禁城，逃遁西安，李伯元抑揚頓挫的《庚子國變彈詞》無法舒緩那場空前的國難、國殤、國恥，而西安人趙舒翹的慘死、三原安撫堡寡婦被封賜「一品誥命夫人」之判然有別的命運遭際，為西安古城的現代故事吟唱了一篇悲欣交集的開場白[2]；或者回首一下 1934 年，張恨水在寫過風靡一時的北平羅曼史《春明外史》之後，在描摹「冠蓋滿京華，斯人獨憔悴」的蕭瑟心境之後，來到真正的「春明」之地，在西安、鄭州、洛陽、蘭州等地考察二十多個縣市，隨即寫出《燕歸來》、《小西天》、《西遊小記》等西

---

*發表文章時為美國羅格斯大學（Rutgers University）亞洲語言文化系助理教授，現為美國羅格斯大學亞洲語言文化系副教授。

[1]林語堂, *The Vermilion Gate*(New York: John Day Company, 1953), p. 4。中文譯本參見謝綺霞譯，《朱門》（西安：陝西師範大學出版社，2003 年），頁 2。謝綺霞的翻譯如下：「他看著這座沉靜的古城，唐朝的首都，猶豫、不情願地，卻又顯而易見地改變。西安位於內陸，是中國西北的心臟。他稱西安是『中國傳統之錨』。這是他的故鄉，他愛這裡的一切。西安不會溫文地轉變。人們、風氣、政治和衣著的改變都是紊亂的，他就愛這一片紛亂的困惑」。筆者的中文翻譯根據英文原文略有修改。

[2]參見賈平凹，《老西安》（南京：江蘇美術出版社，1999 年），頁 13～18。

安敘事；或者再回首一下 1966 年，年僅 13 歲的賈平凹作為參加紅衛兵串聯的中學生，頭戴草帽、身背麻繩捆就的鋪蓋卷兒，初來乍到西安城，愕然震駭於市中心高聳屹立的鐘樓，驀然聽聞鐘樓上驚天動地的鐘聲，為日後的《廢都》、《秦腔》的寫作打下最初的印記[3]；那被漢鏡、古樂、墓石、碑林、老街巷所裝點的西安城，作為千年古都、絲綢之路的起點，終於以自己的方式，走向了無可規避的現代時空。訪古探今，西安書寫不盡的都城紀事，以及振聾發聵的秦韻秦腔，足可激發一代代人的文化想像和歷史記憶。

本論文嘗試解讀林語堂（1895～1976）《朱門》（*The Vermilion Gate*, 1953）裡面的西安形象。《朱門》與《京華煙雲》（*Moment in Peking,* 1939）、《風聲鶴唳》（*A Leaf in the Storm*, 1941）合稱林語堂三部曲[4]，這部 1953 年付梓的英文巨著力圖診斷西安古城向現代都市轉型之際紊亂的病理，它宏觀與微觀測繪兼而有之，把握了上至豪門恩怨、下至日常生活的城市律動。《朱門》主要講述的是兩位地地道道的西安人——上海《新公報》派駐西安的記者李飛，以及大家閨秀、女子師範學院學生杜柔安——跨越門第界限的愛情傳奇。在筆者看來，林語堂錯綜複雜的敘事安排、人物譜系和空間場景，不但突顯了西安城在 20 世紀 30 年代的動蕩時局、人物命運和城市風貌，而且在 1950 年代以《朱門》遙相呼應 1930 年代付梓的《京華煙雲》、

[3]賈平凹，《老西安》，頁 87。

[4]對林語堂生平、著述之研究，參見林語堂，《林語堂自傳》（南京：江蘇文藝出版社，1995 年）；林太乙，《林語堂傳》（臺北：聯經出版社，1989 年）；陳平原，《在東西文化碰撞中》，收入《陳平原小說史論集・第一卷》（石家莊：河北人民出版社，1997 年）；王兆勝，《林語堂的文化情懷》（北京：中國社會科學出版社，1998 年）；施建偉，《林語堂傳》（北京：十月文藝出版社，1999 年），《林語堂在大陸》（北京：十月文藝出版社，1991 年），《林語堂在海外》（天津：百花文藝出版社，1992 年）；萬平近，《林語堂傳》（福州：海峽文藝出版社，1998 年），《林語堂論》（西安：陝西人民出版社，1987 年）；劉貴生，《林語堂評傳》（南昌：百花洲文藝出版社，1994 年）；金惠經（Elaine Kim）, *Asian American Literature: An Introduction to the Writings and Their Social Context* (Philadelphia: Temple University Press, 1982), pp. 91-121；Diran Sohigian 的博士論文"The Life and Times of Lin Yutang"(Columbia University, 1991)；A. Owen Aldridge, "Lin Yutang" , in *American National Biography Online*, American Council of Learned Societies (Oxford University Press, 2000)；錢俊的研究項目"Oriental Modern: Lin Yutang Translating China and America"；以及沈雙的研究計畫"Cosmopolitan and Migration: the Stories of Lin Yutang, Yao Ke, and S. I. Hsiung"。

1940年代出版的《風聲鶴唳》，簡約書寫了一小齣西安——北京「雙城記」。

張恨水《春明外史》裡的楊杏園是徘徊在傳統與現代之間一個輕度的精神分裂者，他白天的身分是穿梭於北京大街小巷、「與時俱進」的現代記者，晚上則是安居租賃而來的小四合院、「傷地悶透」（sentimental）的古典詩人。相形之下，林語堂《朱門》的男主人公李飛卻是一個生於西安、長於西安，在上海歷練之後重返故鄉的現代人。李飛之眼是記者之眼，但他不是普通的職業記者，因為「他向來不喜歡把任何事情寫得紀錄化、統計化，而是在字裡行間表達他個人的感觸」。[5]他也「抱著超然的態度，冷眼旁觀這個病態、困惑、或悲或喜的人生萬花筒」。[6]李飛是西安古城一個性情流露的觀察者，一個保持距離的目擊者，一個入得其內、出得其外的寫生畫家，一個詼諧幽默、嬉笑怒罵的作者，一個在故鄉現場追蹤、敏銳思考的漫步者。在有「保守主義之錨」稱號的西安古城，作為「土生子」的李飛並不信奉文化保守主義，實際上他對現代化、現代事物、現代經驗一直秉持著長久的興趣和開放的態度：

> 他是在古西安城長大的，以它為榮，希望看到它改善和現代化。他覺得眼見這座城隨著自己的成長而改變是件有趣的事。他記得在念書的時候，曾經為了南北大道裝上街燈而興奮不已。中央公園的設立，幾條鋪上柏油的道路，橡皮輪胎的黃包車和汽車都曾經令他興奮過。他看過一些外國人——主要的是路德教會的傳教士、醫生和老師，還有不少穿著西褲和襯衫、長腿的歐洲遊客或工程師，他們的臉像是半生不熟的牛肉。他常常在思索那牛肉膚色的起源。[7]

西安大街小巷、空間場景裡的新鮮器物——從南北大街的電燈與電器

[5]林語堂，《朱門》，頁18。
[6]林語堂，《朱門》，頁150。
[7]林語堂，《朱門》，頁1～2。

設備，到平整乾淨的柏油馬路，從更新換代的黃包車、橡皮輪胎的汽車，到新式、平民化的都市娛樂空間中央公園——都曾刺激並養成年輕李飛的城市體驗與現代意識。在《朱門》的開篇段落，李飛坐在市區一家茶樓，冷眼旁觀 1930 年代街頭吵吵嚷嚷的抗日遊行。如果說老舍的「茶館」彷彿一個向心式的巨大漩渦，將北京城安分守己的小人物裡挾進無法走出的亂世怪圈，那麼林語堂的「茶樓」則是一個次要的、向外開放的空間場景，而重返故都的年輕記者李飛即刻走出茶樓，尾隨遊行的隊伍，試圖近距離目擊這場發生在古城街頭的政治抗議活動。小說的女主人公杜柔安與其他師範學院女生在這場回應「一・二八」事件、聲援抗日的示威活動中被警察驅散，柔安膝蓋受傷，幸得李飛幫助，二人一見鍾情。

在這齣街頭政治情景劇中，李飛的插曲是一小段「英雄救美」的故事，而且為西安塗抹上鮮明的現實政治色彩。女主角杜柔安來歷不凡：她的父親杜忠是保皇派大學者，「身為儒家信徒，他對已逝的王朝具有莫名的忠誠，對民國毫無好感」，而且「寧願被風暴淹沒，也不願隨波逐流」，他還是西安最後剪掉辮子的人之一；她的叔父杜範林則是權勢顯赫、利欲熏心的前西安市長。杜忠因與杜範林理念不合，自我放逐離開杜家在西安的祖宅「大夫邸」，隱居甘肅南部岷山深處三岔驛別莊和丁喀爾工巴喇嘛廟，以抗議他在「大夫邸」內外親眼目睹的種種現狀。「大夫邸」是西安人盡皆知的富貴之地，位於東城，是杜柔安爺爺杜桓所建的古老宅寓，現在是杜範林的產業，而杜柔安就寄居在叔父的屋檐下。

林語堂不惜筆墨，精細描摹了「大夫邸」值得玩味的空間設置。「大夫邸」官邸格式，石獅護院，高聳的大門高約十二尺寬約十尺，橫架綠色匾額，上面書寫燙金的「大夫邸」三字，頂端有兩個小字「皇恩」。而「大夫邸」的朱門常漆常新，鍍金的扣環、一尺見方的紅磚、黑色的隔板和邊門，寬敞的房間，處處可見朱門的氣派。其中最有意味的空間是「大夫邸」的第一廳堂：中央鑲板懸掛著祖父的肖像，西牆上有柔安父親杜忠親手臨摹的「翰林」字體，東牆上則懸掛著光緒忠臣翁同龢一尺多高的對聯。從中央到東、西兩側這三件「聖物」留有前朝的「遺跡」，而且直抒保守派知識分子的胸臆。在翁同龢的對聯旁邊，是南宋四大家之一馬遠的巨幅山水畫，筆法雄奇簡練、意境深遠，可謂另一方鎮宅之寶。不過，整個廳堂的古典氣氛，卻完全被一幅繪有三個裸體女神的廉價油畫複製品《巴黎之抉擇》破壞無遺。這幅舶來品是杜範林的兒子杜祖仁從國外購買回來的飾物，透露出一種「刺眼、不調和以及充滿了粗俗的自信」。[8]而作為時髦高雅玩意兒的橢圓鍍金西洋鏡，也讓這老宅的第一廳堂多了幾分洋氣。

從林語堂的揶揄語調，讀者不難發現他對這種「中西合璧」的嘲諷。第一廳堂的不中不西、亦中亦西的展覽和擺設，在在可以看出西安的「金粉世家」從古典向現代轉型時期文化衝撞的印記。杜家祖上的蔭德與父輩的執著，完全不能協調於「子一代」的囂張與洋氣的品味。杜範林之子杜祖仁在紐約大學受過西方企業管理訓練，回到西安，「對身邊那股懶散、不求效率的調調兒感到很不耐煩。……全西安只有他的辦事處有一組橄欖綠的鐵櫃，存放檔案的夾子和一張會回轉的椅子」。而且杜祖仁強悍的性格，驅使他發覺如果「自己不適應西安，處處格格不入，那麼他要西安來適應他」。[9]效率是杜祖仁的最高準則，乾淨、進步和水泥是他所構造的新中國理想。誠然，身體的潔淨與道路的乾淨既是衛生學的考量，也是杜祖仁標榜自己西化、現代化的招牌。但祖仁身體有疾、不能生育，恰可見出林語堂刻意的敘事安排：一個不中不西的畸形兒子怎麼可能延續祖宗的香火？杜祖仁的太太香華從上海移居到西安，「她來到西安就迷失了自己——奇異、陌生的西安——在這裡，李白、杜甫、楊貴妃曾經住過，在這裡，漢武帝建過都，遠征突厥，在這裡，發生過多少戰役，改朝換代，宮殿連燒數月，皇帝的陵墓慘遭掠奪」。上海的風花雪月碰上西安古都厚重的歷史，

[8]林語堂，《朱門》，頁 33～34。

[9]林語堂，《朱門》，頁 50。祖仁與其父杜範林為了從祖上的魚塘獲利，只顧效率和自己的利益，強修水閘，不知如何與回人和平共處，共享當地的水產資源。祖仁沾沾自喜於自己的西式教育，以為回人都是未受教育、未開化的野蠻人，卻壓根沒想到人心有一條法則，以牙還牙，以槍還槍，當然他的銀行或商業課程也沒有教過這一門。他最終在回人手上死於非命。

時尚之「輕」與歷史之「重」較量的結果，即刻便見分曉。

有必要指出的是，林語堂並不排斥西方先進的科學技術所帶來的生活內容與生活方式的改進，因為「思想上的排外，無論如何是不足為訓的」。[10]李飛固然鍾情於陵寢、宮殿、城牆、石碑、古廟，但他也絕不排斥甚至喜歡現代西安城的電燈、電話、柏油馬路、汽車與火車。林語堂一直警醒並嘲諷的對象是東、西方文化畸形、怪異的組合。在林語堂筆下，朱門之內不倫不類的顯赫與尊貴，並不值得珍視。他對李飛在西安簡陋居所的描寫，恰可凸現林語堂本人一以貫之的平民主義理想。李飛的家並不富裕，是一幢古老、堅固的紅磚房，座落在寂靜的巷子，有池塘、古城牆以及蔓延的沃草。那裡沒有石獅子守門，只有父輩留下的舊書桌、沒有上漆的簡樸書架和若干書籍，庭院相當窄小。但在大家閨秀杜柔安看來，李飛的陋室卻其樂融融——慈祥的母親、賢淑的嫂嫂、童心無邪的孩子們，讓她倍感親切與放鬆，而且可以領受到李家的天倫之樂。對照之下，大夫邸則更「像座墳墓，外面看起來富麗堂皇，裡面卻是空蕩、冷清」。[11]

從政治風雲變幻莫測的西安大街，走進富貴人家的高堂大院，或者走進平凡人家的日常空間，藉此，林語堂提供了現代西安的空間形象及其特定的文化含義。小說另一條敘事線索的展開，圍繞北平鼓書藝人崔遏雲在西安表演被滿洲將軍扣留，且被西安軍閥拘押，後來得當地民間幫會首領范文博救護，又得杜柔安幫助逃至蘭州的經過，於是《朱門》的空間敘事從西安走向更為廣袤的西北。在甘肅南部三岔驛和岷山「自成局面，遺世獨立」的喇嘛廟，杜柔安的父親杜忠約見了李飛，談古論今、吟詩諷世，並首肯了李飛的才氣人品。但隱居的杜忠心懷憂思，他極為反感杜範林及其兒子對回民利益的公然侵犯，他終於決定幫助回人，然後從甘肅自我放逐之地回返西安，向杜範林申明漢、回和平共處的大義，卻腦溢血身亡。

---

[10]林語堂，〈論文化侵略〉，收入《翦拂集　大荒集》（北京：人民文學出版社，1988 年），頁 116。亦見其〈機器與精神〉，收入《中國與世界：林語堂文選》（北京：國際文化出版公司，1997年），頁 526～534。

[11]林語堂，《朱門》，頁 77。

李飛看望過崔遏雲之後，去哈密觀察西北政治局勢之際被漢人軍方逮捕，而杜柔安則因未婚懷上李飛之子而被叔叔一家人逼出朱門。崔遏雲因杜氏父子告密而被捕，尋機投水自盡。杜柔安在新年生下一子、機智搭救出李飛之後，被李母接回西安，李飛也終於尋機逃脫囹圄，歷盡曲折與杜柔安成親。杜範林最後被憤怒的回民圍攻，誤入泥沼身亡。

在《朱門》篇首的作者說明處，林語堂指出，小說的人物純屬虛構，但故事背景有史實依據，譬如「首先率領漢軍家眷移民新疆的大政治家左宗棠；1864 至 1878 年領導回變的雅庫布貝格；哈密廢王的首相約耳巴司汗；日後被自己的白俄軍逐出新疆，在南京受審槍斃的金樹仁主席；繼金樹仁而後成為傳奇人物的滿洲大將盛世才；曾想建立一個中亞回教帝國的，後來於 1934 年尾隨喀什噶爾的蘇俄領事康氏坦丁諾夫一同跨越蘇俄邊界的漢人回教名將馬仲英等等」。[12]精采紛呈、迴腸蕩氣的現代西北傳奇，促使林語堂在構造《朱門》的空間想像時極富野心，這是以西安為中心，輻射到西北大部分地區的地緣政治和空間詩學，其觸及的範圍固然可以從城市街巷到家居空間，從素樸的房屋到富麗堂皇的「大夫邸」，更可以從西安城的總體形象拓展到甘肅（特別是蘭州）與新疆周邊的城市、鄉村、寺廟、魚塘、社區，以及整個 1930 年代動蕩不安的政治社會局勢，《朱門》跌宕起伏、大開大闔的情節安排便是明證。李飛在離開西安之前，離開杜柔安之前——

> 內心一陣絞痛。他永是西安的一部分，西安已經在他的心田裡生了根。西安有時像個酗酒的老太婆，不肯丟下酒杯，卻把醫生踢出門外。他喜歡它的稚嫩、它的紊亂、新面孔和舊風情的混合，喜歡陵寢、廢宮和半掩的石碑、荒涼的古廟，喜歡它的電話、電燈和此刻疾駛的火車。[13]

---

[12]林語堂，《朱門》，頁 1。
[13]林語堂，《朱門》，頁 161。

林語堂曾將北京描繪成歷經滄桑的男性老者，也許為了使西安有別於北京，作者以「酗酒的老太婆」來刻畫西安之一面，頗有些蹊蹺。而且上段引文中李飛的城市印象也是大開大闔，不無醉意。與此同時，林語堂還借李飛離開西安，來到陌生、凶險、政治局勢複雜的新疆去探險的空間之旅，將西安與西北作一對比：

> 他認為自己應該離開西安一陣子。西安像一位好熟好熟的老友，新疆卻是新交，西安像一齣家庭劇，有悲有喜，但是在新疆他可以見識真正的大場面，比方種族、宗教的大衝突。[14]

但李飛在回疆旋即陷入漢人軍隊的牢獄之災，杜柔安卻在滄海橫流之際，大顯英雄本色。一個有趣的細節是，嗜菸如命、百誡無果的林語堂，也讓杜柔安偶爾抽菸，悠哉游哉，意趣盎然，做一回瀟灑不羈的「癮君子」和女豪傑。不過，作為新女性的杜柔安並沒有放棄傳統淑女的美德：「雖然飽受摩登教育，她倒有一份古老的情懷，知道女人的本分就是看家、等候、服從和堅忍」。[15]而至關重要的是，對李飛矢志不渝的愛情，讓杜柔安的臉上放射出新的光輝與莊重感，並像《京華煙雲》中的姚木蘭一樣，有大智大勇的作為。

早些時候，杜柔安因為幫助崔遏雲脫離滿洲將軍與西安軍閥的糾纏與拘押，就已經令李飛、范文博、藍如水等一眾男子大感欽佩，李飛也終於意識到，柔安雖然「看起來不過是個不切實際、在公共場合害羞、文靜、又愛幻想的富家千金」，但在關鍵時刻居然膽氣過人，雷厲風行——她竟勇氣可嘉地私自借出市長叔父的專車，把遏雲送出西安城外。[16]當李飛身陷囹圄之時，柔安更展現了機智果敢的行動能力：一位身懷六甲的女子，被逐

---

[14]林語堂，《朱門》，頁 155。
[15]林語堂，《朱門》，頁 221。
[16]林語堂，《朱門》，頁 364。

出朱門，隻身前往蘭州，以便靠近失蹤的李飛；她還想方設法多次往返機場，結識可以趕往新疆的飛行員；親自到三十六師辦事處找到回族中校，請他發電報聯繫自己的愛人；當回軍方面找不到李飛，柔安又請報社幫忙，終於查到關押李飛的監獄，想方設法救自己所愛脫離困境。等到李飛獲得自由身，迎來政局穩定之際，他還不知道是柔安為他生下兒子，並想方設法挽救他於困厄。林語堂藉此大發感慨：

> 很多學者、作家大半生與文字為伍，重複別人說過的內容，在抽象的討論中亂揮羽翼，借以掩飾自己對生命的無能，他對這些人向來就不敢信任。現在他深深學到了有關男女的一課，女人比男性更能面對生命的波折，而這種生活隨時在他四周出現，那些玩弄抽象問題的人往往忽略了渺小而真實的問題，他身為男人，也算得上作家，在生命中卻扮演著微不足道的角色。[17]

從西安到回疆，那裡應該是男性馳騁的天地。如果採用寬泛的人種學類比，西安乃至西北堪稱男性的區域。大衛・哈維（David Harvey）在其《巴黎：現代性之都》一書以人喻城，便指出，與巴爾扎克的男性幻想恰恰相反，巴黎常被描摹成一位女性，有豐富的人格，撩人的身體，喜怒哀樂的表情，風雲變幻的頭腦。[18]林語堂曾經說過，「北平是像一個宏大的老人，具有宏大而古老的人格」，可以慷慨地容納古今。[19]西安又何嘗不像一個「宏大的老人」呢？不過《朱門》一書因栩栩如生刻畫杜柔安的言行舉止，從而為西安這樣一個歷盡滄桑的男性城市貢獻了非凡的理想女性形象。

的確，在林語堂筆下，朱門內部的勾心鬥角、斤斤計較並不能阻擋杜柔安衝破束縛，尋找真正的愛情。與《京華煙雲》的姚木蘭相比，杜柔安

[17]林語堂，《朱門》，頁 33～34。

[18]David Harvey, *Paris, Capital of Modernity* (New York and London: Routledge, 2003), pp. 50-51.

[19]林語堂，〈迷人的北平〉，收入《北京乎：現代作家筆下的北京，1919-1949》（北京：三聯書店，1992 年），頁 508。

更是新女性的形象，她不像木蘭在深閨大院之中巧妙周旋，而是直接掙脫門第的限制，走出朱門，與敢於冒險、富於正義感的平民知識分子締結百年之好。林語堂極為嘆賞的女性有李香君、《浮生六記》中的芸娘、名詞人李清照等。她們的俠肝義膽以及同夫君相親相愛、追求完美戀情的事跡，激發了作家對於自己小說中女性形象的塑造。

作為林語堂最知名的三部曲，《京華煙雲》觸及動蕩的現代史，刻畫理想女性姚木蘭，同時凝練出一個不受時間與歷史侵蝕的北京城形象。[20]《風聲鶴唳》則將空間場景轉移到江南名城，仍舊延續作者對現實局勢（抗日戰爭）的關注，描摹個人命運與民族前途，還有理想女性梅玲（丹妮）的成長經歷。《朱門》的故事場景主要在西安乃至西北，但不少人物都與北京發生關聯：杜柔安曾經住過北平，她忠心耿耿的女僕唐媽是來自農家的北平人，李飛和藍如水都曾遊歷過北京。杜柔安在北平時就喜歡聽大鼓說書，她被逐出朱門，在蘭州找到家教工作，也是因為她的北京經驗——一口流利的國語。《朱門》的另一條重要情節線索，圍繞著移居西安的北平鼓書藝人崔遏雲展開。有趣的是，林語堂沒有書寫陝西古老的秦腔裡面「淨的嘶聲吼叫與旦的幽怨綿長」[21]，而是將北平流浪而來的鼓書藝人崔遏雲的京韻大鼓，寫得有聲有色、餘音繞樑：「她的歌聲有如鄉間的雲雀般高唱，樹影映在她的臉上，產生出一個完美得令人不敢相信的幻影」。[22]崔遏雲「隨著小鼓的節奏敘述著歷史軼事」，而「觀光客到了西安，觀賞崔遏雲的表演竟成為必看的節目之一」。[23]

我們固然耳熟能詳張恨水《啼笑姻緣》、《夜深沉》裡的鼓書藝人鳳喜和月容，還有老舍《鼓書藝人》的說書場景，崔遏雲則是另一個光彩照人

[20]參見宋偉杰，〈既遠且近的目光：林語堂、德齡公主、謝閣蘭的北京敘事〉，刊於《現代中國》，2004 年，頁 81～102；收入陳平原、王德威主編，《北京：都市想像與文化記憶》（北京：北京大學出版社，2005 年），頁 504～532。

[21]賈平凹，《老西安》，頁 32。

[22]林語堂，《朱門》，頁 91。

[23]林語堂，《朱門》，頁 41。

的鼓書藝人形象。杜柔安初次與李飛約會，就是在西安聽遏雲演出，柔安有機會點了一齣《宇宙鋒》，而遏雲的京韻大鼓令西安的觀眾如痴如醉。甚至那個憤世嫉俗的藍如水，也情不自禁地迷上了遏雲。藍如水是一個有錢有品位的遊手好閒者，他曾經「在上海和巴黎認識了不少女人——漂亮、世故、又有成就——坦白地說，他對這些已經厭煩了。他根本不喜歡政治、商業和賺錢的事，所以上流社會的矯揉造作也令他生厭。他一直在追求生命的清新和真實。遏雲的純真無邪和獨立精神深深吸引他」。[24]總而言之，在林語堂的西安想像中，北京要素，譬如小說人物的北平經驗，譬如京韻大鼓在西安的風行等等，不斷被添加進來，從而簡約書寫了西安——北京兩個文化古都之間的一齣「對照記」。[25]

在林語堂筆下，西安彷彿是一個熙來攘往的移民城市：滿洲將軍、滬上聞人、北平藝人，滿蒙藏回諸色人等都在西安留下足跡，來去匆匆。這是李飛從上海失戀、歷練歸來，以成熟的眼光看到的西安古城：

> 雖然他生長在這裡，這個城市仍然令他困惑。……整座城充滿了顯眼炫目的色彩，像集市場裡村姑們的打扮那樣，鮮紅、「鴨蛋綠」和深紫色。在西安的街上你可以看到裹小腳的母親和她們在學校念書，穿筆挺長裙，頭髮燙卷的女兒們同行。這座城市充滿了強烈的對比，有古城牆、騾車和現代汽車，有高大、蒼老的北方商人和穿著中山裝的年輕忠黨愛國志士，有不識字的軍閥和無賴的士兵，有騙子和娼妓，有廚房臨著路邊而前門褪色的老飯館和現代豪華的「中國旅行飯店」，有駱駝商旅團和堂堂的鐵路局競爭，還有裹著紫袍的喇嘛僧，少數因沒有馬匹可騎而茫然若失的蒙古人和數以千計包著頭巾的回教徒，尤其是城西北角處更易

---

[24]林語堂，《朱門》，頁 139。

[25]有關香港與上海之間更為緊密、也更為明顯的鏡像、鏡城關係，參見李歐梵，*Shanghai Modern: The Flowering of a New Urban Culture in China, 1930-1945* (Cambridge, MA.: Harvard University Press, 1999),pp. 324-341。中譯本見毛尖譯，《上海摩登：一種新都市文化在中國，1930—1945》（北京：北京大學出版社，2001 年），頁 337～353。

見到這些對比。[26]

如是一幅西安形象，其實與林語堂早期書寫的北京形象沒有根本的差別。在〈迷人的北平〉裡面，林語堂如是狀繪北平複雜的人類：

> 律師和犯人，警察和偵探，竊賊和竊賊的保護人，叫化子和叫化頭腦，有聖人、罪犯、回教徒、西藏的驅鬼者、預言家、拳教師、和尚、娼妓、俄國和中國的舞女、高麗的走私者、畫家、哲學家、詩人、古董收藏家，青年大學生，和影迷。還有投機政治家，退隱的舊官僚，新生活的實行者，神學家，曾為滿清官太太而淪為奴僕的女傭人。[27]

北京和西安作為文化古都，同樣縈繞著歷史的魅力，傳統的靈魂，文化的底蘊，以及現代器物、制度、文化觀念的衝擊與挑戰。不同之處在於，北京在 1949 年以後，經歷了拆遷改建、翻天覆地的巨變，西安卻有幸保存下來完好的古城牆，見證古城久遠的滄桑，也突顯西京意味深長的穩固結構。侯榕生在《北京歸來與自我檢討》中曾經傷感寫道，面對北京「城沒了，城樓也沒了，你認命吧」的當代宿命，她只能以老生的腔調，大喝一聲「我的城樓呢」？[28]西安卻免去了這場毀城的厄運，而保留了古城的風貌。正如賈平凹講述的個人軼事所闡明的，在他收集的清末民初西安城區圖上，那些小街巷道的名稱一直保存到當代，於是他有感而發：

> 西安是善於保守的城市，它把上古的言辭頑強地保留在自己的日常用語裡，許多土語方言書寫出來就是極雅的文言詞，用土話方言吟詠唐詩漢賦，音韻合轍，節奏有致。[29]

---

[26]林語堂，《朱門》，頁 18。
[27]林語堂，〈迷人的北平〉，收入《北京乎：現代作家筆下的北京，1919-1949》，頁 511。
[28]參見王德威，《如此繁華》（上海：上海書店出版社，2006 年），頁 47。
[29]賈平凹，《老西安》，頁 67。

文字如此，城市依然，文化守成永遠比文化破壞更艱難，也更令人敬佩。在 20 世紀上半葉，西安的現代經驗，西安的人文、風氣、政治、服飾的改變是猶疑、不甘心、無可奈何的，卻也是有跡可尋、混雜紊亂的。林語堂這「現代文學史上最不容易書寫的一章」(徐訏語)，則藉人物李飛之口，一語道破了他有關西安從千年古都向現代城市轉型時的文化想像、歷史記憶和人文關懷：「他就愛這一片紛繁的困惑」。

——選自陳平原、王德威、陳學超編《西安：都市想像與文化記憶》
北京：北京大學出版社，2009 年 3 月

多元文化與「烏托邦」

林語堂《奇島》所顯示的「流散」意義

◎高鴻*

1955 年林語堂在美國出版了他的英文小說，*Looking Beyond*，直譯《遠景》，又名《奇島》*The Unexpected Island*，一般漢譯為《奇島》。根據出版時間推算，這部小說應該是林語堂在短暫任新加坡南洋大學校長之後，帶領全家旅歐過程中構思創作的。一直以來，《奇島》，被看成「幻想小說」，林太乙就說：「這部小說描寫一個烏托邦，在那裡的人過著恬靜的生活，藝術家的生活費由政府津貼，人人享有宗教自由，有物質享受，有閒去做自己想做的事。」[1]除此之外，應該還是「一部以反對戰爭、憧憬和平，浸透了和平主義思潮的小說」的反戰小說。[2]本文以為在今天看《奇島》，顯然又顯出新意來。《奇島》不僅顯示了林語堂從政「流產」後對現實的幻想性再現，是號稱「幽默家」的林語堂對自己心靈和人生的一種幻想性撫慰，同時更是寄托了林語堂在現實中無法實現的東西方文化融合的理想。林語堂通過《奇島》再造了一個文化上的「烏托邦」，以文化「烏托邦」的雙重意義，也顯示出林語堂對故國文化認同上的變化，顯示了林語堂內心遠離中國文化的主體的一種態度，揭示出林語堂所代表的這類有著本土文化深厚積澱的海外華人，他們在西方社會的「流散」，一方面希望在異國他鄉找到心靈的寄託，另一方面卻難以與自己所定居或旅居國家的文化和社會習俗真正融合的心靈矛盾和痛苦。可以說《奇島》所創造的遠景

---

*現為華東政法大學傳播學院教授。

[1]林語堂，《林語堂名著全集第二十九卷——林語堂傳》（長春：東北師範大學出版社，1994 年 11 月），頁 248。

[2]萬平近，《林語堂評傳》（四川：重慶出版社，1996 年 2 月），頁 431。

恰恰是「文化烏托邦」的理想社會，是林語堂在遠離本土文化，而又無法相融於居住國文化的「第三種經歷」的一種虛幻性滿足和表現。

一、文化與「烏托邦」

> 告訴我勞思的事情，你們這些人是怎麼來的？這一切到底是什麼——一個烏托邦嗎？[3]

林語堂在 1955 年描述了 50 年後南太平洋一個小島上所發生的事，《奇島》顯然具有與幻想小說相一致的特性。那麼《奇島》是怎樣的一部「烏托邦」小說呢？

故事發生在 2004 年 9 月，美國人芭芭拉·梅瑞克和她的男友保羅駕駛小型飛機在南太平洋海域發現了一個無名小島，作為民主世界聯邦（聯合國）的糧食部門的地學測量工作者，他們決定降落島上考察。島上的居民出面「迎接」了他們，但卻砸毀了飛機，斷了他們的歸路。而保羅在保護飛機時被島民意外打死，梅瑞克在遭此巨變後昏迷，被島民救治。蘇醒後，梅瑞克發現自己躺在一位名叫艾瑪·艾瑪的女人類學家的家裡。通過不斷與艾瑪交談，梅瑞克弄清自己身處何方和身處何境，並對這個小島有了初步了解。

1970 年代初，希臘人——哲學家勞思與希臘船王阿山諾波利斯帶領一批歐洲人來到南太平洋上這個名叫泰諾斯的小島，那些被統稱為艾音尼基人的歐洲移民[4]，當年乘著一艘大船逃離即將發生第三次世界大戰的「舊世界」（小說中第三次世界大戰爆發在 1975 年），他們在「智取」小島後，獲得島上土著人的信任，建立了一個和平的泰諾斯共和國——一個歐洲殖民

---

[3]林語堂，《林語堂名著全集第七卷——奇島》，頁 48。以下引文出自該作品的部分，只在引文後標示頁碼，不另外加註。

[4]論者注：艾音尼基人是小說中對遷移至此的歐洲人的總稱——包括希臘人、義大利人、色雷斯人以及非吉亞人和其他來自愛琴海地區的人，其中最多的是住在中部高原的德里安牧羊人和葡萄果農。基本所指島上的外來人。

地，勞思是這個殖民地的實際統治者。

梅瑞克也向艾瑪講述了自己的來歷，同時對島外世界的三十年變遷和國際政治格局的變化也做了介紹。她談到聯合國組織的更名與變化：聯合國在 1975 年的第三次世界大戰之初就已瓦解，被一個所謂「勝利國的聯盟」（頁 34）——「民主世界同盟」所取代。「聯合國失敗在武力太弱，民主世界同盟又太依重武力。然後就發生了十年戰爭，……以後，民主世界同盟又被民主世界聯邦所取代，後者更具有民主觀念。」（「十年戰爭」實指「第四次世界大戰」。頁 34）在第三次世界大戰期間，美國人口減掉一千萬，二十多後又升至一億九千五百萬；亞洲人口的膨脹，糧食短缺；美國的芝加哥和曼哈頓以及英國倫敦都毀於第三次世界大戰的戰火；義大利成為共產黨國家；蘇俄政權被山姆大叔打垮，等等。「舊世界」陷落在一片混亂之中。

在島上梅瑞克被改名為尤瑞黛。身體復原後，尤瑞黛被邀參加阿山諾波利斯的情婦（女友）被稱為「伯爵夫人」的義大利移民所舉行的晚宴。在宴會上（總共六個章次寫這一晚宴的過程）尤瑞黛感受到地中海式的生活，結識了島上最上層的人物。其後又被邀與前俄國公主奧蘭莎——阿山諾波利斯的最後女友一起居住，享受著島上的最舒適最優雅的貴族生活。尤瑞黛受到島上各色人等的喜愛，得到特殊的關照。奧蘭莎還專門開設貴族式晚宴歡迎尤瑞黛，上層社會的所有人都出席。晚宴也就成為哲學家勞思宣講他思想的理想場所。在一次次的接觸中，尤瑞黛受到勞思思想的深刻影響。

尤瑞黛與土生土長、氣質高貴的阿席白地・里格漸生情愫，他們在小島上演繹了一場浪漫愛情，雖有波折但終成正果。故事的高潮集中在島上舉行一年一度的艾音尼基人的節日上，多年未見的送給養大船又到了，節日的小島更增加了歡樂的氣氛。這條突然出現的大船，考驗著尤瑞黛的去留。尤瑞黛最終與里格一起站在山頂看著大船駛離小島，返回彼岸世界。最後眾人在水上遊戲中判處一個姦淫者的死刑，得到勞思的認可。勞思以為這個犯罪者對人們起了禁示作用，給小島帶來後續的和平、安寧由此，舉行典禮嘉獎其家人。

從故事情節上看，《奇島》並沒有複雜的線索以及懸念，它與林語堂其他小說相較，更不講究情節結構安排，敘述視角單一，人物形象蒼白。而談話是小說所要表現的重要內容，許多敘事是在談話得到體現。人物都是「誇誇其談」的高手（第 26 章極其明顯），尤其是作者的替身勞思，出場總是在喋喋不休地與各色人物談論各種事宜，滔滔不絕，常常一個話題沒有討論完畢，又引出一個新的話題，像是堆積了無數的話題的「馬拉松」聊天，有時顯得似「裹腳布」般的臭長。因此整部小說冗長而乏味，但是當我們轉換視角，從多元文化和「烏托邦」小說的角度重新解讀這部小說，我們感到《奇島》深層的意蘊逐漸得到顯現：在這個南太平洋的「桃花島」上，以古希臘文化為基礎的多元文化並存的文化「烏托邦」思想具有了特殊的意義。

二、單一文化的「他者」——多元文化

從文化的視角我們首先感受到了《奇島》所散發出的「非常希臘化」風格。南太平洋小島與地中海的氣候和環境十分相似，小島是以希臘人和希臘文化作為基礎的構建的。規畫、創立這個殖民小島的實際「統治者」、精神領袖勞思是希臘人，勞斯計畫的、支持者和實施者阿山諾波利斯是希臘人。島上的規畫設計無不體現了希臘人的生活方式和文化基礎，建築、雕塑顯示崇尚希臘文化的特徵，島上的圓形劇場、赫爾密斯的青銅噴泉（頁 87）、希臘式的狂歡節（頁 79）都是這一文化特徵的具體顯現。勞思的全部設想就是要建一個「年輕、新鮮、有生氣的社會，像古希臘一樣。」（頁 57）「地中海風情」灑落在島上各處，當尤瑞黛和阿席白地・里格一起站在艾達山時，尤瑞黛說，「我們就像奧林匹亞山上的神祇」。（頁 396）

但是希臘的宗教、地中海的生活方式卻不是泰諾斯共和國唯一提倡的「文化」，勞思是集東西方的生理血統和文化血統於一身的「混血兒」，因

為勞思的外祖父是一個在西西里島做生意的中國人，母親嫁給希臘人。勞思幼年喪父，跟隨改嫁農夫的母親在克里特島的牧羊人中間長大。少年勞思不僅領略了克里特島的大自然之美，古希臘廢墟裡的神話激發了他無窮的想像。勞思 15 歲才開始識字，但他進步神速，很快進入雅典大學學習，在研讀英、德、法文的同時，還自學中文和土耳其文，而後出書、成名，27 歲被任命為希臘駐開羅的代理公使，31 歲成為希臘派駐聯合國的代表。但是隨著他對聯合國作用的理想幻滅，勞思辭職隱居。在其希臘愛妻夭折後，他齋戒和素食，到東方旅行，但無法進入他外祖父的國家中國，所以他到日本京都的寺廟中研習佛教，在印尼對巴里島土著文化十分著迷。（頁 53～57）就是這樣一個人成為泰諾斯共和國的構想者和創建者。

除了具有多重文化背景的勞思外，在這個小島上，多種宗教文化並存：「愉快的宗教」（頁 27）是義大利天主教的改良，由唐那提羅神父所代表的；希臘正教是以亞里士・多提瑪（希臘祭師）為代表的；以尤瑞黛為代表的基督教新教，以及希臘多神教和泰諾斯土著信仰。這些信仰之間雖有爭執，但誰也不強求對方服從。島上沒有一神教的世界存在。創建者沒有以自己的信仰為信仰，還為宗教信仰創造了一個寬鬆的環境。第 39 章中每年舉行的全島節日——艾音尼基節，就是多種宗教並存的宗教節日，在「崇拜上帝、盡情享樂」的節日宗旨下，全島居民盡情「狂歡」。

島上的人類學家艾瑪還希望通過異族通婚，進行文化融合。她認為艾音尼基人與泰諾斯人通婚，不僅能使他們的後代生理上更能夠適應環境，有利於人類的成長，而且他們在彼此互借自己喜歡的女神中，互釋了對方的神話，從中產生「地方神祇的混同」！而有利於不同「文化的結合」。（頁 22）

勞思的多元文化構築殖民地的構想，和艾瑪的思想相通相息，艾瑪成為勞思理想的追隨者之一。在小說中，哲學家勞思對人類社會的構想，人類學家艾瑪的田野調查方法，在意外闖入小島的美國人梅瑞克身上完成了。

從梅瑞克變為尤瑞黛，名稱的變化，實際表明現代社會的「舊世界」裡走出的美國姑娘轉變為古代社會的「新世界」裡的希臘美女。美國人梅瑞克要從「島外人」變為「島內人」，需要再次經歷「人的社會化」過程，社會學中的人的社會化就是對所處環境文化的內化，外來的人需要「內化」社會價值標準、學習角色技能、適應社會生活。所以梅瑞克（尤瑞黛）與小島社會的互動就好似一個人在新環境下的「再生」。梅瑞克經歷了初識小島的蘇醒期、參與小島恢復期和融進小島的生長期。蘇醒期——以與人類學家艾瑪談話為代表，使梅瑞克初步認識小島的環境和由來；恢復期——以伯爵夫人和奧蘭莎公主在她們的官邸舉行的晚宴為代表，顯示了美國姑娘與小島多元文化相接觸，特別是勞思的談話對她思想上重要影響，同時晚宴也體現了地中海生活方式的影響；生長期——主要透過與阿席白地・里格的愛情，顯示她與當地文化開始相融的過程。里格本身就是大英帝國與希臘文化結合的產物，而這個「雜交」的種子是在南太平洋這塊熱帶風土成長的。所以里格本身就是林語堂所創造出的一個文化融合體。

因此美國姑娘意外闖入的南太平洋小島，實際是意外闖入了一種文化中。這個人物在小說敘事上起著「一條繩子」的結構作用，同時這個人物的經歷也象徵一種融入新的文化的過程。男友保羅的死亡，使她與「舊世界」徹底的斷絕，她蘇醒後在「新」（多元）文化面前（感染下）重新獲得了一個更自然更富於生命力的生活。一個習慣穿著高跟鞋的美國女郎梅瑞克，變成一個可以赤足行走的希臘美女尤瑞黛。這個巨大的轉變過程，恰好說明文化塑造人的巨大功能。於是梅瑞克／尤瑞黛就像《浮華世界》（*Vanity Fair*）的貝琪夏普（Becky Sharp）一樣，不是小說的真正主人公，「金錢」成為《浮華世界》的主角，多元文化並置成為《奇島》主要敘事對象。

《奇島》中多元文化的理想社會，是借小說敘事虛構性中的再次「虛構」——「烏托邦」得以實現的。但是正是由於「烏托邦」形態的慣常意義，讓我們看到文化多元並存的理想社會也只能是作者林語堂的一種無奈的寄託與幻想。

三、現存制度的「他者」——烏托邦與「反烏托邦」

我們所理解的《奇島》裡「烏托邦」是同一般所理解的虛幻、空想、美好、遠景等含義相聯繫，而卡爾・曼海姆從社會學角度探討的「烏托邦」概念的意義，對我們理解的烏托邦文學是有極大幫助的。曼海姆說：「我們稱之為烏托邦的，只能是那樣一些超越現實的取向：當它們轉化為行動時，傾向於局部或全部地打破當時占優勢的事物秩序」。[5]也就是在這樣的烏托邦的概念裡，「超越現實」和「打破現存秩序」是兩大關鍵字，其中隱含著摧毀和改變特定的社會條件的因素，「烏托邦」成為對現實不滿和顛覆現實的一種幻想性的想像，或者說是在想像中達成自己的一種願望。因此「烏托邦文學」也寄寓著「顛覆」、「批判」、「否定」現存制度的意義功能。《奇島》也不例外。

《奇島》明顯表現出受到湯瑪斯・莫爾的《烏托邦》敘事方式和結構的影響，《奇島》也是以遊記體的形式展開敘事。在《烏托邦》中，莫爾將自己對現實的思考和對未來的設想假拉斐爾・希斯拉德之口講敘出來。在《奇島》中，林語堂主要假尤瑞黛和勞思完成了這樣一個功能：對「舊世界」的批判和對「新世界」的肯定。但是在展現集體的「新世界」社會狀況上，《奇島》與帶有濃厚空想社會主義理想色彩的《烏托邦》有很大的不同。

《烏托邦》表現出徹底廢除私有制、實現財富分配的均等、人類大同的社會理想。在政治上，強調民主、弱化法律；在經濟上，要求人人勞作、追求平等，強調按需分配、鄙視金錢的作用；在生活方式上，強調節儉、勤勞，反對奢華。《奇島》在這些方面卻有著「反烏托邦」的某種要求。就像艾瑪對尤瑞黛所說的那樣，別在勞思面前提「烏托邦」這個字眼，烏托邦就意味著虛幻性，勞思認為「所有的烏托邦都因對人性的假定

[5]（德）卡爾・曼海姆，《意識形態與烏托邦》（北京：商務印書館，2002 年 2 月），頁 196。

太多而失敗。」（頁 49）所以勞思所要建立的是「艾音尼基人的殖民地」，而不是烏托邦社會。

勞思對自然「人性」情有獨鍾，「人性」也是他構建這個小島社會的基點。「假如這世界上還有一樣被他了解且尊敬的東西，那就是人性。他從不試圖改變它，只因為他了解人性是無從改變的。一個哲學家的首要責任，他說，就是要毅然面對人性，作最好的利用。」（頁 49）正因為「希臘人從來不逃避什麼，也不亂砍什麼；他們勇敢地面對自然，尋出自己心中的感受，加以美化。」（頁 128）所以古希臘人是真正健全心智的人類，創造出了富有活力的生命形態、想像豐富的藝術。這樣，從「人性」出發，勞思不規避等級差異、不追求財富的均等、不否定金錢的作用。在生活方式上，追隨古希臘人對人生的要求，更不排斥感官享受，對酒、色、性和藝術持肯定和尊崇的態度。

勞思的「艾音尼基人的殖民地」，似古希臘人和土著人的「裸體」一樣，表達的是人與自然和諧相處的一種生活方式。（頁 50～51）透過對古希臘人性的讚頌，勞思雖然批判了現代藝術中人與自然扭曲的關係（頁 128），但並不排斥現代社會所創造的文明，現代物質文明的享用——需要一艘大船隔幾年送來島外文明社會的物質產品，例如無法缺乏「藥品」和書籍。因此在對人性的遵從和對現代文明的某些需要上，《奇島》確實具有反制人類完美理想社會的「反烏托邦」傾向。

然而勞思承認建立這個小島國的意圖之一是「逃避眼前的戰爭」，目的卻不限於此，他認為人類文明、工業進步已將「人類生活變得非常複雜」，人類社會已陷進了一個無法逃脫的怪圈。（頁 129～130）泰諾斯共和國的理想是「要簡化人類生活」，「簡化人類生活」成為與「舊世界」的現代社會相抗衡的社會目標。由此，我們不能不說，《奇島》是個「烏托邦」小島，它是勞思，也是林語堂試圖逃避資本主義社會利益分贓的「桃花源」，它以其健康、和平的形象來否定西方各國已經遭遇的現代性問題。在這個基點上，南太平洋的這個小島，又是與以往的「烏托邦」小說有著相同的社會批判指向的，它同樣起著顛覆和否定現存制度的功能和意義。林語堂通過在小說中創建的「烏托邦」，對世界大戰所引起的世界格局變化等問題的觸及，實際顯示了作者對西方社會現代性問題的反思，顯然作為中國作家的林語堂，正是由於他多年來的「遊歷」經歷，使他表現出與當時本土作家無法表現的一種對全球性問題批判的視野。

四、「遠離」了的中國形象

「我認為，理想的生活是，住在有美國式暖氣的英國山莊，娶日本太太，有法國的情婦和中國廚子。這差不多是我所能表示的最清楚的方式了。」（頁 207）

林語堂在這個烏托邦小島上，給人們創造了一個以希臘文化為基礎的多元文化並存的社會，中國文化當然是其中的一部分，但是中國文化躲藏在希臘生活方式的後面，要我們循著某些印記，才能觸摸到這個社會裡中國文化／東方文化的精神氣質，才看到中國文化思想對這個社會構成的作用。追根溯源，勞思順應「人性」和「簡化生活」理念的思想源泉，來自於勞思外祖父的中國文化。人和自然和諧相處是中國文化的基點，「套中國哲學家莊子的話說，就是使人過和平的一生，完成他的本性。『大塊載我以形、勞我以生、佚我以老、息我以死。』享受宇宙的和諧，這一週期的美，使人性在其中得到完成。其次，社會中的人能夠發揮他的優點，能自由自在順他自己的長處來發展。」（頁 130～131）「追隨孔子的理想」——堅持行政和法庭程序的簡單化。（頁 227）從而建立一個「簡單的法律、微弱的政府和低稅率」的共和國。（頁 230）

所以就中國文化而言，在這個小島上，人們彰顯的日常生活方式似乎與中國無甚關聯，但是中國文化思想如「草蛇灰線」般地埋在勞思的思想深處，不時地顯現出來，中國文化的老祖宗莊子和孔子的思想是透過勞思與島上的人們發生關聯。小說文本中的中國形象就如寫意水墨那樣談著幾筆，在西洋大色塊裡顯得不甚明顯，但其思想實質在與西方生活方式的結合中，產生多元文化並存的「烏托邦」社會。然而相較於林語堂先前的幾部英文小說，特別是與張揚中國文化精神與生活方式的《京華煙雲》比較，《奇島》裡的中國形象只能說是若隱若現的。

《奇島》所描繪的以非中國文化為主體的多元文化的烏托邦社會，顯示了遠離本土——中國的林語堂的內心深層的複雜性心理，可以說是自覺「流散」異國的林語堂面對異域文化的一種反應和希冀，希望多元文化人們能夠和平共處的一種美好願望的表現。而對當時享譽西方世界的林博士來說，南洋大學辦學理想未得以實現，應該說林語堂面臨的是對自己能力和信心的嚴重考驗。他帶領家人在歐洲各地的「遊走」，表現出對自己和家人心靈受挫感的撫慰。但是《奇島》的出現，引發我們更深層次的思考。從現實的角度看，可以把《奇島》解讀為林語堂在新加坡這個小島未實現的理想的幻想性「投射」，但卻不可以忘記林語堂一家多年來都在西方各國旅居，即可認定為作家的自我「流散」的行為對這個多元文化烏托邦構成的影響。《奇島》裡中國文化主體性的弱化，折射出作者難回故土或者不願意返回故土的一種心理，其中的原因可以說當時林語堂對祖國存有「政治心結」，也可以說多元文化並存的社會對那些失去了本土文化土壤的「流散作家」而言，是解決其雙重或者多重身分的最好環境。

對林語堂這類有著深厚本土文化的積澱者來說，對多元文化並存的烏托邦社會的想像，也就表明多元文化並存的社會還只是現實的一種理想，實際表明他們在「流離」的居住和生活中無法與當地文化和社會習俗完全融合的事實。因此埋藏在心靈深處的這種異鄉的文化苦楚，只有通過幻想或「白日夢」——小說的形式投射，所以這類文本可以說是遠離本土文化，而又無法相融於居住國文化的「第三種經歷」的一種虛幻性滿足和表現。[6]

因此，《奇島》中淡化而又存在的中國形象，映射出的是中國文化的主體性在林語堂身上的減弱，表現了作者對中國文化的一種游離狀態。然而

---

[6]「第三種經歷」參見王寧，〈流散寫作與中華文化的全球性特徵〉，《中國比較文學》第 57 期（2004 年 10 月），頁 9。

作者以「烏托邦」的形態所構建的多元文化並存的理想，又不可逆轉地表現出「烏托邦」的虛幻色彩，所以多元文化並存的和平理想，仍然是林語堂自己的「烏托邦」，單一文化的「他者」，現存制度的「他者」，終究還只能是「他者」，只能在作為「他者」，映襯出作者林語堂「自我」的需要。

林語堂的《奇島》讓我們看到林語堂在五十年前的多元文化和「烏托邦」的視角，也讓我們看到作為中國現代作家的林語堂，正是借助自己在西方社會的「流離失所」，才使得自己較早地進入到一個不同於其時的本土社會的新意識形態和社會結構的語境中去，才能較早發現其時中國本土作家還未有可能意識到的全球化問題，應該說，這正是海外華人作家對中國現代文學的一個貢獻。

——選自《世界華文文學研究：理論與實踐——國際學術研討會論文集》
香港：中國文化出版社，2007 年 8 月

虛幻想像裡的「中西合璧」
論林語堂《唐人街》兼及「移民文學」[1]

◎沈慶利*

一、「美國夢」的浪漫幻想及其「解構」

在中國現代文壇上，林語堂的《唐人街》無疑屬於最早的「移民文學」範疇。小說講述了來自中國福建的一家農民，通過辛苦的勞作和誠實的努力，最終實現了「美國夢」的故事。既然這部作品的主要情節是馮老二一家「美國夢」的實現，那麼小說主人公乃至作者本人對美國基本價值觀念的認同與欣羨是不言而喻的。林語堂自認為「我的最長處是對外國人講中國文化，對中國人講外國文化」，他的《吾國吾民》、《生活的藝術》等都是「外國人講中國文化」的，採用的視角也是西方人的，但《唐人街》則不同了，在這部小說裡，他明顯地具有「對中國人講外國文化」的意味。

站在西方人的立場上「鑑賞」中國文化，多少需要些「有意為之」，因為林語堂畢竟是中國人，有著中國人的血統和文化心理積澱，可以想見，他在寫作《吾國吾民》時會不斷地提醒自己「這是寫給美國人看的」。以免「錯換了角色」。但在《唐人街》等小說作品裡，由於敘述視角和「期待讀者」的不同，林語堂也就可以更加「自由」地宣洩對美國文化和物質文明的讚美和驚羨之情，以及對故國和故國傳統文化的留戀與懷舊思緒。

---

[1]本文為筆者博士學位論文〈中國現代作家的域外題材小說研究〉中的一章，「域外小說」在這裡的界定是指中國人創作的，以外國為背景的，以外國人的生活或中國人在國外的生活為題材的小說作品。

*發表文章時為北京師範大學中國文學系講師，現為北京師範大學文學院現當代文學研究所教授。

本世紀 70 年代末以來湧現的以表現「洋插隊」為主要內容的域外小說，其主人公最大的願望莫過於獲得美國等西方國家的綠卡，成為那些國家裡的「三等公民」，但在《唐人街》以前的域外題材作品裡，我們卻很難發現與此類似的主題內容和情感表達，即使像蘇曼殊那樣「一半屬於日本」（蘇曼殊的母親是日本人）的現代作家，雖然飽嘗了文化夾縫中的痛苦和無所適從的困惑，但他的作品仍然洋溢著濃厚的民族憂患意識和愛國情感；而陶晶孫雖然是一個不折不扣的「文化混血兒」，他在日本的生活可能比在國內更適應，但他的小說似乎始終迴避著主人公最後的歸屬問題，雖然他渲染著主人公在日本的生活與交往，那個時代的人們始終把祖國、民族之類的概念放在第一位，也是完全可以理解的。著眼於個人前程的開拓，到更加寬鬆、富裕的國度裡追求更高質量生活的個人主義思潮，畢竟在近十幾年以來才悄然流行。而從這個意義上來看，林語堂的《唐人街》無疑應在文學史上占據一席之地，它應該是一座橋樑，這座橋樑是貫穿著 1920、1930 年代實現民族意識和愛國情感的域外小說與表現「美國夢」的追求與幻滅的當代作品。

翻開《唐人街》，我們似乎總能聽見敘述者在急不可耐地告訴我們說：你們看，這就是美國，美國是多麼好呀！小說剛一開始，作者就通過湯姆的視角表現了對美國物質文明的驚奇與欣羨。電燈的一閃一滅，對湯姆這樣一個中國的鄉下孩童來說，都是值得驚奇的：「那是電！『電』是常常可聽到的字，它彷彿是這世界中，所有新的，奇妙東西的象徵。」湯姆把火車的噪音當成了美國機器文明的象徵，在這裡，作者有意識地把對美國物質文明的欣羨與好奇求知的兒童天性交織在一起。這一個通過湯姆那雙未見過世面的童稚而好奇的大眼睛表現出來，也就更能突現出美國機器文明的發達。

作品緊接著展現了美國社會生活的各個方面，你會發現每一個故事情節的展開都隱含著作家的「良苦用心」。艾絲在逛商場時和家人走散，是商場裡的侍衛幫她費盡周折找到了母親，馮老爹的兒媳佛羅拉懷孕期間突然要早產，正當全家人手足無措時，也是多虧了警察的及時相助。這就難怪長期受「敬官怕官」心理浸染的馮老媽會感到不可思議：「我不知道美國警察的職責是什麼？他們難道也負責接生嗎？我以為警察的工作只是抓小偷的……這真是一個奇怪的國家，你可以把他當作家僕一樣使，在三更半夜叫他送人到醫院去，他還是個警官呢！不是嗎？」

馮老媽當然會感到難以理解，她不知道這並不是美國警察有多麼高的覺悟，而是因為美國從建國之初就確立了一套完整的基本信念，那就是湯姆在美國學校裡接受的最重要的思想教育：「在美國，納稅人是最重要的。」林語堂對這樣的制度與觀念的讚美是溢於言表的，作者還通過唐人街最年長也最有權威的老杜格之口，多次「從戰略高度」評價美國說「這是一個偉大的國家」，老杜格從 18 歲那年就被抓到美國西海岸做修築鐵路的苦力，他在美國度過了大半個世紀，一直看著「這個國家」的成長與壯大，這些從歐洲來的殖民者也曾經「像狗一樣地打架」，有的甚至「像狗一樣地被殺死」，但他們逐漸地改變了自己，林語堂試圖通過老湯姆一家在美國的「落地生根」與「發財致富」，向讀者闡明這樣一個基本信念：美國是一個民主、平等與自由的國度，在這樣一個充滿生機與活力的國度裡，人人都有成功的機會；只要你努力，你就一定成為你想做的人，正像老湯姆對自己的兒子所說的那樣：「你喜歡當工程師，你將會成為一個工程師；你高興當一個洗衣店老闆，你就是一個洗衣店老闆；你希望變成酒鬼，你就是一個酒鬼！」老湯姆一家的成功與湯姆的成長也許是這段話最好的註腳。

眾所周知，這樣的信念與哲學正是美國人向全世界所宣揚的「美國夢」最核心也最誘人的內容，它明顯地帶有「霸權主義」色彩。想不到卻得到來自作為第三世界國家的中國作家林語堂先生的由衷的嘆服，並通過他筆下的人物不由自主地為其「發揚光大」而做了宣傳。而不論林語堂本人還是眾多的評論者，都把林語堂當成了只是向西方世界宣揚中國傳統文化的現代作家，卻恰恰忘記了林語堂自己所說的，他最善於「對西方人講中國文化，對中國人講西方文化」的自誇。在我看來，《唐人街》更多地是向中國人宣揚美國價值觀念和文化思想的作品。

中國移民在美國的創業經歷一定不僅僅是充滿了歡樂、幸福和成功一類的字眼，肯定還有掙扎、痛苦與辛酸，他們所感受到的人世沉浮，因遠離故國與家園而造成的「失根」之感，以及在美國這塊「新大陸」土地上所遭遇的種族歧視與民族屈辱等，一定含有許多「難以為外人道也」的東西。事實上作品也明白無誤地暗示我們，老杜格和馮老二等人被抓到美國西海岸做鐵路苦力時，也曾有過一段悲慘的遭遇，其中老杜格差點被別人殺死，他們是歷盡艱險困苦才逃出了那種「地獄般」的生活的。可這一切都被作者輕描淡寫地忽略過去了，飽受苦難與壓榨的老杜格學會了寬恕與悲憫，在小說中老杜格把西方基督教文化裡的博愛和寬容精神，與東方古老的虛空超脫觀念融匯到了一起。

我總覺得林語堂在《唐人街》裡對他筆下的人物並沒有設身處地的體驗與感知，他把在美國的絕大部分時間都用在「評宇宙文章」中去了，或者馬不停蹄地向美國聽眾講解中國文化的種種妙處去了。我甚至懷疑林語堂是否真正和紐約唐人街上的那幫下層移民密切接觸過，他只是憑著想像虛構著生活在唐人街上的洗衣工和開餐館的人們的生活，所以他對他們的描寫，使人總覺得「隔了一層」。

實際上，林語堂是以他童年時期在故鄉一家人同舟共濟、相親相愛的人生經歷為素材，描寫著老湯姆一家在紐約唐人街同樣是同舟共濟的「創業」歷程，我們不難從湯姆的身上找到林語堂童年時期的影子，理解了這一點，我們就不難理解為什麼林語堂一方面在小說中赤裸裸地為美國文化大唱讚歌，一方面又固守著一些與美國的社會觀念顯然格格不入的中國傳統文化思想，如「重男輕女、順從長輩」等。而且在林語堂筆下，一切都是那麼美好，到處洋溢著樂觀、堅定的精神。我們很難發現真正意義上的「文化衝突」和處於異己環境中的心靈震撼，甚至看不到他筆下人物因苦難和辛酸而造成的心靈創傷，但這一切是否因過於理想化而顯得有些簡單化和概念化了？

馮老二實在死得「恰到好處」，既證明了「美國人對遇到不幸的人是多麼仁慈」（馮老媽語），又為他的家庭做出不可替代的貢獻，只是作者未免太不仁慈了一點，讓他過早地結束了自己的「歷史使命」，他這一輩子都為兒女後代做「嫁衣裳」了，還沒有來得及好好享受一下人生。——不過問題還是在這裡出現了，我們發現這似乎與林語堂所宣揚的「美國夢」的精神內核有些不符，在美國，不是「你想成為什麼人，就能成為什麼人」麼？不是只要誠實、善良和勤奮努力，就一定能獲得成功麼？但作品在文本明白無誤地告訴我們，如果沒有「不學無術」的二兒子佛萊迪的慷慨捐助，僅靠馮老二和大兒子洛伊開洗衣店掙的錢，連把妻兒接到美國去的路費都攢不夠；而他們全家在美多年的辛勞，除去日常開支，也僅僅餘留一千多元錢，這筆錢不論是開餐館還是支付湯姆上大學所需的學費，都還差得遠，馮老二的意外死亡卻使他們輕而易舉地一下子得到了七千美元。沒有這筆「天外橫財」，他們全家還不是必須遙遙無期地從事著繁重的洗衣工作，開設餐館之類的夢想恐怕要排到「十年規畫」之後；而湯姆也不可能跨進美國大學的校門。也就是說，馮家的成功與其說是他們個人奮鬥的結果，不如說是美國人和美國文化「仁慈」的結果。但畢竟不是每一個華人移民都能獲得這種「仁慈」，況且絕大多數人都不會願意接受這種以喪失親人的慘痛代價來換取所謂「仁慈」的方式。

林語堂畢竟是一個講究實際的中國文人，他的一廂情願的浪漫幻想還是有很大限度的，他絕不是編造一個可望而不可及的故事吸引讀者，而是試圖講述一個「可信」的故事，讓你相信「就是這麼回事兒」，那麼他只能在安排情節方面「作些小動作」，「打些小算盤」了。他為了使筆下人物的「成功」顯得合情合理，而不得不採用「意外事件」的巧合方式結構小說的文本，他沒有想到這一情節安排在客觀上「解構」了整部《唐人街》的主題意蘊，它使作者所宣揚的「美國夢」變得極為不可信而顯得有些虛假。

究其原因，除了作家對他所描寫的人物不熟悉之外，還在於林語堂小說創作思維的過於理性化，在講述東西方文化優劣和人生大道理的過程中，理性化是極端重要的，但過於理性化的小說創作很容易造成小說文本的概念化。而且，由於作者常常抑制不住在作品裡大發議論的衝動，而這些議論又沒有很好地與作品人物的特定思想性格結合在一起，於是產生了一些令人啼笑皆非的敗筆。

二、「愛國」旗幟下的懷舊思緒和虛幻想像裡的「中西合璧」

需要指出的是，林語堂在《唐人街》裡，雖然「煞費苦心」地展示了馮老二一家依靠自己的誠實、善良和勤勞，最終實現了自己的「美國夢」的過程，但這絲毫不意味著這部作品就沒有愛國情感的流露和宣洩。事實上，愛國主義作為對祖國和民族最深厚的情感，它深深地積澱在每個人的心靈深處，它應該是我們最自然、最普通的情感模式之一。具體分析林語堂的愛國情感，筆者認為更切近一種「文化愛國」。也就是說，林語堂實際上是把祖國的摯愛和懷戀，更多地寄託在對故國傳統文化的讚美和留戀上。這是完全可以理解的，置身於歐美發達國家的花花世界裡，遠離故國的悲涼和孤獨情懷很容易產生一種思鄉、懷舊、愛國和民族意識交織在一起的複雜情感，這一點在《唐人街》中又體現得特別明顯。

首先，作者對一些古老的中國傳統倫理觀念表現出異乎尋常的堅守熱情。馮老二一家雖然居身於紐約繁華的鬧市區，但仍保持著一個傳統中國家庭的原貌和「純潔」，他們的洗衣店也維持著古老的小農經濟作坊形式。當身為西方人的佛羅拉對這種「兩代同堂」的中國家庭形式表示不理解，並希望能早日建立起真正屬於自己的小家庭時，卻被她的丈夫洛伊嚴正地「批評教育」了一遍。其結果是，佛羅拉這位熱情如火的義大利女子也被「改造」成了典型的東方式的賢妻良母，由此可見中國傳統文化的巨大感召力。

我們會驚訝地發現西方人盡皆知的個性主義傳統和人人徹底平等的思想，對這個家庭並沒有太大的影響，它好像是西方汪洋大海裡的一座「孤島」，封閉而頑強地固守著一些甚至被當時的中國人認為「過時」的傳統倫理觀念。在這個家庭裡，最被看重的美德是孝道，佛萊迪因為在婚姻大事上沒有順從父母，最後被「撞得頭破血流」，而不得不重新「回歸家門」。他在結婚之前「竟然」沒有徵詢一下父母的意見，還對母親辯解說：「她愛我，我也愛她，這就夠了。」這番赤裸裸的愛的表白，被作者指斥為「是如此不知羞恥」。而湯姆和艾絲的婚戀，從一開始就得到了父母的認可與支持，因而他們註定要有一個「好的結局」。

在這個家庭裡，「男女有別」竟然還有一定的市場，湯姆在家裡不能直呼佛羅拉的名字，因為那是他的「嫂子」，伊娃因為是個女孩，她從小便被迫「扮演著不同的角色」，以至於生在西方的佛羅拉會驚訝地發現「從來沒見過這麼沉默的女孩」。也僅僅因為是個女孩，伊娃被剝奪了踏進大學校門的機會。家裡的錢只夠湯姆一個人的教育費用，伊娃「理所當然」地作出了犧牲。作為女孩子，在林語堂筆下就必須「文靜、溫柔、察言觀色，不管你是否同意，你必須承受傳統、母親和家訓的訓誡。」——如果不做特意說明，也許你會以為這是民國初年哪一位思想守舊的鄉村私塾教師，在訓示他的女學生呢，怎麼可能出現在曾經留學美國多年，又在西方居住達三十年之久的大名鼎鼎的林語堂筆下？

很顯然，這裡所表達的傳統倫理觀念和價值觀念與其說屬於現代人，（請注意我沒有用東方與西方這樣的術語。）不如說是一個傳統而守舊的中國農民的夢想。但林語堂竟然對這些明顯帶有「封建糟粕」色彩的思想觀念流露出明顯的讚許和留戀傾向，其原因何在？

為此我們有必要對林語堂的文化視角作一個整體的把握，當林語堂「對西方人講中國文化」時，他實際上是站在西方人的角度來考察和「鑑賞」中國傳統文化的，這就導致他對中國傳統文化的審美視角和研究角度，表現出一種異乎尋常的特質，也就是說他早已偏離了中國現代知識分子對待傳統文化的角度。

關於這一點，較早評價林語堂的唐弢先生對此就有所醒察：「他談儒家、談道家、談中國文化，我總覺得隔一點什麼，好像在原來的事物表面塗上一層釉彩似的……原來林語堂先生也和胡適一樣，是用西方的眼睛來看中國人，看中國文化，看中國的儒家、道家的。但他有的不是一般西洋人的眼睛，而是西洋傳教士的眼睛。」[2]近來有的學者也認為，「林語堂是以西方漢學家的眼睛來審視中國傳統文化的，這不但形成了他獨特的中國傳統文化觀，同時也制約著他的文學創作。」[3]筆者認為這樣的分析是符合林語堂思想創作的實際的。但問題在於，為什麼林語堂能夠認同西方人的視角，以「西方傳教士的眼睛」或「漢學心態」對待中國傳統文化呢？

和其他現代作家不同的是，林語堂的少年和青年時代都是在西方文化的浸染中度過的。林語堂的家鄉福建龍溪一帶，是近現代中國受西方文化影響最深最重的地區之一；林語堂的父親作為基督教長老會裡的一名鄉村牧師，在當地一向以「極端的前進派」而著稱，他從小就薰染了林語堂仰慕西方現代文明的文化心態；當然，給林語堂最大影響的還是他在上海聖約翰大學的讀書經歷，這是一所中國當時最好的教會大學。他在晚年曾自述說：「聖約翰對於我有一特別影響，令我將來的發展有很深的感力的，即是它教我對於西洋文明和普通的西洋生活具有基本的同情……令我確信西洋生活為正當之基礎。」[4]林語堂接觸中國傳統文化，是在大學畢業後，到清華大學任教期間，在「故都的舊學空氣中」才開始的。在此之前他甚至不會用毛筆寫漢字，不能閱讀最基本的中文文章。正因如此，他才下決心要補國學的課。[5]

青年時代的林語堂也曾有過一段激進地否定傳統文化的時期，例如錢玄同曾提出「歐化的中國」主張，當時就遭致很多人的反對，卻唯獨得到了林語堂的熱烈回應，林語堂在〈給玄同的信〉中的用詞比錢玄同還要激

---

[2]唐弢，《西方影響與民族風格》（北京：人民文學出版社，1989 年），頁 311。
[3]陳旋波，〈漢學心態：林語堂文化思想透視〉，《華僑大學學報（哲學社會科學版）》，1997 年第 4 期，頁 68。
[4]林語堂，《林語堂自傳》（北京：中國華僑出版社，1994 年），頁 21。
[5]參見林語堂，《林語堂自傳》，頁 21。

進，竟然要中國人承認自己是「根本敗類的民族」。[6]從 1930 年代開始，林語堂對傳統文化的態度就有所改變，那時他參與政治活動的熱情逐漸減退，創辦了《論語》、《人間世》等雜誌，轉而大談特談孔子、老莊和明朝末年的性靈小品；不過，林語堂文化態度的根本轉變，卻是在 1936 年他應美國作家賽珍珠的邀請移居美國前後，他由原來極力主張「全盤西化」的留學生來了個 180 度的大轉彎，一變而為向西方人宣講中國文化的「東方哲人」，林語堂的文化視角之所以會發生如此驚人的變化，既不能簡單地以「進步」或「退步」來貼標籤，又不是庸俗的「見風使舵」，但從中也毫無疑問地暴露出了林語堂的文化立場缺乏一以貫之的堅守性。憑心而論，林語堂對中國傳統文化並沒有太多的了解，他也絕沒有像魯迅先生那樣設身處地地感受過傳統文化對自己的身心傷害，他談道家、談儒家、談中國古代沒有女性壓迫[7]，其實都是主觀想像多於自己的感知和實證研究。林語堂的文化觀念既迎合了西方人好奇求異的獵奇心理，又混雜著封建士大夫悠閒、陳腐的審美趣味。

在《唐人街》裡，作者那「西方傳教士的眼睛」也許不像他的散文創作那麼明顯，但他對中國傳統文化基本上還保持著「遠觀」和「鑑賞」的視角，而他的傳統士大夫的懷舊思緒，更是通過對一些傳統倫理觀念的情感皈依，最大限度地表現了出來，可以說，作者所傾力讚美的湯姆、艾絲這兩個人物形象，都有些「古舊」氣息，尤其是艾絲身上，最集中地體現了作家的審美理想。這位「身穿黑色毛料旗袍」，「好像是從線裝小說的插圖中走出來」的女孩子，充溢著古老中國的文化意味。湯姆之所以對她一見鍾情，不僅僅是因為她美好的東方淑女的倩影，更在於「她的書法、她的腔調、她的裝束、和她手腕上的玉鐲等」，我們實在搞不清楚作者讓他筆下的男主人公所愛的，到底是一個活生生的女孩子，還是一種富有象徵意

[6]參見施建偉，《林語堂研究論集》（上海：同濟大學出版社，1997 年），頁 43。

[7]林語堂在〈家庭與婚姻〉中說過：「人們對中國人的生活了解越多，就越會發現所謂對婦女的壓迫是西方人的看法，似乎並不是仔細觀察中國人生活之後得出的結論。」見林語堂《中國人》（上海：學林出版社，1994 年），頁 151。

味和隱喻色彩的文化符號。

筆者在前文已經指出，林語堂在《唐人街》裡實際上融匯了他童年時期一家人同舟共濟、相親相愛的一些人生經歷。在湯姆身上，有一種明顯的作家自況意味。而艾絲則更多地寄託著作家的故國幽思之情。於是，故國、故鄉、故鄉裡的女人在林語堂筆下達到了完整的統一，作家和他心愛的主人公通過對艾絲的摯愛，寄託了對故國和故鄉的深切熱愛和懷念。而古老的中國文化，在林語堂看來，簡直就像一位東方淑女那樣沉靜而優美，值得留戀和「鑑賞」。這樣一種「文化審美眼光」，與西方人對中國古老文化的「鑑賞」視角有「異曲同工」之妙。

艾絲懂得的很多古老中國的東西對湯姆來說都是新奇、有趣的，艾絲的出現促成了他對中國傳統文化的「補課」。在作者看來，他們兩人走在一起是一種理想的「中西合璧」。而湯姆在初識艾絲時給她的建議：「你星期六教我學國語，我星期天教你學英語。」也完全可以理解為一種隱喻：他們的結合絕不僅是單純的兩性相悅，而更多地具有「文化互補」的意味。——但我們無法不懷疑，這樣的「中西合璧」究竟有多少現實基礎？

林語堂心目裡的「中西合璧」，其中涉及「西」的內容都是具體可感的、實實在在的，或者說對每個人的生活都是必不可少的，具有重大作用的。例如美國機械文明的先進，美國的民主、自由觀念等等；而有關「中」的倫理觀念則都因來自於古代而蒙上了一層虛幻色彩，和當時的中國現實不僅毫無關聯，而且它們除了「審美」上的價值之外毫無實際用處，如同湯姆與艾絲的婚姻必須經過「媒妁之言」的說和一樣，完全是可有可無的，打個不恰當的比喻，林語堂在《唐人街》裡精心設計的「中西合璧」，就像一個用西方的麵粉、牛奶、糖等原料製造成的一只大蛋糕，上面裝飾了一些中國式的花紋而已。這樣的「中西合璧」，只不過是林語堂一廂情願的產物。

林語堂寫作《唐人街》時已經到了 1940 年代末，他遠離故國多年，對祖國的思念和熱愛都是非常真摯深厚的，但他又實在尋找不出現實中國有多少可愛之處，只好在古老的傳統文化裡找尋自己的「中國夢」了。但他對中國傳統文化的「遠觀」和「鑑賞」視角，已經使他如唐弢先生所說的那樣，與傳統文化本身「隔了一層」。而且在《唐人街》裡，林語堂大力「弘揚傳統文化」的「舉措」，又充分顯示了他意識深處的自戀情結。

——選自《山東社會科學》第 81 期，2000 年 10 月

論林語堂《中國傳奇》中的「視野融合」

◎施萍*

林語堂《中國傳奇》，原名 *Famous Chinese Short Stories*, Retold by Lin Yutang，約翰・黛公司（John Day Company）出版於 1952 年，是一部新編的中國古典小說集。在此之前，林語堂將《杜十娘怒沉百寶箱》用英文改寫成小說《杜十娘》，節譯了老向的《全家莊》、劉鶚的《老殘遊記二集》，並加入《杜十娘》出版了英文小說集《寡婦、尼姑、歌妓》。「這些著作出版後銷路很好，使林語堂獲得了可靠的經濟來源。」[1]

《中國傳奇》向西方讀者展示了神祕遙遠的古代中國以及它的世態人情，這是文本得到回應的顯在因素，卻也不能否認這些作品的深層意蘊與西方文化精神的融合。作為翻譯作品，這些古典傳奇話語層面的改變是必然的，但林語堂改編的意義不僅僅在於對古代傳奇語言、形式、技巧、內容的改寫或增刪，而在於他的創造性藝術活動中傳達出的文化資訊，他將自己對歷史、世界、人生的總體理解和把握熔鑄在已有的文學代碼中，賦予了它新的審美特性，從而改變了它們的文學意蘊，形成了林語堂文化觀中的「視野融合」現象：傳奇中的中國形象不再只是主體民族對自我的詩意想像，還融合了西方對古老中國的異族想像。林語堂暗換了傳奇的涵義，以普遍人性為出發點，使兩種想像之間的溝通成為可能。在這一「視野融合」中，美妙、神祕、怪異、刺激是其美學情調，對人的尊重，理解

---

*施萍（1967～2008），江蘇海門人。曾任南通大學文學院副教授。發表文章時為華東師範大學文藝學所博士生。

[1]施建偉，《林語堂傳》（北京：十月文藝出版社，1988 年），頁 505。

和對個性的推崇是其精神內核。顯然，這新的「視野」不是傳統中國的，也不是傳奇中國的，而更多是現代的、西方的。「在整合東西文化時，林語堂是以西方基督教文化為本體的，他是以西方文化的價值標準來評價中國傳統文化的」[2]，林語堂重編的《中國傳奇》，再次體現了這一文化取向。

一

對傳統小說進行改編或再創作，是中國小說史常見的現象。在文本的比較中，可以更清晰地看出改寫者的意圖。林語堂對傳統小說的獨特評價可以看出歐美小說理論對他的影響。他認為「中國小說之和俄羅斯小說的想像是很明顯的。大家都具備極端寫實主義的技術，大家都耽溺於詳盡，大家都單純的自足於講故事，而缺歐美小說的主觀的特性。也有精細的心理描寫，但終為作者心理學識所限，故事還是硬生生的照原來的故事講。」[3]林語堂認為歐美小說的「主觀的特性」是值得效仿、提倡的。所謂「主觀的特性」，在林語堂改寫的《中國傳奇》中，表現為：一是指作者的藝術想像，比如大膽的誇張、重組和變形能力等等。二是在作品中滲透作家對世界的總體性審美思考。

林語堂的《中國傳奇》有三分之二的篇目涉及鬼怪精靈，除「鬼怪」、「幻想與幽默」、「童話」、「諷刺」有著超越現實的內容外，「神祕與冒險」中的〈白猿傳〉、「愛情」中的〈離魂記〉也與「怪力亂神」有關。在這些小說中，林語堂津津樂道於美麗的女鬼，神奇的仙界，化身為虎，化身為魚，悠遊山水的快樂，在這些中國古代的傳奇中，林語堂發現了人類活潑的無拘無束的心智和想像力。在想像力作用下進行的藝術創作，能產生與生活原型迥異的文學形象。《中國傳奇》中的想像包括這樣幾個手段：第一、變形。將現實生活中從未結合過的不同表象的部分屬性或特徵黏合在

[2]施萍，〈自救與自然：林語堂小說中的人性觀〉，《中州學刊》2002 年第 4 期（2002 年 7 月），頁 96。
[3]林語堂，《林語堂名著全集第二十卷——吾國與吾民》（長春：東北師範大學出版社，1994 年），頁 267。

一起，產生神奇怪異的造型。如〈人變魚〉、〈人變虎〉中，將魚、虎的生理習性和人的精神活動結合在一起。〈促織〉乾脆將人變成了蟋蟀，〈南柯太守傳〉將螞蟻變成了人，這些都是想像的結果。第二、誇張。《中國傳奇》裡的誇張手法多用於對人物的個別特性進行誇大以至違背常理，達到諷刺的目的，如李樂娘的善妒（〈嫉妒〉）、郎某對書的迷戀（〈書癡〉）、東郭先生的迂腐（〈中山狼傳〉）。第三、原始思維。鬼怪，神仙，是人類自童年時代就有的幻想，在〈小謝〉、〈離魂記〉、〈葉限〉、〈定婚店〉等作品中能看到這種原始思維的痕跡。人類的想像總是與自身心理機制和生活方式有關，對超自然情景的想像從遠古即已開始，但想像的手段並未產生多少變化，這也許說明想像也有其極限。林語堂對古代傳奇的不少篇什都作了改動，有的近乎重寫，其中蒲松齡與李復言的小說改動最少，因為他們描寫的是「怪力亂神」，文化背景的差異在想像這一藝術活動中已經大大縮小，從而消解了溝通的障礙。

在傳統小說中，林語堂偏愛唐代傳奇，這也與西方小說理論中傳奇的定義有關。西方的傳奇在被用來指現代形式的小說時一方面是講它或者刻畫誇張的人物形象，或者描繪遙遠的，帶有異域色彩的場景，或者敘述非常激奮人心的英雄業績，或者抒發熱烈的愛情，或者只描述神祕的超自然的經歷；另是講小說相對擺脫了現實主義理論中對作家束縛力較大的那些創作準則的要求，並且能夠傳達出深奧的，或者是理想主義的真理。中國古代的傳奇作品成熟於唐代，「傳奇者流，源蓋出於志怪，然施之雲藻繪，擴其波瀾，故所成就乃特異，其間雖亦或托諷喻以紓牢愁，談禍福以寓懲勸，而大歸則究在文采與意想，與昔之傳鬼神明因果而外無他意者，甚異其趣矣。」[4]在這裡，魯迅強調了成熟的傳奇作品的審美特性，其中的「意想」與林語堂的「主觀的特性」可謂異曲同工，提倡的是作家對世界總體性的審美把握。這就為林語堂重編的《中國傳奇》中多為唐代小說找到了

[4]魯迅，《魯迅全集》第九卷（北京：人民文學出版社，1973 年），頁 212。

根據，因為唐代傳奇小說與西方現代小說最為相似，它們都有著自由奔放的思想，濃厚的情感色彩，明顯的主體意識。而林語堂以西方小說理念為標準來改寫、編譯的中國傳奇，也在西方被讀者接受了。

當然，產生中國傳奇的時代與林語堂生活的時代的文化背景有著極大的差異，魯迅的「意想」和林語堂的「主觀的特性」也不能完全等同。因此，林語望在改編時努力超越傳統小說拘泥於敘述，依賴於情節的表達習慣，提煉出日常生活或荒誕不經的想像中所蘊含的審美特性，以作者對世界、對人生的生命體驗來照亮整部作品，從而使作品產生了新的意義，這個過程就是將作家思想情感滲透到作品中去的過程。〈虬髯客傳〉的奔放豪邁，〈鶯鶯傳〉的果決剛烈，〈離魂記〉的純情，〈碾玉觀音〉中對藝術個性的思考，改變了原作的主題和風格，體現了林語堂的主體精神。這也反映了林語堂對傳奇文學審美特性的理解：傳奇文學不是對社會現實的直接的反映或者批評，它也並不一定要擔負起道德教化的責任，它更多地是創作者個性的表達，心靈的寫照。中國的詩歌歷來被公認為是抒情的、主觀的，但中國的小說由於「歷史」傳統的潛在制約，一直擔負著匡扶世道的重任。從唐宋傳奇中隱約的現實主題，到明清話本小說明確的教化功能，直至梁啟超的《論小說與群治之關係》，後來的現實主義小說洪流，小說的功能越來越單一，審美特性亦日益衰弱。而林語堂所推崇的具有「主觀的特性」的小說，是另一種路數，它強調小說的審美性，強調主體在創作中的作用，強調藝術作品的個性，這與林語堂「幽默」小品中體現出的文學觀是一致的。它雖然以傳統小說的形式出現，但實質上已貫穿了「人的文學」這一支血脈，呼應著西方文學傳統的精神。

二

「讀者同作品的文化基因不一大體有兩種形態：一種是由不同地域、國度或民族造成的文化位差；一種是由不同歷史時期所造成的文化時差。」[5]林語堂的《中國傳奇》需要彌補的是這雙重差別。因此，他對傳統小說的選擇、改寫的標準是「當具普及性，不當有基本上不可解處，不當費力解釋」[6]，最大程度的消除接受者和作品之間的文化障礙。那麼，將中國古典小說傳播到西方，文化時差和文化位差所造成的接受障礙到底在哪裡呢？還可以通過文學作品的結構分析來進行探討。文學作品由表及裡可以分為三個層面：一是話語層面。通過翻譯基本可以形成另一套話語體系，雖然母語表達的精微之處會難以體現，但不會影響正常的閱讀，尤其是敘事作品。第二是語象層面。這一層面的障礙消除依賴於話語系統的成功轉換，使讀者得以根據新的話語體系進行形象的還原或再造。第三是意蘊層面，指蘊含在語象之中的作者對世界對人生的思考、評價、判斷。它們是作者價值觀念的體現，往往根植於某種文化內核中。文化的差異其實是價值觀念的衝突，這是造成文化時差和位差的根本性因素，也是接受障礙產生的主要原因。為了跨越這雙重差異，林語堂努力尋找某種能夠融通傳統與現代，東方與西方的普世價值。他找到了「人性」這個關鍵字：「短篇小說之主旨在於描寫人性，一針見血，或加深讀者對人生之了解，或喚起人類之惻隱心、愛、同情心，而予讀者以愉快之感。」[7]尊重人的情感，熱愛生命，重視個體生存的意義，是一種具有普世意義的價值觀，但它無疑是出生於西方文化母體的寧馨兒。「人」是西方文藝復興後的文學母題，而在中國小說中發現「人」則是在西風東漸的「五四」以後。林語堂以「人學」為斧，對中國傳統小說進行匡正，從根本上改變了它們的美學意蘊，令西方的讀者有「愉快之感」，成功地消除閱讀中的文化差異。但也可以看出，這一「視野融合」的主體是西方文化。

林語堂改寫傳奇小說的目的是描寫人性，這就與文藝復興後西方小說的精神「接軌」了。但林語堂描寫人性的用力之處又體現了「五四」新文

---

[5]夏中義，《藝術鏈》（上海：上海文藝出版社，2001 年），頁 139。
[6]林語堂，《林語堂名著全集第六卷——中國傳奇》（長春：東北師範大學出版社，1994 年），頁 1。
[7]林語堂，《林語堂名著全集第六卷——中國傳奇》，頁 1。

化運動的「時代性」背景。林語堂翻譯《中國傳奇》是在 1950 年代，兩次世界大戰給西方的精神重創導致了文學的表現內容和形式發生了巨變，現代小說藝術的形態日益成熟。以「人性」為例，莎士比亞高唱的人性讚歌不復延續，對人性的反思、質疑和幻滅成為小說新的母題。林語堂在《中國傳奇》中也對人性進行了反思，他所反思的是被中國傳統文化扭曲的人性，或者說他要彌補傳統中人性的缺失，要塑造自然的、合乎常識的、情感豐富的人，符合他理想的中國人。《補江總白猿傳》中的白猿兼具了人的外形，神的靈性，獸的野性，未脫六朝志怪的旨歸：以奇物奇事奇遇滿足讀者的獵奇心理。林語堂改寫後的白猿，有了完整的人的性格：機智勇敢、豪爽熱情，直樸率真。它的外在形象近乎猿——人類的祖先，未曾進化到最高階段的人。它的心性也是一派天真，自然，是未經儒家理學教化的人。借助這個形象，林語堂表達了讓人性回歸自然的願望。在白猿面前，傳統文化意義上的人，如歐陽將軍顯得局促、呆板，不可愛了。林語堂讓將軍夫人最終選擇留在白猿身邊做孩子快樂幸福的母親，宣告了自然人性的完全勝利。中國傳統小說塑造了諸多有光彩、有性格的女性（包括女鬼）形象，而男子的形象卻大多屬於「扁平人物」。因為他們受文化濡化的程度更深，人性受到的壓抑也更深。林語堂在《中國傳奇》中重新塑造了男性的形象，使他們性格中自然人性的一面得到表現。改寫後的〈無名信〉，洪某由一個巧奪人妻的惡棍和尚，變成了有情有義的堂堂男子，皇甫大官人的獨斷專橫，冷酷自私被凸現，最後皇甫妻依戀洪某，不願複婚與原作大相徑庭，卻合乎人物性格發展的邏輯。〈狄氏〉的情人滕生在原作中是一個小人。他起初仰慕狄氏美貌：「駭慕喪魂魄」、「悒悒不聊生」，博得狄氏歡心後，「陰計已得狄氏，不能棄重賄」，用極陰險的手段來收回送給她的禮物。林語堂改寫後，滕生神采奕奕，血氣方剛，是主張抗金的太學生領袖。忠於愛情，矢志不移，從外在形象到性格氣質都發生了變化。《清異錄》是一部宋人筆記，作者聲稱此事「余在大學時親見」。那麼可以說原作中的滕生更接近生活的真實，而林語堂塑造的滕生是更具「主觀的特性」的藝術形象，這個人物形象的「轉型」，傳達了作者的人學理想。[8]

情愛是傳統小說的常見題材，情愛與倫理的衝突成為人物必須面對的矛盾。傳統小說在處理這一矛盾時往往表現出價值立場的曖昧。一方面不可避免的要描寫男女之間的愛情，另一方面卻又不敢或不能充分展示這種情感的力度和深度。於是，小說常常將情感的複雜性、情與現實的矛盾轉化為因果報應，或虛化為人鬼之情，如〈碾玉觀音〉、〈離魂記〉，或乾脆用倫理批判來沖淡情感因素，如《會真記》。因此，人性被淺表化，簡單化，也不能產生真正的美學意義上的悲劇。具有浪漫主義傾向的林語堂肯定了情愛之美，並力圖在情愛中對人物的性格作深度刻畫。崔鶯鶯在《會真記》中，嬌羞克己，溫婉寡言，在各自嫁娶之後，亦對張生「哀而不怨」。而在〈鶯鶯傳〉中，崔鶯鶯的剛烈果斷成為性格主導的一面。她一旦克服了少女的羞澀，對元稹的愛便真誠坦蕩、毫無保留，忠貞不渝。而發現元稹變心後，她強烈的痛苦和憤怒，多年後她對元稹的不寬恕，是違反中國傳統倫理的，卻不能否認鶯鶯鮮明的性格中蘊含的震撼力也是原作中所缺乏的。林語堂甚至沒有為崔張的愛情設置外部障礙，小說中老夫人幾乎暗許了這樁婚事。不幸是由人性的弱點導致的，是元稹的自私葬送了一段美好的感情，於是這種結局更具悲劇意味。由於外在因素造成的悲劇可以通過改變它而使悲劇成為喜劇（如後來的一些作者對《會真記》的改編），而性格因素造成的悲劇則是人類無法逃避的噩運。這表明身處中西文化交彙之林的林語堂，已經跳出了狹隘的倫理批判的圈子，他是站在人類文化的立場來審視人類自身。他對人本身的興趣，如人到底是什麼？人能夠成為什麼？遠遠大於對故事情節的興趣。

如果說林語堂在〈白猿傳〉、〈鶯鶯傳〉等作品中描繪了自然人性、理想人性，那麼，在〈碾玉觀音〉中，他要描繪的是人的個性，個性存在對於生命的價值和意義，展示了人性的豐富性。這又是與中國傳統的倫理文

[8]施萍，〈論林語堂的「立人」思想〉，《中國文化研究》2001 年第 2 期，頁 61～67。

化相背的主題。〈碾玉觀音〉原作是講主人公秀秀追求愛情，最後與情人雙雙化鬼的故事，所謂「璩秀娘捨不得生眷屬，崔待詔撇不脫鬼冤家」。林語堂重寫了這個故事。故事以玉匠張白為主，尚書之女美蘭為賓。張白與美蘭相愛，靈性與愛情使他成為玉雕高手。一對情人不得不私奔，而張白獨具個性的玉雕不斷暴露他們的行蹤，美蘭被抓回尚書府，張白逃脫後，把對妻子刻骨銘心的愛凝聚在飛奔的觀音這尊雕像上，它成了獨一無二的藝術品。作品中張白對藝術執著的近乎癡迷的追求，將個性的意義演繹到了極致。做一個平庸的工匠，還是做一個有個性的藝術大師，對張白來說是一個痛苦的選擇：前者意味著放棄自我，擁有一份俗世的生活。後者卻要以擁有的一切，愛人，孩子，甚至生命為代價。張白選擇了後者，他失去了一切，但在凝聚著他個性追求的藝術品中獲得永生：「那個有生有死的肉體觀音是已經死了，這個碾玉觀音卻還活在世上。」[9]林語堂寫的是個性對於藝術作品的意義，關注的是個性對於人生的意義。生命是一種獨特個體的存在，個性是「你」之所以成為「你」的原因。林語堂對個性的理解，其前提是把人看作能夠自主選擇、獨立承擔的個體，肯定了人作為獨立存在的個體的價值。而中國傳統文化恰恰是忽略個體價值的，人是群體中的一分子，他的價值在於他是否扮演好這個群體賦予他的各種角色，如忠臣孝子之類，至於「我是誰」，從來是被遺忘的問題。因此傳統小說往往以「子孫滿堂」、「光宗耀祖」來結局，這樣的美滿結局是以對個體價值的扼殺為代價的，在這個文化背景下來看林語堂一貫堅持的個性是藝術作品的生命所在，才更能察覺他的用心。

以具有普世價值的人性觀來重寫中國傳統小說，關注個體生命的價值意義，在林語堂以西方文化為主體的「視野融合」下，張白、崔鶯鶯、狄氏等人物形象散發出神奇的藝術魅力，他們的出現，對傳統文化在現代社會中的處境，有著象徵意義。

---

[9]林語堂，《林語堂名著全集第六卷——中國傳奇》，頁 77。

三

在對傳統小說的美學意蘊進行改寫的同時，林語堂對小說的藝術形式也進行了改造，使它們符合西方讀者的審美習慣：「本書之作，並非嚴格之翻譯。有時嚴格之翻譯實不可能。語言風格之差異，必須加以解釋，讀者方易了解，而在現代短篇小說之技巧上，尤不能拘泥於原文，毫不改變，因此本書乃採用重編辦法，而以新形式寫出。」[10]可見林語堂在小說形式上的用力之深。

傳奇，無論在中國還是西方都是注重情節的。在中國的文學理論中，「故事」與「情節」往往是可以劃等號的：敘事性文學作品中一系列為表現人物性格和展示主題服務的有因果聯繫的生活事件，由於它迴圈發展，環環相扣，成為有吸引力的情節，故又稱「故事情節」。的確，因果關係是傳統小說中構成情節的必不可少的因素。中國的傳統小說情節可以說是「因果鏈」基礎上的理想化的藝術建構，因果相承使情節發展呈現某種必然性，組成一個開端、發展、高潮、結局的整體。這樣的建構可稱之為「結局性情節」，有其嚴整、勻稱之美，但刪卻了現實生活的豐富蕪雜。現代西方小說的情節觀念發生了變化，小說家不願將理想化的結構強加於生活之上，摒棄了情節的完整性，力求再現日常生活的偶然性，把展示人物的內心世界作為情節發展的目的，這就是「展示性情節」。林語堂的《中國傳奇》呈現了多種情節模式，既有對傳統小說情節構建的承繼，又融合了西方現代小說情節的一些特點。林語堂極力推崇的自由奔放的唐代傳奇，表現在情節因素上，即為對「因果律」的背棄。〈虬髯客傳〉的情節結構林語堂幾乎未加改動，它的精采處正在於超越生活經驗和常識判斷。「紅拂夜奔李靖」是整個事件的起因，但不引起故事的結局。「虬髯客隱退江湖」，是結局，但與起因之間沒有必然的聯繫，可以看作是毫不相關的兩個事

[10]林語堂，《林語堂名著全集第六卷——中國傳奇》，頁 5。

件，如果將每個事件作為獨立的敘事單位看，因果關係則被沖淡了許多，人物的性格特點則得到了強化：紅拂的「慧眼識英雄」，虯髯客的「英雄識時務」，他們的「奇」，才是作者要表現的。從對這部傳奇的發掘，可以看出林語堂所具的現代小說意識。

林語堂在《中國傳奇》中對古典小說的情節模式，也作了與眾不同的改寫。常見的改編往往是做「加法」，增加情節鏈中的事件，使它更加曲折，如改編〈鶯鶯傳〉為《西廂記》後增加的「拷紅」，改編〈離魂記〉為《金鳳釵記》後增加的「鳳釵約婚」，都屬於核心功能，它們支配了情節的走向。若無「拷紅」，老夫人無從知曉張生與崔鶯鶯的私情，就不會出現崔張被迫分手，「長亭送別」的事件。同樣，以金鳳釵約婚，才有拾鳳釵與慶娘相會，見鳳釵吳防禦再許婚的完整情節鏈。林語堂認為組成情節鏈的事件過於複雜，固然可以使故事有趣味，但也可能造成敘述平庸呆板，人物性格淹沒於事件中而失去展示人物內心世界的目的。他還用的多是情節簡單的原作，增加一些催化功能，它們在情節鏈中不是決定性的，即使刪去也不影響情節邏輯，但它們能更好地渲染作品的美學情調，襯托人物性格特徵。比較〈南柯太守傳〉的第一部分：

> 東平淳于棼，吳楚遊俠之士。嗜酒使氣，不守細行。累巨產，養豪客。曾以武藝補淮南軍裨將，因使酒忤帥，斥逐落魄，縱誕飲酒為事。
>
> ——唐・李公佐

> 淳于棼這個人嗜酒如命，而名字又叫棼，棼是一團亂糟糟的意思，正好表示出他對人生的看法，也正好表示出他不事生產理財無方的情形。他的財產已經有一半揮霍淨盡，如此傾家蕩產究竟是由於過醇酒婦人的日子呢？還是與些狐朋狗友交往的結果呢？還是日子本來就過得一塌糊塗呢？實在也說不清楚。他曾經當過軍官，但後來因為酗酒抗命，就被上峰解職，回到家來。現在遊手好閒，浪蕩逍遙，與酒友終日鬼混，隨著

酒量與日俱增，手頭金錢也與日俱減。他清醒的時候，想起了青年時代的雄心壯志，平步青雲的雄心，今日都付與東流，不禁灑下幾點傷心之淚。但是三杯落肚之後，便又歡樂如常，無憂無慮了。

——林語堂

這裡，李作與林作的情節序列是相同的：酗酒——失官——落魄，它們的根本區別在於林語堂在支配情節發展的核心功能之外增加了表現人物心理的催化功能，使人物形象更為飽滿。淳于棼由遊俠而悟道，固然是由於「南柯一夢」的特殊經歷，然而對人生悲涼之氣的感悟，早在對酒當歌時，已在他的心裡埋下了伏筆，他的疏狂是對價值虛無的一種掩飾和逃避，於是他在夢醒之後的遁入空門就成了必然結局。林語堂在情節中運用的催化功能，不僅使事件序列變得更具內在邏輯，也寫出了人物性格。

那麼，是否可以因此說傳統敘事作品中沒有催化功能呢？顯然不能。但白話小說中的催化功能往往留存了說書的痕跡，因為催化功能除了有填充情節鏈中空白的作用外，還可以改變敘事的速度，使敘事速度變慢，這對說書藝人來講是非常重要的。而在文本中，過多的停頓會影響讀者再創造的興趣，從而削弱閱讀的快感。相比之下，文言敘事作品的催化功能要簡單的多，但表達方式的微言大義與現代讀者的閱讀習慣有距離。林語堂《中國傳奇》中的催化功能則詳略得當。一類是文化背景交代，使傳奇的東方色彩得以強化，在這些地方，林語堂往往將原文中的概述加以擴展或填補，寫得搖曳多姿，情趣盎然。如〈狄氏〉開頭杭州正月十五的燈節，〈白猿傳〉中的番人風俗，〈鶯鶯傳〉中普救寺內外景物，〈碾玉觀音〉裡的古董收藏家。另一類是圍繞人物形象的塑造，人物心理的傳達而展開的，上文〈南柯太守傳〉便是一例。值得注意的是，林語堂的作品將傳統小說慣用的「全知視點」改成了「局限視點」，因此，催化功能多是從作品在場或不在場的敘述者的觀察中展開的，帶有明顯的個人心理體驗，不同於「全知視點」中的客觀，而林語堂的審美情調則可借助不同的敘述者主觀體驗得以自然妥貼的表達。

中西小說在敘述方式上有很大的差別，林語堂對傳奇的形式技巧的改寫也不僅僅是在情節方面，他的改寫多借鑑西方現代小說敘事方式，但改寫的目的是十分明確的，即體現作者的主體精神，表現深刻豐富的人性，符合西方讀者的審美習慣。毋庸置疑，林語堂獲得了成功，經過改寫的《中國傳奇》體現了他融合東西方文化的努力。

——選自《古今藝文》第 29 卷第 3 期，2003 年 5 月

輯五◎
研究評論資料目錄

作家生平、作品評論專書與學位論文

專書

1. 一得編　　林語堂思想與生活　香港　新文化出版社　1955年2月　309頁

本書採擇節錄林語堂作品，藉以綜覽林語堂的思想與生活點滴。全書共上、下篇：1.上篇收錄林語堂作品，如《生活與藝術》、《吾國與吾民》等文章；2.下篇收有林語堂《啼笑皆非》及其思想生活相關自述作品，林語堂說「裸體運動」、林語堂論肚子痛、林語堂評論離婚、林語堂熱愛塵世、林語堂最痛恨的那種人、林語堂最討厭的那種人、林語堂生活花絮、林語堂的太太、林語堂的「三千金」等文章；正文後附錄〈林語堂與袁中郎思想〉、〈林語堂與兩李及金聖歎思想〉、〈林語堂與鄭板橋思想〉、〈林語堂〈子見南子〉悲喜劇〉、〈林語堂論常識為做人之本〉、〈林語堂論握手禮的起源〉等論述文章。

2. 一得編　　林語堂思想與生活　臺北　蘭溪圖書出版社　1977年5月　309頁

本書為蘭溪圖書出版社之版本，章節目次同前。

3. 李霜青編　　從林語堂頭髮說起　臺北　哲志出版社　1969年7月　179頁

本書為林語堂與其他學者對於紅樓夢稿本的論點的辯論，全書共收錄 17 篇文章：1.王玗〈從林語堂的頭髮說起〉；2.徐復觀〈林語堂的「蘇東坡與小二娘」〉；3.張鐵君〈評林語堂的晴雯論及其他〉；4.姜漢卿〈談幽默大師與紅樓夢〉；5.夢嶽〈由林語堂「論晴雯的頭髮」說起〉；6.嚴明〈論林語堂紅樓翻案〉；7.葛建時、嚴冬陽〈紅樓夢的新發現〉；8.趙岡〈論林語堂先生的「董董重訂本紅樓夢稿」〉；9.林宣生〈從「董董」說起〉；10.葛建時、嚴冬陽〈再談林語堂先生對紅樓夢的新發現〉；11.東郭牙〈紅樓夢論戰的篆文識別談〉；12.嚴靈峰〈紅樓夢稿本的糾纏〉；13.趙岡〈曹雪芹原本紅樓夢的結局〉；14.莊練〈關於蘇小妹〉；15.林語堂〈答莊練關於蘇小妹〉；16.莊練〈中副小簡：關於蘇小妹〉；17.今武〈幽默？罵街？〉。正文後附錄林語堂〈再論紅樓百二十回本答葛趙諸先生〉、林語堂〈論「己乙」及「董董」筆勢〉。

4. 李霜青編　　學人論戰文集　臺北　哲志出版社　1970年10月　165頁

本書為「尼姑思凡風波續編」，全書共收錄 21 篇文章：1.圓香〈從「幽默大師」說起〉；2.一群青年〈給中央通訊社一封公開信〉；3.竺齋〈勸林語堂轉惡為善〉；4.惟明〈致中央日報的一封公開信〉；5.曉鐘社論〈推行中華文化復興運動聲中的逆流〉；6.陸健剛〈林語堂先生的色空觀〉；7.澹思〈談空即是色〉；8.邢光祖〈妙悟與實證〉；9.吳康〈談空有〉；10.李霜青〈「尼姑思凡」的文學謎底〉；11.圓香〈無恥近乎勇〉；12.張鐵君〈幽默大師反道統〉13.吳翀〈學習英文之我見〉；14.沙學浚〈論林語堂先生的「論言文一致」；15.許家鸞〈精而不繁〉；16.李霜青〈與幽默大師論主靜無欲〉；17.柳嶽生〈對禪宗與理學的誤解〉；18.楊永英〈讀誠與偽敬質林語堂先生〉；19.李霜青〈與幽默大師論「天人合一」哲學〉；20.寒爵〈林語堂的僱傭兵〉；21 徐子明〈中西文化交流的檢討〉。正文後附錄〈論言文一致〉、〈說誠與偽〉。

5. Lin Yutang　Memoirs of an Octogenarian　臺北　美亞書版公司　1975 年 12 月　93 頁

本書為作者八十歲時回顧一生童年、求學時期、婚姻等重要時期之歷程並盤點自己所寫書籍。全書計有“A Bundle of Contradictions”、“My Childhood”、“Early Contacts With The West”等 13 章。正文後附錄 Arthur James Anderson　“Lin Yutang: A Bibliography of his English Writings and Translations”。

6. 林語堂；張振玉譯　八十自敘　臺南　德華出版社　1979 年 11 月　143 頁

本書為林語堂生平及思想自傳。全書共 13 章：1.一團矛盾；2.童年；3.與西洋的早期接觸；4.聖約翰大學；5.我的婚姻；6.哈佛大學；7.法國樂魁索城；8.殷內鎮和萊比錫大學；9.論幽默；10.三十年代；11.論美國；12.論年老——人生自然的節奏；13.精查清點。

7. 林語堂；宋碧雲譯　八十自敘　臺北　遠景出版公司　1980 年 6 月　135 頁

本書為林語堂自述其生活歷程。全書共 13 章：1.一捆矛盾；2.童年；3.早年與西方接觸；4.聖約翰大學；5.我的婚姻；6.哈佛；7.法國樂庫索城；8.殷內城和萊比錫大學；9.談幽默；10.三十年代；11.談美國；12.年華漸老——生命的旋律；13.盤存。正文後附錄〈林語堂英文著作及英譯漢書目錄表〉。

8. 林語堂；張振玉譯　八十自敘　臺北　喜美出版社　1980 年 8 月　143 頁

本書為林語堂生平及思想自傳。全書共 13 章：1.一團矛盾；2.童年；3.與西洋的早期接觸；4.聖約翰大學；5.我的婚姻；6.哈佛大學；7.法國樂魁索城；8.殷內鎮和萊比錫大學；9.論幽默；10.三十年代；11.論美國；12.論年老——人生自然的節奏；13.精查清點。

9. 林語堂　八十自敘　臺北　風雲時代出版公司　1989 年 8 月　135 頁

本書為林語堂自述其生活歷程。全書共 13 章：1.一捆矛盾；2.童年；3.早年與西方接觸；4.聖約翰大學；5.我的婚姻；6.哈佛；7.法國樂庫索城；8.殷內城和萊比錫大學；

9.談幽默；10.三十年代；11.談美國；12.年華漸老——生命的旋律；13.盤存。正文後附錄〈林語堂英文著作及英譯漢書目錄表〉。

10. 林語堂　　八十自敘　北京　寶文堂書店　1990 年 11 月　183 頁

本書為林語堂自述其生活歷程。全書共 13 章：1.一捆矛盾；2.童年；3.早年與西方接觸；4.聖約翰大學；5.我的婚姻；6.哈佛；7.法國樂庫索城；8.殷內城和萊比錫大學；9.談幽默；10.三十年代；11.談美國；12.年華漸老——生命的旋律；13.盤存。正文後有〈林語堂自傳〉、施建偉〈林語堂出國以後〉、章克標〈林語堂在上海〉。

11. 蔡炳焜　　林語堂與蘇東坡　臺北　照明出版社　1980 年 3 月　70 頁

本書作者以「林語堂與蘇東坡可以說是隔代知音」為主軸，分別闡述蘇、林二人的生平、思想與生活習慣。本書談論林語堂共 26 篇：1.中國的湯恩比；2.金婚林泉賦詩；3.上窮碧落下黃泉；4.美國人的老人觀；5.樂天知命的蘇東坡；6.狂放佻韃的林語堂；7.基督徒入回教寺院；8.荒野寒漠中的牧人；9.以文學講解聖經；10.嚮往西洋文明；11.親到猶太至聖所；12.兩腳踏東西文化；13.文章貴主傳神；14.聰慧醒悟哲學；15.中庸之道；16.獨裁狂妄枉費心機；17.握手的起源；18.逸興遄飛的宴會；19.品茗的藝術；20.水滸傳與紅樓夢；21.喜歡與女子談話；22.小飲之樂；23.煙斗引出智慧；24.女子統治世界；25.二十世紀的寵兒；26.莊周靈魂的轉世。

12. 萬平近　　林語堂論　西安　陝西人民出版社　1987 年 3 月　243 頁

本書以馬列主義為主軸，檢視林語堂各時期的著述，從多種角度分析研究林語堂，並帶有傳論的性質，內容側重作品評論。全書共 4 編：1.林語堂生活之路——兼評《八十自述》；2.從語絲派一員到論語派主帥——林語堂早期文學活動概觀；3.「兩腳踏東西文化」的林語堂——簡評《吾國與吾民》、《生活的藝術》及《啼笑皆非》；4.林語堂的小說創作巡禮——漫評《林語堂三部曲》及其他。

13. 林太乙　　林語堂傳　臺北　聯經出版公司　1989 年 11 月　374 頁

本書為林太乙女士為其父親所著之傳記。全書分 3 輯：1.山鄉孩子（1—12 章）；2.無窮的追求（13—19 章）；3.一位最有教養的人（20—26 章）。正文後附錄〈林語堂中英文著作及翻譯作品總目〉。

14. 林太乙　　林語堂傳　臺北　聯經出版公司　1990 年 2 月　374 頁

本書為林太乙女士為其父親所著之傳記。全書共 3 部分：1.山鄉孩子（1—12 章）；2.無窮的追求（13—19 章）；3.一位最有教養的人（20—26 章）。正文後附錄〈林語堂中英文著作及翻譯作品總目〉。

15. 施建偉　林語堂在大陸　北京　十月文藝出版社　1991 年 8 月　370 頁

本書紀錄林語堂先生居留大陸時期的生活、文壇活動及思想著述等方面。全書共 22 章：1.頭角崢嶸的夢想家；2.生活在雜色的世界裡；3.曲折的浪漫史；4.清華學校裡的「清教徒」5.「在叢林中覓果的猴子」；6.「語絲」所孕育文壇新秀；7.與警察搏鬥的「土匪」；8.「打狗運動」的急先鋒；9.廈門大學的文科主任；10.國民政府外交部祕書；11.追隨蔡元培先生；12.《翦拂集》和《子見南子》；13.「教科書大王」的癖嗜；14.創辦《論語》半月刊；15.中國民權保障同盟的「宣傳主任」；16.歡迎蕭伯納；17.楊銓被暗殺以後；18.《有不為齋》齋主；19.活躍於文壇的「幽默大師」；20.與賽珍珠相遇；21.「據牛角尖負隅」；22.向外國人介紹中國文化。

16. 劉志學編　林語堂自傳　石家莊　河北人民出版社　1991 年 9 月　378 頁

本書收錄林語堂的自傳文字，全書共 5 部分：1.「林語堂自傳」；2.「八十自述」；3.「林語堂怎麼看」；4.「女兒眼中的林語堂」；5.「林語堂批評」4 篇文章：曹聚仁〈論幽默〉、周啟付〈林語堂與《論語》〉、莊鐘慶〈論語派〉、萬平近〈林語堂生活之路〉。

17. 施建偉　林語堂在海外　天津　百花文藝出版社　1992 年 8 月　342 頁

本書主要描述林語堂 1936 年出國以後的文學生涯，描述其與眾不同的幽默個性、事業、家庭，並且介紹一些大陸讀者較不熟悉的著作。全書共 29 章：1.人生旅途上的新航程；2.《生活的藝術》暢銷美國；3.蘆溝橋的砲聲傳到大洋彼岸；4.《京華煙雲》問世；5.懷念戰亂中的故國；6.從法國到美國；7.回到抗戰中的故國；8.再回抗戰中的故國；9.美國出版商的警告；10.發明中文打字機的苦與樂；11.林語堂和蘇東坡；12.在坎城；13.塑造理想的女性；14.和賽珍珠決裂；15.南洋大學校長；16.醫治受傷的心靈；17.鄉情：濃得化不開；18.美食之家；19.盡力工作，盡情作樂；20.《紅牡丹》和《賴柏英》；21.歸去來兮；22.陽明山麓的生活；23.他是一個「紅學家」；24.「金玉緣」；25.活躍於國際文壇；26.五十年前的宿願；27.悲劇發生在幽默之家；28.「一團矛盾」；29.在最後的日子裡。

18. 張世珍　論語時期的林語堂研究　臺北　文史哲出版社　1993 年 4 月　190 頁

本書研究《論語》時期的林語堂，始自 1932 年創辦《論語》起，至 1936 年赴美的期間，並討論自《語絲》時期轉入《論語》時期的心路歷程，闡述幽默文學產生的時代背景，及其幽默觀和文學理論。全書共 6 章：1.緒論；2.《語絲》時代的悍將；3.《論語》時期的主帥；4.林語堂的幽默文學；5.《論語》時期的林語堂；6.結論。

19. 梁建民，沈栖　林語堂——憂國憂民的幽默大師　臺北　海風出版社　1994 年 2 月　328 頁

本書係從作品的思想性和藝術性的結合上研究作家的專著。全書收錄 26 篇評論文章：〈筆帶激情，紙滲理性——讀〈讀書救國謬論一束〉〉、〈筆鋒犀利，妙趣橫生——讀〈祝土匪〉〉、〈死得可惜，死得可愛——讀〈悼劉和珍楊德群女士〉〉、〈「狼狗之戰」的一頁實錄——讀〈討狗檄文〉〉、〈塚國裡的抗爭宣言——讀〈塚國絮語解題〉〉、〈一首深沉委婉的心曲——讀〈阿芳〉〉、〈莊諧雜出語亦奇——讀〈黏指民族〉〉、〈幽默的煙雲——讀〈我的戒菸〉〉、〈文情並茂，莊諧雜陳——讀〈水乎水乎洋洋盈耳〉〉、〈清淡中有激情，詼諧中含莊語——讀〈冬至之晨殺人記〉〉、〈寓言性和政論性的溶合——讀〈薩天師與東方朔〉〉、〈緣情造境出靈思——讀〈秋天的況味〉〉、〈閒適心境的剖白——讀〈春日遊杭記（二）〉〉、〈從容閒逸，出奇制勝——讀〈說避暑之益〉〉、〈幽默其外，鋒芒其中——讀〈論政治病〉〉、〈喜劇的反諷——讀〈文字國〉〉、〈法無定法是為法——讀〈作文六訣序〉〉、〈人性的悲憫——讀〈記春園瑣事〉〉、〈愛鳥惡狗見性情——讀〈買鳥〉〉、〈理智與情感的交鋒——讀〈記元旦〉〉、〈率性而談，文短意長——讀〈孤崖一枝花〉〉、〈條分縷析，即小見大——讀〈論握手〉〉、〈濃重的詩意，愉悅的情思——讀〈記鳥語〉〉、〈釣翁之意不在魚——讀〈談海外釣魚之樂〉〉、〈現實的理想家——讀〈論買東西〉〉、〈快人快語快意文——讀〈來臺後二十四快事〉〉。正文後附錄〈林語堂的生活散文創作〉、〈林語堂年表〉。

20. 劉炎生　林語堂評傳　南昌　百花洲文藝出版社　1994 年 2 月　261 頁

本書以「國學家」的視野切入，對於評價林語堂上提出了多項新觀點。全書共 11 章：1.早年的文化薰陶；2.出國遊學前後的文化汲納；3.重返北京初年對傳統文化的態度及其他；4.《語絲》時期對傳統文化的反思和致力於社會批評；5.在廈門大學和武漢革命政府期間的文化活動；6.到上海後的國學研究和對東西文明的態度；7.《論語》前期的社會活動和文化的活動；8.創辦《人間世》、《宇宙風》和寫作《吾國與吾民》；9.在海外弘揚中華民族文化和宣傳抗日救國；10.繼續在海外弘揚中華民族文化和反對美國創造「兩個中國」；11.在臺灣從事文化活動的斷續。正文後附錄〈林語堂學術行年簡表〉。

21. 施建偉　幽默大師——林語堂傳　臺北　業強出版社　1994 年 5 月　326 頁

本書從思想、性格、興趣、愛好、家庭、婚戀、事業等各個角度，以詳細描繪出林語堂一生的經歷。全書共 29 章：1.彩色的夢；2.雜色的世界；3.曲折的浪漫史；4.

出國留學；5.重返北京；6.語絲派的急先鋒；7.廈門—武漢—上海；8.「教科書」的官司和「南雲樓」的風波；9.提倡幽默；10.「有不為齋」齋生；11.從《論語》到《人間世》；12.據牛角尖負隅；13.告別上海；14.人生遊途上的新航程；15.《生活的藝術》暢銷美國；16.《京華煙雲》問世；17.要希特勒賠償損失；18.回到抗戰中的故國；19.面對破產的困境；20.和賽珍珠決裂；21.濃得化不開的鄉情；22.美食家和旅行愛好者；23.歸去來兮；24.樂隱陽明山麓；25.金玉緣；26.最後的衝刺；27.悲劇發生在幽默之家；28.預言變成了現實；29.在最後的日子裡。

22. 施建偉　林語堂——走向世界的幽默大師　臺北　武陵出版公司　1994 年 9 月　368 頁

本書為武陵出版公司之版本，較《幽默大師——林語堂傳》新增〈林語堂著譯表〉、〈林語堂研究資料選目〉。

23. 行政院文化建設委員會主辦；聯合報、聯經出版事業公司、臺北市立圖書館協辦；聯合文學承辦　林語堂百年誕辰論文集　臺北　臺北市立圖書館總館國際會議廳　1994 年 10 月 8—10 日　〔222〕頁

本書為 1994 年 10 月 8 至 10 日，紀念林語堂百歲冥誕舉辦之研討會。全書共收錄 12 篇文章：1.余英時〈試論林語堂的海外著述〉；2.黃肇珩〈我行我素、無所不談、不亦快哉——林語堂在臺時期的思想、寫作與生活〉；3.秦賢次〈林語堂在大陸北京時期〉；4.陳子善〈三十年代自由主義文學的傑出代表——簡論《論語》、《人間世》、《宇宙風》時期的林語堂〉；5.施建偉〈方興未艾——近十年來林語堂作品在大陸的流傳與研究〉；6.周質平〈林語堂與小品文〉；7.黎活仁〈「永恆的女性」（Anima）的投影——林語堂《風聲鶴唳》中的娼婦、聖母與智者〉；8.鄭明娳〈林語堂的幽默理念與創作風格〉；9.彭歌〈林語堂、筆會與東西文化交流〉；10.黃文範〈淺談林語堂當代漢英詞典〉；11.羅蘭〈一代哲人的「信仰之旅」〉；12.高克毅〈林語堂的翻譯成就：翻譯中有創意、創作中有詮釋〉。

24. 正中書局主編　回顧林語堂：林語堂先生百年紀念文集　臺北　正中書局　1994 年 10 月　281 頁

本書邀集海內外學者、作家共同描繪林語堂。全書共 3 部分：1.我看林語堂，收有 14 篇文章：王藍〈永懷林語堂先生〉、四竈恭子〈相遇《京華煙雲》〉、林相如〈憶父親〉、林海音〈崇敬的心情永無止境〉、馬驥伸〈林語堂的科學內在〉、畢璞〈西方幽默感，中國文人心〉、舒乙〈家在語堂先生院中〉、彭歌〈林語堂、筆會與東西文化交流〉、黃肇珩〈林語堂和他的一捆矛盾〉、黎明〈經師，人師〉、黎至文〈憶外公〉、黎至怡〈懷念阿公〉、錢胡美琦〈憶認識語堂先生的經過〉、〈林語堂紀念圖書館的現況與未來〉；2.林語堂的風貌，收有林語堂作品 11 篇；3.秦賢次編寫〈林語堂先生年表〉。

25. 施建偉　林語堂，廖翠鳳　北京　中國青年出版社　1995 年 1 月　236 頁

本書以細緻生動的筆觸，描寫了林、廖兩人獨特的個性和感情生活，使人們在了解林語堂的輝煌成就的同時，更深切地感受到他們內心世界的豐富和多彩。全書共 12 章：1.「山地孩子」，夢想浮翩；2.初涉愛河，一波三折；3.出國留學，同甘共苦；4.重返故國，風雨同舟；5.陰陽互補，共建「有不為齋」；6.抓住機遇，更上一層樓；7.舉家越洋，面對新航程；8.同舟共濟，走出困境；9.夫唱婦隨，落葉歸根；10.金婚五十年，相濡以沫；11.痛失愛女，夫婦同悲；12.依依不捨，告別人生。

26. 林語堂；郭濟訪編　林語堂自傳　南京　江蘇文藝出版社　1995 年 9 月　369 頁

本書為林語堂敘述其一生的經歷，全書共 3 部分：1.「林語堂自傳」共 9 章：〈少之時〉、〈鄉村的基督教〉、〈在學校的生活〉、〈與西方文明初次的接觸〉、〈宗教〉、〈游學之年〉、〈由北平到漢口〉、〈著作和讀書〉、〈無窮的追求〉；2.「八十自述」共 13 章：〈一捆矛盾〉、〈童年〉、〈與西洋的早期接觸〉、〈聖約翰大學〉、〈我的婚姻〉、〈哈佛大學〉、〈法國樂魁索城〉、〈殷內鎮和萊比錫大學〉、〈論幽默〉、〈三十年代〉、〈論美國〉、〈論年老——人生自然的節奏〉、〈精查清點〉；3.「自傳拾遺」共 5 章：〈我的信仰〉、〈關於幽默〉、〈我的工作〉、〈我的生活〉、〈海外萍踪〉。

27. 萬平近　林語堂評傳　重慶　重慶出版社　1996 年 2 月　527 頁

本書敘述林語堂生平及評論其著作，全書共 24 章：1.從龍溪村家子到美歐洋博士——童年、少年和青年時代的文化追求；2.從語言學起步走進學術界——在北京大學期間的教學和學術活動；3.初生之犢不怕虎——在「五卅」到「三·一八」的政治風浪中；4.在《語絲》苗圃裡茁長——北京、廈門時期與魯迅的交往；5.第一部散文集，第一個「黃金期」——《翦拂集》與《子見南子》；6.從專職教授到專業作家的過度——初居上海時期的學術生活；7.打出「論語派」旗號——《論語》、《人間世》、《宇宙風》的創刊及其主旨；8.中西融合的「幽默」與「性靈」——30 年代前期的文學觀念和主張；9.從同盟到異途——與魯迅及左翼文化陣營的相得與疏離；10.散文創作的第二個「黃金期」——《我的話》及 30 年代前期的散文；11.「兩腳踏東西文化」邁新步——亦中亦西的生活和《吾國吾民》的寫作；12.走進異國文苑之初——對西方人說東方《生活的藝術》及其他；13.民族正氣的頌歌，理想道德的禮讚——為抗戰作宣傳和《瞬息京華》；14.在神州硝烟瀰漫的時日——回國暫居和《風聲鶴唳》；15.勝利在望時的大後方之行——再度回國考察經過及反響；16.失意年代的得意之作——《蘇東坡傳》和弘揚炎黃文化的譯著；17.多種追求中的書生本性——製造中文打字機和創作小說《唐人街》；18.跨進二十世紀下半期——《朱門》和 50 年代初年的譯著；19.海外生活道路的插曲——出任南洋大學校長始末；20.遠走歐陸，構想未來——隱居戛納暨《遠景》的創作；21.冷戰年代的筆墨與心情——《武則天傳》、《匿名》及其他；22.瑕瑜互見的小說新作——《紅牡丹》、《賴柏英》及其他；23.響亮的晚鐘——回歸臺灣前後的學術生涯；24.暮年的悲歡——生命和寫作的終篇。

28. 施建偉　　林語堂研究論集　上海　同濟大學出版社　1997 年 7 月　221 頁

本書以林語堂的學術思想與人生軌跡為切入點，以呈現林語堂的思想歷程。全書分 2 輯共 17 篇論述文章。1.作品論述：〈林語堂與幽默〉、〈「藝術的幽默」和「幽默的藝術」〉、〈中西文化的融合〉、〈「一團矛盾」的紀錄〉、〈「一團矛盾」之源〉、〈《京華煙雲》問世前後〉、〈林語堂的雜文〉、〈寄憤怒於幽默〉、〈近十年來林語堂作品在大陸的流傳與研究〉；2.作者傳記：〈坂仔——林語堂走向世界的起源〉、〈林語堂和聖約翰大學〉、〈林語堂和辜鴻銘〉、〈在《語絲》的搖籃裡成長〉、〈林語堂出國之後〉、〈林語堂最後的日子〉、〈林語堂的三次戀愛〉、〈南雲樓風波——林語堂和魯迅間的一次誤解〉。正文後附錄：〈大陸報刊所發表的林語堂研究資料〉、〈臺灣報刊所發表的林語堂研究資料〉、〈海峽兩岸正式出版的林語堂研究專著和傳記〉。

29. 施建偉編　　幽默大師——名人筆下的林語堂，林語堂筆下的名人　上海　東方出版中心　1998 年 11 月　459 頁

本書由徐訏、曹聚仁、章克標等人回憶林語堂及林語堂回憶魯迅、辜鴻銘、蕭伯納等 2 大部分組成；主要內容為林語堂等一代學人在世紀之交負笈異國、上下求索、啟迪民智、追求民主等眾多方面，形象地再現了他們在引進西方文化、促進中西文化交流中所起的重要作用。全書分上、下篇：1.上篇「名人筆下的林語堂」，收錄徐訏等 44 篇回憶林語堂的文章；2.下篇為「林語堂筆下的名人」，收錄林語堂散文作品 22 篇。

30. 王兆勝　　林語堂的文化情懷　北京　中國社會科學出版社　1998 年 12 月　268 頁

本書探討林語堂東西文化觀點及評論其作品。除了緒論、結語外，全書共 5 章：1.

冥冥的天地主宰——林語堂東西文化融合的支點；2.探尋人的本體意義——林語堂的人生哲學；3.天地玉成的精華——林語堂的女性崇拜思想；4.「田園式」都市的文化理想——林語堂在鄉村與都市之間；5.心靈的對語——林語堂的文體模式。

31. 舒　云　　文化使者——林語堂　香港　中華書局公司　1999 年 11 月　134 頁

本書為林語堂生平研究專書，以時間軸為主線，兼論林語堂之思想與創作。全書共 4 章：1.牧師之子；2.「黃金時代」；3.優裕的「無根」生活；4.盈盈一水間。

32. 郭碧娥，楊美雪編　　林語堂先生書目資料彙編　臺北　臺北市立圖書館　2000 年 4 月　59 頁

本書為林語堂書目資料彙編。全書共 3 部分：1.林語堂先生相關參考書目；2.林語堂先生論著書目資料：期刊報紙部分；3.林語堂先生論著書目資料：圖書部分。

33. 龔鵬程，陳信元主編　　林語堂的生活與藝術研討會論文集　臺北　臺北市文化局　2000 年 12 月　315 頁

本書為「林語堂生活與藝術研討會」會議論文集結，主題探討林語堂的生活、藝術觀念以及相關的文化態度。全書共收錄 11 篇文章：1.林太乙〈林語堂在臺北〉；2.朱雙一〈林語堂、魯迅「國民性探討」比較論〉；3.蔡南成〈林語堂、魯迅對中西文化交流趨勢的影響〉；4.應鳳凰〈從《吾國與吾民》看林語堂的中西文化比較〉；5.欒梅健〈構築詩意的心靈園林——林語堂的生活藝術觀〉；6.廖玉蕙〈不是閒人閒不得——林語堂的閒適觀〉；7.張堂錡〈個人主義的享樂——林語堂的讀書觀〉；8.張曉風〈一個「牧子文人」的心路歷程——論林語堂在宗教上的出走與回歸〉；9.沈謙〈林語堂的幽默觀——無所不為〈論幽默〉〉；10.焦桐〈林語堂心中的女人〉；11.趙孝萱〈「政治正確」不足的邊緣者——林語堂在「文學史」上的形象與評價之反思〉。正文後附錄〈「文藝下午茶」活動紀實〉。

34. 王兆勝　　生活的藝術家——林語堂　臺北　文史哲出版社　2002 年 4 月　166 頁

本書為林語堂的傳記，記述其生平與文學事蹟，全書共 7 章：1.山鄉、家庭與童年；2.不懈的追求；3.留學海外；4.文壇鬥士；5.開天闢地；6.國外漂泊（上、下）；7.回歸臺灣。

35. 李　勇　　林語堂　臺北　國家出版社　2002 年 6 月　414 頁

本書以林語堂思想活動以及其動態事件，描述其生命歷程，並藉林語堂的經歷與歷史進程之前的內在聯繫，刻畫其人品個性、思想、性格、情感、志趣表現。全書共7 章：1.信念的力量；2.這是我的立場；3.漂泊的自由魂；4.有所不為；5.告訴你一個真實的中國；6.天地之間的一書生；7.家在蒼茫雲水間。正文後附錄〈林語堂簡譜〉。

36. 子通編　林語堂評說七十年　北京　中國華僑出版社　2003 年 1 月　455 頁

本書收錄懷念林語堂及評論其作品文章。正文前有金宏達〈全球化：邀林語堂赴宴——代前言〉、林語堂〈林語堂談自己〉，全書共 3 部分：1.批評共 4 篇，〈魯迅論林語堂〉、〈關於《子見南子》的論爭〉、〈關於林語堂與郭沫若等的論爭〉、〈關於《尼姑思凡》與其他〉；2.憶念共 22 篇，郁達夫〈揚州舊夢寄語堂〉、曹聚仁〈我和林語堂吵了嘴〉、〈《論語》與幽默〉、葉靈鳳〈小談林語堂〉、王映霞〈林語堂和魯迅的一次爭吵〉、邵洵美〈你的朋友林語堂〉、章克標〈林語堂在上海〉、無象〈林語堂與章太炎〉、舒乙〈家在語堂先生院中〉、徐訏〈追思林語堂先生〉、林太乙等〈《吾家》中的林語堂〉、林語堂〈紅透半邊天〉、林廣寰〈星夜咖啡室的一場夢幻〉、羊汝德〈林語堂北山樂隱園〉、〈幽默大師愛與憎〉、黃肇珩〈林語堂的寫作生活〉、〈林語堂歸隱生活〉、臺人〈林語堂談休閒生活〉、湯宜莊〈林語堂先生談讀書之樂〉、倪墨炎〈林語堂畫《魯迅先生打叭兒狗圖》〉、〈為林語堂辨正一件事〉、施建偉〈林語堂出國以後〉；3.論說共 14 篇，胡風〈林語堂論〉、唐弢〈林語堂論〉、陳漱渝〈相得與疏離——林語堂與魯迅的交往史實及文化思考〉、杜運通〈林語堂代人受過——從魯迅「論費厄潑賴應該緩行」的一條注釋談起〉、陳平原〈林語堂東西綜合的審美理想〉、王兆勝〈緊緊貼近人生本相——林語堂的人生哲學〉、〈林語堂的女性崇拜思想〉、陳旋波〈科學與人文：林語堂的兩個文化世界〉、周可〈走出現代化的迷思——析林語堂文化觀念中的一個核心命題〉、孟建煌〈從「後殖民主義」話語看林語堂的東西文化觀〉、霍秀全〈林語堂文化性格中的「士」意識〉、劉勇〈林語堂《京華煙雲》的文化意蘊〉、余斌〈林語堂的「加、減、乘、除」——《中國傳奇小說》讀後〉、李勇〈邊緣的文化敘事——林語堂散文的解構性〉。正文後附錄〈林語堂年表〉。

37. 陳湧編著　一個閒暇無事的下午——我看林語堂　臺北　雅書堂文化公司　2003 年 4 月　320 頁

本書敘述林語堂生平及評論其著作，全書共 23 章：1.從龍溪村家子到歐美洋博士——童年、少年和青年時代的文化追求；2.從語言學起步走進學術界——在北京大學期間的教學和學術活動；3.初生之犢不怕虎——在「五卅」到「三・一八」的政治風浪中；4.在《語絲》苗圃裡茁長——北京、廈門時期與魯迅的交往；5.第一部散文集，第一個「黃金期」——《翦拂集》與《子見南子》；6.從專職教授到專職作家的過度——初居上海時期的學術生活；7.打出論語派旗號——《論語》、《人間世》、《宇宙風》的創刊及其主旨；8.中西融合的「幽默」與「性靈」——三〇年代前期的文學觀念和主張；9.散文創作的第二個「黃金期」——《我的話》及三〇年代前期的散文；10.「兩腳踏東西文化」邁新步——亦中亦西的生活和《吾國與吾民》的寫作；11.走進異國文苑之初——對西方人說東方《生活的藝術》及其他；12.民族正氣的頌歌，理想道德的禮讚——為抗戰作宣傳和《瞬息京華》；13.在神州硝煙瀰漫的時日——回國暫居和《風聲鶴唳》；14.勝利在望時的大後方之行——再度回國考察經過及回響；15.失意年代的得意之作——《蘇東坡傳》和宏揚中國文化的譯著；16.多種追求中的書生本性——製造中文打字機和創作小說《唐人街》；17.跨進二十世紀下半期——《朱門》和五〇年代初年的譯著；18.海外生活道路上的插曲——出任南洋大學校長始末；19.遠走歐陸，構想未來——隱居戛納暨《遠景》的創作；20.冷戰年代的筆墨和心緒——《武則天傳》、《匿名》及其他；21.瑕瑜互見的小說新作——《紅牡丹》、《賴柏英》；22.響亮的晚鐘——回歸臺灣前後的學術生涯；23.暮年的悲歡——生命和寫作的終篇。

38. 董大中　　魯迅與林語堂　河北　河北人民出版社　2003 年 12 月　387 頁

本書的比較立足於以魯迅作為標尺，來評判林語堂與魯迅之異同。全書共 3 卷：1.上卷「交往篇」共 3 篇，在北京時期、在廈門時期、在上海時期；2.中卷「比較篇」共 5 篇，文化思考應有的幾點認識、中西文化，文化與傳統（上）——魯迅、中西文化，文化與傳統（下）——林語堂、面對現實、文學觀念與創作、簡短的結語；3.下卷「溯源篇」共 3 篇，家庭、學養、職志。

39. 王兆勝　　林語堂的文化選擇　臺北　秀威資訊科技公司　2004 年 11 月　272 頁

本書以林語堂的思想與文化進行論述。全書共 7 章：1.靈魂的貼近——我對林語堂的認知過程；2.冥冥的天地主宰——林語堂東西文化融合的支點；3.探尋人的本體意義——林語堂的人生哲學；4.天地玉成的精華——林語堂的女性崇拜思想；5.「田園式」都市的文化理想——林語堂在鄉村與都市之間；6.心靈的對話——林語堂的文體模式；7.林語堂文化現象的思考。

40. 王兆勝　　林語堂——兩腳踏中西文化　北京　文津出版社　2005 年 1 月　222 頁

本書探討林語堂的思想以及文學，以了解其中西文化觀。全書共 8 章：1.中西文化背景；2.亦中亦西的生活；3.感情的傳統與現代；4.人生智慧的尋求；5.文化的橋樑與使者；6.文學世界的相互印證；7.藝術上的互通有無；8.思想信仰的會通。正文後附錄〈林語堂大事年表〉。

41. 林明昌主編　閒情悠悠——林語堂的心靈世界　臺北　林語堂故居　2005 年 8 月　272 頁

本書為林語堂相關評論的文集。全書共 5 章：1.一捆矛盾——林語堂的心靈世界；2.大時代的典型——林語堂的文人風範；3.歷史與性靈之間——林語堂其文；4.塵世是唯一的天堂——林語堂故居；5.生活的藝術空間——故居活動三年記。

42. 高　鴻　跨文化的中國敘事——以賽珍珠、林語堂、湯亭亭為中心的討論　上海　上海三聯書店　2005 年 8 月　204 頁

本書從美國作家賽珍珠、中國現代作家林語堂和華裔美國作家湯亭亭等，以英語書寫的有關中國長篇敘事作品，作為文學文本分析的基礎，探討在異質文化語境下文學創作如何實現了文化的意義。並檢視跨文化語境創作中存在的「真實與想象」、「歷史與虛構」以及中西文化交流過程的所呈現的「雙單向道」等問題。全書共 3 部分：1.文化主體性與異國形象；2.文化身分與「東方主義」；3.跨語境敘事策略和文化利用。全書共 10 章：1.「自我」與「他者」相互觀照下的中國——賽珍珠筆下的異國形象；2.「自我」主體性的此長彼消——林語堂英文小說的自塑形象；3.「自我」主體性的混雜與迷思——湯亭亭筆下漂移的中國形象；4.西方文化精神與「東方主義」——賽珍珠文化的體認與殖民體系立場；5.中國文化精神與「自我東方主義」——林語堂對中國文化的自然體認；6.後殖民語境與「東方主義」——湯亭亭在懷疑和疏離中的文化認同；7.中國小說與「母題」之變奏；8.文化人類學視域下的日常生活描寫；9.歷史去魅的「自內解殖」；10.西方語境下的中國文化利用。正文後附錄〈想像與記憶的共同體——旅美作家群筆下的中國想像〉、〈林語堂英文小說《京華煙雲》的文化敘事〉、〈馬華詩人的「生命樹」——吳岸作品的本土意識與文化認同關係〉、〈比較文學對華文文學研究的啟示與作用〉。

43. 施　萍　林語堂——文化轉型的人格符號　北京　北京大學出版社　2005 年 11 月　255 頁

本書為博士論文出版，文中從價值根基、自由原則、「國粹」情調以及幽默「文化」，解析林語堂的文化人格，以及揭示它們之間的邏輯關係和各部分的動態生成過程。全文共 4 章：1.價值根基：人文主義的「上帝」；2.自由思想：「順乎本性即身在天堂」；3.「國粹情調」：普世價值體系中的中國文化；4.幽默文化：現代人格的「溫床」。

44. 陳亞聯　　林語堂的才情人生　北京　東方出版社　2006 年 4 月　342 頁

本書為林語堂傳記。全書共 9 章：1.山村裡走出洋博士；2.馳騁中國文壇；3.中西文化的使者；4.熾熱的愛國心；5.美麗曲折的愛情；6.「幽默大師」的苦悶；7.悲泣的暮年；8.逝者餘音；9.林語堂著作簡介。正文後附錄〈林語堂精采語錄〉、〈林語堂生活花絮〉、〈林語堂年表〉。

45. 林語堂故居編　　跨越與前進：從林語堂研究看文化的相融／相涵國際學術研討會論文集　臺北　林語堂故居　2007 年 5 月　270 頁

本書為「跨越與前進——從林語堂研究看文化的相融／相涵」國際學術研討會會議論文的集結。全書共 2 部分：1.專題演講 2 篇，馬悅然〈想念林語堂先生〉、周質平〈在革命與懷舊之間中國現代思想史上的林語堂〉；2.會議論文 13 篇，鍾怡雯〈一捆矛盾——論林語堂的（拒絕）歷史地位〉、鹿憶鹿〈向中國傾斜——林語堂的飲食觀〉、吳禮權〈由漢語詞彙的實證統計分析看林語堂從中西文化對比的角度對中國人思維特點所做的論斷〉、朱嘉雯〈芳心誰屬難知——《紅牡丹》的前世今生〉、李勇〈論林語堂文化理想的烏托邦性質——解讀《啼笑皆非》和《奇島》〉、蘇迪然〈Lin Yutang and China in the 1920's: Humor, Tragicomedy and the New Woman〉、顧彬〈Vom Terror zur Humanitat: Lin Yutang Vorschlag zur Erneuerung der chinesischen Nation〉、秦賢次〈林語堂與聖約翰大學〉、伊藤德也〈林語堂の自己形成——初期の中國文化意識を中心を〉、林昌明〈性靈與悲憫——林語堂早期幽默書寫研究〉、曾泰元〈中英文大師＝詞典編纂家？《林語堂當代漢英詞典》問題初探〉、周志文〈林語堂的信仰之旅〉、曹林娣〈閒雅曠達的東方生存智慧——林語堂論中華生活藝術〉。正文後附錄〈綜合座談〉、〈跨文化闡釋：「跨越與前進——從林語堂研究看文化的相融／相涵」國際學術研討會紀要〉。

46. 王兆勝　　林語堂與中國文化　北京　社會科學文獻出版社　2007 年 12 月　374 頁

本書探討林語堂及其作品與中國文化之關係。全書共 11 章：1.林語堂的中國文化觀；2.林語堂與儒家文化思想；3.林語堂與道家文化精神；4.林語堂與中國古代藝術；5.林語堂與舊體詩詞；6.林語堂與中國古典小說；7.林語堂與《紅樓夢》；8.林語堂與北京文化；9.林語堂與明清小品；10.林語堂與「公安三袁」；11.文化融合：21 世紀需要林語堂。正文後附錄〈林語堂研究的意義、現狀與瞻望〉。

47. 陳煜瀾主編　　「語堂世界・世界語堂」兩岸學術研討會論文集　北京　中國

社會科學出版社 2013 年 11 月 330 頁

本書為「語堂世界・世界語堂」兩岸學術研討會會議論文的集結。全書共收錄 29 篇：1.施建偉〈舊事重提：林語堂的精神遺產——堅持獨立人格和獨立思考的品質〉；2.朱水涌、嚴昕〈林語堂等人與文化轉型初期的一種中國想像——《中國人自畫像》、《中國人的精神》與《吾國吾民》的中國形象塑造〉；3.王兆勝〈林語堂與《紅樓夢》〉；4.余娜〈論林語堂早期語言學研究與新文化運動〉；5 陳煜瀾〈「清流」文化與林語堂的名士風度〉；6.趙懷俊〈林語堂人本政治思想探〉；7.肖百容〈「放浪者」：林語堂的人格烏托邦〉；8.蔡登秋〈林語堂人生哲學的文化淵源〉；9.叢坤赤〈論林語堂的自由情懷〉；10.孫良好、洪暉妃〈林語堂筆下的莊子形象〉；11.肖魁偉〈林語堂文化傳播中對「田園牧歌」形象的利用〉；12.鄭新勝〈論 20 世紀 30 年代林語堂散文創作對現代散文的貢獻〉；13.薛昭儀〈閒適背後的「焦慮」——知識社會學視野中的林語堂散文創作〉；14.何小海〈論林語堂小品文的文化底蘊〉；15.張文濤〈林語堂的智慧觀〉；16.楊寧、程箐〈以赤子之心悠遊歲月——淺論林語堂的人生智慧〉；17.龔奎林〈同中有異，異中有同——林語堂與郭沫若的編輯理念及實踐比較研究〉；18.李燦〈論林語堂的教育美學思想〉；19.李平〈林語堂語詞典的不解之緣〉；20.林星〈對外講中——淺談林語堂的思維模式和翻譯策略〉；21.陳虹〈林語堂譯本《浮生六記》中文化缺省的重構〉；22.吳慧堅〈翻譯與翻譯出版的倫理責任——由譯本《京華煙雲》引發的倫理思考〉；23.吳小英〈林語堂漢譯英的文本選擇〉；24.馬玉紅〈「苦澀、歡愉、溫雅」與「名士、智士、雅士」——周作人、林語堂、梁實秋同題材散文比較〉；25.岑丞丕〈「一段瀟灑的故事：林語堂與豐子愷的交誼側寫〉；26.莊偉杰〈閩南書寫：林語堂精神範式的文化探源〉；27.張靜容〈淺析《京華煙雲》的閩南俗語〉；28.王蔚驊、劉志華〈知音君子，其垂益焉——林語堂研究在福建〉；29.徐紀陽〈「語堂世界・世界語堂」兩岸學術研討會綜述〉。

48. 蔡佳芳主編　林語堂：生平小傳　臺北　東吳大學，華藝學術出版社 2014 年 8 月 83 頁

本書為林語堂故居於各地舉辦之「林語堂生活展」文稿集結，以林語堂生活事蹟搭配文物導覽，重新詮釋其一生以及與大環境互動的智慧。全書共 10 部分：1.生平年表；2.腳踏東西；3.愛情與婚姻；4.吾家林家；5.幽默大師；6.發揚中國文化；7.創意發明；8.生命低潮；9.根歸臺灣；10.樂隱山林。正文前有〈前言〉。

49. 洪俊彥　近鄉情悅：幽默大師林語堂的臺灣歲月　臺北　蔚藍文化出版公司 2015 年 4 月 348 頁

本書以林語堂的臺灣歲月為主軸，結合 1960—1970 年代的生活樣貌，爬梳林語堂思想的精神脈絡。全書共 9 章：1.舌尖上的鄉情；2.閩南母語的魔力；3.帶「幽默」來臺灣；4.東西文化的橋樑；5.再倡「近情」哲學；6.「思凡」風波；7.救救孩子；8.山中有宅；9.何處是歸宿。正文前有潘光哲〈怎樣打造我們的歷史記憶〉、洪俊彥〈導言〉。正文後附錄〈睹物思人〉、〈「林語堂與臺灣」年表〉。

50. 蔡元唯　　愛國作家林語堂——林語堂政治態度轉變之研究（1895—1945 年）　臺北　元華文創公司　2018 年 8 月　256 頁

本書透過林語堂生平、《京華煙雲》、《風聲鶴唳》、《枕戈待旦》，探討林語堂對國共的態度以及對北洋政府與南京政府的看法。全書共 7 章：1.導言；2.生平及政治傾向；3.加入語絲社及其對重大事件的態度（1923—1926 年）；4.知識分子的堅持（1930—1936 年）；5.戰火中的小說：《京華煙雲》與《風聲鶴唳》；6.《枕戈待旦》：對國共的態度；7.結論。正文後附錄〈林語堂生平大事年表〉。

學位論文

51. 宮以斯帖　　林語堂《京華煙雲》（張譯本）之研究　中國文化大學中國文學系　碩士論文　陳光憲教授指導　1992 年 6 月　172 頁

本論文以文獻研究法及訪談諮詢法，首先由文藝思潮的角度評述 1930 年代文藝思潮之過程、優缺得失，並由其中看出林語堂對當代文學的見解、其一生對文學的積極貢獻；再由翻譯文學的角度評論晚清至民國翻譯文學之始末，及翻譯小說對時代之影響，以明《京華煙雲》於翻譯小說中之價值；最後給予《京華煙雲》一歷史與文學中肯之評斷。全文共 5 章：1.緒論；2.《京華煙雲》創作之時代背景；3.《京華煙雲》之探討；4.《京華煙雲》之時代意義與貢獻；5 結論。

52. 胡馨丹　　林語堂長篇小說研究　東海大學中國文學系　碩士論文　李田意教授指導　1993 年 6 月　207 頁

本論文主要針對林語堂所創作的小說為主要研究對象，以其生平入手，了解創作小說的過程，進一步定位林語堂在文學史上的地位。全文共 5 章：1.林語堂的生平；2.《京華煙雲》；3.《風聲鶴唳》、《朱門》；4.其他小說；5.綜論。正文後附錄〈林語堂年譜〉。

53. 石　梅　　林語堂散文論　天津師範大學　碩士論文　王國綬教授指導　2000 年 5 月　37 頁

本論文從林語堂的散文切入，依照歷史發展的進程，對林語堂的散文創作進行歷時性的描述，揭示林語堂在政治主張、人生態度、文藝思想、創作風格上的矛盾性與複雜性。除前言、結語外，全文共 4 章：1.思想激進，風格躁厲的《語絲》時期；2.提倡幽默，抒寫性靈，追求閒適的《論語》時期；3.「兩腳踏東西文化」的海外寫作時期；4.清淡平和、無所不談的晚年寫作時期。

54. 吳孟真　伊莎貝爾・阿德言《精靈之屋》與林語堂《京華煙雲》之比較（Comparison bewteen The House of the Spiritus of Isabel Allende and Moment in Peking of Lin Yutang）　輔仁大學西班牙語文學系碩士論文　康華倫（Dr.Valentino Casttellazi）教授指導　2000 年 12 月　139 頁

本論文論述比較伊莎貝爾・阿德言《精靈之屋》與林語堂《京華煙雲》在相同的題材下，因作者文化、性別和寫作動機不同的影響下，小說所呈現的面貌。除緒論、結論外，全文共 6 章：1.（故事及作者簡介）；2.Analisis sobre La casa de los espiritus；3.Analisis sobre Moment in Peking；4.Comparacion tematica I: la mujer；5.Comparacion tematica II: La familia；6.Comparacion estilistica.

55. 杜兆珍　林語堂與基督教　山東大學　碩士論文　高旭東教授指導　2001 年 4 月　48 頁

本論文從分析林語堂的基督教思想，及其文化構成之間相互影響入手，深入地探討和闡釋林語堂在基督教影響下其獨特的創作心態與個性。全文共 4 章：1.博愛與平等——林語堂早期的基督教信仰；2.從基督教到人文主義；3.上帝與直覺——基督教信仰的重建；4.精神上的伊甸園。

56. 陳　茜　跨文化人林語堂　外交學院外國語言學及應用語言學所　碩士論文　夏力力教授指導　2001 年　62 頁

本論文記述林語堂的生命歷程與人生觀，並進而論述林語堂在中西文化交流方面所作的貢獻。全文共 4 章：1.Double Influence of Western and Chinese Cultures；2.Formation of Lin Yutang's Cultura1 Concept；3.Lin Yutang's Specific Contributions to Cultural Exchange；4.Reflections on Lin Yutang and His Contributions.

57. 劉志賓　林語堂翻譯理論及實踐研究　四川師範大學英語語言文學系　碩士論文　龔登墉教授指導　2001 年　52 頁

本論文從翻譯研究的角度分析林語堂先生的翻譯活動、翻譯理論和翻譯實踐。並以〈論翻譯〉和〈論譯詩〉為依據，剖析了林氏譯論的起源、發展、影響，及現實意義；以及分析林氏的譯作，及其在克服語言文化障礙時，所運用的翻譯技巧和方法。全文共 3 章：1.Translation activities ；2.Translation theory ；3.Translation practice。

58. 王巖峰　　林語堂散文文體的選擇與創造　青島大學中國現當代文學所　碩士論文　姜啟教授指導　2002 年 4 月　42 頁

本論文從探求現代散文的發展特點及文體變異出發，為林語堂研究提出了一種新的研究視角與思路，並通過對林語堂散文的文體選擇、文體風格及散文的語言體式的具體分析，揭示這一類散文文體為中國現代散文發展提供的新的可能性。全文共上、下篇：1.上篇：性靈、閒適、幽默；2.下篇：文體類型、文體特徵。

59. 王海峻　　林語堂的翻譯理論與實踐　山東大學　碩士論文　王治奎教授指導　2002 年 5 月　110 頁

本論文從林語堂先生的翻譯標準、翻譯文化觀和文學翻譯美學觀三個方面入手，對林語堂先生的翻譯思想和實踐活動進行梳理和研究。全文共 3 章：Introduction；1. Lin Yutang's Translation Standard；2. LinYutang's Cultural Perspective of Translation；3. LinYutang's Aesthetic Approach to Literary Translation；Conclusion。

60. 付　麗　　魯迅、林語堂翻譯思想對比研究　華中師範大學英語語言文學所　碩士論文　李亞丹教授指導　2002 年 5 月　67 頁

本論文的研究對象是魯迅和林語堂的翻譯主張和實踐之異同比較，從近代特殊的社會背景著眼，探討中國近代的特殊歷史文化狀況，及魯迅和林語堂對此種文化狀況的不同態度，對其翻譯策略選擇的影響。全文共 5 章：1. Introduction；2. Investigation of LuXun's and Lin Yutang's Cultural Attitudes；3. Cause Analysis of Lu's and Lin's Different Cultural Attitudes；4. Comparative Study of Lu's and Lin's Translation Principles；5. Conclusion。

61. 趙　莉　　林語堂對中國傳統文化的闡釋與譯介　中國礦業大學　碩士論文　伍鋒教授指導　2002 年 5 月　45 頁

本論文從文化的角度對林語堂的中國傳統文化外介做分析，探討林語堂及其對當今中國譯界的一些啟示。除了前言、結語外，全文共 3 章：1. LIN YU TANG'S OUT LOOK ON CULTURE；2. LIN YU TANG'S TRANSLATION THE ORYAND PRACTICE；3. LIN YU TANG'S CROSS CULTURAL CONSIDERATIONS IN TRANSLATION。

62. 蔡之國　　論林語堂小說的文化意蘊　揚州大學中國現當代文學所　碩士論文　徐德明教授指導　2002 年 5 月　41 頁

本論文從文化學的角度出發，對林語堂的小說創作作一整體的研究和考察，把握其小說的內在文化意蘊，進繼而重新評價其在中國文學史上的定位。全文共 4 章：1.林語堂小說的多元文化建構；2.林語堂小說的文化致用性；3.林語堂小說的文化烏托邦；4.林語堂小說的生命與藝術面面觀。

63. 李　琳　　論林語堂的「閒適」話語——林語堂小品文理論透視　河北師範大學中國現當代文學所　碩士論文　張俊才教授指導　2002 年　41 頁

本論文以林語堂小品文理論中對「閒適」闡釋為切入角度，探討林語堂在建構「閒適」話語體系時，如何借鑑西方自由主義文學的創作原則和文學觀念，及援引中國傳統文學中晚明文學的理論，並進一步探視其在 30 年代的特殊歷史語境下所具有的積極的文學意義。全文共 4 章：1.「閒適」是一種境界；2.「閒適」是一種筆調；3.「閒適」思想探源；4.「閒適者」未必真「閒適」。

64. 羅淑蘭　　淺析林語堂的翻譯理論及其在《浮生六記》翻譯中的應用　上海交通大學　碩士論文　周國強教授指導　2003 年 1 月　68 頁

本論文根據「中國翻譯理論應重視傳統理論的研究」，和翻譯理論的研究與其他學科相結合的觀點，剖析林語堂對翻譯的研究，及其翻譯《浮生六記》過程中實踐所得出結論。全文共 6 章：1. Introduction；2. Translation Theories: A Brief Historical Overview；3. Lin Yu-tang's "On Translation"；4. Lin's Practice of Translation on the Basis of Sentences Naturalness in Six Chapters of a floating Life；5. Lin's Application of fidelity to Translating Culture Specific Expressions in Six Chapters of A Floating；6. Conclusion。

65. 楊位儉　　歷史喧囂中的文化突圍——論中西文化對話中林語堂的文化策略及意義　山東師範大學中國現當代文學所　碩士論文　張清華教授指導　2003 年 4 月　39 頁

本論文分析林語堂創作與中國現代文學主流取向的疏離關係，及其在中西文化交流鋒面中獨特的話題營造方式，以及探討中國現代文學特定歷史語境和中西文化交流的宏觀背景下，探尋林語堂傳統文化建構的策略及意義。全文共 4 章：1.由中心選擇邊緣——在傳統與現代之間；2.走出民族的視野——在人文主義的母題下；3.策略及意義——由解構轉向建構；4.結語。

66. 張　蓉　　林語堂宗教文化思想論　內蒙古師範大學中國現當代文學所　碩士論文　陶長坤教授指導　2003 年 5 月　43 頁

本論文藉由林語堂的宗教文化思想，探求他一生宗教文化思想的內在理路，以確認其是個徹底的人文主義者，並以傳播東西合璧的「人文主義」作為其宗教理想的價值尺度，繼而回歸到「上帝」的懷抱。全文共 5 章：1.從搖籃裡找到了上帝；2.住在孔子的堂室；3.爬登道山的高峰；4.澄清佛教的迷霧；5.重見大光的威嚴。

67. 楊　仲　　儒道互補，中西融合——林語堂的文化觀及其在《京華煙雲》中的體現　安徽大學中國現當代文學所　碩士論文　王文彬教授指導　2003 年 5 月　29 頁

本論文探討林語堂文化觀形成的原因及發展歷程，以及檢視其人生哲學如何藉由《京華煙雲》中的小說人物來表現。全文共上、中、下篇：1.上篇：（1）林語堂文化觀形成原因，（2）林語堂文化觀的發展歷程；2.中篇：（1）意蘊深刻的情節安排，（2）亦道亦儒的人物塑造，（3）理想的文化與人生；3.下篇。

68. 賴勤芳　　林語堂「生活藝術論」研究　浙江師範大學文藝學所　碩士論文　杜衛教授指導　2003 年 5 月　35 頁

本論文將林語堂置於 20 世紀中國現代美學的情境中，從知識社會學、價值論、文體論的角度對其「生活藝術論」進行深入研究。全文共 3 章：1.「生活藝術論」形成之基點；2.「生活藝術論」的內涵；3.「生活藝術論」的當代意義（代結語）。

69. 包　穎　　兩腳踏東西文化，一心著現代文章——論林語堂的文化觀及其現代性　華中師範大學中國現當代文學所　碩士論文　許祖華教授指導　2003 年 6 月　38 頁

本論文從人生、社會政治及價值文化層面對林語堂的文化觀展開論述，並對其文化觀進行現代性的定位與闡釋。全文共 3 章：1.人生層面——審美主義的「閒適」文化觀；2.社會、政治層面——自由個人主義文化觀；3.價值文化層面——反唯科學主義的文化觀。

70. 穆　瑩　　幽默——生命的支點——魯迅、老舍、林語堂的幽默觀和幽默藝術　遼寧師範大學中國現當代文學所　碩士論文　王衛平教授指導　2003 年 6 月　30 頁

本論文從家庭出身、人生經歷、生活環境、文化淵源、心理機制等方面，探究魯迅、老舍、林語堂三位作家幽默觀的區別與差異，以及形成差異的原因。全文共 4 章：1.魯迅、老舍、林語堂幽默觀的分歧與差異；2.魯迅、老舍、林語堂不同的幽默藝術風格；3.魯迅、老舍、林語堂不同的幽默觀及幽默藝術形成的原因；4.幽默——對人生態度選擇的共同指向。

71. 陳美靜　林語堂英譯《浮生六記》風格評析　臺灣師範大學翻譯研究所　碩士論文　李奭學教授指導　2003 年 7 月　74 頁

本論文探討林語堂翻譯《浮生六記》的動機，並從文體角度研究其翻譯的句式及修辭策略，最後比較林譯本與其他譯本之譯同。除前言、結語外，全文共 4 章：1.林語堂與《浮生六記》；2.林譯句式評析；3.林譯修辭評析；4.林譯與《浮生六記》其他譯本。

72. 李春燕　論 30 年代林語堂的文藝思想　西北大學中國現當代文學所　碩士論文　劉應爭教授指導　2003 年　47 頁

本論文對林語堂 1930 年代的文藝思想進行探索研究，論述其散文中幽默文與小品文，並評價其文藝思想的特性與價值。全文共 2 章：1.30 年代林語堂的文藝思想；2.林語堂文藝思想的評價。

73. 陳家洋　走向文化烏托邦——論林語堂後期的文化選擇　蘇州大學中國現當代文學所　碩士論文　曹惠民教授指導　2003 年　48 頁

本論文論述林語堂後期的文化選擇與意識形態。全文共 4 章：1.引論；2.誰在說話？——論林語堂的「對外講中」；3.文化烏托邦——論林語堂的「中西文化綜合」；4.結語。

74. 仇燕燕　論林語堂的人文主義思想　北京語言文化大學專門史所　碩士論文　李慶本教授指導　2003 年　40 頁

本論文以人文主義為研究視角，並爬梳文本，針對林語堂思想內容進行研究，並探討其在現代思想史上的地位及其人文主義思想的價值。全文共 7 章：1.林語堂研究的歷史回顧與現狀；2.西方人文主義及其在現代中國；3.林語堂人文主義思想的形成；4.林語堂的人文主義思想的內涵；5.林語堂人文主義思想的特點；6.林語堂的人文主義思想與新人文主義思想；7.結語：在現代思想史的地位及價值。

75. 邱華苓　林語堂《論語》時期幽默文學研究　中正大學中國文學系　碩士論文　莊雅州教授指導　2003 年　175 頁

本論文研究林語堂主編《論語》時期，其所提倡幽默文學的背景與作為，並探析林語堂在 1930 年代所標舉的「幽默」。全文共 7 章：1.緒論；2.林語堂提倡幽默文學的背景；3.論語派及其系列刊物；4.林語堂幽默文學的主張；5.林語堂幽默文學的特色；6.《論語》時期林語堂幽默文學的評價；7.結論。

76. 林秀珍　《京華煙雲》思想與婚戀觀　中山大學中國文學系在職專班　碩士論文　龔顯宗教授指導　2004 年 1 月　196 頁

本論文首先討論《京華煙雲》有關儒道色彩的沾染，並指其儒道調和之處，其次透過《京華煙雲》討論其中 6 位主要女性人物的愛情與婚姻，以印證《京華煙雲》的婚戀觀帶有崇拜女性的色彩。全文共 6 章：1.緒論；2.《京華煙雲》的道家處世；3.《京華煙雲》的儒家面貌；4.《京華煙雲》的儒道互補——中庸近情的人生觀；5.《京華煙雲》的愛情與婚姻——以女性為主的解讀；6.結論。

77. 李　燦　林語堂美學思想探微　湖南師範大學文藝學所　碩士論文　顏翔林教授指導　2004 年 4 月　55 頁

本論文從美學的角度切入，以通讀林語堂原著為基礎，考察林語堂美學思想形成的歷史淵源、理論淵源及其個人境遇和美學思想的產生，通過綜合比較林語堂與梁啟超、王國維、魯迅、周作人、胡適、辜鴻銘、梁實秋等現當代文人思想的異同，歸納分析林語堂美學思想的主要特徵，同時也將林語堂美學思想與康德、克羅齊、白璧德等西方美學思想進行辨析，從而深刻揭示林語堂在當時被主流意識形態批判的社會歷史原因，以確立林語堂應當在中國現代文學史、美學史、思想史、文化史上的一席之地。全文共 3 章：1.林語堂美學思想的淵源；2.林語堂美學思想的內容；3.林語堂美學思想的啟示。

78. 施　萍　林語堂——文化轉型的人格符號　華東師範大學文藝學所　博士論文　夏中義教授指導　2004 年 4 月　173 頁

本論文從價值根基、自由原則、「國粹」情調以及幽默「文化」，解析林語堂的文化人格，以及揭示它們之間的邏輯關系和各部分的動態生成過程。全文共 4 章：1.價值根基：人文主義的「上帝」；2.自由思想：「順乎本性即身在天堂」；3.「國粹情調」：普世價值體系中的中國文化；4.幽默文化：現代人格的「溫床」。

79. 高　鴻　跨文化的中國敘事——以賽珍珠、林語堂、湯亭亭為中心的討論　福建師範大學中國現當代文學所　博士論文　劉登翰教授指導　2004 年 4 月　144 頁

本論文從美國作家賽珍珠、中國現代作家林語堂和華裔美國作家湯亭亭等，以英語書寫的有關中國長篇敘事作品，作為文學文本分析的基礎，探討在異質文化語境下文學創作如何實現了文化的意義。並檢視跨文化語境創作中存在的「真實與想象」、「歷史與虛構」以及中西文化交流過程的所呈現的「雙單向道」等問題。全文共 8 章：1.緒論；2.「自我」與「他者」相互觀照下的異國形象——賽珍珠筆下的中國形象；3.在西方語境下張揚本土文化與民族精神——林語堂英文小說的自塑形象；4.想像與記憶的共同體（之一）——湯亭亭筆下漂移的中國；5.想像與記憶的共同體（之二）——旅美作家群筆下的中國想像；6.中國敘事裡的文化身分；7.跨語境敘事策略和文化利用；8.結語：跨文化中國敘事與「異」的文化幻象。

80. 高競艷　　「家」之戀——論林語堂家族小說的獨異景觀　華中師範大學中國現當代文學所　碩士論文　吳建波教授指導　2004 年 5 月　44 頁

本論文從林語堂的「家族情結」入手，探討其文學選擇、表述內容、觀念、方式的關係；及林語堂的家族小說所表現出的獨異景觀。全文共 4 章：1.林語堂家族情結的生成和表現；2.家族觀念的獨特表達——家族文化優質的凸現；3.家族生活的獨特展示——詩意棲居的「枷」內世界；4.家族敘事的獨特風格——和諧之美的追求。

81. 蔣利春　　跨文化視野中的中國世界——《京華煙雲》與《大地三部曲》中的「中國形象」比較　西南師範大學　碩士論文　陳本益，向天淵教授指導　2004 年 5 月　34 頁

本論文從「跨文化」角度入手，對《京華煙雲》與《大地三部曲》筆下的中國形象進行比較，並分析其形成的原因。全文共 2 章：1.中國的「形象」；2.艱難的選擇。

82. 陳麗娟　　林語堂《京華煙雲》研究　中國文化大學中國文學系　碩士論文　席涵靜教授指導　2004 年 6 月　146 頁

本論文以「文獻研究法」、「心理學分析法」、「社會學」及「美學」方法，分析歸納出《京華煙雲》的寫作特色，並論析其對後世文學的影響。全文共 7 章：1.緒論；2.林語堂生平；3.小說的靈魂多重樣貌的人物形象；4.《京華煙雲》所表現的思想價值；5.《京華煙雲》小說結構與寫作技巧；6.《京華煙雲》中對話之探討與論及之現代文人；7.結論。

83. 周伊慧　　表現主義文論與林語堂的文學觀　湖南師範大學中國現當代文學所　碩士論文　譚桂林教授指導　2004 年 8 月　30 頁

本論文比較分析林語堂與斯賓加恩的表現主義文論、及其與克羅齊的表現主義文論，探討林語堂接受表現主義文論的原因、局限及意義。全文共 3 章：1.林語堂與斯賓加恩的表現主義文論；2.林語堂與克羅齊表現主義文論；3.林語堂接受表現主義文論的原因、局限及意義。

84. 郭瑞娟　林語堂及其翻譯藝術　鄭州大學英語語言文學所　碩士論文　劉云波教授指導　2004 年　55 頁

本論文研究林語堂及其在英譯《浮生六記》中翻譯藝術，探討譯者在翻譯過程中主體性的彰顯，並分析譯者的文化態度、翻譯動機、翻譯準則等主觀因素，是如何影響譯者及其翻譯策略的選擇。全文共 4 章：1.Literature Review；2.Studies of Lin Yutang as a Translator and Cross-Cultural Communicator；3.Study of Lin's Translation Principles；4.Study of Lin's Translation of Six Chapters of a Floating Life。

85. 姚　瑤　從蘇珊・巴斯奈特的文化翻譯觀看林語堂《浮生六記》英譯本中意識文化信息的傳譯　蘇州大學英語語言文學所　碩士論文　杜爭鳴，丁萬江教授指導　2004 年　59 頁

本論文依據蘇珊・巴斯奈特的文化翻譯觀，分析林語堂譯《浮生六記》中意識文化信息傳譯，以及林語堂意識文化信息的選擇與傳譯策略所起的作用及影響。全文共 4 章：1.Literature Review；2.The Characteristics of Mental Cultural Information in Translation；3.Data Presentation；4. Case Analysis.

86. 黃于真　林語堂閒適思想之研究——以《生活藝術》為依據　高雄師範大學國文學系國文教學碩士班　碩士論文　龔顯宗教授指導　2004 年　243 頁

本論文探討林語堂《生活藝術》一書的中國閒適思想，透過對此書的研究探討中國本有的閒適思想，反思現代文明的忙碌和緊張對於現代人的衝擊和傷害。全文共 7 章：1.緒論；2 林語堂生平述要；3.《生活的藝術》之寫作歷程與思想淵源；4.林語堂之人生哲學觀；5.論林語堂閒適思想之必要及其內涵；6.林語堂閒適思想之自我實踐與現代意義；7.結論。正文後附錄〈林語堂年表〉。

87. 劉清濤　宇宙文章，半里乾坤——論林語堂的中庸　延邊大學中國現當代文學所　碩士論文　溫兆海教授指導　2004 年　43 頁

本論文論述林語堂人文精神的中庸思想，從近情、明理、常識三個方面進行闡述，指出了林語堂中庸的人性化內涵以及現代性價值。全文共 5 章：1.緒論；2.林語堂語境中的「中庸」；3.林語堂中庸與傳統中庸比較；4.林語堂中庸的現代性；5.林語堂「中庸式」的審美原則——多元互補。

88. 董　燕　　林語堂文化追求的審美現代性傾向　山東大學中國現當代文學所博士論文　孔范今教授指導　2005 年 4 月　147 頁

本論文探討林語堂的生活經歷與他的文化追求相結合，廓清他人生觀、文化觀的審美現代性傾向；再者從審美現代性的視角觀照林語堂的文化選擇，矯正以歷史現代性／啟蒙現代性解釋審美現代性所造成的誤讀，最後通過重讀作品，將具體個案的剖析與審美現代性研究的「大話語」（largeword）結合起來，重新了解林語堂帶有審美現代性傾向的文化追求與人生選擇。全文共 7 章：1.現代性的內部張力；2.審美現代性視角下的美國與北京；3.崇尚神性；4.追求和諧；5.歌頌禮俗化都市；6.林語堂與中國現代都市文學的審美現代性傾向；7.結語：林語堂審美現代性傾向的意義與局限。

89. 李立平　　林語堂的文化身分與文化認同　華僑大學中國現當代文學所　碩士論文　陳旋波教授指導　2005 年 5 月　47 頁

本論文以文化研究中的文化身分理論，對林語堂的文化身分做一初步的考察，分別從個人、政治和跨文化的角度進行論述，最後比較林語堂文化身分的翻譯文本與魯迅的翻譯，以了解林語堂的文化身分與文化認同。全文共 4 章：1.從基督教看林語堂的文化身分與文化認同；2.林語堂的知識分子角色與文化身分建構；3.林語堂海外文化身分建構與文化認同；4.從翻譯文本看林語堂的文化身分與文化認同。

90. 邱志武　　林語堂六部英文小說傳播的中國形象　瀋陽師範大學　碩士論文　馬力教授指導　2005 年 5 月　37 頁

本論文旨從文化傳播學的角度出發，對林語堂的小說創作進行整體的研究和考察，把握其小說的內在文化意蘊，探究林語堂在對外文化輸出中國形象方面所做的努力。全文共 5 章：1.林語堂 6 部英文小說中國形象傳播文化特質（一）；2.林語堂 6 部英文小說中國形象傳播文化特質（二）；3.林語堂 6 部英文小說中中國形象的淵源；4.林語堂 6 部英文小說中中國形象文化傳播特色；5.林語堂 6 部英文小說中國形象對海外華文小說創作的影響。

91. 富冬梅　　林語堂文學思想的當下意義　東北師範大學中國現當代文學所　碩士論文　孫中田教授指導　2005 年 5 月　32 頁

本論文從社會與歷史學的研究角度，以及用文化的眼光辨析林語堂現象形成的諸多因素，以及各種因素構成的複雜性，並且運用比較方法與敘事話語等理論方法，探究林語堂文學思想的當下意義。全文共 3 章：1.人文主義與科學主義的對抗；2.人生哲學的現代性；3.文學思想的現代性。

92. 王 麗　從「目的論」看林語堂英譯《浮生六記》　上海外國語大學英語語言文學所　碩士論文　梅德明教授指導　2005 年　71 頁

本論文旨在結合具體的翻譯實踐，對目的論進行深入、客觀的論證。首先對目的論進行了較為全面的闡述，並以此為基礎對林語堂在翻譯《浮生六記》時的目的，以及在該目的指引下如何處理中國文化的傳達、語內連接、語際連接，以及原文作者的忠誠。全文共 5 章：1.Traditional translation theories；2.Introduction to Skopostheory；3.Introduction to the original text and its translator；4.Lin's translation of Six Chapters of a Floating Life viewed from Skopostheory；5.Conclusion of the study。

93. 張和璧　夏目漱石與林語堂之對照研究——「諷刺幽默文學」與「性靈幽默文學」　中國文化大學日本研究所　碩士論文　蔡華山教授指導　2005 年　188 頁

本論文以夏目漱石與林語堂為對照研究——諷刺幽默的文學與性靈幽默的文學的對比，對兩者所處之時代背景、文學環境、成長環境、漢學及西學之學養及幽默之基礎主張等形成重點，並將其幽默文學特色之差異做出對照。除緒論、結論外，全文共 5 章：1.中日近現代文學之時代背景與文學環境；2.夏目漱石之生平與作品特質；3.林語堂之生平與作品特質；4.夏目漱石與林語堂幽默文學特色之對照；5.提倡幽默過程及影響。正文後附錄〈夏目漱石與林語堂對照年表〉。

94. 王 平　林語堂譯作研究——從其譯作選擇及其漢英詞典中詞條翻譯的角度　廣東外語外貿大學外國語言學及應用語言學所　碩士論文　王友貴教授指導　2005 年　72 頁

本論文借用勒弗威爾的操縱學派理論框架，分析林語堂的譯作，並探討影響林語堂翻譯選擇過程的各種因素。全文共 6 章：1.Introduction；2.Literature Review；3.Theoretical Framework；4.Translation Selection under Outside Influence；5.Lin's Translation of Culture-loaded Entries；6.Conclusion.

95. 黃怡靜　林語堂中文散文研究　佛光人文學院文學系　碩士論文　龔鵬程，潘美月教授指導　2005 年　153 頁

本論文以林語堂對幽默的定義、推廣幽默所遭受的困難，及幽默對後世的影響為探討範圍，了解林語堂散文的特色。全文共 6 章：1.緒論；2.林語堂中文散文發展階段；3.問題意識的探討；4.幽默風格的形成；5.散文藝術的表現；6.結論。正文後附錄〈林語堂中文散文的創作年表〉、〈林語堂於《語絲》發表的散文表〉、〈林語堂於《論語》發表的散文表〉、〈林語堂於《人間世》發表的散文表〉、〈林語堂發表於《宇宙風》的散文表〉、〈林語堂發表於《無所不談》專欄的散文表〉、〈林語堂發表於報刊的散文表〉。

96. 蔡元唯　　林語堂研究——從政府的批判者到幽默的獨立作家（1923—1936）　中國文化大學史學系　碩士論文　王剛領教授指導　2005 年　106 頁

本論文為林語堂對其所處時代環境的反應——以林語堂在北京時期對北洋政府的批評，一直到他在上海時期面對來自國民黨和共產黨兩方壓力而產生的反抗，進而探討林語堂在 1930 年代所提倡的幽默小品文，與他在政治上的態度有何關聯。全文共 5 章：1.緒論；2.林語堂的生平及思想根源；3.林語堂在北京時期對北洋政府的批判；4.林語堂在上海時期所堅持的獨立作家身分；5.結論。正文後附錄〈林語堂生平大事年表〉。

97. 承佳特　　論林語堂作品中的幽默風格　上海交通大學語言學及應用語言學所　碩士論文　張耀輝教授指導　2006 年　43 頁

本論文從語言事實推導出風格規律的歸納演繹的研究方法，從取材和修辭兩大層面，具體地分析了林氏幽默的特徵，進而又從人生觀、宗教觀、文學理論等方面，論證了林氏幽默形成的原因。全文共 5 章：1.概述；2.運用素材獨具匠心；3.語言手段並非機警；4.你中有我我中有你；5.不拘一格橫貫東西。

98. 盛卓立　　目的性行為——林語堂漢英翻譯研究　浙江師範大學英語語言文學所　碩士論文　顧建新教授指導　2006 年　75 頁

本論文針對林語堂在這一時期（1936～1966 年）進行的漢英翻譯做研究，以了解林語堂獨特的翻譯行為具有重要的意義，進而探討林語堂漢英翻譯的各種特點，並分析其漢英翻譯的目的。全文共 5 章：1.Introduction；2.Theoretical framework；3.Exploration of the purposeful action of Lin YuTang's C-E Translation；4.A case study of Six Chapters of a Floating life；5.Conclusion。

99. 黃春梅　　林語堂：辨證主義翻譯理論家和實踐家　廈門大學英語語言文學所　碩士論文　胡兆雲教授指導　2006 年　98 頁

本論文介紹林語堂的生平，以及現有對他的評價和研究，進而論述其對原文、譯者、譯文讀者和譯文等 4 個因素的觀點，繼而闡述他在理論論述中的辯證態度，並通過分析林語堂翻譯代表作《浮生六記》中的句群、句子、詞、詞素層面的翻譯及神話、風俗習慣、典故、及詩歌的翻譯處理，論述林語堂在翻譯實踐中的辯證態度。全文共 3 章：1.Literature Review；2.Study of Lin Yutang' s Translation Theory；3.Study of Lin Yutang's Translation——From His Translation of Six Chapters of a Floating Life。

100. 劉麗藝　《論語》、《人間世》、《宇宙風》與林語堂性靈文學觀的建構　廈門大學中國現當代文學所　碩士論文　李曉紅教授指導　2006 年　49 頁

本論文主要從與林語堂《語絲》、《論語》、《人間世》、《宇宙風》這些雜誌出發，集中闡述林語堂性靈小品文理論的發展過程，及其與這些雜誌之關係。全文共 3 章：1.前奏：說不盡的《語絲》情結；2.《論語》：性靈文學的構想；3.《人間世》、《宇宙風》：性靈文學觀的成熟與豐富。

101. 俞王毛　傳承與建構——《論語》、《人間世》、《宇宙風》的特徵與其影響　廈門大學中國現當代文學所　碩士論文　李曉紅教授指導　2006 年　47 頁

本論文以 20 世紀 1930 年代林語堂主編三份文學期刊《論語》、《人間世》和《宇宙風》為研究對象，以揭示其思想與藝術上獨特成就，以及其對三、四十年代上海文學的影響。全文共 4 章：1.林氏刊物的獨特風貌；2.文學理想的追求與實踐；3.對三十年代上海文學的影響；4.對四十年代上海文學的影響。

102. 李正仁　林語堂生活藝術論美學思想芻論　首都師範大學文藝學所　碩士論文　王德勝教授指導　2006 年　37 頁

本論文將林語堂的生活藝術論與美學思想，置於當時中西美學思想的長河之中，並探究其美學思想，尤其是藝術生活論思想的相關問題，以此了解其生活藝術論美學思想的成因、內容及內涵，並力圖探究其當下意義，對林語堂的生活藝術論美學思想盡可能地還原，力求深入、全面、系統的探究。全文共 3 章：1.林語堂生活藝術論美學思想的形成；2.林語堂生活藝術論美學思想的內涵；3.林語堂生活藝術論美學思想的當下意義。

103. 吳晏芝　《京華煙雲》之女性刻畫　中山大學中國文學系　碩士論文　龔顯宗教授指導　2007 年 6 月　124 頁

本論文以《京華煙雲》為研究範圍，採用美國作家瑪仁・愛爾渥德（Maren Elood）《人物刻劃基本論》中的區分，來歸納書中的女性角色；並分析書中女性的心理特質。全文共 6 章：1.緒論；2.林語堂生平及其女性小說；3.女性描寫與類型分析；4.兩性議題與女性心理探究；5.女性的哲思——女性主義之運用；6.結論。

104. 李麗英　林語堂論語時期小品文研究　臺灣師範大學國文學系在職進修碩士班　碩士論文　蔡芳定教授指導　2007 年　176 頁

本論文首先論述林語堂生平背景，以其創辦的《論語》所發表的文章為研究對象，探討其作品特質與對後世文壇的影響。全文共 5 章：1.緒論；2.林語堂傳略；3.林語堂《論語》時期小品文創作歷程；4.林語堂《論語》時期小品文特質；5.結論。正文後附錄〈林語堂發表在《語絲》的小品文一覽表〉、〈林語堂發表在《論語》的小品文一覽表〉、〈林語堂發表在《人間世》的小品文一覽表〉、〈林語堂發表在《宇宙風》的小品文一覽表〉。

105. 黃嘉玲　煙雲如夢——論《京華煙雲》對《紅樓夢》的接受　中山大學中國文學系　碩士論文　龔顯宗教授指導　2008 年 5 月　148 頁

本論文以《京華煙雲》與《紅樓夢》兩書做比較分析，以探討《京華煙雲》受《紅樓夢》影響的概況。全文共 6 章：1.緒論；2.林語堂與《京華煙雲》；3.《京華煙雲》與《紅樓夢》人物的關聯性；4.《京華煙雲》和《紅樓夢》對儒道思想的接受；5.《京華煙雲》對《紅樓夢》主題與寫作技巧的接受；6.結論。正文後附錄〈林語堂作品一覽表〉。

106. 周怡伶　林語堂小說研究　中山大學中國文學系　碩士論文　蔡振念教授指導　2008 年 6 月　410 頁

本論文採用敘事學之文學理論，探討林語堂 8 部小說之情節結構、敘述模式及時間幻化、獨特時間刻度的敘事謀略之使用，以期統整出林語堂小說之整體敘事結構。全文共 5 章：1.緒論；2.林語堂小說研究之文獻探討；3.情節結構、敘述模式與時間設計；4.人物與非敘事話語；5.結論。

107. 凃文玲　林語堂前期散文研究　政治大學中國文學系　碩士論文　張堂錡教授指導　2008 年 7 月　148 頁

本論文首先探討林語堂前期散文的時空背景與文化思潮，繼而從家庭背景、求學經歷追溯林語堂散文觀的形成與歸納，再從文本中爬梳其實踐成果，與其文學史上的評價。全文共 6 章：1.緒論；2.林語堂前期散文的時代背景與文化思潮；3.林語堂前期散文的文學觀；4.林語堂前期散文表現及其風格；5.林語堂前期散文的評價；6.結論。

108. 吳榆容　林語堂《紅牡丹》研究　中山大學中國文學系研究所　碩士論文　龔顯宗教授指導　2008年　166頁

本論文析論《紅牡丹》中女主角牡丹的角色型塑與呈現的意義以及其他人物的形象，最後探討林語堂生命中的女性、婚戀觀與《紅牡丹》之關聯。全文共6章：1.緒論；2.《紅牡丹》情節發展與寫作手法；3.《紅牡丹》女主角梁牡丹之塑造；4.《紅牡丹》的人物形象；5.《紅牡丹》的婚戀觀與語堂經驗之關係；6.結論。

109. 楊雅如　林語堂文學中的精神世界　淡江大學中國文學系碩士在職專班　碩士論文　殷善培教授指導　2009年　191頁

本論文試圖以林語堂《語絲》時期發表的作品、《論語》、《人間世》等創刊理念闡釋小品文的主張和文學意涵，並透過海外的寫作生活與歷史背景，探討其小說的思想與精神。全文共 6 章：1.緒論；2.現代文學史裡的林語堂；3.林語堂的人文背景；4.林語堂的幽默文學；5. 林語堂的小說世界；6.結論。

110. 陳怡秀　靈性與性靈：林語堂思想在生命教育上的蘊意　銘傳大學教育研究所　碩士論文　鈕則誠教授指導　2009年　88頁

本論文爬梳林語堂的生平與著作中的思想，試圖以生命教育的角度觀看林語堂思想中的生命教育概念，並與當前生命教育進行統整。全文共6章：1.導論；2.生命教育；3.林語堂其人其書；4.林語堂的思想；5.林語堂思想的生命教育意涵；6.結論。正文後附錄〈林語堂生平年表〉。

111. 洪俊彥　近鄉與近情——論林語堂在臺灣的啟蒙之道　中央大學中國文學系　碩士論文　康來新教授指導　2011年6月　152頁

本論文以林語堂晚期（1965～1976 年）的思想發展、文學活動為研究主題，追索他在思想與文學觀上的承繼或演變，及其時代意義，並將焦點集中於探討這一位走過「五四」並曾享譽國際的知識分子如何將他的「啟蒙之道」落實在臺灣。全文共 6 章：1.緒論；2.情歸何處——從林語堂晚期的「回歸」與「轉向」談起；3.未能忘情——林語堂「近情」思想中的「反正統」精神；4.情之所鍾——「近情」的具體訴求、實踐與反響；5.為情所困——「思凡事件」的內緣與外因；6.結論——「林語堂在臺灣」的重新檢視與定位。正文後附錄〈以「近情」啟蒙——林語堂在臺十年年表〉。

112. 邱華苓　　林語堂散文研究　文化大學中國文學系　博士論文　金榮華，劉兆祐教授指導　2012年6月　320頁

本論文縱向探討林語堂散文各階段的發展，橫向勾勒出其散文在當代的獨特性，以及在五四新文學運動中推動幽默散的特點，期望給予林語堂散文在文學史上更清楚的定位與評價。全文共 8 章：1.緒論；2.林語堂生平概述與文學創作；3.林語堂文學觀與文學創作主張；4.林語堂散文作品考述；5.林語堂散文的題材與技巧；6.林語堂散文的風格與特色；7.林語堂散文的評價；8.結論。正文後附錄〈林語堂生平年表〉、〈林語堂散文創作年表〉、〈林語堂散文作品勘誤表〉。

113. 陳麗蓉　　林語堂《京華煙雲》女性人物研究　臺北市立教育大學中國語文學系　碩士論文　馮永敏教授指導　2012年7月　131頁

本論文首先分析林語堂創作《京華煙雲》的目的為向西方宣傳中國，傳達抗日之決心，再者將研究焦點關注在小說中女性人物的塑造，探討小說中女性的形象、特質等，反映出當時中國女性的時代意義，亦傳達林語堂本身獨特矛盾之女性意識。全文共 6 章：1.緒論；2.《京華煙雲》之創作緣由；3.《京華煙雲》女性人物描寫；4.《京華煙雲》之女性意識詮解；5.《京華煙雲》女性人物之時代意義；6.結論。

114. 蕭雁鎂　　林語堂的歷史人物傳記文學研究　東吳大學中國文學系　碩士論文　鄭明娳教授指導　2012年　91頁

本論文以傳記文學中「歷史真實」、「文學藝術」兩大原則，對林語堂《蘇東坡傳》、《武則天正傳》中的歷史人物作一番檢視，是否有達到傳記文學的基本原則要求。全文共 5 章：1.緒論；2.歷史的真實性；3.人物形象的塑造；4.敘事方法；5.結論。

115. 黃盈毓　　場域與情境的互涉——林語堂《朱門》空間思維析論　中興大學中國文學系　碩士論文　林淑貞教授指導　2012年　174頁

本論文以空間概念探討「戰爭三部曲」之終部曲——《朱門》中，空間與敘事結構、人物的互涉內涵、空間思維與象徵意蘊。全文共 6 章：1.緒論；2.《朱門》情節結構與環境的對應關係；3.《朱門》空間場域與人物形象的對治；4.《朱門》情境空間所映現的象徵意涵；5.出發與回歸；6.結論。

116. 徐美雯　　林語堂筆下的孔子　政治大學國文教學碩士在職專班　碩士論文　劉又銘教授指導　2013年　123頁

本論文以林語堂特殊的生命情懷為主軸，林語堂所描述關於孔子或儒學的相關文章為橫幅，希望能梳理出「林語堂筆下的孔子」的特殊之處。全文共 5 章：1.緒論；2.近情的孔子；3.幽默的孔子；4.宗教的孔子；5.結論。

117. 徐采薇　林語堂之女性觀研究　東吳大學中國文學系　碩士論文　鄭明娳教授指導　2014 年　169 頁

本論文析論林語堂於作品中所呈現對於女性的思考及認同。首先從其成長背景分析林語堂女性觀的成因，進而探討其女性觀中呈現的特色，最後將女性觀建構過程與特點進行比對，嘗試分析林語堂女性觀的實踐與矛盾。全文共 5 章：1.緒論；2.林語堂女性觀之建構；3.林語堂女性觀之特點；4.女性觀的實踐與矛盾；5.結論。

118. 賴嬿竹　林語堂《紅牡丹》的敘事美學　彰化師範大學國文學系　碩士論文　王年双教授指導　2014 年　177 頁

本論文挑選《紅牡丹》為研究對象，是因小說人物性格的塑造與其本人物截然不同，在研究方面上，以林語堂成長背景，外在政治環境思想分析成書背景，探討書中人物形象、內容情節、敘事結構、生死觀、敘述技巧等。全文共 9 章：1.緒論；2.林語堂生平；3.《紅牡丹》的成書背景；4.《紅牡丹》的生死觀；5.《紅牡丹》的人物形象；6.情節內容；7.《紅牡丹》的敘事結構；8.《紅牡丹》的敘述技巧；9.結論。

119. 蔡元唯　林語堂政治態度研究(1895—1945 年)　中國文化大學史學系　博士論文　王綱領教授指導　2015 年 6 月　223 頁

本論文探討林語堂的前半生（1895～1945 年）的政治態度。根據林語堂在北洋政府時期的活動，反映其對北洋政府的態度，從其在國民政府時期的活動，釐清林語堂提倡幽默的原因，檢視其對國民政府與左翼文學的看法，並從其小說理解真實生活中的林語堂對於政治的選擇。全文共 7 章：1.導言；2.生平及政治傾向；3.加入語絲社及其對重大事件的態度（1923—1926 年）；4.知識分子的堅持（1930—1936 年）；5.戰火中的小說：《京華煙雲》與《風聲鶴唳》；6.《枕戈待旦》：論對國共的態度；7.結論。正文後附錄〈林語堂生平大事年表〉。

120. 王淑錦　林語堂《紅牡丹》的女性敘寫　銘傳大學應用中國文學系碩士在職專班　碩士論文　徐麗霞教授指導　2015 年 6 月　168 頁

本論文從林語堂的成長背景、學習經歷及寫作特色探究《紅牡丹》的背景，《紅牡丹》創作緣由暨翻譯探討，以及書中的人物刻畫，從中了解《紅牡丹》的作品特色。全文共 6 章：1.緒論；2.林語堂的生命歷程與文學創作；3.《紅牡丹》的創作緣由暨翻譯探討；4.《紅牡丹》情節發展暨人物刻畫；5.《紅牡丹》婦女婚戀的自我實現；6.結論。正文後附錄〈林語堂著作出版年表（依出版年代先後排列）〉、〈雪泥鴻爪——林語堂生活照集錦〉、〈林語堂先生生平大事年表〉。

作家生平資料篇目

自述

121. 林語堂　《翦拂集》序　上海　北新書局　1928 年 12 月　頁 I—VI
122. 林語堂　《翦拂集》序　大荒集　臺北　志文出版社　1971 年 8 月　頁 91—93
123. 林語堂　《翦拂集》序　中國新文藝大系・散文二集　臺北　大漢出版社　1976 年 9 月　頁 451—453
124. 林語堂　《翦拂集》序　語堂文集（下）　臺北　臺灣開明書店　1978 年 12 月　頁 1165—1167
125. 林語堂　《翦拂集》序　林語堂序跋書信選　臺北　南京出版公司　1981 年 6 月　頁 11—14
126. 林語堂　《翦拂集》序　上海　上海書店　1983 年 12 月　頁 I—VI
127. 林語堂　《翦拂集》序　林語堂散文選集　天津　百花文藝出版社　1987 年 7 月　頁 1—3
128. 林語堂　《翦拂集》序　中國新文學大系・散文二集　臺北　業強出版社　1990 年 2 月　頁 295—297
129. 林語堂　《翦拂集》序　林語堂小品散文　北京　中國廣播電視出版社　1992 年 8 月　頁 180—182
130. 林語堂　《翦拂集》序　林語堂書話　杭州　浙江人民出版社　1998 年 7 月　頁 321—323
131. 林語堂　《翦拂集》序　北京　人民文學出版社　2000 年 1 月　頁 I—VI
132. 林語堂　弁言　語言學論叢　上海　開明書店　1933 年 5 月　頁 1
133. 林語堂　弁言　語言學論叢　臺北　文星書店　1967 年 5 月　頁 1

134. 林語堂　《語言學論叢》序言　林語堂書話　杭州　浙江人民出版社　1998年7月　頁337
135. 林語堂　《人間世》發刊詞　人間世　第1期　1934年4月　頁4
136. 林語堂　《人間世》發刊詞　小品文藝術談　北京　中國廣播電視出版社　1990年10月　頁89
137. 林語堂　《人間世》發刊詞　小品文藝術談　北京　中國廣播電視出版社　1996年12月　頁89
138. 林語堂　方巾研究　自由談　1934年4月　5版
139. 林語堂　序　大荒集　上海　生活書店　1934年6月　頁1—2
140. 林語堂　序　大荒集　臺北　志文出版社　1971年8月　頁1—2
141. 林語堂　《大荒集》序　語堂文集（下）　臺北　臺灣開明書店　1978年12月　頁1168—1170
142. 林語堂　《大荒集》序　林語堂序跋書信選　臺北　南京出版公司　1981年6月　頁7—10
143. 林語堂　《大荒集》序　林語堂小品散文　北京　中國廣播電視出版社　1992年8月　頁183—185
144. 林語堂　《大荒集》序　林語堂書話　杭州　浙江人民出版社　1998年7月　頁324—325
145. Lin Yutang　Preface　The Little Critic——Essays,Satires and Sketches on China（Second Series: 1933－1935）　上海　Commercial Press　1935年5月　pp.iii-vii
146. Lin Yutang　Author' s Preface　My Country and My People　紐約　John Day Company　1935年8月　pp.xiii-xiv
147. Lin Yutang　Author' s Preface　My Country and My People　紐約　Halcyon House　1938年9月　pp.xvii-xviii
148. Lin Yutang　Preface　My country and my people　臺北　美亞書版公司　1966年11月　pp.xvii-xviii

149. Lin Yutang　Preface　My country and my people　香港、新加坡、吉隆坡　Heinemann Educational Books　1977年　p.xiii-xiv

150. Lin Yutang　Preface　吾國與吾民（英漢對照）　西安　陝西師範大學　2008年9月　頁15

151. 林語堂；鄭陀譯　著者自序　吾國與吾民　上海　世界新聞社　1939年4月　頁9—12

152. 林語堂　著者自序　吾國與吾民　香港　世界文摘出版社　1954年5月　頁8—9

153. 林語堂　著者自序　吾國與吾民　臺北　大方出版社　1973年5月　頁8—9

154. 林語堂　著者自序　吾國與吾民　臺中　義士出版社　1974年9月　頁1—2

155. 林語堂　著者自序　吾國吾民　臺北　金川出版社　1976年5月　頁1—2

156. 林語堂　自序　吾國與吾民　臺北　遠景出版公司　1977年9月　頁1—2

157. 林語堂　自序　吾國與吾民　臺北　遠景出版公司　1981年3月　頁1—2

158. 林語堂　著者自序　吾國與吾民　臺北　林白出版社　1977年10月　頁15—16

159. 林語堂　著者自序　吾國與吾民　臺北　大方出版社　1978年12月　頁1—2

160. 林語堂　序二　吾國與吾民　臺北　天華出版社　1979年2月　頁1—2

161. 林語堂　自序　吾國吾民　臺北　喜美出版社　1980年8月　頁6—7

162. 林語堂　自序　吾國吾民　臺北　德華出版社　1980年10月　頁6—7

163. 林語堂；郝志東、沈益洪譯　自序　中國人　臺北　浙江人民出版社　1988年9月　頁7—8

164. 林語堂　自序　吾國與吾民　北京　寶文堂書店　1988年12月　頁6—7

165. 林語堂　自序　吾國與吾民　臺北　輔新書局　1989年4月　頁9—10

166. 林語堂　自序　吾國與吾民　臺北　風雲時代公司　1989年8月　頁1—2

167. 林語堂　《吾國與吾民》自序　林語堂小品散文　北京　中國廣播電視出版社　1992 年 8 月　頁 199—200

168. 林語堂；郝志東、沈益洪譯　自序　中國人　上海　學林出版社　1994 年 12 月　頁 9—10

169. 林語堂　《吾國與吾民》自序　林語堂書話　杭州　浙江人民出版社　1998 年 7 月　頁 354—355

170. 林語堂　自序　吾國與吾民　長沙　岳麓書社　2000 年 9 月　頁 6—7

171. 林語堂　自序　中國人　香港　三聯書店　2002 年 2 月　頁 7—8

172. 林語堂　自序　吾國與吾民　西安　陝西師範大學　2003 年 12 月　頁 1—2

173. 林語堂　自序　吾國與吾民　臺北　遠景出版公司　2005 年 12 月　頁 11—12

174. 林語堂　自序　吾國與吾民（英漢對照）　西安　陝西師範大學　2008 年 9 月　頁 14

175. 林語堂　自序　中國人　北京　群言出版社　2009 年 7 月　頁 5—6

176. Lin Yutang　Preface　The Little Critic——Essays,Satires and Sketches on China(First Series: 1930－1932)　上海　Commercial Press　1935 年 8 月　pp.iii-vii

177. 林語堂　小大由之且說本刊　宇宙風　第 1 期　1935 年 9 月　頁 53

178. Lin Yutang　Preface　Confucius Saw Nancy and Essays about Nothing（子見南子及英文小品文集）　上海　商務印書館　1936 年 10 月　pp.v-vi

179. 工爻譯　林語堂自傳　逸經　第 17—19 期　1936 年 11—12 月　頁 64—69，24—29，18—22

180. Lin Yutang　Preface　The Importance of Living　紐約　John Day Company　1937 年　pp.vii-xi

181. 林語堂　自序　生活的藝術　臺北　旋風出版社　1961 年 7 月　頁 9—11

182. 林語堂　自序　生活的藝術　臺北　旋風出版社　1972年9月　頁1—4

183. 林語堂　自序　生活的藝術　臺北　遠景出版社　1976年6月　頁1—5

184. 林語堂　自序　生活的藝術　臺北　大方出版社　1976年10月　頁1—5

185. 林語堂　自序　生活的藝術　臺北　遠景出版公司　1977年6月　頁1—5

186. 林語堂　自序　生活的藝術　臺北　大夏出版社　1990年12月　頁1—5

187. 林語堂　自序　生活的藝術　臺北　大孚書局　1991年7月　頁1—6

188. 林語堂　自序　生活的藝術　臺北　文國書局　1994年6月　頁1—5

189. Lin Yutang　Preface　The Importance of Living　紐約　William Morrow and Company　1998年　pp.v-ix

190. 林語堂　自序　生活的藝術　西安　陝西師範大學　2003年12月　頁1—6

191. Lin Yutang　Preface to Revised edition　My Country and My People　紐約　Halcyon House　1938年9月　pp.xix-xxii

192. Lin Yutang　Forward to The Mei Ya Edition　My country and my people　臺北　美亞書版公司　1966年11月　〔1〕頁

193. Lin Yutang　Preface to 1939 Edition　My country and my people　臺北　美亞書版公司　1966年11月　p.xix

194. Lin Yutang　Preface to 1939 Edition　My country and my people　香港、新加坡、吉隆坡　Heinemann Educational Books　1977年　p.xv

195. 林語堂；郝志東、沈益洪譯　1939年版序　中國人　臺北　浙江人民出版社　1988年9月　頁9—10

196. 林語堂；郝志東、沈益洪譯　1939年版序　中國人　上海　學林出版社　1994年12月　頁11—12

197. 林語堂　1939年版序　中國人　香港　三聯書店　2002年2月　頁9

198. Lin Yutang　Preface　Moment in Peking　紐約　John Day Company　1939年11月　〔1〕頁

199. Lin Yutang　Preface　Moment in Peking　紐約　Sun Dial Press　1942年〔1〕頁

200. 林語堂；鄭陀、應元傑譯　小引　京華煙雲　上海　光明書局　1946 年 1 月　〔1〕頁
201. 林語堂　小引　京華煙雲　臺北　遠景出版社　1979 年 5 月　〔1〕頁
202. 林語堂；張振玉譯　著者序　京華煙雲　長春　時代文藝出版社　1991 年 10 月　頁 8
203. 林語堂；郁飛譯　小引　瞬息京華　長沙　湖南文藝出版社　1991 年 12 月　〔1〕頁
204. 林語堂；張振玉譯　著者序　京華煙雲　北京　現代教育出版社　2007 年 9 月　頁 1
205. 林語堂　我怎樣寫瞬息京華　宇宙風　第 100 期　1940 年 5 月
206. 林語堂　我怎樣寫《瞬息京華》　林語堂書話　杭州　浙江人民出版社　1998 年 7 月　頁 344—347
207. 林語堂　談鄭譯《瞬息京華》　宇宙風　第 113 期　1941 年 2 月
208. 林語堂　談鄭譯《瞬息京華》　瞬息京華　長沙　湖南文藝出版社　1991 年 12 月　頁 790—796
209. 林語堂　談鄭譯《瞬息京華》　林語堂書話　杭州　浙江人民出版社　1998 年 7 月　頁 348—353
210. Lin Yutang　Preface to Myself　Between Tears and Laughter　紐約　John Day Company　1943 年 7 月　〔1〕頁
211. Lin Yutang　Preface to Myself　Between Tears and Laughter　紐約　Blue Ribbon Books　1945 年　〔1〕頁
212. 林語堂　原序　啼笑皆非　臺中　義士出版社　1975 年 4 月　頁 5
213. 林語堂　原序　啼笑皆非　臺北　喜美出版社　1980 年 1 月　頁 7
214. 林語堂　原序　啼笑皆非　臺北　德華出版社　1980 年 11 月　頁 7
215. 林語堂　《啼笑皆非》中文譯本序言——為中國讀者進一解　宇宙風　第 138 期　1944 年 8 月　頁 198—200
216. 林語堂　中文譯本序言——為中國讀者進一解　啼笑皆非　重慶　商務印書

館 1945年1月 頁1—5

217. 林語堂 中文譯本序言——為中國讀者進一解 啼笑皆非 新竹 重光書店 1966年4月 頁3—7

218. 林語堂 中文譯本序言——為中國讀者進一解 啼笑皆非 臺中 義士出版社 1975年4月 頁1—4

219. 林語堂 中文譯本序言——為中國讀者進一解 啼笑皆非 臺北 喜美出版社 1980年1月 頁1—6

220. Lin Yutang Preface The Gay Genius: The Life and Times of Su Tungpo 紐約 John Day Company 1947年 pp.vii-xii

221. 林語堂；宋碧雲譯 原序 蘇東坡傳 臺北 遠景出版社 1977年5月 頁1—5

222. 林語堂 原序 蘇東坡傳 臺北 德華出版社 1979年4月 頁3—9

223. Lin Yutang Preface The Gay Genius: The Life and Times of Su Tungpo 臺北 美亞書版公司 1979年8月 pp.vii-xii

224. 林語堂；張振玉譯 原序 蘇東坡傳 長春 時代文藝出版社 1988年12月 頁5—9

225. 林語堂；張振玉譯 原序 蘇東坡傳 上海 上海書店 1989年10月 頁5—9

226. 林語堂；宋碧雲譯 原序 蘇東坡傳 海口 海南出版社 1992年6月 頁1—5

227. 林語堂；張振玉譯 原序 蘇東坡傳 天津 百花文藝出版社 2000年6月 頁5—9

228. 林語堂；張振玉譯 原序 蘇東坡傳 西安 陝西師範大學出版社 2006年5月 頁5—9

229. 林語堂 原序 蘇東坡傳 北京 現代教育出版社 2007年1月 頁5—9

230. 林語堂；張振玉譯 原序 蘇東坡傳 長沙 湖南人民出版社 2013年10月 頁5—10

231. Lin Yutang　Author’s Note　The Vermilion Gate　紐約　John Day Company　1953 年　〔1〕頁
232. Lin Yutang　Author’s Note　The Vermilion Gate　臺北　美亞書版公司　1975 年 7 月　〔1〕頁
233. 林語堂；宋碧雲譯　自序　朱門　臺北　遠景出版社　1976 年 9 月　〔1〕頁
234. 林語堂　自序　朱門　臺北　喜美出版社　1980 年 1 月　頁 1
235. 林語堂　自序　朱門　臺北　德華出版社　1981 年 2 月　〔1〕頁
236. 林語堂　自序　朱門　臺北　金蘭文化出版社　1984 年 5 月　頁 1
237. 林語堂　自序　朱門　臺北　風雲時代公司　1993 年 5 月　〔1〕頁
238. Lin Yutang　Preface　Lady Wu: A True Story　墨爾本、倫敦、多倫多　William Heinemann　1957 年　pp.vii-xii
239. Lin Yutang　Preface　Lady Wu: A True Story　臺北　美亞書版公司　1979 年 11 月　pp.1-5
240. 林語堂；宋碧雲譯　自序　武則天傳　臺北　遠景出版公司　2006 年 6 月　頁 3—7
241. 林語堂　《生活的藝術》序　語堂文集（下）　臺北　臺灣開明書店　1978 年 12 月　頁 1187—1191
242. 林語堂　自序　生活的藝術　臺北　德華出版社　1980 年 10 月　頁 1—5
243. 林語堂　《生活的藝術》自序　林語堂小品散文　北京　中國廣播電視出版社　1992 年 8 月　頁 201—205
244. 林語堂　《生活的藝術》序　林語堂書話　杭州　浙江人民出版社　1998 年 7 月　頁 360—364
245. Lin Yutang　Foreword　The Flight of the Innocents　紐約　G.P. Putnam's Sons　1964 年　p.9
246. Lin Yutang　Foreword　The Flight of the Innocents　香港　Dragonfly Books　1965 年 6 月　〔1〕頁

247. 林語堂；張復禮譯 前言 逃向自由城 臺北 中央通訊社 1965 年 9 月 頁 1
248. Lin Yutang Foreword The Flight of the Innocents 紐約 Dell Publishing Company 1965 年 10 月 〔1〕頁
249. Lin Yutang Foreword The Flight of the Innocents 倫敦 Heinemann 1965 年 〔1〕頁
250. 林語堂 前言 逃向自由城 臺北 金蘭文化出版社 1984 年 5 月 頁 1
251. 林語堂 前言 逃向自由城 臺北 開朗出版社 1985 年 1 月 頁 1
252. 林語堂 國語的寶藏 臺灣日報 1965 年 10 月 12 日 8 版
253. 林語堂 說《宇宙風》 我的話 臺北 志文出版社 1966 年 4 月 頁 113—115
254. 林語堂 說《宇宙風》 我的話 臺北 志文出版社 1971 年 10 月 頁 113—115
255. 林語堂 論《語絲》文體 我的話 臺北 志文出版社 1966 年 4 月 頁 107—112
256. 林語堂 論《語絲》文體 我的話 臺北 志文出版社 1971 年 10 月 頁 107—112
257. 林語堂 弁言 平心論高鶚 臺北 文星書店 1966 年 7 月 頁 1—2
258. 林語堂 弁言 平心論高鶚 臺北 傳記文學出版社 1969 年 12 月 頁 1—2
259. 林語堂 序言 平心論高鶚 西安 陝西師範大學出版社 2004 年 5 月 頁 1—2
260. 林語堂 回憶童年 傳記文學 第 51 期 1966 年 8 月 頁 11—12
261. 林語堂 回憶童年 幽默大師——名人筆下的林語堂，林語堂筆下的名人 上海 東方出版中心 1998 年 11 月 頁 447—451
262. 林語堂 童年 臺港文學選刊 第 320 期 2015 年 7 月 頁 108—116
263. 林語堂 自序 林語堂文選 臺中 義士出版社 1966 年 11 月 頁 1—5

264. 林語堂 《無所不談》第 2 集序 中央日報 1967 年 4 月 17 日 6 版
265. 林語堂 自序 無所不談二集 臺北 文星書店 1967 年 4 月 頁 1—2
266. 林語堂 重刊《語言學論叢》序 臺灣新聞報 1967 年 4 月 24 日 10 版
267. 林語堂 重刊《語言學論叢》序 語言學論叢 臺北 文星書店 1967 年 5 月 頁 1—2
268. 林語堂 重刊《語言學論叢》序 林語堂書話 杭州 浙江人民出版社 1998 年 7 月 頁 338—340
269. 林語堂 《四十自敘》詩序 傳記文學 第 58 期 1967 年 4 月 頁 9—12
270. 林語堂 林語堂先生來函 中央日報 1967 年 5 月 31 日 10 版
271. 林語堂 林語堂自傳（上、中、下） 傳記文學 第 70—71，73 期 1968 年 3，4，6 月 頁 5—9，21—26，26—30
272. 林語堂 林語堂自傳 中國文選 第 33 期 1970 年 1 月 頁 12—35
273. 林語堂 林語堂自傳 無所不談合集 臺北 臺灣開明書店 1974 年 10 月 頁 715—745
274. 林語堂 林語堂自傳 啼笑皆非 臺北 遠景出版社 1977 年 9 月 頁 165—205
275. 林語堂 林語堂自傳 論孔子的幽默 臺北 德華出版社 1980 年 10 月 頁 16—46
276. 林語堂 林語堂自傳 文匯月刊 1989 年第 7 期 1989 年 7 月 頁 20—29
277. 林語堂 林語堂自傳 中國百年傳記經典（第二卷） 上海 東方出版社 1999 年 1 月 頁 179—212
278. 林語堂 林語堂自傳（節選） 百年國士之三——楚天遼闊一詩人 北京 商務印書館 2010 年 12 月 頁 12—14
279. 林語堂 《語堂文集》序言及校勘記 臺灣日報 1968 年 8 月 3 日 8 版
280. 林語堂 《語堂文集》序言及校勘記 中央日報 1968 年 8 月 3 日 9 版
281. 林語堂 《語堂文集》序言及校勘記 臺灣新聞報 1968 年 8 月 3 日 10 版

282. 林語堂 《語堂文集》序言及校勘記 無所不談合集 臺北 聯經出版公司 1974 年 10 月 頁 746—752

283. 林語堂 《語堂文集》序言及校勘記 林語堂書話 杭州 浙江人民出版社 1998 年 7 月 頁 329—334

284. 林語堂 答莊練〈關於蘇小妹〉 從林語堂頭髮說起 臺北 哲志出版社 1969 年 7 月 頁 152—155

285. 林語堂 附錄（一）：再論紅樓百二十回本答葛趙諸先生 從林語堂頭髮說起 臺北 哲志出版社 1969 年 7 月 頁 167—176

286. 林語堂 附錄（二）：論「己乙」及「董蓮」筆勢 從林語堂頭髮說起 臺北 哲志出版社 1969 年 7 月 頁 177—179

287. 林語堂 我的青年時代 幼獅文藝 第 188 期 1969 年 8 月 頁 59—61

288. 林語堂 來臺二十的快事 中央日報 1969 年 9 月 1 日 9 版

289. 林語堂 有不為[1] 林語堂選集 臺北 讀書出版社 1969 年 9 月 頁 25—28

290. 林語堂 《有不為齋叢書》序 有不為齋隨筆 臺北 德華出版社 1980 年 10 月 頁 1—6

291. 林語堂 《有不為齋叢書》序 林語堂小品散文 北京 中國廣播電視出版社 1992 年 8 月 頁 188—191

292. 林語堂 《有不為齋叢書》序 林語堂書話 杭州 浙江人民出版社 1998 年 7 月 頁 422

293. 林語堂 我的圖書室 林語堂選集 臺北 讀書出版社 1969 年 9 月 頁 101—106

294. 林語堂 我的圖書室 誰最會享受人生 臺北 新潮文化公司 1991 年 11 月 頁 127—131

295. 林語堂 說誠與偽 學人論戰文集 臺北 哲志出版社 1970 年 10 月 頁 160—165

---

[1]本文後改篇名為〈《有不為齋叢書》序〉。

296. 林語堂　《當代漢英詞典》緣起（1—2）　中央日報　1972 年 2 月 11—12 日　9 版

297. 林語堂　《當代漢英詞典》緣起　中國語文　第 30 卷第 4 期　1972 年 4 月　頁 10—12

298. 林語堂　《無所不談合集》序言　無所不談合集　臺北　臺灣開明書店　1974 年 10 月　頁 i — ii

299. 林語堂　《無所不談合集》序　林語堂書話　杭州　浙江人民出版社　1998 年 7 月　頁 327—328

300. 林語堂　原序　武則天正傳　臺北　德華出版社　1976 年 5 月　頁 1—5

301. 林語堂　《武則天傳》序　林語堂書話　杭州　浙江人民出版社　1998 年 7 月　頁 377—380

302. 林語堂　與大千先生無所不談　大成　第 30 期　1976 年 5 月　頁 12—14

303. 林語堂　緒言　信仰之旅　臺北　道聲出版社　1976 年 8 月　頁 19—24

304. 林語堂　自序　啼笑皆非　臺北　遠景出版社　1977 年 9 月　頁 1—2

305. 林語堂　《行素集》序　語堂文集（下）　臺北　臺灣開明書店　1978 年 12 月　頁 1171

306. 林語堂　《行素集》序　林語堂序跋書信選　臺北　南京出版公司　1981 年 6 月　頁 49—50

307. 林語堂　《行素集》序　林語堂書話　杭州　浙江人民出版社　1998 年 7 月　頁 326

308. 林語堂　《浮生六記》英譯序　語堂文集（下）　臺北　臺灣開明書店　1978 年 12 月　頁 1192—1195

309. 林語堂　《浮生六記》英譯自序　人間世選集（二）　臺南　德華出版社　1980 年 1 月　頁 225—229

310. 林語堂　《浮生六記》英譯自序　林語堂序跋書信選　臺北　南京出版公司　1981 年 6 月　頁 59—64

311. 林語堂　《浮生六記》英譯本序　林語堂著譯人生小品集　杭州　浙江文藝

出版社　1991年5月　頁113—114

312. 林語堂　《浮生六記》英譯自序　林語堂小品散文　北京　中國廣播電視出版社　1992年8月　頁193—197

313. 林語堂　《浮生六記》英譯自序　林語堂書話　杭州　浙江人民出版社　1998年7月　頁386—389

314. 林語堂　關於《吾國與吾民》及《生活的藝術》之寫作　語堂文集（下）　臺北　臺灣開明書店　1978年12月　頁874—877

315. 林語堂　《論語文選》序（兼作《論語》叢書小引）　語堂文集（下）　臺北　臺灣開明書店　1978年12月　頁1182

316. 林語堂　《有不為齋叢書》序（兼說近情主義）　語堂文集（下）　臺北　臺灣開明書店　1978年12月　頁1183—1186

317. 林語堂　《語堂文集》初稿校勘記　語堂文集（下）　臺北　臺灣開明書店　1978年12月　頁1237—1243

318. 林語堂　自傳　林語堂　臺北　華欣文化中心　1979年3月　頁1—30

319. 林語堂　原序　蘇東坡傳　臺北　遠景出版公司　1980年6月　頁1—5

320. 林語堂　《蘇東坡傳》序　文學星空　臺北　國家文藝基金管理委員會　1992年9月　頁244—246

321. 林語堂　《蘇東坡傳》序　林語堂書話　杭州　浙江人民出版社　1998年7月　頁372—376

322. 林語堂　林氏英文本導言　中國傳奇小說　臺北　德華出版社　1980年9月　頁1—6

323. 林語堂　林語堂生平事蹟　金聖歎之生理學　臺北　德華出版社　1980年11月　頁5—16

324. 林語堂　關於《吾國與吾民》　林語堂序跋書信選　臺北　南京出版公司　1981年6月　頁75—80

325. 林語堂　關於《吾國與吾民》　林語堂書話　杭州　浙江人民出版社　1998年7月　頁356—359

326. 林語堂　關於我的長篇小說　林語堂序跋書信選　臺北　南京出版公司　1981年6月　頁175—178

327. 林語堂　弁言　林語堂自傳　石家莊　河北人民出版社　1991年9月　頁9

328. 林語堂　弁言　中國百年傳記經典（第二卷）　上海　東方出版中心　1999年1月　頁184—185

329. 林語堂　《作文六訣》序　林語堂書話　杭州　浙江人民出版社　1998年7月　頁335—336

330. 林語堂　給郁達夫的信——關於《瞬息京華》　林語堂書話　杭州　浙江人民出版社　1998年7月　頁341—343

331. 林語堂　《啼笑皆非》序跋三種　林語堂書話　杭州　浙江人民出版社　1998年7月　頁365—371

332. 林語堂　《從異教徒到基督教徒》緒言　林語堂書話　杭州　浙江人民出版社　1998年7月　頁381—384

333. 林語堂　《印度支那語言書目》譯本弁言　林語堂書話　杭州　浙江人民出版社　1998年7月　頁385

334. 林語堂　《賣花女》英漢譯注本序弁言　林語堂書話　杭州　浙江人民出版社　1998年7月　頁390—393

335. 林語堂　插論《語絲》的文體——穩健、罵人及費厄潑賴　林語堂書話　杭州　浙江人民出版社　1998年7月　頁395—401

336. 林語堂　《論語》緣起　林語堂書話　杭州　浙江人民出版社　1998年7月　頁402—406

337. 林語堂　我們的態度　林語堂書話　杭州　浙江人民出版社　1998年7月　頁407—408

338. 林語堂　編輯罪言　林語堂書話　杭州　浙江人民出版社　1998年7月　頁409

339. 林語堂　編輯滋味　林語堂書話　杭州　浙江人民出版社　1998年7月

頁 410

340. 林語堂　《論語》三周年　林語堂書話　杭州　浙江人民出版社　1998 年 7 月　頁 419—420

341. 林語堂　《論語文選》序——《論語叢書》小引　林語堂書話　杭州　浙江人民出版社　1998 年 7 月　頁 421

342. 林語堂　發刊《人間世》意見書　林語堂書話　杭州　浙江人民出版社　1998 年 7 月　頁 422—427

343. 林語堂　說《小品文》半月刊　林語堂書話　杭州　浙江人民出版社　1998 年 7 月　頁 428—429

344. 林語堂　論《小品文》筆調　林語堂書話　杭州　浙江人民出版社　1998 年 7 月　頁 430—433

345. 林語堂　關於《人間世》　林語堂書話　杭州　浙江人民出版社　1998 年 7 月　頁 436—439

346. 林語堂　且說《宇宙風》　林語堂書話　杭州　浙江人民出版社　1998 年 7 月　頁 440—442

347. 林語堂　與又文先生論《逸經》　林語堂書話　杭州　浙江人民出版社　1998 年 7 月　頁 443—445

348. 林語堂　中國雜誌的缺點——《西風》發刊詞　林語堂書話　杭州　浙江人民出版社　1998 年 7 月　頁 446—447

349. 林語堂　所望於《申報》　林語堂書話　杭州　浙江人民出版社　1998 年 7 月　頁 448—449

350. 林語堂　《申報》的醫學副刊　林語堂書話　杭州　浙江人民出版社　1998 年 7 月　頁 450—451

351. 林語堂　八十自敘　幽默大師——名人筆下的林語堂，林語堂筆下的名人　上海　東方出版中心　1998 年 11 月　頁 452—459

352. 林語堂　作者原序　林語堂評說中國文化（全 2 冊）　北京　中共中央黨校出版社　2001 年 1 月　頁 4—9

353. 林語堂　林語堂談自己　林語堂評說七十年　北京　中國華僑出版社　2003 年 1 月　〔7〕頁

他述

354. 〔國聞週報〕　時人彙志　國聞週報　第 7 卷第 47 期　1930 年 12 月　〔1〕頁

355. 〔樊蔭南編〕　林語堂　當代中國名人錄　上海　良友出版社　1931 年 8 月　頁 145—146

356. 顧鳳城　林語堂　中外文學家辭典　上海　樂華圖書公司　1932 年 11 月　頁 251

357. 海　戈　洋行觀畫記　人間世　第 40 期　1935 年 11 月　頁 29—32

358. Pearl S. Buck　Introduction　My Country and My People　紐約　John Day Company　1935 年 8 月　pp.vii-xii

359. Pearl S. Buck　Introduction　My Country and My People　紐約　Halcyon House　1938 年 9 月　pp.xix-xxii

360. Pearl S. Buck　Introduction　My country and my people　臺北　美亞書版公司　1966 年 11 月　pp.xi-xvi

361. Pearl S. Buck　Introduction　My Country and My People　香港、新加坡、吉隆坡　Heinemann Educational Books　1977 年　pp.vii-xii

362. Pearl S. Buck　Introduction　吾國與吾民（英漢對照）　西安　陝西師範大學　2008 年 9 月　頁 10—13

363. 賽珍珠；鄭陀譯　賽珍珠序　吾國與吾民　上海　世界新聞社　1939 年 4 月　頁 1—8

364. 賽珍珠　賽珍珠序　吾國與吾民　香港　世界文摘出版社　1954 年 5 月　頁 1—7

365. 賽珍珠　賽珍珠序　吾國與吾民　臺中　義士出版社　1974 年 9 月　頁 1—6

366. 賽珍珠　賽珍珠序　吾國吾民　臺北　金川出版社　1976 年 5 月　頁 1—6

367. 賽珍珠　　賽珍珠序　吾國與吾民　臺北　遠景出版公司　1977 年 9 月　頁 1—5

368. 賽珍珠　　賽珍珠序　吾國與吾民　臺北　林白出版社　1977 年 10 月　頁 9—14

369. 賽珍珠　　賽珍珠序　吾國與吾民　臺北　大方出版社　1978 年 12 月　頁 1—6

370. 賽珍珠　　序一　吾國與吾民　臺北　天華出版社　1979 年 2 月　頁 1—5

371. 賽珍珠　　賽珍珠序　吾國吾民　臺北　喜美出版社　1980 年 8 月　頁 1—5

372. 賽珍珠；郝志東、沈益洪譯　　賽珍珠序　中國人　臺北　浙江人民出版社　1988 年 9 月　頁 1—6

373. 賽珍珠　　賽珍珠序　吾國與吾民　北京　寶文堂書店　1988 年 12 月　頁 1—5

374. 賽珍珠　　賽珍珠序　吾國與吾民　臺北　輔新書局　1989 年 4 月　頁 1—8

375. 賽珍珠　　賽珍珠序　吾國與吾民　臺北　風雲時代公司　1989 年 8 月　頁 1—5

376. 賽珍珠；郝志東、沈益洪譯　　賽珍珠序　中國人　上海　學林出版社　1994 年 12 月　頁 3—8

377. 賽珍珠　　賽珍珠序　吾國與吾民　長沙　岳麓書社　2000 年 9 月　頁 1—5

378. 賽珍珠　　賽珍珠序　中國人　香港　三聯書店　2002 年 2 月　頁 1—6

379. 賽珍珠；黃嘉德譯　　賽珍珠序　吾國與吾民　西安　陝西師範大學　2003 年 12 月　頁 1—6

380. 賽珍珠　　引言　吾國與吾民　臺北　遠景出版公司　2005 年 12 月　頁 5—9

381. 賽珍珠　　賽珍珠序　吾國與吾民（英漢對照）　西安　陝西師範大學　2008 年 9 月　頁 7—10

382. 賽珍珠　　引言　中國人　北京　群言出版社　2009 年 7 月　頁 1—4

383. 大華烈士〔簡又文〕　　我的朋友林語堂　逸經文史　第 11 期　1936 年 8 月

5日　頁14—21

384. 海　戈　與林語堂遊蘇記　逸經文史　第11期　1936年8月5日　頁25—26

385. 橋川時雄　林語堂　中國文化界人物總鑑　北平　中華法令編印館　1940年10月　頁249—250

386. 劉　葆　林語堂　現代中國人物誌　上海　博文書店　1941年3月　頁309

387. 陶亢德　魯迅與林語堂　文壇史料　大連　大連書店　1944年11月　頁281—284

388. 胡仲持　林語堂　文藝辭典　上海　華華書店　1947年3月　頁86

389. 巴　雷　小傳　林語堂傑作選　上海　新象書局　1947年6月　〔2〕頁

390. 冰　瑩　林語堂的煙斗　中央日報　1949年7月21日　6版

391. 姜文錦　辜鴻銘與林語堂　中央日報　1950年9月22日　8版

392. 中央社輯　林語堂近事　中央日報　1951年7月18日　6版

393. 霜　木　不來也罷　聯合報　1953年3月17日　6版

394. 〔聯合報〕　林語堂，可能出任，南大校長　聯合報　1953年11月29日　3版

395. 〔聯合報〕　林語堂，即將出任南大校長　聯合報　1954年1月22日　2版

396. 〔聯合報〕　林語堂今秋赴星　聯合報　1954年2月2日　1版

397. 紹　華　南洋大學校長林語堂　自由人　第306期　1954年2月7日　2版

398. 〔聯合報〕　林語堂氏九月赴星　聯合報　1954年6月22日　2版

399. 〔聯合報〕　林語堂飛英，轉往新加坡　聯合報　1954年8月22日　1版

400. 〔聯合報〕　學英語的最佳方法：一、拋開文法書，二、多去看電影——林語堂告星島教師　聯合報　1954年11月19日　2版

401. 無　象　章太炎與林語堂　中央日報　1954年11月21日　6版

402. 無　象　　林語堂與章太炎　林語堂評說七十年　北京　中國華僑出版社　2003 年 1 月　頁 128—130

403. 何　凡　　玻璃墊上：打領帶及其他　聯合報　1954 年 12 月 10 日　6 版

404. 莊　水　　也談南大校長林語堂　人生　第 9 卷第 26 期　1955 年 2 月 1 日　頁 16—19

405. 〔聯合報〕　林語堂，今春訪日　聯合報　1955 年 2 月 13 日　2 版

406. 〔聯合報〕　林語堂，或將離開南洋大學　聯合報　1955 年 2 月 20 日　2 版

407. 〔聯合報〕　南洋大學糾紛　聯合報　1955 年 2 月 21 日　2 版

408. 一　得　　林語堂小史　林語堂思想與生活　香港　新文化出版社　1955 年 2 月　頁 289—295

409. 一　得　　林語堂小史　林語堂思想與生活　臺北　蘭溪圖書出版社　1977 年 5 月　頁 289—295

410. 小　言　　其言不遜的林語堂　自由報　1955 年 3 月　1 版

411. Baldoon Dhingra（鄧克拉）著；何玉常譯　林語堂素描　亞細亞　第 1 卷第 2、3 期合刊　1955 年 3 月　頁 29—31

412. 曉　堂　　林語堂先生的幽默哲學　亞細亞　第 1 卷第 2、3 期合刊　1955 年 3 月　頁 32—33

413. 〔亞細亞〕　林語堂對南洋大學的措施　亞細亞　第 1 卷第 2、3 期合刊　1955 年 3 月　頁 35—36

414. 〔聯合報〕　林語堂大師，辭南大校長　聯合報　1955 年 4 月 3 日　1 版

415. 〔聯合報〕　林語堂，將赴巴黎　聯合報　1955 年 4 月 7 日　1 版

416. 〔聯合報〕　林語堂辭職，傳另有原因　聯合報　1955 年 4 月 9 日　1 版

417. 〔聯合報〕　林語堂，今離星返法　聯合報　1955 年 4 月 17 日　2 版

418. 〔聯合報〕　新嘉坡僑校，受共匪威脅，林語堂博士宣稱　聯合報　1955 年 4 月 28 日　2 版

419. 〔聯合報〕　共匪指使核心份子，破壞南洋大學，林語堂發表辭職之原

因，呼籲英人清除共黨工具　聯合報　1955 年 4 月 29 日　1 版

420. 蕭立坤　林語堂與周恩來　自由中國　第 12 卷第 10 期　1955 年 5 月 16 日　頁 29

421. 茵　茹　慰林語堂　中央日報　1955 年 5 月 16 日　6 版

422. 戈北指　林語堂論郭沫若　自由人　第 532 期　1956 年 4 月 7 日　4 版

423. 戈北指　林語堂嗜烟若命　自由人　第 588 期　1956 年 10 月 20 日　4 版

424. 〔聯合報〕　林語堂夫婦，離法赴英　聯合報　1957 年 3 月 2 日　1 版

425. 〔自由人〕　林語堂與「武則天」，幽默大師在倫敦廣播公司一段談話　自由人　第 630 期　1957 年 3 月 20 日　3 版

426. 楊繼曾　林語堂博士小傳　林語堂文選　臺北　新陸書局　1957 年 7 月　頁 5—6

427. 毛樹清　林語堂在美演講，演繹中國思想哲學，風趣幽默，妙語如珠，掌聲不絕　聯合報　1957 年 12 月 6 日　4 版

428. 〔聯合報〕　林語堂博士，今秋將返國　聯合報　1958 年 2 月 14 日　3 版

429. 〔聯合報〕　林語堂，將返國　聯合報　1958 年 2 月 16 日　1 版

430. 〔聯合報〕　曼谷祝雙十，林語堂演說　聯合報　1958 年 10 月 11 日　2 版

431. 〔聯合報〕　林語堂，後天返國　聯合報　1958 年 10 月 12 日　3 版

432. 黃順華　林語堂小史　新生報　1958 年 10 月 14 日　4 版

433. 〔聯合報〕　林語堂博士，今返國抵臺，昨在港發表談話，主對共黨採攻勢　聯合報　1958 年 10 月 14 日　3 版

434. 曲克寬　林語堂博士小史　公論報　1958 年 10 月 14 日　2 版

435. 彭　麒　林語堂重睹吾土吾民　中國時報　1958 年 10 月 15 日　3 版

436. 于　衡　林語堂海外歸來　聯合報　1958 年 10 月 15 日　3 版

437. 〔聯合報〕　林語堂返抵臺　聯合報　1958 年 10 月 15 日　3 版

438. 馬以順　林語堂與他的中文打字機　聯合報　1958 年 10 月 15 日　7 版

439. 〔聯合報〕　林語堂在扶輪社演說，力斥和平共存妄想　聯合報　1958 年

10月17日　2版

440. 郎玉衡　林語堂談治學　中央日報　1958年10月17日　5版

441. 正　誼　中外聞名的林語堂博士　中央日報　1958年10月19日　7版

442. 木吾尚　林語堂回國　自由人　第796期　1958年10月22日　2版

443.〔聯合報〕　林語堂談文藝寫作——如何培養一個文人的性靈與風格　聯合報　1958年10月24日　3版

444.〔聯合報〕　國貨多精美，印刷品欠佳，國際宣傳太差勁了，林語堂在師大抒觀感　聯合報　1958年10月28日　3版

445.〔聯合報〕　林語堂博士昨在師大演講，老莊考據方法的錯誤　聯合報　1958年10月28日　3版

446. 凌　人　林語堂談——作家的性靈與風格　自由人　第802期　1958年11月12日　4版

447. 仲偉庭　幽默大師林語堂　中國一週　第448期　1958年11月24日　頁8

448.〔聯合報〕　林語堂信教了　聯合報　1959年1月26日　7版

449.〔聯合報〕　林語堂夫婦，復信基督教　聯合報　1959年3月23日　2版

450. 葉　子　林語堂巴西之行　臺灣新生報　1959年11月2日　21版

451. 過　客　林語堂瘋魔巴西　新聞天地　第614期　1959年11月21日　頁19—24

452. 林太乙　我的父親林語堂　聯合報　1965年2月10日　3版

453. 林太乙　我的父親林語堂　人間壯遊（聯副三十年文學大系・散文卷）　臺北　聯經出版公司　1981年10月　頁39—42

454. 林太乙　我的父親林語堂先生　百年國士之三——楚天遼闊一詩人　北京　商務印書館　2010年12月　頁18—22

455. 樂恕人　我和林語堂先生　中央日報　1965年4月25日　6版

456. 竹　如　林語堂古稀之慶　古今談　第5期　1965年7月　頁14—15

457. 容天圻　閒話林語堂　臺灣新聞報　1965年8月21日　8版

458. 黃肇珩　幽默大師林語堂　中央日報　1966年1月25日　26版
459. 羊汝德　幽默大師「愛」與「憎」　公論報　1966年1月26日　18版
460. 羊汝德　幽默大師「愛」與「憎」，追求性靈但不脫離現實　聯合報　1966年1月26日　2版
461. 羊汝德　幽默大師的愛與憎　無所不談合集　臺北　臺灣開明書店　1974年10月　頁790—796
462. 羊汝德　幽默大師「愛」與「憎」，追求性靈但不脫離現實　幽默大師——名人筆下的林語堂，林語堂筆下的名人　上海　東方出版中心　1998年11月　頁239—244
463. 羊汝德　幽默大師「愛」與「憎」，追求性靈但不脫離現實　林語堂評說七十年　北京　中國華僑出版社　2003年1月　頁184—189
464. 張　震　林語堂的學問與幽默　自立晚報　1966年1月27日　4版
465. 李慶榮　林語堂博士談寫作與幽默　中國時報　1966年1月27日　2版
466. 胡有瑞　幽默大師談天又說地　中央日報　1966年1月27日　3版
467. 方　村　迎大師，談幽默　中央日報　1966年1月27日　6版
468. 何　凡　迎語堂先生（上、下）　聯合報　1966年1月29—30日　7版
469. 何　凡　迎語堂先生　何凡文集・卷13　臺北　純文學出版社　1989年12月　頁26—28
470. 〔臺灣日報〕　林語堂的幽默實例——閨房畫眉之樂，張敞幽默皇帝　臺灣日報　1966年1月30日　2版
471. 〔公論報〕　幽默大師歸去來兮　公論報　1966年1月30日　2版
472. 張列宿　白首同所歸　香港時報　1966年1月31日　2版
473. 賈　遜　林語堂先生含飴弄孫　大華晚報　1966年2月11日　2版
474. 向　陽　林語堂與陳大使一段恩怨　藝文誌　第5期　1966年2月　頁23—25
475. 林海音　中國作家在美國（1）〔林語堂部分〕　中華日報　1966年3月2日　6版

476. 林海音　中國作家在美國——林語堂、林太乙　作客美國　臺北　大林書店　1969 年 6 月　頁 160—161
477. 黎東方　語堂先生給我們帶來了春天　香港時報　1966 年 3 月 23 日　10 版
478. 孫憲文　幽默大師的幽默文摘　當代文藝　1966 年第 4 期　1966 年 4 月　頁 110—116
479. 鍾　吾　與君一夕話　當代文藝　1966 年第 4 期　1966 年 4 月　頁 117—122
480. 〔聯合報〕　林語堂昨抵臺，將作較長時期居留，與記者談寫作　聯合報　1966 年 6 月 5 日　2 版
481. 鼎　林語堂的好處　臺灣日報　1966 年 6 月 30 日　8 版
482. 羊汝德　林語堂北山樂隱圖　聯合報　1966 年 7 月 9 日　1 版
483. 羊汝德　林語堂北山樂隱圖　西窗舊話　臺北　皇冠出版社　1970 年 10 月　頁 19—25
484. 羊汝德　林語堂北山樂隱圖　無所不談合集　臺北　臺灣開明書店　1974 年 10 月　頁 797—802
485. 羊汝德　林語堂北山樂隱圖　幽默大師——名人筆下的林語堂，林語堂筆下的名人　上海　東方出版中心　1998 年 11 月　頁 233—238
486. 羊汝德　林語堂北山樂隱圖　林語堂評說七十年　北京　中國華僑出版社　2003 年 1 月　頁 179—183
487. 〔臺灣新聞報〕　古稀伉儷神仙侶，四十七週年慶結褵——幽默大師・璀燦舊夢——願待三載・同祝金婚　臺灣新聞報　1966 年 7 月 10 日　3 版
488. 黃肇珩　林語堂先生的寫作生活　書目季刊　第 1 期　1966 年 9 月　頁 85—87
489. 黃肇珩　林語堂的寫作生活　人籟　臺北　臺灣學生書局　1972 年 11 月　頁 17—25

490. 黃肇珩　　林語堂的寫作生活　無所不談合集　臺北　臺灣開明書店　1974 年 10 月　頁 778—785

491. 黃肇珩　　林語堂的寫作生活　人籟　臺北　臺灣學生書局　1975 年 3 月　頁 17—25

492. 黃肇珩　　林語堂的寫作生活　幽默大師——名人筆下的林語堂，林語堂筆下的名人　上海　東方出版中心　1998 年 11 月　頁 130—134

493. 黃肇珩　　林語堂的寫作生活　林語堂評說七十年　北京　中國華僑出版社　2003 年 1 月　頁 190—194

494. 薩　雲　　日本學者筆下的林語堂　中央日報　1966 年 11 月 13 日　6 版

495. 〔編輯部〕　林語堂小傳　林語堂文選　臺中　義士出版社　1966 年 11 月　頁 8—13

496. 陵建剛　　林語堂的色空觀　自立晚報　1966 年 12 月 22 日　4 版

497. 〔聯合報〕　林語堂訪日歸來稱，日人研究漢學，已獲相當成就，日人硬幹精神足資借鏡　聯合報　1966 年 12 月 22 日　2 版

498. 默　子　　喝！林先生　中央日報　1967 年 5 月 26 日　10 版

499. 吳錫澤　　福建二林——林琴南與林語堂（上、下）　中央日報　1967 年 5 月 26—27 日　10 版

500. 〔文壇〕　封面介紹——林語堂　文壇　第 85 期　1967 年 7 月　頁 6

501. 羊汝德　　張大千、林語堂把臂話舊　聯合報　1968 年 2 月 18 日　2 版

502. 李德安　　林語堂博士與魯迅的一段舊交　學林見聞　臺北　環宇出版社　1968 年 6 月　頁 81—84

503. 李德安　　林語堂博士與魯迅的一段舊交　訪問學林風雲人物（上）　臺北　大明王氏出版公司　1970 年 11 月　頁 69—71

504. 徐子明　　中西文化交流的檢討〔林語堂部分〕　文化旗　第 15 期　1969 年 1 月　頁 18—23

505. 徐子明　　中西文化交流的檢討〔林語堂部分〕　學人論戰文集　臺北　哲志出版社　1970 年 10 月　頁 141—155

506. 李昌森　聽林語堂講中華文化的感慨　文化旗　第15期　1969年1月　頁24

507. 李元白　新詩；那大師　文化旗　第15期　1969年1月　頁42

508. 陸瑤王　我看林語堂大師　暢流　第39卷第2期　1969年3月1日　頁3—5

509. 寒　爵　林語堂的「傴傭兵」　創作　第81期　1969年4月10日　頁35－36

510. 寒　爵　林語堂的傴傭兵　學人論戰文集　臺北　哲志出版社　1970年10月　頁138—140

511. 黃肇珩　第五十個春天——林語堂的半世紀「老相好」「金玉緣」　臺灣新聞報　1969年7月12日　3版

512. 黃肇珩　林語堂五十蜜月[2]　中國時報　1969年7月12日　3版

513. 黃肇珩　林語堂的半世紀良緣　人籟　臺北　臺灣學生書局　1972年11月　頁38—43

514. 黃肇珩　林語堂的半世紀良緣　無所不談合集　臺北　臺灣開明書店　1974年10月　頁772—777

515. 黃肇珩　林語堂的半世紀良緣　人籟　臺北　臺灣學生書局　1975年3月　頁38—43

516. 黃肇珩　林語堂的半世紀良緣　幽默大師——名人筆下的林語堂，林語堂筆下的名人　上海　東方出版中心　1998年11月　頁106—109

517. 黃肇珩　林語堂和他的一捆矛盾　自由談　第20卷第7期　1969年7月　頁17—23

518. 黃肇珩　林語堂和他的一捆矛盾　當代人物一席話　臺北　臺灣學生書局　1969年7月　頁31—57

519. 黃肇珩　林語堂和他的一捆矛盾　無所不談合集　臺北　臺灣開明書店　1974年10月　頁759—771

---

[2]本文後改篇名為〈林語堂的半世紀良緣〉。

520. 黃肇珩　林語堂和他的一捆矛盾　當代人物一席話　臺北　臺灣學生書局　1976年9月　頁31—57

521. 黃肇珩　林語堂和他的一捆矛盾　回顧林語堂：林語堂先生百年紀念文集　臺北　正中書局　1994年10月　頁74—89

522. 黃肇珩　林語堂和他的一捆矛盾　幽默大師——名人筆下的林語堂，林語堂筆下的名人　上海　東方出版中心　1998年11月　頁135—146

523. 上官甫　林語堂談他的漢英字典　大華晚報　1970年5月19日　2版

524. 〔臺灣日報〕　以幽默作為促國際瞭解工具，國際筆會昨專題討論後閉幕　臺灣日報　1970年7月4日　4版

525. 彭　歌　幽默大師談幽默　臺灣新生報　1970年7月12日　2版

526. 彭　歌　幽默大師談幽默　筆之會　臺北　三民書局　1974年3月　頁51—56

527. 黃肇珩　笑聲最多的一次會議——國際筆會漢城集會追記　臺灣日報　1970年7月14日　4版

528. 黃肇珩　笑聲中的國際作家群——林語堂講演入木三分　人籟　臺北　臺灣學生書局　1972年11月　頁163

529. 賽珍珠　談林語堂　名作家筆下的名作家　臺北　落花生出版社　1970年10月　頁89—91

530. 賽珍珠　談林語堂　作家寫作家　臺北　長歌出版社　1976年4月　頁10—12

531. 賽珍珠　談林語堂　作家筆下的作家　臺北　五福出版社　1978年6月　頁48—49

532. 梁仁遠　我讀林語堂　中央日報　1970年11月2日　9版

533. 高　歌　林語堂和煙斗　中國時報　1970年12月12日　9版

534. 賽珍珠　賽珍珠序　諷頌集　臺北　志文出版社　1971年10月　頁1—2

535. 賽珍珠　賽珍珠序　吾國與吾民　臺北　大方出版社　1973年5月　頁1

—7

536. 〔自由報〕　作家素描集——幽默大師林語堂（1—3）　自由報　1973 年 3 月 25 日　3 版

537. 書呆子　林語堂的大智若愚式幽默　中國時報　1973 年 3 月 26 日　12 版

538. 書呆子　林語堂的大智若愚式幽默　生活日記　臺北　鄭豐喜基金會　1984 年 11 月　頁 96

539. 馬星野　林語堂幽默大師和他的煙斗哲學　臺灣新生報　1973 年 4 月 9 日　3 版

540. 〔編輯部〕　林語堂博士小傳　幽默縱橫集　臺南　西北出版社　1973 年 5 月　頁 1—7

541. 蔣宋美齡　Prologomena　現代中國作家列傳　第 9 期　1974 年 1 月　頁 325—326

542. 蔣宋美齡　Prologomena　華岡學報　第 9 期　1974 年 10 月　頁 325—326

543. 蔣宋美齡　Prologomena　Chinese Culture Quartely　第 16 卷第 2 期　1975 年 6 月　頁 1—2

544. 馬星野　賀林語堂先生八秩壽誕（上、下）　中央日報　1974 年 9 月 3—4 日　10 版

545. 馬星野　賀林語堂先生八秩　華岡學報　第 9 期　1974 年 10 月　頁 11—20

546. 馬星野　賀林語堂先生八十大壽　幽默大師——名人筆下的林語堂，林語堂筆下的名人　上海　東方出版中心　1998 年 11 月　頁 90—98

547. 張佛千　壽林語堂先生　聯合報　1974 年 10 月 11 日　12 版

548. 彭　歌　為林老祝壽　聯合報　1974 年 10 月 11 日　12 版

549. 彭　歌　為林老祝壽　成熟的時代　臺北　聯合報社　1979 年 10 月　頁 67—68

550. 胡有瑞　林語堂先生　中央日報　1974 年 10 月 12 日　4 版

551. 胡有瑞　林語堂博士快活事，徜徉寫作近半世紀　中央日報　1974 年 10 月

12日　4版

552. 杜文靖　幽默大師妙語多，八秩老人真快活　自立晚報　1974 年 10 月 13 日　2版

553. 陳裕清　雖千萬人吾往矣——賀語堂先生伉儷八十雙慶　中央日報　1974 年10月14日　4版

554. 陳長華　長生不老的歌　聯合報　1974年10月14日　2版

555. 錢　穆　談閩學——壽語堂先生八十　聯合報　1974年10月14日　12版

556. 陳長華　祝賀林語堂夫婦壽辰——文化團體昨舉行茶會　聯合報　1974 年 10月15日　2版

557. 樸　人　壽林語堂先生八秩雙慶　中華日報　1974年10月18日　9版

558. 蔣復璁　林語堂先生八秩大慶祝辭　華崗學報　第9期　1974年10月　頁 1—2

559. 謝冰瑩　遙遠的祝福　華岡學報　第9期　1974年10月　頁21—27

560. 謝冰瑩　遙遠的祝福　幽默大師——名人筆下的林語堂，林語堂筆下的名人　上海　東方出版中心　1998年11月　頁30—36

561. 馬驥伸　咖啡・林語堂・辭典　華岡學報　第 9 期　1974 年 10 月　頁 29—32

562. 黃肇珩　我客串了女祕書　華岡學報　第9期　1974年10月　頁33—36

563. 黃肇珩　我客串了女祕書　幽默大師——名人筆下的林語堂，林語堂筆下的名人　上海　東方出版中心　1998年11月　頁123—126

564. 畢　璞　五叔與我　華岡學報　第9期　1974年10月　頁37—41

565. 畢　璞　五叔與我　幽默大師——名人筆下的林語堂，林語堂筆下的名人　上海　東方出版中心　1998年11月　頁205—208

566. 鍾麗珠　我所知道的五叔　華岡學報　第9期　1974年10月　頁43—48

567. 張其昀　祝賀林語堂先生八十大壽　華岡學報　第9期　1974年10月　頁 241—242

568. 張其昀　祝賀林語堂先生八十大壽　華學月刊　第 34 期　1974 年 10 月

頁 13

569. 陳石孚　Dr. Lin as I Know Him——Some Rand on Recollections（LinYu-tang）　華岡學報　第 9 期　1974 年 10 月　頁 243—262

570. 陳石孚　我所認識的林語堂先生　華學月刊　第 34 期　1974 年 10 月　頁 1—12

571. 魯　平　和尚的意見　無所不談合集　臺北　臺灣開明書店　1974 年 10 月　頁 365—367

572. 黃銀杏　林語堂博士論讀書　大華晚報　1974 年 12 月 22 日　17 版

573. 陳石孚　LIN YU TANG AT 80　Sino-American Relations　第 1 期　1975 年春　頁 47—69

574. 謝冰瑩　我所認識的林語堂先生　冰瑩書柬　臺北　力行書局　1975 年 9 月　頁 160—165

575. 謝冰瑩　我所認識的林語堂先生　冰瑩書柬　臺北　東大圖書公司　1987 年 2 月　頁 236—243

576. 趙　聰　林語堂　現代中國作家列傳　香港　中國筆會　1975 年 10 月　頁 117—124

577. 趙　聰　林語堂　新文學作家列傳　臺北　時報文化出版公司　1980 年 6 月　頁 117—124

578. A. J Anderson　introduction　LinYutang：THEBESTOFANOLDFRIEND　New York　MASON／CHARTER　1975 年 11 月　頁 1—8

579. 彭　歌　林語堂先生殊榮——出席國際筆會四十屆年會紀聞　中央日報　1975 年 12 月 16 日　10 版

580. 彭　歌　林語堂先生的殊榮　筆掠天涯　臺北　遠景出版公司　1977 年 4 月　頁 71—77

581. 黃肇珩　文學泰斗林語堂　中央月刊　第 8 卷第 4 期　1976 年 2 月　頁 92—95

582. 〔聯合報〕　林語堂——幽默大師病逝香港，文壇譯界巨星殞落　聯合報

1976年3月27日 3版

583.〔中國時報〕 林語堂在香港病逝 中國時報 1976年3月27日 3版

584.〔臺灣新生報〕 林語堂事略 臺灣新生報 1976年3月27日 3版

585. 黃肇珩 林語堂事略——世界智慧的人物 中央日報 1976年3月27日 3版

586. 黃肇珩 林語堂博士傳略 明道文藝 第2期 1976年5月 頁7—9

587. 程榕寧 懷念林語堂 大華晚報 1976年3月28日 2版

588.〔大華晚報〕 敬悼林語堂博士 大華晚報 1976年3月28日 2版

589.〔中央日報〕 悼林語堂——平易嚴正愛國愛人 中央日報 1976年3月28日 2版

590. 胡有瑞 懷念幽默大師——訪馬星野、蔣復璁 中央日報 1976年3月28日 3版

591.〔中國時報〕 中國傑出知識份子的志節——向李卓皓致敬並悼林語堂 中國時報 1976年3月28日 2版

592. 邱秀文 林語堂幽默大師離我們永去，吳經熊愴懷老友 中國時報 1976年3月28日 3版

593. 應平書，戴昌芬 林語堂崇高風範國人景仰——老朋友「毛子水、胡品清」懷念往事同表悲悼 中華日報 1976年3月28日 3版

594. 戴昌芬 一輩子寫作為樂，一枝筆溝中西 中華日報 1976年3月28日 3版

595. 杜文靖 林語堂與世長辭 自立晚報 1976年3月28日 2版

596. 杜文靖 道德文章望重士林，生活藝術垂範後進 自立晚報 1976年3月28日 2版

597. 劉瑞林 幽默大師林語堂生前二三事 臺灣日報 1976年3月28日 3版

598. 楊艾俐 林語堂，文壇大師音容杳，幽默遺作留馨香 臺灣新生報 1976年3月28日 3版

599.〔臺灣新聞報〕 林語堂在香港逝世，蔣復璁含淚話老友 臺灣新聞報

1976年3月28日 3版

600. 〔聯合報〕 對一代宗師林語堂先生的哀思 聯合報 1976年3月28日 2版

601. 陳長華 坐擁書城，淡泊名利，落葉空階，大師去矣 聯合報 1976年3月28日 3版

602. 陳長華 幽默中有嚴謹，留下滿櫃文章 聯合報 1976年3月28日 3版

603. 陳長華 司機老詹痛哭故主，大師遺愛永植心田 聯合報 1976年3月29日 3版

604. 程榕寧 林語堂的秘書憶 大華晚報 1976年3月29日 3版

605. 〔聯合報〕 幽默大師魂兮來歸，素花心香冠蓋迎靈 聯合報 1976年3月30日 3版

606. 楊艾俐 各界追思林語堂 臺灣新生報 1976年3月30日 3版

607. 楊 明 林語堂瀟灑歸真道山——愛自然創造幽默人生 中華日報 1976年3月30日 3版

608. 應平書 林語堂幽默大師長眠斯土 中華日報 1976年4月2日 3版

609. 之華〔蕭之華〕 舟子歸家——悼念林語堂先生 中央日報 1976年4月2日 10版

610. 之 華 舟子歸家——悼念林語堂先生 血緣、土地、傳統 臺北 求精出版社 1977年9月 頁3—8

611. 蕭之華 舟子歸家——悼念林語堂先生 血緣、土地、傳統 臺北 獨家出版社 2003年9月 頁31—39

612. 林以亮 小文祭大師 聯合報 1976年4月4日 12版

613. 念 石 林語堂之逝 臺灣日報 1976年4月5日 12版

614. 則 鳴 悼林語堂 中華日報 1976年4月7日 11版

615. 陶希聖 輓林語堂先生有序 中央日報 1976年4月7日 10版

616. 薛光前 愛國反共的林語堂先生 中央日報 1976年4月8日 10版

617. 唐魯孫 與林語堂一夕談煙 聯合報 1976年4月8日 12版

618. 唐魯孫　與林語堂一夕談煙　中國吃　臺北　景象出版社　1980 年 9 月　頁 191—195

619. 唐魯孫　與林語堂一夕談煙　人間壯遊（聯副三十年文學大系・散文卷）　臺北　聯經出版公司　1981 年 10 月　頁 93—98

620. 唐魯孫　與林語堂一夕談煙　中國吃　臺北　大地出版社　1982 年 11 月　頁 191—195

621. 唐魯孫　與林語堂一夕談煙　中國吃　臺北　大地出版社　2000 年 1 月　頁 221—226

622. 彭　歌　敬悼林語堂先生　聯合報　1976 年 4 月 9 日　12 版

623. 彭　歌　敬悼林語堂先生　孤憤　臺北　聯經出版公司　1978 年 5 月　頁 31—33

624. 陳鼎環　敬悼林語堂——剪破湘山幾片雲　中央日報　1976 年 4 月 10 日　10 版

625. 陳鼎環　剪破湘山幾片雲——敬悼林語堂大師　知識之劍　臺北　東大圖書公司　1978 年 4 月　頁 152—156

626. 傅一勤　《開明英文讀本》今讀，敬悼英語學界前輩林語堂先生　中央日報　1976 年 4 月 11 日　10 版

627. 王集叢　懷念林語堂（上、下）　臺灣新生報　1976 年 4 月 12—13 日　10 版

628. 羊汝德　林語堂與漢字整理——兼為林語堂的事略提一點意見　聯合報　1976 年 4 月 13 日　12 版

629. 羊汝德　林語堂與漢字整理　書和人　第 289 期　1976 年 6 月 12 日　頁 6—8

630. 羊汝德　我看林語堂　大拇指周報　1976 年 4 月 16 日　4 版

631. 方　沙　林語堂這個人　大拇指周報　1976 年 4 月 16 日　4—5 版

632. 胡漢君　向林語堂先生致敬　新聞天地　第 1470 期　1976 年 4 月 17 日　頁 13

633. 程靖宇　林語堂先生的文化功績　新聞天地　第1470期　1976年4月17日　頁18—19
634. 黃天白　林語堂的遺憾事與痛心事　中華日報　1976年4月19日　9版
635. 喬志高　懷念林語堂　中國時報　1976年4月20日　12版
636. 喬志高　懷念林語堂先生　海外文摘　第307期　1976年5月1日　頁19—21
637. 喬志高　懷念語堂先生　吐露集　臺北　時報文化出版公司　1981年5月　頁110—118
638. 畢　璞　敬悼五叔語堂——風趣灑脫的文人　中華日報　1976年4月24日　11版
639. 畢　璞　風趣灑脫的文人　我最難忘的人　臺北　中華日報社　1977年9月　頁186—190
640. 鍾麗珠　無已的哀思——恭悼語堂五叔　中央日報　1976年4月29日　10版
641. 鍾天擇　憶林語堂談文藝寫作　臺灣新生報　1976年4月30日　10版
642. 錢　穆　懷念老友林語堂先生　聯合報　1976年5月8日　12版
643. 錢　穆　懷念老友林語堂先生　人間壯遊（聯副三十年文學大系・散文卷）　臺北　聯經出版公司　1981年10月　頁99—104
644. 錢　穆　懷念老友林語堂先生　八十憶雙親師友雜憶合刊　臺北　素書樓文教基金會　2000年7月　頁400—406
645. 錢　穆　懷念老友林語堂先生　百年國士之三——楚天遼闊一詩人　北京　商務印書館　2010年12月　頁27—31
646. 不　同　關於林語堂　臺灣新聞報　1976年5月13日　12版
647. 亞　薇　林語堂在菲律賓　中華日報　1976年5月14日　9版
648. 薛光前　林語堂先生——我的英文老師　傳記文學　第168期　1976年5月　頁36—38
649. 薛光前　林語堂先生——我的英文老師　幽默大師——名人筆下的林語堂，

林語堂筆下的名人　上海　東方出版中心　1998 年 11 月　頁 251—256

650. 張書文　憶語堂先生臺南三日遊　傳記文學　第 168 期　1976 年 5 月　頁 39—41

651. 張書文　憶語堂先生臺南三日遊　幽默大師——名人筆下的林語堂，林語堂筆下的名人　上海　東方出版中心　1998 年 11 月　頁 245—250

652. 張振玉　譯後記　武則天正傳　臺北　德華出版社　1976 年 5 月　頁 7—8

653. 張　放　林語堂博士病逝　勝利之光　第 257 期　1976 年 5 月　頁 32—35

654. 趙世洵　悼念林語堂先生　大成　第 30 期　1976 年 5 月　頁 15—24

655. 黃肇珩　林語堂的眼淚　明道文藝　第 2 期　1976 年 5 月　頁 3—6

656. 誓　還　語堂鴻爪　明道文藝　第 2 期　1976 年 5 月　頁 10—11

657. 林恭祖　輓林語堂博士五首並註　暢流　第 53 卷第 9 期　1976 年 6 月 1 日　頁 29

658. 陳紀瀅　我所知道的林語堂先生　書和人　第 289 期　1976 年 6 月　頁 1—5

659. 陳紀瀅　我所知道的林語堂先生　齊如山、林語堂、武者小路篤實　臺北　重光文藝出版社　1977 年 3 月　頁 52—77

660. 陳紀瀅　我所知道的林語堂先生　傳記文學　第 187 期　1977 年 12 月　頁 38—41

661. 陳紀瀅　我所知道的林語堂先生　幽默大師——名人筆下的林語堂，林語堂筆下的名人　上海　東方出版中心　1998 年 11 月　頁 155—162

662. 王天昌　林語堂・國語・詞典　書和人　第 289 期　1976 年 6 月　頁 8

663. 何　容　我的老師林語堂　傳記文學　第 169 期　1976 年 6 月　頁 48

664. 何　容　我的老師林語堂　何容文集（甲編）　臺北　國語日報社　1992 年 7 月　頁 275—277

665. 何　容　我的老師林語堂　幽默大師——名人筆下的林語堂，林語堂筆下的

名人　上海　東方出版中心　1998 年 11 月　頁 187—189

666. 黃俊東　我看林語堂　幼獅文藝　第 271 期　1976 年 7 月　頁 21—26

667. 劉同莊　林語堂　寫作過程的研究（下）　新竹　〔自行出版〕　1976 年 8 月　頁 407—432

668. 黎東方　追憶語堂先生　中國語文　第 39 卷第 5 期　1976 年 9 月　頁 9—13

669. 黎東方　追憶語堂先生　華學月刊　第 57 期　1976 年 9 月　頁 1—3

670. Ing Chang Nancy（殷張蘭熙）　In Memoriam, Lin Yutang（悼念林語堂博士）　The Chinese Pen　Spring　1976 年　〔5〕頁

671. 林意玲　林語堂的心靈世界　宇宙光　第 4 卷第 4 期　1977 年 4 月　頁 38—44

672. 陳長華　林語堂優遊八十年　翰林小記　臺北　臺灣學生書局　1977 年 5 月　頁 60—63

673. 耿殿棟　悼念林語堂博士逝世週年——有不為齋攝影記　明道文藝　第 14 期　1977 年 5 月　頁 96—99

674. 李立明　林語堂　中國現代六百作家小傳資料索引　香港　波文出版社　1977 年 7 月　頁 207—209

675. 彭　歌　惟一候選人　回憶的文學　臺北　聯合報社　1977 年 9 月　頁 57—59

676. 馬星野　回憶林語堂先生　傳記文學　第 187 期　1977 年 12 月　頁 10—14

677. 陳石孚　林語堂先生與我　傳記文學　第 187 期　1977 年 12 月　頁 14—21

678. 陳石孚　林語堂先生與我　幽默大師——名人筆下的林語堂，林語堂筆下的名人　上海　東方出版中心　1998 年 11 月　頁 169—186

679. 黎東方　我論語堂先生　傳記文學　第 187 期　1977 年 12 月　頁 22—24

680. 黎東方　我論語堂先生　幽默大師——名人筆下的林語堂，林語堂筆下的名

人　上海　東方出版中心　1998 年 11 月　頁 205—208

681. 何　容　〈我的老師林語堂〉的幾點補充　傳記文學　第 187 期　1977 年 12 月　頁 26—28

682. 洪炎秋　語堂先生在臺灣的幾件事　傳記文學　第 187 期　1977 年 12 月　頁 28—30

683. 洪炎秋　語堂先生在臺灣的幾件事　三友集　臺中　中央書局　1979 年 6 月　頁 270—276

684. 洪炎秋　語堂先生在臺灣的幾件事　幽默大師——名人筆下的林語堂，林語堂筆下的名人　上海　東方出版中心　1998 年 11 月　頁 163—168

685. 沈雲龍　林語堂與幽默文學　傳記文學　第 187 期　1977 年 12 月　頁 30—32

686. 徐　訏　追思林語堂先生（上、下）　傳記文學　第 187—188 期　1977 年 12 月，1978 年 1 月　頁 33—38，97—101

687. 徐　訏　追思林語堂先生　大成　第 49 期　1977 年 12 月　頁 16—24

688. 徐　訏　追思林語堂先生　幽默大師——名人筆下的林語堂，林語堂筆下的名人　上海　東方出版中心　1998 年 11 月　頁 3—29

689. 徐　訏　追思林語堂先生　林語堂評說七十年　北京　中國華僑出版社　2003 年 1 月　頁 135—156

690. 徐　訏　追思林語堂先生　百年國士之三——楚天遼闊一詩人　北京　商務印書館　2010 年 12 月　頁 32—47

691. 何聯奎　追思胡適、林語堂兩博士　傳記文學　第 187 期　1977 年 12 月　頁 49—50

692. 何聯奎　追思胡適、林語堂兩博士　幽默大師——名人筆下的林語堂，林語堂筆下的名人　上海　東方出版中心　1998 年 11 月　頁 228—232

693. 黃肇珩　煙斗、字典、馬——語堂先生的三件事　傳記文學　第 188 期

1978 年 1 月　頁 94—96

694. 黃肇珩　煙斗、字典、馬——語堂先生的三件事　幽默大師——名人筆下的林語堂，林語堂筆下的名人　上海　東方出版中心　1998 年 11 月　頁 110—117

695. 黃肇珩　煙斗・字典・馬——語堂先生的三件事　百年國士之三——楚天遼闊一詩人　北京　商務印書館　2010 年 12 月　頁 48—54

696. 王　藍　我對語堂先生的認識及如何紀念這一代大師　傳記文學　第 188 期　1978 年 1 月　頁 102—105

697. 謝冰瑩　憶林語堂先生　傳記文學　第 188 期　1978 年 1 月　頁 106—110

698. 謝冰瑩　憶林語堂先生　作家與作品　臺北　三民書局　1991 年 5 月　頁 9—24

699. 謝冰瑩　憶林語堂先生　幽默大師——名人筆下的林語堂，林語堂筆下的名人　上海　東方出版中心　1998 年 11 月　頁 37—47

700. 〔傳記文學〕　林語堂小傳（1895—1976）　傳記文學　第 188 期　1978 年 1 月　頁 111

701. 陳　頤　懷林語堂先生幽默大師[3]　臺灣新聞報　1978 年 2 月 21 日　12 版

702. 陳　頤　憶幽默大師林語堂　中外雜誌　第 146 期　1979 年 4 月　頁 20—22

703. 盧申芳　林語堂不虛此生　成功者的畫像　臺北　中華日報社　1978 年 4 月　頁 16—20

704. 煥　明　林語堂的讀書方法　臺糖通訊　第 62 卷第 11 期　1978 年 4 月　頁 32—33

705. 羊汝德　我採訪中所認識的胡適、林語堂、張大千（上、下）　古今文選　第 430—431 期　1978 年 9 月 2，16 日　頁 1—8，1—4

706. 近藤春雄　林語堂　中國學藝大事典　日本　立命館出版部　1978 年 10　頁 836—837

[3]本文後改篇名為〈憶幽默大師林語堂〉。

707. 趙浩生 林語堂七十述感 現代中國文學家傳記 臺北 大人出版社 1978年10月 頁166—172

708. 吳雪雪 明哲的讀書經驗〔林語堂部分〕 中華文藝 第93期 1978年11月 頁51—56

709. 秦賢次 林語堂生平事蹟 語堂文集（下） 臺北 臺灣開明書店 1978年12月 頁1247—1257

710. 秦賢次 林語堂生平事蹟 語堂文集・四 臺北 臺灣開明書店 1978年12月 頁1247—1257

711. 陳信元 鼓吹健康微笑的林語堂 中學白話文選 臺北 故鄉出版社 1979年7月 頁80—81

712. 彭　歌 一事不忘〔林語堂部分〕 成熟的時代 臺北 聯合報社 1979年10月 頁69—70

713. 〔編輯部〕 林語堂博士小傳 林語堂無所不談集 臺南 西北出版社 1980年3月 頁1—7

714. 宋碧雲 譯序 蘇東坡傳 臺北 遠景出版公司 1980年6月 頁7—9

715. 張振玉 譯者序 八十自敘 臺北 喜美出版社 1980年8月 頁1—2

716. 賽珍珠 序 吾國與吾民 臺北 遠景出版公司 1981年3月 頁1—5

717. 〔編輯部〕 林語堂小傳 文學的藝術 臺北 喜美出版社 1981年11月 頁1—9

718. 亮　軒 我看林語堂 吾愛吾師 臺北 中華日報社 1981年12月 頁76—84

719. 〔陳寧貴編選〕 林語堂事略 林語堂幽默金句 臺北 德華出版社 1982年4月 頁1—3

720. 杜文靖 大師去矣 人物特寫 臺南 鳳凰城圖書公司 1982年12月 頁1—8

721. 書呆子 林語堂 中國時報 1983年3月26日 12版

722. 林海音 林語堂著作等身 聯合報 1983年5月13日 8版

723. 林海音　　林語堂著作等身　剪影話文壇　臺北　純文學出版社　1984 年 8 月　頁 19—21

724. 林海音　　林語堂著作等身　林海音作品集・剪影話文壇　臺北　遊目族文化公司　2000 年 5 月　頁 18—20

725. 陳嘉宗　　典範歷歷　新生報　1985 年 8 月 25 日　7 版

726. Tseng-yong-li　　The Graceful Dr. Lin Yutang Library——A Sanctuary for the Mind　Free China Review　第 35 卷第 8 期　1985 年 8 月　頁 24—27

727. 桑　柔　　林語堂與廖翠鳳　鶼鰈情深　臺北　希代書版公司　1985 年 10 月　頁 147—176

728. 吳興文，秦賢次　　林語堂卷（1—3）　文訊雜誌　第 21—23 期　1985 年 12 月，1986 年 2，4 月　頁 319—344，295—307，299—317

729. 張　梁　　林語堂評傳　徐州師範學院學報　1985 年第 1 期　1985 年　頁 103—110，116

730. 田　英　　林語堂與我　臺灣新生報　1986 年 4 月 7 日　6 版

731. 林太乙　　林語堂發明的中文打字機　聯合報　1986 年 5 月 28 日　8 版

732. 劉國柱　　幽默大師林語堂　古今中外名人軼趣　臺北　生生印書館　1986 年 10 月　頁 157—165

733. 黃天邁　　林語堂、徐悲鴻、徐謨——浪跡天涯憶舊遊之八　中外雜誌　第 243 期　1987 年 5 月　頁 57—60

734. 黃天邁　　林語堂文章濟世　時代文摘　第 86 期　1987 年 9 月　頁 159—162

735. 秦賢次　　林語堂的小故事（1—4）　中國時報　1988 年 3 月 20—21 日，4 月 1，3 日　23 版

736. 秦賢次　　林語堂的小故事　評論集　臺北　臺北縣立文化中心　1993 年 6 月　頁 110—114

737. 仙枝整理　　永遠的自由人——林太乙、彭歌對談林語堂　中央日報　1988

年3月28日 18版

738. 秦賢次 三人讀書團 中國時報 1988年3月31日 23版

739. 章克標 林語堂與我 明報月刊 1988年第3期 1988年3月 頁105—108

740. 林太乙 寫我父親林語堂——兼述《京華煙雲》的寫作背景 中國時報 1988年3月26日 18版

741. 林太乙 寫我父親林語堂——兼述《京華煙雲》的寫作背景 京華煙雲 臺北 殿堂出版社 1988年5月 頁1—2

742. 杜英穆 幽默大師林語堂 胡適·于右任·林語堂 臺北 名望出版社 1988年4月 頁701—776

743. 彭　歌 林先生傳 聯合報 1989年3月11日 27版

744. 萬平近 從文化視角看林語堂 新華文摘 第3期 1989年3月 頁137—141

745. 卓清芬 林語堂堅持考第二名 中央日報 1989年4月24日 17版

746. 繆天華 林語堂的中文程度 中央日報 1989年6月19日 16版

747. 施建偉 林語堂出國以後 文匯月刊 1989年第7期 1989年7月 頁20—29

748. 施建偉 林語堂出國之後 林語堂研究論集 上海 同濟大學出版社 1997年7月 頁161—187

749. 施建偉 林語堂出國以後 林語堂評說七十年 北京 中國華僑出版社 2003年1月 頁211—239

750. 李　遙 閒者品味中的中國文化——林語堂的文化視野 書林 1989年第8期 1989年8月 頁39—40

751. 章克標 林語堂在上海 文匯月刊 1989年第10期 1989年10月 頁34—39

752. 章克標 林語堂在上海 幽默大師——名人筆下的林語堂，林語堂筆下的名人 上海 東方出版中心 1998年11月 頁58—74

753. 章克標　　林語堂在上海　林語堂評說七十年　北京　中國華僑出版社　2003 年 1 月　頁 113—127

754. 彭　歌　　林語堂與諾貝爾　水流如激箭　臺北　聯經出版公司　1989 年 12 月　頁 177—185

755. 謝冰瑩　　記林語堂先生　作家與作品　臺北　三民書局　1991 年 5 月　頁 25—30

756. 謝冰瑩　　記林語堂先生　百年國士之三——楚天遼闊一詩人　北京　商務印書館　2010 年 12 月　頁 23—26

757. 謝冰瑩　　林語堂先生的為人和著作　作家與作品　臺北　三民書局　1991 年 5 月　頁 31—34

758. 何乃安　　編輯者說　幽默人生（林語堂小品）　廣州　花城出版社　1991 年 8 月　〔3〕頁

759. 徐　學　　孔孟風骨，幽默文章（代序）　林語堂自傳　石家莊　河北人民出版社　1991 年 9 月　頁 1—8

760. 曹聚仁　　論幽默　林語堂自傳　石家莊　河北人民出版社　1991 年 9 月　頁 229—232

761. 艾　琴　　幽默大師的書齋——兩腳跨東西文化・一心讀宇宙文章　幼獅文藝　第 465 期　1992 年 9 月　頁 96—103

762. 施建偉　　林語堂精神世界裡的「聖地」——坂仔　幼獅文藝　第 465 期　1992 年 9 月　頁 104—109

763. 梁立言　　林語堂談讀書法　文苑佳話　臺北　臺灣商務印書館　1992 年 9 月　頁 5—7

764. 陳子善　　林語堂、郁達夫友誼的新見證　遺落的明珠　臺北　業強出版社　1992 年 10 月　頁 233—235

765. 杜文彬　　林語堂與馬　炎黃春秋　1994 年第 4 期　1994 年 4 月　頁 57

766. 合山究著；楊秋明譯　　文學大師林語堂在美國的奮鬥紀要　國立中央圖書館臺灣分館館刊　第 1 卷第 1 期　1994 年 9 月　頁 74—94

767. 王一心　林語堂與曹聚仁的恩怨是非　世界華文文學論壇　1994 年第 2 期　1994 年 9 月　頁 78—80

768. 林太乙　憶父親　聯合報　1994 年 10 月 4 日　37 版

769. 林太乙　憶父親　講義雜誌　第 16 卷第 1 期　1994 年 10 月　頁 24—26

770. 艾　許　追尋林語堂的蹤跡　活水　第 79 期　1994 年 10 月 5 日　4 版

771. 彭　歌　三三草，面對人生　聯合報　1994 年 10 月 8 日　37 版

772. 黃肇珩　我行我素、無所不談、不亦快哉——林語堂在臺時期的思想、寫作與生活　林語堂百年誕辰論文集　臺北　臺北市立圖書館總館國際會議廳　1994 年 10 月 8—10 日　頁 1—16

773. 秦賢次　林語堂在大陸北京時期　林語堂百年誕辰論文集　臺北　臺北市立圖書館總館國際會議廳　1994 年 10 月 8—10 日　頁 1—16

774. 羅　蘭　一代哲人的「信仰之旅」　林語堂百年誕辰論文集　臺北　臺北市立圖書館總館國際會議廳　1994 年 10 月 8—10 日　頁 1—13

775. 彭　歌　林語堂、筆會與東西文化交流　林語堂百年誕辰論文集　臺北　臺北市立圖書館總館國際會議廳　1994 年 10 月 8—10 日　頁 1—32

776. 彭　歌　林語堂、筆會與東西文化交流　回顧林語堂：林語堂先生百年紀念文集　臺北　正中書局　1994 年 10 月　頁 56—73

777. 彭　歌　林語堂、筆會與東西文化交流　幽默大師——名人筆下的林語堂，林語堂筆下的名人　上海　東方出版中心　1998 年 11 月　頁 190—204

778. 張夢瑞　文風人品齊美，大師典範長存　民生報　1994 年 10 月 9 日　15 版

779. 喬志高　地址和信函——憶語堂先生（上、下）　聯合報　1994 年 10 月 9—10 日　37 版

780. 沈　怡　留下廿本筆記，每行記載神祕數字，幽默大師，賭輪盤　聯合報　1994 年 10 月 12 日　35 版

781. 張陳守荊　懷念的五舅——林語堂　基督教論壇　第 1490 期　1994 年 10 月　11 版

782. 林太乙　序　語堂幽默文選（上、下）　臺北　聯經出版社　1994 年 10 月〔5〕頁

783. 王　藍　永懷林語堂先生　回顧林語堂：林語堂先生百年紀念文集　臺北　正中書局　1994 年 10 月　頁 2—13

784. 王　藍　永懷林語堂先生　青年日報　1994 年 11 月 25 日　15 版

785. 王　藍　永懷林語堂先生　幽默大師——名人筆下的林語堂，林語堂筆下的名人　上海　東方出版中心　1998 年 11 月　頁 99—105

786. 林相如　憶父親　回顧林語堂：林語堂先生百年紀念文集　臺北　正中書局　1994 年 10 月　頁 22—25

787. 林相如　憶父親　幽默大師——名人筆下的林語堂，林語堂筆下的名人　上海　東方出版中心　1998 年 11 月　頁 266—268

788. 林海音　崇敬的心情永無止境[4]　回顧林語堂：林語堂先生百年紀念文集　臺北　正中書局　1994 年 10 月　頁 26—29

789. 林海音　永無止境的崇敬心情　靜靜的聽　臺北　爾雅出版社　1996 年 6 月　頁 67—71

790. 林海音　崇敬的心情永無止境　幽默大師——名人筆下的林語堂，林語堂筆下的名人　上海　東方出版中心　1998 年 11 月　頁 86—89

791. 林海音　永無止境的崇敬心情　林海音作品集・寫在風中　臺北　遊目族文化公司　2000 年 5 月　頁 248—251

792. 馬驥伸　林語堂的科學內在　回顧林語堂：林語堂先生百年紀念文集　臺北　正中書局　1994 年 10 月　頁 30—41

793. 馬驥伸　林語堂的科學內在　幽默大師——名人筆下的林語堂，林語堂筆下的名人　上海　東方出版中心　1998 年 11 月　頁 147—154

---

[4]本文後改篇名為〈永無止境的崇敬心情〉。

794. 畢 璞 西方幽默感，中國文人心[5] 回顧林語堂：林語堂先生百年紀念文集 臺北 正中書局 1994年10月 頁42—49

795. 畢 璞 西方幽默感，中國文人心——我所知道的五叔語堂先生 幽默大師——名人筆下的林語堂，林語堂筆下的名人 上海 東方出版中心 1998年11月 頁214—219

796. 畢 璞 西方幽默感，中國文人心——我所知道的五叔林語堂先生 老來可喜 臺北 秀威資訊科技公司 2016年2月 頁263—274

797. 舒 乙 家在語堂先生院中 回顧林語堂：林語堂先生百年紀念文集 臺北 正中書局 1994年10月 頁50—55

798. 舒 乙 家在語堂先生院中 林語堂評說七十年 北京 中國華僑出版社 2003年1月 頁131—134

799. 黎 明 經師，人師 回顧林語堂：林語堂先生百年紀念文集 臺北 正中書局 1994年10月 頁90—93

800. 黎至文 憶外公 回顧林語堂：林語堂先生百年紀念文集 臺北 正中書局 1994年10月 頁94—97

801. 黎至文 憶外公 幽默大師——名人筆下的林語堂，林語堂筆下的名人 上海 東方出版中心 1998年11月 頁269—271

802. 黎至怡 懷念外公 回顧林語堂：林語堂先生百年紀念文集 臺北 正中書局 1994年10月 頁98—101

803. 黎至怡 懷念外公 幽默大師——名人筆下的林語堂，林語堂筆下的名人 上海 東方出版中心 1998年11月 頁272—274

804. 錢胡美琦 憶認識語堂先生的經過 回顧林語堂：林語堂先生百年紀念文集 臺北 正中書局 1994年10月 頁102—111

805. 周質平 林語堂提倡小品文的用心，只為興趣，不為救國 中央日報 1994年11月27日 17版

806. 陳長房 文化的播種者——林語堂和賽珍珠 幼獅文藝 第491期 1994

[5]本文後改篇名為〈西方幽默感，中國文人心——我所知道的五叔語堂先生〉。

年 11 月　頁 84—86

807. 陳漱渝　無言的訴說——參觀臺北林語堂故居　一個大陸人看臺灣　臺北　朝陽唐文化公司　1994 年 11 月　頁 125—133

808. 林太乙　林太乙回憶父母的文章　林語堂，廖翠鳳　北京　中國青年出版社　1995 年 1 月　頁 199—235

809. 林如斯　林如斯回憶父母的文章　林語堂，廖翠鳳　北京　中國青年出版社　1995 年 1 月　頁 236

810. 劉作忠　幽默大師林語堂的童年　文史精華　1995 年第 5 期　1995 年 2 月　頁 50—51

811. 沈　謙　林語堂與蕭伯納　中央日報　1995 年 4 月 7 日　19 版

812. 沈　謙　林語堂與蕭伯納　林語堂與蕭伯納：看文人妙語生花　臺北　九歌出版社　1999 年 3 月　頁 65—69

813. 沈　謙　林語堂與蕭伯納　林語堂與蕭伯納　臺北　九歌出版社　2005 年 11 月　頁 65—69

814. 萬平近　林語堂定居臺灣前後　新文學史料　1995 年第 2 期　1995 年 5 月　頁 138—155

815. 匡若霞　永遠的大師林語堂　青年日報　1995 年 6 月 19 日　15 版

816. 匡若霞　永遠的大師林語堂　時空流轉　臺北　文史哲出版社　2001 年 6 月　頁 160—163

817. 辛　英　林語堂關於人生智慧二則　思維與智慧　1995 年第 5 期　1995 年 9 月　頁 36—37

818. 舒義順　林語堂的茶喻　農業考古　1995 年第 4 期　1995 年 12 月　頁 146

819. 張　放　林語堂愛鄉音　浮生隨筆　臺北　文史哲出版社　1996 年 1 月　頁 14

820. 蕭長定　幽默與認真——淺談林語堂的信仰　校園　第 38 卷第 1 期　1996 年 2 月　頁 16—21

821. 李明山，賀向遠　早期林語堂的雜誌編輯活動　黃河科技大學學報　第 1

卷第 2 期　1996 年 6 月　頁 115—120

822. 傅文奇　林語堂與圖書館——紀念林語堂誕辰一百周年　福建圖書館學刊 1996 年第 2 期　1996 年 6 月　頁 47—48

823. 陳鴻祥　漫說林語堂　世界華文文學論壇　1996 年第 2 期　1996 年 6 月　頁 57—60

824. 陳鴻祥　漫說林語堂　臺港與海外華文文學評論和研究　1996 年第 2 期 1996 年 6 月　頁 57—60

825. 符　徵　幽默大師林語堂博士　看山　曼谷　泰華文化出版社　1996 年 7 月　頁 172—174

826. 周簡段　世界講壇上的東方哲人——林語堂的幽默軼事　中央日報　1996 年 8 月 25 日　18 版

827. 劉作忠　捐房抗戰——林語堂軼事　黨史縱橫　1996 年第 1 期　1996 年 頁 43

828. 陳偉華　飲食是人生難得的樂趣之一　四川烹飪　1996 年第 3 期　1996 年 頁 6—8

829. 施建偉　坂仔——林語堂走向世界的起源　林語堂研究論集　上海　同濟大學出版社　1997 年 7 月　頁 119—123

830. 施建偉　林語堂和聖約翰大學　林語堂研究論集　上海　同濟大學出版社 1997 年 7 月　頁 124—135

831. 施建偉　林語堂和辜鴻銘　林語堂研究論集　上海　同濟大學出版社 1997 年 7 月　頁 136—145

832. 施建偉　在《語絲》的搖籃裡成長　林語堂研究論集　上海　同濟大學出版社　1997 年 7 月　頁 146—160

833. 施建偉　林語堂最後的日子　林語堂研究論集　上海　同濟大學出版社 1997 年 7 月　頁 188—193

834. 施建偉　林語堂的三次戀愛　林語堂研究論集　上海　同濟大學出版社 1997 年 7 月　頁 194—201

835. 余亞梅　林語堂　新文學里程碑——現代文學處女作・成名作・代表作——評論卷　上海　文匯出版社　1997 年 12 月　頁 90—91

836. 蔡登山　彩鳳雙飛一世情——林語堂的愛情故事（上、下）　中央日報　1998 年 3 月 10—11 日　22 版

837. 張繼莊　林語堂——華美文學之先驅　東吳外語學報　第 13 期　1998 年 5 月　頁 1—10

838. 章克標　林語堂　幽默大師——名人筆下的林語堂，林語堂筆下的名人　上海　東方出版中心　1998 年 11 月　頁 48—57

839. 周黎庵　回憶林語堂　幽默大師——名人筆下的林語堂，林語堂筆下的名人　上海　東方出版中心　1998 年 11 月　頁 75—77

840. 葉靈鳳　小談林語堂　幽默大師——名人筆下的林語堂，林語堂筆下的名人　上海　東方出版中心　1998 年 11 月　頁 84—85

841. 葉靈鳳　小談林語堂　林語堂評說七十年　北京　中國華僑出版社　2003 年 1 月　頁 106—107

842. 黃肇珩　林語堂的歸隱生活　幽默大師——名人筆下的林語堂，林語堂筆下的名人　上海　東方出版中心　1998 年 11 月　頁 127—129

843. 黃肇珩　林語堂歸隱生活　林語堂評說七十年　北京　中國華僑出版社　2003 年 1 月　頁 195—197

844. 錢胡美琦　林語堂與錢穆一家的交往　幽默大師——名人筆下的林語堂，林語堂筆下的名人　上海　東方出版中心　1998 年 11 月　頁 220—227

845. 林廣寰　星夜咖啡室的一場夢幻　幽默大師——名人筆下的林語堂，林語堂筆下的名人　上海　東方出版中心　1998 年 11 月　頁 262—265

846. 林廣寰　星夜咖啡室的一場夢幻　林語堂評說七十年　北京　中國華僑出版社　2003 年 1 月　頁 176—178

847. 林太乙　父親的早年生活　幽默大師——名人筆下的林語堂，林語堂筆下的

名人　上海　東方出版中心　1998 年 11 月　頁 275—280

848. 林太乙　父親與北洋政府下的作家　幽默大師——名人筆下的林語堂，林語堂筆下的名人　上海　東方出版中心　1998 年 11 月　頁 281—292

849. 林太乙　既中又西的生活　幽默大師——名人筆下的林語堂，林語堂筆下的名人　上海　東方出版中心　1998 年 11 月　頁 293—300

850. 林太乙　書生與發明　幽默大師——名人筆下的林語堂，林語堂筆下的名人　上海　東方出版中心　1998 年 11 月　頁 323—333

851. 朱正嫻　從書齋裡走出來的作家和發明家——林語堂和圖書館　圖書館建設　1998 年第 6 期　1998 年 11 月　頁 64—65

852. 〔編輯部〕　林語堂簡介　中國百年傳記經典（第二卷）　上海　東方出版中心　1999 年 1 月　頁 181—183

853. 盧　君　林語堂　中國文學通典·小說通典　北京　解放軍文藝出版社　1999 年 1 月　頁 682

854. 柯玉雪　林語堂的幽默　靈感與毒箭　臺北　文史哲出版社　1999 年 1 月　頁 132—133

855. 韓守宏，梁寶銘　林語堂是反動文人嗎？　語文世界　1999 年第 6 期　1999 年 6 月　頁 12

856. 佳　保　林語堂發明中文打字機　世界文化　1999 年第 4 期　1999 年 7 月　頁 26—27

857. 沈　謙　林語堂「幽默是心靈的花朵」　中央日報　1999 年 10 月 18 日　22 版

858. 孟瑞娟　魯迅雜文中某些歷史人物的評價問題　濰坊高等專科學校學報　1999 年第 4 期　1999 年　頁 46—47

859. 鄭世裕　懷念風一樣的林語堂　自由時報　2000 年 3 月 27 日　14 版

860. 耕　雨　林語堂發明中文打字機　臺灣新聞報　2000 年 4 月 22 日　B7 版

861. 陳夢熊　林語堂慨為蔡元培子女捐助教育基金　文教資料　2000 年第 3 期

2000年6月　頁55—58

862. 陳夢熊　林語堂慨為蔡元培子女捐助教育基金　新文學史料　2000年第3期　2000年8月　頁94—95

863. 林太乙　林語堂在臺北——為「林語堂的生活與藝術研討會」而作　文訊雜誌　第181期　2000年11月　頁60—63

864. 林太乙　林語堂在臺北　林語堂的生活與藝術研討會論文集　臺北　臺北市文化局　2000年12月　頁8—15

865. 葉　雋　「留德學人與德國」系列隨筆——林語堂　德語學習　2001年第2期　2001年4月　頁16—18

866. 范培松　走近林語堂　從姑蘇到臺北　臺北　大地出版社　2001年11月　頁197—200

867. 李栩鈺　科技心、文藝情——發明中文打字機的幽默大師林語堂　國文天地　第199期　2001年12月　頁64—69

868. 陳盈珊　林太乙、龍應台笑憶幽默大師　中國時報　2002年3月24日　14版

869. 于國華　憶父親，談故居——林語堂兩位女兒返臺　民生報　2002年3月24日　A6版

870. 王超群　林語堂是文學家也是發明家　中國時報　2002年3月27日　20版

871. 柯文溥　語言學家林語堂　廈門大學學報　2002年第2期　2002年3月〔1〕頁

872. 喻蓉蓉　幽默大師林語堂——兩腳踏東西文化，一心評宇宙文章　傳記文學　第478期　2002年3月　頁39—64

873. 江澄格　善述其事——林語堂出生地考索　傳記文學　第478期　2002年3月　頁65—67

874. 蔡登山　相得又疏離，林語堂與魯迅的分合（上、下）　中央日報　2002年5月13—14日　14版

875. 蔡登山　相得又疏離——林語堂與魯迅的分合　另眼看作家　臺北　秀威資訊科技公司　2007年6月　頁39—51

876. 蕭如卉　幽默大師的山居歲月——走進林語堂故居的人文風景　中華日報　2002年5月28日　18版

877. 王壽來　橫掃世界文壇的「邋遢筆」——林語堂　和世界偉人面對面　臺北　九歌出版社　2002年6月　頁49—59

878. 林太乙　尋根之旅——林語堂紀念地標在兩岸　明報月刊　第441期　2002年9月　頁85—92

879. 王兆勝　林語堂與周作人　人文雜誌　2002年第5期　2002年9月　頁69—74

880. 王兆勝　林語堂與魯迅的恩怨　江漢論壇　2002年第9期　2002年9月　頁74—78

881. 陳伯安　林語堂答女兒問　語文教學與研究　2002年第20期　2002年10月　頁19

882. 王先霈　林語堂和「幽默」　語文教學與研究　2002年第22期　2002年11月　頁6

883. 胡坤仲　林語堂愛好大自然　中央日報　2002年12月27日　17版

884. 邱華苓　林語堂提倡幽默文學之背景[6]　中正大學中國文學研究所研究生論文集刊　嘉義　國立中正大學中國文學系研究所　2002年12月　頁51—64

885. 邱華苓　追索與還原——林語堂提倡幽默文學的背景因素　育達學院學報　第11期　2006年5月　頁1—22

886. 賈　岩　基督教精神與林語堂的人生追求　東方論壇　2002年第6期　2002年12月　頁60—63

887. 羅　蘭　林語堂博士印象　聯合報　2003年1月27日　39版

---

[6]本文探悉林語堂提倡幽默文學的原因。全文共5小節：1.緒論；2.地理與家庭背景；3.社會與時代背景；4.文化與思想背景；5.結論。後改篇名為〈追索與還原——林語堂提倡幽默文學的背景因素〉。

888. 金宏達　全球化：邀林語堂赴宴——代前言　林語堂評說七十年　北京　中國華僑出版社　2003 年 1 月　〔4〕頁

889. 郁達夫　揚州舊夢寄語堂　林語堂評說七十年　北京　中國華僑出版社　2003 年 1 月　頁 93—98

890. 曹聚仁　我和林語堂吵了嘴　林語堂評說七十年　北京　中國華僑出版社　2003 年 1 月　頁 99—100

891. 王映霞　林語堂與魯迅的一次爭吵　林語堂評說七十年　北京　中國華僑出版社　2003 年 1 月　頁 108—109

892. 邵洵美　你的朋友林語堂　林語堂評說七十年　北京　中國華僑出版社　2003 年 1 月　頁 110—112

893. 林太乙　紅透半邊天　林語堂評說七十年　北京　中國華僑出版社　2003 年 1 月　頁 163—175

894. 倪墨炎　為林語堂辨正一件事　林語堂評說七十年　北京　中國華僑出版社　2003 年 1 月　頁 209—210

895. 朱嘉雯　優雅的老化含有一種美感　聯合報　2003 年 5 月 20 日　E7 版

896. 朱嘉雯　父與女　聯合報　2003 年 7 月 30 日　E7 版

897. 林太乙　念如斯　我的父親母親　臺北　立緒文化公司　2004 年 1 月　頁 94—115

898. 郭可慈，郭謙　腳踏中西文化的大師和不忘鄉音的女兒　現代作家親緣錄——群星璀璨的作家之家（上）　潞西　德宏民族出版社　2004 年 3 月　頁 156—161

899. 張　放　名人名事　雜花生樹　臺北　詩藝文出版社　2004 年 5 月　頁 251—253

900. 王兆勝　林語堂與邵洵美　福建論壇　2004 年第 5 期　2004 年 5 月　頁 77—80

901. 孫宗廣　從欣賞到決裂——賽珍珠與林語堂文學交流活動芻議　蘇州教育學院學報　第 21 卷第 3 期　2004 年 9 月　頁 7—12

902. 王　煜　幽默大師林語堂弘揚東方智慧而不囿於哈佛漢學　陽明學刊　第1期　2004年11月　頁327—344

903. 王兆勝　林語堂隨意讀書　語文教學與研究　2004年第12期　2004年12月　頁15

904. 林少雯　名人故居——林語堂、張大千、錢穆　悠遊臺北城　臺北　愛書人雜誌公司　2004年12月　頁150—153

905. 陳　芳　林語堂的「神秘」日記　文訊雜誌　第233期　2005年3月　頁118

906. 王　成　林語堂與阿部知二的《北京》　中國現代文學研究叢刊　2005年第4期　2005年7月　頁195—211

907. 朱艷麗　金玉良緣　出版參考　2005年第23期　2005年8月　頁44—45

908. 林明昌　林語堂的花園故事　閒情悠悠——林語堂的心靈世界　臺北　林語堂故居　2005年8月　頁12—19

909. 王鎮華　回顧林語堂　閒情悠悠——林語堂的心靈世界　臺北　林語堂故居　2005年8月　頁53—77

910. 周玉山　幽默與幽默大師　閒情悠悠——林語堂的心靈世界　臺北　林語堂故居　2005年8月　頁105—109

911. 韓良露　痴與幽默——林語堂的生活藝術　閒情悠悠——林語堂的心靈世界　臺北　林語堂故居　2005年8月　頁110—118

912. 錢鎖橋　啟蒙與救國——胡適、魯迅和林語堂　閒情悠悠——林語堂的心靈世界　臺北　林語堂故居　2005年8月　頁119—132

913. 簡文志　林語堂品「味」，品味林語堂　閒情悠悠——林語堂的心靈世界　臺北　林語堂故居　2005年8月　頁133—139

914. 朱嘉雯　塵世是唯一的天堂　閒情悠悠——林語堂的心靈世界　臺北　林語堂故居　2005年8月　頁178—188

915. 蔡佳芳　一個故事說三年　閒情悠悠——林語堂的心靈世界　臺北　林語堂故居　2005年8月　頁196—203

916. 徐　學　　林語堂生命的廈門底色　明道文藝　第 355 期　2005 年 10 月　頁 144—153

917. 董玉鈴，薛芬芳　　關於林語堂其人　語文天地　2005 年第 19 期　2005 年 10 月　頁 27

918. 毛志成　　學學林語堂的精明　文學自由談　2005 年第 3 期　2005 年　頁 119—121

919. 〔人間福報〕　　林語堂逝世 30 年，思想歷久彌新　人間福報　2006 年 3 月 27 日　6 版

920. 李瑞騰　　幽默大師衝撞中西文化　民生報　2006 年 3 月 27 日　A6 版

921. 賴素鈴　　大師典型在，行誼流雋永　民生報　2006 年 3 月 27 日　A6 版

922. 〔人間福報〕　　追慕林語堂　人間福報　2006 年 3 月 28 日　6 版

923. 胡貴明　　林語堂與胡適、魯迅、賽珍珠之間的聚合疏離關係探微　漳州師範學院學報　2006 年第 1 期　2006 年 3 月　頁 68—72

924. 周芬娜　　林語堂與臺灣小吃　中華日報　2006 年 4 月 12 日　23 版

925. 馬　木　　魯迅和林語堂　志苑　2006 年第 2 期　2006 年 4 月　頁 14—15

926. 朱立群　　憶林語堂，彭蒙惠笑談大師趣事　中國時報　2006 年 10 月 16 日　C2 版

927. 周志文　　林語堂　臺灣時報　2006 年 11 月 6 日　15 版

928. 賀　偉　　文化名人在廬山——林語堂廬山著妙文　龍門陣　2006 年第 11 期　2006 年 11 月　頁 59—61

929. 韓良露　　「飲食與人生」　萬象　第 87 期　2006 年 11 月　頁 148—155

930. 張建騰　　幽默大師林語堂，金門也有他的足跡　金門日報　2007 年 3 月 27 日　4 版

931. 〔編輯部〕　　關於・林語堂　讀書的藝術　臺北　新潮社　2007 年 3 月　頁 7—8

932. 鄭明娳　　我要有能做我自己的自由——林語堂　山月村之歌　臺北　秀威資訊科技公司　2007 年 5 月　頁 85—86

933. 馬悅然　想念林語堂先生　跨越與前進：從林語堂研究看文化的相融／相涵國際學術研討會論文集　臺北　林語堂故居　2007 年 5 月　頁 1—6

934. 馬悅然　想念林語堂先生　明報月刊　第 500 期　2007 年 8 月　頁 121—127

935. 鹿憶鹿　向中國傾斜——林語堂的飲食觀　跨越與前進：從林語堂研究看文化的相融／相涵國際學術研討會論文集　臺北　林語堂故居　2007 年 5 月　頁 36—48

936. 秦賢次　林語堂與聖約翰大學　跨越與前進：從林語堂研究看文化的相融／相涵國際學術研討會論文集　臺北　林語堂故居　2007 年 5 月　頁 161—174

937. 周志文　林語堂的信仰之旅　跨越與前進：從林語堂研究看文化的相融／相涵國際學術研討會論文集　臺北　林語堂故居　2007 年 5 月　頁 206—220

938. 胡鼎宗　重讀林語堂　不同成就大同　臺北　健行文化出版公司　2007 年 6 月　頁 203—204

939. 王錦厚　林語堂與郭鼎堂　郭沫若學刊　2007 年第 3 期　2007 年 9 月　頁 26—40

940. 姚君偉　小議賽珍珠與林語堂　新文學史料　2008 年第 1 期　2008 年 2 月　頁 142—145

941. 〔封德屏主編〕　林語堂　2007 臺灣作家作品目錄　臺南　國立臺灣文學館　2008 年 7 月　頁 461

942. 張桂興　從生命的源頭去闡釋「幽默大師」——林語堂國際學術研討會綜述　中國現代文學研究叢刊　2008 年第 3 期　2008 年 8 月　頁 202—206

943. 張春榮，顏荷郁　林語堂的風趣妙語　世界名人智慧語　臺北　爾雅出版社　2008 年 10 月　頁 203—207

944. 張曉風　「君子」兼談「文藝復興人」——談林語堂，在他的舊書新出之日　中國時報　2008 年 12 月 1 日　E4 版

945. 張曉風　「君子」兼「文藝復興人」——談林語堂，在他的舊書新出之日　送你一個字　臺北　九歌出版社　2009 年 9 月　頁 126—129

946. 張曉風　屬於山城臺北的林語堂　中國時報　2008 年 12 月 8 日　E4 版

947. 張曉風　屬於山城臺北的林語堂　送你一個字　臺北　九歌出版社　2009 年 9 月　頁 130—132

948. 周其祥　從跨文化角度看林語堂中西文化觀的根源　重慶科技學院學報　2009 年第 2 期　2009 年 2 月　頁 180—181

949. 趙朕，王一心　文人相輕？——林語堂與曹聚仁　文化人的人情脈絡　北京　團結出版社　2009 年 2 月　頁 317

950. 趙朕，王一心　父親勸他不必上大學——林語堂與林太乙　文化人的人情脈絡　北京　團結出版社　2009 年 2 月　頁 13—14

951. 趙朕，王一心　因誤會而反目——魯迅與林語堂　文化人的人情脈絡　北京　團結出版社　2009 年 2 月　頁 279—280

952. 趙朕，王一心　完美婚姻祕訣：「給」與「受」——林語堂與廖翠鳳　文化人的人情脈絡　北京　團結出版社　2009 年 2 月　頁 83—84

953. 趙朕，王一心　情絕於利——林語堂與賽珍珠　文化人的人情脈絡　北京　團結出版社　2009 年 2 月　頁 126

954. 趙朕，王一心　提攜與感恩——林語堂與謝冰瑩　文化人的人情脈絡　北京　團結出版社　2009 年 2 月　頁 127

955. 趙朕，王一心　懷柔與軟化——林語堂與蔣介石　文化人的人情脈絡　北京　團結出版社　2009 年 2 月　頁 125

956. 吳小英　論林語堂的經濟生活及其影響　漳州師範學院學報　2009 年第 1 期　2009 年 3 月　頁 26—30

957. 曉　風　林語堂、梁實秋、趙寧　中國時報　2009 年 8 月 30 日　E6 版

958. 黃　怡　林太乙、齊邦媛和她們的父親們！〔林語堂部分〕　中國時報

2010年7月15日　E4版

959. 黃　怡　林太乙、齊邦媛和她們的父親　洄瀾——相逢巨流河　臺北　遠見天下文化出版公司　2014年1月　頁85—91

960. 朱嘉雯　這寶貴的人生，竟美到不可言喻——林語堂的快樂主義　唯有書寫——關於文學的小故事　臺北　秀威資訊科技公司　2010年12月　頁197

961. 朱嘉雯　抗戰文藝與輕鬆小吃——《京華煙雲》成書美談　唯有書寫——關於文學的小故事　臺北　秀威資訊科技公司　2010年12月　頁198

962. 黃明安　林語堂故居　中華日報　2011年1月17日　B7版

963. 何致和　兩腳踏東西文化——在亂世中苦學的林語堂　那一刻，我們改變了世界——31個實現自我，把握機會，創造人生的故事　臺北　行政院青輔會　2011年3月　頁35—43

964. 古遠清　「語言妙天下」的林語堂　消逝的文學風華　臺北　九歌出版社　2011年12月　頁27—37

965. 張堂錡　略論王鼎鈞與中國現代作家的文學因緣——完全的自由：胡適、林語堂　現代文學百年回望　臺北　萬卷樓圖書公司　2012年9月　頁496—497

966. 陳子善　林語堂與《胡適日記》中的平社　印刻文學生活誌　第114期　2013年2月　頁206—218

967. 孫德喜　特立獨行的林語堂　準則：政治風暴下的中國知識分子　臺北　秀威資訊科技公司　2013年4月　頁22—32

968. 岑丞丕　一段瀟灑的故事：林語堂與豐子愷的交誼側寫　「語堂世界・世界語堂」兩岸學術研討會論文集　北京　中國社會科學出版社　2013年11月　頁272—288

969. 孫秀玲　啟蒙者的身影——世紀之交的六大人物系列講座開展閱讀版圖——林語堂　全國新書資訊月刊　第184期　2014年4月　頁26

970. 〔蔡佳芳主編〕　前言　林語堂：生平小傳　臺北　東吳大學，華藝學術出版社　2014 年 8 月　頁 6—7
971. 鄭貞銘，丁士軒編著　林語堂：兩腳踏中西文化　百年大師・二之 1　臺北　遠流出版公司　2015 年 1 月　頁 257—263
972. 龔明德　林語堂「捐交」蔡元培子女教育基金的信　民國文人私函真跡解密　臺北　獨立作家　2015 年 3 月　頁 126—132
973. 洪俊彥　導言　近鄉情悅：幽默大師林語堂的臺灣歲月　臺北　蔚藍文化出版公司　2015 年 4 月　頁 14—26
974. 洪俊彥　睹物思人　近鄉情悅：幽默大師林語堂的臺灣歲月　臺北　蔚藍文化出版公司　2015 年 4 月　頁 303—329
975. 潘光哲　怎樣打造我們的歷史記憶　近鄉情悅：幽默大師林語堂的臺灣歲月　臺北　蔚藍文化出版公司　2015 年 4 月　頁 4—5
976. 林志宏　父親的夢想　臺港文學選刊　第 320 期　2015 年 7 月　頁 131—138
977. 林夢海　兄弟情深　臺港文學選刊　第 320 期　2015 年 7 月　頁 117—122
978. 林麗紅　完美男人林語堂　臺港文學選刊　第 320 期　2015 年 7 月　頁 126—128
979. 王琛發　林語堂的南洋大學恩怨：活在理想與政治糾纏之間　閩臺文化研究　2015 年第 3 期（第 43 期）　2015 年 9 月　頁 67—81
980. 裴毅然　林語堂名言　撩看民國名士——名絮集錦　臺北　獨立作家　2015 年 9 月　頁 203—204
981. 張遂濤　影響林語堂生活最大的女人——林如斯　愛心　第 56 期　2015 年 10 月　頁 91—97
982. 黃榮才　好男人林語堂（外一題）　愛心　第 57 期　2015 年 12 月　頁 68—73
983. 簡清枝　先生的鄉愁　愛心　第 57 期　2015 年 12 月　頁 74—77

訪談、對談

984. 羊汝德　語堂、論語——幽默不是滑稽，文章別太正經　聯合報　1966 年 1 月 27 日　3 版

985. 黃肇珩　白屋・林泉・荷花池——幽默大師林語堂歸隱生活　臺灣新聞報　1966 年 6 月 27 日　3 版

986. 黃肇珩　白屋・林泉・荷花池　人籟　臺北　臺灣學生書局　1972 年 11 月　頁 26—30

987. 黃肇珩　白屋、林泉、荷花池　人籟　臺北　臺灣學生書局　1975 年 3 月　頁 26—30

988. 殷　穎　山居偶訪——訪幽默大師林語堂先生　中央日報　1966 年 9 月 4 日　6 版

989. 殷　穎　談基督教[7]　無所不談合集　臺北　臺灣開明書店　1974 年 10 月　頁 803—806

990. 湯宜莊　林語堂的讀書樂　大華晚報　1966 年 11 月 14 日　3 版

991. 湯宜莊　林語堂先生談讀書之樂　林語堂評說七十年　北京　中國華僑出版社　2003 年 1 月　頁 203—206

992. 許　由　訪林語堂無所不談　臺灣日報　1967 年 12 月 12 日　3 版

993. 吳立言　林語堂談「文人相輕」　藝文誌　第 29 期　1968 年 2 月　頁 6

994. 黃肇珩　幽默大師談休閒生活　人籟　臺北　臺灣學生書局　1972 年 11 月　頁 31—37

995. 黃肇珩　林語堂談休閒生活　無所不談合集　臺北　臺灣開明書店　1974 年 10 月　頁 786—789

996. 黃肇珩　幽默大師談休閒生活　人籟　臺北　臺灣學生書局　1975 年 3 月　頁 31—37

997. 黃肇珩　林語堂談休閒生活　幽默大師——名人筆下的林語堂，林語堂筆下

[7]本文原名為〈山居偶訪——訪幽默大師林語堂先生〉。

的名人　上海　東方出版中心　1998 年 11 月　頁 118—122

998. 台人〔黃肇珩〕　林語堂談休閒生活　林語堂評說七十年　北京　中國華僑出版社　2003 年 1 月　頁 198—202

999. 陳怡真　訪林語堂談《英漢字典》　中國時報　1973 年 3 月 15 日　3 版

1000. 盧申芳　林語堂先生回來了——倡談生活細節乃是讀書寫作　中華日報　1974 年 10 月 12 日　3 版

1001. 陳長華　林語堂幽默大師說，優遊八十年心裡很快活　聯合報　1974 年 10 月 12 日　2 版

1002. 〔中央日報〕　談文章風格　無所不談合集　臺北　臺灣開明書店　1974 年 10 月　頁 303—304

1003. 黃寄萍　林語堂夫婦訪問記　幽默大師——名人筆下的林語堂，林語堂筆下的名人　上海　東方出版中心　1998 年 11 月　頁 257—261

年表

1004. 秦賢次　林語堂卷（5—11）——林語堂年表　文訊雜誌　第 25—31 期　1986 年 8，10，12，1987 年 2，4，6，8 月　頁 254—259，201—208，212—219，279—284，282—285，269—274，311—319

1005. 秦賢次　林語堂先生年表　回顧林語堂：林語堂先生百年紀念文集　臺北　正中書局　1994 年 10 月　頁 260—281

1006. 〔劉獻標主編〕　林語堂　中國現代文學手冊（上）　北京　中國文聯出版公司　1987 年 8 月　頁 255—257

1007. 胡馨丹　林語堂年譜　林語堂長篇小說研究　東海大學中國文學系　碩士論文　李田意教授指導　1993 年 6 月　頁 180—207

1008. 梁建民，沈栖　林語堂年表　林語堂——憂國憂民的幽默大師　臺北　海風出版社　1994 年 2 月　頁 315—328

1009. 劉炎生　林語堂學術行年簡表　林語堂評傳　南昌　百花洲文藝出版社　1994 年 2 月　頁 240—254

1010. 行政院文化建設委員會主辦；聯合報、聯經出版事業公司、臺北市立圖書館

協辦；聯合文學承辦 林語堂先生年表 林語堂百年誕辰論文集 臺北 臺北市立圖書館總館國際會議廳 1994年10月8—10日 頁23—24

1011. 朱立文 林語堂生平及其著作目錄 福建圖書館學刊 1996年第3期 1996年9月 頁51—56

1012. 張曉霞 林語堂年譜簡編 林語堂學術文化隨筆 北京 中國鐵道出版社 1998年12月 頁195—197

1013. 李 勇 林語堂簡譜 林語堂 臺北 國家出版社 2002年6月 頁415—438

1014. 〔子通編〕 林語堂年表 林語堂評說七十年 北京 中國華僑出版社 2003年1月 頁441—455

1015. 〔趙孝萱主編〕 林語堂生平年表 兩腳踏東西文化——林語堂相冊 臺北 臺北市文化局 2003年2月 頁144—157

1016. 王兆勝 林語堂大事年表 林語堂——兩腳踏中西文化 臺北 文津出版社 2005年1月 206—219頁

1017. 黃怡靜 林語堂生平大事表 林語堂中文散文研究 佛光人文學院文學系碩士論文 龔鵬程，潘美月教授指導 2005年 頁127—149

1018. 陳亞聯 林語堂年表 林語堂的才情人生 北京 東方出版社 2006年4月 頁337—342

1019. 王海、何洪亮譯；王海、劉家林校 林語堂年表 中國新聞輿論史 北京 中國人民大學出版社 2008年6月 頁148—161

1020. 陳怡秀 林語堂生平年表 靈性與性靈：林語堂思想在生命教育上的蘊意 銘傳大學教育研究所 碩士論文 鈕則誠教授指導 2009年 頁79—88

1021. 洪俊彥 以「近情」啟蒙——林語堂在臺十年年表 近鄉與近情——論林語堂在臺灣的啟蒙之道 中央大學中國文學系 碩士論文 康來新教授指導 2011年6月 頁149—152

1022. 邱華苓　林語堂生平年表　林語堂散文研究　文化大學中國文學系　博士論文　金榮華，劉兆祐教授指導　2012 年 6 月　頁 283—290

1023. 〔蔡佳芳主編〕　生平年表　林語堂：生平小傳　臺北　東吳大學，華藝學術出版社　2014 年 8 月　頁 8—12

1024. 洪俊彥　「林語堂與臺灣」年表　近鄉情悅：幽默大師林語堂的臺灣歲月　臺北　蔚藍文化出版公司　2015 年 4 月　頁 339—348

1025. 蔡元唯　林語堂生平大事年表　林語堂政治態度研究(1895-1945 年)　中國文化大學史學系　博士論文　王綱領教授指導　2015 年 6 月　頁 220—223

1026. 蔡元唯　林語堂生平大事年表　愛國作家林語堂——林語堂政治態度轉變之研究（1895-1945 年）　臺北　元華文創公司　2018 年 8 月　頁 231—256

1027. 王淑錦　林語堂先生生平大事年表　林語堂《紅牡丹》的女性敘寫　銘傳大學應用中國文學系碩士在職專班　碩士論文　徐麗霞教授指導　2015 年 6 月　頁 165—167

其他

1028. 薪　客　林語堂與南大的餘波　自由人　第 438 期　1955 年 5 月 14 日　2 版

1029. 〔聯合報〕　林語堂新職，任外都顧問　聯合報　1958 年 10 月 20 日　3 版

1030. 黃肇珩　林語堂的動人故事　中央日報　1966 年 1 月 31 日　4 版

1031. 〔臺灣日報〕　日本學術界歡迎林語堂在日將作學術演講　臺灣日報　1966 年 11 月 18 日　2 版

1032. 今里禎　訪林語堂先生の故居訪れて　臺灣文學研究會會報　第 3 卷第 4 期　1983 年 11 月　頁 31—32

1033. 〔經濟日報〕　林語堂發明中文上下形檢字法，有助中文資訊科技發展，紀念圖書館昨天開放　經濟日報　1985 年 5 月 29 日　9 版

1034. 〔聯合報〕 紀念林語堂，圖書館開放 聯合報 1985 年 5 月 29 日 6 版

1035. 林太乙 雪泥——徐悲鴻寫給林語堂的幾封信 中國時報 1987 年 10 月 9 日 8 版

1036. 〔民生報〕 林太乙重看《京華煙雲》，林語堂手稿週末展出 民生報 1988 年 3 月 24 日 9 版

1037. 〔民生報〕 大師撒人寰，倏忽十二年，林語堂忌日，親情滿墓園，「京華煙雲文物資料展」昨起揭幕 民生報 1988 年 3 月 27 日 8 版

1038. 〔聯合報〕 幽默大師親友呼籲，以學術紀念林語堂 聯合報 1988 年 3 月 27 日 17 版

1039. 〔聯合報〕 武士嵩贈林太乙，《京華煙雲》錄影帶 聯合報 1988 年 3 月 27 日 24 版

1040. 〔民生報〕 林語堂作品盜印猖獗，遠景林太乙聯合行動 民生報 1988 年 4 月 22 日 9 版

1041. 應鳳凰 大陸作家如何看林語堂 自由時報 1988 年 6 月 25 日 11 版

1042. 楊秋明 林語堂先生紀念圖書館 臺北市立圖書館訊 第 10 卷第 1 期 1992 年 9 月 頁 65—66

1043. 〔聯合報〕 緬林語堂辦紀念活動 聯合報 1993 年 3 月 27 日 14 版

1044. 鄧蔚偉 向文學大師致敬，林語堂百年誕辰明年擴大紀念 聯合報 1993 年 10 月 6 日 25 版

1045. 張夢瑞 林語堂百年冥誕聯合文學辦研討會，正中書局，邀舊識談大師風範 民生報 1994 年 7 月 13 日 15 版

1046. 〔民生報〕 研討會，向林語堂致敬 民生報 1994 年 9 月 28 日 15 版

1047. 李玉玲 林語堂百年誕辰，多項紀念活動即將登場 聯合晚報 1994 年 10 月 6 日 7 版

1048. 張夢瑞 林語堂百年誕辰前夕，驚喜來得正是時候，林太乙找到父親塵封

遺物　民生報　1994年10月7日　15版

1049. 張夢瑞　林太乙，風雨聲中「憶父親」，「紀念林語堂百年誕辰學術研討會」，昨閉幕　民生報　1994年10月11日　15版

1050. 謝金菊　林語堂紀念圖書館的現況與未來　回顧林語堂：林語堂先生百年紀念文集　臺北　正中書局　1994年10月　頁112—119

1051. 高　健　近年來林語堂作品重刊本中的編選、文本及其它問題　山西大學學報　1994年第4期　1994年11月　頁42—50，108—109

1052. 徐新華翻譯；姚劍萍校對　林語堂與卜舫濟往來函件選　檔案與史學　1994年第3期　1994年12月　頁3—5

1053. 林淑美　林語堂紀念圖書館融合中西建築之美　國語日報　1996年10月8日　14版

1054. 陳文芬　林太乙傳記發表揭露林語堂「教育妙論」，「林家次女」相承父親的瀟灑倜儻　中國時報　1996年11月2日　24版

1055. 毛　羽　陽明山上的白屋　國語日報　1997年2月3日　5版

1056. 毛　羽　陽明山上的白屋——林語堂故居　中華日報　1999年2月11日　16版

1057. 成　寒　陽明山上的白屋——林語堂紀念圖書館　推開文學家的門　臺北　天培文化公司　2000年1月　頁91—100

1058. 蔡惠萍　思想月，分享林語堂　聯合報　2000年11月17日　20版

1059. 張夢瑞　林語堂的生活藝術，分享市民　民生報　2000年11月18日　A7版

1060. 許峻彬　臺北文學角落文人故居現新妝　文化快遞　第21期　2002年1月25日　1版

1061. 張夢瑞　林語堂故居準備好了　民生報　2002年3月22日　A13版

1062. 蔡惠萍　「林語堂故居」闢為文學沙龍　聯合報　2002年3月24日　14版

1063. 莊琬華　「林語堂故居」明起開放參觀　聯合報　2002年3月26日　20

版

1064. 蔡惠萍　林語堂故居，以文學面貌開館　聯合報　2002 年 3 月 27 日　21 版

1065. 郭士榛　幽默大師林語堂故居開館　中央日報　2002 年 3 月 27 日　14 版

1066. 黃寶萍　領略大師生活，不亦快哉　民生報　2002 年 3 月 27 日　A10 版

1067. 趙孝萱　一座城市的人文風景——林語堂故居　聯合文學　第 219 期　2003 年 1 月　頁 125—127

1068. 趙孝萱　一座城市的人文風景——林語堂故居　閒情悠悠——林語堂的心靈世界　臺北　林語堂故居　2005 年 8 月　頁 189—195

1069. 陳子善　林語堂藏書和《陀螺》簽名本　中國時報　2003 年 10 月 5 日　B3 版

1070. 陳子善　林語堂藏書和《陀螺》簽名本　文學世紀　第 32 期　2003 年 11 月　頁 6—7

1071. 李青霖　桐花祭主題書展——林語堂的花園故事　文訊雜誌　第 332 期　2013 年 6 月　頁 137—138

1072. 劉姵均　生活的藝術家——林語堂故居　遇見文學美麗島：25 座臺灣文學博物館輕旅行　臺北，臺南　前衛出版社，國立台灣文學館　2015 年 12 月　頁 22—29

作品評論篇目

綜論

1073. 崇巽（魯迅）　小品文的生機〔林語堂部分〕　申報　1934 年 4 月 30 日　17 版

1074. 胡　風　林語堂論——對於他底發展的一個眺望[8]　作家論　上海　文學出版社　1936 年 4 月　頁 125—159

---

[8]本文由林語堂的作品，用來說明林語堂所處的時代及其思想。全文共 5 小節：1.一個視角；2.他底黃金時代；3.黃金時代底陰面；4.中心思想；5.中心思想底真相。

1075. 胡　風　林語堂論　胡風評論集（上）　北京　人民文學出版社　1984 年 3 月　頁 5—25

1076. 胡　風　林語堂論　林語堂評說七十年　北京　中國華僑出版社　2003 年 1 月　頁 241—260

1077. 陶亢德　林語堂與翻譯　逸經文史　第 11 期　1936 年 8 月 5 日　頁 24

1078. 一　得　林語堂與袁中郎思想　林語堂思想與生活　香港　新文化出版社 1955 年 2 月　頁 171—174

1079. 一　得　林語堂與袁中郎思想　林語堂思想與生活　臺北　蘭溪圖書出版社　1977 年 5 月　頁 171—174

1080. 一　得　林語堂與兩李及金聖歎思想　林語堂思想與生活　香港　新文化出版社　1955 年 2 月　頁 175—177

1081. 一　得　林語堂與兩李及金聖歎思想　林語堂思想與生活　臺北　蘭溪圖書出版社　1977 年 5 月　頁 175—177

1082. 一　得　林語堂與鄭板橋思想　林語堂思想與生活　香港　新文化出版社 1955 年 2 月　頁 178—180

1083. 一　得　林語堂與鄭板橋思想　林語堂思想與生活　臺北　蘭溪圖書出版社　1977 年 5 月　頁 178—180

1084. 楊繼曾　序——林語堂的文體　林語堂文選　臺北　新陸書局　1957 年 7 月　頁 1—4

1085. 蘇雪林　幽默大師的論幽默　中華日報　1958 年 10 月 18 日　8 版

1086. 蘇雪林　幽默大師的論幽默　文壇話舊　臺北　傳記文學出版社　1969 年 12 月　頁 89—92

1087. 蘇雪林　幽默大師的論幽默　蘇雪林文集（二）　合肥　安徽文藝出版社 1996 年 4 月　頁 350—352

1088. 蘇雪林　幽默大師的論幽默　花都漫拾　北京　群眾出版社　1999 年 9 月 頁 136—138

1089. 蘇雪林　幽默大師論幽默　蘇雪林散文　杭州　浙江文藝出版社　2001 年

6 月　頁 191—193

1090. 蘇雪林　幽默大師的論幽默　浮生十記　南京　江蘇文藝出版社　2005 年 1 月　頁 156—158

1091. 蘇雪林　幽默大師的論幽默　蘇雪林散文　杭州　浙江文藝出版社　2007 年 10 月　頁 191—193

1092. 蘇雪林　幽默大師的論幽默　蘇雪林散文精選　武漢　長江文藝出版社　2013 年 9 月　頁 265—267

1093. 士　瀅　閒話幽默大師林語堂　自由人　第 796 期　1958 年 10 月 22 日　4 版

1094. 秦賢次　林語堂評傳　諷頌集　臺北　志文出版社　1965 年 7 月　頁 1—11

1095. 秦賢次　談林語堂　諷頌集　臺北　志文出版社　1971 年 10 月　頁 1—11

1096. 李慶榮　林語堂幽默新論　中國時報　1966 年 1 月 28 日　2 版

1097. 張席珍　論林語堂先生的卓見與國語文教育、白話文問題　中國語文　第 18 卷第 2 期　1966 年 2 月　頁 6—11

1098. 陳敬之　林語堂（1—4）　暢流　第 33 卷第 5，7—9 期　1966 年 4 月 16 日，5 月 16 日，6 月 1 日，6 月 16 日　頁 8—9，4—6，7—8，5—6

1099. 陳敬之　林語堂　早期新散文的重要作家　臺北　成文出版公司　1980 年 7 月　頁 85—121

1100. 秦　明　林語堂與郭沫若一場論戰　藝文誌　第 10 期　1966 年 7 月　頁 27—29

1101. 葛建時，嚴冬陽　評林語堂對《紅樓夢》的新發現　聯合報　1967 年 5 月 22 日　9 版

1102. 葛建時，嚴冬陽　評林語堂對《紅樓夢》的新發現　從林語堂頭髮說起　臺北　哲志出版社　1969 年 7 月　頁 70—79

1103. 趙　岡　論林語堂先生《董董重訂本紅樓夢稿》　聯合報　1967 年 5 月 25 日　9 版

1104. 趙　岡　論林語堂先生的《董董重訂本紅樓夢稿》　從林語堂頭髮說起　臺北　哲志出版社　1969 年 7 月　頁 80—88

1105. 嚴　明　論林語堂所謂「曹雪芹手訂」本《紅樓夢》之真相　中華雜誌　第 5 卷第 5 期　1967 年 5 月　頁 40，22

1106. 葛建時，嚴冬陽　再評林語堂對《紅樓夢》的新發現　聯合報　1967 年 6 月 15 日　9 版

1107. 葛建時，嚴冬陽　再評林語堂先生對《紅樓夢》的新發現　從林語堂頭髮說起　臺北　哲志出版社　1969 年 7 月　頁 91—104

1108. 葛建時，嚴冬陽　論《紅樓夢》後四十回之偽，三評林語堂先生的新發現　聯合報　1967 年 7 月 15 日　9 版

1109. 嚴靈峰　《紅樓夢》稿本的糾纏　聯合報　1967 年 8 月 4 日　9 版

1110. 嚴靈峰　《紅樓夢》稿本的糾纏　從林語堂頭髮說起　臺北　哲志出版社　1969 年 7 月　頁 108—109

1111. 瀟　湘　閒話幽默大師　文化旗　第 15 期　1969 年 1 月　頁 29—30

1112. 張世明　一篇糊塗賬滿紙荒唐言　文化旗　第 15 期　1969 年 1 月　頁 45—46

1113. 文　梅　敬向林語堂先生進言　文化旗　第 15 期　1969 年 1 月　頁 47—50

1114. 東郭牙　紅樓夢論的篆文「識別談」　從林語堂頭髮說起　臺北　哲志出版社　1969 年 7 月　頁 105—107

1115. 林衡哲　中國的幽默大師：林語堂　廿世紀智慧人物的信念　臺北　志文出版社　1969 年 10 月　頁 53—62

1116. 林西華　談林語堂博士所談的「性」　臺灣日報　1971 年 1 月 16 日　8 版

1117. 謝冰瑩　林語堂先生談語文問題　生命的光輝　臺北　三民書局　1971 年

12 月　頁 17—23

1118. 黃肇珩　　幽默大師林語堂寫作的藝術　中華文化復興月刊　第 7 卷第 10 期　1974 年 10 月　頁 19—23

1119. 李魁賢　　林語堂論詩　笠　第 73 期　1976 年 6 月　頁 29—30

1120. 李魁賢　　林語堂論詩　詩的紀念冊　臺北　草根出版公司　1998 年 4 月　頁 101—103

1121. 李魁賢　　林語堂論詩　李魁賢文集 2　臺北　行政院文建會　2002 年 10 月　頁 91—93

1122. 鄭秋水　　林語堂的母性觀　聯合報　1976 年 9 月 7 日　12 版

1123. 鄭秋水　　林語堂的母性觀　現代文學論（聯副三十年文學大系・評論卷）臺北　聯經出版公司　1981 年 12 月　頁 111—116

1124. 江石江　　林語堂反對左傾提倡幽默的理由　傳記文學　第 176 期　1977 年 1 月　頁 78

1125. 周　錦　　新文學第 2 期的散文創作〔林語堂部分〕　中國新文學史　臺北　長歌出版社　1977 年 1 月　頁 473—474

1126. 賽珍珠　　林語堂　民國文人　臺南　長河出版社　1977 年 7 月　頁 234—236

1127. 張希哲　　林語堂論東西文化的差異與調和——記林博士在國際大學校長會議室的演講　傳記文學　第 187 期　1977 年 12 月　頁 24—26

1128. John Gannon　　The English Occasional Essay and Its Chinese Counterpart〔林語堂部分〕　Asian Culture Quarterly　第 6 卷第 1 期　1978 年春　頁 35—36

1129. 臺灣開明書店編譯部　　《語堂文集》編輯敘言　語堂文集（上）　臺北　臺灣開明書店　1978 年 12 月　頁 1—5

1130. 賽珍珠　　語堂小評論之賞識　語堂文集（下）　臺北　臺灣開明書店　1978 年 12 月　頁 1244—1246

1131. 賽珍珠　　語堂小評論之賞識　語堂文集・四　臺北　臺灣開明書店　1978

年 12 月　頁 1244—1246

1132. 謝新周　一代文豪林語堂先生　中國國學　第 7 期　1979 年 9 月　頁 240—246

1133. 蘇雪林　林語堂所提倡的幽默文學　二三十年代作家與作品　臺北　廣東出版社　1980 年 6 月　頁 206—210

1134. 蘇雪林　林語堂所提倡的幽默文學　中國二三十年代作家　臺北　純文學出版社　1983 年 10 月　頁 215—219

1135. 蘇雪林　林語堂所提倡的幽默文學　蘇雪林文集（三）　合肥　安徽文藝出版社　1996 年 4 月　頁 253—256

1136. 周麗麗　現代散文的萌芽〔林語堂部分〕　中國現代散文的發展　臺北　成文出版社　1980 年 7 月　頁 60—61

1137. 周麗麗　現代散文的成長——幽默小品的鼎盛〔林語堂部分〕　中國現代散文的發展　臺北　成文出版社　1980 年 7 月　頁 78—87

1138. 張　梁　林語堂論——兼論魯迅和他的交往與鬥爭　文學評論叢刊　第 6 期　1980 年 8 月　頁 68—104

1139. 楊　牧　《中國現代散文選》前言〔林語堂部分〕　洪範雜誌　第 3 期　1981 年 8 月　2 版

1140. 康咏秋　論魯迅和林語堂　魯迅研究文叢　長沙　湖南人民出版社　1981 年 12 月　頁 480—491

1141. 任君實　幽默大師林語堂　臺灣日報　1982 年 2 月 15 日　8 版

1142. 施建偉　論語派及《論語》的矛盾性和複雜性〔林語堂部分〕　中國現代文學研究叢刊　1984 年第 3 期　1984 年 9 月　頁 265—278

1143. 施建偉　論語派及《論語》的矛盾性和複雜性〔林語堂部分〕　中國現代文學流派論　西安　陝西人民出版社　1986 年 12 月　頁 52—69

1144. 萬平近　老舍與林語堂及其論語派　新文學論叢　1984 年第 4 期　1984 年 12 月　頁 129—142

1145. 萬平近　老舍與林語堂及其論語派　海峽文壇拾穗　福建　福建社會科學

院文學研究所 1986年4月 頁135—157

1146. 施建偉 《語絲》派的分化和《論語》派的歧途 南開學報 1984年第2期 1984年 頁17—23

1147. 施建偉 語絲派的分化和論語派的歧路 中國現代文學流派論 西安 陝西人民出版社 1986年12月 頁150—170

1148. 陳平原 林語堂與東西方文化 中國現代文學研究叢刊 1985年第3期 1985年7月 頁77—102

1149. 陳平原 林語堂與東西方文化 在東西文化碰撞中 杭州 浙江文藝出版社 1987年12月

1150. 子 朴 「林語堂紀念圖書館」訪書記 新書月刊 第23期 1985年8月 頁36—39

1151. 陳平原 林語堂的審美觀與東西文化 文藝研究 1986年第3期 1986年5月 頁113—122

1152. 施建偉 林語堂——遊戲人生的「幽默大師」 現代作家四十人 上海 上海人民出版社 1986年6月 頁123—132

1153. 石 東 幽默大師與幽默 聯合文學 第22期 1986年8月 頁26—32

1154. 〔現代散文研究小組編〕 前言〔林語堂部分〕 中國現代散文理論 臺北 蘭亭書店 1986年10月 頁6—7，15—16

1155. 〔現代散文研究小組編〕 《中國新文學大系·散文二集》導言〔林語堂部分〕 中國現代散文理論 臺北 蘭亭書店 1986年10月 頁417

1156. 施建偉 論語派的「幽默文學」和前期《論語》的主要傾向〔林語堂部分〕 中國現代文學流派論 西安 陝西人民出版社 1986年12月 頁70—87

1157. 施建偉 從「語絲文體」到論語格調〔林語堂部分〕 中國現代文學流派論 西安 陝西人民出版社 1986年12月 頁171—195

1158. 紀秀榮 序言 林語堂散文選集 天津 百花文藝出版社 1987年7月

頁 1—22

1159. 宋田水　要死不活的臺灣文學——透視臺灣作家的社會良心——林語堂　臺灣新文化　第 14 期　1987 年 11 月　頁 41

1160. 唐　弢　林語堂論　文藝報　1988 年 1 月 16 日

1161. 唐　弢　林語堂論　林語堂評說七十年　北京　中國華僑出版社　2003 年 1 月　頁 261—268

1162. 王志健　散文論——蓓蕾初出——林語堂　文學四論（下冊）　臺北　文史哲出版社　1988 年 7 月　頁 632—637

1163. 江超中　「五四」時期的散文——周作人、林語堂的散文　二十世紀中國兩岸文學史　瀋陽　遼寧大學出版社　1988 年 8 月　頁 198—206

1164. Fu, Yi - Chin　Lin Yutang——A Bundle of Contrasts　Fu Jen Studies　第 21 期　1988 年　頁 29—44

1165. 陳平原　兩腳踏東西文化——林語堂其人其文　讀書　1989 年第 1 期　1989 年 1 月　頁 66—72

1166. 彭　立　三十年代林語堂文藝思想論析　文學評論　1989 年第 5 期　1989 年 5 月　頁 79—91

1167. 彭　立　三十年代林語堂文藝思想論析　中國現代文學研究叢刊　1990 年第 3 期　1990 年 8 月　頁 287—288

1168. 林榮松　民族意識和林語堂的小說創作　學術論壇　1989 年第 3 期　1989 年 5 月　頁 70—75

1169. 任偉光　《語絲》的撰稿人林語堂　現代閩籍作家散論　廈門　廈門大學出版社　1989 年 7 月　頁 82—100

1170. 閻三林　林語堂幽默觀論略　西北大學學報　1989 年第 3 期　1989 年 8 月　頁 94—99

1171. 莊鍾慶　論語派與幽默文學　新文學史料　1989 年第 3 期　1989 年 8 月　頁 158—164

1172. 施建偉　幽默——林語堂與魯迅的比較　魯迅研究動態　1989 年第 10 期　1989 年 10 月，1990 年 7 月　頁 39—44，39—47

1173. 施建偉　論林語堂的幽默觀[9]　社會科學　1989 年第 11 期　1989 年 11 月　頁 69—73

1174. 施建偉　林語堂和幽默　華僑大學學報　1993 年第 1 期　1993 年 2 月　頁 83—88

1175. 施建偉　林語堂與幽默　林語堂研究論集　上海　同濟大學出版社　1997 年 7 月　頁 1—11

1176. 顧國柱　林語堂的「綜合理」與克羅齊的「表現觀」　唐都學刊　1990 年第 1 期　1990 年 1 月　頁 60—64

1177. 王惠廷　林語堂三十年代幽默文學漫議　福建學刊　1990 年第 4 期　1990 年 8 月　頁 57—61

1178. 阿　英　林語堂小品序　現代十六家小品　天津　天津古籍書店　1990 年 8 月　頁 465—467

1179. 張明高，范橋　編者前言　林語堂文選　北京　中國廣播電視出版社　1990 年 8 月　〔6〕頁

1180. 沈　栖　林語堂散文創作簡論[10]　中國現代文學研究叢刊　1990 年第 3 期　1990 年 8 月　頁 290

1181. 沈　栖　林語堂散文創作簡論　上海師範大學學報　第 2 期　1991 年 6 月　頁 105—111

1182. 沈　栖　林語堂的散文創作　林語堂——憂國憂民的幽默大師　臺北　海風出版社　1994 年 2 月　頁 37—44

1183. 陳漱渝　林語堂的幽默小品　小品文藝術談　北京　中國廣播電視出版社　1990 年 10 月　頁 345—348

1184. 陳漱渝　林語堂的幽默小品　小品文藝術談　北京　中國廣播電視出版社

---

[9]本文後改篇名為〈林語堂和幽默〉。
[10]本文後改篇名為〈林語堂的散文創作〉。

1996 年 12 月　頁 342—345

1185. 陳信元　現代散文的第二個十年（一九二八——九三七）〔林語堂部分〕　中國現代散文初探　臺中　臺中縣立文化中心　1990 年 12 月　頁 18—22

1186. 王才忠　林語堂愛國思想研究　湖北大學學報　1991 年第 3 期　1991 年 5 月　頁 118—120

1187. 徐　學　幽默散文〔林語堂部分〕　臺灣新文學概觀（下）　福建　鷺江出版社　1991 年 6 月　頁 215—217

1188. 施建偉　前言　林語堂在大陸　北京　十月文藝出版社　1991 年 8 月〔4〕頁

1189. 施建偉　後記　林語堂在大陸　北京　十月文藝出版社　1991 年 8 月　頁 366—370

1190. 莊鍾慶　論語派　林語堂自傳　石家莊　河北人民出版社　1991 年 9 月　頁 233—266

1191. 施建偉　南雲樓風波——魯迅和林語堂的一次誤解　人物　1992 年第 2 期　1992 年 3 月　頁 142—147

1192. 施建偉　南雲樓風波——林語堂和魯迅間的一次誤解　林語堂研究論集　上海　同濟大學出版社　1997 年 8 月　頁 202—206

1193. 尚海，夏小飛　編者小識　林語堂小品散文　北京　中國廣播電視出版社　1992 年 8 月　頁 1—2

1194. 邵伯周　以林語堂為代表的「幽默」與「閒適」文學思潮及其演變　中國現代文學思潮研究　上海　學林出版社　1993 年 1 月　頁 419—440

1195. 徐　學　吳魯芹、顏元叔等人的幽默散文〔林語堂部分〕　臺灣文學史（下）　福州　海峽文藝出版社　1993 年 1 月　頁 668—669

1196. 施建偉　把握林語堂中西融合觀的特殊性與階段性——從《林語堂在海外》談起　華僑大學學報　1993 年第 1 期　1993 年 2 月　頁

69—73

1197. 王利芬　林、梁、周散文熱點透視　文學自由談　1993 年第 2 期　1993 年 2 月　頁 91—93

1198. 徐　學　從古典到現代——臺灣作家散文觀綜論之二〔林語堂部分〕　臺灣香港澳門暨海外華文文學論文選　福州　海峽文藝出版社　1993 年 3 月　頁 258—259

1199. 蔣心煥，吳秀亮　試論閒適派散文——兼及周作人、林語堂、梁實秋散文之比較　聊城師範學院學報　1993 年第 2 期　1993 年 4 月　頁 108—114

1200. 張世珍　幽默大師的幽默觀　警專學報　第 6 期　1993 年 6 月　頁 453—468

1201. 諸孝正　序　林語堂評傳　南昌　百花洲文藝出版社　1994 年 2 月　頁 1—4

1202. 徐　學　當代臺灣散文中的遊戲精神〔林語堂部分〕　中華文學的現在和未來——兩岸暨港澳文學交流研討會論文集　香港　鑪峰學會　1994 年 6 月　頁 178

1203. 許長安　周辨明、林語堂、羅常培的廈門方言拼音研究　廈門大學學報　1994 年第 3 期　1994 年 7 月　頁 105—111

1204. 盧斯飛　林語堂作品中的幽默　語文世界　1994 年第 4 期　1994 年 7 月　頁 5—7

1205. 馮鐵著；王宇根譯　「向尼采致歉」——林語堂對《薩拉圖斯脫拉如是說》的借用　中國現代文學研究叢刊　1994 年第 3 期　1994 年 8 月　頁 117—126

1206. 吳禹星　林語堂早期的文學觀　中國現代文學研究叢刊　1994 年第 3 期　1994 年 8 月　頁 241—224

1207. 施建偉　林語堂——中國現代文學史上「最不容易寫的一章」　林語堂——走向世界的幽默大師　臺北　武陵出版公司　1994 年 9 月　頁

5—9

1208. 施建偉　寫在後面的話——林語堂——從「中西文化融合觀」破題　林語堂——走向世界的幽默大師　臺北　武陵出版公司　1994 年 9 月　頁 336—352

1209. 洪　燕　試論林語堂散文的幽默　黔東南民族師專學報　第 12 卷第 3 期　1994 年 9 月　頁 15—18

1210. 余英時　試論林語堂的海外著述　林語堂百年誕辰論文集　臺北　臺北市立圖書館總館國際會議廳　1994 年 10 月 8—10 日　頁 1—11

1211. 余英時　試論林語堂的海外著述（上、下）　聯合報　1994 年 10 月 9—10 日　37 版

1212. 余英時　試論林語堂的海外著述　歷史人物與文化危機　臺北　東大圖書公司　1995 年 9 月　頁 125—138

1213. 陳子善　三十年代自由主義文學的傑出代表——簡論《論語》、《人間世》、《宇宙風》時期的林語堂　林語堂百年誕辰論文集　臺北　臺北市立圖書館總館國際會議廳　1994 年 10 月 8—10 日　頁 1—15

1214. 施建偉　方興未艾——近十年來林語堂作品在大陸的流傳與研究　林語堂百年誕辰論文集　臺北　臺北市立圖書館總館國際會議廳　1994 年 10 月 8—10 日　頁 1—16

1215. 施建偉　近十年來林語堂作品在大陸的流傳與研究　同濟大學學報　1994 年第 2 期　1994 年 12 月　頁 78—84

1216. 施建偉　近十年來林語堂作品在大陸的流傳與研究　林語堂研究論集　上海　同濟大學出版社　1997 年 7 月　頁 105—117

1217. 周質平　林語堂與小品文　林語堂百年誕辰論文集　臺北　臺北市立圖書館總館國際會議廳　1994 年 10 月 8—10 日　頁 1—15

1218. 周質平　林語堂與小品文　中國現代文學研究叢刊　1996 年第 1 期　1996 年 3 月　頁 160—171

1219. 周質平　林語堂與小品文　現代人物與思潮　臺北　三民書局　2003 年 9 月　頁 1—18

1220. 鄭明娳　林語堂的幽默理念與創作風格　林語堂百年誕辰論文集　臺北　臺北市立圖書館總館國際會議廳　1994 年 10 月 8—10 日　頁 1—32

1221. 高克毅　林語堂的翻譯成就：翻譯中有創意、創作中有詮釋　林語堂百年誕辰論文集　臺北　臺北市立圖書館總館國際會議廳　1994 年 10 月 8—10 日　頁 1—16

1222. 徐　學　家國之歌吟——飽含泥土氣息的家鄉記憶〔林語堂部分〕　臺灣當代散文綜論　福州　海峽文藝出版社　1994 年 10 月　頁 87—88

1223. 徐　學　遊戲精神——文學源流與社會環境〔林語堂部分〕　臺灣當代散文綜論　福州　海峽文藝出版社　1994 年 10 月　頁 144—145

1224. 楊正潤　現代傳記——臺灣及海外傳記〔林語堂部分〕　傳記文學史綱　江蘇　江蘇教育出版社　1994 年 11 月　頁 611—615

1225. 徐　學　訴說與獨白〔林語堂部分〕　走向新世紀：第六屆世界文學國際學術研討會論文集　北京　人民文學出版社　1994 年 11 月　頁 232

1226. 張超主編　林語堂　臺港澳及海外華人作家辭典　江蘇　南京大學出版社　1994 年 12 月　頁 295—298

1227. 周質平　作品應為作者自己的信念服務——論林語堂提倡小品文的精神所在　明報月刊　第 348 期　1994 年 12 月　頁 94—97

1228. 陳漱渝　「相得」與「疏離」——林語堂與魯迅的交往史實及其文化思想　魯迅研究月刊　1994 年第 12 期　1994 年 12 月　頁 30—41

1229. 陳漱渝　「相得」與「疏離」——林語堂與魯迅的交往史實及其文化思考　新文學史料　1995 年第 2 期　1995 年 5 月　頁 94，125—137

1230. 陳漱渝　「相得」與「疏離」——林語堂與魯迅的交往史實及其文化思想

漢學研究　第25期　1995年6月　頁281—298

1231. 陳漱渝　「相得」與「疏離」——林語堂與魯迅的交往史實及其文化思想　古今藝文　第21卷第4期　1995年8月　頁36—50

1232. 陳漱渝　「相得」與「疏離」——林語堂與魯迅的交往史實及其文化思考　林語堂評說七十年　北京　中國華僑出版社　2003年1月　頁269—292

1233. 陳旋波　林語堂的文化思想與維特・根斯坦的語言哲學　華僑大學學報　1994年第1期　1994年　頁87—93

1234. 陳　清　林語堂中西合璧文化觀成因管窺　徐州師範學院學報　1995年第1期　1995年3月　頁75—78

1235. 沈　謙　林語堂的「風流」與「詼諧」　中央日報　1995年4月28日　19版

1236. 沈　謙　林語堂的「風流」與「詼諧」　林語堂與蕭伯納：看文人妙語生花　臺北　九歌出版社　1999年3月　頁70—73

1237. 沈　謙　林語堂的「風流」與「詼諧」　林語堂與蕭伯納　臺北　九歌出版社　2005年11月　頁70—73

1238. 閻開振　理想人格追求中的生命型態——論林語堂小說創作的人物構成　中國現代文學研究叢刊　1995年第2期　1995年5月　頁252—262

1239. 王兆勝　論林語堂的家庭文化觀　東方論壇　1995年第4期　1995年8月　頁69—74

1240. 方　忠　清順自然，幽默溫厚——林語堂散文　臺港散文40家　鄭州　中原農民出版社　1995年9月　頁1—5

1241. 姜振昌　從塊壘的組合到扇面的分化（下）——語絲派的分化與三大流派的形成〔林語堂部分〕[11]　中國現代雜文史論　北京　人民文學出版社　1995年10月　頁105—115

[11]本文論述林語堂在語絲派散文之後形成的幽默散文風格。

1242. 劉炎生　林語堂——現代中國幽默的拓荒者　廣東社會科學　1995 年第 6 期　1995 年 11 月　頁 123—128

1243. 周　可　林語堂中西文化比較觀的內在理路及其矛盾論析　汕頭大學學報　1995 年第 4 期　1995 年 12 月　頁 54—63

1244. 甘竟存　幽默大師林語堂新論　江淮論壇　1995 年第 6 期　1995 年 12 月　頁 88—94

1245. 陳旋波　從林語堂到湯婷婷——中心與邊緣的文化敘事　外國文學評論　1995 年第 4 期　1995 年 12 月　頁 92—99

1246. 陳旋波　從林語堂到湯婷婷——中心與邊緣的文化敘事　亞洲華文作家雜誌　第 47 期　1997 年 2 月　頁 122—142

1247. 林維中　文化對撞中的林語堂　上海文化　1996 年第 1 期　1996 年 1 月　頁 62—65

1248. 廖超慧　「其即其離，皆出自然」——魯迅林語堂比較論　江漢大學學報　第 13 卷第 1 期　1996 年 2 月　頁 89—94

1249. 杜運通　林語堂代人受過——從魯迅〈論「費厄潑賴」應該緩行〉的一條注釋談起　山西大學學報　1996 年第 1 期　1996 年 2 月　頁 1—7

1250. 杜運通　林語堂代人受過——從魯迅〈論「費厄潑賴」應該緩行〉的一條注釋談起　林語堂評說七十年　北京　中國華僑出版社　2003 年 1 月　頁 293—306

1251. 張培華，李德明　幽默・中西文化合流與社會進步　山西大學學報　1996 年第 1 期　1996 年 2 月　頁 8—14

1252. 葛紅兵　中國現代文學批評史二則——林語堂的小品文觀念　黃淮學刊　第 12 卷第 1 期　1996 年 3 月　頁 34，48—51

1253. 湯奇雲　論林語堂小說創作中的文化選擇與審美追尋　嘉應大學學報　1996 年第 2 期　1996 年 4 月　頁 53—60

1254. 周　可　表現主義與林語堂的文學觀念　中國現代文學研究叢刊　1996 年

第 2 期　1996 年 5 月　頁 146—160

1255. 王愛松　論三十年代散文三派〔林語堂部分〕　中國現代文學研究叢刊　1996 年第 2 期　1996 年 5 月　頁 161—182

1256. 孫凱風　試論林語堂小說中愛情題材的敘事構型及其文化意蘊　溫州師範學院學報　1996 年第 4 期　1996 年 5 月　頁 28—34

1257. 鄭　穎　林語堂的小品文定義　五四新文學時期的小品文研究　中國文化大學中國文學系　碩士論文　金榮華教授指導　1996 年 6 月　頁 97—123

1258. 錢鎖橋　林語堂論現代　二十一世紀　第 35 期　1996 年 6 月　頁 137—145

1259. 彭映艷　一捆矛盾——論林語堂的作品中的道家思想　郴州師專學報　1996 年第 3 期　1996 年 6 月　頁 10—15

1260. 彭映艷　一捆矛盾——試論林語堂作品的道家思想　純文學　復刊第 27 期　2000 年 7 月　頁 12—22

1261. 周　可　反智主義與林語堂文化理想的人文偏至　河北學刊　1996 年第 4 期　1996 年 7 月　頁 65—69

1262. 江震龍　林語堂的「性靈說」　福建師範大學學報　1996 年第 3 期　1996 年 7 月　頁 33—39

1263. 杜運通　林語堂教育思想透視　河南大學學報　1996 年第 4 期　1996 年 7 月　頁 39—44

1264. 唐紹華　林語堂創辦《論語》　文壇往事見證　臺北　傳記文學社　1996 年 8 月　頁 23—25

1265. 杜運通　雖希求光明，卻懼怕血腥——林語堂「轉向」原委辨析　中國現代文學研究叢刊　1996 年第 3 期　1996 年 8 月　頁 184—198

1266. 沈　謙　林語堂的幽默文化　中央日報　1996 年 9 月 20 日　19 版

1267. 沈　謙　林語堂的幽默文化　林語堂與蕭伯納：看文人妙語生花　臺北　九歌出版社　1999 年 3 月　頁 74—78

1268. 沈 謙　林語堂的幽默文化　林語堂與蕭伯納　臺北　九歌出版社　2005年11月　頁74—78

1269. 陳旋波　尼采與林語堂的文化思想　華僑大學學報　1996年第3期　1996年9月　頁76—81，91

1270. 朱國華，范靜嘩　林語堂幽默新探　世界華文文學論壇　1996年第3期　1996年9月　頁55—58

1271. 方祖燊　現代作家的散文觀〔林語堂部分〕　中國現代文學理論　第3期　1996年9月　頁337—338，348—349

1272. 曾鎮南　論魯迅與林語堂的幽默觀　文藝理論與批評　1996年第5期　1996年9月　頁44—49，58

1273. 莊 稼　閒讀書・讀閒書〔林語堂部分〕　臺灣日報　1996年11月29日　23版

1274. 劉炎生　「到底是前進的」——評林語堂倡導小品文　廣東社會科學　1996年第6期　1996年11月　頁122—127

1275. 李取居　一代大師——林語堂先生　高市文教　第58期　1996年11月　頁20—24

1276. 豐逢奉　林語堂的詞典「應用」論　辭書研究　1996年第6期　1996年11月　頁135—143

1277. 廖小雲　論林語堂對中西文化交流的貢獻　青海師範大學學報　1996年第4期　1996年11月　頁68—73

1278. 鄭 鏞　三十年代林語堂對傳統文化的認識　蒲峪學刊　1996年第2期　1996年　頁1—4，60

1279. 萬平近　從多重「回歸」現象看林語堂　福建學刊　1997年第1期　1997年2月　頁59—64

1280. 方環海　林語堂與中國音韻學研究的轉型　中州學刊　1997年第2期　1997年3月　頁87—90

1281. 徐瑞潔　林語堂索引思想述評　江蘇圖書館學報　1997年第2期　1997

年4月　頁15—17

1282. 王　毅　中國自由主義文學思潮的階段性特徵〔林語堂部分〕　中國現代文學研究叢刊　1997年第2期　1997年6月　頁177—192

1283. 林繼中　林語堂「對外講中」思想方法初論　福建論壇　1997年第6期　1997年6月　頁8—12

1284. 陳旋波　林語堂與白璧德的新人文主義　華僑大學學報　1997年第2期　1997年6月　頁32—36

1285. 施建偉　「藝術的幽默」和「幽默的藝術」　林語堂研究論集　上海　同濟大學出版社　1997年7月　頁12—39

1286. 施建偉　中西文化的融合　林語堂研究論集　上海　同濟大學出版社　1997年7月　頁40—51

1287. 施建偉　林語堂的雜文　林語堂研究論集　上海　同濟大學出版社　1997年7月　頁81—93

1288. 施建偉　寄憤怒於幽默　林語堂研究論集　上海　同濟大學出版社　1997年7月　頁94—104

1289. 周　可　走出現代化的「迷思」　廣東社會科學　1997年第4期　1997年7月　頁131—136

1290. 周　可　走出現代化的「迷思」——析林語堂文化觀念中的一個核心命題　林語堂評說七十年　北京　中國華僑出版社　2003年1月　頁363—373

1291. 戴從容　林語堂的中西文化觀　福建師範大學學報　1997年第3期　1997年7月　頁52—59

1292. 朱雙一　林語堂和魯迅「國民性探討」比較論　學術研究　1997年第8期　1997年8月　頁87—90

1293. 朱雙一　林語堂、魯迅「國民性探討」比較論　林語堂的生活與藝術研討會論文集　臺北　臺北市文化局　2000年12月　頁23—36

1294. 陳旋波　科學與人文——林語堂的兩個文化世界　江海學刊　1997年第5

期　1997 年 9 月　頁 175—181

1295. 陳旋波　科學與人文——林語堂的兩個文化世界　林語堂評說七十年　北京　中國華僑出版社　2003 年 1 月　頁 351—362

1296. 楊昌年　新散文運動蓬勃開展〔林語堂部分〕　二十世紀中國新文學史　臺北　駱駝出版社　1997 年 10 月　頁 143—145

1297. 劉再復　人生的盛宴　中國時報　1997 年 11 月 21 日　27 版

1298. 王衛平，陸梅　世紀末的回眸與瞻望——林語堂研究 60 年概觀　山東師大學報　1997 年第 6 期　1997 年 11 月　頁 82—85

1299. 施建偉　林語堂——幽默情節和幽默觀　同濟大學學報　1997 年第 2 期　1997 年 11 月　頁 35—41

1300. 朱東宇　論林語堂的文化涵養與文化家庭小說　中國現代文學研究叢刊　1997 年第 4 期　1997 年 11 月　頁 167—186

1301. 陳旋波　漢學心態——林語堂文化思想透視　華僑大學學報　1997 年第 4 期　1997 年 12 月　頁 48，68—72

1302. 李　勇　邊緣的文化敘事——林語堂散文的建構性　江淮論壇　1997 年第 6 期　1997 年 12 月　頁 85—90

1303. 李　勇　邊緣的文化敘事——林語堂散文的結構性　林語堂評說七十年　北京　中國華僑出版社　2003 年 1 月　頁 432—441

1304. 朱東宇，宏晶　林語堂「一團矛盾」論析　學習與探索　1998 年第 1 期　1998 年 1 月　頁 109—115

1305. 王兆勝　林語堂人生哲學的價值意義及其缺憾　東岳論叢　1998 年第 1 期　1998 年 1 月　頁 84—89

1306. 沈永寶　論林語堂筆調改革的主張　復旦學報　1998 年第 1 期　1998 年 1 月　頁 117—122

1307. 王兆勝　論林語堂的女性崇拜思想　社會科學戰線　1998 年第 1 期　1998 年 1 月　頁 138—147

1308. 王兆勝　林語堂的女性崇拜思想　林語堂評說七十年　北京　中國華僑出

版社　2003 年 1 月　頁 384—400

1309. 周　可　文化與個人——林語堂的內在緊張及其消解　青海師範大學學報　1998 年第 1 期　1998 年 2 月　頁 90—94

1310. 孫凱風　林語堂小說論　中國現代文學研究叢刊　1998 年第 1 期　1998 年 2 月　頁 149—166

1311. 溫儒敏　散文（二）——林語堂與幽默閒適小品　中國現代文學三十年（修訂本）　北京　北京大學出版社　1998 年 7 月　頁 394—397

1312. 劉炎生　散文、話劇等其他文學品種——周作人、林語堂的散文　20 世紀中國文學史（上卷）　廣州　中山大學出版社　1998 年 8 月　頁 397—400

1313. 杜興梅　中西文化碰撞的絢麗火花——林語堂幽默觀的發展路向及文化特質　中州學刊　1998 年第 5 期　1998 年 9 月　頁 94—99

1314. 朱世達　林語堂的美國觀　太平洋學報　1998 年第 3 期　1998 年 9 月　頁 45—52

1315. 涂秀芳　在中西文化鋒面上——試論林語堂散文創作　福州大學學報　1998 年第 4 期　1998 年 10 月　頁 32—36，44

1316. 王兆勝　林語堂宗教文化思想論　中國文學研究　1998 年第 4 期　1998 年 10 月　頁 61—67

1317. 舒　蘭　格律派時期・其他詩人——林語堂　中國新詩史話（一）　臺北　渤海堂文化公司　1998 年 10 月　頁 573—578

1318. 杜興梅，杜運通　良多於莠，功大於過——林語堂 30 年代幽默小品再評價　河南大學學報　1998 年第 6 期　1998 年 11 月　頁 48—53

1319. 王兆勝　心靈的對語——論林語堂的文體模式　海南師範學院學報　1999 年第 1 期　1999 年 3 月　頁 14—23

1320. 董大中　林語堂與「費厄潑賴」　讀書　1999 年第 3 期　1999 年 3 月　頁 136—141

1321. 鄭明娳　現代散文的內視——千姿萬態的風采格調〔林語堂部分〕　現代散文　臺北　三民書局　1999年3月　頁205—213

1322. 王兆勝　反抗絕望，善處人生——論林語堂的生活哲學　社會科學輯刊　1999年第3期　1999年5月　頁128—134

1323. 陳旋波　林語堂對美國華文文學的啟示　華僑大學學報　1999年第2期　1999年6月　頁68—72

1324. 陸　明　試論林語堂的幽默與閒適　浙江廣播電視高等專科學校學報　1999年第2期　1999年6月　頁36—38

1325. 宋　媛　遊子歸鄉與文人傳教——辜鴻銘、林語堂對外文化介紹的同與異　山西教育學院學報　第2卷第2期　1999年6月　頁13—16

1326. 宋　媛　遊子歸鄉與文人傳教——辜鴻銘、林語堂對外文化介紹的同與異　楚雄師專學報　第15卷第1期　2000年1月　頁17—20

1327. 宋　媛　辜鴻銘、林語堂「中國形象」的描述與再評價　湖北三峽學院學報　第21卷第4期　1999年8月　頁49—52，66

1328. 徐雲浩　林語堂小說魅力初探　南都學壇　1999年第5期　1999年9月　頁46—47

1329. 張景蘭　林語堂散文創作的發展軌跡　淮陰師範學院學報　1999年第5期　1999年9月　頁97—100

1330. 周仁政　論林語堂的自由個人主義文化觀　中國文化月刊　第236期　1999年11月　頁81—99

1331. 周仁政　論林語堂的自由個人主義文化觀　江蘇社會科學　2000年第2期　2000年3月　頁110—115

1332. 郭豫適　林語堂對《紅樓夢》後四十回的研究　社會科學家　第14卷第6期　1999年11月　頁4—9

1333. 劉炎生　現代文學發展時期的論爭（1927—1937）——「幽默」論爭〔林語堂部分〕　中國現代文學論爭史　廣州　廣東人民出版社　1999年12月　頁341—349

1334. 劉炎生　現代文學發展時期的論爭（1927—1937）——小品文論爭〔林語堂部分〕　中國現代文學論爭史　廣州　廣東人民出版社　1999年12月　頁350—360

1335. 李渝華　林語堂的意念教學法　外語教學　第21卷第1期　2000年1月　頁79—82

1336. 李栩鈺　幽默大師林語堂的文藝理論——以「性靈」、「閒適」、「幽默」為討論重心　嶺東學報　第11期　2000年3月　頁215—227

1337. 賴國州書房製作；吳晶晶整理　閱讀一代大師林語堂　中央日報　2000年4月25日　22版

1338. 范培松　林語堂　中國散文批評史　南京　江蘇教育出版社　2000年4月　頁61—76

1339. 謝家順　林語堂讀書觀芻議　文采　第12期　2000年6月　頁36—39

1340. 李樂平　「醉翁之意」和「山水之間」——也談林語堂與魯迅的「相得」和「疏離」　鄭州工業大學學報　2000年第2期　2000年6月　頁50—54

1341. 劉慶璋　林語堂詩學話語論析　漳州師範學院學報　2000年第2期　2000年6月　頁1—6

1342. 王建紅　對兩種宗教的皈依——林語堂眼中的中西生活　漳州師範學院學報　2000年第2期　2000年6月　頁7—10

1343. 江少英　林語堂幽默小品文藝術特色淺探　福建師範大學福清分校學報　2000年第3期　2000年7月　頁10—16

1344. 董大中　三十年代的魯迅和林語堂　新文學史料　2000年第3期　2000年8月　頁58—67

1345. 俞祖華，趙慧峰　比較文化視野裡的中國人形象——辜鴻銘、林語堂對中國西民性的比較　中州學刊　2000年第5期　2000年9月　頁114—119

1346. 沈玲，鮑前程　林語堂與中西文化交流　徐州師範大學學報　2000 年第 3 期　2000 年 9 月　頁 6—10

1347. 謝友祥　林語堂論中國文化的陰柔品格　北方論叢　2000 年第 5 期　2000 年 9 月　頁 1—8

1348. 李曉宇　邊緣遊走——林語堂的人文探尋　東南學術　2000 年第 5 期　2000 年 9 月　頁 107—110

1349. 肖百容　林語堂快樂哲學初探[12]　吉首大學學報　2000 年第 3 期　2000 年 9 月　頁 44—49

1350. 肖百容　快樂幻想曲——論林語堂快樂哲學的本質　湖南大學學報　2000 年第 4 期　2000 年 12 月　頁 95—98

1351. 李少丹　淺析林語堂的文學語言觀　漳州師範學院學報　2000 年第 3 期　2000 年 9 月　頁 28—30

1352. 朱文華　林語堂——「兩腳踏中西文化」的「幽默大師」　臺港澳文學教程　上海　漢語大辭典出版社　2000 年 10 月　頁 121—124

1353. 謝友祥　周作人林語堂同異片談　甘肅社會科學　2000 年第 6 期　2000 年 11 月　頁 19—12

1354. 杜運通　平淡不流於鄙俗，典雅不涉於古僻——林語堂寫作觀探微　韓三師範學院學報　2000 年第 4 期　2000 年 12 月　頁 29—37

1355. 蔡南成　林語堂、魯迅對中西文化交流趨勢的影響　林語堂的生活與藝術研討會論文集　臺北　臺北市文化局　2000 年 12 月　頁 41—71

1356. 欒梅健　構築詩意的心靈園林——林語堂的生活藝術觀　林語堂的生活與藝術研討會論文集　臺北　臺北市文化局　2000 年 12 月　頁 97—113

1357. 欒梅健　構築詩意的心靈園林——林語堂的生活藝術觀　純與俗——文學的對立與溝通　臺北　文史哲出版社　2005 年 2 月　頁 155—165

[12]本文後改篇名為〈快樂幻想曲——論林語堂快樂哲學的本質〉。

1358. 廖玉蕙　不是閒人閒不得——林語堂的閒適觀　林語堂的生活與藝術研討會論文集　臺北　臺北市文化局　2000 年 12 月　頁 117—146

1359. 張堂錡　個人主義的享樂——林語堂的讀書觀　林語堂的生活與藝術研討會論文集　臺北　臺北市文化局　2000 年 12 月　頁 151—167

1360. 張堂錡　絕對個人主義的享樂——林語堂的讀書觀　跨越邊界：現代中文文學研究論叢　臺北　文史哲出版社　2002 年 5 月　頁 27—42

1361. 張堂錡　絕對個人主義的享樂——林語堂的讀書觀　現代文學百年回望　臺北　萬卷樓圖書公司　2012 年 9 月　頁 273—286

1362. 張曉風　一個「牧子文人」的心路歷程——論林語堂在宗教上的出走與回歸　林語堂的生活與藝術研討會論文集　臺北　臺北市文化局　2000 年 12 月　頁 172—211

1363. 張曉風　一個「牧子文人」的心路歷程——論林語堂在宗教上的出走與回歸（1—3）　宇宙光　第 323—325 期　2001 年 3，4，5 月　頁 44—51，70—77，70—77

1364. 焦　桐　林語堂心中的女人　林語堂的生活與藝術研討會論文集　臺北　臺北市文化局　2000 年 12 月　頁 250—262

1365. 趙孝萱　「政治正確」不足的邊緣者——林語堂在「文學史」上形象與評價之反思　林語堂的生活與藝術研討會論文集　臺北　臺北市文化局　2000 年 12 月　頁 267—308

1366. 蔡一鵬　論林語堂的紅學研究　漳州師範學院學報　2000 年第 4 期　2000 年 12 月　頁 1—7

1367. 許美雲　林語堂在中國現代文學地位探討　名人紀念館營運管理研究——以林語堂紀念館為例　南華大學美學與藝術研究所　碩士論文　陳國寧教授指導　2000 年　頁 175—180

1368. 謝友祥　林語堂人文思想的幾個特徵　北方論叢　2001 年第 1 期　2001 年 1 月　頁 67—71

1369. 凌　逾　林語堂幽默小品的美學價值　廣東教育學院學報　2001 年第 1 期

2001年2月　頁34—37，42

1370. 孟建煌　從「後殖民主義」話語看林語堂的東西文化觀　贛南師範學院學報　2001年第1期　2001年2月　頁33—38

1371. 孟建煌　從「後殖民主義」話語看林語堂的東西文化觀　林語堂評說七十年　北京　中國華僑出版社　2003年1月　頁374—383

1372. 李建東，李存　「林語堂矛盾」的文化觀照　河南師範大學學報　第28卷第2期　2001年3月　頁76—78

1373. 黃科安　林語堂對現代小品文理論的建設與探索　中國現代文學研究叢刊　2001年第2期　2001年4月　頁228—239

1374. 曾永成　從形式、節奏到節奏形式——文藝本體特性百年探尋軌跡掃描（上、下）　成都大學學報　2001年第2—3期　2001年4，7月　頁29—33，31—36

1375. 施　萍　論林語堂的「立人」思想　中國文化研究　2001年第2期　2001年5月　頁61—67

1376. 李永康　林語堂翻譯文本的文化解讀　郴州師範高等專科學校學報　2001年第3期　2001年6月　頁66—69

1377. 吉士云　林語堂研究：興起於人間世上的一股宇宙風[13]　中國現代文學研究史綱　南京　江蘇教育出版社　2001年6月　頁939—957

1378. 陳琳琳，周基琛　林語堂文學轉型探析　復旦學報　2001年第4期　2001年7月　頁127—131

1379. 林貴真　各領風騷，各有千秋——七位名家談閱讀——寫意讀書人——林語堂　讀書會任我遊　臺北　爾雅出版社　2001年7月　頁91—92

1380. 謝友祥　林語堂的根本守望和常人追尋　中山大學學報　2001年第5期　2001年9月　頁70—75

1381. 熊顯長　林語堂的雜誌觀　編輯學刊　2001年第5期　2001年9月　頁

[13]本文縱論兩岸三地林語堂研究的興起與研究發展。

56—59

1382. 謝友祥　論林語堂的閒談散文　中國現代文學研究叢刊　2001 年第 4 期　2001 年 10 月　頁 61—74

1383. 陳琳琳　關於二十世紀三十年代幽默、小品文論爭的再思考　中國現代文學研究叢刊　2001 年第 4 期　2001 年 10 月　頁 85—89

1384. 李樂平　魯迅與林語堂第二次「疏離」之研究　河南社會科學　第 9 卷第 6 期　2001 年 11 月　頁 145—177

1385. 周荷初　林語堂與袁宏道——自然主義美學意識的一脈延伸　廣東社會科學　2002 年第 1 期　2002 年 1 月　頁 158—162

1386. 黃子千等[14]　林語堂的思想與精神座談紀實　自由時報　2002 年 3 月 26 日　39 版

1387. 沈　謙　林語堂生活的幽默　中央日報　2002 年 3 月 30 日　18 版

1388. 沈　謙　林語堂生活的幽默　明道文藝　第 359 期　2006 年 2 月　頁 44—59

1389. 沈　謙　林語堂生活的幽默　效法蕭伯納幽默　臺北　九歌出版社　2007 年 1 月　頁 58—60

1390. 謝友祥　林語堂——直面生命必然缺陷的智者　西北師大學報　第 39 卷第 2 期　2002 年 3 月　頁 31—34

1391. 蔣　益　林語堂與「論語派」的幽默小品文　長沙大學學報　第 16 卷第 1 期　2002 年 3 月　頁 6—8

1392. 陳旋波　論林語堂與佛學的關係　齊魯學刊　2002 年第 2 期　2002 年 3 月　頁 78—82

1393. 南治國　林語堂與魯迅的南洋「怨」緣　第二屆馬來亞大學、新加坡國立大學中文系研討會——漢學的研究趨勢　馬來西亞　馬來亞大學中文系，新加坡大學中文系主辦　2002 年 5 月 25—26 日

1394. 施　萍　自救與自然——論林語堂小說中的人性觀　中州學刊　2002 年第

[14]與會者：趙孝萱、林太乙、林相如、黃肇珩、馬森、柯慶明、廖咸浩；紀錄：古明芳。

4 期　2002 年 7 月　頁 94—99

1395. 高鴻，呂若涵　文化碰撞中的文化認同與困境——從林語堂看海外華文文學研究中的有關問題　福州大學學報　2002 年 3 期　2002 年 7 月　頁 74—79，112

1396. 高鴻，呂若涵　文化碰撞中的文化認同與困境——從林語堂看海外華文文學研究中的有關問題　華文文學　2002 年第 3 期　2002 年 7 月　頁 30—36，48

1397. 包　燕　人文自救——執著與困惑——林語堂的哲學探尋與文學世界　同濟大學學報　2002 年第 4 期　2002 年 8 月　頁 95—100

1398. 彭映艷　論道家文化對林語堂文學思想的影響　郴州師範高等專科學校學報　2002 年第 4 期　2002 年 8 月　頁 43—46

1399. 蕭關鴻　兩腳踏中西文化　百年追問　臺北　聯合文學出版社　2002 年 9 月　頁 132—135

1400. 沈文華　試比較魯迅與林語堂在國民性批判問題上的差異　浙江樹人大學學報　第 2 卷第 6 期　2002 年 11 月　頁 57—60

1401. 趙懷俊　林語堂幽默觀之中西來源　晉中師範高等專科學校學報　第 19 卷第 4 期　2002 年 12 月　頁 275—277

1402. 傅岩山　林語堂編輯藝術略論　編輯之友　2002 年 s1 期　2002 年 12 月　頁 111—112

1403. 霍秀全　從「老朋友」到「無話可說」——魯迅、林語堂相得相離之跡覓踪　北方工業大學學報　第 14 卷第 4 期　2002 年 12 月　頁 48—55

1404. 陸　梅　試論林語堂的人生哲學　大連海事大學學報　第 1 卷第 4 期　2002 年 12 月　頁 70—74

1405. 東　紅　論林語堂的女性觀　黎明職業大學學報　2002 年第 4 期　2002 年 12 月　頁 18—24

1406. 〔子通編〕　關於林語堂與郭沫若等的論爭　林語堂評說七十年　北京

中國華僑出版社　2003 年 1 月　頁 60—72

1407. 陳平原　林語堂東西綜合的審美理想　林語堂評說七十年　北京　中國華僑出版社　2003 年 1 月　頁 307—331

1408. 王兆勝　緊緊貼近人生本相——林語堂的人生哲學　林語堂評說七十年　北京　中國華僑出版社　2003 年 1 月　頁 332—350

1409. 霍秀全　林語堂文化性格中的「士」意識　林語堂評說七十年　北京　中國華僑出版社　2003 年 1 月　頁 401—409

1410. 施　萍　神性之維——林語堂文化人格解析　貴州社會科學　2003 年第 1 期　2003 年 1 月　頁 70—74

1411. 王雪菲　試論金庸和林語堂的情愛描寫模式　欽州師範高等專科學校學報　第 18 卷第 1 期　2003 年 3 月　頁 47—49，58

1412. 張　芸　魯迅雜文與林語堂小品文思想藝術的異同比較　通化師範學院學報　第 24 卷第 3 期　2003 年 5 月　頁 74—78

1413. 潘　峰　試析魯迅與林語堂的幽默觀審美差異　湖北成人教育學院學報　第 9 卷第 4 期　2003 年 7 月　頁 30—32

1414. 沈　謙　林語堂論幽默的真諦　明道文藝　第 329 期　2003 年 8 月　頁 101—111

1415. 高竟豔　苦難的認同和超越——林語堂小說的宗教文化價值所在　株州師範高等專科學校學報　第 8 卷第 4 期　2003 年 8 月　頁 26—34

1416. 巫小黎　林語堂　20 世紀中國文學通史　上海　東方出版中心　2003 年 9 月　頁 209—212

1417. 王兆勝　林語堂與公安三袁　江蘇社會科學　2003 年第 6 期　2003 年 11 月　頁 158—164

1418. 彭映艷　論林語堂「避隱」思想　郴州師範高等專科學校學報　2003 年第 6 期　2003 年 12 月　頁 59—61，65

1419. 陳家洋　林語堂「對外講中」透析　華文文學　2003 年第 4 期　2003 年　頁 38—46

1420. 邵 娜 林語堂的女性觀探源 寧波大學學報 第 17 卷第 1 期 2004 年 1 月 頁 59—61

1421. 李 惠 論林語堂之女性觀 淮陰師範學院學報 2004 年第 1 期 2004 年 1 月 頁 128—131

1422. 殷曼楟 林語堂的早秋情懷 貴州社會科學 2004 年第 2 期 2004 年 2 月 頁 76—78

1423. 謝友祥 近情和中庸——林語堂的一種人文選擇 嘉應學院學報 2004 年第 1 期 2004 年 2 月 頁 45—50

1424. 袁濟喜 論林語堂對幽默的態度 中國文化研究 2004 年第 1 期 2004 年 2 月 頁 163—171

1425. 王兆勝 天地之子——林語堂綜論（上、下） 海南師範學院學報 2004 年第 2—3 期 2004 年 3，5 月 頁 11—17，5—7

1426. 李立平 林語堂早期「立人」思想略論 華僑大學學報 2004 年第 1 期 2004 年 3 月 頁 108—112

1427. 趙懷俊，劉素梅 林語堂提倡幽默之緣由 晉中師範高等專科學校學報 第 21 卷第 1 期 2004 年 3 月 頁 31—34

1428. 周仕寶 林語堂的翻譯觀 外語學刊 2004 年第 2 期 2004 年 3 月 頁 107—110

1429. 閔建國 林語堂小說中的自我戀情與女性崇拜 社科縱橫 第 19 卷第 2 期 2004 年 4 月 頁 82—84

1430. 蔡江珍 林語堂論閒談與幽默之重要 福建論壇 2004 年第 4 期 2004 年 4 月 頁 49—51

1431. 王兆勝 林語堂與袁枚 湖南師範大學社會科學學報 第 33 卷第 3 期 2004 年 5 月 頁 110—113，129

1432. 洪治綱 前言 林語堂經典文存 上海 上海大學出版 2004 年 5 月 〔4〕頁

1433. 宋浩成，王黎君 譯壇開拓的交錯履痕——魯迅、林語堂翻譯觀比較論

杭州師範學院學報　第 3 卷第 3 期　2004 年 5 月　頁 244—246

1434. 董　暉　管窺林語堂翻譯作品中的用詞特色　遼寧工學院學報　第 6 卷第 3 期　2004 年 6 月　頁 81—82，113

1435. 李立平　周作人、林語堂「國民性」探討比較論　零陵學院學報　第 2 卷第 3 期　2004 年 6 月　頁 51—54

1436. 楊玉文　林語堂與文學翻譯　零陵學院學報　第 2 卷第 3 期　2004 年 6 月　頁 55—57

1437. 王福雅　林語堂「閒適筆調」論　求索　2004 年第 7 期　2004 年 7 月　頁 196—198

1438. 李立平　從基督教看林語堂的文化認同與文化選擇　哈爾濱學院學報　第 25 卷第 7 期　2004 年 7 月　頁 9—12

1439. 楊　柳　通俗翻譯的「震驚」效果與日常生活的審美精神——林語堂翻譯研究　中國翻譯　2004 年第 4 期　2004 年 7 月　頁 42—47

1440. 李翔翔　林語堂的人生哲學觀照下的「悠閒理論」和「自由旅行主義」　桂林旅遊高等專科學校學報　第 15 卷第 4 期　2004 年 8 月　頁 76—79

1441. 吳淑華　林語堂對文獻學的貢獻剖析　圖書館理論與實踐　2004 年第 4 期　2004 年 8 月　頁 102—104

1442. 張　沛　論林語堂的語錄體創作　東方叢刊　2004 年第 3 期　2004 年 8 月　頁 184—195

1443. 王兆勝　林語堂中西文化融會思想的淵源　南都學壇　第 24 卷第 5 期　2004 年 9 月　頁 53—60

1444. 羅維揚　林語堂的編、譯、著　北京印刷學院學報　第 12 卷第 3 期　2004 年 9 月　頁 34—37，45

1445. 蘇　娟　林語堂的編輯風格　國際關係學院學報　2004 年第 5 期　2004 年 9 月　頁 53—57

1446. 張貴賢　魯迅與林語堂幽默觀之比較　渤海大學學報　第 26 卷第 5 期

2004年9月 頁36—39

1447. 李立平 周作人、林語堂「立人」思想管窺 江蘇廣播電視大學學報 第15卷第5期 2004年10月 頁40—43

1448. 張艷艷 林語堂的「文化女兒」們——從林語堂小說「女性形象群」看其文化觀 華文文學 2004年第4期 2004年10月 頁70—74

1449. 楊柳，張伯然 現代性視域下的林語堂翻譯研究 外語與外語教學 2004年第10期 2004年10月 頁41—45，50

1450. 施 萍 論林語堂幽默思想的批判功能 文藝理論研究 2004年第6期 2004年11月 頁32—38

1451. 張智中 林語堂標題英譯賞析 上海科技翻譯 2004年第4期 2004年11月 頁63—64

1452. 趙毅衡 林語堂——雙語作家寫不了雙語作品 雙單行道：中西文化交流人物 臺北 九歌出版社 2004年11月 頁95—101

1453. 沈 謙 林語堂「賣國賣民」 中央日報 2004年12月6日 17版

1454. 馮 羽 林語堂對辜鴻銘的文化認知與借鑒 南京曉莊學院學報 2005年第1期 2005年1月 頁110—116

1455. 丁麗燕 生活的藝術與詩意地棲居——論林語堂閒適哲學的生態學價值 浙江學刊 2005年第1期 2005年1月 頁135—138

1456. 鄭麗蘭 略論《中國評論周報》（The China Critic）的文化價值取向——以胡適、賽珍珠、林語堂引發的中西文化爭論為中心 福建論壇 2005年第1期 2005年1月 頁43—48

1457. 曹毓生 論郁達夫對林語堂及其小品文觀的批評 求索 2005年第1期 2005年1月 頁96，166—167

1458. 施 萍 一個人文主義者的「上帝」——論林語堂的基督教思想 哲學與文化 第368期 2005年1月 頁145—167

1459. 李春燕 林語堂小品文創作中的幽默、閒適、悲憤情愫 咸陽師範學院學報 2005年第1期 2005年2月 頁66—68

1460. 王本朝　傳統文化與基督教的相遇與交戰——林語堂與基督教關係的文化闡釋　重慶工學院學報　2005 年第 2 期　2005 年 2 月　頁 11—15

1461. 山間行草　遊戲於兩大語文之間——林語堂的寫作生涯　聯合報　2005 年 3 月 23 日　E7 版

1462. 楊劍龍　論語派小品文的閒適筆調論〔林語堂部分〕　中山大學學報　2005 年第 2 期　2005 年 3 月　頁 13—17

1463. 王明雨　中西文化交流中的一枚酸果——評林語堂的幽默人生哲學　西北工業大學學報　2005 年第 1 期　2005 年 3 月　頁 18—20

1464. 施　萍　本色化與現代化：再論林語堂的基督教思想　宗教學研究　2005 年第 1 期　2005 年 3 月　頁 96—101

1465. 姚傳德　林語堂論儒、釋、道與中國文化　蘇州大學學報　2005 年第 2 期　2005 年 3 月　頁 109—112

1466. 趙懷俊　林語堂幽默對官本體制危害的透視　晉中學院學報　2005 年第 2 期　2005 年 4 月　頁 10—12

1467. 卞建華　對林語堂文化變譯的再思考　北京第二外國語學院學報　2005 年第 2 期　2005 年 4 月　頁 40—45

1468. 張　芸　林語堂的儒教觀　內蒙古師範大學學報　2005 年第 3 期　2005 年 5 月　頁 102—106

1469. 趙懷俊　林語堂幽默的悲劇底蘊　晉陽學刊　2005 年第 3 期　2005 年 5 月　頁 93—96

1470. 杜　玲　林語堂有無革命思想辨析　廣東社會科學　2005 年第 3 期　2005 年 5 月　頁 104—109

1471. 楊　柳　翻譯「間性文化」論　中國翻譯　2005 年第 3 期　2005 年 5 月　頁 20—26

1472. 翁捷，喻琴　以文學價值觀念看林語堂 30 年代的小品文理論　長沙通信職業技術學院學報　2005 年第 2 期　2005 年 6 月　頁 97—101

1473. 張　芸　林語堂的道教觀　集寧師專學報　2005 年第 2 期　2005 年 6 月　頁 15—17

1474. 趙懷俊　林語堂的幽默觀對現代教育弊端的透視　雁北師範學院學報　2005 年第 3 期　2005 年 6 月　頁 19—22

1475. 沈謙講；莊雪卿記　幽默是人類心靈的花朵——沈謙導讀幽默文學（上、下）〔林語堂部分〕　人間福報　2005 年 7 月 9，23 日　6 版

1476. 馮　力　林語堂和魯迅「國民性」探討比較　安順師範高等專科學校學報　2005 年第 3 期　2005 年 7 月　頁 24—25

1477. 黃小芃　也談林語堂的翻譯——與楊柳副教授商榷　四川教育學院學報　第 21 卷第 7 期　2005 年 7 月　頁 62—65

1478. 褚東偉　論林語堂基於總意義的分析翻譯法　肇慶學院學報　2005 年第 4 期　2005 年 8 月　頁 64—66

1479. 崔良樂　林語堂與晚明小品　平頂山學院學報　2005 年第 4 期　2005 年 8 月　頁 43—46

1480. 趙懷俊　林語堂論科技文明之後遺症　晉中學院學報　2005 年第 4 期　2005 年 8 月　頁 1—3，24

1481. 李曉箏，程燕　淡雲・微風・清泉——淺論林語堂的文學主張　華北水利水電學院學報　2005 年第 3 期　2005 年 8 月　頁 57—59

1482. 陳占彪　眷顧・棄絕・超脫——試論辜鴻銘、魯迅、林語堂對傳統文化的三種價值取向　臨沂師範學院學報　2005 年第 4 期　2005 年 8 月　頁 13—18

1483. 李少丹　林語堂散文幽默語言的修辭探析　臨沂師範學院學報　2005 年第 4 期　2005 年 8 月　頁 74—77

1484. 龔鵬程　林語堂的心靈世界　閒情悠悠——林語堂的心靈世界　臺北　林語堂故居　2005 年 8 月　頁 20—52

1485. 林明昌　焦慮的林語堂　閒情悠悠——林語堂的心靈世界　臺北　林語堂故居　2005 年 8 月　頁 78—93

1486. 蔡詩萍　林語堂的幽默與悲憤　閒情悠悠——林語堂的心靈世界　臺北　林語堂故居　2005 年 8 月　頁 94—104

1487. 蔡詩萍　林語堂的幽默與悲憤——講於林語堂故居紀念館　蔡詩萍文選　臺北　臺灣商務印書館　2006 年 11 月　頁 320—329

1488. 尹曉煌　青出於藍而別於藍：美國華語文學之起源、發展、特徵與意義——美國華語文學的特點與意義〔林語堂部分〕　中外文學　第 34 卷第 4 期　2005 年 9 月　頁 73—77

1489. 褚東偉　林語堂著譯作品在海外的商業成功　番禺職業技術學院學報　2005 年第 3 期　2005 年 9 月　頁 29—33

1490. 李　慧　林語堂幽默觀中的中庸與極端　河南大學學報　2005 年第 5 期　2005 年 9 月　頁 50—53

1491. 楊斌，吳格非　勞倫斯對林語堂的影響芻議　四川教育學院學報　2005 年第 9 期　2005 年 9 月　頁 63—64，80

1492. 鍾玉洲　論林語堂小品文中的幽默　陝西師範大學繼續教育學報　2005 年第 3 期　2005 年 9 月　頁 88—91

1493. 張　芸　論林語堂的佛教觀　語文學刊　2005 年第 9 期　2005 年 9 月　頁 105—106

1494. 賴勤芳　審美人生的文化皈依——論林語堂生活藝術論思想的形成　天府新論　2005 年第 6 期　2005 年 9 月　頁 120—123

1495. 尤愛焜　論林語堂小說家庭文化的審美取向　福建工程學院學報　2005 年第 5 期　2005 年 10 月　頁 480—484

1496. 施　萍　「革命」但非「革命家」——論林語堂的知識份子立場　中國文化月刊　第 298 期　2005 年 10 月　頁 23—44

1497. 施　萍　革命，非革命家——論林語堂的知識份子立場　社會科學　2005 年第 11 期　2005 年 11 月　頁 99—104

1498. 鄭建軍，韋慶麗　《論語》半月刊的常與變〔林語堂部分〕　山西師大學報　2005 年第 6 期　2005 年 11 月　頁 99—102

1499. 杜　玲　林語堂在《語絲》時期的思想傾向　史學月刊　2005 年第 11 期　2005 年 11 月　頁 33—37

1500. 陳煜斕　從「薩天師語錄」看林語堂的文化取向及其表述　江漢論壇　2005 年第 11 期　2005 年 11 月　頁 116—119

1501. 章　敏　林語堂的家與國　太原詩範學院學報　2005 年第 4 期　2005 年 12 月　頁 101—103

1502. 俞王毛　論《宇宙風》雜誌的近情文學〔林語堂部分〕　浙江海洋學院學報　2005 年第 4 期　2005 年 12 月　頁 83—87

1503. 趙懷俊　林語堂幽默對文人劣相的透視　運城學院學報　2005 年第 6 期　2005 年 12 月　頁 45—47

1504. 簡雪娟　林語堂小品文的文化蘊味　漳州師範學院學報　2005 年第 4 期　2005 年 12 月　頁 46—50

1505. 施　萍　以生命見證信仰的神聖——論林語堂的基督教思想　華文文學　2005 年第 2 期　2005 年　頁 46—51

1506. 黃萬華　戰時文學開放性體系的形成：從大陸、臺港到海外〔林語堂部分〕　中國和海外 20 世紀漢語文學史論　天津　百花文藝出版社　2006 年 1 月　頁 102—107

1507. 周伊慧　表現主義文論與林語堂的文學觀　中國文學研究　2006 年第 1 期　2006 年 1 月　頁 15—19

1508. 王兆勝　林語堂與明清小品　河北學刊　2006 年第 1 期　2006 年 1 月　頁 126—136

1509. 肖治華　論林語堂的中庸哲學　雲夢學刊　2006 年第 1 期　2006 年 1 月　頁 62—64

1510. 朱壽桐　中國新人文主義文人群體的確認〔林語堂部分〕　福建論壇　2006 年第 1 期　2006 年 1 月　頁 81—86

1511. 李建東　從文化比較看魯迅與林語堂　平頂山學院學報　第 21 卷第 1 期　2006 年 2 月　頁 37—40

1512. 尤愛焜　入世與出世——論林語堂人生觀的矛盾　龍岩學院學報　第24卷第1期　2006年2月　頁93—95

1513. 黃萬華　國統區文學——林語堂、梁實秋的創作　中國現當代文學・第1卷（五四—1960年代）　濟南　山東文藝出版社　2006年3月　頁289—299

1514. 趙懷俊　林語堂的表現性靈說與克羅齊的表現說　上海師範大學學報　2006年第2期　2006年3月　頁85—90

1515. 杜運通，杜興梅　悠閒文化觀：解讀林語堂的一個新視角　中州學刊　2006年第2期　2006年3月　頁216—220

1516. 王兆勝　林語堂筆下的國民性　中國社會導刊　第117期　2006年3月　頁46—49

1517. 丁　豔　翻譯策略的選擇對交際語境的順應〔林語堂部分〕　安徽工業大學學報　2006年第2期　2006年3月　頁103

1518. 葛小穎　亦莊亦諧，清順自然——從林語堂漢譯英作品看譯者主體性　安徽理工大學學報　2006年第1期　2006年3月　頁63—66，96

1519. 劉　娜　精神的伊甸園——論林語堂的幽默思想　社會科學家　2006年s1期　2006年3月　頁243—244

1520. 張　芸　林語堂的基督情懷　集寧師專學報　第28卷第1期　2006年3月　頁11—14

1521. 陳紅豔　自由主義：林語堂的文化選擇　華中師範大學研究生學報　2006年第1期　2006年3月　頁59—61

1522. 陳紅豔　林語堂的文化選擇：自由主義　現代語文　2006年第3期　2006年3月　頁71—72

1523. 王兆勝　論林語堂中西文化的融合思想　江漢論壇　2006年第4期　2006年4月　頁88—92

1524. 陳煜斕　林語堂的國學觀　黑龍江社會科學　2006年第4期　2006年4月　頁106—108，113

1525. 呂若涵　20 世紀 30 年代小品文熱的文化學透視〔林語堂部分〕　廣西師範大學學報　第 42 卷第 2 期　2006 年 4 月　頁 51—57

1526. 蕭　然　感受林語堂的魅力：言語精緻，人生曲折　臺聲　2006 年第 5 期　2006 年 5 月　頁 70—72

1527. 黃碧端　遊戲於兩大語文之間——林語堂的寫作生涯　月光下・文學的海　臺北　天下遠見出版公司　2006 年 6 月　頁 40—45

1528. 黃碧端　遊戲於兩大語文之間——林語堂的寫作生涯　黃碧端談文學　臺北　聯經出版公司　2013 年 8 月　頁 82—85

1529. 蔡之國　論林語堂小說的文化烏托邦特徵　世界華文文學論壇　2006 年第 2 期　2006 年 6 月　頁 12—15

1530. 文天行　關於老莊，從郭沫若說到林語堂　郭沫若學刊　2006 年第 2 期　2006 年 6 月　頁 38—41

1531. 李　可　聖輝沐浴下的透明的心——淺析林語堂的宗教情結　內蒙古民族大學學報　2006 年第 2 期　2006 年 6 月　頁 9—11

1532. Guo Ruijuan　A Case Study of Lin Yutang and His Art of Translation　語文學刊　2006 年第 6 期　2006 年 6 月　頁 67—70

1533. 柳傳堆　林語堂幽默理論本土化的成功和缺失　閩江學院學報　2006 年第 3 期　2006 年 6 月　頁 27—32

1534. 管恩森　林語堂異教徒稱謂辨稱　中州學刊　2006 年第 4 期　2006 年 7 月　頁 217—219

1535. 曾德萬　淺析林語堂對古代漢語方言研究的貢獻　井岡山學院學報　2006 年第 7 期　2006 年 7 月　頁 73—74

1536. 梁金花　全球語境下觀照林語堂的翻譯詩學　長春理工大學學報　2006 年第 4 期　2006 年 7 月　頁 63—65

1537. 熊宣東，范雄飛　論林語堂的半半哲學及其翻譯理論　重慶三峽學院學報　2006 年第 4 期　2006 年 7 月　頁 38—41

1538. 王兆勝　林語堂論「國民性」　徐州師範大學學報　2006 年第 4 期　2006

年 7 月　頁 36—39

1539. 代順麗　林語堂紅學研究的特點　徐州師範大學學報　2006 年第 4 期　2006 年 7 月　頁 40—42

1540. 李曉寧　林語堂與國學的二向性關係　徐州師範大學學報　2006 年第 4 期　2006 年 7 月　頁 46—48

1541. 肖百容　論快樂哲學與林語堂的教育思想　廣西師範大學學報　2006 年第 3 期　2006 年 7 月　頁 117—119

1542. 林巧敏　林語堂的性靈文學觀　文教資料　2006 年第 22 期　2006 年 8 月　頁 65—66

1543. 何滿倉　非正面的社會關心——論林語堂後期的小品散文　西華大學學報　2006 年第 4 期　2006 年 8 月　頁 25—26

1544. 王景科，胡永喜　林語堂中國式人文主義思想淺析　菏澤學院學報　2006 年第 4 期　2006 年 8 月　頁 1—11

1545. 蔡之國　論林語堂小說的死亡意蘊　閱讀與寫作　2006 年第 8 期　2006 年 8 月　頁 1—2

1546. 周祖庠　林語堂與語言學　黑龍江社會科學　2006 年第 4 期　2006 年 8 月　頁 109—110，113

1547. 胡明貴　林語堂的人生觀　黑龍江社會科學　2006 年第 4 期　2006 年 8 月　頁 110—113

1548. 郭　瑩　林語堂小品文的特色　山東理工大學學報　2006 年第 5 期　2006 年 9 月　頁 69—71

1549. 胡明貴　從無須作偽，到文學是個人心靈的表達——論林語堂人生觀和文學觀的關係　東南學術　2006 年第 5 期　2006 年 9 月　頁 149—153

1550. 余婷婷　林語堂後期散文創作與中國文化精神　哈爾濱學院學報　2006 年第 9 期　2006 年 9 月　頁 102—105

1551. 柳傳堆　林語堂幽默理論的文化學探賾　集美大學學報　2006 年第 3 期

2006年9月　頁63—68

1552. 林俐達　基督教與閩籍作家的審美價值取向比較分析——以冰心、林語堂、許地山為例　福建師範大學學報　2006年第5期　2006年9月　頁105—111

1553. 劉清濤　論林語堂中庸式的審美原則　齊齊哈爾大學學報　2006年第5期　2006年9月　頁81—83

1554. 王兆勝　林語堂與中國古典小說　海南師範學院學報　2006年第5期　2006年9月　頁39—48

1555. 蔡江珍　以自我為中心，以閒適為格調——林語堂與中國散文現代性理論　海南師範學院學報　2006年第5期　2006年9月　頁49—54

1556. 周質平　在革命與懷舊之間——林語堂的思想與風格（上）[15]　萬象　第86期　2006年10月　頁1—19

1557. 周質平　在革命與懷舊之間——林語堂的思想與風格（下）　萬象　第87期　2006年11月　頁136—147

1558. 周質平　在革命與懷舊之間中國現代思想史上的林語堂[16]　跨越與前進：從林語堂研究看文化的相融／相涵國際學術研討會論文集　臺北　林語堂故居　2007年5月　頁7—27

1559. 郭運恆　林語堂女性觀的複雜性——對女性的尊崇與對男性立場的維護　江漢論壇　2006年第10期　2006年10月　頁102—104

1560. 祝世娜，莫凱林　林語堂教育觀透視　牡丹江醫學院學報　第27卷第5期　2006年10月　頁89—91

1561. 陳德馨　漫畫與論戰——以林語堂繪《魯迅先生打叭兒狗圖》所作的觀察　第五屆國際青年學者漢學會議——表演與視覺藝術領域中的漢學研究　臺北　輔仁大學藝術學院，美國哈佛大學東亞語言與文明

[15] 本文探析林語堂作品中，西方與中國文化、革命與懷舊思想的衝突與調合。全文共6章：1.前言；2.快樂是無罪的；3.林語堂與魯迅；4.從白話文到簡體字；5.林語堂筆下的孔子與儒教；6.從異端到基督徒。

[16] 本文將發表於《萬象》第86～87期之〈在革命與懷舊之間——林語堂的思想與風格（上）、（下）〉合為一篇。

系主辦　2006年11月18—19日

1562. 黃仁生　論公安派在現代文壇的多重回響〔林語堂部分〕　復旦學報　2006年第6期　2006年11月　頁82—93

1563. 陳熊彪，黃麗坤　基督信仰視野中的林語堂　語文學刊　2006年第11期　2006年11月　頁28—29

1564. 吳小英　林語堂關於女性的生命體驗　長沙鐵道學院學報　2006年第4期　2006年12月　頁114—115

1565. 曾德萬　淺論林語堂對現代漢語方言的貢獻　哈爾濱學院學報　2006年第12期　2006年12月　頁82—84

1566. 董　暉　林語堂與中詩英譯　湖北教育學院學報　2006年第12期　2006年12月　頁122—123

1567. 沈藝虹　論語派散文的理論建構與實踐〔林語堂部分〕　漳州師範學院學報　2006年第4期　2006年12月　頁71—75

1568. 王玉珏　從像似性角度評林語堂英譯中國古典詩詞　鄭州航空工業管理學院學報　2006年第6期　2006年12月　頁120—122

1569. 莊偉杰　林語堂的文學史意義及其研究當代性思考　世界華文文學論壇　2006年第4期　2006年12月　頁7—11

1570. 王曉雲　徘徊於東西方之間——談林語堂的基督信仰的矛盾性和不完全性　蘭州學刊　2006年第11期　2006年　頁64—65，89

1571. 胡永洪　美華文學中的親善大使作家〔林語堂部分〕　世界華文文學論壇　2006年第4期　2006年12月　頁23—24

1572. 錢鎖橋　走向世界的「中國哲學家」——林語堂和賽珍珠／華爾西的中美文化研究（1935-1938）　歷史與記憶：中國現代文學國際研討會　香港　香港中文大學中國語言及文學系主辦　2007年1月4—6日

1573. 呂若涵　林語堂西洋雜誌文的再解讀——論語派刊物研究之三　福州大學學報　2007年第1期　2007年1月　頁79—84

1574. 楊林，倪書霞　基督之子的傳統文化之思——論林語堂傳統文化觀的人性立場　語文學刊　2007年第1期　2007年1月　頁41—43

1575. 代順麗　林語堂的紅學研究述評　廣西師範學院學報　2007年第1期　2007年1月　頁49—54

1576. 張　寧　浮躁凌厲——林語堂北京時期的雜文　福建論壇　2007年第2期　2007年2月　頁67—69

1577. 江帆，范若恩　假想的文化守成主義和變形的鏡子——論林語堂的英語小說　安徽大學學報　2007年第2期　2007年3月　頁85—90

1578. 董　燕　林語堂與北京文化　東北大學學報　第9卷第2期　2007年3月　頁174—179

1579. 王兆勝　林語堂論西方藝術　南京師範大學文學院學報　2007年第1期　2007年3月　頁133—141

1580. 王兆勝　論林語堂文化思想的內在品格　常熟理工學院學報　2007年第3期　2007年3月　頁22—27

1581. 陳煜瀾　反思左翼文藝工作者對林語堂文藝觀的批判　湘南文理學院學報　第32卷第2期　2007年3月　頁63—67

1582. 張貴賢　林語堂幽默觀形成的原因　藝術廣角　2007年第2期　2007年3月　頁56—59

1583. 黃懷軍　「薩天師語錄」對《查拉圖斯特拉如是說》的接受與疏離　中國文學研究　2007年第2期　2007年4月　頁109—112

1584. 李立平，江正雲　從翻譯文本看林語堂的文化身分和文化選擇　西南交通大學學報　第8卷第2期　2007年4月　頁57—61，146

1585. 雷琰，范厚權　幽默・性靈・閒適——論林語堂的文藝觀　語文學刊　2007年第4期　2007年4月　頁84—86

1586. 吳禮泉　由漢語詞彙的實證統計分析看林語堂從中西文化對比的角度對中國人思維特點所做的論斷　跨越與前進：從林語堂研究看文化的相融／相涵國際學術研討會論文集　臺北　林語堂故居　2007年

5月　頁49—61

1587. 蘇迪然　Lin Yutang and China in the 1920's: Humor, Tragicomedy and the New Woman[17]　跨越與前進：從林語堂研究看文化的相融／相涵國際學術研討會論文集　臺北　林語堂故居　2007 年 5 月　頁 85—114

1588. 蘇迪然著；蔣天清譯　林語堂與二〇年代的中國：幽默、悲喜劇與新時代女性　跨越與前進：從林語堂研究看文化的相融／相涵國際學術研討會論文集　臺北　林語堂故居　2007 年 5 月　頁 115—142

1589. 顧　彬　Vom Terror zur Humanität: Lin Yutang Vorschlag zur Erneuerung der chinesischen Nation[18]　跨越與前進：從林語堂研究看文化的相融／相涵國際學術研討會論文集　臺北　林語堂故居　2007 年 5 月　頁 143—152

1590. 顧彬著；周從郁譯　從暴力走向人道主義：談林語堂復興中國之論述　跨越與前進：從林語堂研究看文化的相融／相涵國際學術研討會論文集　臺北　林語堂故居　2007 年 5 月　頁 153—160

1591. 伊藤德也　林語堂の自己形成——初期の中國文化意識を中心に[19]　跨越與前進：從林語堂研究看文化的相融／相涵國際學術研討會論文集　臺北　林語堂故居　2007 年 5 月　頁 175—181

1592. 伊藤德也著；吳珮珍譯　林語堂的自我形成——以初期中國文化意識為中心（譯文）　跨越與前進：從林語堂研究看文化的相融／相涵國際學術研討會論文集　臺北　林語堂故居　2007 年 5 月　頁 182—186

1593. 林昌明　性靈與悲憫——林語堂早期幽默書寫研究　跨越與前進：從林語堂研究看文化的相融／相涵國際學術研討會論文集　臺北　林語堂故居　2007 年 5 月　頁 187—198

---

[17]本文後由蔣天清譯為〈林語堂與二〇年代的中國：幽默、悲喜劇與新時代女性〉。
[18]本文後由周從郁譯為〈從暴力走向人道主義：談林語堂復興中國之論述〉。
[19]本文後由吳珮珍譯為〈林語堂的自我形成——以初期中國文化意識為中心〉。

1594. 曹林娣　閒雅曠達的東方生存智慧——林語堂論中華生活藝術　跨越與前進：從林語堂研究看文化的相融／相涵國際學術研討會論文集　臺北　林語堂故居　2007 年 5 月　頁 221—242

1595. 林錦川等[20]　綜合座談　跨越與前進：從林語堂研究看文化的相融／相涵國際學術研討會論文集　臺北　林語堂故居　2007 年 5 月　頁 244—259

1596. 陳煜斕　林語堂幽默觀的歷史審視　湘潭大學學報　第 31 卷第 3 期　2007 年 5 月　頁 53—58

1597. 王曉琴　中國國民靈魂的求索者：林語堂與老舍　安徽商貿職業技術學院　第 6 卷第 2 期　2007 年 6 月　頁 48—53

1598. 彭映豔　時代的澆鑄，心靈的指向——林語堂傾心到家文化原因探析　邵陽學院學報　2007 年第 3 期　2007 年 6 月　頁 116—119

1599. 姚傳德　林語堂論中國文化的現代化　湖南工程學院學報　第 17 卷第 2 期　2007 年 6 月　頁 61—63

1600. 沈藝虹　異質文化語境下的文化傳播——試論林語堂的文化傳播策略　漳州師範學院學報　2007 年第 2 期　2007 年 6 月　頁 51—55

1601. 曾德萬　小論林語堂西方語言學理論的傳播　井岡山學院學報　2007 年第 7 期　2007 年 7 月　頁 24—26

1602. 葛培賢　林語堂現代小品文創作淵源淺論　中央社會主義學院學報　2007 年第 4 期　2007 年 8 月　頁 78—80

1603. 彭映豔　論林語堂的閒適之樂　現代語文　2007 年第 8 期　2007 年 8 月　頁 45—46

1604. 鄭遠新　淺析林語堂抗戰小說的寫作特色　福建商業高等專科學校學報　2007 年第 4 期　2007 年 8 月　頁 100—103

1605. 雷　琰　悲劇戀情的戲劇昇華——論林語堂小說代表作的創作動機　語文學刊　2007 年第 16 期　2007 年 8 月　頁 92—94

---

[20]主持人：林錦川；與會者：馬悅然、周質平、袁鶴翔。

1606. 賴勤芳　論林語堂對孔子形象的消解與重建　社會科學輯刊　2007 年第 5 期　2007 年 9 月　頁 209—214

1607. 周雪婷　林語堂的人文精神翻譯觀　長沙鐵道學院學報　2007 年第 3 期　2007 年 9 月　頁 53—56

1608. 李曉紅　林語堂的翻譯論述評　阿垻師範高等專科學校學報　第 24 卷第 3 期　2007 年 9 月　頁 82—84

1609. 季劍青　1930 年代林語堂小品文中個人筆調的建構　南京師範大學文學院學報　2007 年第 3 期　2007 年 9 月　頁 89—93

1610. 刑娟妮　林語堂筆下的孔子形象——索解孔子神聖性的理論視角　陝西師範大學學報　2007 年 s2 期　2007 年 9 月　頁 141—143

1611. 張南章　論林語堂文化選擇的現代性　湖北教育學院學報　2007 年第 9 期　2007 年 9 月　頁 4—6

1612. 杜江暉　林語堂散文幽默觀初探　襄樊職業技術學院學報　2007 年第 5 期　2007 年 9 月　頁 112—114

1613. 常海雲　論林語堂人文思想的歷史淵源　現代企業教育　2007 年第 20 期　2007 年 10 月　頁 109—110

1614. 王兆勝　林語堂與中國古代藝術　貴州社會科學　2007 年第 11 期　2007 年 11 月　頁 51—59

1615. 賴勤芳　林語堂傳記創作的現代性訴求　浙江師範大學學報　第 32 卷第 6 期　2007 年 12 月　頁 50—54

1616. 賴凌凌，郭雅玲　林語堂的中國茶情　茶葉科學技術　2007 年第 4 期　2007 年 12 月　頁 59—60

1617. 張　慧　愛在現實的理想中——林語堂婚姻觀初探　湖北民族學院學報　第 25 卷第 6 期　2007 年 12 月　頁 82—85

1618. 黃　遙　遙相應和：林語堂與蘭姆　廈門廣播電視大學學報　2007 年第 2 期　2007 年 12 月　頁 43—46

1619. 李少丹　兼收並蓄，清順自然——林語堂詞語運用藝術探析　福建論壇

2007 年第 12 期　2007 年 12 月　頁 55—58

1620. 吳小英，楊亮輝　文化輸出視野下的林語堂　雞西大學學報　2007 年第 6 期　2007 年 12 月　頁 23，81—82

1621. 王少娣　互文性視閾下的林語堂翻譯探析　外語教學理論與實踐　2008 年第 1 期　2008 年 1 月　頁 75—79，86

1622. 劉彥仕　譯者文化身分的雜揉性——以林語堂為個案　四川文理學院學報　2008 年第 1 期　2008 年 1 月　頁 78—82

1623. 朱壽桐　林語堂之於白璧德主義的意念沼澤現象[21]　閩臺文化交流　2008 年第 1 期　2008 年 1 月　頁 120—126

1624. 朱壽桐　擺不脫的意念沼澤：林語堂與白璧德主義　中國現代文學研究叢刊　2008 年第 4 期　2008 年　頁 111—119

1625. 莊偉杰　林語堂：跨文化對話中的解讀　閩臺文化交流　2008 年第 1 期　2008 年 1 月　頁 127—134

1626. 莊偉杰　林語堂：跨文化對話中的解讀　華文文學　2008 年第 3 期　2008 年 6 月　頁 49—54

1627. 王念燦　首屆林語堂國際學術研討會綜述　閩臺文化交流　2008 年第 1 期　2008 年 1 月　頁 135—139

1628. 吳穎芳，郝欣　熱愛人生，審美生活——論林語堂的快樂人生觀　新西部　2008 年第 2 期　2008 年 2 月　頁 152，136

1629. 楊新剛，張全之　文化與藝術之間的鏡像互證與內在超越——論林語堂的小說創作　山東師範大學學報　2008 年第 2 期　2008 年 3 月　頁 22—28

1630. 王少娣　試論林語堂翻譯文本的選擇傾向　天津外國語學院學報　2008 年第 2 期　2008 年 3 月　頁 41—45，57

1631. 李喜華　論道家文化對林語堂為我思想的影響　成都大學學報　2008 年第 3 期　2008 年 3 月　頁 121—122，126

[21]本文後改篇名為〈擺不脫的意念沼澤：林語堂與白璧德主義〉。

1632. 李少丹　林語堂散文比喻的認知運作　福州大學學報　第 22 卷第 2 期　2008 年 3 月　頁 83—86，110

1633. 李春燕　林語堂的服飾文化觀探微　西安工程大學學報　第 22 卷第 2 期　2008 年 4 月　頁 158—160，170

1634. 李　鈞　人的文學與平民文學觀的悖論與互補——生態文化學視野中的魯迅林語堂學案　東方論壇　2008 年第 2 期　2008 年 4 月　頁 46—49，62

1635. 張晶，張紅佳　淺評林語堂英譯中國古典詩詞中像似性原則的體現　黑龍江教育學院學報　2008 年第 4 期　2008 年 4 月　頁 147—149

1636. 姚傳德　林語堂論中國國民性格的缺陷　遼東學院學報　第 10 卷第 2 期　2008 年 4 月　頁 92—97

1637. 張建偉　論林語堂之幽默散文觀　濮陽職業技術學院學報　2008 年第 2 期　2008 年 5 月　頁 89—90

1638. 陳嬌娥　幽默大師林語堂與《論語》半月刊　懷化學院學報　2008 年第 5 期　2008 年 5 月　頁 36—37

1639. 徐志嘯　論林語堂與基督教的關係　蘇州科技學院學報　第 25 卷第 2 期　2008 年 5 月　頁 55—58

1640. 李正紅　納中西文化，觀人生百態——林語堂與梁實秋幽默觀之比較　名作欣賞　2008 年第 12 期　2008 年 6 月　頁 54—57

1641. 馬金松　作為圖書館學家的林語堂　貴圖學刊　2008 年第 2 期　2008 年 6 月　頁 73—75

1642. 楊李娜　林語堂與新加坡南洋大學——以林語堂辦學宗旨分析其在南大受挫原因　閩臺文化交流　2008 年第 2 期　2008 年 6 月　頁 114—119

1643. 陳煜斕　民族意識與抗戰文化——林語堂抗戰期間文化活動的思想檢討　山東師範大學學報　2008 年第 4 期　2008 年 7 月　頁 76—80

1644. 林莎萍　淺析林語堂的文化實踐　文教資料　2008 年第 21 期　2008 年 7

月　頁 41—43

1645. 黨　興　林語堂與東學西漸　社科縱橫　2008 年第 7 期　2008 年 7 月　頁 87—88

1646. 謝郁慧　臺灣早期幽默散文作家論——學者篇——幽默體系的建立：林語堂（1895—1976）　臺灣早期幽默散文研究　中央大學中國文學系碩士在職專班　碩士論文　李瑞騰教授指導　2008 年 7 月　頁 60—74

1647. 李慧軍，耿春明　論林語堂散文創作中的幽默的品格　齊齊哈爾大學學報　2008 年第 4 期　2008 年 7 月　頁 89—91

1648. 范培松　《論語》派散文——林語堂　中國散文史（上）　南京　江蘇教育出版社　2008 年 8 月　頁 379—384

1649. 郭洪雷　林語堂與中國現代傳記文學　華文文學　2008 年第 4 期　2008 年 8 月　頁 84—88

1650. 王小林，周伊慧　美國詩人惠特曼對林語堂的影響　湘潭師範學院學報　2008 年第 5 期　2008 年 9 月　頁 175—177

1651. 高　鴻　遠景的意蘊——兼論林語堂的烏托邦在中國文學中的意義　閩臺文化交流　2008 年第 3 期　2008 年 9 月　頁 120—127

1652. 稅海模　郭沫若與林語堂文化選擇的相逆互補性　樂山師範學院學報　第 23 卷第 10 期　2008 年 10 月　頁 39—44

1653. 孔煒靈　林語堂休閒文學的意義與侷限　寶雞文理學院學報　2008 年第 5 期　2008 年 10 月　頁 86—90

1654. 冉　彬　林語堂的跨文化出版實踐　編輯學刊　2008 年第 6 期　2008 年 11 月　頁 52—55

1655. 章　敏　論林語堂 1930 年代創作語境與讀者接受的變化及對當下的啟示　徐州師範大學學報　2008 年第 6 期　2008 年 11 月　頁 34—38

1656. 馮智強　林語堂中國文化觀的構建與超越——從傳統文化的批判到中國智慧的跨文化傳播　湖北社會科學　2008 年第 11 期　2008 年 11

月　頁 123—125

1657. 劉正忠　林語堂的「我」：主題聚焦與風格定調[22]　中國現代文學　第 14 期　2008 年 12 月　頁 129—144

1658. 祝　英　「暴力崇拜」與「平和革命」——林語堂革命觀的變遷　中國現當代文學研究　2008 年第 34 期　2008 年 12 月　頁 79—81

1659. 胡明貴　林語堂對儒學的現代性闡釋及闡釋的現代性意義　武漢科技大學學報　第 10 卷第 6 期　2008 年 12 月　頁 11—15

1660. 李路麗　林語堂的文化鄉愁與文化認同　閩臺文化交流　2008 年第 4 期　2008 年 12 月　頁 132—135

1661. 胡少逸　林語堂先生散文的幽默觀　商情　2008 年第 3 期　2008 年　頁 180—181

1662. 郭洪雷　簡論林語堂的跨語際傳記寫作　浙江師範大學學報　第 34 卷第 2 期　2009 年 3 月　頁 45—49

1663. 古遠清　林語堂：致力於中西文化溝通　幾度飄零：大陸赴臺文人浮沉錄　桂林　廣西師範大學出版社　2010 年 2 月　頁 57—66

1664. 貴志浩　現代散文語體的交流屬性與對話方式——閒話體：天南地北的娓娓絮語——林語堂：幽默詼諧的閒話　話語的靈性——現代散文語體風格論　杭州　浙江大學出版社　2010 年 7 月　頁 64—69

1665. 洪俊彥　為「至聖」去聖——林語堂的孔學近情化之時代意義　道南論衡：2010 年全國研究生漢學學術研討會　臺北　政治大學中國文學系主辦　2010 年 11 月 20—21 日

1666. 馬　力　其他作家綜論——小說的背面——林語堂：幽默的力量　中國現代風景散文史　北京　中國社會科學出版社　2011 年 1 月　頁 497—502

[22]本文探討林語堂文章中「我」的精神與意義。全文共 4 小節：1.「我」的發現與現代散文；2.小品文論述與「我」；3.著述中的自我；4.結語。

1667. 周質平　「以文為史」與「文史兼容」——胡適與林語堂的傳記文學[23]　萬象　第139期　2011年3月　頁93—110

1668. 沈衛威　影響與接受的中國語境——林語堂、梁實秋與「學衡派」的疏離[24]　大河之旁必有大城——現代思潮與人物　臺北　秀威資訊科技公司　2011年5月　頁157—172

1669. 徐　學　林語堂與閩南文化　2011閩南文化國際學術研討會——海洋・閩南：歷史與地理的交集　金門　金門縣文化局主辦；金門大學承辦　2011年10月2—30日

1670. 計紅芳　臺灣旅外作家的創作——林語堂——「兩腳踏中西文化」的幽默大師　臺港澳文學教程新編　上海　復旦大學出版社　2013年1月　頁90—91

1671. 馬　森　匕首、投槍ＶＳ.幽默小品——《中國現代文學的兩度西潮》（第十七章）〔林語堂部分〕　新地文學　第23期　2013年3月　頁88—89

1672. 馬　森　匕首與投槍 vs.幽默小品〔林語堂部分〕　世界華文新文學史——中國現代文學的兩度西潮（上編）・西潮東漸：第一度西潮與寫實主義　臺北　印刻文學生活雜誌出版公司　2015年2月　頁464—466

1673. 施建偉　舊事重提：林語堂的精神遺產——堅持獨立人格和獨立思考的品質　「語堂世界・世界語堂」兩岸學術研討會論文集　北京　中國社會科學出版社　2013年11月　頁1—3

1674. 王兆勝　林語堂與《紅樓夢》　「語堂世界・世界語堂」兩岸學術研討會論文集　北京　中國社會科學出版社　2013年11月　頁15—35

1675. 余　娜　論林語堂早期語言學研究與新文化運動　「語堂世界・世界語堂」兩岸學術研討會論文集　北京　中國社會科學出版社

[23]本文比較胡適與林語堂兩人於傳記文學上的書寫技巧。

[24]本文論述林語堂及梁實秋對「學衡派」及背後其思想主義之批評與看法。

2013年11月　頁36—44

1676. 陳煜斕　「清流」文化與林語堂的名士風度　「語堂世界・世界語堂」兩岸學術研討會論文集　北京　中國社會科學出版社　2013年11月　頁45—61

1677. 趙懷俊　林語堂人本政治思想探　「語堂世界・世界語堂」兩岸學術研討會論文集　北京　中國社會科學出版社　2013年11月　頁62—84

1678. 肖百容　「放浪者」：林語堂的人格烏托邦　「語堂世界・世界語堂」兩岸學術研討會論文集　北京　中國社會科學出版社　2013年11月　頁85—94

1679. 蔡登秋　林語堂人生哲學的文化淵源　「語堂世界・世界語堂」兩岸學術研討會論文集　北京　中國社會科學出版社　2013年11月　頁95—102

1680. 叢坤赤　論林語堂的自由情懷　「語堂世界・世界語堂」兩岸學術研討會論文集　北京　中國社會科學出版社　2013年11月　頁103—112

1681. 孫良好、洪暉妃　林語堂筆下的莊子形象　「語堂世界・世界語堂」兩岸學術研討會論文集　北京　中國社會科學出版社　2013年11月　頁113—130

1682. 肖魁偉　林語堂文化傳播中對「田園牧歌」形象的利用　「語堂世界・世界語堂」兩岸學術研討會論文集　北京　中國社會科學出版社　2013年11月　頁131—141

1683. 鄭新勝　論20世紀30年代林語堂散文創作對現代散文的貢獻　「語堂世界・世界語堂」兩岸學術研討會論文集　北京　中國社會科學出版社　2013年11月　頁142—152

1684. 薛昭儀　閒適背後的「焦慮」——知識社會學視野中的林語堂散文創作　「語堂世界・世界語堂」兩岸學術研討會論文集　北京　中國

社會科學出版社　2013年11月　頁153—158

1685. 何小海　論林語堂小品文的文化底蘊　「語堂世界・世界語堂」兩岸學術研討會論文集　北京　中國社會科學出版社　2013年11月　頁159—168

1686. 張文濤　林語堂的智慧觀　「語堂世界・世界語堂」兩岸學術研討會論文集　北京　中國社會科學出版社　2013年11月　頁169—181

1687. 李　平　林語堂語詞典的不解之緣　「語堂世界・世界語堂」兩岸學術研討會論文集　北京　中國社會科學出版社　2013年11月　頁216—225

1688. 林　星　對外講中——淺談林語堂的思維模式和翻譯策略　「語堂世界・世界語堂」兩岸學術研討會論文集　北京　中國社會科學出版社　2013年11月　頁226—233

1689. 吳小英　林語堂漢譯英的文本選擇　「語堂世界・世界語堂」兩岸學術研討會論文集　北京　中國社會科學出版社　2013年11月　頁254—260

1690. 黃麗容　林語堂散文的語言美學論析　北市大語文學報　第9期　2013年12月　頁45—61

1691. 張文濤　淺析閩南人身分在林語堂思想中的作用　閩臺文化研究　2013年第4期　2013年　頁108—112

1692. 岑佩妮　林語堂小說的生態女性主義解讀　閩臺文化研究　2014年第2期　2014年6月　頁103—108

1693. 蔡登山　從《無所不談》看晚年的林語堂　重看民國人物——從張愛玲到杜月笙　臺北　獨立作家　2014年9月　頁111—129

1694. 姚春樹　林語堂的雜文　中國近現代雜文史　臺北　萬卷樓圖書公司　2015年1月　頁381—394

1695. 馬玉紅　倫理理性的散文觀照——苦澀、歡愉、溫雅——與周作人、林語

堂散文比較[25]　梁實秋的文學人生：行走在古典與理性之間　臺北　龍視界　2015年6月　頁160—172

1696. 邱培超　自「文以載道」至「性靈文學」——林語堂文學論述的學術史意義　閩臺文化研究　第45期　2016年3月　頁90—102

1697. 陳煜斕　女性、婚姻和家庭——中西文化撞擊中的認同感與建構趨勢　世界華文文學論壇　第96期　2016年9月　頁71—79

1698. 陳金星　接受、反思與融合：林語堂與西方文化　世界華文文學論壇　第96期　2016年9月　頁80—86

1699. 賴慈芸　樹大招風——揭露幾本冒名林語堂的譯作　翻譯偵探事務所：偽譯解密！臺灣戒嚴時期翻譯怪象大公開　臺北　蔚藍文化公司　2017年1月　頁122—133

1700. 楊國棟　林語堂筆下的中國人　愛心　第62期　2017年3月　頁84—89

1701. 許小莉　林語堂散文研究綜述　華文文學　第141期　2017年4月　頁63—66

分論

◆單行本作品

論述

《語言學論叢》

1702. 李伯鳴　林語堂著《語言學論叢》評介　珠海學報　第3期　1970年6月　頁242—246

《吾國與吾民》

1703. 青　鳥　我讀《吾國與吾民》　自由談　第27卷第6期　1976年6月　頁33

1704. 朱天華　前記〔《吾國與吾民》〕　吾國與吾民　臺北　天華出版社　1979年2月　頁1—2

---

[25]本文分析比較周作人、林語堂、梁實秋三位作家的散文在閒適意趣中所各自呈現的品性與風格。

1705. 關　關　十大人文學者作——林語堂《吾國與吾民》　臺灣新生報　1989年1月3日　22版

1706. 玉　泉　林語堂成名作在今日大陸再起熱潮　明報月刊　第353期　1995年5月　頁117

1707. 劉炎生　向西方宣傳中國文化的一部重要著作——評林語堂的《吾國與吾民》　華南師範大學學報　1997年第6期　1997年12月　頁95—101

1708. 應鳳凰　從《吾國與吾民》看林語堂的中西文化比較　林語堂的生活與藝術研討會論文集　臺北　臺北市文化局　2000年12月　頁77—92

1709. 鍾建華　林語堂《吾國與吾民》對現代人類學發展的啟示　漳州師範學院學報　2005年第3期　2005年9月　頁121—124

1710. 褚東偉　作家與譯家的統一——對林語堂《吾國與吾民》英文原著的個案研究　開封大學學報　2005年第4期　2005年12月　頁69—72，77

1711. 吳慧堅　翻譯的條件與翻譯的標準——以林語堂《吾國與吾民》為例　外語學刊　2006年第1期　2006年1月　頁98—101

1712. 黃曉珍　他者視角下的中國——從後殖民語境解讀辜鴻銘《中國人的精神》與林語堂《吾國與吾民》　廣東教育學院學報　2006年第2期　2006年4月　頁53—56

1713. 陳金星　《吾國吾民》與西方中國形象話語的互動　漳州師範學院學報　2006年第4期　2006年12月　頁76—79

1714. 王茹辛　在形象重塑的背後——從 *My country and my people* 看林語堂的「中國講述」　世界華文文學論壇　2007年第2期　2007年6月　頁46—49

1715. 劉　歡　從目的論看林語堂翻譯《吾國與吾民》　文教資料　2008年第18期　2008年6月　頁21—22

1716. 蘇明明　　焕然一新的中國形象——淺析林語堂對《吾國與吾民》的增訂　延邊大學學報　第41卷第3期　2008年6月　頁120—124

1717. 朱水涌，嚴昕　　林語堂等人與文化轉型初期的一種中國想像——《中國人自畫像》、《中國人的精神》與《吾國吾民》的中國形象塑造〔《吾國吾民》部分〕　「語堂世界・世界語堂」兩岸學術研討會論文集　北京　中國社會科學出版社　2013年11月　頁1—14

《中國新聞輿論史》

1718. 王海，何洪亮　　中國古代輿情的歷史考察——從林語堂《中國新聞輿論史》說起　湖北社會科學　2007年第2期　2007年2月　頁168—171

《匿名》

1719. 孫　旗　　林語堂著《匿名》書後　幼獅月刊　第9卷第2期　1959年2月　頁42—44

1720. 穆　聰　　評林語堂的《匿名》　今日世界　第166期　1965年9月　頁11

《平心論高鶚》

1721. 〔聯合報〕　　林語堂論紅樓夢　聯合報　1958年10月25日　3版

1722. 嚴　明　　論林語堂《紅樓夢》翻案　中華雜誌　第4卷第9期　1961年9月　頁48—51

1723. 嚴　明　　論林語堂《紅樓》翻案　從林語堂頭髮說起　臺北　哲志出版社　1969年7月　頁51—69

散文

《翦拂集》

1724. 王　堯　　《翦拂集》　詢問美文——二十世紀中國散文經典書話　臺北　讀冊文化公司　1999年12月　頁29—31

1725. 俞元桂主編　　新潮激盪春飛燕——林語堂的《翦拂集》　中國現代散文史

（1917—1949） 臺北 萬卷樓圖書公司 2015 年 1 月 頁 48—51

1726. 俞元桂主編 雷鳴雨驟振林木——林語堂、周作人的雜文〔《翦拂集》部分〕 中國現代散文史（1917—1949） 臺北 萬卷樓圖書公司 2015 年 1 月 頁 210—216

《生活的藝術》

1727. 松 貞 我讀《生活的藝術》 中央日報 1967 年 2 月 7 日 6 版

1728. 褚柏思 《生活的藝術》 今日中國 第 84 期 1978 年 4 月 頁 112—117

1729. 亮 軒 幾本最難忘的書〔《生活的藝術》部分〕 書鄉細語 臺北 皇冠雜誌社 1984 年 2 月 頁 103

1730. 陳火泉 我最喜愛的一本書——《生活的藝術》 名家為你選好書：四十八位現代作家對青少年的獻禮 臺北 國語日報社 1986 年 7 月 頁 111—114

1731. 管 管 一本叫人活得有趣的「聖經」——《生活的藝術》 名家為你選好書：四十八位現代作家對青少年的獻禮 臺北 國語日報社 1986 年 7 月 頁 160—163

1732. 亮 軒 《生活的藝術》 錦囊開卷 臺北 國家文藝基金管理委員會 1993 年 6 月 頁 226—227

1733. 施建偉 《生活的藝術》暢銷美國 林語堂——走向世界的幽默大師 臺北 武陵出版公司 1994 年 9 月 頁 27—43

1734. 曾仕良 《生活的藝術》 翰海觀潮——臺灣流行文藝作品簡介 臺北 文化建設管理基金會 1997 年 5 月 頁 136—138

1735. 匡若霞 淨化心靈的清涼劑 中華日報 1998 年 4 月 11 日 16 版

1736. 李 勇 中心與邊緣——一種文化敘事——林語堂《生活的藝術》的解構性 中國文學新思維（下） 嘉義 南華大學 2000 年 7 月 頁 699—709

1737. 沈　謙　談林語堂《生活的藝術》　閒情悠悠——林語堂的心靈世界　臺北　林語堂故居　2005 年 8 月　頁 151—160

1738. 鍾怡雯　一捆矛盾——論林語堂的（拒絕）歷史地位　中國現代文學　第 10 期　2006 年 12 月　頁 149—161

1739. 鍾怡雯　一捆矛盾——論林語堂的（拒絕）歷史地位　跨越與前進：從林語堂研究看文化的相融／相涵國際學術研討會論文集　臺北　林語堂故居　2007 年 5 月　頁 28—35

1740. 吳慧堅　文化傳播與策略選擇——從林語堂著《生活的藝術》說起　福建論壇　2007 年第 9 期　2007 年 9 月　頁 85—89

1741. 朱吟菲　詩樣的人生——讀林語堂《生活的藝術》　明道文藝　第 384 期　2008 年 3 月　頁 127—132

《啼笑皆非》

1742. 嚴紀華　地毯上的圖案：從適應與選擇看林語堂與張愛玲的自譯〔《啼笑皆非》部分〕　閩臺文化研究　第 45 期　2016 年 3 月　頁 78—89

《信仰之旅》

1743. 周聯華　林語堂著《信仰之旅》　中華日報　1976 年 7 月 23 日　12 版

1744. 周聯華　林語堂博士的《信仰之旅》　信仰之旅　臺北　道聲出版社　1976 年 8 月　頁 16—18

1745. 張　群　林語堂著《信仰之旅》序言　中華日報　1976 年 8 月 2 日　5 版

1746. 張　群　林語堂著《信仰之旅》序言　信仰之旅　臺北　道聲出版社　1976 年 8 月　頁 7—15

1747. 葉　蘋　《信仰之旅》的共鳴　基督教論壇　第 3 期　1976 年 10 月 24 日　3 版

1748. 陳臥薪　宋尚節與林語堂——《我的見證》與《信仰之旅》對讀　青年戰士報　1979 年 1 月 18 日　10 版

1749. 王鼎鈞　信仰者的腳步——讀林語堂先生《信仰之旅》筆記　中央日報

2000年2月7日　4版

1750. 王鼎鈞　信仰者的腳步　滄海幾顆珠　臺北　爾雅出版社　2000年4月　頁121—130

1751. 文　庸　路漫漫其修遠兮，吾將上下而求索　信仰之旅　成都　四川人民出版社　2000年6月　頁1—6

1752. 馮　羽　基督教與中國文化的對話——以林語堂《信仰之旅》為中心　南京曉莊學院學報　2005年第4期　2005年7月　頁52—57

1753. 馮　羽　基督教與中國文化的對話——論林語堂的《信仰之旅》　南京師範大學文學院學報　2005年第3期　2005年9月　頁96—101

1754. 鄭淑娟　從《信仰之旅》論林語堂的儒耶文化觀　東吳中文線上學術論文　第27期　2014年9月　頁1—20

《無所不談》

1755. 馬星野　《無所不談》序　聯合報　1966年2月25日　7版

1756. 馬星野　馬序無所不談初集　無所不談合集　臺北　臺灣開明書店　1974年10月　頁iii—vii

1757. 馬星野　林語堂《無所不談》序　當代中國新文學大系・散文一集　臺北　天視出版公司　1979年8月　頁52—56

1758. 胡有瑞　林語堂《無所不談》　書評書目　第27期　1975年7月　頁24—37

1759. 胡有瑞　林語堂《無所不談》　現代學人散記　臺北　爾雅出版社　1977年4月　頁49—74

1760. 王少雄　我讀林語堂的《無所不談》　書評書目　第37期　1976年5月　頁125—127

1761. 亮　軒　乾坤一角飛夢魂——讀林語堂《無所不談合集》　明道文藝　第39期　1979年6月　頁126—128

《八十自敘》

1762. 李漢呈　林語堂的《八十自敘》　臺灣時報　1978年8月5日　9版

1763. 廖木坤　讀《八十自敘》　國語日報　1978 年 9 月 3 日　6 版

1764. 陳嘉宗　林語堂的《八十自敘》　青年戰士報　1978 年 10 月 27 日　10 版

1765. 萬平近　林語堂的生活之路——兼評林語堂的《八十自敘》　林語堂自傳　石家莊　河北人民出版社　1991 年 9 月　頁 267—378

1766. 施建偉　一團矛盾　林語堂——走向世界的幽默大師　臺北　武陵出版公司　1994 年 9 月　頁 314—327

1767. 劉玉梅　八十為文筆未老——讀林語堂《八十自敘》　新聞愛好者　1994 年第 11 期　1994 年 11 月　頁 41—42

《語堂文集》

1768. 鮑　芷　《語堂文集》出版　中央日報　1979 年 2 月 14 日　11 版

1769. 彭　歌　《語堂文集》　聯合報　1979 年 2 月 16 日　12 版

1770. 彭　歌　《語堂文集》　作家的童心　臺北　聯合報社　1979 年 11 月　頁 45—47

1771. 徐　訏　從《語堂文集》談起　大成　第 67 期　1979 年 6 月　頁 15—18

1772. 徐　訏　從《語堂文集》談起　傳記文學　第 205 期　1979 年 6 月　頁 51—54

《語堂文選》

1773. 沈　怡　林語堂手稿書信照片，八大箱出土，林太乙同時手捧熱呼呼出爐的《語堂文選》　聯合報　1994 年 10 月 7 日　35 版

小說

《京華煙雲》[26]

1774. 梁少剛　林語堂《瞬息京華》　西書精華　第 1 期　1940 年 3 月　頁 132—140

1775. 林如斯　關於《京華煙雲》　京華煙雲　香港　文元書店　1946 年 1 月　頁 310—312

[26]《京華煙雲》英文原名為「Moment in Peking」，另一譯本名為《瞬息京華》。

1776. 林如斯　關於《京華煙雲》　京華煙雲　臺北　遠景出版社　1979 年 5 月　頁 1—4

1777. 林如斯　關於《京華煙雲》　京華煙雲　臺北　德華出版社　1980 年 1 月　頁 11—14

1778. 林如斯　關於《京華煙雲》　京華煙雲　臺北　喜美出版社　1980 年 8 月　頁 11—14

1779. 林如斯　關於《京華煙雲》　京華煙雲　長春　時代文藝出版社　1987 年 2 月　頁 22—24

1780. 林如斯　關於《京華煙雲》　京華煙雲　臺北　殿堂出版社　1988 年 6 月　頁 9—11

1781. 林如斯　關於《京華煙雲》　京華煙雲　長沙　湖南文藝出版社　1991 年 12 月　頁 796—798

1782. 林如斯　關於《京華煙雲》　京華煙雲　北京　現代教育出版社　2007 年 9 月　頁 1—3

1783. 林如斯　關於《京華煙雲》　百年國士之三——楚天遼闊一詩人　北京　商務印書館　2010 年 12 月　頁 15—17

1784. 張振玉　譯者序　京華煙雲　臺北　德華出版社　1980 年 1 月　頁 7—10

1785. 張振玉　譯者序　京華煙雲　臺北　喜美出版社　1980 年 8 月　頁 7—10

1786. 張振玉　譯者序　京華煙雲　臺北　殿堂出版社　1988 年 5 月　頁 6—8

1787. 張振玉　譯者序　京華煙雲　長春　時代文藝出版社　1991 年 10 月　頁 9—17

1788. 蔡豐安　《京華煙雲》重新修訂排版序　京華煙雲　臺北　德華出版社　1980 年 11 月　〔1〕頁

1789. 張振玉　第三次修訂版題記　京華煙雲　臺北　德華出版社　1980 年 11 月　〔2〕頁

1790. 蔡豐安　《京華煙雲》新譯本出版緣起　京華煙雲　臺北　德華出版社　1980 年 11 月　〔5〕頁

1791.〔聯合報〕　華視買下《京華煙雲》，預定明年搬上螢幕　聯合報　1986年9月23日　9版

1792. 張素貞　凌叔華的「楊媽」與林語堂的「陳媽」——偉大母愛的重現　細讀現代小說　臺北　東大圖書公司　1986年10月　頁121—132

1793.〔聯合報〕　華視邀林太乙返國，推介《京華煙雲》　聯合報　1988年3月16日　24版

1794.〔民生報〕　可惜父親已故，否則一定開心！看過《京華煙雲》試片，林太乙有此佳評　民生報　1988年3月25日　10版

1795. 林太乙　《京華煙雲》二三事　聯合報　1988年3月25日　23版

1796.〔聯合報〕　林太乙觀賞《京華煙雲》　聯合報　1988年3月25日　24版

1797. 梅中泉　林語堂和《京華煙雲》　書林　1988年第3期　1988年3月　頁33—34

1798.〔文化貴族〕　《京華煙雲》　文化貴族　第4期　1988年5月　頁106—107

1799. 倪文興　不要忘了林語堂——我讀《京華煙雲》　讀書　1988年第10期　1988年10月　頁25—29

1800. 唐先田　林語堂的一個觀點　追求和諧　臺北　文史哲出版社　1990年2月　頁42—43

1801. 萬平近　各有特色的民族正氣之歌——《京華煙雲》小說與電視劇比較談　福建論壇　1990年第2期　1990年4月　頁47—51

1802. 萬平近　談《京華煙雲》中譯本　新文學史料　1990年第2期　1990年5月　頁123—126

1803. 施建偉　《京華煙雲》問世前後　中國現代文學研究叢刊　1992年第1期　1992年2月　頁116—126

1804. 施建偉　《京華煙雲》問世　林語堂——走向世界的幽默大師　臺北　武陵出版公司　1994年9月　頁57—69

1805. 施建偉　《京華煙雲》問世前後　林語堂研究論集　上海　同濟大學出版社　1997 年 7 月　頁 71—80

1806. 林燿德　《京華煙雲》　文學星空　臺北　國家文藝基金管理委員會　1992 年 9 月　頁 53—55

1807. 四竈恭子　相遇《京華煙雲》　回顧林語堂：林語堂先生百年紀念文集　臺北　正中書局　1994 年 10 月　頁 14—21

1808. 湯奇雲　《瞬息京華》的文化意蘊探尋　新疆大學學報　1995 年第 4 期　1995 年 12 月　頁 72—78

1809. 吳秀英，李學恩　從《京華煙雲》看林語堂的複雜思想　松遼學刊　1996 年第 1 期　1996 年 1 月　頁 19—22，38

1810. 文秋紅　從道家女到平民——簡析《京華煙雲》中桃木姚形象的蘊義　南昌高專學報　1996 年第 1、2 期合刊　1996 年 6 月　頁 20—23

1811. 劉鋒杰　承繼與分離——《京華煙雲》對《紅樓夢》關係之研究　紅樓夢學刊　1996 年第 3 輯　1996 年 8 月　頁 220—249

1812. 曾仕良　《京華煙雲》　翰海觀潮——臺灣流行文藝作品簡介　臺北　文化建設管理基金會　1997 年 5 月　頁 20—22

1813. 劉　勇　論林語堂《京華煙雲》的文化意蘊　北京師範大學學報　1998 年第 3 期　1998 年 5 月　頁 96—103

1814. 劉　勇　林語堂《京華煙雲》的文化意蘊　林語堂評說七十年　北京　中國華僑出版社　2003 年 1 月　頁 410—423

1815. 王俊紅　《京華煙雲》作品解析　中國文學通典・小說通典　北京　解放軍文藝出版社　1999 年 1 月　頁 682—683

1816. 謝西山，謝寶富　論《京華煙雲》的主題及林語堂的人生哲學　福建師範大學福清分校學報　2000 年第 1 期　2000 年 1 月　頁 14—19

1817. 梅　雯　家族生活和新舊代替之際的人——以四部現代長篇家族小說為中心〔《京華煙雲》部分〕　中國現代文學研究叢刊　2000 年第 1 期　2000 年 2 月　頁 53—75

1818. 謝友祥　道家哲學的闡釋和道家人格的建構——論林語堂《瞬息京華》的文化意蘊　嘉應大學學報　2000 年第 4 期　2000 年 8 月　頁 41—47

1819. 謝西山　論《京華煙雲》的主題及林語堂的政治哲學　西南師範大學學報　第 28 卷第 3 期　2002 年 5 月　頁 140—143

1820. 王　瓊　文化的正常化與陌生化——《瞬息京華》及其中譯本個案分析　廣東外語外貿大學學報　第 13 卷第 4 期　2002 年 12 月　頁 60—63

1821. 詹聲斌　《京華煙雲》中的「莊周哲學」　安徽工業大學學報　第 20 卷第 1 期　2003 年 1 月　頁 48—49

1822. 涂秀芳　試論姚木蘭形象的創造——根植於中國傳統的林語堂小說 *Moment in Peking*　福州大學學報　2003 年第 2 期　2003 年 4 月　頁 69—73

1823. 王小玲　從《瞬息京華》的女性形象看林語堂的婦女觀　廣東青年幹部學院學報　2003 年第 3 期　2003 年 9 月　頁 89—90

1824. 陳雅莉　《京華煙雲》　最愛一百小說　臺北　聯經出版公司　2004 年 5 月　頁 30—31

1825. 藍潤青　記憶與表象——《京華煙雲》文學創作的審美心理與女性形象　青島科技大學學報　第 20 卷第 2 期　2004 年 6 月　頁 23—26

1826. 朱紅丹　走進「木蘭」的世界——評林語堂《京華煙雲》中的人物形象　語文世界　2004 年第 5 期　2004 年 9 月　頁 39—42

1827. 周　峰　論《京華煙雲》的人物塑造　南昌高專學報　2004 年第 3 期　2004 年 9 月　頁 53—55

1828. 翟紅梅，張德讓　譯者中心論與翻譯文本的選擇——析林語堂英譯《京華煙雲》　安徽師範大學學報　2005 年第 1 期　2005 年 1 月　頁 115—119

1829. 鄭　玲　從目的論看漢英翻譯中的文化傳輸——兼評《京華煙雲》中的翻

譯策略　安徽電子信息職業技術學院學報　2005 年第 2 期　2005 年 4 月　頁 16—17

1830. 陳朝旭　從姚木蘭形象看林語堂悲劇意識和快樂哲學　黎明職業大學學報　2005 年第 2 期　2005 年 6 月　頁 19—22

1831. 張　敏　《京華煙雲》：用現代英語展示中國傳統文化　重慶教育學院學報　2005 年第 4 期　2005 年 7 月　頁 50—52

1832. 周芬伶　自然與超脫——《京華煙雲》中的愛與美　閒情悠悠——林語堂的心靈世界　臺北　林語堂故居　2005 年 8 月　頁 140—150

1833. 高　鴻　林語堂英文小說《京華煙雲》的文化敘事　跨文化的中國敘事——以賽珍珠、林語堂、湯亭亭為中心的討論　上海　上海三聯書店　2005 年 8 月　頁 168—179

1834. 李　慧　林語堂真的是一捆矛盾嗎？——由《京華煙雲》看林語堂中庸、和諧的人生觀　南陽師範學院學報　2005 年第 8 期　2005 年 8 月　頁 73—76

1835. 雷　琰　透過《簡愛》看《京華煙雲》——從女性主義視角批判木蘭形象　語文學刊　2006 年第 4 期　2006 年 4 月　頁 65—66

1836. 高華珊　城中隱士之歌——論林語堂《京華煙雲》的悲劇意蘊和快樂哲學　張家口職業技術學院學報　2006 年第 2 期　2006 年 6 月　頁 71—73

1837. 李春燕　悲愴與激昂的中國現代牧歌——評析林語堂小說《京華煙雲》　寶雞文理學院學報　2006 年第 4 期　2006 年 8 月　頁 72—74

1838. 趙迎春　《京華煙雲》的文化傳輸策略及其原因分析　湖南科技學院學報　2006 年第 10 期　2006 年 10 月　頁 79—82

1839. 高桂英　林語堂《京華煙雲》中儒家思想及其矛盾性　甘肅政法成人教育學院學報　2006 年第 4 期　2006 年 12 月　頁 178—180

1840. 王　徵　選擇性失憶——央視版連續劇《京華煙雲》和原著的比較研究　棗莊學院學報　第 23 卷第 6 期　2006 年 12 月　頁 32—37

1841. 張修忠　《京華煙雲》：以原著的名義，一種話語的策略　北京電影學院學報　2006年第3期　2006年　頁44—47

1842. 蔡玄暉　《京華煙雲》女性形象解構　歷史與記憶：中國現代文學國際研討會　香港　香港中文大學中國語言及文學系主辦　2007年1月4—6日

1843. 周　君　表現自由的性靈——論林語堂《瞬息京華》的創作意蘊　安康學院學報　2007年第3期　2007年6月　頁59—61，74

1844. 林春香　《京華煙雲》與《紅樓夢》比較研究　東北大學學報　第10卷第1期　2008年1月　頁91—94

1845. 王明娟　從木蘭之美看林語堂的人生觀　太原師範學院學報　2008年第1期　2008年1月　頁142—144

1846. 張華容，鄭銳孜　文之至美，敬畏翻譯——淺析林語堂未躬親中譯《Moment in Peking》之因　讀與寫雜誌　2008年第7期　2008年7月　頁24，28

1847. 歐秋耘　姚木蘭和斯佳麗文化內涵對比分析　湖北第二師範學院學報　第25卷第7期　2008年7月　頁1—4

1848. 龎豔豔　返璞歸真最是信——《Moment in Peking》中對姚木蘭形象描寫的兩中文譯本比較　洛陽師範學院學報　2008年第4期　2008年8月　頁145—147

1849. 蘇永前，汪紅娟　《京華煙雲》與中國民俗文化　漳州師範學院學報　2008年第3期　2008年9月　頁51—55

1850. 賴勤芳　《京華煙雲》的日常生活述敘事　寧波職業技術學院學報　第12卷第6期　2008年12月　頁82—86

1851. 歐宗智　林語堂心目中的理想女性——談《京華煙雲》的姚木蘭　透視悲歡人生——小說評論與賞析　臺北　臺灣學生書局　2009年3月　頁183—189

1852. 歐宗智　儒道互補的人生哲學——談林語堂《京華煙雲》的主題意涵　透

視悲歡人生——小說評論與賞析　臺北　臺灣學生書局　2009 年 3 月　頁 191—196

1853. 沈藝虹　《京華煙雲》的傳播分析　東南傳播　第 63 期　2009 年　頁 113—115

1854. 吳慧堅　翻譯與翻譯出版的倫理責任——由譯本《京華煙雲》引發的倫理思考　「語堂世界・世界語堂」兩岸學術研討會論文集　北京　中國社會科學出版社　2013 年 11 月　頁 241—253

1855. 張靜容　淺析《京華煙雲》的閩南俗語　「語堂世界・世界語堂」兩岸學術研討會論文集　北京　中國社會科學出版社　2013 年 11 月　頁 301—313

1856. 王麗敏，胡明貴　論《京華煙雲》中的中國民俗文化　閩臺文化研究　第 45 期　2016 年 3 月　頁 103—109

1857. 段　榕　《京華煙雲》：風雅的趣味，無法乘載的現實　世界華文文學論壇　第 96 期　2016 年 9 月　頁 87—92

1858. 賴慈芸　父債子難還——郁達夫和郁飛的《瞬息京華》　翻譯偵探事務所：偽譯解密！臺灣戒嚴時期翻譯怪象大公開　臺北　蔚藍文化公司　2017 年 1 月　頁 258—268

《風聲鶴唳》

1859. 林語堂；梁守濤、梁綠平譯　譯後記——林語堂和他的《風聲鶴唳》　風聲鶴唳　廣州　花城出版社　1991 年 8 月　頁 464—466

1860. 黎活仁　「永恆的女性」（Anima）的投影——林語堂《風聲鶴唳》中的娼婦、聖母與智者　林語堂百年誕辰論文集　臺北　臺北市立圖書館總館國際會議廳　1994 年 10 月 8—10 日　頁 1—13

1861. 黎活仁　「永恆的女性」的投射——林語堂《風聲鶴唳》的分析　林語堂、瘂弦和簡媜筆下的男性與女性　臺北　大安出版社　1998 年 12 月　頁 1—20

《唐人街》

1862. 劉紹銘　望唐山渺渺——泛論林語堂以來的唐人街　渺渺唐山　臺北　九歌出版社　1983 年 1 月　頁 47—65

1863. 今里禎　林語堂の《華人街》について　臺灣文學研究會——筑波國際會議　茨城　筑波大學主辦　1989 年 7 月 30—31 日，8 月 1—2 日

1864. 湯奇雲　《唐人街》中的文化回歸趨勢與白璧德的新人文主義　嘉應大學學報　1997 年第 1 期　1997 年 2 月　頁 54—58

1865. 沈慶利　虛幻想像裡的「中西合璧」——論林語堂《唐人街》兼及「移民文學」　山東社會科學　2000 年第 5 期　2000 年 5 月　頁 83—86

1866. 蔡雅薰　五〇年代重要的中國旅美作家及流學生小說〔《唐人街》部分〕　從留學生到移民：臺灣旅美作家之小說論析　臺北　萬卷樓圖書公司　2001 年 12 月　頁 74—75

1867. 蔡雅薰　東西方宗教的相容與獨立性〔《唐人街》部分〕　從留學生到移民：臺灣旅美作家之小說論析　臺北　萬卷樓圖書公司　2001 年 12 月　頁 192

1868. 王　泉　海外新移民小說的都市書寫〔《唐人街》部分〕　世界華文文學論壇　2007 年第 2 期　2007 年 6 月　頁 40—41

1869. 沈慶利　西方形象與現代中國異域小說——「美國夢」的天真幻想——林語堂《唐人街》論　現代中國異域小說研究　北京　北京大學出版社　2009 年 1 月　頁 125—140

《中國傳奇小說》

1870. 余　斌　林語堂的「加、減、乘、除」——《中國傳奇小說》讀後　林語堂評說七十年　北京　中國華僑出版社　2003 年 1 月　頁 424—431

1871. 施　萍　論林語堂《中國傳奇》中的「視野融合」　古今藝文　第 29 卷第 3 期　2003 年 5 月　頁 12—19

1872. 呂賢平　論林語堂《中國傳奇》對古典小說的誤讀及所蘊含之思想　徐州師範大學學報　2006 年第 4 期　2006 年 7 月　頁 43—45

1873. 謝曉華　從功能翻譯理論看林語堂的《重編中國傳奇》　湖北教育學院學報　2007 年第 9 期　2007 年 9 月　頁 114—116

1874. 呂賢平　從《中國傳奇》看林語堂對中國古典小說批評　漳州師範學院學報　2008 年第 3 期　2008 年 9 月　頁 46—50

1875. 林雅玲　論林語堂短篇小說選集《中國傳奇》　閩臺文化研究　第 44 期　2015 年 12 月　頁 78—94

《朱門》

1876. 海　客　《朱門》——林語堂的新小說　中央日報　1953 年 8 月 8 日　6 版

1877. 常　石　介紹林語堂名著《朱門》　出版與讀書　第 16 期　1978 年 1 月　頁 4

1878. 汪　珏　從林語堂的《朱門》談起　書評書目　第 83 期　1980 年 3 月　頁 30—34

1879. 施建偉　塑造理想的女性　林語堂——走向世界的幽默大師　臺北　武陵出版公司　1994 年 9 月　頁 148—157

1880. 宋偉杰　古都，朱門，紛繁的困惑——林語堂《朱門》的西安想像　萬象　第 98 期　2007 年 10 月　頁 29—39

1881. 宋偉杰　古都，朱門，紛繁的困惑——林語堂《朱門》的西安想像　西安：都市想像與文化記憶　北京　北京大學出版社　2009 年 3 月　頁 266—277

《遠景》[27]

1882. 蘇淑美　《遠景》——一部美麗的小說　書評書目　第 70 期　1979 年 2 月　頁 85—87

1883. 湯奇雲　美麗的文化童話——《奇島》　嘉應大學學報　1997 年第 4 期

[27]《遠景》英文原名為「The Unexpected Island」，另一譯名為《奇島》。

1997 年 8 月　頁 53—57

1884. 高　鴻　多元文化與「烏托邦」——林語堂《奇島》所顯示的「流散」意義　世界華文文學研究：理論與實踐——國際學術研討會論文集　香港　中國文化出版社　2007 年 8 月　頁 294—300

《紅牡丹》

1885. 張振玉　我譯林語堂著《紅牡丹》　書與人　第 333 期　1978 年 3 月　頁 7—8

1886. 張振玉　譯者序　紅牡丹　臺北　德華出版社　1980 年 10 月　頁 1—5

1887. 〔聯合報〕　林語堂暢銷小說，湯臣將搬上銀幕——《紅牡丹》下月在港開拍　聯合報　1987 年 6 月 27 日　12 版

1888. 謝友祥　名妓情結及浪漫愛情的心理補償——林語堂小說《紅牡丹》論　中山大學學報　2000 年第 6 期　2000 年 11 月　頁 34—39

1889. 尤愛焜　伊甸園的追尋與失落——林語堂小說《紅牡丹》解讀　湖南工業職業技術學院學報　2005 年第 3 期　2005 年 9 月　頁 74—76

1890. 吳毓鳴　論混血兒《紅牡丹》的文化審美意蘊　泉州師範學院學報　2006 年第 3 期　2006 年 5 月　頁 121—125

1891. 朱嘉雯　芳心誰屬知——《紅牡丹》的前世今生　玫瑰，在她如此盛開的時候：探索女性文學的綺麗世界　臺北　秀威資訊科技公司　2007 年 2 月　頁 53—91

1892. 朱嘉雯　芳心誰屬難知——《紅牡丹》的前世今生　跨越與前進：從林語堂研究看文化的相融／相涵國際學術研討會論文集　臺北　林語堂故居　2007 年 5 月　頁 62—71

1893. 林登順　林語堂《紅牡丹》小說之禮教探析　閩臺文化研究　第 44 期　2015 年 12 月　頁 95—100

《賴柏英》

1894. 萬平近　《賴柏英》和林語堂的鄉情　臺灣研究集刊　1988 年第 3 期　1988 年 8 月　頁 85—89

1895. 朱　二　《賴柏英》作品評析　臺灣百部小說大展　福州　海峽文藝出版社　1990 年 7 月　頁 270—271

1896. 曾孝儀　苦戀情結的藝術昇華——讀林語堂的長篇《賴柏英》　大連大學學報　第 5 卷第 1 期　1995 年 3 月　頁 23—28

1897. 湯奇雲　中西文化融合的無奈與對山地文化的追尋——從文化的角度看林語堂的長篇小說《賴柏英》　嘉應大學學報　1998 年第 1 期　1998 年 2 月　頁 57—61

1898. 林精華　濃濃閩南語，依依故鄉情——淺析林語堂自傳體小說《賴柏英》的閩南方言特色　漳州職業技術學院學報　2005 年第 4 期　2005 年 10 月　頁 56—58，80

1899. 朱雙一　文化形態和民性特徵——閩臺新文學中的歷史、宗教、民俗和語言——福佬和客家：閩臺民性特徵——山與海的互補：福佬和客家的交匯〔《賴柏英》部分〕　閩臺文學的文化親緣　北京　人民出版社　2013 年 9 月　頁 287—288

《逃向自由城》

1900. 謝冰瑩　《逃向自由城》的主題和技巧　中央日報　1966 年 1 月 27 日　6 版

1901. 于　吉　依然鮮耀的旗幟——林著《逃向自由城》　中央日報　1968 年 10 月 7 日　9 版

1902. 錢鎖橋　難民的「自由城」：林語堂的《逃向自由城》及其香港因緣　香港：都市想像與文化記憶國際學術研討會　香港　香港中文大學中國語言及文學系，香港教育學院中國文學文化研究中心，美國哈佛大學東亞系合辦　2010 年 12 月 17—18 日

傳記

《蘇東坡傳》

1903. 張之淦　林著宋譯《蘇東坡傳》質正　傳記・外國史研究論集　臺北　大陸雜誌社　1970 年 9 月　頁 35—57

1904. 張之淦　林著宋譯《蘇東坡傳》質正（上、下）　藝文誌　第 214—215 期　1983 年 7，8 月　頁 47—58，45—55

1905. 彭　歌　《蘇東坡傳》　聯合報　1976 年 4 月 10 日　12 版

1906. 彭　歌　《蘇東坡傳》　孤憤　臺北　聯合報社　1978 年 5 月　頁 34—36

1907. 曾虛白　林語堂與蘇東坡　自由談　第 27 卷第 6 期　1976 年 6 月　頁 7—11

1908. 曾虛白　林語堂與蘇東坡　上下古今談　臺北　華欣文化事業中心　1978 年 6 月　頁 6—17

1909. 曾虛白　林語堂與蘇東坡　中華文藝　第 91 期　1978 年 9 月　頁 43—53

1910. 曾虛白　林語堂與蘇東坡　林語堂——介紹廿世紀學術權威　臺北　華欣文化事業中心　1979 年 3 月　頁 285—296

1911. 曾虛白　林語堂與蘇東坡　論孔子的幽默　臺北　德華出版社　1980 年 10 月　頁 3—15

1912. 陸以霖〔陳信元〕　林語堂筆下的蘇東坡——《蘇東坡傳》　出版與研究　第 5 期　1977 年 9 月　頁 5

1913. 王保珍　《蘇東坡傳》的欣賞與補正　書評書目　第 55 期　1977 年 11 月　頁 18—27

1914. 許少川　推介《蘇東坡傳》　中華日報　1979 年 1 月 1 日　9 版

1915. 亮　軒　平原走馬不繫之舟　書評書目　第 72 期　1979 年 4 月　頁 93—96

1916. 龔鵬程　評林語堂《蘇東坡傳》　臺灣時報　1979 年 9 月 16 日　12 版

1917. 陳　香　評介三本蘇東坡傳　書評書目　第 86 期　1980 年 6 月　頁 50—56

1918. 林雙不　《蘇東坡傳》　青少年書房　臺北　爾雅出版社　1981 年 10 月　頁 117—122

1919. 丘榮襄　林語堂與蘇東坡——我讀《蘇東坡傳》　文訊雜誌　第 16 期

1985年2月 頁208—209

1920. 鍾來因 蘇軾與堂妹的戀愛毫無根據——駁林語堂《快活天才——蘇東坡傳》 蘇軾與道家道教 臺北 臺灣學生書局 1990年5月 頁264—273

1921. 文藝作品調查研究小組 《蘇東坡傳》 書林采風 臺北 國家文藝基金管理委員會 1992年6月 頁211—212

1922. 陳新雄 國色朝酣酒・天香夜染衣——林語堂先生《蘇東坡傳》所提到的東坡兩首詩辨析 教學與研究 第15期 1993年6月 頁37—44

1923. 萬平近 評林語堂著《蘇東坡傳》 福建論壇 1994年第2期 1994年2月 頁41—47

1924. 施建偉 林語堂和蘇東坡 林語堂——走向世界的幽默大師 臺北 武陵出版公司 1994年9月 頁123—134

1925. 周 迅 東坡不死——讀林語堂《蘇東坡傳》 新聞愛好者 1995年第7期 1995年7月 頁37

1926. 蕭慶偉 論林語堂《蘇東坡傳》的文獻取向 漳州師範學院學報 2000年第3期 2000年9月 頁20—27

1927. 許銘全 談《蘇東坡傳》 閒情悠悠——林語堂的心靈世界 臺北 林語堂故居 2005年8月 頁161—177

1928. 施 萍 快樂天才：林語堂對蘇東坡人格的現代演繹 文藝理論研究 2005年第6期 2005年11月 頁111—118

1929. 段學儉 存在的和湮沒的——讀林語堂《蘇東坡傳》 書城 2006年第2期 2006年7月 頁28—32

1930. 蘭 芳 世界大同的理想文明——評林語堂《蘇東坡傳》 語文學刊 2007年第1期 2007年1月 頁98—100

1931. 周 燕 從《蘇東坡傳》看林語堂其人 南通航運職業技術學院學報 第7卷第4期 2008年12月 頁45—48

1932. 孫良好，張璐　林語堂筆下的蘇東坡形象　閩臺文化研究　2015 年第 3 期（第 43 期）　2015 年 9 月　頁 82—90

合集

《子見南子》

1933. 一　得　林語堂《子見南子》悲喜劇　林語堂思想與生活　香港　新文化出版社　1955 年 2 月　頁 181—186

1934. 一　得　林語堂《子見南子》悲喜劇　林語堂思想與生活　臺北　蘭溪圖書出版社　1977 年 5 月　頁 181—186

1935. 莊浩然　林語堂——幽默論與《子見南子》　福建師範大學學報　1994 年第 3 期　1994 年 7 月　頁 60—66，80

1936. 孫良好　《子見南子》新論　溫州師範學院學報　第 21 卷第 1 期　2000 年 2 月　頁 51—55

1937. 〔子通編〕　關於《子見南子》的論爭　林語堂評說七十年　北京　中國華僑出版社　2003 年 1 月　頁 36—59

1938. 杜玉芳　《子見南子》案始末　文史博覽　2008 年第 4 期　2008 年 4 月　頁 46—48

◆多部作品

《老子的智慧》、《孔子的智慧》

1939. 禾　辛　文壇雜話，東方的智慧　聯合報　1958 年 8 月 5 日　6 版

《唐人街》、《老子的智慧》

1940. 施建偉　在坎城　林語堂——走向世界的幽默大師　臺北　武陵出版公司　1994 年 9 月　頁 135—147

《紅牡丹》、《賴柏英》

1941. 施建偉　《紅牡丹》和《賴柏英》　林語堂——走向世界的幽默大師　臺北　武陵出版公司　1994 年 9 月　頁 220—240

《語堂幽默文選》、《語堂文選》

1942. 葉　秋　林語堂兩部《文選》在臺出版　出版參考　1995 年第 2 期　1995

年 1 月 15 日　頁 8

《京華煙雲》、《風聲鶴唳》、《朱門》

1943. 朱東宇　家長與丈夫——《林語堂三部曲》人物論之一　北方論叢　1997 年第 5 期　1997 年 9 月　頁 86—90，101

1944. 朱東宇　妻子與姬妾——《林語堂三部曲》人物論之二　學術交流　1998 年第 2 期　1998 年 3 月　頁 107—111

《唐人街》、《奇島》

1945. 孫良好　林語堂筆下的美國形象：以《唐人街》和《奇島》為中心　中國現代文學研究叢刊　2005 年第 4 期　2005 年 8 月　頁 212—230

《啼笑皆非》、《奇島》

1946. 李　勇　論林語堂文化理想的烏托邦性質——解讀《啼笑皆非》和《奇島》　跨越與前進：從林語堂研究看文化的相融／相涵國際學術研討會論文集　臺北　林語堂故居　2007 年 5 月　頁 72—84

〈子見南子〉、《孔子的智慧》

1947. 刑娟妮，孫良好　論林語堂筆下的孔子形象——以〈子見南子〉和《孔子的智慧》為中心　溫州大學學報　第 21 卷第 4 期　2008 年 7 月　頁 6—11

單篇作品

1948. 魏眾賢　我們的朋友——評林語堂先生的〈左傳真偽與上古方音〉　新月　第 1 卷第 7 期　1928 年 9 月　頁 1—2

1949. 耳　耶　從客串到下海——為大眾語敬告林語堂先生〔〈怎樣洗鍊白話入文〉〕　太白　第 4 期　1934 年 11 月　頁 163—166

1950. 一　得　林語堂論常識為做人之本〔〈從梁任公的腰說起〉〕　林語堂思想與生活　香港　新文化出版社　1955 年 2 月　頁 213—215

1951. 一　得　林語堂論常識為做人之本〔〈從梁任公的腰說起〉〕　林語堂思想與生活　臺北　蘭溪圖書出版社　1977 年 5 月　頁 213—215

1952. 一　得　林語堂論握手禮的起源〔〈論握手〉〕　林語堂思想與生活　香港　新文化出版社　1955 年 2 月　頁 216—221

1953. 一　得　林語堂論握手禮的起源〔〈論握手〉〕　林語堂思想與生活　臺北　蘭溪圖書出版社　1977 年 5 月　頁 216—221

1954. 黃介瑞　看林語堂的「立信」〔〈共匪怎樣毀了南大〉〕　反攻　第 137 期　1955 年 8 月　頁 22—24

1955. 何適從　女人與文化〔〈論幽默〉部分〕　聯合報　1957 年 6 月 29 日　6 版

1956. 沈　謙　林語堂的幽默觀——無所不為〈論幽默〉　林語堂的生活與藝術研討會論文集　臺北　臺北市文化局　2000 年 12 月　頁 220—246

1957. 美　瑩　紀念「五四」——談「新文藝運動」〔〈談邱吉爾的英文〉部分〕　臺灣新聞報　1965 年 5 月 4 日　8 版

1958. 丁邦新　〈國語文法的建設〉讀後感　中央日報　1965 年 11 月 17 日　6 版

1959. 宋郁文　讀林語堂論部首後（上、下）〔〈論部首的改良〉〕　星島日報　1966 年 3 月 13—14 日　23，24 版

1960. 邱鎮京　林語堂先生〈論部首的改良〉　學粹　第 8 卷第 3 期　1966 年 4 月　頁 18—19

1961. 雨　廬　讀林語堂的〈康熙字典豈有此理〉　自立晚報　1966 年 3 月 25 5 版

1962. 吳錫澤　利亦有別——讀林語堂〈論利〉有感　中央日報　1966 年 8 月 9 日　9 版

1963. 林宣生　讀語堂先生〈論孔子的幽默〉　聯合報　1966 年 8 月 10 日　9 版

1964. 王素存　兩位林先生的論語三釋〔〈論孔子的幽默〉〕　聯合報　1966 年 8 月 17 日　9 版

1965. 林宣生　關於〈論語三釋〉〔〈論孔子的幽默〉〕　聯合報　1966年8月24日　7版

1966. 陳宗敏　讀林語堂〈論情〉　中央日報　1966年8月12日　9版

1967. 林宣生　談林語堂先生的〈失學解〉　聯合報　1966年9月11日　7版

1968. 曹　荷　幽默大師的幽默文章——〈記鳥語〉讀後有感　臺灣日報　1966年10月3日　8版

1969. 王貫之　〈惡性補習論〉讀後　中央日報　1966年11月24日　6版

1970. 張光甫　說戴東原的知情合一主義——讀〈論文藝如何復興法子〉有感　中央日報　1967年1月15日　6版

1971. 張鐵君　幽默大師反道統〔〈論文藝如何復興法子〉〕　學人論戰文集　臺北　哲志出版社　1970年10月　頁61—64

1972. 寒　爵　〈紹介《曲城說》〉讀後（上、下）　中央日報　1967年7月19—20日　10版

1973. 沙學浚　論林語堂先生的〈論言文一致〉（摘要）　中央日報　1967年11月22日　4版

1974. 沙學浚　論林語堂先生的〈論言文一致〉　教育文摘　第12卷第12期　1967年12月　頁8—10

1975. 沙學浚　論林語堂先生的〈論言文一致〉　學粹　第10卷第2期　1968年2月　頁17—19

1976. 沙學浚　論林語堂先生的〈論言文一致〉　學人論戰文集　臺北　哲志出版社　1970年10月　頁70—80

1977. 吳　翀　學習英文的我見〔〈怎樣把英文學好〉〕　中央日報　1968年12月5日　9版

1978. 吳　翀　學習英文的我見〔〈怎樣把英文學好〉〕　文化旗　第15期　1969年1月　頁41—42

1979. 吳　翀　學習英文之我見〔〈怎樣把英文學好〉〕　學人論戰文集　臺北　哲志出版社　1970年10月　頁65—69

1980. 淺　人　林博士〈論中外國民性〉讀後　文化旗　第 15 期　1969 年 1 月　頁 27—28

1981. 王　玗　從林語堂的頭髮說起〔〈論晴雯頭髮〉〕　文化旗　第 15 期　1969 年 1 月　頁 43—44

1982. 王　玗　從林語堂的頭髮說起〔〈論晴雯頭髮〉〕　從林語堂頭髮說起　臺北　哲志出版社　1969 年 7 月　頁 3—8

1983. 張鐵君　評林語堂的晴雯論及其他〔〈論晴雯的頭髮〉〕　從林語堂頭髮說起　臺北　哲志出版社　1969 年 7 月　頁 24—28

1984. 姜漢卿　談幽默大師與紅樓夢〔〈論晴雯的頭髮〉〕　從林語堂頭髮說起　臺北　哲志出版社　1969 年 7 月　頁 29—33

1985. 夢　嶽　由林語堂〈論晴雯的頭髮〉談起　從林語堂頭髮說起　臺北　哲志出版社　1969 年 7 月　頁 34—50

1986. 徐復觀　林語堂的〈蘇東坡與小二娘〉　從林語堂頭髮說起　臺北　哲志出版社　1969 年 7 月　頁 9—23

1987. 徐復觀　林語堂的〈蘇東坡與小二娘〉　中國文學論集　臺北　學生書局　2001 年 12 月　頁 545—557

1988. 林宣生　從「堇堇」說起〔〈再論紅樓夢百二十回本〉〕　從林語堂頭髮說起　臺北　哲志出版社　1969 年 7 月　頁 89—90

1989. 莊　練　關於蘇小妹〔〈蘇小妹無其人考〉〕　從林語堂頭髮說起　臺北　哲志出版社　1969 年 7 月　頁 149—151

1990. 莊　練　中副小簡：關於蘇小妹〔〈蘇小妹無其人考〉〕　從林語堂頭髮說起　臺北　哲志出版社　1969 年 7 月　頁 156

1991. 今　武　幽默？罵街？〔〈蘇小妹無其人考〉〕　從林語堂頭髮說起　臺北　哲志出版社　1969 年 7 月　頁 157—166

1992. 陸健剛　林語堂先生的色空觀〔〈論色即是空〉〕　學人論戰文集　臺北　哲志出版社　1970 年 10 月　頁 17—22

1993. 澹　思　談色即是空〔〈論色即是空〉〕　學人論戰文集　臺北　哲志出

版社　1970 年 10 月　頁 23—36

1994. 邢光祖　妙悟與實證〔〈東西思想方法的比較〉〕　學人論戰文集　臺北　哲志出版社　1970 年 10 月　頁 37—46

1995. 邢光祖　記林語堂〈論東西思想法之不同〉　無所不談合集　臺北　臺灣開明書店　1974 年 10 月　頁 104—110

1996. 許家鸞　〈精而不繁〉　學人論戰文集　臺北　哲志出版社　1970 年 10 月　頁 81—84

1997. 楊永英　讀誠與偽敬質林語堂先生〔〈說誠與偽〉〕　學人論戰文集　臺北　哲志出版社　1970 年 10 月　頁 108—113

1998. 李霜青　與幽默大師論「天人合一」哲學〔〈我的答辯〉〕　學人論戰文集　臺北　哲志出版社　1970 年 10 月　頁 114—137

1999. 林貞羊　我也能睡〔〈睡覺的藝術〉〕　中華日報　1982 年 8 月 6 日　10 版

2000. 呂正惠　林語堂〈土匪頌〉簡析　中國現代散文選析 1　臺北　長安出版社　1985 年 3 月　頁 182—183

2001. 呂正惠　林語堂〈臉與法治〉簡析　中國現代散文選析 1　臺北　長安出版社　1985 年 3 月　頁 186

2002. 呂正惠　林語堂〈我的戒煙〉簡析　中國現代散文選析 1　臺北　長安出版社　1985 年 3 月　頁 191—193

2003. 詹　悟　林語堂筆下的〈我的戒煙〉　明道文藝　第 306 期　2001 年 9 月　頁 132—135

2004. 鄧　宇　〈我的戒煙〉作品賞析　星光燦爛的文學花園：現代文學知識精華：散文・詩歌　臺北　雅書堂文化公司　2005 年 5 月　頁 93—96

2005. 呂正惠　林語堂〈論西裝〉簡析　中國現代散文選析 1　臺北　長安出版社　1985 年 3 月　頁 200

2006. 呂正惠　林語堂〈論買東西〉簡析　中國現代散文選析 1　臺北　長安出

版社　1985 年 3 月　頁 204—205

2007.〔劉獻標主編〕　中國現代文學作品介紹——〈子見南子〉　中國現代文學手冊（上）　北京　中國文聯出版公司　1987 年 8 月　頁 431—432

2008.〔鄭明娳，林燿德主編〕　〈避暑之益〉　有情四卷——閒情　臺北　正中書局　1989 年 12 月　頁 6

2009. 柯平憑　林語堂——〈讀書的藝術〉　中國現代散文欣賞辭典　上海　漢語大詞典出版社　1990 年 1 月　頁 110—113

2010.〔鄭明娳，林燿德選註〕　〈讀書的藝術〉　智慧三品／書香　臺北　正中書局　1991 年 7 月　頁 2

2011. 何寄澎，劉佩玉　〈秋天的況味〉賞析　采菊東籬下　臺北　幼獅文化公司　1991 年 5 月　頁 63—65

2012.〔編輯部〕　四時感興〔〈秋天的況味〉部分〕　階梯作文 2　臺北　三民書局　1999 年 10 月　頁 114—116

2013. 王宗法　人生散步——讀〈秋天的況味〉　臺港文學觀察　合肥　安徽教育出版社　2000 年 8 月　頁 147—149

2014. 江右瑜　〈秋天的況味〉賞析　遇見現代小品文　臺北　麥田出版公司　2004 年 1 月　頁 31—34

2015.〔鄭明娳，林燿德選註〕　〈記性靈〉　智慧三品／禪思　臺北　正中書局　1991 年 7 月　頁 38

2016.〔鄭明娳，林燿德選註〕　〈女性三題〉　乾坤雙璧／女人　臺北　正中書局　1991 年 9 月　頁 2—3

2017. 李　志　〈來臺後二十四快事〉　臺灣散文鑑賞辭典　太原　北岳文藝出版社　1991 年 12 月　頁 4—5

2018. 沈　謙　從金聖歎到林語堂——評〈來臺後二十四快事〉　中國現代文學理論　第 8 期　1997 年 12 月　頁 580—594

2019. 李國濤　名家〈扁豆〉三篇　名作欣賞　1999 年第 2 期　1999 年 3 月

頁 62—63

2020. 鄭明娳 現代散文的外觀——辭采之美〔〈悼魯迅〉部分〕 現代散文 臺北 三民書局 1999 年 3 月 頁 283—284

2021. 鄭明娳 氣氛之美〔〈假定我是土匪〉部分〕 現代散文 臺北 三民書局 1999 年 3 月 頁 314—316

2022. 羅以民 林語堂要炮轟西湖〔〈春日遊杭記〉〕 老照片 第 11 輯 1999 年 9 月 頁 155—156

2023. 沙望孫 也談林語堂和《論語》上的一首打油詩[28] 縱橫 2000 年第 3 期 2000 年 3 月 頁 65

2024. 〔游喚，張鴻聲，徐華中著〕 〈杭州的寺僧〉 現代散文精讀 臺北 五南圖書出版公司 2000 年 9 月 頁 47—54

2025. 黃 梅 〈談話〉編者的話 不倒翁的歲月 臺北 香海文化公司 2006 年 9 月 頁 164—165

2026. 呂賢平 林語堂《中國傳奇》對宋話本〈碾玉觀音〉的改編 閩江學院學報 2007 年第 6 期 2007 年 12 月 頁 42—46

2027. 楊秀明 林語堂的高地方言學觀淺談——拜讀先生的〈研究方言應有的幾個語言學觀察點〉 閩臺文化交流 2008 年第 2 期 2008 年 6 月 頁 120—122

2028. 洪文婷 由《關雎正義》論林語堂的《詩經》學概念 閩臺文化研究 第 44 期 2015 年 12 月 頁 101—110

2029. 凌性傑 穿紅襯衫的男孩——屬於自己的顏色 人情的流轉——國民小說讀本 臺北 城邦文化公司 2016 年 2 月 頁 230—231

多篇作品

2030. 李霜青 與幽默大師論主靜無欲〔〈論中外國民性〉、〈說誠與偽〉〕 文化旗 第 15 期 1969 年 1 月 頁 32—38

[28]本文探討林語堂在《論語》發表的打油詩，內容為：「將軍軍不將，要人人不要。打倒倒打來，革命命格掉」以諷刺時局。

2031. 李霜青　與幽默大師論主靜主敬無欲〔〈論中外國民性〉、〈說誠與偽〉〕　學人論戰文集　臺北　哲志出版社　1970 年 10 月　頁 85—103

2032. 王　立　《黃昏開始下的雨》〔〈論泥做的男人〉、〈論解嘲〉部分〕　邂逅：曾經的悅讀　臺北　秀威資訊科技公司　2009 年 2 月　頁 180—181

作品評論目錄、索引

2033. 〔編輯部〕　有關林語堂先生之評論及報導選目　林語堂先生著述資料目錄　臺北　臺北市立圖書館　1985 年 5 月　頁 26—31

2034. 秦賢次，吳興文　林語堂卷（3—4）——他人評介文章編目　文訊雜誌　第 23—24 期　1986 年 4，6 月　頁 306—317，243—247

2035. 施建偉　林語堂研究綜述　福建論壇　1990 年第 5 期　1990 年 10 月　頁 46—51，60

2036. 程金城，李曉紅　近幾年國內林語堂研究綜述　遼寧教育學院學報　1992 年第 1 期　1992 年 1 月　頁 85—91，101

2037. 施建偉　林語堂研究資料選目　林語堂——走向世界的幽默大師　臺北　武陵出版公司　1994 年 9 月　頁 358—368

2038. 王兆勝　近幾年林語堂研究述評　社會科學戰線　1996 年第 1 期　1996 年 1 月　頁 253—260

2039. 施建偉　大陸報刊所發表的林語堂研究資料　林語堂研究論集　上海　同濟大學出版社　1997 年 7 月　頁 208—211

2040. 施建偉　臺灣報刊所發表的林語堂研究資料　林語堂研究論集　上海　同濟大學出版社　1997 年 7 月　頁 212—217

2041. 施建偉　海峽兩岸正式出版的林語堂研究專著和傳記　林語堂研究論集　上海　同濟大學出版社　1997 年 7 月　頁 218—220

2042. 〔郭碧雪，楊美雪編〕　林語堂先生相關參考書目　林語堂先生書目資料彙編　臺北　臺北市立圖書館　2001 年 4 月　頁 1—17

2043. 傅文奇　近十年來林語堂研究的統計與分析　福建論壇　2006 年第 5 期　2006 年 5 月　頁 102—105

2044. 解孝娟　林語堂研究綜述　嘉興學院學報　2007 年第 5 期　2007 年 9 月　頁 106—112

2045. 馮　羽　日本「林學」的風景——兼評日本學者合山究的林語堂論　世界華文學論壇　2009 年第 1 期　2009 年 3 月　頁 41—44

2046. 〔封德屏主編〕　林語堂　臺灣現當代作家評論資料目錄（三）　臺南　國立臺灣文學館　2010 年 11 月　頁 1657—1756

其他（選、編、譯、刊物編輯）

2047. 〔聯合報〕　林語堂創《天風月刊》——在臺發行分版　聯合報　1952 年 6 月 7 日　2 版

2048. 〔聯合報〕　《天風月刊》出版　聯合報　1952 年 7 月 8 日　2 版

2049. 華　生　《甲寅》、《現代》與《語絲》　聯合報　1952 年 12 月 1 日　6 版

2050. 胡有瑞　林語堂的《語絲》　中央日報　1966 年 1 月 27 日　3 版

2051. 西門祝　林語堂編《論語》打出天下，爭稿費賓主分手　聯合報　1955 年 9 月 29 日　6 版

2052. 章克標　閒話《論語》半月刊　讀者良友　第 30 期　1986 年 12 月　頁 62—65

2053. 周啟付　林語堂與《論語》　林語堂自傳　石家莊　河北人民出版社　1991 年 9 月　頁 233—251

2054. 曹聚仁　《論語》與幽默　幽默大師——名人筆下的林語堂，林語堂筆下的名人　上海　東方出版中心　1998 年 11 月　頁 78—83

2055. Qiao Hualin，Chen Fanxia　A Distored Image of Confucius——on Lin Yutang's Version of Lun yu（被扭曲了的孔子形象——評林語堂對《論語》的譯介）　平頂山師專學報　1999 年 S1 期　1999 年 12 月　頁 3—5

2056. 黃紹梅　林語堂《論語》中幽默的散文風格　中國文化月刊　第 245 期　2000 年 8 月　頁 94—109

2057. 曹聚仁　《論語》與幽默　林語堂評說七十年　北京　中國華僑出版社　2003 年 1 月　頁 101—105

2058. 謝其章　歷史的哈哈鏡——《論語》雜誌的「專號」　中國編輯　2003 年第 6 期　2003 年 11 月　頁 72—75

2059. 王晨婕　從目的論視角解讀林語堂英譯《論語》中的叛逆現象　重慶工商大學學報　2008 年第 1 期　2008 年 2 月　頁 134—137

2060. 李英姿　民國時期《論語》半月刊經營之道初探　齊魯學刊　2008 年第 2 期　2008 年 3 月　頁 47—50

2061. 劉心皇　再談林語堂系的刊物〔《論語》、《人間世》、《宇宙風》〕　反攻　第 244 期　1962 年 7 月 1 日　頁 24—27

2062. 劉心皇　再談林語堂系的刊物〔《論語》、《人間世》、《宇宙風》〕　現代中國文學史話　臺北　正中書局　1971 年 8 月　頁 583—592

2063. 劉心皇　論林語堂的崛起和沒落——三談林語堂系的刊物（上、下）〔《論語》、《人間世》、《宇宙風》〕　中國憲政　第 2 卷第 3—4 期　1967 年 9，10 月　頁 32—35，31—36

2064. 劉心皇　三談林語堂系的刊物〔《論語》、《人間世》、《宇宙風》〕　現代中國文學史話　臺北　正中書局　1971 年 8 月　頁 595—613

2065. 劉心皇　關於「幽默、風趣、諷刺、輕鬆」之類——由《人間世》的停刊談到林語堂系的刊物〔《論語》、《人間世》、《宇宙風》〕　現代中國文學史話　臺北　正中書局　1971 年 8 月　頁 571—582

2066. 德　〈尼姑思凡〉（上、下）　臺灣日報　1968 年 7 月 18—19 日　8 版

2067. 南 珊 小尼姑案風波平議〔〈尼姑思凡〉〕 大學雜誌 第 8 期 1968 年 8 月 頁 3—8

2068. 諸葛未亮 草廬戲墨——林語堂寫黃色文章，財經大員的三字經〔〈尼姑思凡〉〕 文化旗 第 10 期 1968 年 8 月 頁 31—32

2069. 中國詩經研究會 詩界譴責林語堂〈尼姑思凡〉文 文化旗 第 11 期 1968 年 9 月 頁 6

2070. 陸劍剛 評〈尼姑思凡〉荒謬 自由報 1968 年 11 月 23 日 2 版

2071. 張 本 林語堂能談禪？說教？念佛？授學？〔〈尼姑思凡〉〕 文化旗 第 15 期 1969 年 1 月 頁 39—40

2072. 圓 香 從「幽默大師」說起〔〈尼姑思凡〉〕 學人論戰文集 臺北 哲志出版社 1970 年 10 月 頁 1—4

2073. 一群青年 給中央通訊社一封公開信〔〈尼姑思凡〉〕 學人論戰文集 臺北 哲志出版社 1970 年 10 月 頁 5—7

2074. 竺 齋 勸林語堂轉惡為善〔〈尼姑思凡〉〕 學人論戰文集 臺北 哲志出版社 1970 年 10 月 頁 8—10

2075. 惟 明 致中央日報的一封公開信〔〈尼姑思凡〉〕 學人論戰文集 臺北 哲志出版社 1970 年 10 月 頁 11—13

2076. 曉鐘社論 推行中華文化復興運動聲中的逆流——為林語堂博士英譯〈尼姑思凡〉作 學人論戰文集 臺北 哲志出版社 1970 年 10 月 頁 14—16

2077. 李霜青 〈尼姑思凡〉的文學謎底 學人論戰文集 臺北 哲志出版社 1970 年 10 月 頁 52—54

2078. 圓 香 無恥近乎勇——「〈尼姑思凡〉的風波」讀後 學人論戰文集 臺北 哲志出版社 1970 年 10 月 頁 55—60

2079. 孟絕子 大「勢」使然〔〈尼姑思凡〉〕 隱士・詩人・女人 臺北 晨鐘出版社公司 1973 年 4 月 頁 121—131

2080. 〔子通編〕 關於〈尼姑思凡〉及其它 林語堂評說七十年 北京 中國

華僑出版社　2003年1月　頁73—92

2081. 洪俊彥　從〈尼姑思凡〉英譯及其風波試探林語堂的晚期在臺思想　第五屆全國研究生文學社會學學術研討會　嘉義　南華大學文學系主辦　2010年5月8日

2082. 于　衡　臺北外記〔《漢英大辭典》部分〕　聯合報　1971年1月24日　2版

2083. 靈　子　在印刷中的《林語堂當代漢英詞典》　今日世界　第461期　1971年6月　頁16

2084. 〔聯合報〕　林語堂七載辛勞，新漢英字典問世〔《當代漢英詞典》〕　聯合報　1972年12月1日　3版

2085. 張達夫　林語堂的《漢英辭典》　大華晚報　1972年12月11日　2版

2086. 〔拾穗〕　林語堂《當代漢英詞典》　拾穗　第274期　1973年2月　頁220—222

2087. 黃宣範　談兩部漢英詞典[29]　聯合報　1973年6月22日　14版

2088. 黃宣範　平心論林語堂《當代漢英詞典》　中外文學　第2卷第2期　1973年7月　頁40—54

2089. 傅一勤　淺評《當代漢英詞典》　中外文學　第2卷第4期　1973年9月　頁182—186

2090. 黃宣範　林語堂編《當代漢英詞典》　中央日報　1978年6月7日　11版

2091. 黃宣範　林編《當代漢英詞典》　翻譯新語　臺北　東大圖書公司　1989年7月　頁261—265

2092. 何偉傑　想當然耳，權威！——評《當代漢英詞典》　新書月刊　第3期　1983年12月　頁14—19

2093. 黃文範　淺談林語堂當代漢英詞典　林語堂百年誕辰論文集　臺北　臺北市立圖書館總館國際會議廳　1994年10月8—10日　頁1—20

---

[29]本文所指兩部辭典為梁實秋《最新實用漢英辭典》、林語堂《當代漢英詞典》。

2094. 傅一勤　從《林語堂當代漢英詞典》到《新時代漢英大詞典》——以中文四字成語的英譯為例　辭書研究　2006 年第 2 期　2006 年 5 月　頁 134—138

2095. 曾泰元　中英文大師＝詞典編纂家？《林語堂當代漢英詞典》問題初探　跨越與前進：從林語堂研究看文化的相融／相涵國際學術研討會論文集　臺北　林語堂故居　2007 年 5 月　頁 199—205

2096. 林語堂；方美賢譯　林語堂博士新作之《現代實用漢英字典》　珠海學報　第 5 期　1972 年 1 月　頁 312—313

2097. 高　寒　我讀勵志文集〔《成功之路》部分〕　臺灣新聞報　1973 年 3 月 16 日　9 版

2098. 蘇雪林　《語絲》與《論語》　二三十年代作家與作品　臺北　廣東出版社　1980 年 6 月　頁 552—556

2099. 蘇雪林　《語絲》與《論語》　中國二三十年代作家　臺北　純文學出版社　1983 年 10 月　頁 584—590

2100. 蘇雪林　《語絲》與《論語》　蘇雪林文集（三）　合肥　安徽文藝出版社　1996 年 4 月　頁 381—386

2101. 何偉傑　有所得，有所失——評《最新林語堂漢英辭典》　幼獅月刊　第 425 期　1988 年 5 月　頁 60—62

2102. 馬布衣　廖沫沙批評林語堂〔《論語》、《人間世》〕　上海檔案　1995 年第 3 期　1995 年 5 月　頁 56—63

2103. 劉廣定　林語堂的英譯《紅樓夢》　國家圖書館館刊　第 85 卷第 2 期　1996 年 12 月　頁 143—146

2104. 劉廣定　林語堂英譯《紅樓夢》　大師的零玉：陳寅恪、胡適和林語堂的一些瑰寶遺珍　臺北　秀威資訊科技公司　2006 年 10 月　頁 167—176

2105. 劉恩娜　林語堂的英譯《樂記》　中國音樂　2002 年第 3 期　2002 年 7 月　頁 37—38，49

2106. 董　暉　　老到圓熟，出神入化——林語堂《浮生六記》英譯本賞析　西安外國語學院學報　第 10 卷第 3 期　2002 年 9 月　頁 11—15

2107. 劉旭，程宴萍　　文言文的英譯技巧——林語堂譯《浮生六記》與馬丁・路德翻譯細則之碰撞　武漢理工大學學報　第 15 卷第 6 期　2002 年 12 月　頁 627—630

2108. 甘海鷹　　英漢詞匯對比與漢譯英中的辭匯翻譯——兼評林語堂《浮生六記》英譯本　懷化學院學報　第 21 卷第 3 期　2002 年 12 月　頁 83—85

2109. 鍾慧連　　從目的論看林語堂英譯《浮生六記》　欽州師範高等專科學校學報　第 19 卷第 1 期　2004 年 3 月　頁 92—95

2110. 徐世紅　　文化信息符號的語用翻譯——兼析林語堂先生譯《浮生六記》　盐城師範學院學報　第 24 卷第 4 期　2004 年 11 月　頁 93—96

2111. 杜亞鑫　　從相似的角度看《浮生六記》英譯本　天府新論　S1 期　2004 年 12 月　頁 257—258

2112. 范　曄　　譯者的主體因素與翻譯選擇——兼談林語堂《浮生六記》英譯本　湖南文理學院學報　2005 年第 5 期　2005 年 9 月　頁 105—106，112

2113. 蘇惠敏　　異化、歸化翻譯策略與文化傳播——以楊譯《紅樓夢》和林譯《浮生六記》為例　許昌學院學報　2005 年第 6 期　2005 年 11 月　頁 59—61

2114. 藍紅軍　　文化雜合：文學翻譯的第三條道路——兼評林語堂譯《浮生六記》　江蘇科技大學學報　2006 年第 1 期　2006 年 3 月　頁 103—108

2115. 胡　蓉　　林語堂翻譯《浮生六記》之「女性崇拜」情結　萍鄉高等專科學校學報　2006 年第 2 期　2006 年 4 月　頁 79—81

2116. 王少娣　　試論模糊語言在翻譯中的審美再現——從林語堂之英譯《浮生六

記》談起　天津外國語學院學報　2006 年第 3 期　2006 年 5 月　頁 33—37

2117. 蘇惠敏　功能翻譯理論和文學翻譯〔《浮生六記》部分〕　常春師範學院學報　第 26 卷第 4 期　2006 年 7 月　頁 123—124

2118. 梁金花，任曉霏　林語堂譯《浮生六記》的「傳神」美　洛陽工業高等專科學校學報　第 16 卷第 3 期　2006 年 8 月　頁 88—90

2119. 翟紅梅，蔣家濤　林語堂《浮生六記》英譯研究述評　安徽工業大學學報　2006 年第 5 期　2006 年 9 月　頁 84—86

2120. 孫文娟　清新自然，形神兼備——評析林語堂英譯《浮生六記》　武漢工程職業技術學院學報　第 18 卷第 3 期　2006 年 9 月　頁 73—76

2121. 徐層珍　爐火純青，出神入化——林語堂英譯本，《浮生六記》賞析　韶關學院學報　2006 年第 10 期　2006 年 10 月　頁 133—136

2122. 薛　蓮　從中西方文化與目的論看《浮生六記》的翻譯　合肥學院學報　2006 年第 4 期　2006 年 11 月　頁 74—76

2123. 夏蓓潔，薛蓮　林語堂翻譯《浮生六記》實踐性跨文化交際的成果　合肥學院學報　2007 年第 1 期　2007 年 1 月　頁 78—81

2124. 李紅梅　林語堂《浮生六記》英譯本的翻譯策略　文教資料　2007 年第 5 期　2007 年 2 月　頁 171—172

2125. 李　麗　翻譯中的文化因素：異化與歸化的結合——由分析林語堂譯著《浮生六記》而得　濮陽職業技術學院學報　2007 年第 1 期　2007 年 2 月　頁 55—56

2126. 劉彥仕　隱性與顯性：從中西美學看林語堂的英譯《浮生六記》　四川文理學院學報　2007 年第 3 期　2007 年 5 月　頁 64—67

2127. 謝愛玲　讓誰安居不動，原文作者抑或譯文讀者？——試評強勢文化中《浮生六記》林語堂英譯的翻譯策略　安徽理工大學學報　第 17 卷第 2 期　2007 年 6 月　頁 54—57，83

2128. 李朝英　以自我為中心，以閒適為格調——林語堂譯《浮生六記》述評　廣西民族大學學報　2007 年第 6 期　2007 年 11 月　頁 152—154

2129. 段美英　從互文性的角度看林語堂譯《浮生六記》的文化傳播與翻譯　濮陽職業技術學院學報　2008 年第 1 期　2008 年 2 月　頁 91—92

2130. 蘇梓楠　從翻譯規範論視角評析林語堂英譯《浮生六記》　社科縱橫　2008 年第 1 期　2008 年 3 月　頁 146—148

2131. 劉性峰　異化翻譯凸顯文化差異〔《浮生六記》部分〕　南京工程學院學報　2008 年第 1 期　2008 年 3 月　頁 11—15

2132. 尚　綺　中西合璧，殊途同歸——試析林語堂英譯《浮生六記》中的譯者主體性　湖北第二師範學院學報　第 25 卷第 3 期　2008 年 3 月　頁 129—131

2133. 范小燕　從目的論看《浮生六記》英譯本中的變譯現象　湖南科技學院學報　2008 年第 3 期　2008 年 3 月　頁 147—149

2134. 張　珺　忠實源於文本，闡釋源於文化——從《浮生六記》譯本看林語堂對文化負載詞的翻譯策略　湖北經濟學院學報　2008 年第 7 期　2008 年 7 月　頁 120—121，131

2135. 薛軍偉　言無達意——林語堂《浮生六記》英譯中的問題　廣西師範大學學報　第 44 卷第 4 期　2008 年 8 月　頁 55—59

2136. 劉麗娜，馬麗華　《浮生六記》林語堂譯本翻譯藝術賞析　中國電力教育　2009 年第 5 期　2009 年 3 月　頁 248—249

2137. 陳　虹　林語堂譯本《浮生六記》中文化缺省的重構　「語堂世界・世界語堂」兩岸學術研討會論文集　北京　中國社會科學出版社　2013 年 11 月　頁 234—240

2138. 董　暉　使翻譯成為美術之一種——林語堂英譯《中國古典詩詞賞析》　西安外國語學院學報　第 12 卷第 1 期　2004 年 3 月　頁 52—54

2139. 龔愛華，任芳　略論林語堂的翻譯觀——以陶淵明〈歸去來兮辭〉英譯為例　南昌航空工業學院學報　2005年第4期　2005年10月　頁76—79

2140. 李春翎　從審美視角評讀林語堂的翻譯標準——以林語堂英譯〈歸去來兮辭〉為例　福建商業高等專科學校學報　2007年第1期　2007年2月　頁125—128

2141. 查國盛　林語堂〈歸去來兮辭〉譯文賞析　黃岡師範學院學報　第28卷第4期　2008年8月　頁144—147

2142. 葛小穎，張德讓　從風格翻譯手段角度看林語堂英譯的《幽夢影》　宿州學院學報　2006年第4期　2006年8月　頁64—66

2143. 王德福　林語堂譯〈揚州瘦馬〉賞析　上海理工大學學報　2006年第3期　2006年9月　頁58—60

2144. 洪　琪　淺談《莊子・內篇》篇名翻譯〔林語堂部分〕　湖北教育學院學報　第24卷第11期　2007年11月　頁127—129

2145. 李勇軍　從《語絲》到《宇宙風》——兼論編輯角色的魯迅與林語堂　洛陽師範學院學報　2007年第6期　2007年12月　頁187—189

2146. 邊立紅，馬秀美，李康明　譯者能動主體與〈水調歌頭〉中秋的英譯　韶關學院學報　2008年第4期　2008年4月　頁103—106

2147. 錢曉燕，唐淑敏　愁中讀美〔〈聲聲慢〉〕　電影文學　2008年第13期　2008年7月　頁124

國家圖書館出版品預行編目資料

臺灣現當代作家研究資料彙編. 101, 林語堂 / 須文蔚編選. -- 初版. -- 臺南市 : 臺灣文學館, 2018.12
面 ; 公分
ISBN978-986-05-7164-6 (平裝)

1.林語堂 2.傳記 3.文學評論

863.4 107018455

【臺灣現當代作家研究資料彙編】101

林語堂

發 行 人 蘇碩斌
指導單位 文化部
出版單位 國立臺灣文學館
地 址／70041 臺南市中西區中正路 1 號
電 話／06-2217201 傳 真／06-2218952
網 址／www.nmtl.gov.tw 電子信箱／pba@nmtl.gov.tw

總 策 畫 封德屏
顧 問 林淇瀁 張恆豪 許俊雅 陳義芝 須文蔚 應鳳凰
工作小組 呂欣茹 沈孟儒 林暄燁 黃子恩 蘇筱雯
編 選 須文蔚
責任編輯 黃子恩
校 對 呂欣茹 沈孟儒 黃子恩
計畫團隊 財團法人台灣文學發展基金會
美術設計 翁國鈞・不倒翁視覺創意
印 刷 松霖彩色印刷事業有限公司

經銷展售 國立臺灣文學館藝文商店（06-2217201 ext.2960）
國家書店松江門市（02-25180207）
一德洋樓羅布森冊惦（04-22333739）
三民書局（02-23617511、02-25006600）
台灣的店（02-23625799） 府城舊冊店（06-2763093）
南天書局（02-23620190） 唐山出版社（02-23633072）
後驛冊店（04-22211900） 五南文化廣場（04-22260330）
蜂書有限公司（02-33653332）

初版一刷 2018 年 12 月
定 價 新臺幣 600 元整
第一階段 15 冊新臺幣 5500 元整 第二階段 12 冊新臺幣 4500 元整
第三階段 23 冊新臺幣 8500 元整 第四階段 14 冊新臺幣 5000 元整
第五階段 16 冊新臺幣 6000 元整 第六階段 10 冊新臺幣 3800 元整
第七階段 10 冊新臺幣 3200 元整 第八階段 10 冊新臺幣 3600 元整
全套 110 冊新臺幣 33000 元整

GPN 1010702063（單本） ISBN 978-986-05-7164-6（單本）
1010000407（套） 978-986-02-7266-6（套）

Printed in Taiwan